Manfred Wegner (Hg.)

## Die Spiele der Puppe

Beiträge zur Kunst- und Sozialgeschichte
des Figurentheaters
im 19. und 20. Jahrhundert

Festschrift zum 50-jährigen Bestehen
des Puppentheatermuseums im Münchner Stadtmuseum

CIP-Titelaufnahme der Deutschen Bibliothek

**Die Spiele der Puppe**: Beitr. zur Kunst- u. Sozialgeschichte d.
Figurentheaters im 19. u. 20. Jh. / Manfred Wegner (Hg.). —
Köln : Prometh-Verl., 1989
ISBN 3-922009-92-1
NE: Wegner, Manfred [Hg.]


Manfred Wegner (Hg.)
**Die Spiele der Puppe**
Beiträge zur Kunst- und Sozialgeschichte
des Figurentheaters im 19. und 20. Jahrhundert
© 1989 Alle Rechte vorbehalten
Prometh Verlag Kommanditgesellschaft
5000 Köln 30
Nachdruck — auch auszugsweise —
nur mit Genehmigung des Verlages
Umschlagentwurf und Gestaltung: Vilis Klavins
unter Verwendung der Figur »BANDIT« aus
»Paul Klee. Puppen/Plastiken/Reliefs/Masken/Theater«
© 1988, Copyright by COSMOPRESS, Genf
Druck: Druckhaus Münster GmbH, Kornwestheim
ISBN 3-922009-92-1

Das Buch erscheint in Zusammenarbeit
mit dem Puppentheatermuseum im Münchner Stadtmuseum.

# Inhalt

Zum Geleit ........................................................... 7
Vorwort ............................................................. 8

## I. Fallstudien 1 — Tradition und Erfahrung

Enno Podehl
Verdecktes Spiel
Konflikt-Geschichten um das Wandermarionettentheater
in der ersten Hälfte des 18. Jahrhunderts ............................. 10

Alexander Weigel
»Denen sämtlichen concessionirten Puppenspielern hierselbst«
Das Marionettentheater und die Theaterpolizei in Berlin 1810 ......... 20

Lars Rebehn
Vom hamburgischen Marionettenspiel
Zur Geschichte einer volkstümlichen Unterhaltungsform des 19. Jahrhunderts ............... 34

Manfred Nöbel
Franz Pocci — Ein Klassiker und sein Theater ......................... 48

## II. Zwischen Jahrmarkt und Museum — Aspekte der Aneignung

Olaf Bernstengel
Das sächsische Wandermarionettentheater des 19. Jahrhunderts —
Ein museales Objekt? ................................................. 68

Gina Weinkauff
»Obwohl nicht kasperlemäßig im Sinne des niederdeutschen Kasperlespiels«
Der Anteil von Carlo Böcklin und Beate Bonus
an der Entwicklung des künstlerischen Handpuppenspiels in Deutschland ................... 80

Gérard Schmidt
Neues in und aus Knollendorf
Das Kölner »Hänneschen«-Theater zwischen Tradition und Erneuerung .... 91

Peter Gendolla
Die Kunst der Automaten
Zum Verhältnis ästhetischer und technologischer Vorstellungen
in der Geschichte des Maschinenmenschen vom 18. ins 20. Jahrhundert .................... 95

## Exkurs

Petra Walter-Moll
»Der Tod hat seine eigene Kiste«
Beobachtungen über eine zur Unzeit gemäße Existenz ................... 108

## III. Fallstudien 2 — Figur und Grund

Gerd Taube
Kinematographie und Theater
Spuren des sozialen Wandels im Wandermarionettentheater des 20. Jahrhunderts ........... 118

Rainald Simon
»Aber seine Schemen machen ihm nur Freude«
Notizen zum Exotismus im deutschen Figurentheater.................................. 135

Manfred Wegner
Vom Wandervogel zu einem Kindertheater in der Weimarer Republik
Die Iwowski-Puppenspiele, Berlin...................................................... 150

Gerd Bohlmeier
»Der Kasper ist kein Clown«
Zur Organisation eines Unterhaltungsmediums im Nationalsozialismus................ 169

## IV. Konfigurationen — Die Spiele der Puppe

Hans Peter Bayerdörfer
Eindringlinge, Marionetten, Automaten.
Zur Bedeutung des symbolistischen Dramas für die Freisetzung der »Kunstfigur«............. 186

Rolf Dieter Hepp
Die Metamorphosen der Maske......................................................... 205

Peter Klaus Steinmann
Figurentheater — Totales Theater..................................................... 215

Konstanza Kavrakova-Lorenz
Das Puppenspiel als synergetische Kunstform
Thesen über das Zusammenspiel und die Wechselwirkungen von Bildgestalt und Darstellungsweise im kommunikativen Gestaltungsprozeß des Puppenspielers...................... 230

Anmerkungen......................................................... 242
Zu den Autoren...................................................... 270
Druck- und Fotonachweis............................................. 272

## Zum Geleit

Jubiläen sind derzeit willkommene Anlässe für Ausstellungen. Da das Puppentheatermuseum neben seiner Schausammlung regelmäßig Sonderausstellungen zeigt, wählen wir in Erinnerung an die Vorgeschichte des Hauses heute den sicheren Weg einer Publikation zum 50-jährigen Bestehen der Sammlung.

1939 sollte in München die Ausstellung »Das süddeutsche Puppenspiel« stattfinden. Hans Netzle, der Erforscher des bayerischen Wandermarionettentheaters, und Ludwig Krafft hatten das Unternehmen bis ins Detail bereits vorbereitet, doch die Eröffnung der Schau scheiterte am Kriegsausbruch. Die zusammengetragenen Exponate bildeten damals den Grundstock für eine Puppentheatersammlung, die offiziell im Dezember 1940 als Institution der Stadt München gegründet wurde.

Ludwig Krafft leitete das Puppentheatermuseum im Münchner Stadtmuseum bis 1966 und führte es zu seiner internationalen Bedeutung. Ihm soll mit diesem Band ehrend gedacht werden.

Besonderer Dank gilt der »Gesellschaft zur Förderung des Puppenspiels e. V.« München, die die Drucklegung dieser Publikation mit einer großzügigen finanziellen Zuwendung ermöglicht hat.

Florian Dering
Leiter des Puppentheatermuseums
mit Abteilung Schaustellerei

# Vorwort

Puppenspiel — Puppentheater — Figurentheater. Mit diesen drei Worten läßt sich das Spektrum der mit diesem Buch vorgelegten Fallstudien und Reflexionen zur Kunst- und Sozialgeschichte des Figurentheaters im 19. und 20. Jahrhundert umreißen. Damit soll zugleich angedeutet werden, daß es sich in den folgenden Beiträgen nicht um den Nachweis einer gradlinigen künstlerischen Bewegung — um die Entwicklung der vergangenen Puppenspektakel in den Schaubuden und auf den öffentlichen Plätzen zur spektakulären Kunstform »Figurentheater« — handelt.

Den vielfältigen Erscheinungsweisen des Mediums ist nur eines gemeinsam: Sie sind stets gegenwartsorientiert und aktuellen Gegebenheiten verhaftet, die sich in ihnen spiegeln und als Segmente einer gesellschaftlichen Erfahrung in den Spielen der Puppe wiederkehren. Die Puppe als alter ego des historischen Subjektes steht in ihren Transformationen im Figurentheater als widerständiges Moment im Prozeß der Umformung von Spiel in Theater daher stets neu zur Disposition, besonders dann, wenn im stummen Kommentar der Dinge zu ihrer gesellschaftlichen Gestalt die materielle Form des Abbildes von der Magie des öffentlichen Diskurses besetzt scheint.

Das »Ende der Bescheidenheit« im Figurentheater ist daher nicht absehbar, so wie die Spiele der Puppe ihrerseits nicht berechenbar sind — auf der Suche nach den Möglichkeiten »für ein menschliches Theater« (G. Strehler).

Berlin/München 1989
Der Herausgeber

# I.

## FALLSTUDIEN 1
Tradition und Erfahrung

# Verdecktes Spiel
## Konflikt-Geschichten um das Wandermarionettentheater in der ersten Hälfte des 18. Jahrhunderts

Enno Podehl

I.

Zu Beginn des Sommers 1734.[1] Wir befinden uns in Helmstedt. Die Komödiantentruppe des Johann Gottlieb Förster kommt in die Stadt. Förster ist mit seinen etwas über 40 Jahren ein alter Hase in dem Gewerbe.[2] Er weiß, daß man, bevor man die Bühne aufschlagen kann, eine Spielerlaubnis »von oben« braucht, daß es aber auch immer schwieriger wird, sie zu bekommen, und daß er all sein Organisations- und Durchsetzungsvermögen aufbringen muß, um sich, seine Truppe und sein Theater am Leben zu erhalten. Er geht persönlich zum Bürgermeister — vielleicht begleitet ihn seine als Schönheit bekannte Frau — und bittet ihn, im Rathaus spielen zu dürfen. Als Beleg seiner tadellosen persönlichen Führung wie der Qualität seiner Aufführungen, legt er ein Attest aus Blankenburg vor, in dem der dortige Ratsvorsitzende bescheinigt, daß im Winter vor drei Jahren Förster

> »nicht nur auff den hiesigen Schlosse in den Comoedienhause in höchster Gegenwart unseres Gnädigsten Fürsten und Herres, Herrn Herzog Ludwig Rudolphs Durchl. und dero fürstl. Hofstadt unterschiedenemahl sondern auch nachher in hiesiger Stadt seine Comoedien mit guter Approbation auffgeführt, sich auch mit seiner bey sich gehabten Compagnie zeit seines hierseyns solcher gestalt verhalten, daß man mit ihnen zufrieden seyn können«.

Das Schreiben des Amtskollegen überzeugt. Aber dennoch würde der Bürgermeister lieber eine aktuelle herzögliche Lizenz zur Absicherung seiner Entscheidung in Händen halten. Der Herzog ist jedoch auf Reisen. Förster weiß das und kann so seinem Gegenüber treuherzig versprechen,

> »bey bald zu hoffender glücklicher retour unseres gnädigsten Herrn Durchl. aus fremden Landen die gnädigste Concession zu dem marionettenspiel hierselbst noch besonders beyzubringen.«

Rundum zufriedengestellt wird der Bürgermeister nicht sein, aber er willigt ein. Förster geht zur Universitätsdruckerei, läßt eine Reihe von Theaterzetteln drucken, verteilt sie in der Stadt und spielt am 30. Juni mit »sehenswürdigen« Marionetten«:

> »Die Durchlauchtige Zigeinergesellschaft / Worinnen der Hans Wurst ein Salzburgischer Bauer sich sehr beliebt machen wird.«

Nach dieser Hauptaktion folgt »ein mit lebendigen Personen kurzweiliges Nachspiel«. Doch die Universitätsleitung bekommt Wind davon.[3] Vielleicht aus Angst um die gute Führung der Studenten, vielleicht aus religiösen oder aufklärerischen Gründen, vielleicht aber auch nur aus eifersüchtigem Wachen über jede Kompetenzüberschreitung anderer, ebenfalls in ihrer Selbstverwaltung durch absolutistische Willkür eingeschränkter Institutionen, setzt der Vize-Rektor eiligst einen Brief an den Herzog in Wolfenbüttel auf: Da gebe es doch ein Dekret aus dem Jahre 1725 — und der Professor legt gleich noch eine Kopie bei, falls sich die Regierung nicht mehr an die eigenen Beschlüsse erinnern kann —, worin dem Bürgermeister

> »der Befehl erteilet: daß denen Comödianten, Seiltänzern, Gauklern, Puppenspielern und dergleichen Leuten ihre Spiele alhier zu treiben auff keine weise zugelassen werden solle«.

Wie kommt es demnach, daß der Rat plötzlich Puppentheateraufführungen erlaubt, die — wie der dem Schreiben beigefügte Theaterzettel (so haben wir den ersten!) belegt — nun schon zwei Tage stattfinden. Der Herzog soll doch verfügen, »daß dem Rath der Unfug verwiesen und denen Comödianten die Gaukeley sofort verboten werde«.

Doch vorerst spielt Förster, denn das Schreiben und Abschreiben der Briefe wie der Postweg sind beschwerlich. Ganze sechs Tage vergehen, bis der Geheimste Rat aus Wolfenbüttel in Stellvertretung des Herzogs einen gepfefferten Brief an den Bürgermeister abschickt: Der Rat wisse doch von dem zehn Jahre zurückliegenden Verbot und solle sofort den Puppenspieler wegschaffen. Zudem habe er sich binnen 14 Tagen für dieses Vergehen schriftlich vor der Regierung zu verantworten. Bis zur Ankunft des Briefes bleiben Förster zwei, vielleicht auch drei Tage. Doch dann muß er mit seinen Leuten abbauen und weiterziehen. Insgesamt waren es etwa zehn Spieltage — schon fast genug für eine kleine Stadt. Das Aufbauen dürfte sich gelohnt haben. Der Rat aber weiß, woher der Wind weht — die Regierung macht auch keine Anstalten, die Quelle der Denunziation zu verheimlichen — und verteidigt sich seinerseits sehr geschickt: Selbstverständlich habe man sofort nach Erhalt des Briefes das Marionettenspiel verboten, und man könne sich auch daran erinnern, »daß vor 9 Jahren bey voriger Landes-Regierung die Comödien- und andere dergleichen Spiel auf Veranlassung der hiesigen universität alhier verboten worden«. Doch nachdem nicht nur der verstorbene wie der regierende Herzog etliche Spielkonzessionen vergeben hat,

> »sondern auch der Vice-Rector und Professores selbst noch neuerlicher Zeit und vor ohngefehr einen halben Jahre denen Studiosis verstattet haben, in des Professoris Sprechers Witwen Behausung ein ordentliches theatre auffzurichten und mit Verkleidungen in gegenwart des academischen Frauenzimmers und vieler andern Zuschauern theatralische actiones vorzustellen, ja sogar Sontags unter dem Gottes-Dienste auff dem Collegien-Platze Schau-Spiele mit Dachs-Hetzen erlaubt, so haben wir, bey sobewannten Umständen, nicht mehr vor eine ohnerlaubte und unzlässige Sache gehalten, dem Comödianten J. G. F. bey seiner Durchreise die Aufstellung seiner marionetten auff wenige Tage frey zu geben«.

Schließlich habe er ja auch das Blankenburger Attestat vorgezeigt und die Konzession bei der Rückkehr des Herzogs nachreichen wollen. Die Beschwerde der Universität sei also nicht zu verstehen, da sie einerseits die Lustspiele gestatte,

> »anderentheils bey dem letztern marionetten-Spiel den Druck derer gewöhnlichen notifications-Zetteln wovon ein exemplar (...) hiebey gehet (der zweite erhaltenen Theaterzettel, E. P.), in der universitäts-Buchdruckerey vergönnet haben«.

Der Bürgermeister spielt die Trümpfe sehr gekonnt aus, das muß man ihm lassen. Nach dieser peinlichen Aufdeckung kommt er denn auch so richtig in Fahrt:

> »Es sind bey allen solchen seit ac. 1725 alhier gehaltenen und auff allen anderen teutschen universitäten erlaubten Lust-Spielen nicht die geringsten Desordres vorgangen, vielmehr haben sie denen anwesenden Gräflichen und anderen Standes-Persohnen bey vielen Stunden zur Ergötzung und der Bürgerschafft zur Mahnung gedient, hiegegen sind bey der am 23. Aug. a. p. Sontags unter dem Gottesdienst auff dem Collegien-Platze angestellten Dachs-Hetze Händel und Schlägereyen unter Bürgern entstanden, worüber wir uns zu beschweren weit größere Uhrsach gehabt hätten, wenn wir zum Streit gegen die universität, die uns dazu alle Anlaß giebet, inclenierten.«

So, die Universität hatte ihr Fett abbekommen und die Stellung der Stadtverwaltung gegenüber der Landesregierung sah nicht schlecht aus, zumal dem Schreiben noch die Kopien der erwähnten herzöglichen Spielerlaubnisse aus den letzten zehn Jahren beigelegt waren: eine Lizenz an Samuel Rodreas Muht für die Aufführung seiner nicht näher benannten

Kunststücke vom 27. September 1725; eine Spielerlaubnis vom 14. Januar 1728 für Joh. Friedrich Beck und seine Truppe, die in Helmstedt spielen wollen, da sie in ihren »Stammlanden« als »Königlich Polnische und Kuhrfürstl. Sächsische Hoff-Comoedianten wegen der hohen Trauer stille seyn müssen« und in Wolfenbüttel und Braunschweig »schon einige Leuthe (... sich) bemühen Hoch und Niedrige Zuschauer zu contentieren, (...) ob (wohl) daselbe schon mit unseren Actionen nicht zu vergleichen«. Beck nahm den Mund immer etwas voll! Eine Spielerlaubnis an Jürgen Friedrich Schweiger, der in Wolfenbüttel durch die Konkurrenz der vom Herzog privilegierten Schauspieltruppe nicht recht auf seine Kosten kommt und mit seinen Marionetten nach Helmstedt ausweichen will ( am 12. April 1728); eine Konzession für die Neuberin vom 9. März 1733 und schließlich das Blankenburger Attest für Förster selbst.[4]

Am 24. Juli setzt die Wolfenbüttler Regierung einen kurzen Brief an den Vize-Rektor der Universität auf, in dem er ermahnt wird, auf die eigenen Angelegenheiten besser acht zu geben. Die Antwort der Regierung auf die Verteidigung des Bürgermeisters ist uns leider nicht erhalten. Wir dürfen jedoch davon ausgehen, daß er mit einer einfachen Ermahnung davonkam. Försters Spur können wir erst zwei Jahre später wieder in Erfurt aufnehmen, wo er noch einmal ein Spielzertifikat erhält. Danach hat er von dem unsicheren Geschäft wohl endgültig die Nase voll — vielleicht bemerkt er auch, wie seine Spielauffassung durch neuere Entwicklungen zunehmend an den Rand gedrängt wird — und nimmt eine Stelle als Kanzlist und Bauschreiber beim Herzog von Hildburghausen an, der ihn schon als Komödiant schätzen gelernt hatte.

II.

Der hier aufgefundene Fall hat keine Sonderstellung in jener Zeit. Es lassen sich an ihm vielmehr eine Reihe sehr charakeristischer Merkmale ablesen. Da ist einmal der Bürgermeister in einem absolutistisch regierten Gebiet. Fortlaufend erfährt er demütigende Beschneidungen seiner Entscheidungsbefugnis. Früher oblag es meist ihm, die Spielerlaubnis zu erteilen. Jetzt ist er nur noch Handlanger fürstlicher Willkür. Verständlich, daß er sie in günstigen Momenten zu boykottieren sucht. Zudem steht er dem Marionettentheater — falls er kein Moralist ist — mit Wohlwollen gegenüber, denn es bringt Neuigkeiten, Spaß und Abwechslung in die Stadt — und etwas Geld in die Stadtkasse. Es fördert jene spontane Lebenslust zu Tage mitsamt den z.T. freilich unkontrollierbaren Ausbrüchen der Sinne, der angestauten Ängste und Ungerechtigkeitsgefühle. Wenn er als Bürgermeister auch für die Aufrechterhaltung städtischer Ordnung verantwortlich ist, so versteht er doch jene Gefühle, spürt in sich die Nähe zu jener Kultur der breiten Volksschichten. Die Rektoren und Dekane der Universität freilich stehen eindeutiger auf der anderen Seite. Sie haben ohnehin Schwierigkeiten, die durch offeneres Leben und Wissen sensibilisierten Studenten zu disziplinieren. Eine deftige Theateraufführung bringt hier leicht das Faß zum Überlaufen. Deshalb ihre Angst, die oft mit aufklärerischer, standesbornierter und/oder pietistischer Argumentation zur Verdammung des Volkstheaters verschmilzt.

In diesem Zusammenhang sei hier kurz auf den parallel liegenden Fall zu Beginn des 18. Jahrhunderts in Halle verwiesen. Dort läßt der Magistrat noch 1702 Schauspiele aufführen, obwohl schon im Juli 1700 nach langem Bohren der Pietisten wie der Universitätsleitung ein preußisches Generalverbot für Theateraufführungen in der Stadt herrscht.

Auch hier geraten sich Magistrat und Universitätsleitung in die Haare und schwärzen sich gegenseitig beim König an.[5] Landauf, landab halten reformierte Kirchenvertreter — allen voran die Pietisten — den moralischen Schild vor ihre Gemeinde. Für sie ist der Kampf gegen die »Teufelsschule«, wie sie das Wandermarionettentheater so gerne nennen, ein wahrer Kreuzzug, und jeder Ratsherr, der Auftritte gestattet, muß gewärtigen, aus dieser Ecke heraus denunziert zu werden.

Selten geht in diesen Fällen die Verteidigung der Ratsvertreter über Vorwürfe gegenseitiger Kompetenzüberschreitung hinaus, wie im Fall des couragiert auftretenden Amtmannes Detering aus Schötmar (Kreis Lippe).[6] 1744 läßt er ein Marionettentheater auftreten und wird dafür prompt vom Prediger bei der Detmolder Regierung angeschwärzt. Dafür hält er dem Pastor, der sich »mit lauter Vorurtheilen über die allergeringsten Kleinigkeiten« dahinschleppt, und der Regierung eine Verteidigungsschrift des Theaters entgegen und bekennt mit dem Verfasser

> »daß er in diesen Marionettenspielen sich mehr erbauet habe, als jemahlen in zwanzig Predigten, welche wegen ihrer überflüssigen und unzeitigen Moral von allen Vernünftigen oft mit Eckel angehöret werden«.

Erstaunlich, wie weit noch zu diesem Zeitpunkt von bürgerlicher Seite aus eine Annäherung an den Standpunkt des Wandertheaters erzielt werden konnte. Schade, daß die Reaktion der Regierungsstelle auf ein derart offenes Wort nicht überliefert ist. Dafür ist uns aber im Stadtarchiv Braunschweig die Antwort des Herzogs in einem ähnlich gelagerten Fall erhalten geblieben.[7] Hier bekommt die Regierung im August 1742 von uns unbekannter Stelle den Auftritt einer Marionettenbühne zugetragen. Auch in dieser Angelegenheit hatte der Bürgermeister seinen Herren wieder einmal aus dem Bewilligungs- und Abgabevorgang ausgeschlossen. Deshalb findet es der Herzog nötig,

> »solchen Unfug zu steuern: als habet ihr (der Bürgermeister, E. P.) denen Leuten, welche an gedachter Stelle ein Theatrum aufgeschlagen, alles weitere agiren, auch bey Tage sofort zu untersagen, auch sonst nicht zu erlauben, daß anderswo allhier ein dergleichen Schau-Platz geöffnet werde. Ihr habet auch zu berichten, ob ihr diesen oder anderen das öffentliche Ausstehen gestattet«.

Auch hier verteidigt der Bürgermeister das Theater, indem er behauptet, daß es nützlich sei und zudem auch noch der Glorie des Herzogs diene.[8] Offenbar besitzt der Herzog eine ganz andere Vorstellung vom Charakter seiner Glorie und fühlt sich in seinem Geschmack zutiefst beleidigt. Sein zweiter Brief bringt das drastisch zum Ausdruck:

> »Auf unsere Anfrage: Ob ihr in letzverwichener Messe dem Markt-Schreyer Fuchs[9] und andern die Erlaubnis öffentlich auszustehen ertheilet? haben Wir nebst eurem Bericht eine sonderbahre Deduction erhalten, in welcher Ihr aus politischen Gründen die Nützlich — wo nicht gar Nothwenigkeit derer MarktSchreyer und öffentlicher Spectacul und zugleich auch die Unsträflichkeit eurer in diesem Stück bezeigten und wie ihr meinet, zu unserer Glorie und Interesse gereichenden Conducte darthun wollen. Nun ist von dem ersten, wie weit überhaupt MarktSchreyer und Spectacul nöthig oder nützlich sind so wenig als von unserer durch solche zu erfordernden Glorie und Vortheil die Rede gewesen. Wir mögen euch auch nicht verhalten, daß die in eurer Vorstellung theils ganz von der Sache selbst, theils von denen Grenzen einer genauen und richtigen Überlegung sehr abgehende Ausschweifungen, uns fast ein Bedenken machen sollten, in Polizey-Sachen, wann es vorkommenden Umständen nach erfordern würde, uns eures Raths und Handreichung zu bedienen, so viel aber das zweyte nemlich das Factum selbst und Euer Betragen anbelangt, ist von euch zur Ungebühr vorgegeben, daß ihr von dem ersten Establissement der hissigen Messen das jus die Markt-Schreyer ausstehen zu lassen

Der Prinzipal und Hanswurst-Darsteller Johann Ferdinand Beck, Kupferstich, um 1736

nemine contra dicente ruhig exerciert. Ihr hättet vielmehr das Gegentheil wissen können und müssen«.

Und er führt die Medicinal-Ordnung von 1721 auf, die Verordnung vom 18. Oktober 1723 sowie die Tatsache, daß die Übertretung der »vorgeschriebenen Maß-Regul« im Falle Fuchs besonders schwerwiegend ist, da er an einem Verkehrsengpaß aufbauen konnte und somit die Passage stört. Doch dann kommt er zu dem Schluß:

> »Wir übergehen die zu eurer Last hieraus folgenden Schlüsse und wollen, daß ihr künftighin vornehmlich die von Uns und Unseren in Gott ruhenden Vorfahren an der Regierung euch vorgeschriebene Gesetze euch bekannt machet, und die von denen Markt-Schreyern diesesmahl zur Ungebühr erhobene Gelder Unserer Fürstl. Cammer einschicket, auch überhaupt in Zukunft einer bedachtsameren Schreib-Art euch befleissigt oder gewärtigt, daß nach dem Concipierten und denen, die den Aufsaz per majora gebilligt gefragt, und das weitere zu Verhütung künftiger Inconvenienz veranstaltet werde. Wir sind euch übrigens zu Gnaden geneigt«.

Auf diesen Brief vom 3. September hin wird der Rat offensichtlich kleinlauter und versucht in seinem Antwortbrief vom 20. September 1742 wenn schon nicht die Ehre, so doch die Gelder zu retten, »da sie einem schon immer als Teil des eigenen Salary überlassen worden seien«. Einen Monat später jedoch moniert der Kammerrat das Geld an. Nachdem der Rat offensichtlich weiterhin auf seinem juristischen Standpunkt beharrt, reagiert der Herzog in deutlicher Schärfe:

> »Ihr habt als dieses Vorbringen, daß euch dergl. von Markt-Schreyern und anderen Spiel-Boutiquen eingekommene Gelder in partem Salary zugeeignet worden, binnen 14 Tagen gehörig beizubringen, und darauf fernerer Verordnung zu gewärtigen«.

Erneut zeigt sich, auf welche historisch gewachsenen Barrieren die Fürsten mit ihren Erlassen auflaufen — und wie sich die Volkskultur im Schutz dieser Widersprüche bewegen kann. Das Beispiel belegt zudem noch einmal wenn schon nicht Nähe, so doch bürgerliche Duldungsbereitschaft gegenüber dem Wandertheater. Auch sie ist historisch gewachsen und bezieht sich auf Gemeinsamkeiten, die zwei, drei Jahrhunderte zurückliegen. Der Braunschweiger Amtskollege spricht von einer Glorifizierung des Herrscherhauses sowie von der politischen Nützlichkeit der Marionettenspiele. Und der Amtsrat aus Schötmar schätzt das Theater als »Schule des Volkes«. Wir sehen, wie sich Repräsentations- und Schauzweck — typische Kategorien des höfischen Theaters — mit moralisch-pädagogischen Gesichtspunkten in Hinblick auf »das Volk« verknüpfen. Man ahnt schon den Umbruch: das Theater als »des Bürgers Abendschule«, als »moralische Anstalt«. Die Konstituierung des Nationaltheaters kündigt sich an. Dem Marionettentheater werden dann allerdings die Rathaussäle verschlossen sein. Wir sehen an den Beispielen auch, wie weit sich die Fürsten zu diesem Zeitpunkt vom Wandertheater distanziert haben. Wenn sie es um die Jahrhundertwende z.T. noch herablassend-wohlwollend duldeten und zur Aufheiterung manch trister Abende sogar selbst heranzogen, so strafen sie es jetzt fast einhellig mit Verachtung. Gegenläufige Vorfälle bilden die große Ausnahme — wie die Fürsprache des Darmstädter Landgrafen für den Marionettenspieler Ludwig.[10]

III.

In all diesen Fällen sollte man mitbedenken, daß aufgrund der inneren wie äußeren Uneinheitlichkeit des zur Durchsetzung landesherrschaftlicher Befehle notwendigen Verwaltungs- und Polizeiapparates, für jenen Zeitabschnitt in keiner Weise von einer totalen Überwachung des Volkstheaters die Rede sein kann. Ein Marionettentheater ist zwar so recht nicht zu übersehen, aber auf dem flachen Lande oder in manch verwinkelten Ecken und Wirtshäusern in den Städten kann ein kleineres Unternehmen in jenen Tagen unerfaßt bleiben. Die Spieler lassen in dieser Hinsicht nichts unversucht. Schließlich geht es für viele unter ihnen schlicht um das Stück Brot für den nächsten Tag. Zudem sind es gerade die kleineren Unternehmen, gegen die im ersten Drittel des 18. Jahrhunderts die geballt auftretenden Spielverbote gerichtet sind, sowie die gezielte Ausgabe von Patenten und Privilegien an die großen und anerkannten Unternehmen. Diese kleinen Betriebe haben aber nichts mehr zu verlieren. Sie kämpfen täglich um ihr Überleben. Sie beobachten die Blindheit und Schwerfälligkeit der Herrschenden sehr genau und sind im Vergleich zu den großen Unternehmen viel erfahrener in unterschiedlichen Flucht- und Verdunklungspraktiken. Diese Marionettentheater, die ihre Habe in zwei oder drei Kisten unterbringen können und personell kaum über den Familienrahmen hinausreichen, sind gezwungen, die Grauzonen der Verwaltung aufzuspüren, um an Zuschauer und Nahrung zu kommen. Naturgemäß ist von diesen Marionettenspielern wenig überliefert, denn sie legen es ja gerade darauf an, sich in der schriftlichen Kultur unsichtbar zu machen. Dennoch ist uns ein Fall aus Ostpreußen bekannt.[11]

Im Herbst 1723 spielt in Tilsit ein Marionettentheater ohne Spielerlaubnis und ohne Abgabezahlung! *Das* in den Stammlanden des Preußischen Königs, *das* unter dem Soldatenkönig Friedrich Wilhelm und auch noch genau im Jahr der Einführung des Generaldirektoriums als oberste Verwaltungsinstanz, jener Einrichtung, die das »preußische Beamtenideal« prägte, verbunden mit dem absolut strengen Gehorsam gegenüber dem Staat. Wir wissen davon, weil der König Monate später von diesem Vorfall Wind bekommt — durch wen und wie, wissen wir nicht —, seinen ganzen Beamtenapparat auf die Fährte hetzt und dennoch nicht einmal den Namen des Spielers in Erfahrung bringt. Im Februar 1724 fragt er den Hauptmann von Tilsit in einem Schreiben, warum dieser eine Marionettendarbietung zugelassen habe, obwohl doch das königliche Edikt von 1716 das Auftreten auch von Wandermarionettentheatern ausdrücklich verbietet. Der Hauptmann bzw. sein Stellvertreter ist sich keiner Schuld bewußt. Er antwortet, daß er,

> »sobald es in Erfahrung gebracht, daß dergleichen Leuthe sich in der Stadt eingefunden, das allergnädigste Rescriptum, dem Magistrat communiciret, darauf aber die Antwort erhalten, daß die Spieler eine eigenhändige allergnädigste Verordnung vorgezeigt hätten«.

Die Verordnung, die der Stadtverwaltung vorgelegen hatte, ist dem Schreiben beigefügt. Es ist ein Patent vom 10. Januar 1723 für Johann Siegfried Schutzen »und seiner bey sich habenden Leuten, (...) daß er seine Exercitia in allen dero Landen allezeit treiben möge«. Friedrich Wilhelm ist erbost und schreibt am 22. Februar 1724:

> »Da aber (...) von Marionetten und Puppenspiel nichts sondern nur allein dieses (Patent, E. P.) enthalte, daß ihm erlaubt sein solle, seine Exercitia in allen unseren Landen zu treiben, so hast du zu berichten, was von Exercitia derselben getrieben, und wie du und der Magistrat daselbst solches auf das Marionettenspiel und Puppenspiel, welches auch keineswegs intra die Exercitia gerechnet werden kann, extendieren können. Und zwar sind wir hierüber deines allerunterthänigsten Berichtes binnen 8 Tagen gewärtig.«

Jetzt weiß der Beamte, der immer wieder betont, daß er nur in Stellvertretung des abwesenden Hauptmannes schreibe, nicht weiter. Er hatte damals auf den Fall nicht weiter geachtet, nachdem er die Lizenz zu Gesicht bekam. Es ist

> »dem Ambte nicht einstens bekannt geworden, worin das Spielen bestanden. Dies ist es, was ich in Abwesenheit des Ambtshauptmannes v. K. E. K. M. (Eurer Königlichen Majestät, E. P.) in aller unterthänigkeit referieren sollen«.

Doch das ist es natürlich nicht, was er berichten sollte. So folgt am 11. März 1724 eine erneute Antwort auf die königliche Nachfrage, »mit was Befugnis der Marionettenspieler allein agiret, da die dem sogenannten starken Mann nahmens Schutz ertheilte allergnädigste Concession nur auff gewisse exercitia gerichtet ist«:

> »Wir (der Rat, E. P.) müssen hierauf pflichtgemäß berichten, daß uns, ob ein Marionettenspiel getrieben worden, *nicht bewußt*. Zwar hat sich ein dergleichen Spieler alhier im Bürger-Meisterl. Ambte gemeldet, er ist aber deselben gemees dem allergnädigsten kö. Edikt abgewiesen worden, und als er sich bey dem alhie anwesenden Herrn Kriegs- und Domainen Rath Krüger dasselb beschweret, so hat er einen gleichen repulsam davongetragen, wie wir aber nach der jetzo rege gemachten Sache von dem hiesigen Accise Ambt die *Nachricht eingeholet*, so soll der vorgedachte starke Mann Schutz denselben in seiner Bande aufgenommen und zu seinem Behuf im Nachspiel adhibiret haben, weshalb auch, wie die Bücher nicht mehrere aufweisen, die Accise von dem Schutzen entrichtet worden.«

Nun ist die Angelegenheit endlich geklärt und findet ihren Abschluß in der Androhung des Königs, »hinfüro dergleichen nicht mehr zu gestatten, oder zu gewärtigen, daß ihr (der Hauptmann wie der Magistrat, E. P.) zur Exemplarischen Strafe gezogen werden sollet«.

Diese Episode zeigt neben der geschickten Verdunkelungspraxis des unbekannten Marionettenspielers freilich auch eine besonders rigorose, strikte Haltung eines Fürsten. Bis in die 1740er Jahre hinein bestimmt Friedrich Wilhelm mit seiner calvinistischen Gesinnung die theaterfeindliche Haltung Preußens. In diesen Zeiten gibt es für ein Wandermarionettentheater in seinen Landen keinerlei Bewilligungschance, da »dergleichen zu nichts als zum Verderb der Jugend gereichende Dinge« sind und der König »anstatt solcher Etablissements Gotteshäuser darin gebaut und Unsere Unterthanen mehr und mehr zum Christenthum geführt wissen wollen«[12] — oder zum kraftvoll kriegerischen Ideal, das die »starken Männer« in ihren Schaustellungen vermitteln sollen. Offensichtlich bedürfen die landesweiten Rekrutierungen theatralischer Schützenhilfe. J. S. Schutz ist im Preußen jener Tage nicht der einzige privilegierte Kraftprotz. Schon seit längerem spannt sein wesentlich bekannterer Kollege J. C. Eckenberg seine Muskeln unter dem Mantel eines preußischen Generalprivileges, unter dem auch eine Komödiantentruppe Deckung sucht.[13] Derartige Hilfestellungen dürfen allerdings nicht als Zeichen uneigennütziger Solidarität mißverstanden werden, denn man kann sicher sein, daß die Privilegieninhaber bei derartigen »Truppenerweiterungen« auch auf ihren finanziellen Vorteil geachtet und dem Ganzen eher das Gepräge einer Symbiose verliehen haben.[14]

Ist die offizielle Lizenz verwehrt und das gegenseitige Ausspielen der Instanzen oder die Privilegienbemäntelung unmöglich, so versuchen die Marionettenspieler wie die Schauspielertruppen, die begehrten städtischen (zahlreichen wie zahlungsfähigen) Zuschauer über einen anderen Weg in das Theater zu locken. Sie bauen ihre Theater in der unmittelbaren Nachbarschaft aber außerhalb der Hoheitsbereiche der Städte auf. Man kann sich vorstellen, daß ein Land mit etwa 100 Reichsfürsten und 1500 kleinen selbständigen Herrschaftsgebieten dazu reichlich Gelegenheit bietet. In einigen Städten, in denen der Einfluß reformierter, rigider Kirchenleitungen vorherrscht, werden allerdings auch derartige Ausweichmanöver der Wanderkomödianten mit allen Mitteln verfolgt. So empfindet es der Bremer Rat 1718 selbstverständlich als eine freche Provokation, daß sich die Theatergruppe, die er kürzlich barsch abgelehnt hatte, in der unmittelbaren — aber hannoverischen — Nachbarschaft einnistet.[15]

Die Studenten und Bürger des diesbezüglich besonders verrufenen Halle versucht der

Schauspieler- und Marionettenprinzipal J. F. Beck 1737 in sein Theater zu schleusen, indem er sich in einem nahen Bierdorf der Studenten niederläßt, das auf sächsischem Hoheitsgebiet liegt. Doch diesmal hat der waghalsige Komödiant Pech. Er wird mit seinem Theater von dem Merseburger Herzog vertrieben, nachdem eine Schlägerei unter Bauern und Studenten ein Menschenleben fordert. Beck läßt sich aber nicht abschrecken und begeht daraufhin einen großen Fehler — wohl geblendet von den beachtlichen Einnahmen —, indem er in ein preußisches Dorf umsiedelt, selbst nach einer Ausweisung weiterspielt und gar noch Theaterzettel herausfordernd an das schwarze Brett der Universität heftet. Mitsamt seinen sechs Mitspielern wird er festgenommen und eingelocht.[16]

IV.

An dieser Stelle wollen wir — eher willkürlich denn aufgrund versiegender Quellen — der konkreten Darstellung des sozialen Lebensraumes des Wandermarionettentheaters in der ersten Hälfte des 18. Jahrhunderts ein Ende bereiten. Es sollen nun die Winkelzüge der Spieler und ihre mehr oder minder am Rande oder jenseits jeweiliger Legalität sich bewegenden Verhaltensweisen wie auch die Reaktionen der Landesfürsten, Pastoren und Rektoren noch einmal betrachtet werden.

Dabei wird ein historisches Feld sichtbar, auf dem sich das Wandertheater in ökonomischer, sozialer wie kulturpolitischer Hinsicht vor dem Untergang bewahren muß. All diese Reibereien im Vorfeld der realen kulturellen Praxis des Theaters lassen in ihrer unbeschriebenen Mitte — der Aufführung — ein ganz spezifisches Bild vermuten. Man kann sicher sein, daß die hier belegten Abweisungen »von oben« wie die griffig gewordenen Fuchsereien der Spieler, deren Subversivität und Renitenz, einen sehr konkreten Erfahrungshintergrund abgeben für das eigentliche Spiel und dabei insbesondere Eingang finden in die vom Volk so umjubelten Extempores der lustigen Figur.

Natürlich sind die Stücke — die Haupt- und Staatsaktionen — wie die äußere Bühnenerscheinung dieser Puppenspektakel, in ihrer Grundauffassung der höfisch-barocken Opern- und Schauspielbühne verhaftet. Andererseits haben aber die soziale und kulturelle Eingebundenheit der Marionettenspieler in die Wandervolkskultur, die meist borniert-herablassende bis ablehnende Haltung der Fürsten gegenüber den theaterkulturellen Ansätzen des eigenen Landes, und die moralische Spinnenfüßigkeit bürgerlicher Pietät und Lebenszucht offensichtlich einen Haufen Lebenslust und -sucht, Frechheit und Antimoral aus den traditionellen anarchischen Utopien der »kleinen Leute« in dieses Marionettentheater hinüberfließen lassen.

Der Gedanke erscheint frappierend, daß die Marionette von damals in ihrer äußeren Erscheinung, ihrem gestischen Habitus und gemäß ihrer inneren Potenz (für etwas Lebendes zu stehen, sogar in »infantiler Verwechslung« Lebewesen zu sein — im Sinne des mythischen Denkens der »kleinen Leute«), Teile dieses volkskulturellen Denkens und Fühlens mit Teilen der absolutistischen Kultur an den Höfen treffend zur Deckung bringen konnte. Ist es nicht so, daß sich diese Theaterpuppe, in ihrer künstlich eckigen Gestik zwar auf die aristokratischen, in der am Hof so bedeutenden Tanzstunde eingeübten Umgansformen bezieht, sie aber doch nur in einem Zerrspiegel wiedergibt? Und wer kann bei dieser Verzerrung schon den Trennstrich ziehen zwischen idealisierender Überhöhung aus naiver Unkenntnis und bewußter Entblößung borniertet Absonderung? Der Hanswurst war immerhin die beweglichste Figur im Fundus!

Auch im Bühnenraum dieses Theaters treffen wir auf dieses Verhältnis. Die absolute Bedeutung von Raum, Unendlichkeit und Schicksal im barocken Denken findet ihren treffendsten Ausdruck in der auf Tiefenwirkung ausgerichteten Illusionsbühne. Die Wandermarionettenbühne übernahm sie von der Oper. Auch hier werden die komplizierten Perspektivkonstruktionen oft willkürlich verwendet und mit bedeutungsperspektivischen »Schnitzern« garniert, d. h. mit Größenverhältnissen und räumlichen Zuordnungen aus kindlich-naiver Sicht versehen. Denn an ein undurchschaubares Schicksal fühlte sich auch das Volk ausgeliefert; allerdings an ein weniger transzendentes, sich nicht im Unendlichen verflüchtigendes brutales Schicksal, das unmittelbar als Krieg, Hunger oder Kälte in das Haus drängt.

Schütz, der Hamburger Theaterhistoriker aus dem Ende jenes Jahrhunderts, scheint solche Gedankengänge zu stützen, wenn er über das Spiel Johann Gottlieb Försters, den wir noch aus Helmstedt kennen, folgendes zu berichten weiß:

»Auffallend war der Abstich hochtrabender auf Stelzen schreitender Prosa und platter tiefsinkender Reimverse, welche dazwischen gesungen wurden. Wenn das ehrsame Publikum in sothaner Banise (ein dazumal sehr bekanntes Stück, E.P.) eine Zeitlang durch Mord, Blitz, Donner und Hagel, Blut und Glut der Prosa erschüttert war: auf einmal erscholl aus dem lebendigen oder hölzernen Marionettenmäulchen ein Jammerlied, wie das aus dem Blitz, Donner und Hagelroman in die Staatsaktion aufgenommene und in Hamburg zum Gassenlied gewordene Lied: ‚Sollen meine grünen Jahre'«.[17]

Dieses Phänomen, das sich bis in das 20. Jahrhundert verfolgen läßt, die Überschneidung höfischer und volkskultureller Normen wie ihr grobes Ineinandermontieren, trat nicht nur auf der verbalen Ebene in Erscheinung, sondern zog sich durch die gesamte Präsentation. Wir bewerten diesen Vorgang als einen eigenständigen, kreativen Produktionsprozeß, der fremde (höfisch-barocke) Formen mit eigenem Leben anfüllt.

Zur Mitte des 18. Jahrhunderts kündigt sich jene andere, für den weiteren Gang der Marionettentheatergeschichte viel tiefgreifendere, Entfremdung an. Das Marionettentheater beginnt nun die Negativkontur abzugeben für das gerade erst aus der Taufe gehobene deutsche Nationaltheater. In dem angeführten Zitat aus Hamburg kommt dieser Standpunkt deutlich zum Ausdruck. Aus dem Sammelbecken deutscher Wanderkomödianten treten nun einzelne Truppen und Persönlichkeiten hervor, die eine feste Heimat im bürgerlichen Literaturtheater finden werden. Die Marionettenspieler bleiben auf der Straße. Natürlich gibt es dabei auch Ausnahmen, doch die heutige Ghettoisierung des Figurentheaters, jener Graben zwischen ihm und dem »großen« Theater, läßt sich ohne Umstände bis in diese 250 Jahre zurückliegenden Zustände verfolgen. Insofern kann der Blick auf die Geschichte auch helfen, den heutigen Standort zu klären. Dabei sollten wir uns bemühen, aus der Aneinanderreihung von Archivalien, Namen und Zahlen, aus diesem toten Abfall von Geschichte wieder Geschichten werden zu lassen: konkrete Geschehnisse mit und von Menschen, die durch ihre unterschiedlichen Interessen, Gefühle, gesellschaftlichen und wirtschaftlichen Möglichkeiten und Obsessionen in ihrer Mitte die Lebensgeschichte des Puppentheaters formten — aus unendlich vielen Verzweigungen, Knoten und Widerhaken.

»Denen sämtlichen concessionirten Puppenspielern hierselbst«
Das Marionettentheater und die Theaterpolizei in Berlin 1810

Alexander Weigel

I. Aktenspuren

Neben dem Königlichen Nationaltheater, das ein »ausschließendes Privilegium« besaß, und der Königlichen Oper, die im Jahr nur wenige Aufführungen veranstaltete, gab es 1810 in Berlin kein anderes festes Theater. Im Gegenteil, jede mögliche Konkurrenz wurde bekämpft.[1] Der Kreis der potentiellen Zuschauer, d.h. der gesellschaftsfähigen und zahlungskräftigen Theaterbesucher, war zu klein.

In einem nur aus sozialen Gründen erklärlichen Widerspruch dazu stand, daß sich seit den letzten Jahren des 18. und zunehmend in den ersten des 19. Jahrhunderts eine Anzahl von »Privattheatern« bzw. »Gesellschaftstheatern« entwickelte, deren Existenz allerdings oft nur von kurzer Dauer war. Das bekannteste unter ihnen war das Gesellschaftstheater »Urania«, das 1792 gegründet wurde. Daneben gab es das Privattheater »Minerva« des Kattunwebers Goerbisch, das Privattheater der »Ressource zur Concordia«, ein »Gesellschaftstheater in der Jakobstraße« und andere.[2] Hier handelte es sich um »Liebhabertheater«, die allerdings nur mit wenigen Vorstellungen im Winter in Erscheinung treten durften. Sie wurden streng reglementiert und brauchten für jede Aufführung auch das Einverständnis des Direktors des Königlichen Nationaltheaters, also A.W. Ifflands. Ihre Mitglieder rekrutierten sich überwiegend aus Kleinbürger-, Handwerker- und Arbeiterkreisen.[3]

Für die Beliebtheit von Theater in Berlin spricht auch, daß z.B. im Herbst 1808 einige Zeit »lauter Handwerker und brodlose Herumtreiber« unter einem »Directeur Haseloff« in verschiedenene Tabagien »Comödie« spielten, bis sie beim Polizeidirektorium denunziert wurden.[4] Der Gastwirt Gentz, den man daraufhin »theils wegen theatralischer Vorstellungen, theils wegen der in seiner Wirtschaft geduldeten Nachtschwärmereien« zu einer hohen Geldstrafe verurteilte, denunzierte zehn weitere Gastwirte, bei denen »das Gesetz vor u. nach mir, durch die selbe Menschen welche bey mir gespielt haben verletzt«, d. h. Komödie gespielt worden sei.

Gentz hatte dem Polizeidirektorium angegeben, er hätte »von Director Iffland die Erlaubnis erhalten, in seiner Wohnung Komödie spielen zu lassen«. Das wurde von dem indignierten Iffland schärfstens zurückgewiesen, mit dem Zusatz: »Dennoch hat sie [die Direktion des Königlichen Nationaltheaters, A.W.] die Überzeugung, daß gegen acht bis zehn Theater dieser Art [d. h. wohl nicht genehmigte Orte, besonders Wirtshäuser, in denen gespielt wurde, A.W.] existieren, welche vielleicht eine ähnliche falsche Erlaubnis vorgeben. Sie ersucht deshalb ein Königliches hochlöbliches Polizei-Directorium, darauf ein wachsames Auge zu haben.« (Iffland an das Polizeidirektorium Berlin, 9. Februar 1809.) Gentz wurde nach langem Hin und Her im Mai 1809 die Strafe »wegen seiner durch den Krieg zerrütteten Vermögensverhältnisse (...) und, um ihn nicht ganz zugrunde zu richten«, erlassen.[5]

Dies kennzeichnet ziemlich genau die soziale Umwelt, in der sich das Marionettentheater im ersten Jahrzehnt des vorigen Jahrhunderts in Berlin entwickelte. Damals war Marionettentheater im wesentlichen ein Wirtshaustheater, das auch nur über Anzeigen von Gastwirten in der »Vossischen« und der »Haude-Spenerschen« Zeitung und in einer schmalen Polizeiakte im Staatsarchiv Potsdam überliefert ist: »Pr. Br. Rep. 30 Berlin A, Polizei-Directorium, Nr. 239. ‚Die Aufsicht über konzessionierte und nichtkonzessionierte Marionettenspieler in Berlin.'« Die folgenden Darlegungen stützen sich unter anderem auf dieses von mir gefundene und ausgewertete Aktenmaterial.[6]

Beide Überlieferungen vermitteln den Eindruck, daß 1810 das Berliner Marionettentheater einen Höhepunkt seiner Verbreitung und Beliebtheit erreichte. Nach Feststellungen Weils gab es 1797 noch keine regelmäßigen Aufführungen in Berlin, während 1804 bereits zwei Spieler — in Anzeigen namentlich genannt sind J.G. Freudenberg und Carl Friedrich Loose — bei mindestens fünf Wirten gespielt haben sollen.[7] Das war sicher beeinflußt von dem wachsenden Erfolg, den das berühmte Marionettentheater von Schütz und Dreher seit 1803 bei jährlichen Gastspielen in Berlin hatte.

II. Kasperle in der Kneipe

Im Herbst 1810 gab es jedenfalls schon sechs konzessionierte Marionettenspieler, die bei mindestens zehn Gastwirten und an anderen Orten nach einem gewissen System reihum spielten.[8] Vor allem in den drei Monaten vor Weihnachten konnten so an jedem Wochentag in Berlin zwei bis drei Marionettenaufführungen gesehen werden. Rechnet man die nicht annoncierten und illegalen Vorstellungen der nichtkonzessionierten Spieler hinzu, waren es wahrscheinlich noch mehr. An Sonnabenden, Sonn- und Feiertagen durfte nicht gespielt werden.

Verschiedene Gastwirte hatten einen festen Wochentag mit Marionettenspiel, an anderen Tagen wurden »Concerte« (Vokal- und Instrumentalmusik) oder meist mit volkstümlichen lokalen Traditionen verbundene Tanzspiele u.a. geboten. Nur selten annoncierten Marionettenspieler selbst. Das weist auf ihre bescheidene Existenz und auf Einschränkungen hinsichtlich der Auftrittsorte hin. Auch das Marionettentheater wurde vom Königlichen Nationaltheater als Konkurrenz betrachtet. Wahrscheinlich hatte sein Direktor auch hier ein Wort mitzusprechen.

Die Gastwirte gaben dem Marionettentheater vorrangig aus kommerziellen Gründen eine Heimstatt. Es ging darum, Gäste zum Abendessen an- und von der Konkurrenz wegzulocken. Die in den privilegierten Zeitungen veröffentlichten Anzeigen belegen dies und zugleich die Zugehörigkeit des Marionettentheaters zu einem ganzen Umkreis volkstümlicher Unterhaltungen:

— »Heute, Donnerstag, wird mit laufenden Figuren aufgeführt: Der Gimpel auf der Messe. Zum Abendessen ist zu haben Gänse- und Hühnerbraten, grüne Aale mit Danziger Sauce. Wisotzky, Stallschreibergasse No. 43.« (Vossische Zeitung, Beilage zum 110. Stück, 13.9.1810)

— »Heute, Dienstag, den 2ten Okt., wird in meinem Saal das Pflaumenfest mit großer Ceremonie gefeiert werden; auch wird morgen, Mittwoch den 3ten, das Marionettenspiel wieder seinen Anfang nehmen, und damit alle Woche kontinuiert werden. Wiedeck. Contreskarpe No. 12 im Silbersaal.« (Vossische Zeitung, 118. Stück, 2.10.1810)

— »Heute, Dienstag, wird Herr Lange mit großen laufenden Figuren aufführen: Zita, oder der Zauberwald und damit jeden Dienstag kontinuieren. Schülecke, Alte Jakobsstraße No. 20.« (Vossische Zeitung, 124. Stück, 16.10.1810)

- »Morgen, als den 24ten, wird mit großen laufenden Marionetten aufgeführt: Die Braut in Ketten, oder die Kindsmörderin, ein Schauspiel von Wagner. Auch ist zu haben eigengemachte frische Wurst von der besten Güte. Von 6 Uhr an wird gespeist. Greim, Stallschreibergasse No. 30.« (Haude- und Spenersche Zeitung Nr. 127, 23.10.1810)
- »Herr Lange wird alle Freitag Abend in meinem Saal, welches morgen seinen Anfang nimmt, mit großen laufenden Marionetten, wozu er die besten Stücke wählen wird, die sich einfindende Gesellschaft zu unterhalten suchen. Gentz, Zimmerstraße 78.« (Haude- und Spenersche Zeitung, Nr. 128, 25.10.1810)
- »Donnerstag, den 6ten December, wird auf Begehren ein Pfeifentanz gegeben. Freitags ist Marionettenspiel, und Dienstags giebt Herr Heinsius ein Singe-Concert mit Begleitung der Guitarre. Gröer, Französische Straße Nr. 60.« (Haude- und Spenersche Zeitung, Nr. 146, 6.12.1810)
- »Mit Arien und Chören, nebst vollständiger Musik, wird, Mittwoch, den 12ten Decbr., in meinem Saal Lindenstraße No. 61 auf dem Schuchartschen Marionettentheater aufgeführt: Die schöne Orsena, ein Feenmährchen in 5 Aufzügen. Christiany.« (Vossische Zeitung, 148. Stück, 11.12.1810)

In den Anzeigen tauchten 1810 zwei Namen von Marionettenspielern auf, Schuchart und Lange, später auch Richter. Die meisten Anzeigen nannten keinen Namen und auch keine Titel. Offenbar handelte es sich bei den Genannten um die inzwischen bekanntesten Marionettentheater, deren Name »zog«. Nur aus den Polizeiakten sind Namen und Adressen aller konzessionierten Berliner Marionettenspieler zu entnehmen.
Das waren Friedrich Daniel Schuchart, Rosenthaler Str. No. 5; Friedrich Wilhelm Lange, Hasenhegerstr. No. 2; Johann Siegesmund Richter, Linienstr. No. 28; Carl Friedrich Loose, Hospitalstr. No. 11; J.G. Freudenberg, Hospitalstr. No. 47 und Etienne Andrian (Wohnung nicht überliefert). Lange war »invalider Husar«, Loose ein »Krüppel«, der seine Konzession ebenfalls von einem Invaliden, Joachim Friedrich Wolff, übernommen hatte. Loose z. B. konnte seinen Namen nicht schreiben.[9] Neben den Genannten waren, mindestens zeitweise, auch noch Marionettenspieler ohne Konzession tätig.[9a]
Die innere Organisation der Marionettentheater geht in etwa aus einem polizeilichen Vorgang gegen F. W. Lange vom August 1810 hervor. Dieser hatte ein Stück mit dem Titel »Der König auf der Jagd im Walde verirrt« gespielt, was zu wiederholen ihm bei 20 Talern Strafe verboten wurde (wahrscheinlich wegen Herabsetzung der Majestät). Dazu hieß es im Bericht eines Polizeikommissars vom 29. August 1810:

> »Das Puppenspiel gehört dem dazu concessionirten ehemaligen Tabagist Lange. Dirigirt wird solches durch den p. Brandt, die Führung der Puppen und das Sprechen geschieht von den act. Garde du Corps Neitsche und Casperle belebt und bewegt einer nahmens Habèr.«

Lange war also Eigentümer des Marionettentheaters, betrieben wurde es von dem »p. Brandt«. Die komische Figur (»Casperle«) muß eine große Rolle gespielt haben; darauf verweist ihre Führung durch einen eigenen Spieler. Habèr war offensichtlich Langes bester Mann. Im August 1811 denunzierte er ihn beim Polizeidirektorium, weil er sich (»mit einem Arbeitsmann nahmens Sahm«) selbständig gemacht hatte, sich den gleichen Wirten anbot und damit zur Konkurrenz wurde.
Zu dem beanstandeten Stück nun gab es kein Manuskript. Neitsche konnte es auswendig und trug es vor, »wie es ihm im Sinn kommt«. Polizeikommissar Thieme weiter:

> »Die Puppenspiele haben durchaus nichts regelmäßiges, sie geben die Stücke nahmens, und führen in einem Stück drey oder mehrere Stellen aus Comödien auf (...), verlieren sie ihre Geschichte, so faßen sie das erste das beste was ihnen einfällt, und tragen es vor, ihr Zweck ist nur Lachen zu erregen, wodurch manches Unsittliche entsteht.«[10]

Es wurde von der Polizei festgestellt, daß sie »selten die zu gebenden Stücke gedruckt oder im Manuskript besitzen, sondern diese durch mündliche Überlieferung von Vater auf Sohn auswendig gelernt haben.«[11] F. D. Schuchart z. B. ergänzte sein Repertoire dazu auf folgende Weise:

> »Wird (...) auf dem National Theater ein beliebtes Stück gegeben, so fand ich mich dort als Zuschauer ein, und ein paar Tage darauf, wurde es von mir auf meinem Marionettentheater, doch unter einem anderen Tittel aufgeführt.«[12]

J. S. Richter lieh sich auch Bücher aus der »Lesebibliothek«.[13]

Auf diesem dreifachen Weg entstand vermutlich das Repertoire aller Berliner Marionettentheater. Unter den »von Vater auf Sohn« überlieferten Titeln waren wahrscheinlich auch die traditionellen Repertoire-Stücke des Wandermarionettentheaters. Mitgeteilt wurde weiterhin, daß sich die »Puppen und Marionettenspieler (...) demnächst Zusätze erlauben, die ihnen Ort, Zeit und Gelegenheit eingeben.«[14] Das Polizeidirektorium war der Überzeugung, daß sie »Stücke aufführen, die ihrem ganzen Inhalte nach äußerst anstößig sind« und hielt es deshalb für

> »einleuchtend, daß dergleichen Vorstellungen, wenn sie auch vielleicht nur hin und wieder mit einem obszönen Ausdruck gewürzt werden, auf die Moralität der rohen sinnlichen Menschen und überhaupt auf die Sittlichkeit des Volkes sehr nachtheiligen Einfluß haben könnten.«[15]

Als z. B. C. F. Loose beantragte, in Charlottenburg spielen zu dürfen, wurde von dort dem Polizeidirektorium mitgeteilt,

> »daß dergleichen Puppenspieler hier weder vom Magistrat noch von der Geistlichkeit und auch von keiner der vorzüglichsten gewöhnlichen und Sommer Bewohnern (...) gern gesehen werden, da die Ruhe im Ort die Abende und auch späthin unterbrochen wird, indem nach dem Spiel Tanzmusik ist, dabey werden die niedere Volksklasse ihre paar Groschen loß und durch das späte Schlafen gehen, unfähiger als sonst zur Arbeit.«[16]

III. Anstößig

Mit dem zitierten Material ist die Stellung des Marionettentheaters in der preußischen Gesellschaft, sein soziales Umfeld, seine innere Organisation und künstlerische Methode, sein Publikum und seine besonderen Beziehungen zu ihm, wenigstens angedeutet. Es war offenbar nahe der untersten Stufe der Gesellschaft angesiedelt. Konzessionen wurden, nach den friederizianischen Kriegen, vor allem an invalide Soldaten vergeben, zum Teil von ihnen weitergegeben bzw. verkauft. Mit Marionetten wandernde Puppenspieler gab es — sozial etwa den Hausierern gleichzustellen — überall im Land.[17]

In Berlin gelang es offensichtlich einigen Konzessionsbesitzern, den Status eines Handwerksbetriebs (mit Geselle und Lehrlingen — Kasperlespielern und übrige Spieler) zu erreichen.[18] Damit erlangten sie die Seßhaftigkeit und, durch Interessengemeinschaft mit Tabagisten und anderen Wirtsleuten, eine gewisse soziale Sicherheit. Der Umstand, daß noch 1810 den Behörden, außer ihrer Existenz, nichts weiter über sie bekannt war, deutet auf diese Übergangssituation hin. Repertoire und Spielweise des Berliner Marionettentheaters waren zweifellos von seiner unsicheren sozialen Situation beeinflußt. Es waren in ihm — wenn vielleicht auch armselige — Reste des alten Volkstheaters erhalten. Das Repertoire scheint aber stark vom unterhaltenden Programm des etablierten Theaters beeinflußt gewesen zu sein: Lustspiele und Possen, die für die eigenen Bedürfnisse und sehr freizügig zurechtgemacht wurden.[19] Zweifellos darf man dieses Marionettentheater nicht von einem literarischen Standpunkt aus betrachten. Als Teil einer städtischen Subkultur, einer »zweiten Kultur« der arbeitenden Klassen, war es schöpferisch auf eine unliterarische Art, ungetrübt von »Reflexion«.[20] Daß die Stücke »nichts Regelmäßiges« hatten und »wie es ihnen im Sinne kommt«[21] gespielt wurden, weist auf die entscheidende Rolle der Improvisation hin, von der besonders die komische Figur, hier schon »Casperle« genannt, lebte. »Ort, Zeit und Gelegenheit« waren wichtige Momente für die künstlerische Produktion. Das künstlerische Produkt, die Aufführung, war damit in einem weitaus größeren Maß als im »richtigen« Theater ein gemeinschaftliches der Puppenspieler und ihrer Zuschauer, mitbestimmt von aktuellen Bedürfnissen. Was von der Polizeidirektion als »obszön« und »anstößig« bezeichnet wurde, war das Derbkomische, ein wichtiges Element des alten Volkstheaters. Wenn es polizeilich hieß, »manches Unsittliche« entstehe durch ihren »Zweck (...) nur Lachen zu erregen«,[21a] dann bezog sich das auch auf politische und personelle Anspielungen. Unverfängliche (meist sentimental klingende) Ankündigungen besagten nichts; vielmehr stellte die Polizei fest, daß »die Titel der Stücke selten dem Inhalte entsprechen«, wodurch es erst recht möglich wurde, »anstößige Stücke« und »unsittliche Ausdrücke«, natürlich »dem Publikum zum Vergnügen«, aber »auf Kosten der allgemeinen Sittlichkeit«, darzubieten.[22]

Das Berliner Marionettentheater hatte 1810 einen Höhepunkt seiner Beliebtheit erreicht, und doch blieb es in seiner Wirkung auf einen bestimmten sozialen Bereich beschränkt. Aus »gebildeten« Kreisen sind keine Erwähnungen überliefert. Erhaltene Erinnerungen beziehen sich fast ausschließlich auf das Marionettentheater von Schütz und Dreher, dessen letztes Gastspiel in Berlin von November 1807 bis Mai 1808 stattfand. Es hatte Maßstäbe gesetzt für die Beurteilung des ganzen Genres mit einem Repertoire, das alle berühmten Titel des alten deutschen Volks- und Marionettentheaters umfaßte. Besonders in den Kreisen der Berliner Romantiker vermochte es damit sowohl nationales wie literarisches Interesse hervorzurufen.[23] Ludwig Tieck hatte schon 1800 in den »Briefen über Shakespeare« darauf hingewiesen, daß die Marionettentheater »eine Anzahl von alten Stücken« spielten, »die unser eigentliches Nationaltheater formiren, weil sie so ächt deutsch, ganz aus der Mitte unserer Begriffe hervorgegangen sind«.[24] Der Erfolg des nach den Zeugnissen künstlerisch hochstehenden Marionettentheaters von Schütz und Dreher hat sicher auch allgemein die Entwicklung und das Repertoire der Berliner Marionettentheater beeinflußt. Aber selbst der auf kleinbürgerliche Kreise orientierte »Beobachter an der Spree« erwähnte erst im Mai 1811 (in einem »Schreiben eines Berliners an einen Charlottenburger über die neuesten Stadtvorfälle«) wieder Marionettentheater; diesmal das des Mechanikus Geisselbrecht, der sein erstes Gastspiel in Berlin gab.[25] Geisselbrecht vereinigte in einem umfangreichen Repertoire vor allem klassische deutsche Marionettenstücke und Stücke der Wiener Volks- und Zauberkomödie mit neuerer Literatur in Gestalt von Stücken J. D. Falks und A. Mahlmanns. Dies brachte ihm bei seinem zweiten Gastspiel im Dezember 1811 die Anerkennung ein, er habe versucht, »den Berlinern den lang vermißten Schütz zu ersetzen«, denn er forme »durch gute Wahl mannigfaltiger für seine Bühne eigens gedichteter Stücke den Trübsinn in Freude und den tiefsten Ernst in Lachen um«.[26]

## IV. Zeitgeschichte am Markt

Obwohl von Clemens Brentano und Achim von Arnim keine Äußerungen überliefert sind, ist es unwahrscheinlich, daß sie das Marionettentheater in Berlin nicht gekannt haben. Wie man weiß, war ihr Interesse am Puppentheater von Jugend an sehr groß. Arnim hatte die Vorstellungen von Schütz und Dreher besucht. Schon im Februar 1806 schrieb er aus Berlin an Goethe:

> »Auch das Theater [das Königliche Nationaltheater, A.W.] ist noch das alte, schwache, träge, reducirte Stückpferd, dem das Futter unterschlagen, auf einem Auge blind, denn die beste älteste Schauspielerin M. Doebbelin ist blind geworden«.

Dagegen habe

> »Casperl den ganzen Winter mit großem Beifall gespielt, doch hat er nichts neues unter seinen Stücken. Er sagt mir immer große politische Wahrheiten von unserem Lande.«[27]

Anläßlich einer kurzen Reise von Karsdorf nach Rostock im Mai 1806 besuchte er dort auch ein wanderndes Puppentheater, das u. a. antifranzösische Stücke spielte:

> »Napoleon und Schinderhannes in Wachs, ein Puppenspiel aus dem Hannoverischen: Der arme deutsche Harlekin muß einem Franzosen das Schleifrad drehen, statt Lohn wird er ausgeschimpft, als er müde ist, geht ihm der Franzose mit dem Messer zu Leibe, da wendet sich das Blatt, der Franzose wird zermalmt, auch in mehreren Szenen bekömmt er immer Schläge, die Gewissensbisse roher Naturen. Die Freiheit pantomimischer Zoten nähert sich der alten Komödie.«[28]

Arnims Urteil:

> »Die Zeitgeschichte trifft am Markt zusammen.«[28a]

Wahrscheinlich bezog sich Arnims Puppenspielplan[29] auf die Kenntnis des Berliner Marionettentheaters, dessen Repertoire aus verschiedenen Gründen »einer höheren Entwicklung« bedurfte. Praktisch tätig wurde Arnim in dieser Frage schließlich mit seinem Schattenspiel »Das Loch« und besonders mit »Die Appelmänner« (geschrieben 1811, veröffentlicht 1813 in der »Schaubühne«), mit seinem volkstümlichen und national-geschichtlichen Stoff und seiner aktuellen Tendenz.

Heinrich von Kleists Interesse am Marionettentheater hat, freilich anders orientiert als das Arnims, in seinem erzählten Dialog »Über das Marionettentheater« (veröffentlicht vom 12.–15. Dezember 1810 in seinen »Berliner Abendblättern«), beredten Ausdruck gefunden. Es ist zwar kein direkter Hinweis überliefert, daß er Aufführungen des Berliner Marionettentheaters besucht hat; es ist aber wahrscheinlich. Dessen soziales Milieu war ihm durchaus nicht fremd. F.W. Gubitz, der Kleist »nicht glänzend angetan, düster vor sich hinblickend (...) zuweilen in einer oder andern Straße Berlins« sah, war erzählt worden, er »beschäftige sich mit einem Tagesblättchen, zu dessen Inhalt er das Nötige meist in einem Gasthause für Weintrinker schreibe«.[30] Es ist auch möglich, daß durch den Verkehr mit Arnim Kleists Interesse am Marionettentheater geweckt, oder besser, wieder geweckt wurde. Denn höchstwahrscheinlich kannte er Marionettentheater schon lange, und »Über das Marionettentheater« selbst gibt einen Hinweis darauf. Das »Winter 1801 in M.«, zur Täuschung der Zensur gleich an den Anfang des erzählten Dialogs gesetzt, meint mit ziemlicher Sicherheit Mailand. Damit wird eine Tatsache zur Mystifizierung benutzt. Kleist hat sich zwar nicht 1801, wohl aber 1803 in Mailand aufgehalten, und zwar im Sommer. Die Rückdatierung in »Winter 1801« muß dann keine Erinnerungsschwäche sein, sondern kann eine verdrehte Anspielung auf den Winter 1810, d.h. jetzt in Berlin, signalisieren. In Mailand gehörte zu den Attraktionen, die von Fremden besucht zu werden pflegten, ne-

Die Primaballerina Legnetti und ihre Ballettgruppe zu Besuch bei Gerolamo im Fiando-Theater Mailand, allegorisches Blatt, Italien, um 1830

ben der Oper auch das Marionettentheater des Giuseppe Fiando (»Un marionettista di gran valore«) an der Piazza dei Mercanti. Es war vor allem durch seine Puppenballette berühmt.[31] Aus späteren Jahren sind enthusiastische Urteile über die Kunst Fiandos und seiner Marionetten überliefert. Stendhal schrieb 1824 in einem Reisebericht aus Italien (veröffentlicht in »Globe«, 2. und 8. Oktober 1824):

> »Der Direktor des Puppenspiels in Mailand starb kürzlich mit Hinterlassung eines Vermögens von 300.000 Franken, das er freilich zumeist seinen vorzüglichen Balletten verdankte. Man muß es gesehen haben, um es zu glauben, welche Anmut (...) er den Beinen und Tanzsprüngen seiner kleinen Holzfiguren zu geben verstand. Man konnte in Mailand nicht selten hören, Gerolamos erste Marionette wäre besser als der erste Ballettänzer der Scala.«[32]

In »De Paris à Naples«, einem Reisebericht von Jal aus dem Jahre 1834 heißt es:

> »Die Tänze dieser hölzernen Perot und Taglioni sind wirklich unbeschreiblich, jede dieser Marionetten kann den Neid vieler hochbezahlter Tänzer aus Neapel, London oder Paris erregen (...) alle möglichen Arten von Tänzen, all die Bewegungen der Füße und Beine, die Sie in der Oper bewundern, werden Sie auch im Fiando-Theater finden.«[32a]

Wenn Kleist 1803 das Mailänder Marionettentheater besucht hat, dann konnte er freilich »diese für den Haufen erfundene Spielart einer schönen Kunst« auch in Berlin »einer höheren Entwicklung für fähig«[33] halten. Es ist möglich, daß Notizen in seinem »Ideenmagazin«, auf dieser Reise eingetragen, das erste Material zu seinem bekannten Dialog »Über das Marionettentheater« bildeten.

1818, in seiner Vorrede zu Wilhelm Müllers Übersetzung von Christopher Marlowes »Doctor Faustus«, erinnerte sich interessanterweise Achim von Arnim nur daran, daß Kleist zum »Lobe« des Kasperle geschrieben habe.[34] Das hatte wahrscheinlich ihren gemeinsamen Interessen entsprochen. Anzunehmen ist, daß Arnim und Kleist, die nicht nur als Zuschauer mit dem Berliner Königlichen Nationaltheater unzufrieden waren, sondern auch als Dramatiker nichts von ihm zu erhoffen hatten, das Marionettentheater als regelrechtes Gegenbild des offiziellen Theaters betrachteten, was zu ernsthaften oder ironischen Vergleichen geradezu herausforderte. Das Marionettentheater repräsentierte für sie — im Gegensatz zum nur so genannten »Königlichen Nationaltheater« — eine wirkliche nationale Tradition und war zugleich, vor allem über das Mittel der Improvisation, dem Augenblick verbunden und aktuell. Diese Einheit von Tradition und Aktualität entsprach weitgehend den nationalen und theaterästhetischen Vorstellungen Arnims und Kleists. Das Publikum und die Publikumsbeziehungen des Marionettentheaters schienen für die »Förderung der Nationalsache« bei »allen Ständen des Volkes«[35] weitaus bessere Vorraussetzungen zu bieten. Es erreichte genau ein Publikum, ohne das, nach beider Überzeugung, keine nationale Bewegung möglich war.

## V. König und Kasperle

Von Friedrich Wilhelm III. und seiner Regierung aber wurde die Wertschätzung des Marionettentheaters durch intellektuelle Kreise Berlins, die, entsprechend der aktuellen Situation, über ihren künstlerischen hinaus einen politischen Charakter annahm, nicht im mindesten geteilt. Das hatte seinen Grund in der politischen Situation des preußischen Staates nach 1806. Besonders 1809 war der Widerspruch zwischen der offiziellen preußischen Politik gegenüber Frankreich und der Stimmung breitester Kreise (die sich u. a. in Gestalt spontaner patriotischer Erhebungen in Norddeutschland unter Katte, Dörnberg, Schill äußerte) deutlich zutage getreten. Der König fürchtete bekanntlich nicht nur, daß Napoleon als Strafe dafür den preußischen Staat ganz liquidieren könnte, er hatte ebenfalls Anlaß zur Sorge, daß eine nationale Bewegung von unten revolutionären Charakter annehmen und seine Herrschaft beseitigen könnte. Er ließ deshalb keine Gelegenheit vorübergehen, seine Ergebenheit gegenüber Frankreich zu beteuern, und versuchte nicht nur, jeden Anschein einer Sympathie mit nationalen Bestrebungen zu vermeiden; vielmehr ließ er alles in diese Richtung gehende unterdrücken, soweit es in seiner Macht stand. In diesem Zusammenhang ist ohne Zweifel die »Kabinets Ordre« einzuordnen, die der König am 17. November 1809 aus Königsberg an das Innenministerium erließ.[36] Nach ihr wollte er »Allerhöchst selbst« auch »den Unfug, den konzeßionirte und nicht konzeßionirte Puppenspieler treiben, ferner nicht geduldet, sondern nachdrücklichst abgestellt wißen.«[37]

Die Kabinettsordre vom 17. 11. 1809 hatte eine Vorgeschichte, die kennzeichnenderweise bis in den Oktober 1806 zurückreichte. In ihr traten die »geistlichen Hirten«, also die Geistlichkeit des platten Landes, als Denunzianten der Marionettenspieler und ihrer ländlichen Zuschauer auf. Eine »Acta betr. die Feyer und Heiligung der Hohen Festtage und des Sonntags und Abstellung des Schwärmens und Spielens an denselben«[38] zeigt den engen zeitlichen Zusammenhang zwischen dem Zusammenbruch Preußens und der französischen Besetzung im Oktober 1806 und den Bemühungen, die »niedere Volksklasse« unter Kontrolle zu halten. Dabei konnte man sich heuchlerisch auf die Sonnabende, Sonn- und

Feiertage beschränken, da der Arbeitszwang an den übrigen Tagen ausreichend für Ruhe sorgte. Der erste Entwurf zu einem »Reglement wegen der Feyer der dem öffentlichen Gottesdienst gewidmeten Tage« datiert genau vom Oktober 1806:

> »Alles, was an solchen Tagen der Abhaltung des öffentlichen Gottesdienstes hinderlich sein (...) kann, muß eben so sehr verhütet werden, als dem Aberglauben, dem Leichtsinn in der Religion, der Immoralität und der Üppigkeit Schranken gesetzt werden müssen«,[39]

lautete einer der allgemeinen Punkte. Punkt 14 sah, nach vielen anderen Reglementierungen, vor: »Die Spinnstuben auf dem Lande müssen jetzt gleich, und die Marionettenspiele nach und nach abgestellt werden.«[40] Ein Schreiben des Predigers Raymund Dapp in Kleinschönebeck vom 8. April 1807 klärt über Zusammenhänge auf:

> »Die höchst schädlichen Marionetten- oder Schattenspieler kommen am liebsten des Sonnabends Nachmittag in die Dörfer, weil diese Abende in der Regel dem Dienstvolk gehören. Gegen 8 Uhr fängt das Spiel an, und die meisten Zuschauer bleiben die Nacht durch in der Schänke, wo Glücksspiele und Tänze gehalten werden. Eher mögen sie, wenn sie ja geduldet werden sollen, am Sonntag Abend ihr Spiel eröffnen, wo sich ohnehin ein großer Theil des Dorfes in der Schänke versammelt, denn es ist leicht einzusehen, daß die Schwänke des schmutzigen Hanswursts und die Nachtschwärmerey der darauf folgenden Sonntagsfeyer durchaus ungünstig sind. Wollte Gott, daß dieses Volksvergnügen entweder verbeßert, oder, da es schwerlich einer wahren Verbeßerung fähig ist, gänzlich abgeschafft werden möchte.«[41]

Das war nach Dapps Überzeugung desto notwendiger, als

> »unter dem Gesinde (...) die Nachläßigkeit des Kirchenbesuchs überhaupt sehr gewöhnlich (wird)« und »die Ursache davon (...) nicht immer bei den Brodtherrschaften zu suchen« war, »sondern vielmehr in der immer mehr überhandnehmenden Eigenwilligkeit und Widerspänstigkeit der Dienstboten«.[42]

Um dieses also letztendlich politische »Reglement« bemühte man sich bis zum Frühjahr 1810. Neben diesen Vorgängen gab es weitere, die alle darauf abzielten, die politische Stille im Land, besonders in der »niederen Volksklasse« zu erhalten, keine soziale Unruhe, keine nationale Bewegung von unten zuzulassen. In Berlin geschah das zum einen in Gestalt von Anordnungen des Polizeidirektoriums gegen »Nachtschwärmereien« in den Tabagien, »damit dem Hange zu Unordnung und Liederlichkeit dadurch möglichst entgegen gearbeitet werde«,[43] zum anderen durch ein auf eine Anordnung des Ministeriums zurückgehendes »Decretum« des Polizeipräsidenten Gruner, nach dem »den Urhebern und Verbreitern beunruhigender politischer Gerüchte (...) nachgespürt«, und »der Schuldige ohne Ansehen der Person, er habe aus Absicht, Leichtsinn oder Schwatzhaftigkeit gefehlt, arretirt und vernommen« werden sollte.[44] Schließlich auch durch Maßnahmen gegen »Ressourcen« bzw. »Privattheater«, weil

> »lauter junge abhängige Leute ohne Wißen ihrer Brot Lehrherren oder Eltern u. Verwandten dort ihr Unwesen treiben, ganz den bestehenden Gesetzen entgegen, u. höchst nachtheilig für die Sittlichkeit«, weswegen »der größte Theil (...) ausgehoben zu werden verdient weil es die Oerter sind, in welchen bis an hellen Morgen, ohne Gesetzliche Aufsicht, alles nach Gefallen, unter dem Vorwand Resource getrieben wird, die Mitglieder oft nicht mehr als Handwerker und Mädchens aus der ordinärsten Klaße sind, und mit den niedrigsten Tanz Tabagien in gleichem Range stehen«.[45]

## VI. Kasperle und Polizist

Die »im gleichen Range« stehenden Marionettentheater betreffend, ging das erwähnte Schreiben vom 20. November 1809 »auf Seiner Königl. Majestät allergnädigsten Spezial-Befehl« auch »zur Nachricht und genauesten Nachachtung an den Polizeipräsidenten Gruner zu Berlin«[46], der es am 30. November 1809 »Dem Herrn Pol. Inspektor Holthoff zur Kenntniß, Beachtung und Instruktion«[47] weiterreichte. Holthoff war in Berlin »die Polizei der Sitten« anvertraut.[48] Inzwischen hatte auch die »Königliche Preußische Kurmärkische Regierung« in Potsdam (die dem Polizeidirektorium Berlin unmittelbar vorgesetzte Behörde) das königliche Schreiben erhalten. Sie erließ ihrerseits am 5. Januar 1810 ein »Circulare«, in dem die königliche Forderung wiederholt wurde, daß »die Marionettenspieler, welche nun einmal mit Concession versehen sind, unter der schärfsten polizeilichen Aufsicht gehalten werden sollen«, während denen, »die keine ausdrückliche Concession im Original aufzuweisen haben, durchaus keine Darstellung ihrer Künste und Gaukeleien zu gestatten« sei. Vielmehr seien »die Orts-Polizei-Behörden anzuweisen (...) ihnen keine Vorstellung ohne Vorzeigung einer von Euch visirten Concession zu erlauben«. Es wurde hinzugefügt, daß den Marionettenspielern die »Darstellung (...) nur des Abends bis zur gesetzten Stunde, und nur unter der strengsten Controle der nothwendig gegenwärtigen Schulzen und Schullehrer des Orts (in Städten eines Magistrats- und Schul-Mitglieds) gestattet werden« sollten, »auf deren Anzeige vom Mißbrauch irgend einer Art ihr denselben die Concession sogleich abnehmt und uns einsendet«. Die Kurmärkische Regierung forderte schließlich, »um auch zu erfahren, welche dergleichen concessionirte Subjecte noch vorhanden sind«, ihr »am 1sten Juny d. J. ein Verzeichnis der von Euch visirten Concessionen einzusenden«.[49]

Polizeipräsident Gruner reichte das »Circulare« am 2. März 1810 wieder an Holthoff weiter, »um die Herren Pol. Kommißarien auf die diesfälligen Königlichen Bestimmungen (...) wiederholentlich aufmerksam zu machen, und zur genauen Befolgung zu instruiren«.[50] Es hing sicher mit der schwer greifbaren sozialen Randexistenz der Marionettentheater zusammen, wenn Pol. Inspektor Holthoff mit der Durchsetzung der geforderten Maßnahmen zeitlich in Schwierigkeiten kam. Erst am 6. Juli 1810 schlug er, der sich wahrscheinlich inzwischen sachkundig gemacht hatte, Maßnahmen vor, »diesem Unwesen einen kräftigeren Damm als die bisherige Aufsicht der Hr. Pol. Com., die oft selbst die Sache nicht zu beurtheilen« wüßten, vorzuschieben.[51] Holthoff machte nun einen Vorschlag, der polizeilich sicher intelligent, künstlerisch aber tödlich war:

> »Sämtlichen Puppen- und Marionettenspielern (ist) aufzugeben binnen 3 Monaten sämtliche Stücke im Drucke oder Manuskripte einem hohen Polizei Präsidium einzusenden, um das Imprimatur formal zu erhalten als auch den Conzessionen das Verzeichniß der Stücke, die aufgeführt werden dürfen, beizufügen, mit Androhung einer namhaften Strafe, wenn sie sich eigenmächtige Zusätze erlauben sollten.«[52]

Diesen Vorschlägen wurde von Gruner zugestimmt. Ein »Decretum« vom 31. August 1810[53] befahl die behördliche Feststellung der in Berlin wohnhaften konzessionierten Marionettenspieler, denen durch die »Polizey-Kommissarien« der Reviere zugleich folgendes Schreiben vorgelegt werden sollte:

> »Denen sämtlichen concessionirten Puppenspielern hierselbst, wird hierdurch aufgegeben, bey zehn Thaler Strafe, innerhalb drey Monaten [d. h. bis Ende November 1810 — Mitte Dezember 1810 erschien in den ‚Berliner Abendblättern' Kleists ‚Über das Marionettentheater'! A.W.] eine genaue Abschrift von allen Stücken, die sie aufzuführen pflegen, zur Censur einzureichen und für die Zukunft bey neuen Stücken, bevor sie dieselben vorstellen, ein Gleiches bey Vermeidung derselben Strafe zu beobachten.«[54]

Am 6. September 1810 ging ein Schreiben Gruners an die Kurmärkische Regierung nach Potsdam, das die eingeleiteten Maßnahmen rapportierte und begründete sowie »gehorsamst anheim« stellte, »ob nicht diese Massregel, wie bey den Volksliedern, auf die ganze Provinz auszudehnen seyn dürfte«, und ankündigte: »Sobald die eingegangenen Stükke censirt seyn werden, werde ich nicht ermangeln, Einer p. ein Verzeichnis derselben ganz ergebenst mitzutheilen.«[55]

VII. Repertoireräumung

Die polizeiliche Aktion zur Feststellung der Marionettenspieler begann Anfang September 1810, ausgeführt von vierundzwanzig Polizeikommissaren unter der Leitung von Polizeiinspektor Holthoff. In ihrem Verlauf wurden die sechs bereits genannten konzessionierten Spieler namhaft gemacht und durch ihre Unterschrift auf die polizeiliche Verordnung vom 31. August 1810 verpflichtet. Am 2. Oktober 1810 unterschrieb als letzter Johann Siegesmund Richter.[56] Damit waren aber die Probleme noch nicht gelöst. Am 29. September 1810 teilte Polizeipräsident Gruner dem Inspektor Holthoff mit, daß der »von dem Marionettenspieler Schuchart eingereichte Inhalt seiner Marionetten-Vorstellungen« nicht ausreiche, »vielmehr wird eine ganz vollständige Abschrift derselben, so wie sie mündlich aufgeführt werden, erwartet.«[57]

Weiterhin sollten das Bürgerrecht von Freudenberg und Loose überprüft und »die Vorstellungen der Marionettenspieler Lange und Andrian (...) durch die Herren Pol. Kommissariis der Reviere von Zeit zu Zeit« besucht werden, »um etwanige Unsittlichkeiten im Einzelnen, Szenen oder Ausdrücke (...) an zu zeigen«.[58]

Tatsächlich trafen mit der preußischen Polizei und dem Puppentheater zwei Welten aufeinander: die Verständnislosigkeit der Marionettenspieler dem gegenüber, was man eigentlich von ihnen verlangte, war die (ungewollte) Antwort auf die Attacke des Polizeipräsidiums gegen das, was ihre Kunst gerade ausmachte — die spontane Improvisation. Das geht besonders eindrucksvoll aus dem unterwürfigen Schreiben F. D. Schucharts an den »Gnädigen und Hochgebiethenden Herrn Polizei Präsident« vom 27. November 1810 hervor, in dem er sich auf die Mitteilung des Präsidiums bezog, »daß der eingereichte Inhalt meiner Marionettenvorstellungen zu dem beabsichtigten Zweck keines weges hinreichend« sei, »vielmehr eine ganz vollständige Abschrift der Stücke, wie selbige wörtlich aufgeführt werden, erwartet wird«. Schuchart erklärte dazu:

> »Ohnerachtet alles meines Bestrebens ist daß eine unmöglichkeit für mich jedes vorhero von mir gespielte Stück wörtlich aufzuschreiben. Erstlich sind mir viehle davon schon aus dem Gedächtnis gekommen. Zweitens habe ich meistens Stücke so auf dem National aufgeführt wurden nacherzählt, und zwar auf folgende Art. Wird zum Exempel auf dem National Theater ein beliebtes Stück gegeben, so fand ich mich dort als Zuschauer ein, und ein paar Tage darauf, wurde es von mir auf meinem Marionettentheater, doch unter einem anderen Tittel aufgeführt (...) Von allen diesen Stücken besize ich (...) (kein) Scenarium, und würde also ein hohes Polizei Präsidium belügen, wenn ich hier ein Stück wörtlich aufschreiben wollte. Wovon mir vielleicht das Hundertste Wort welches ich gesprochen nicht mehr bekannt wäre. Ich lege also in Unterthänigkeit einem hohen Polizei Präsidio meine von mir selbst verfertigten Stücke wörtlich und wahr vor, woraus zu ersehen ist wie weit sich meine Fähigkeiten als Marionettenspieler erstrecken. Was die gedruckten und Censur passirten Stücke, Lustspiele und Opern betrifft, so füge ich auch einige, so auf meinem Theater aufgeführt werden mit bey (...) Alles übrige habe ich einem hohen Polizei Präsidio in meiner Eingabe vom 22. Sber. 1810 gehorsamst eingereicht. Ersterbe ich in Ehrfurcht und Gehorsam als eines Hohen Polizei Präsidio / Unterthänigster Knecht / Friedrich Daniel Schuchart / Marionettenspieler.«[59]

Schucharts Schreiben zeigt, daß das Polizeipräsidium von den Marionettenspielern Unmögliches verlangte. Zwar waren sie, aus nackter Existenzangst, zu allem bereit, andererer-

Beschlagnahmter Anschlagzettel zu einer Aufführung des Marionettenspielers J. S. Richter, Berlin 1813 seits aber versuchten sie sich vor der ihnen auferlegten Arbeit so gut wie möglich zu drücken. Das konnte nur auf dem Weg der Selbstzensur erfolgen. Dies bedeutet, daß ein Teil des Repertoires vermutlich gar nicht erst eingereicht wurde. Damit hörte es, in Anbetracht der polizeilichen Kontrollen und angedrohten Strafen, praktisch zu existieren auf. Dazu gehörte sicher alles, von dem man im Ganzen oder in einzelnen Teilen vermuten konnte, daß es den Unwillen der Obrigkeit erregen würde, vor allem alles Derbkomische, alles »Unsittliche« und Aktuelle. Der Umstand, der selbst in den Polizeiakten erwähnt wird, daß hauptsächlich Stücke gespielt wurden, die »durch mündliche Überlieferung vom Vater auf den Sohn übergegangen sind« (also ältere Repertoirestücke), wurde von Schuchart verschwiegen. Stattdessen berief er sich auf die Autorität des Königlichen Nationaltheaters und die auf diesem Weg schon zensierte Lustspiel- und Possenliteratur. Kennzeichnend ist, daß auch J. S. Richter in einem Brief vom 30. November 1810 neben der Nennung von ungefähr zwanzig nichtssagenden Titeln beteuerte:

»Was die Mehrheit meiner Stücke betrifft, so sind selbige alle von berühmten Verfaßer mehrentheils von Herr von Kotzebue.«[60]

Es sind nur diese zwei Schreiben von Marionettenspielern mit wenigen Titeln erhalten. Die von Gruner angekündigte Liste von zensierten Stücken (nach einem Jahr, im November 1811, fertig und 170 Titel umfassend) ist wohl verloren gegangen. Es taucht nirgendwo auch nur ein Titel des klassischen Marionettentheater-Repertoires auf. Das heißt nichts anderes, als daß sich die Maßnahmen des Polizeipräsidiums aus den angeführten Gründen besonders katastrophal auf das traditionelle Repertoire auswirkten, während sie den Übergang zu harmlosen Plattheiten, vom Derbkomischen zum »Heiteren« förderten. Die bei Strafe gebotene Verpflichtung auf das Zensurexemplar eines »gereinigten« Textes lähmte die wesentlichste Kunst der Marionettenspieler, die spontane Improvisation, ganz. Damit wurde aber ebenso tiefgreifend in ihre lebendigen Publikumsbeziehungen eingegriffen. Dies wurde durch erweiterte Strafbestimmungen, durch Kontrollen und andere einschränkende Maßnahmen durchgesetzt.[61]

VIII. Der Maschinist in der Gasse

Die zeitliche Parallelität dieser Aktion des Polizeipräsidiums gegen das Berliner Marionettentheater und einer schließlich mit polizeilichen Eingriffen endenden Auseinandersetzung um das Königliche Nationaltheater ist auffallend. Zur gleichen Zeit, Ende November 1810, als die Zensurbestimmungen gegen die Marionettentheater in Kraft traten, gingen die preußischen Behörden an zwei Theaterabenden mit Polizeigewalt gegen Bekundungen der öffentlichen Meinung vor, bei denen nationale Emotionen und die Mißachtung und Unterdrückung der bürgerlichen Öffentlichkeit eine Rolle spielten.[62] Im Gefolge dieser Unruhen wurde Kleists »Berliner Abendblättern« durch das Polizeipräsidium jede weitere kritische Beschäftigung mit dem Königlichen Nationaltheater verboten. Im Kern ging es in beiden Fällen (nur auf verschiedenen sozialen Ebenen) um die gleiche Sache: die Unterdrückung einer sich entwickelnden bürgerlichen (bzw. kleinbürgerlich-plebejischen) Öffentlichkeit, in der sich nationale und soziale Unruhe zu artikulieren drohte. Dies war der tiefere Grund für Arnims Eindruck, daß »die Polizei (...) bis zum Wahnsinn (...) ängstlich geworden« war »in allem, was das Theater betrifft«.[63]

Dabei mußte die Haltung des Polizeipräsidiums (und damit der Regierung Hardenberg) patriotisch Gesinnten wie Arnim und Kleist als ganz widersprüchlich erscheinen. Das Marionettentheater mit seiner nationalen Tradition wurde mit Polizeigewalt unterdrückt, während das Königliche Nationaltheater vor nationalen Forderungen und jeder öffentlichen Kritik (auch der an seiner nationalen Identität) von der gleichen Polizeigewalt geschützt wurde.[64] Und das nicht nur bildlich, sondern im Wortsinn: Der Polizeiinspektor Holthoff nämlich, der die Aktion gegen die Marionettentheater leitete, führte auch die Polizeiaktion im Königlichen Nationaltheater am 21. November 1810 an, und zwar in einer Weise, daß sich die Unruhe zum Protest gegen die Polizei selbst auswuchs: »Das ganze Berliner Publikum ist über das despotische Benehmen des Holthoff (...) empört und der nachher am 26ten d. M. vorgefallene ärgerliche Auftritt im Schauspielhaus ist als Folge des allgemeinen Unwillens anzusehen.«[65] Inspektor Holthoff setzte aber nicht nur die Reglementierung der Marionettentheater und die Ruhe und Ordnung im Königlichen Nationaltheater durch, er war auch der von Gruner eingesetzte Zensor der »Berliner Abendblätter.«[66] Es ist also sehr wahrscheinlich, daß dieser Ereigniszusammenhang die Initialzündung für die Veröffentlichung von Kleists »Über das Marionettentheater« vom 12. bis 15. Dezember 1810 darstellte. Das unter diesen Umständen erstaunliche Erscheinen eines so betitelten Beitrages (und damit seine Überlieferung) ist wahrscheinlich nur dem Umstand zu verdanken, daß Anfang Dezember die Zensur der »Berliner Abendblätter« an eine höhere Behörde überging, die seine Aktualität offenbar so schnell nicht realisiert hat. Die Aktualität des alles andere als ästhetisch-allgemeinen Dialogs bestand darin, in verschlüsselter Form ein Gegenbild des etablierten Theaters und Darstellungsstils zu enthalten und solidarisch für eine staatlich verachtete und von Vernichtung bedrohte, »für den Haufen erfundene« Kunst einzutreten. Dem ernsthaften Interesse Kleists für das als Theater der »niederen Volksklassen« wirkende Marionettentheater lag die Idee eines gemeinsamen Handelns aller Gesellschaftsschichten für die nationale Sache (d. h. für die nationale Befreiung und eine einige Nation) zugrunde: die Hoffnung auf die Entwicklung einer nationalen Bewegung von unten.

Die preußischen Behörden müssen die Gefahr eines Zusammengehens zwischen patriotisch gesinnten adligen, bürgerlich-intellektuellen und kleinbürgerlich-plebejischen Massen gefürchtet haben. Deshalb mußten sie mit allen Mitteln jede Bemühung um eine bürgerliche Öffentlichkeit unterdrücken und darüber hinaus die in Bewegung geratene gesellschaftliche Struktur mittels gesetzlicher Maßnahmen zu stabilisieren suchen. Das war die nicht unwichtige »andere« Seite der in den folgenden Monaten von der Regierung Hardenberg ausgearbeiteten und in Kraft gesetzten neuen Finanz- und Gewerbeordnung.[67] Mit ihrer Hilfe wurden Königliches Nationaltheater und Marionettentheater in gebührender sozialer Distanz gehalten, so daß auch die Idee einer wechselseitigen Beziehung und Belebung, wie sie bei Kleist anklingt, eine Illusion blieb. Nach dem Ende der Befreiungskriege entwickelte sich das Königliche Nationaltheater unter der Intendanz des Grafen Brühl endgültig mit aller Konsequenz zum preußischen Hoftheater. Das Berliner Marionettentheater überlebte dem Anschein nach durch Anpassung und in biedermeierlicher Bedeutungslosigkeit.

# Vom Hamburgischen Marionettenspiel
## Zur Geschichte einer volkstümlichen Unterhaltungsform des 19. Jahrhunderts

Lars Rebehn

> »Für düt Mal is't vorbi.
> Herrschaften! Adjüs!«
> (Jakob Meier Abraham, Rekommandeur auf
> St. Pauli, in seiner Sterbestunde)

I.

Um 1800 siedelte sich auf dem Hamburgerberg[1] ein Marionettentheater an, welches als Personenbühne bis zum Jahre 1863 bestehen bleiben sollte und der Auslöser für das Entstehen einer städtischen Marionettentheatertradition[2] wurde. Leiter dieses Musentempels war der Hamburger Joachim Wilhelm Storm in Kompagnie mit einem Herrn Schulz.

Storm wurde um 1750 geboren und wahrscheinlich am 20. Februar 1752 als Sohn von Joachim Carl Storm getauft. Über seine Herkunft und sein früheres Leben ist nur wenig bekannt. Bereits in den achtziger Jahren des 18. Jahrhunderts trat er in den Herzogtümern Schleswig und Holstein auf. Er wurde Bürger von Tönning auf der Halbinsel Eiderstedt und verheiratete sich dort.[3] Nach mehreren erfolgreichen Vorstellungen auf dem Hoftheater in Schleswig erhielt er vom dänischen Statthalter eine Generalkonzession für die Elbherzogtümer. Solche Konzessionen für Marionettentheater wurden nur recht selten vergeben. Sie galten dann auch nur für die Städte. Mechanikus Storm kam wahrscheinlich nach Hamburg, weil er den Raum Schleswig-Holstein zu lange bespielt hatte. In Hamburg konnte er bald an seine alten Erfolge anschließen. Storm spielte noch das alte überlieferte Repertoire des Wandermarionettentheaters: alte biblische Stoffe (z. B. Der verlorene Sohn, Haman), antike Sagen (Der in die Hölle steigende Herkules, Jason), Legenden (Genoveva, Die Enthauptung der schönen Dorothea), Volksbücher (Faust, Don Juan) und natürlich die Haupt- und Staatsaktionen. Wurde in der Bude gespielt, so fing man erst mit dem Spiel an, wenn der Raum gefüllt war. Gleich nach dem Nachspiel, welches meist durch Metamorphosen (Verwandlungsmarionetten) ausgeführt wurde, versammelte sich die Truppe auf dem Balkon über dem Eingang zur Parade und zog neues Publikum an. Für Auftritte in Wirtschaften druckte Storm Theaterzettel; hier hatte er auch feste Anfangszeiten.

Das Publikum war recht gemischt, es gab auch bessergestellte Hamburger, die das Theater besuchten. Allerdings flaute das Interesse an der Bühne durch ihre ständige Präsenz langsam ab. Zu Beginn hatte Storm ein eigenes Orchester und mehrere Spieler. Als Justinus Kerner[4] 1809 regelmäßig seine Vorstellungen besuchte, bestand das Unternehmen nur noch aus der Familie und wahrscheinlich Herrn Schulz. Die Tochter ersetzte mit ihrem Harfenspiel das Orchester. Storm starb am 28. September 1810 an einer »äußerlichen Entzündung«, seine Witwe leitete die jetzt gerade dreiköpfige Truppe.

Am 3. Januar 1813 wurde die erste Phase des hamburgischen Marionettenspiels durch einige französische Bataillone beendet. Diese zündeten die Häuser und Buden der Vorstadt an, da eine Belagerung Hamburgs durch russische Truppen befürchtet wurde.

Erst in den Jahren 1815/16 wurden wieder Steinbauten auf dem Gebiet errichtet und neue

Holzbuden, ähnlich den alten, belebten jetzt den Kunstberg. In dieser Aufbauphase hatte Witwe Storm das Glück, einen fähigen Marionettenspieler zu finden. Johann Gottfried Ehrenreich Mattler, geboren am 17. Juni 1772 in Berlin, hatte noch im Mai 1816 versucht, in Münster/Westf. bei der dortigen preußischen Regierung eine Spielkonzession zu erwirken. Als ihm diese abgeschlagen wurde, verließ er Preußen und zog gen Norden.[5] In Hamburg sollte er sein Glück machen. Er konnte das Unternehmen der Witwe Storm wieder bedeutend erweitern und neue Mitarbeiter engagieren.

Mattlers Repertoire ähnelte dem von Storm, doch hatte er auch die neueren Räuberstücke, wie »Aböllino, der große Bandit« auf seinem Spielplan. Einmal kündigte er sogar voller Pathos eine Komödie folgendermaßen an: »Siegeszug des römischen Königs Ulysis nach Troya, dem heutigen Algier«, als Nachspiel folgte ein Ballett von »Mattiemaphosen«. 1819 kaufte sich Mattler in den Vierlanden eine Schenke. Den Kaufpreis von 1200 Mark Kourant[6] (MK) streckte ihm die Witwe Storm vor. Damals machte sich das Marionettenspiel also noch bezahlt.[7] Anfang der zwanziger Jahre erwuchs Mattler aus zwei jungen Hamburgern eine ernsthafte Konkurrenz. Diese beiden, sie hießen Detgen und Freytag, hatten die Kunst der Marionetten wahrscheinlich sogar beim alten Mattler erlernt. Die drei »Mechanizi« kannten sich gut und waren miteinander befreundet, auch wenn wirtschaftliche Interessen zwischen ihnen standen.

Johann Ludwig Detgen wurde am 6. Februar 1802 als Sohn des Schneiders und Hamburger Bürgers Johann Anton Detgen, der aus Moisburg im Hannoverschen stammte, geboren. Louis Detgen, wie er sich selber nannte, lernte nie ein zünftiges Handwerk. Er war sein ganzes Leben lang Künstler, in späteren Jahren betrieb er als Nebenerwerb die Schildermalerei. Bereits kurz nach Beginn seiner künstlerischen Laufbahn machte er sich mit 19 Jahren selbständig und baute sich ein eigenes Kunsttheater. Mit diesem unternahm er seine erste große und auch einzige richtige Reise, welche ihn weit bis nach Polen führte. Auf dieser Reise lernte er die nur wenige Monate ältere Friederike Dorothea Rosalie Teschner aus Sachsen kennen. Sie entstammte dem gleichen Metier, und so beschlossen sie, gemeinsam zu reisen. Geheiratet haben Louis Detgen und die Teschner allerdings nie. Obwohl er eine recht populäre Person des Hamburger Kulturlebens war, reichte sein geringes Einkommen niemals für die bei einer Heirat anfallenden Kosten aus. Wahrscheinlich war er aber nur ein schlechter Geschäftsmann, denn Mattler und Freytag konnten gut vom Puppenspiel leben, beide wurden Hamburger Bürger.

Bereits im Juni 1822 hatte Louis Detgen eine Konzession für den Spielbudenplatz in der Tasche. Er mietete sich für 180 MK jährlich von dem Zimmermann H. C. Meyer eine Holzbude. 25 Prozent seiner Kasseneinahmen mußte Detgen an die Kämmerei abführen, d. h. man erachtete sein Unternehmen nicht als ein Theater, dem man nur 10 Prozent abforderte, sondern als Schaustellung. Dies hatte aber auch Vorteile, denn Theaterkonzessionen waren nur schwer zu erlangen. Konzessionsverluste drohten bei Aufführungen »unanständiger« Stücke oder bei Herbeiführung von Unruhen. Beispiele hierfür sind allerdings nicht bekannt. Ob Detgen von Beginn an ein Marionettentheater hatte, läßt sich nicht mehr sagen. Im ersten Jahr erhielt er einfach für optische Vorstellungen die Erlaubnis. Dabei kann es sich um viele Arten von Schaustellungen gehandelt haben. Von 1825 an (in diesem Jahr sogar mit einem Kompagnon namens Ahrends) bekam er die Erlaubnis für »Theatre Pittoreske«. In diesen »malerischen Theatern« wurden mit Hilfe einfacher Projektionsapparate Sonnen- und Mondaufgänge produziert; kleine mechanische Figuren, welche auf Schienen laufen, belebten die Szenerie.

Erst für den Winter 1833/34 gibt es sichere Beweise für ein Marionettentheater. Detgen hatte zu dieser Zeit sein »Hamburger Casperle-Theater« in der Bachus-Halle. Für den Sommer 1834 erhielt er dann Erlaubnis zum »Casperle-Theater« in St. Pauli, aber bereits seit 1829 soll er als Konkurrent von Mattler mit verbesserten Marionetten aufgetreten sein.

Mechanikus Johann Heinrich Freytag, der dritte Marionettenspieler in St. Pauli, fällt eher durch seine Unauffälligkeit auf; er erreichte niemals größere Popularität, war aber doch 30 Jahre auf St. Pauli als Künstler tätig. Geboren im Jahre 1804 als Sohn eines Soldaten, erhielt er 1823 die Konzession für optische und mechanische Künste. Ob er damals bereits mit Marionetten auftrat, ist ungewiß. Später spielte er mit Marionetten und Metamorphosen und besaß auch ein Theatrum mundi. Näheres über sein Repertoire und seine Vorstellungen ist nicht bekannt.

Im Jahre 1836 wurden die Buden von Freytag und Detgen, beide gehörten H. C. Meyer, wegen Baufälligkeit abgerissen. Detgen erhielt von Meyer eine neue Bude, aber Freytag ging leer aus. Sechs Jahre läßt sich sein Theater nicht nachweisen, er muß während dieser Zeit bei Detgen oder Mattler untergekommen sein.

In den dreißiger Jahren entwickelte sich die Budenwelt auf dem Spielbudenplatz in St. Pauli immer rasanter. Mehr und mehr Schaulustige wollten schnell wechselnde Unterhaltung konsumieren. Die Marionettentheater paßten sich diesen neuen Bedürfnissen an. Die alten überlieferten Stücke wurden in einer halben Stunde heruntergespielt, reduziert auf die wichtigsten Szenen und Effekte. Noch zwanzig Jahre zuvor hatte man für das Hauptstück eine Stunde gebraucht. Allerdings war dafür auch der Eintrittspreis rapide gesunken. Bei Storm hatte der erste Platz noch 8 Schilling gekostet, jetzt war er meist für 2 Schilling zu haben. Trotzdem sanken die Zuschauerzahlen. Das Repertoire der Marionettenprinzipale war einfach erschöpft. Anstatt aber ihren Bühnen einen neuen Spielplan zu verpassen, begannen Mattler und Detgen sich vom Marionettenspiel zu lösen. Detgen wurden unter Hinweis auf seine schlechte finanzielle Lage erstmals im Jahre 1835 Aufführungen mit Personen genehmigt.

Das pulsierende Leben des Spielbudenplatzes, welches sich am Sonntagnachmittag zum Brodeln eines Vulkans entwickeln konnte, mißfiel den Behörden. Volksunterhaltung war durchaus erwünscht, doch sollte diese besser zu kontrollieren sein. So verfiel man im Jahre 1840 auf die Idee, alle Buden wegen angeblicher Brandgefahr abzureißen: Steinbauten sollten auf dem Staatsgrund entstehen. Die alten »Polichinellstreiche«, d. h. die Vorstellungen von kostümierten Personen auf der Parade und lautes Explizieren, wurden verboten. Alle Schaustellungen, abgesehen von den Handpuppentheatern, mußten von der freien Fläche verschwinden. Damit wurde dem Spielbudenplatz viel von seiner Naivität und Spontaneität genommen.

Der Plan des Senats fügte dem Marionettenspiel einen schweren Schaden zu, denn ein Neubau kostete viel Geld. Das »Elysium-Theater«, so nannte Mattler sein neues Etablissement, soll einen Wert von fast 9000 MK besessen haben und wurde fast ausschließlich durch die Ersparnisse von Mattler und der Witwe Storm finanziert. Detgen dagegen hatte ernsthafte Finanzierungsprobleme, obwohl sein projektierter Neubau wesentlich kleiner ausfallen sollte. Er hatte deswegen zuerst überhaupt nicht bauen wollen. Nachdem er sich jedoch an-

»Belustigungsplatz in der Vorstadt St. Pauli in Hamburg«, Lithographie von Peter Suhr, Hamburg 1835. Der Bau am rechten Bildrand zeigt vermutlich das Spiellokal von J. G. E. Mattler.

ders entschieden hatte, mußte er bald erkennen, daß er sich übernommen hatte. Zum Glück fand er in einem vorstädtischen Handwerker einen finanzkräftigen Partner, der ihm unter die Arme griff.

Die beiden Mechaniker versetzten ihre Marionetten endgültig in den Ruhestand. Das Marionettenspiel rentierte sich bei den höheren Investitionskosten einfach nicht mehr. Ausserdem war damit auch ein sozialer Aufstieg verbunden. Detgen wurde selbst zum Schauspieler auf seinem kleinen »National-Theater«,[8] Mattler dagegen beendete seine künstlerische Laufbahn und ließ sich von nun an durch seinen Direktor Hoch vertreten. Er starb wohlhabend und angesehen im August 1843. Die Witwe Storm folgte ihm fast ein Jahr später. Das Elysium-Theater aber sollte unter Leitung verschiedener Schauspieldirektoren bis zum Jahr 1863 bestehen bleiben und noch mehr als zwanzig weitere Jahre verschiedenen anderen Personenbühnen als Unterkunft dienen. Zudem wurden 1841 mehrere Gebäude auf dem Spielbudenplatz errichtet, die zur Aufnahme einheimischer und fremder Schaustellungen vorgesehen waren. Als die größten und vornehmsten dieser Art sind hier der Circus Gymnasticus und der St. Pauli-Circus zu nennen. Der erstere wurde am 18. September 1841 durch die Vorstellungen eines Hamburger Zauberers mit seinem Welttheater eröffnet. Auf diesen Künstler, Carl Pötau, wollen wir später zurückkommen, da er sich anschließend für sieben Jahre auf eine Kunstreise begab.

II.

Im Mai 1842 kam es zu einer Katastrophe, die für ganz Hamburg und sein Kulturleben schreckliche Auswirkungen haben sollte: Innerhalb von nur drei Tagen wurde ein Drittel der Stadtfläche ein Raub der Flammen, es wurden 4219 Gebäude vernichtet. Alle Theater und Schaustellungen, welche den großen Brand unversehrt überstanden hatten, wurden geschlossen. Bis Pfingsten gab es überhaupt keine Schaustellungen, danach beschränkten sie sich weitgehend auf St. Pauli.[9]

Für Detgens National-Theater führte der Brand zum wirtschaftlichen Kollaps. Er war auf das Hamburger Publikum angewiesen und konnte nicht nach auswärts ausweichen. Unter großen Schwierigkeiten gelang es ihm, im März 1843 aus dem Kämmereivertrag auszusteigen, womit seine ehrgeizigen künstlerischen Pläne ein für allemal begraben wurden. Das Gebäude übernahm später Hagenbeck für seine Handlungsmenagerie. Louis Detgen sah seine letzte Chance jetzt in der Provinz, er reaktivierte seine Marionetten und begab sich wieder auf eine Kunstreise. Daß diese zu seinem größten Fiasko werden sollte, konnte er damals allerdings noch nicht ahnen: Das Marionettentheater mit allen Figuren wurde in Neuengamme gepfändet. Seiner Lebensgrundlage beraubt, kam er mit seiner Familie Mitte 1846 nach St. Pauli zurück, wo er sich mit kleinen Malerarbeiten über Wasser hielt. Im Winter wollte er dann ein kleines Geschäft mit Papparbeiten aufziehen, doch fand er keinen Bürgen für den Kredit. Also besann sich unser Mechanikus wieder auf sein ursprüngliches Metier, das Puppenspiel. Er hatte allerdings keine Spieleinrichtung und auch kein Investitionskapital, ganz zu schweigen von den Schulden. Also mußte Detgen überlegen, wie er mit möglichst einfachen Mitteln möglichst hohe Gagen erzielen konnte. So kam er wieder auf das mechanisch-belebte Schattentheater (Ombres Chinoises), das er früher bereits betrieben hatte. Das Schattentheater wurde ein großer Erfolg, und noch zwanzig Jahre später konnte man davon ausgehen, daß es Detgens Theater war, wenn irgendwo ein solches Unternehmen angekündigt wurde. Nach seinem Tode kaufte wahrscheinlich der Handpuppenspieler von Alwörden die Bühne, die noch recht einfach konstruiert war. Sie bestand aus einem aufrecht stehenden Kasten, auf dessen Vorderseite eine Öffnung mit transparentem Papier bespannt war. Die nur etwa zehn Zentimeter hohen beweglichen Figuren waren wahrscheinlich aus Pappe oder Blech gefertigt.

Es wurden meist kurze Szenen mit geringer Handlung aufgeführt, welche die Schaulust des Publikums befriedigen sollten. Stücke wie »Die Königliche Hirsch-Jagd« oder »Der ländliche Morgen«, in denen Kühe über den Papierschirm trabten, waren nett anzusehen. Doch wußte der Mechanikus es auch dramatischer zu gestalten: Das Kentern eines Schiffes auf hoher See wurde wahrscheinlich mit Hilfe einer laterna magica dargestellt, einem einfachen Projektionsapparat, mit dem er den sich verändernden Hintergrund gestaltete.[10] Louis Detgen kannte das Medium der Schatten sehr genau und sah dessen Stärke im schnellen Verwandeln von Figuren und vor allem im Bereich des Gruseligen. Die Zauberposse »Areston der egyptische Zauberer, oder Leopard-Victorinos Höllenfahrt« und »Der Hexentanz auf dem Blocksberg« sind die besten Beweise dafür. Zum größten Erfolg aber wurde seine Geister-Illusion »Die nächtliche Heerschau oder Die zwölfte Stunde«. Für dieses Stück mußten zweitausend Figuren angefertigt werden. Detgen selbst deklamierte den Text unter Musikbegleitung auf dem Klavier.[11]

Am 11. Februar 1847 starb Louis Detgens Lebensgefährtin. Von der großen Schar ihrer gemeinsamen Kinder wurden nur vier volljährig, und auch diese hat der Mechanikus überlebt. Einzig seine älteste Tochter[12] schlug die künstlerische Laufbahn ein, die beiden Söhne versuchten sich als Arbeiter.

Nachdem Detgen den Tod von Friederike Teschner verwunden hatte, begann er wieder zu schaffen. Er baute ein Theatrum mundi, welches den Ausbruch des Vesuvs darstellte. Für die Auslösung seines Theaters reichte der Verdienst allerdings nicht.

Im Juni gelang es Detgen auf Fürsprache des Patrons der Vorstadt eine Konzession für Marionettenspiele im Garten des Wirtes Potz zu erlangen, obwohl er keine Figuren mehr hatte. Er vermietete die Erlaubnis an Allers, den neuen Direktor des Elysium-Theaters, welcher dort mit seiner Schauspiel-Truppe Vorstellungen gab. Obwohl deswegen Beschwerden von anderen Direktoren eingingen, die diese Konkurrenz nicht dulden wollten, schritt der Patron nicht ein. Eine Verlängerung der Erlaubnis um weitere vier Wochen wurde ihm jedoch nur bei strengem Verbot des Menschentheaters gestattet.[13]

Mangels Spielgelegenheit mußte Louis Detgen auf Straßen und Plätze ausweichen. Er machte sein Schattentheater wetterfest und versah es mit einer kleinen Orgel. Auch baute er sich ein kleines ambulantes Welt- und Metamorphosentheater, mit dem er »publik« spielte. Auf dem Puppentivoli erscheint in kleinen komischen Szenen Kasper, der sich am Ende meist in einer Schlägerei behaupten muß.[14] Auf dem Theatrum mundi folgen große Schlachten, die dem kriegerischen Tagesgeschehen entnommen sind, und als krönenden Abschluß zeigt er seine Metamorphosen: Verwandlungsfiguren, wie den englischen Admiral, der sich in ein altes Weib verwandelt, und Tanzmarionetten, worunter besonders die sich nach orientalischen Klängen bewegende Lola Montez hervorzuheben ist. Ohne Musik kann Detgen »sein Theater nicht gut zeigen«, also hat er auch hier eine große Orgel installiert. Noch in den Jahren 1854 und 1855 darf diese kleine Bühne auf dem Spielbudenplatz stehen. Möglicherweise hat Louis Detgen auch zeitweise beim Mechanikus Freytag im Geschäft mitgewirkt, im Jahre 1852 wohnte er nämlich einige Zeit in dessen Kunstsaal. Freytag hatte seit 1844 regelmäßig die Erlaubnis erhalten, im Lokal der Witwe Lemler, Spielbudenplatz 22, mechanische Vorstellungen zu geben. Neben deren Karussell befand sich ein kleiner abgeteilter Raum, den er sich zum Kunstsaal ausbaute. Im Sommer spielte er hier mit Marionetten und Metamorphosen. Abgesehen von den folgenden plattdeutschen Versen, die auf Freytags Theatrum mundi Bezug nehmen, ist nichts Näheres über das Repertoire und die Spieltechnik der Bühne bekannt:

>»Im Kunstsaal un Marionettentheater
>Da jagt de Preuß denn Dähn öbert Water,
>In Hemd un Unnerbücks de Dähn retirirt,
>De Preuß in Geschwindschritt em nahmarschiert;
>De Dähn hett Kanohn un Grüttputt vergäten,
>De Preußen de Grütt tum Fröstück dod äten.«

Seit 1851 betrieb Freytag nebenbei im Winter eine Schießbude mit Bolzenbüchsen. Diese erwies sich als so erfolgreich, daß er nach 1853 die Marionettenbühne stillegte und sich nur noch auf den Ausbau der Schießbude konzentrierte. Freytag starb wahrscheinlich um die Jahrhundertwende, sein Geschäft wurde aber noch in den dreißiger Jahren unseres Jahrhunderts von seinen Nachkommen weitergeführt.

III.

1853 kamen innerhalb kürzester Zeit die Volksgärten in Mode, die in großen Gartenwirtschaften angelegt wurden. Gegen einen einmaligen Eintrittspreis konnte man Musik hören, tanzen und sich jede Art von Volksbelustigung anschauen. Kleinere Gasthäuser, die

sich keine große Künstlerschar über einen längeren Zeitraum engagieren konnten, veranstalteten stattdessen dann und wann ein Volksfest.
Die beiden führenden Etablissements waren das »Peter Ahrens« in der Neustadt und das »Joachimsthal« in St. Pauli. Im ersteren trat ein National-Puppentheater auf, leider ließ sich der Leiter dieser Marionettenbühne nicht mehr ermitteln. Schmuck, der Besitzer des Joachimsthal, nahm Louis Detgen unter Vertrag und hatte damit einen Glücksgriff getan. Dieser war zuständig für Marionetten, Metamorphosen, Polichinell- (Handpuppen), Schattenspiel und Welttheater. Nebenbei arrangierte er auch die Festdekorationen: Der Garten wurde von ihm mit hunderten von Ballons, beweglichen Sonnen und über 1000 kleinen Lampen, welche bereits mit Gas betrieben wurden, ausgeschmückt. In den Jahren 1855 bis 1857 führte die Gesellschaft von Detgen auch Pantomimen auf. Für diese Vorstellungen wurde 1857 eigens ein zweites Theater errichtet. Zur Aufführung kamen klassische Stücke wie »Arlequin im Schutz der Zauberei« und »Arlequin todt und lebendig«. Detgen konstruierte auch geschmückte Ballons und große aerostatische Figuren, welche Tier- und Menschengestalt besaßen. In den Sommermonaten ließ er sie in verschiedenen Volksgärten aufsteigen. Die bis zu vier Meter breiten Flugkörper waren aus Papier gefertigt und erhielten ihren Auftrieb durch einen kleinen Spiritusbrenner.
Detgens neugewonnene Popularität verschaffte ihm nicht nur neue Engagements, sondern auch Auftritte vollkommen anderer Art:

> »Am nächsten Sonntage findet in Barmbeck wieder das große Ernte-Fest statt, welches schon in früheren Jahren, so wie im vorigen Sommer, durch eine ausgebreitete Teilnahme den Charakter eines Volksfestes an sich trug. Der große Umzug soll seine Vorgänger diesmal an Pracht und Abwechslung noch übertreffen, indem sich sämmtliche Wirthe Barmbecks vereinigt haben, um das Arrangement mit möglichstem Glanze auszustatten. Der bekannte Louis Detgens, welcher schon vor 30 Jahren den Festzug als Merkur anführte, wird auch am Sonntage mitwirken.«

Daß Detgens Repertoire überhaupt erhalten geblieben ist, verdanken wir eigentlich nur einem Zufall. Vom 21. Januar 1854 an spielte er im »Wilden Mann« in der Ersten Jacobstraße mit seinem Marionetten- und Metamorphosen-Theater; regelmäßig kündigte er »Große Vorstellungen« an. Als er nun aber von dem bevorstehenden Gastspiel des mechanischen Figuren-Theaters von Schwiegerling & Kleinschneck erfuhr, befiel ihn wegen der drohenden Konkurrenz doch eine gewisse Unruhe. Sein Entrée war zwar wesentlich niedriger als das der »Ton-Halle«, aber mit finanziellen Verlusten war schon zu rechnen. Also verbesserte Detgen seine Zeitungsanzeigen: Jeder Titel, auch die Nachspiele, wurde ab sofort mitgedruckt und auch die Eintrittspreise von zwei bis vier Schillingen wurden nicht länger verschwiegen. Später nannte er sein Unternehmen sogar nach dem Vorbild aus Posen »Detgen's Figuren-Theater«.
Sein Repertoire, bestehend aus etwa 15 Marionettenspielen, ist allerdings eher eine Enttäuschung. Es enthält mit Ausnahme des »Schinderhannes« nur Stücke, die aus dem 18. Jahrhundert stammen oder vielleicht noch älter sind. Nur ein einziges Mal, beim Nachspiel »Dee Kater ut de Plieg«, läßt sich ein Hinweis auf die Verwendung der plattdeutschen Sprache finden. Wahrscheinlich aber sprach Kasper reinstes Hamburger Platt, wie er es im Puppentivoli auf dem Spielbudenplatz verwendete. Auch die anderen Volkstypen werden sich in Platt oder Missingsch miteinander unterhalten haben. Alle anderen aber, also der größte Teil der mechanischen Akteure, pflegten wohl in einem papierenem, mit Fehlern behafteten Hochdeutsch Konversation zu halten. Louis Detgen war, was sein Spiel anging, er-

Gartenvergnügungen im »Joachimsthal«, Entwurf für das Titelblatt eines Buches, ausgeführt von J.(ohann) P.(eter) Lyser, um 1858

staunlich konservativ, ganz untypisch für den sonst so kreativen und originellen Charakter. Auch wenn er weiterhin in armseligen Verhältnissen lebte, konnte er sich keineswegs über Arbeitsmangel beklagen. Während der fünfziger Jahre spielte er in der Weihnachtszeit auf den Basaren. Zu Beginn des Jahres zog er dann über die Dörfer der Vier- und Marschlande,[15] wo er die einfache Landbevölkerung mit seinen Marionetten unterhielt. Auch das dänische Wandsbek zählte zu seinem Spielgebiet.

## IV.

Im Mai 1855 wurde in einem weiteren großen Etablissement ein Volksgarten errichtet. Das »Puppen-, Metamorphosen- und Zaubertheater von Charles Pötau« war die Attraktion des Garten-Amüsements im »Zum letzten Heller« in Horn. Heinrich Carl Friedrich Pötau, 1810 in Hamburg geboren, war der Sohn zweier Wirtsleute, die in ihrem Gasthaus in der Nicolaistraße viele fremde Schausteller beherbergten. Wahrscheinlich hatte er von einem dieser Gäste die Kunst der ägyptischen Zauberei gelernt. Sechsundzwanzigjährig gab er seinen erlernten Beruf als Töpfer auf und ging als Künstler auf Reisen. Seine Tricks und Fingerfertigkeiten unterschieden sich nicht viel von den heutigen: Er zauberte Tiere und Gegenstände herbei, verwandelte sie und ließ sie wieder verschwinden, selbst die Aufhebung der Schwerkraft schien für ihn kein Problem zu sein.

Ende des Jahres 1840 stieg der Mechanikus Johann Ernst Christian Lorgie mit Frau und drei Kindern im Hause der Witwe Pötau ab. Nachdem bereits am Heiligabend der vierjährige Heinrich Lorgie gestorben war, folgte ihm sein Vater am 19. Januar 1841 in den Tod. Die junge Witwe, mit ihren beiden Kindern alleingelassen, wußte sich nicht zu helfen. Da bot ihr Carl Pötau an, das Theater zu übernehmen. Nach langwierigen Vorbereitungen unternahmen sie eine ausgedehnte Kunstreise, die sie durch halb Europa führen und die bis 1848 dauern sollte. Die beiden Kinder wurden unterdessen bei der Verwandtschaft untergebracht.[16]

Pötau hatte bei seiner Rückkehr nach Hamburg das Programm bereits bedeutend erweitert. So führte er die Enthauptung eines Menschen auf offener Bühne und das Orakel von Delphi vor. Auch die Lorgieschen Metamorphosen und Kunst-Ballette waren zu sehen. Die Geschäfte im Ausland waren so gut gelaufen, daß Carl Pötau sich im Jahre 1849 nach dem Vorbild seiner Eltern ein Logierhaus kaufen konnte. Nebenbei blieb er jedoch weiterhin als Schausteller tätig: Er zeigte gemeinsam mit C. Topfstädt verschiedene Panoramen, führte sein Welttheater vor und assoziierte sich mit verschiedenen Magiern zu gemeinsamen Zaubervorstellungen. Im November 1851 heiratete er die zwei Jahre jüngere Louise Lorgie, geborene Eilfeld, danach blieb es längere Zeit um ihn still. Zu Beginn des Jahres 1854 stellte er eine zwanzigköpfige Seiltänzer- und Akrobatentruppe auf, die sich längere Zeit in St. Pauli produzierte.

Pötau machte sich jetzt Gedanken über die kommerzielle Nutzung der Lorgieschen Bühne, die sich in seinem Besitz befand. Da er kein Marionettenspieler war, ging er sehr bedacht vor. Im Rahmen eines zweieinhalbmonatigen Vorstellungszyklus in der »Bazar-Halle« schob er zwischen die magischen Soiréen eine einzelne Aufführung des Marionettentheaters. Die Generalprobe war glücklich verlaufen, und so konnte er sich im »Zum letzten Heller« einem Publikum stellen, das an guten Besuchstagen aus mehr als zehntausend Menschen bestand. Allerdings war er so vorsichtig, nur kurze ein- oder zweiaktige

Possen und Lustspiele auf seinen Spielplan zu setzen. Anderes hätte ihn und wahrscheinlich auch die Zuschauer an diesem Ort überfordert. Auf dem Weihnachtsbasar im »Convent-Garten« konnte er sein Spiel weiter vervollkommen. Und der Erfolg gab ihm recht: Im Januar 1856 wurde er dort für eine Reihe von Vorstellungen engagiert. Nach nur zwei verschiedenen Programmen in insgesamt fünf Aufführungen wurde das Gastspiel allerdings abgebrochen; dieser Mißerfolg gab Pötau zu denken. Er engagierte für etwa zwei Monate Leon Peignang aus Narbonne, einen Mechanikus und Dekorationsmaler, den er von einem berühmten mechanischen Theater aus Paris, dem »Théâtre des Arts« des Joseph Flutiaux, abgeworben hatte. Dieses Unternehmen, welches von 1849 bis 1857 regelmäßig den Dom besuchte, war berühmt für seine Qualität im künstlerischen und mechanischen Bereich.[17] Peignan richtete die fast lebensgroßen Figuren, welche teilweise sogar bewegliche Augen besaßen, wieder her und erneuerte die Kulissen. Vielleicht fertigte er auch neue Theatrum mundi-Szenen an.

Die Mechanik allein macht aber noch kein gutes Marionettentheater aus, und da man Pötau angeboten hatte, in den schönen Räumen des Elb-Pavillons aufzutreten, mußte es auch im Spiel zu Verbesserungen kommen. In dieser Notlage half ihm sein Schwager August Heinrich Lorgie, der Anfang April eigens aus Herford anreiste und bis Weihnachten im Geschäft blieb. Ein umfangreiches Repertoire mußte eingearbeitet werden, denn es sollten in den nächsten beiden Jahren wöchentlich ein bis zwei Vorstellungen gegeben werden. Den damaligen Zeitungsanzeigen kann man etwa 40 Titel entnehmen. Wenn man nun noch die Doppelnennungen durch Namensänderungen abzieht, kommt man auf ein Repertoire von ungefähr 30 Stücken. Dabei hatte Pötau solche Tricks eigentlich gar nicht nötig, da er von der Gesellschaft Apollo engagiert worden war. Diese und ähnliche Gesellschaften waren Anfang der fünfziger Jahre von Handwerkern und Bürgern der Mittelschicht als Geselligkeitsvereine gegründet worden. Hier wollten Dilettanten (im positivsten Sinne des Wortes) sich vor ihren Vereinskameraden künstlerisch produzieren, wozu auch dramatische Aufführungen geplant waren. Nun aber witterten die Direktoren der ersten Bühnen der Hansestadt Konkurrenz und beschwerten sich, worauf die Polizei erbarmungslos gegen die Liebhabertheater vorging. Wie aber sollten die theaterbegeisterten Vereinsmitglieder befriedigt werden? Hier bot sich als idealer Ersatz das Lorgiesche Theater an. Es spielte neben dem Überlieferten auch Stücke, die man auf allen großen Bühnen finden konnte, so z. B. »Die Wiener in Berlin, Singspiel in 1 Akt« (Holtei) und »Das Fest der Handwerker« (Angeley).[18] Die Polizei konnte nicht mehr eingreifen, da die mechanischen Figuren zu den Schaustellungen zählten, für die es keine solchen Einschränkungen gab.

Das Repertoire soll an dieser Stelle näher behandelt werden: Es stammte noch aus den dreißiger Jahren und wurde seitdem nicht mehr verändert. Damals war es allerdings recht modern und trug sicherlich entscheidend zum Erfolg der drei Lorgie-Bühnen bei. Es finden sich nur noch wenige der alten Historienspiele unverändert auf dem Plan, die meisten sind zu romantischen Zauber- und Lustspielen bearbeitet worden. Neuere romantische Schauspiele, wie »Die kleine Zigeunerin oder: Die rechtmäßige Erbin« und »Der Prophet, großes Singspiel in 4 Acten« und einaktige Schwänke und Possen (»Der Hauskrieg beim Caffeetrinken«, »Das Apotheker Liegen aus Leipzig«) bestimmen jetzt den Spielplan.[19] Bei den Lorgies überwog das Heitere und Leichte, was ihnen im Vergleich zu den älteren Theatern — wie sie beispielsweise von Detgen, Mattler und Storm repräsentiert wurden — erhebliche Vorteile verschaffte. Die Zuschauer wollten die alten Stücke einfach nicht mehr sehen.

Von 1856 bis 1858 trat Pötau auch bei den Weihnachtsbasaren im Elb-Pavillon auf, wobei er beim dritten Mal wieder tatkräftige Unterstützung von seinem Schwager aus Herford erhielt. Seinen letzten Basar absolvierte er 1859 im »Convent-Garten«. Auch Detgen hat wohl in dieser Zeit das letzte Mal auf einer solchen Weihnachtsausstellung gespielt.

V.
Zur Weihnachtszeit traten auch viele Gelegenheitspuppenspieler in Hamburg auf. Im Dezember 1862 finden wir das »rühmlichst bekannte Kaufmann'sche Figuren- und Metamorphosen-Theater« im kleinen Saal des Elb-Pavillons. Diese Bühne mit ihrem »hamburgisierten Casperle« gehörte wahrscheinlich der Familie des Carl Kaufmann. Dieser, ein Neffe des alten Hagenbeck, war ursprünglich ein reisender Menageriebesitzer. Später heiratete er in die alte Puppenspielerfamilie Schichtl ein. Im Jahre 1863 tritt ein Mitglied der Familie Grell mit Marionetten auf dem Straßendom auf. Da Grell nur 3 MK pro Woche Abgabe zahlen mußte, scheint sein Theater ziemlich klein gewesen zu sein. Sonst stellte diese Hamburger Familie nur Panoramen und sonstige Sehenswürdigkeiten zur Schau und besaß auch ein Karussell.

Der bekannteste Gelegenheitsspieler ist aber ohne Zweifel Heinrich Schacht (23. 6. 1817 – 13. 7. 1863). Der gelernte Schmied, welcher durch den frühen Tod seines Vaters in sehr ärmlichen Verhältnissen aufgewachsen war, begann sich in den vierziger Jahren für die Dichtkunst zu interessieren. Er schrieb nun öfter Beiträge für die Zeitung »Reform«, deren Herausgeber ihn ermunterte, den Handwerksberuf an den Nagel zu hängen und Schriftsteller zu werden. Schacht arbeitete nebenbei noch als Kolporteur und trug als Volksdichter und Improvisator seine eigenen Lieder auf Volksfesten vor. Die Anstellung bei den Gebrüdern Keiling, die er im Vorwort seines ersten Buches »Bilder aus Hamburg's Volksleben« erwähnt, und die zur Sicherung seines Unterhalts nicht unwesentlich beitrug, bestand aus der Mitarbeit in einem Puppentheater. Die Gebrüder Keiling, welche in ihrem »Apollo-Saal« den größten und elegantesten Weihnachtsbasar durchführten, brachten jedes Jahr neue ausgefallene Sachen auf die Bühne, um ihre Konkurrenz auf die Plätze zu verweisen. Sie importierten ihre Künstler und Dekorateure hauptsächlich aus Berlin und dem Ausland. So wurde die Inneneinrichtung meist von Mitarbeitern des berühmten Gropiusschen Ateliers gestaltet.

Für das Puppenspiel wurde 1854 der beste mechanische Künstler Berlins, Julius Linde, engagiert und eigens ein Dichter mit dem Schreiben mehrerer Komödien beauftragt, die Hamburger Lokalkolorit besitzen sollten.[20] Da Linde als Berliner des Plattdeutschen nicht mächtig war, mußte ein Hamburger eingearbeitet werden. Mit Heinrich Schacht, der im Marionettenspiel noch unerfahren war, nahmen die Proben viel Zeit in Anspruch. Aber der Aufwand lohnte sich, wie wir der Zeitung entnehmen können:

> »Ein humoristisches, echt volksthümliches Puppen-Theater nimmt in diesem Saale besonders die Aufmerksamkeit von Jung und Alt in Anspruch. Das wohlbestellte Repertoire besteht aus zwerchfellerschütternden Localstücken von J. Krüger, in welchen die hamburgische Derbheit durch Heinrich Schacht, und der berliner Volks- und Vorwitz von dem berühmtesten Puppenspieler der Spreestadt, Herrn Linde, meisterhaft repräsentiert wird. Die Auflösung dieser Comödien besteht selbstverständlich darin, daß der Berliner den Hamburger aufzuziehen versucht und selbstverständlich Prügel bekommt.«

Weihnachten 1857 finden wir die beiden im Union-Saal wieder, diesmal allerdings mit getrennten Unternehmen:

»Aus dem Saal schallen dem Eintretenden die derben Volksspäße des echt St. Paulischen Polichinell entgegen, welcher in der Vertretung des hamburgischen Localwitzes mit einem Figurentheater von Heinrich Schacht wetteifert, während der feinere Volkswitz der Spreestadt durch ein Marionettentheater unter der Leitung des berühmten Puppenspielers J. Linde aus Berlin meisterhaft vertreten ist.«

Glücklicherweise sind die Texte, welche Schacht hier aufführt, vollständig erhalten. In seinem »Hamburger Kinder-Theater und Polchinell« sind acht platt- und hochdeutsche Stücke veröffentlicht, die sich ihrer Derbheit wegen nur für ein einfaches Marionettentheater eignen.[21] Neben mehreren schwachen Szenen ohne Wortwitz oder Handlung gibt es auch einige Meisterwerke wie »Kasper als Kartenleger«. Hier weissagt Kasper einem Fremden die Zukunft, er verrät ihm Dinge, die dieser garantiert nicht wußte, wie zum Beispiel: »Se befinden sick ohne et selbst to weten, als Schauspeeler in en Hamborger Kinnerteater.« »Wenn Se ümmer Bifstäk mit Eier äten, en god Glas Wien drinken un sünst nich to jung starben, warden se en hohes Oller faat kriegen.« »Un de magerste Koh ward mehr Melk geben, wie de fettste Oß«. Als der Fremde ihn nach diesen »Weissagungen« einen Schwindler nennt, wundert Kasper sich nur, warum sein Kunde dies erst so spät merkt. Als er ihn dann aber auch noch einen Betrüger schimpft, setzt es von Kasper Schläge — schließlich sind Hamburger ehrliche Leute.

## VI.

Seit den sechziger Jahren befanden sich die Marionetten in ganz Hamburg auf dem Rückzug, nur auf dem Straßendom und in den Landgebieten waren sie noch gern gesehene Gäste. Unter den Veränderungen hatte besonders Detgen zu leiden, der jetzt nur noch selten Engagements erhielt. Ab und zu konnte man ihn noch in kleinen Volksgärten antreffen, wo er mit seinen verschiedenen Puppentheatern auftrat und aerostatische Figuren aufsteigen ließ. Das letzte Mal läßt er sich im Sommer 1865 mit Marionetten nachweisen. Im darauffolgenden Jahr verabschiedete er sich von St. Pauli und zog aufs Land. In Gauert, einem Ort in Vierlande, wurde er wieder seßhaft, hier arbeitete er als Maler und Künstler. Das letzte Lebenszeichen von Louis Detgen stammt vom November 1869, als er in St. Pauli einen Platz für sein mechanisches Theater beantragte, diesen dann jedoch ohne ersichtlichen Grund wieder abbestellte. Er soll in den siebziger Jahren arm und vergessen in Wandsbek gestorben sein.

Pötau war durch sein Logierhaus finanziell abgesichert. Er schaffte sich eine große, elegante Reisebühne an, mit der er auf dem Dom und den Märkten Norddeutschlands gastierte. Seinen Stiefsohn Friedrich Johann Lorgie, der im Juni 1838 bei einem Gastspiel der Gebrüder Lorgie in Karlsruhe geboren worden war, arbeitete er früh in das Geschäft ein. So half der junge Mann sicherlich nicht nur in der Wirtschaft, sondern auch bei den Marionettenaufführungen. Seine entscheidende Ausbildung erhielt er aber auf dem Gebiet der Zauberei. Weihnachten 1858 gab er als Pötau jun. erste eigene magische Vorstellungen. Im Dezember 1860 führte er die Firma bereits gemeinsam mit seinem Ziehvater. Carl Pötau organisierte jetzt größere Schaustellungen, die unter Namen wie »Mikrokosmos, oder: Die Welt im Kleinen« firmierten. Er scharte die verschiedensten Künstler um sich, neben Affentheatern und Akrobaten finden wir hier das pittoreske Theater von Antoni Monteverdi und die Metamorphosen von Schaarschmidt nach Dennebecq.[22]

Friedrich Johann Lorgie wurde 1861 Hamburger Bürger und heiratete eine hiesige Gastwirtstochter. Aus der Ehe entsprossen vier Kinder. Der alte Pötau zog sich um 1864 aus dem Geschäft zurück, er hatte bis zum Schluß seine Chancen in der Vielseitigkeit des Unternehmens gesehen. Der junge Lorgie aber spezialisierte sich wieder auf die Zauberei, nebenbei gab er Vorstellungen mit den alten Metamorphosen. Die Zauberer waren zu dieser Zeit stark im Kommen, so spricht man im Dezember 1865 gar von einem »Congreß der Zauberer« auf dem Hamburger Dom. Jedes Jahr kamen jetzt fünf bis sechs magische Künstler auf den Straßendom. Auch wenn Lorgie niemals die Qualität eines Basch, Liebholz, Agoston oder St. Roman erreichte, so hatte er doch diesen gegenüber gewisse Heimvorteile.

»Professor« Lorgie besuchte regelmäßig die Städte Ostpreußens, Mecklenburgs, Hannovers, Holsteins und Dänemarks und kam alljährlich zur Domzeit in seine Heimatstadt zurück. Sein Zaubertheater war neben Morieuxs mechanischem Theater eine der bekanntesten und stabilsten Erscheinungen des heimischen Weihnachtsmarktes. Lorgie ließ seine Bude jetzt regelmäßig in St. Pauli warten und reparieren, was auf eine rege Reisetätigkeit schließen läßt.

1874 erfolgte der Verkauf des Logierhauses, seitdem lebte die Familie Lorgie in einem Reisewagen. Ob der »Professor« finanzielle Schwierigkeiten hatte, oder ob das Haus ihn in seiner Bewegungsfreiheit behinderte, läßt sich nicht nachweisen, doch scheint das erstere zuzutreffen. Bis zu seinem Tode am 16. April 1891 konnte er sich jedoch seine Popularität beim hansestädtischen Publikum erhalten. So folgten viele Hamburger seinem Sarg bis zur letzten Ruhestätte. Die Familie Lorgie betrieb das Theater vermutlich unter der Regie eines seiner Söhne noch bis zum Beginn unseres Jahrhunderts.[23]

Zu Beginn der siebziger Jahre gab es kein heimisches Marionettentheater mehr, und nur so ist zu erklären, daß sich die Herren Göldner und Pechtel aus Görlitz mit ihrer Bühne von Ostern 1873 bis August 1875 in St. Pauli halten konnten. Die Aufführungen erfolgten während der Sommermonate im ehemaligen Backerschen Hippodrom, direkt neben dem Zirkus Renz gelegen. Das Publikum bestand allerdings nur noch aus Mägden, Knechten und Kindern, andere Bevölkerungskreise waren dem Marionettenspiel verlorengegangen.[24] Die Überbleibsel aus Hamburgs Puppenspielgeschichte sind recht spärlich gesät. Von den Marionettenspielern der freien und Hansestadt ist außer bedrucktem und beschriebenem Papier nichts erhalten geblieben.[25]

VII.

Zum Abschluß dieser kleinen Geschichte des Hamburger Marionettenspiels soll kurz auf die Handpuppenspieler eingegangen werden, mit deren Leben und Kunst sich bereits die sehr gute, allerdings in der Zwischenzeit überholte Abhandlung von Johannes E. Rabe beschäftigt.[26] Die Putscheneller, wie sie das Volk nannte, hatten außerhalb der Sommermonate nur wenig Einnahmequellen, also mußten sie sich einen Nebenerwerb suchen. Wilhelm Rudolph Prigge, der auch als Zimmermann und Löffelmacher arbeitete, war mit seinem handwerklichen Beruf eher die Ausnahme. Die anderen blieben im künstlerischen und schaustellerischen Bereich tätig. Georg Küper war der bekannteste Spieler in St. Pauli. Zu Beginn seiner Karriere durchwanderte er als Drehorgelspieler die Straßen, später schaffte er sich gemeinsam mit seinem Freund Wenck ein mechanisches Kunstwerk an. Der verkrüppelte Nikolaus August Harder und sein ältester Sohn zeigten Panoramen und Welttheater, spielten Drehorgel und zauberten. Philipp Joseph Wenninger arbeitete als Zauberer, Tierhändler und Menageriebesitzer, er trat damit in die Fußstapfen seines berühmten Vaters Matthias, eines Passauer Mechanikus, auch »Professor der Schnelligkeit und Lenker der Naturwunder« genannt. Gabriel Wilhelm Reimers aus Heide, welcher öfter die Hansestadt besuchte, betätigte sich nebenbei als Moritatensänger, Zauberer und Besitzer eines Welttheaters; Juncke, ursprünglich Zigarrenmacher, bezog mit seinem Karussell die Märkte.

Auffallend ist, daß diese Straßenkünstler ihre Laufbahn meist als Orgeldreher begannen. Sie bezeichnen sich oft als Musikus. Auch wenn viele von ihnen mechanische Theater oder Kunstwerke zeigten, so führte doch keiner aus ihrem Kreise Marionetten vor. Die Mechaniker wiederum gaben nur selten Stücke mit Handpuppen, Louis Detgen ist hier mit seinem Polichinelltheater in den Volksgärten die Ausnahme.

In Hamburg konnte das alte Jahrmarktskasperspiel als letzte Bastion noch bis zum Beginn des 2. Weltkriegs überdauern. Dann waren auch hier seine Tage gezählt.

# Franz Pocci — Ein Klassiker und sein Theater
Manfred Nöbel

Er war einer der bemerkenswertesten Allroundkünstler des 19. Jahrhunderts: Komponist, Lyriker, Dramatiker, Zeichner und Kinderfreund. Den Komponisten und Lyriker hat die Zeit vergessen. Den Dramatiker Pocci registriert die Literaturgeschichte nur noch als marginale Erscheinung. In der Kunstgeschichte dagegen werden seine Leistungen als Zeichner und Illustrator viel höher bewertet. Die Kinderbuch-Historiker rühmen ihn als einen wichtigen Pionier des Kinderbuchs. Und in der Theatergeschichte gilt er als *der* Klassiker des deutschen Puppentheaters. Zu diesem Ehrenplatz haben ihm über 40 Spielvorlagen verholfen, die er gelegentlich für eine kleine Marionettenbühne seiner Heimatstadt München schrieb. Über die lokale Bedeutung hinaus erlangten Stücke und Theater bald nationale Repräsentanz und internationale Ausstrahlung. — Grund genug, deren Klassizität zu überprüfen und für heute Möglichkeiten einer Annäherung oder Entfernung aufzuspüren.

## I.

Als vor nunmehr 130 Jahren, am 10. September 1858, der Kanzleiangestellte Joseph Leonhard Schmid der hohen Schulkommission von München die »Gehorsamste Bitte um die gnädigste Begutachtung zur Errichtung eines ständigen Marionettentheaters für Kinder«[1] einreichte, überblickte er weder die Tragweite seines Vorhabens, noch ahnte er, daß er damit an einem Kristallisationspunkt der Theatergeschichte angelangt war. Puppenspiel für Kinder zu einer *öffentlichen* Angelegenheit zu machen, galt damals als ein ungewöhnliches Unternehmen; es rief sofort das Mißtrauen der Behörden hervor, und Schmids Kinder-Projekt wurde erst einmal für »nicht spruchreif«[2] erklärt.
Und dabei blieb es, obwohl der Bittsteller in weiteren Eingaben den hohen Rat, das Polizeipräsidium und das Innenministerium an der Ehre kitzelte, daß die königliche Residenzstadt München zwar dem Erwachsenen »eine reiche Auswahl von Sehenswürdigkeiten, Kunstanstalten, Unterhaltungen« biete, »nur für die Kinderwelt, d. h. für eine geistige Erholung derselben findet sich hier keine Anstalt«. Nutzlos blieb auch der Verweis auf andere Städte, wo bereits mit Puppen für Kinder gespielt werde; auch der ideologische Hinweis reichte nicht aus, »die Kinderwelt nicht bloß zu unterhalten, sondern auch Sittlichkeit und Religiosität mehr und mehr in den Kinderherzen erstarken zu machen«.[3] Als Aktuarius eines Vereins für Amts- und Kanzleipersonal wußte Schmid nur zu genau, daß auf dem Weg durch die Instanzen Beharrlichkeit die größte Tugend ist. Außerdem ebneten ihm Gönner des Puppenspiels den Weg zu Franz Pocci. Dieser war nicht nur Beamter, sondern auch Künstler. Am 13. September wandte sich der Hilfebedürftige an »seine Excellenz« und konnte, wie er berichtete, »einige Tage darauf« seine »Angelegenheit dem Herrn Grafen persönlich vortragen.«[4] Die Gründe, weshalb Pocci einem Unbekannten vertraute, der als Puppenspieler bisher nur »mit Aufstellen von Krippen, hl. Grab« hervorgetreten und dessen Kenntnis und Ausstattung bescheiden waren, wissen wir nicht. Pocci jedenfalls unterstützte den Mann aus dem Volke sofort und in jeder Hinsicht. Er vermittelte ihm eine leistungsfähige Bühne, half beim Anfertigen von Dekorationen, schrieb das Eröffnungsstück, gab Ratschläge zur Regie und machte Reklame für Münchens »fünfte Schauspielbühne«.

Eigentlich hatte sich der Theatergründer sein Unternehmen weniger aufwendig vorgestellt. Es wird wohl ewig ein Geheimnis zwischen Pocci und Schmid bleiben, woher der mittellose Kanzlist, der 40 Kreuzer Taglohn und sechs Kinder hatte, das Geld nahm und den Mut aufbrachte, einem General von Heydeck sein komplett ausgestattetes Marionettentheater abzukaufen, einen Saal zu mieten, überhaupt alle Startvorbereitungen zu treffen, da er (trotz Pocci) über das wichtigste noch nicht verfügte — eine Spielerlaubnis. Wie er schließlich dazu kam, war schon recht zeitgemäß. Der Kgl. Hofmusikintendant intervenierte zwar beim Kultusministerium, erfuhr aber, »daß ein eigentliches *Kindermarionettentheater* nicht gestattet werden dürfe, wohl aber ein *Marionettentheater überhaupt*«.[5] Erst als Schmid sein ursprüngliches Vorhaben aufgab, nur für Kinder zu spielen, erst als er am 11. November dem bayerischen Innenministerium untertänig mitteilte, daß es eine »irrige Auffassung« sei, ein »Marionetten-Theater für die Jugend« gründen zu wollen,[6] bekam er die Lizenz. Poccis Kommentar: »Das war mehr als erwartet.«[7] Eine Woche später erhielt Schmid die polizeiliche Spielerlaubnis. Und am 5. Dezember 1858 hob sich zum ersten Male der Vorhang — auch für Kinder. Von echt Poccischem Witz war es schon, zur Eröffnung dem Münchner Kindl einen Prolog in den Mund zu legen, der mit den Worten schloß: »(...) doch eines stets bedenkt,/ Daß, was geschieht, von oben wird gelenkt!«[8]

II.
Daß Schmid den Behörden gegenüber stets von der »Kinderwelt« sprach, also von etwas neben der »eigentlichen« Welt Bestehendem, ist Ausdruck der Unsicherheit aber auch Geringschätzung, die man nach der gescheiterten Revolution von 1848/49 den künftigen Untertanen entgegenbrachte. Und sie ist Ausdruck dafür, daß mit der Unterordnung des Bürgertums unter Thron und Altar auch alle fortschrittlichen Erziehungsprinzipien aufgegeben waren, die es in der Aufklärung entwickelt hatte; vor allem den sozialen Gleichheitsanspruch des Kindes. Pocci jedenfalls hatte noch 1857 in der Einleitung zu seinem »Büchlein A bis Z« allen Grund, darauf hinzuweisen, daß er zum Volk »auch die ‚Kleinen' zähle«.[9] Damit erhob er zugleich die Forderung, daß Kinderliteratur auch ein Bestandteil nationaler Literatur, genauer: der Volksliteratur sein müsse — eine Forderung, die damals durchaus nicht selbstverständlich war.
So, wie der Stückeschreiber Pocci in der Gestaltung seiner lustigen Figur auf Bühnentraditionen zurückgriff, die im 18. Jahrhundert ein neues, theatralisches Profil erhalten hatten, so übernahm der Erzieher Pocci viel von den progressiven pädagogischen Traditionen der Aufklärung und des Rationalismus. Er verarbeitete sie, um sie schließlich zu überwinden. In einer umfangreichen Publizistik für Kinder, in seinen Kindergeschichten, illustrierten Versen und Hausbüchern vermochte er sich als erster sowohl von einer phantasiearmen Aufklärungs-Didaktik als auch von der Gefühlsromantik zu befreien. Bevor jedoch Pocci die lustige Figur für Kinder entdeckte und durch sie zum Puppentheater fand, unternahm er wiederholt Versuche, das Muster der Stücke für die Kleinen und von Kleinen gespielt vom verdorrten Ast der Aufklärung abzuschneiden. Seine »Dramatischen Spiele für Kinder« (1850) blieben freilich ohne Erfolg. Und ehe noch der Dichter seine Zusammenarbeit mit Schmid gefestigt hatte, schrieb er weitere Kinder-Schauspiele, von denen dieser einige »quasi« zweckentfremdet mit Puppen aufführte. Das erste, »Das arme Kind« (»Ein Weih-

nachtsspiel«), kam bereits am zweiten Weihnachtsfeiertag 1858, drei Wochen nach der Eröffnung mit »Prinz Rosenrot« heraus. Daß dies kein Zufall war, deutet darauf hin, daß sich Pocci als spiritus rector des Schmidschen Unternehmens dem eben erst eroberten Genre des literarischen Puppenstücks für Kinder durchaus noch nicht sicher war.

Die Eröffnung von Schmids Marionettentheater und seinem diskreten Spiel für Kinder ging zeitlich synchron mit den Versuchen anderer Schauspielertheater, die Erwachsenen-Bühnen auch den Stücken für Kinder zu öffnen. Den folgenreichen Durchbruch erzielte vier Jahre vor Schmids Münchner Theatergründung das Friedrich-Wilhelmstädtische Theater in Berlin. Am 12. Dezember 1854 kam dort die Kinderkomödie »Die drei Haulermännerchen oder Das gute Liesel und's böse Gretel« von Carl August Görner (1806-1884) heraus. Der Leiter dieser 1848 gegründeten Bühne, F. W. Deichmann, hatte sie mit den Kindern seiner Schauspieler einstudiert. (Das Spielen *für* Kinder und *von* Kindern war damals noch nicht getrennt.) Diese Aufführung war nicht etwa ein Ausdruck preußischer Kinderfreundlichkeit, sondern hatte reale finanzielle Ursachen. Das ehemals fortschrittliche Possen- und Volkstheater versuchte damit seinen Besucherschwund zu kompensieren, dem es sich nach dem Scheitern der Märzrevolution als Privatbühne ausgesetzt sah.[10]

Görner war ein routinierter Theatermann, ein Hansdampf auf allen Bühnen, der als Stückeschreiber freilich nicht das Format Franz Poccis besaß. Ihre Gemeinsamkeit bestand in einer überaus reichen und vielseitigen Produktivität. Bereits 1856 erschienen von Görner die ersten sechs Bände mit »Kinderkomödien«. Sie trugen zeittypische Titel wie »Die Prinzessin Marzipan und der Schweinehirt oder Hochmut kommt zu Fall«, »Sneewittchen und die Zwerge« oder »Apfelbaum, Erdmännchen und Flöte«. Als der Verfasser in den 1860er Jahren die eigentliche und bis heute im bürgerlichen Theater kaum veränderte Form für das Weihnachtsmärchen gefunden hatte, hießen sie »Dornröschen« (1864), »Kleindäumling, Rapunzel und Riquet« (1874) oder »Aschenbrödel« (1878). Auch Görner griff gelegentlich auf Positionen der Frühaufklärung zurück, stülpte jedoch deren christliche Moralpädagogik zugunsten eines regierungstreuen Kleinbürgertums mit vorzeigbarer »christlicher Gesinnung« einfach um. Gellerts »Zufriedenheit mit seinem Stande«, 1757 in den »Geistlichen Oden und Liedern« formuliert, klingt 100 Jahre später bei Görner am Schluß seiner »Rosen-Julerl« so: »Genieße, was dir Gott beschieden / Entbehre gern, was du nicht hast, / Ein jeder Stand hat seinen Frieden, / Ein jeder Stand hat seine Last.«[11] Dennoch — Görner war ein Mann, der als Regisseur und Autor für Kinder viel in Bewegung gebracht und bis zur Etablierung von Kindervorstellungen auf deutschen Bühnen viel in Bewegung gehalten hat. In seinen Kinderstücken — neben einer Vielzahl bürgerlicher Lustspiele, Schwänke und Lokalpossen meist »nebenbei« entstanden — ist die Entwicklung der »Komödie für Kinder« (ab 1854) über die »Weihnachts-Komödie« (seit Mitte der 1860er Jahre) zum Weihnachtsmärchen exemplarisch ablesbar.[12] Was Görner damals nicht erreichte und ganz sicher auch nicht beabsichtigte, war, für seine Stücke eine spezielle Bühne und ein ganz bestimmtes Publikum zu finden. Er suchte möglichst viele Bühnen zu erreichen, leistete also mit »allgemeinen« Stücken in »allgemeinen«, jedoch bis ins szenische Detail festgelegten Aufführungen der Vermassung der Kunst Vorschub. Aber gerade darin bestand das Besondere der Leistung J. L. Schmids, daß er erstmals einem Dichter, einem Kinderautor eine feste Heimstatt bot. Dessen Stücke und Figuren waren auf ein genau definiertes Publikum eines festumrissenen Sprachkreises ausgerichtet und erzielten somit Aufführungen, wie sie nur an einem bestimmten Ort über die Bühne gehen konnten. Hier fanden

Franz Pocci (1807—1876), um 1870

durch das Medium Puppe künstlerische Leistungen als bewußte, Öffentlichkeit[13] organisierende, Prozesse statt, in die — und das ist die weitere Besonderheit — zum ersten Male auch Kinder und Jugend dieser Stadt einbezogen waren. Schmid, der am Ende seines Lebens als »Papa Schmid« selbst zu einer öffentlichen Figur geworden war, und Graf Pocci haben es vermocht, München um ein kleines Stück unverwechselbarer Öffentlichkeit zu erweitern. Die Stadtväter haben es gedankt und ihnen im Jahr 1900 ein eigenes Theater erbaut.

III.
Franz Pocci wurde am 7. März 1807 geboren, ein Jahr nachdem das Hl. Römische Reich Deutscher Nation auseinandergebrochen, das Kurfürstentum Bayern zum Königreich geworden war und einen Monat nach der blutigen Schlacht bei Preußisch-Eylau. Sein Vater kämpfte dort als Generalstabsmajor des bayrischen Rheinbund-Kontingents auf seiten der fortschrittlichen Kräfte Frankreichs gegen das feudalabsolutistische Rußland und Preußen. Später fiel die Familie vorübergehend in »Ungnade«; ihr bescheidener Wohlstand veranlaßte die künstlerisch ambitionierte Mutter, ihren Sohn trotz musischer Begabung eine bürgerliche Laufbahn einschlagen zu lassen. So wurde der junge Pocci nach einem Jurastudium zunächst Verwaltungsbeamter. König Ludwig I. jedoch berief den dreiundzwanzigjährigen durch Allerhöchste Gnade in den Hofdienst, machte ihn 1830 zum Zeremonienmeister und bestätigte ihm das Ritterlehen Ammerland am Starnberger See. 1847 rückte er — kurz vor Ausbruch der Märzrevolution — zum Intendanten der königlichen Hofmusik auf und wurde 1864 des jungen Ludwig II. Oberstkämmerer. 46 Jahre lang hat er drei Königen treu gedient. Die Bürger der Stadt schätzten ihn als Mittelpunkt gelehrter wie geselliger Vereinigungen; ihm verdankten sie nicht nur manch historischen Forschungsbericht, sondern auch zahllose »hingehexte« humorvolle Zeichnungen. Der Hof, die Stadt, das Rittergut — das waren die Fixpunkte seines Lebens.

München war Poccis Heimatstadt; seine poetische Heimstatt jedoch fand er von Anfang an in einer anderen, längst versunkenen Welt, in der eine mittelalterlich verbrämte Idealgesellschaft scheinbar intakt, ein deutscher Gesamtstaat scheinbar noch vorhanden war. Diese rückwärtsgewandte Weltsicht enthüllt Poccis Sehnsucht nach harmonischen menschlichen Beziehungen und geordneten patriarchalischen Verhältnissen. Konservativ-katholische Kreise im Hause von Joseph Görres hatten den jungen Dichter darin beeinflußt. Durch den alten Görres, einen einstigen Anhänger der französischen Revolution, lernte er die deutschen Volkslieder und Volksbücher kennen. Hier traf er noch Clemens von Brentano, den er so sehr verehrte; hier schloß er aber auch Freundschaft mit Guido Görres. Dieser reaktionäre Literat gab nicht nur mit Pocci die neugotischen »Festkalender« und seine »Marienlieder« heraus, sondern er redigierte später auch die »Historisch-politischen Blätter für das katholische Deutschland«. Pocci hielt sich von diesen ultramontanen Bestrebungen weitgehend fern.

Aufschlußreich und widersprüchlich gestaltete sich seine naive katholisch-konservative Grundhaltung zum Volk während der 1848er Revolution. Poccis Werkverzeichnis dokumentiert drei Flugblätter aus jener Zeit. Im ersten wandte er sich »in treuherzigen Worten« an seine »lieben Bauern«, um sie »vor den Umtrieben des Jahres 1848« zu warnen. Des weiteren ließ er unter den Überschriften »Im April 1848« (»Der deutsche Michel ist erwacht«) und »Arbeiterlied« (»Ich bin ein schlichter Arbeitsmann«) zwei längere Gedichte drucken, die eine ähnliche Grundtendenz verfolgten.[13]

Als er für das Puppenspiel zu schreiben begann, verfaßte er auch zwei Hefte für einen katholischen Bücherverlag: Im »Büchlein von A bis Z« (1857) predigt er »Andacht« und »Arbeit«.[14] Im »Bauern ABC« (1856) und mit ausdrücklichem Bezug auf »Anno 1848 und 1849 aufgeklärten Angedenkens«[15] sind Revolutionäre für ihn nichts anderes als »Abgesandte des Erzrevolutionsmachers Satanas«, zu dessen »irdische(r) Compagnie« rechnete er »alle Atheisten und sonstigen derlei Gesindel, die uns den Glauben abdisputiren möchten.«[16] Ein sich selbst überlassenes Volk verglich Pocci mit einer »Schar unmündiger Kinder ohne Aufsicht;«[17] somit übernahm auch er die tradierte Auffassung vom unmündigen »Kind-Volk« als Ausdruck eines vormärzlichen Obrigkeitsdenkens. Doch Poccis historischer Blick war nicht blind angesichts der großen gesellschaftlichen Veränderungen und ökonomischen Umwälzungen, die er seit den Revolutionen von 1830 und 1848 selbst miterlebt hatte. Seine rein persönlichen Bekenntnisse zeugen mitunter von erstaunlichen Einsichten:

> »Revolutionen sind in der Entwicklung der Völker notwendige Erscheinungen. Analog den Gewittern, welche allerdings mit Zerstörungen und manchem Unheil als Beigabe die Luft reinigen und das atmosphärische Gleichgewicht wieder herstellen, geschieht in betreff der Alternierung des politischen oder staatlichen Gleichgewichts durch die Revolution dasselbe. Das Übergewicht dynastischer Tendenz ist ein Unrecht, eine Störung des volksrechtlichen Prinzipes.« (1865)[18]

In dem 1867 erschienenen Zyklus mit dem beziehungsreichen Titel »Herbstblätter« liest man es anders. Hier offenbart sich Poccis tiefe Furcht vor den Volksmassen, obwohl er ihnen zubilligt, daß sie sich ihrer Kraft in der Geschichte bewußt geworden sind:

> »Bald aber kam die freie, neue Lehre, / Daß auch das Volk von Gottes Gnaden sei, / Und Wogen stürmten mächtig an die Throne; / Die Kronen fielen und die Zepter brachen,/ Die Völker krönten sich zu eignen Herrschern. / Und wieder blick ich in vergang'ne Zeit;/ Da seh' ich Henkerbeile, blut'ge Banner, / Als nacktes Weib vergöttert die Vernunft/ Und mord- und siegestrunkne Pöbelhaufen — / Von Tausenden dünkt jeder sich als König!«[19]

Gewiß, der Münchner Aristokrat und Hofbeamte war alles andere als ein Anhänger revolutionärer Veränderungen. Aber er gehörte mit Sicherheit auch nicht zu den Dunkelmännern der Reaktion, da seinem Wirken keinerlei realpolitische Machtinteressen zugrunde lagen. Er nahm z.B. keinen Anteil an Bayerns »Trias«-Konzeption, sich als dritte deutsche Großmacht an die Spitze der Mittelstaaten zu setzen. Wenn Pocci »eingreifende« Absichten zu erkennen gab, waren sie stets moralisch-ästhetischer Art; partikularistische lagen ihm fern. Wenn er 1855 im Prolog zum »Neuen Kasperl-Theater« seinen Kasperl die Hoffnung aussprechen läßt: »Dieses unser Werk soll ein Gemeingut des gesamtdeutschen Vaterlandes sein«,[20] so ist diese Bemerkung sicher nicht als politisches Bekenntnis für eine in die Ferne gerückte Reichseinigung aufzufassen. Mit dem Rückgriff auf den alten deutschen Spaßmacher gedachte er vielmehr, den deutschen Puppentheatern eine allen gemeinsame lustige Figur zu schaffen — also Kunst als einigendes Band in nationalstaatlicher Zersplitterung, Rückgriff als Fortschritt, zumindest im ästhetischen Bereich.

IV.
Leben und Wirken des »Kasperlgrafen« treten noch plastischer hervor, wenn man das gesellschaftliche Umfeld in die Betrachtung einbezieht. Sie sind das getreue, ein wenig puppenhaft verzerrte Spiegelbild des märchenhaften Aufstiegs Münchens von der Kleinstadt zur Königs- und Kunstmetropole im 19. Jahrhundert. München und das Land Bayern standen im Vormärz ganz im Zeichen Ludwig I. (reg. 1825—1848), eines Monarchen, der im Sinne Metternichs einen spätfeudalistischen, patriarchalischen Herrschaftsanspruch repräsentierte. Das Ruhmesblatt seiner Regierung verzeichnete nicht politischen Fortschritt, sondern eine reiche Förderung von Kunst, Wissenschaft und Technik. Immerhin fuhr in seinem Land Deutschlands erste Eisenbahn, und es besaß — anders als Preußen — zumindest formal eine Verfassung. Ludwig ließ u.a. Kreditvereine für Gutsbesitzer einrichten, aber auch (lange vor Bismarck) Versicherungsvereine für die untersten Volksschichten. J. L. Schmid war einer ihrer Angestellten. Die Restauration kirchlicher Vormachtstellung schloß freilich auch restriktive Seiten der Kindererziehung ein. »Nicht sogenannte Volksbildung, sondern Erziehung zu guten Christen und Untertanen« war die Devise.[21] Sie wirkte lange nach, und selbst Schmid bekam sie bei seiner Theatergründung zu spüren.
Unter Maximilian II. (reg. 1848—1864) kehrte nach anfänglichen Reformen die Reaktion auch nach München zurück. Es waren die Jahre der Demokraten-Verfolgung und Gesinnungsschnüffelei, des Rückfalls in Gleichgültigkeit und vormärzliches Duckmäusertum. Gerade in diese Zeit fällt Poccis Hauptwirkung als Volksschriftsteller. Seine Bücher erstrebten Hausbuch-Charakter, angefangen von »Was Du willst« (1854) bis zur »Lustigen Gesellschaft« (1867) oder seine »Dramen im Volkston« für das Schauspielertheater »Gevatter Tod« (1855) und »Michel der Feldbauer« (1858). Werke also, mit denen er sich eigentlich im Widerspruch zur offiziellen Schreibweise befand und in denen er als dichtender Hofbeamter es versäumte, »klassische Ideen in ihren Repräsentationswert umzumünzen«, wie Walter Hinck die »allgemeine Tendenz der Epoche« charakterisiert.[22]

> »Ich wollte dem *Volke*, nicht den ästhetischen Kritikern, ein Stück schreiben, einfach, poetisch und gesund, ohne Phrasen und Tendenzen«,[23]

bekannte er einmal zu Kerner. Pocci wetterte auch gegen »die ‚geschlechtslosen' Jugendblätter« der Isabella Braun, welche damaligen Standard repräsentierten und für die er oft Beiträge lieferte:

53

> »Für *Kinder* will ich gerne schreiben und kann es vielleicht auch, aber für so halbgewachsene Sentimentalitäten tauge ich nicht. Ich springe dann lieber gleich ins Leben weiter hinaus.«[24]

Unter König Max atmete Münchens kulturelle Blüte Treibhausluft. Pocci blieb davon unberührt und wandte sich nun bewußt der alten Volkstradition des Puppenspiels zu, um »der Jugend nur Gesundes und Frisches zu bieten«.[25] Diese beiden Begriffe müssen für ihn »Fahnenworte« gewesen sein, denn der offizielle Kunstbetrieb sah anders aus. Unter Kaulbach, seit 1849 Direktor der Königlichen Akademie der Künste, steigerte sich die zeitmodische Historienmalerei zu protziger Monumentalität. Nationale Identität glaubte man in einer romantisch verklärten Vergangenheit alter Baudenkmäler zu finden.

Gegen Ende seines Lebens hat Pocci viel »Über den Verfall der Kunst in München« nachgedacht. In diesem 1872 entstandenen, zu seinen Lebzeiten aber nie veröffentlichten Aufsatz kam er bei aller Würdigung echter Leistungen zu dem Schluß, es dominiere nicht »der *Gedanke* in jedweder Kunstleistung«, sondern es sei zu sehr »die Realität des *Machens* in den Vordergrund getreten«.[26] Diese Feststellung läßt sich auch auf die Dichtkunst übertragen; sie war unter König Max zu einer Art Historienmalerei der Worte geworden, wo selbst eine Blume in heroischem Pathos erstarrte:

> »Hoch über dunklen Klüften, tief geborsten,
> Noch höher als die Königsadler horsten,
> Auf steiler Felswand wächst das Edelweiß — «.[27]

Die Münchner Akademische Dichterschule, besonders die vom König berufenen »Nordlichter« (Geibel, Heyse, Schack, Bodenstedt u.a.) orientierten sich ausschließlich an klassischen und klassizistischen Mustern. »Alleweil Poesie und Schwärmerei — niemals Wirklichkeit«,[28] spottete Pocci aus dem Mund seines Kasperls. Zur Geisteshaltung der Isar-Dichter, von denen manch einer gegen einen Ehrensold sein Ressort verwaltete, und zu den Karyatiden der Akademie gesellten sich die Weißwurst- und Radiphilister, andernorts ebenso berühmt wie die Bavaria. »Die Gleichheit vor dem Nationalgetränk milderte den Druck der sozialen Gegensätze«, hat schon Paul Heyse diagnostiziert.[29] Pocci ließ in einer seiner Puppenkomödien die Wilden einen bayrischen Maßkrug als ihr »Heiligtum«, als »Gottheit« anbeten. Und vor dessen »Geist« lag selbst ein Kasperl auf dem Bauch. Doch den Zeitgenossen war der Humor abhanden gekommen, wie Chronisten übereinstimmend berichten:

> »Es ist eigentlich eine böse Zeit! Das Lachen ist teuer geworden in der Welt, Stirnrunzeln und Seufzen gar wohlfeil. Auf der Ferne liegen blutig dunkel die Donnerwolken des Krieges, und über die Nähe haben Krankheit, Hunger und Not ihren unheimlichen Schleier gelegt; — es ist eine böse Zeit!«[30]

Das schrieb kein aristokratischer Zeitgeist aus Isar-Athen; diese Sätze schrieb weitab in Spree-Athen der junge Bürgersohn Wilhelm Raabe, als er 1858 sich anschickte, in der »Maske eines alten Mannes« Schriftsteller zu werden. Maskierung als Zeitsymptom! — Zur gleichen Zeit begann Pocci, sich endgültig dem Puppentheater zuzuwenden, und die lustige Figur wurde sein Sprachrohr. Darüber hinaus hat er sich nicht nur im Kostüm seines Kasperl Larifari wiederholt selbst konterfeit; er zeichnete damals auch seine berühmt gewordene Vignette des Narren, der sich die Maske mit den Zügen Franz Poccis vors Gesicht hält. —

Wenn so unterschiedliche Künstler wie Raabe und Pocci zeitgleich die Maske als artistisches Mittel benutzten, war dies zweifellos Ausdruck einer gemeinsamen, tiefgehenden Krisenerfahrung. Aber während dem Berliner Chronisten der Sperlingsgasse das Lachen

Theaterzettel aus dem Münchner Marionetten-Theater im Klenze-Garten, unter Verwendung einer Illustration von Franz Pocci, München 1883

»teuer geworden« war, stellte der Münchner Humorist der Zeit seinen völlig unzeitgemäßen Spaßmacher entgegen, um sich von einer miserablen Gegenwart zu distanzieren. Als Mittel zur Distanzierung empfahl er einen möglichst guten Humor,

»denn bisweilen muß der Mensch sein 'Gspaß haben,
damit er sich nicht z'tod weint in der traurigen
Welt, wo Not und Elend oft aus- und einspazieren«.[31]

Nicht zufällig entdeckte Pocci gerade jetzt das Puppentheater als eine ihm zeitgemäß erscheinende und pädagogisch wirkungsvolle Ausdrucksform. Eine fortschreitende Verbürgerlichung der »guten Gesellschaft«, die mit der Durchsetzung der kapitalistischen Warenproduktion immer deutlicher hervortrat, provozierte ihn zu immer neuen Formen des Widerspruchs. Mitunter hatte er wie ein bayrischer Holzfäller das Gefühl, es »müßte nach *allen* Seiten hin gehauen werden«.[32] Karl Schloß weiß von einer Begebenheit zu berichten — mag sie nun böse Wahrheit oder gute Erfindung sein — »wie der Herr Hofzeremonienmeister am hellen Tage auf der Ludwigstraße vor einem Passanten ehrfurchtsvoll beiseite trat und ihm jenen in Demut ersterbenden Gruß zu Füßen legte, der sonst nur Mitgliedern des königlichen Hauses« gebührte.[33] In München galt er längst als der »Pasquillant vom Dienst«. Seinen ständig quälenden Zwiespalt von Mittelalter-Nostalgie und hereinbrechendem Industriezeitalter kompensierte Pocci »in Zickzackbewegung von Zustimmung und Ironisierung«.[34] Dem dichtenden und zeichnenden Hofbeamten blieb nur die Flucht in eine rastlose, mitunter manische Produktivität. Mit den Arbeiten für das Puppentheater begann Poccis »zweite Karriere« als Künstler. In seinen Marionettenstücken ist wohl am gültigsten seine widerspruchsvolle Haltung zur nachrevolutionären Zeit ablesbar. Sie reflektierte bei aller Abhängigkeit von Elementen der Trivial-Romantik das humanistische Ideal eines konservativen Schriftstellers, der sich — zumindest auf dem Puppentheater — die Illusion einer prästabilisierten Gesellschaftsordnung zu erhalten suchte. Die Wiederbelebung des Hanswurst-Kasperl, seine Hinwendung zum traditionellen Puppentheater, waren für ihn nicht nur Rückgriffe auf (scheinbar) »gesicherte Werte«. Diese alte Volkskunst benutzte der Dichter auch als Medium, mit dem er das sich verflüchtigende Realitätsgefühl und die Krisenhaftigkeit seiner Gegenwart in ästhetischer Distanz zu artikulieren versuchte. Die Eröffnung von Schmids Puppentheater für Kinder fungierte dabei als Katalysator.

V.
Aus Schmids Gesuchen ist zu entnehmen, daß er den Kasperl am liebsten ganz abschaffen wollte. Pocci jedoch, der sich »als der aufmerksamste und teilnehmendste Zuschauer«[35] des Dultkasperl zu erkennen gab, setzte auf ihn. Er vertraute ganz der Vitalität und theatralischen Wirksamkeit, die er in dem verkommenen Kerl zu Recht noch vermutete. Außerdem blieb ihm keine andere Wahl; denn Schmids Bestreben — »nicht bloß unterhalten, sondern auch Sittlichkeit und Religiosität mehr und mehr in den Kinder-Herzen erwecken«[36] — zielte auf ein kleinbürgerliches Erbauungs- und Besserungstheater, zu dem er sich von Pocci Unterstützung erhoffte. Ihm schwebte ein Repertoire im Geiste des damals viel gelesenen sentimentalen Jugendschriftstellers Christoph v. Schmid vor, und er erwartete vom Dichter ähnliches. Aus diesem kapitalen Mißverständnis ist beider Zusammenarbeit entsprungen. Selbstverständlich ging der Graf nicht auf Schmids Kleinbürger-Pädagogik ein. Doch durch ihn erkannte er, daß damals die Kardinalfrage des Puppenspiels nur über den Spielplan zu lösen war, durch eine Neuprofilierung des alten Hanswurst-Kasperls und in einer neuen Spielkultur.
Von Anfang an suchte Pocci seinen Schützling über das Niveau der traditionellen Wandertheater zu heben. Als erstes verschaffte er ihm das, was diese nicht besaßen: ein eigenes und neues, puppengemäßes Repertoire. Es kam zunächst teils aus seiner Feder, teils von namhaften Münchner Amateurschriftstellern, z.B. von Hofmedicus Harleß, Franz von Kobell oder Freiherr von Gumppenberg. Andere Teile des Repertoires stammten noch aus dem Fundus von General Heydeck und Herzog Max. Nur aus den vereinten Bemühungen heraus, Puppentheater als ein Vehikel zur Verbreitung eines (wenn auch konservativen) Traditionsbewußtseins zu machen, erklärt sich das Funktionieren der Zusammenarbeit zwischen dem Aristokraten und dem Mann aus dem Volk; denn eine derartige Konstellation wäre eigentlich in der Öffentlichkeit von damals weder denkbar noch wünschenswert gewesen. Nicht umsonst würdigte die Münchner Presse die Eröffnung der Bühne mit keiner Zeile. Nur aus der Frontstellung der gebildeten Stände gegen eine akademische, über-

züchtete Retortenkultur ist die Förderung dieses verkommenen, aber immer noch robusten Zweigs der alten Volkskultur und ihres komischen Protagonisten zu begreifen. Wenn Friedrich Sengle mit Bezug auf Nestroy feststellte, »es muß in Wien eine Art Verschwörung zwischen Adel und Kleinbürgertum gegen die Bildungsbürger, die nach Deutschland blickten, gegeben haben«,[37] so ließe sich das sinngemäß auch auf München übertragen. Hier haben Pocci, Hierneis, Kolb und andere, die ungenannt blieben, einem bildungswütigen Epigonentum die »ungebildeten« Kasper- und Marionettenstücke für Kinder entgegengestellt. Wie ist sonst Poccis »Ankündigung« von Schmids Bühne in der Öffentlichkeit zu begreifen, in der er das Einfache und Naive einer besserwisserischen und regressiven Schulpolitik polemisch entgegenstellte:

> »Die Superklugheit möchte überall das Regiment führen und Einfalt oder Naivität scheint wirklich als ein altmodisches Möbel in die pädagogische Rumpelkammer gestellt worden zu sein.«[38]

Oder wie anders liest sich der kurz vor Schmids Eröffnung von Pocci in die »Allgemeine Zeitung« lancierte Artikel über die »fünfte Schauspielbühne«, in dem er die Traditionslosigkeit des Lachens in Deutschland beklagt:

> »Nur schade, daß der Deutsche in gewissen Beziehungen den Humor nicht vertragen, und dem guten Kasperl [!] nicht die Freiheit gegönnt werden kann wie dem Pulcinello, Cassandrino oder Consorten anderer Nationen.«[39]

Es war nicht nur private Liebhaberei einiger Gebildeter, die Schmids Marionetten-Projekt förderten.

Das kleine Theater und dessen Initiator wurden in der Stadt schnell populär. Dabei war Joseph Leonhard Schmid (1820-1912) gar kein gebürtiger Münchner, sondern stammte aus dem oberpfälzischen Amberg, wo sein Vater Stadtorganist war. Bevor aus dem Puppenspieler der hochangesehene »Papa Schmid« wurde, hatte er ein Arme-Leute-Schicksal hinter sich: Mit sieben Jahren war er Waise, mit zehn steckte ihn sein Vormund als Chorknabe in eine geistliche Anstalt und mit zwölf in eine Buchbinderlehre; mit 16 Jahren ging er auf die Wanderschaft, wurde aber bald an seinen Heimatort zurückgeschickt, weil er als Lungenkranker Armenpflege in Anspruch nehmen mußte. Nach seiner Genesung wanderte der junge Schmid zu Fuß nach München, wo er sich eine Ausbildung als Chorsänger erhoffte; er besaß aber weder Geld noch Stimme, stand vor dem Nichts und war froh, wenn wohlhabende Leute ihm ab und zu einen freien Kosttag gewährten. Irgendwann erhielt er eine kleine Anstellung im Büro des Unterstützungsvereins für das Amts- und Kanzleipersonal, durfte mit 23 Jahren heiraten und rückte schließlich zum Aktuar (Versicherungsangestellten) auf. Schmid war 36 Jahre alt, als er sich ein Herz faßte, mit Puppentheater für Kinder an die Öffentlichkeit zu treten, und er hat seinen Dichter um abermals 36 Jahre überlebt. Insgesamt war »Papa Schmid« 54 Jahre lang Puppenspieler und Leiter eines sich ständig vergrößernden Unternehmens, das er — mit Unterstützung einheimischer Gönner und Künstler — zu einem Muster-Theater von hoher Professionalität führte. Riedelsheimer behauptet in seiner Schrift von 1906 (also noch zu Lebzeiten Schmids), seine Bühne besitze ein Repertoire von »nahezu 300 Stücken«, darunter das (für damals) alleinige Aufführungsrecht von 53 Pocci-Stücken.[40] Schmids Enthusiasmus, sein Fleiß, seine Liebe zum Theater und zu den Kindern regte auch den Dichter zu immer neuen Produktionen an. Augenzwinkernd (und doch mit Distanz) schrieb Pocci über ihn:

> »Der Unternehmer Schmid hat wirklich eine wahre Manie für die Sache, denn sein materieller Gewinn ist unbedeutend und seine Mühe groß. Er spricht den Kasperl selbst mit viel Humor und Lust, so daß er auch außerhalb der kleinen Bühne selbst zum Kasperl geworden.«[41]

Neben der Marionette probierte er das ganze Repertoire damaliger Puppentechniken aus: Handpuppen, Schattenfiguren, Varieté-Puppen, gelegentlich Theatrum mundi und mechanisches Theater, ja selbst Chromatropen. Allerdings hat Schmid über Jahrzehnte hinweg kein eigenes Spiellokal besessen, sondern sah sich veranlaßt, innerhalb Münchens wiederholt umzuziehen. Er war 79 Jahre alt, als ihm die Stadt ein festes Haus errichtete. Genauer gesagt: Der Magistrat baute ein kommunales Theater und schloß mit Schmid einen Pachtvertrag ab, damit die »Fortführung im bisherigen Sinne, namentlich mit dem bisherigen Repertoire und den bisherigen Eintrittspreisen gesichert bleibt«.[42] Ein teurer, aber einträglicher Akt kommunaler Kunstförderung. Damit war es zum ersten Male gelungen, auch ein Puppentheater in das Kulturleben einer Stadt einzugliedern. Schmids Bühne wurde zum Theatermodell für viele Gründungen, die bald nach der Jahrhundertwende einsetzten.[43] Seitdem führen auch die Spielvorlagen seines Dichters ihr literarisches wie theatralisches Eigenleben. Sie wurden »klassisch«, als sie nach 1900 in Form von Klassiker-Ausgaben vorgelegt wurden.

VI.

In der deutschen Literatur stehen die Puppenstücke Franz Poccis am Ende einer langen Traditionslinie. Die Romantik, der er sich besonders verbunden fühlte, hatte in den ersten Jahrzehnten des 19. Jahrhunderts ihren Höhepunkt längst überschritten. Der Dichter selbst bezeichnete sie als »eine herrliche, miserable Verlassenschaft«.[44] Clemens von Brentano (gest. 1842) und Ferdinand Raisemund (gest. 1836) waren neben anderen seine Bezugspersonen. Doch deren Zauber- und Märchenwelt war versunken, als Pocci begann, für das Puppentheater zu schreiben. Die Werke seiner Vorbilder — für ihn noch immer gesicherte Werte intakter Literaturverhältnisse — waren wohlfeil geworden und »auf'm Tandelmarkt um zwölf Kreuzer zu haben«.[45] Aber zwischen ihnen und dem Dichter lag als der gravierende Einschnitt des 19. Jahrhunderts die bürgerlich-demokratische Revolution. Die Literatur — insofern die Schriftsteller im Lande geblieben waren — befand sich an einem Endpunkt.

»Wohin, wohin soll ich das Dichterauge wenden? / Historisches ist ziemlich abgetan; / Verlassen ist auch der romat'sche Boden, / Man liebt die Märchen nimmer und dergleichen; / Hat Klassisches sich nicht auch überlebt, / Seit Goethe seine Iphigenia schrieb? / Der Dichter soll nach Realistik greifen / Und auf kulturhistor'schem Felde schweifen. / Woher dies nehmen...«[46]

Vor diesem Dilemma stand nicht nur die von Pocci kritisierte Dichter-Figur des Lautenklang, vor ihm stand auch der kritisierende Dichter selbst. Wenn Pocci sich mit seiner Zeit auseinandersetzte, so konfrontierte er sich zuerst mit deren Literatur. Was ihm in seiner Gegenwart brauchbar erschien, war nicht mehr die von ihm so verehrte Literatur der Romantik, sondern eine romatisierende Literatur, ein Abklatsch aus zweiter Hand. Sie war, wie er längst wußte, nur noch der »Abdruck des Ausdrucks des Eindrucks eines Mondscheinstrahles aus der romantischen Zeit«.[47]

Poccis Marionettenstücke, soweit sie mittelalterliche Märchen- oder Sagenstoffe zur Grundlage haben, waren eigentlich Parodien auf jene romatisierende Literatur, die sich teils als Epos, teils in Romanform unmittelbar nach 1848 durchzusetzen begann. Es waren vielgelesene Werke, in denen trivial-sentimentale Liebeshandlungen im Mittelpunkt standen und ein enthistorisiertes Mittelalter die Versatzstücke für ein romatisierendes »Weltgefühl« bildeten. Die Autoren entwarfen eine von Industrialisierung und Klassenauseinandersetzungen unberührte Kunst-Welt, in der man die Standesschichtung des längst zerfallenen »ancien régime« konserviert hatte. Hier war die Welt noch in Ordnung: Der deutsche Wald, verträumte Burgen, stolze Bürgerhäuser, malerische Städtchen und entlegene Gehöfte bildeten die Staffage. Die dazugehörige Personage lieferten mild regierende Fürsten, tapfere Ritter und edle Raubritter, züchtige Burgfräuleins, ergebene Knappen, fromme Einsiedler, kauzige Gelehrte, biedere Bürger und arbeitsame Bauern; aber auch Feen, Magier und Zwerge gehörten dazu sowie fahrende Musikanten und irrende Jünglinge mit dem unstillbaren Ideal im teutschen Herzen. Es war eigentlich eine Welt ohne Arbeit; es sei denn — ganz am Rande — die der Tagelöhner oder kleinen Handwerker.

Die Gründe für die damalige Popularität dieser Werke sind vielfältig. Erstens kam die romantisierende Literatur mit ihrem synthetischen Kunstmittelalter vor allem dem bürgerlichen und kleinbürgerlichen Lesepublikum entgegen, das den Banalitäten des Alltags und der sich immer mehr durchsetzenden Kapitalisierung zu entfliehen trachtete. Zweitens wurden in der Darstellung einer lokal und zeitlich abgeschlossenen »kleinen Welt« — gefördert durch eine ebenso leichte wie unbestimmte Identifizierbarkeit — die Ängste und Verunsicherungen der Bürger in der Reaktionsperiode kanalisiert. Drittens weckte der Rückgriff auf nationale Literaturtraditionen, auf die Rückgewinnung deutscher Stoffe aus Sage, Märchen und Geschichte, das Interesse aller progressiven oder auch nur national gesinnten Kräfte. Sie waren nach dem vorläufigen Scheitern der Einigungsbestrebungen um die Erhaltung der nationalen Identität bemüht. In der Besinnung auf die Geschichte und in einer veränderten Einstellung zur gemeinsamen deutschen Vergangenheit kam auch eine veränderte Einstellung zur »deutschen Frage« zum Ausdruck. Doch in den Jahren nach 1848 tritt auch der Versuch des Kleinbürgertums auffällig zutage, seine durch die mißglückte Revolution verlorene Bedeutung in der Gesellschaft zu rechtfertigen und in nunmehr trivialisierten Werken wenigstens die Illusion eines harmonischen Weltbildes zu bewahren. Zudem ließ nach 1848 die durch eine zunehmende Kapitalisierung der Warenproduktion bedingte soziale Umschichtung des (zumindest) kleinbürgerlichen Lese- und Theaterpublikums den Wunsch nach Restauration des alten, untergehenden Gesellschaftsgefüges entstehen, der sich in rückwärtsgewandten Utopien der Trivialliteratur niederschlug.

Auch die Marionettenwelt Franz Poccis ist nicht frei von Elementen des Trivialen, von allerlei Versatzstücken und Figurenklischees der eingangs skizzierten romantisierenden Literatur. Doch seine hervorragende humanistische Bildung sowie seine kritische Orientierung auf das pädagogische Erbe der Aufklärung und sein Bekenntnis zu den Traditionen der Romantik bewahrten ihn vor dem Abgleiten in kleinbürgerliche Positionen Görnerscher Prägung. Der Dichter verbannte stoffliche Trivialitäten nicht von vornherein aus seinen Stücken, wenn in ihnen utopisch-phantastische Elemente enthalten waren. Er erkannte vielmehr, daß in diesen Elementen sehr oft reale Sehnsüchte verborgen waren, die es freizusetzen und für die kindlichen Zuschauer — ganz im Gegensatz zu Görner — in produktive Phantasie umzuwandeln galt: Zum einen förderte er den hohen Identifikationswert der alten Märchen, die er behutsam aktualisierte und in ihrer ursprünglichen Aussage zu erhalten trachtete. Zum anderen wirkte er in seinen besten Stücken durch eine dominierende Entfaltung des komisch-phantastischen Spielprinzips und des Kasperl von vornherein der Stereotypisierung und Schematisierung seiner mitunter doch recht banalen Vorlagen entgegen. Eben durch die Transformierung des komisch-phantastischen Spiels aus der

Bühnenvorhang aus dem Münchner Marionetten-Theater, gemalt von Franz Pocci, München 1870

miserablen Wirklichkeit in die Sphäre des Märchens und des Zaubers aktivierte er sein Publikum in der Erkenntnis, daß die gesellschaftliche Wirklichkeit eine Befriedigung realer kindlicher Erwartungen bzw. eine »reale« Lösung verweigerte und diese als eine »märchenhafte« in die Phantasie verlegte.

Pocci war einsichtig genug — man könnte fast sagen: so realistisch —, um seine Geschichten nicht unreflektiert seinem zumeist kindlichen Publikum darzubieten. Das Besondere daran ist, daß er sie stets mit der die Leib- und Magenfrage stellenden Figur namens Kasperl konfrontierte. Mit der Einführung dieser Figur brachte er nicht nur deren sozialen Blickwinkel zu den Vorgängen ins Spiel, sondern gab auch zu erkennen, daß er seinen Stoffen durchaus kritisch oder ironisch gegenüberstand. Der Kasperl stellte das alles mobilisierende Medium dar, mit dem er eine anachronistische Brechung der romantisierenden Sujets zustande brachte. Darin bestand Poccis entscheidender Kunstgriff. Und dadurch vermögen uns seine Stücke theatralisch wie literarisch überhaupt noch zu interessieren. Im Gegensatz zu vielen seiner Zeitgenossen bildete das »Romantische« seiner Stoffe nicht mehr bloßen Gegenwarts-Ersatz. Er kennzeichnete damit das nach rückwärts projizierte nationalbildende Ideal, das er in deutscher Geschichte und dem »romantischen« Geistesgut zu finden glaubte. Und noch ein weiterer Bedeutungsinhalt ist wichtig: Das »Romantische« beinhaltete in besonderem Maße auch das phantastische Element — was bei Pocci sowohl das phantastisch-wunderbare als auch das phantastisch-komische Element bedeuten konnte. Gerade diese Aspekte stellen für uns heute einen entscheidenden Rezeptionsansatz dar. In dieser Beziehung erwies sich Pocci allerdings als ein Kritiker der Aufklärung, deren Rationalismus das Phantastische und Wunderbare verbannte. Karl Riha hat dazu bemerkt, daß

es dabei »um die Rückgewinnung des Wunderbaren als einer eigenen Imaginationsform, des Zauberhaften und Närrischen in der Tradition des Märchens und des Schwanks« ging,[48] die ebenfalls nicht im Konzept der Aufklärungspädagogik vorhanden war.
Diese romantische Doppelbrechung, welche Tieck in seinem »Gestiefelten Kater« (1797) bereits vorgebildet hatte, gestattete Pocci, allerlei satirische Gegenwartsbezüge und parodistische Momente in seine Märchen- und Sagenstoffe einfließen zu lassen; und sie ermöglichten es ihm — völlig unnaturalistisch und ganz im Gegensatz zu Görner — die Märchenwelt als eine ästhetische, eben als phantastische Welt auszustellen, in der die Bühnenwirklichkeit sich als Theater-Spiel selbst entlarvt. Interessant ist auch, wie der Dichter die damals in Mode kommenden Feerien in seinen Puppenkosmos einbezog. Sie stellten einen direkten Nachfahren der barocken Maschinenkomödie dar, die im Wiener Zaubertheater und Raimunds Zauberpossen ihre späte Ausprägung fanden, bevor sie über Frankreich in modernisierter Form wieder zurückkehrten. Schnelle, verblüffende Verwandlungen von Personen oder ganze Szenerien, der Kampf der Feenreiche oder der Zauberer untereinander — deren Ausgang über das Glück des Liebespaares entschied — und vor allem ein Personal mit grotesk-phantastischer Überzeichnung kamen Poccis märchenhaftem Gemüt und dem Puppengenre sehr entgegen.
Last not least: Poccis Theater war meist auch ein Lachtheater, der Posse in mehr als einem Punkt verwandt. Neben äußeren Merkmalen, den musikalischen Einlagen, possenmäßigen Ansprachen an das Publikum und der lokalen Einbindung des Sujets, weisen seine Kasperlstücke in Struktur und Dramaturgie manche Ähnlichkeit mit den Spielvorlagen der zeitgenössischen Possentheater auf. Es gibt von ihm sogar ein Stück, das die Bezeichnung »Posse« trägt (»Die Partie nach Starnberg oder Kasperl als Robinson oder Kasperl als Auswanderer«, 1860), doch ist es unbekannt geblieben, da es vom Autor nicht in das »Lustige Komödienbüchlein« aufgenommen wurde. Viele Kasperlkomödien, insofern sie im kleinbürgerlichen Milieu der Gegenwart spielen und Zeitfragen aufgreifen (z.B. Garibaldi, biedermeierliche Lotteriewut, Wahrsagerei), sind den Schauspielerpossen von damals sehr ähnlich und stellen im Grunde genommen nichts anderes dar als modifizierte Münchner Lokalpossen auf dem Puppentheater.

## VII.

Poccis Kasperl ist der Schlußpunkt im Leben eines Spaßmachers aus spätfeudalistischer Zeit, die sich nach archetypischen Vorstellungen eine praktikable Narrenfigur geschaffen hatte. Unter bestimmten historischen, lokalen und theaterpraktischen Voraussetzungen hat diese Figur ihr jeweiliges Profil erhalten. Poccis Rezeption der lustigen Figur ist als Aufnahme alter, längst verlorengegangener Volkstheatertraditionen aus dem 17./18. Jahrhundert zu werten. Sie ist aber auch sichtbarer Ausdruck seiner Kritik an den rationalistischen Theatertraditionen der deutschen Aufklärung, die den Gaudimacher vom bürgerlichen Theater programmatisch ausgeschlossen hatte. Diese Figur war also längst tot, als Pocci sie wieder hervorholte und für seine Zwecke neu präparierte. Der Dichter fand sie im alten Wiener Volkstheater wieder, genauer gesagt, unter dem Schutt einer ehemals reichen Volkstheaterära. Es war ein bewußter Rückgriff auf Traditionen des Barock, nicht auf die der Romantik, welche Pocci zur lustigen Figur und zum Puppentheater führte. Poccis Annäherung geschah auf Umwegen, anfangs noch suchend und tastend, zunächst darauf bedacht, sie für Kinder zu präparieren. So tauchte sie bei ihm zum ersten Male 1837

Titelbild von Franz Pocci für die Ausgabe des Buches »Neues Kasperl-Theater«, Stuttgart und Leipzig, 2. Auflage 1873 (1. Auflage 1855)

— genau hundert Jahre nach Gottsched — als Titelbild eines seiner »Festkalender« auf: Hanswurst, von Kindern umringt, vor einem Guckkasten. Dann brachte er in einer anderen Zeichnung ihre heidnisch-karnevalistische Abstammung in Erinnerung. Inmitten eines närrischen Treibens, das Hanswurst anführt, befindet sich auch Pocci mit der Schrifttafel unter dem Arm. »Hony soit qui mal y pense«. 1842/43 wurde ihr eine Kinder-Erzählung gewidmet. Darin landete »Freund Hanswurst« [!] im Kramladen und mußte »in einem Puppenspiel die Hausknechtsrollen übernehmen«. Das Theater betrat er bei Pocci durch die Hintertür. In seinen »Dramatischen Spielen für Kinder« (1850) kam er lediglich als Prologsprecher und im Nachspiel vor: »Ich darf in heut'ger Zeit nur unbemerkt agieren, / Da auf der Bühne man mich nicht will tolerieren; / Man ist jetzt zu gescheut — ich bin veraltet....«[49] Unter dem Namen Kasperl präsentierte er sich zum ersten Male in der Vers- und Bildergeschichte »Kasperl auf der Jagd« (1852). Nach einigen Comics, Schattenspielen und Bilderzählungen folgte 1854 in einem Kinder-Almanach schließlich das erste theatralisch voll ausgeformte Puppenspiel »Kasperl in der Türkei«. Ein Jahr später legte Pocci den Sammelband »Neues Kasperl-Theater« vor. Er stellte eine Novität in der Kinderliteratur dar, denn mit diesen Stücken hat der Dichter die ersten Kasperl-Komödien für Kinder geschaffen — zunächst für den »Hausgebrauch«, ohne Verbindung zur öffentlichen Theaterpraxis. Schott wies zwar darauf hin, daß man diese, noch ganz im Stil des Dultkasperl gehaltenen Szenen für Handpuppen nicht als »literarische Großtaten« in Anspruch nehmen darf.[50] Er übersah jedoch, wie sehr Pocci mit seiner Figur spielte, sie theatralisch ausprobierte, um sie anspruchsvolleren Aufgaben zuzuführen. Diese kleinen Spiele sind mehr als erste Modell-Versuche. Sie sind aus purer Freude an absurd-komischen Situationen entstanden, zeugen von einer übermütigen, beinahe kindhaften Spiellaune, auch wenn in ihnen oft unmotiviert geprügelt und totgeschlagen wird: »Heut hab ich schon so ein lustigen Humor, daß ich alle Leut aus lauter Freud malträtieren möcht!«[51] Ganz anders war wenige Jahre später sein »reformierter« Marionetten-Kasperl für Schmid, wo Prügeleien (zumindest in den Märchen) zurückgenommen sind. Wir müssen deshalb bei Pocci klar unterscheiden zwischen dem frühen Handpuppen-Kasperl, dessen locker gefügte Szenen ursprünglich für Haustheater bestimmt waren, und dem Marionetten-Kasperl der großen, geschlossenen Form in öffentlichen Aufführungen. Der Unterschied liegt nicht nur in einer anderen Puppentechnik begründet, sondern resultiert vor allem aus der veränderten theatralischen Konzeption seiner Stücke. Damals war der Kasperl noch nicht ausschließlich das niedrige Volksvergnügen der Jahrmärkte; er hat auch auf den Haustheatern der höheren Stände nicht wenig zu deren Belustigung beigetragen. Nicht zufällig rühmt er sich im Prolog zum »Neuen Kasperl-Theater«, daß er

> »mit ganz besonderem Beifalle und zur Zufriedenheit vieler hoher Potentaten, eines hochlöblichen Adels und sonstigen respektierlichen und despektierlichen Publikums schon zu öfteren Malen auf- und abgetreten«

sei.[52] Ansonsten hat sich der Autor wenig über seine Figur geäußert. Wenn er es tat, waren es Selbstdarstellungen des Kasperls in den Publikumsadressen. Pocci selbst charakterisierte ihn rückblickend ein wenig einschichtig: »Ich machte aus ihm den humoristischen Realisten, dessen Lebenszweck so ziemlich lediglich Essen und Trinken; vermied aber dabei alles Zotenhafte.«[53] In Wahrheit gestaltete er seine Figur wesentlich komplexer und vielschichtiger, als er zugeben wollte. Eine Entwicklung des Kasperl hat während der Zusammenarbeit mit Schmid kaum stattgefunden, wohl aber eine Entfaltung seines komischphilosophischen Profils. Denn Kasperl Larifari war schon damals keine originale Figur mehr, sondern bereits eine synthetische Kunstfigur, die aus den Bindungen seines Schöpfers an abgeschlossene Traditionen geschaffen wurde. Doch stets ist der Dichter mit allen komisch-theatralischen Überlieferungen frei umgegangen, hat sie durch Zeiterfahrungen bereichert und mit scheinbar widerstrebenden Elementen »spielerisch« gemischt.

Durch seine Bezüge auf alte Traditionen und Spielweisen war die Figur noch variabel und aufnahmefähig, der Typus noch nicht zum Typ erstarrt, und konnte als »Spiel-Figur« mannigfaltigen Wandlungen unterworfen werden: Kasperl ist traditionell Diener oder Knappe; er ist aber auch Handwerksgeselle oder Bauernbursche, Nachtwächter, Hausknecht, Rentier oder Arbeitsloser. Er wird von seiner Umwelt zum Prinzen gemacht oder für einen Freiheitshelden gehalten, avanciert durch Zauberrequisiten zum Minister oder Künstler; er wird Hofbeamter, Gelehrter und Esel; er wird ins Gefängnis gesteckt, ins Märchenreich versetzt, auf eine wüste Insel oder in die platte Wirklichkeit. Immer muß er sich in komischen Situationen »bewähren«; immer wieder spielt der Dichter mit ihm Situationen durch, die weder seinem intellektuellen Horizont noch seiner sozialen Herkunft entsprechen. Poccis Kasperl konnte daher nie Alternativ-Figur sein, sondern immer nur Kontrast-Figur. In den romantisierenden Mittelalter- und Märchensujets fungiert er als wirkungsvolle Gegenfigur zum wirkungslosen Kunsthelden und hat sich gegenüber den großen Idealen und heldischen Geschicken seiner Herren die eigenen kleinen Ansichten bewahrt:

> »Der Stoff, ja der Stoff! der ist und bleibt die Hauptsache. Allein unsere Ansichten darüber sind sehr verschieden. Mit ihrem Stoff lock ich keinen hungrigen Hund unter dem Ofen heraus; aber mein Stoffbegriff ist praktisch.«[54]

In den Gegenwartskomödien jedoch fehlen die musealen Versatzstücke als »Gegenwelt«; es fehlt die »Gegenfigur«, an der sich Kasperl reiben kann. Hier wird eine spießige Umwelt, die miserable Zeit und der gesellschaftliche Fortschritt zur Zielscheibe seines Mißvergnügens. Um hier seinen »Stoffbegriff« zu behaupten, muß sich Kasperl in kleinbürgerlicher Beschränktheit reaktionär artikulieren:

> »Das sind mir glückliche Zeiten! Überall Eisenbahnen! Wenn einer 's Geld hat, kann er hinfahren, wo er will (...) Freiheit grad genug! und die kost't kein Kreuzer. Aber man hat auch pudlwenig davon. Einigkeit, Frieden, Glückseligkeit überall, wo man die Nase hineinsteckt! Aber bisweilen stinkt's wo.«[55]

Folgerichtig hadert dieser Possen-Kasperl nicht nur mit seinem »Stricksal«; er räsoniert auch über eine Welt-Ordnung, die ihm nicht »paßt« oder für ihn scheinbar aus den Fugen geraten ist. Und damit für seine Begriffe die Welt wieder in Ordnung kommt, stellt er sie kasperlmäßig auf den Kopf. Mitunter überlappen sich Märchen und profane Gegenwart oder durchdringen einander. Aber ein Kasperl ist in allen Sphären zu Hause.

Wenig beachtet wurde bisher die Haltung des Dichters zu seiner Figur. Bei genauerem Hinsehen fällt auf, daß er seinen Kasperl stets von »oben« herab sah. Nie wurde er müde, Kasperls Banausentum, seine Freßsucht, seine asoziale Lebenshaltung und seine Kleinbürgerlichkeit bloßzustellen. Zweifellos sprang Pocci mitunter auch mit seinen Rittern, Prinzen und Potentaten respektlos um. Auch die Wirte, Bürgermeister, Gelehrten, Hofschranzen, Bauern und Nachbarn wurden ihrem Stande und Standesdünkel entsprechend satirisch entkleidet; aber immer aus der Sicht eines Aristokraten und Gebildeten. Kasperls ganze Sehnsucht zielt auf ein einfaches, verantwortungsloses Leben ohne Arbeit, auf primitiven Lebensgenuß und auf ein Dasein ohne Anpassung an eine Gesellschaft, an der er keinen Anteil hat. Nirgends macht Kasperl sein Glück (es sei denn, er bekommt am Schluß

Kasperl Larifari hinter den Kulissen des Münchner Marionetten-Theaters, München um 1900

seine wohlverdiente Grethel). Wohlstand kann an ihn nur durch Eingriffe aus der Feenwelt, durch Schatzgräberei oder sozialen Rollentausch von außen herangetragen werden, und das auch nur für kurze Zeit. Niemals steigt der Kasperl auf. Kasperl überdauert. Die Weißwurst und ein Maß Bier sind für ihn das Maß aller Dinge, im Märchen wie in der Gegenwart. Er ist der geborene Sauf- und Freßanarchist: »Bin ich nicht im Wirtshaus, so bin ich auf der Polizei! berlicke, berlacke!«[56] Nicht ohne Grund hat Pocci die Leib- und Magenfrage für seine Zeit immer wieder herausgestellt: Vor dem Hintergrund des Hungers war es freilich »lustig«, allweil vom Essen zu reden. Erst das Magenknurren von »unten« verlieh »oben« Kasperls Freßlust die Schärfe des Witzes. Vor 130 Jahren war es noch ein Politikum, in der Öffentlichkeit vor sozial Benachteiligten von Essen und Wohlstand zu reden.

Uns fehlt heute der Zugang zu den sozialen Verhältnissen und zum geistigen Klima von damals. Auch wissen wir wenig über die Zensur oder inwieweit dem Dichter seine Stellung bei Hofe ein gewisses Maß an Selbstzensur auferlegte.[57] Doch von Poccis ständigem Augenzwinkern durch die Maske der lustigen Figur ist genügend erhalten geblieben, ebenso Kasperls »Geheimbündelei« mit dem Publikum. Dadurch wurde er für den Autor zu einer ästhetischen Transmissions-Figur, die Realität in seine Kunst-Welt hineinholte und durch Witz und Distanzierung Zeitgefühl stimulierte. Für den zutiefst und konstitutionell gebundenen Dichter stellten Puppenkomödie und Kasperlfigur das geeignete und vielleicht einzig mögliche Medium dar, sich mit Witz und Aberwitz von den Widersprüchen seiner Gegenwart zu befreien. »Solange die Welt steht und solang's Menschen gibt, hört auch der Unsinn nicht auf.«[58] Doch die Widersprüche zwischen dem absurden Entwurf einer Welt und der tatsächlichen Welt waren unüberbrückbar. Sie offenbarten die Widersprüche eines Dichters, der glaubte, sein mittelalterlich-romantisches Weltgefühl im anbrechenden Industriezeitalter erhalten zu können und mit den Mitteln des Puppentheaters »spielerisch« darüber zu reflektieren. Als Mittler sollte Kasperl Larifari fungieren, was jedoch die Figur zusehends historisch und ästhetisch überforderte. Pocci und Schmid haben den spätfeudalistischen Kasperl-Typus noch eine Weile in die bürgerliche Epoche hinübergerettet. Pocci wußte von Anfang an, daß sein reaktivierter Spaßmacher ein »Endzeit«-Kasperl war, den er im historischen Niemandsland angesiedelt hatte. Bereits 1860 ließ er ihn die Einsicht artikulieren:

»Von Geburt war ich nämlich gar nix als der Kasperl Larifari, allein allmählig drohte die Kultur des modernen Zeitalters mich abzuschaffen (...) da bin ich halt alleweil gewandert und gewandert, bis ich ganz aus der Zeit 'nausmarschiert bin.«[59]

Am Ende seines Lebens, in der Rückschau von 1873, erwog er, seinen Kasperl nicht mehr nur »aus der Zeit« marschieren zu lassen, sondern ihn endgültig aus seinen Puppenstücken herauszunehmen und diese »bei größerer Ausführung zu brauchbaren Volksstücken in Raimunds Weise«[60] umzustilisieren. Anscheinend hatte der Dichter vor seiner Figur kapituliert. Oder vor der Zeit.

# II.

## ZWISCHEN JAHRMARKT UND MUSEUM
### Aspekte der Aneignung

# Das sächsische Wandermarionettentheater des 19. Jahrhunderts — Ein museales Objekt?

Olaf Bernstengel

I.

Das Puppentheaterschaffen in Sachsen läßt sich zur Zeit bis in die zweite Hälfte des 16. Jahrhunderts zurückverfolgen. Die überlieferten Dokumente geben jedoch nur eine geringe Vorstellung von dem, was und wie damals gespielt wurde. Seit dem Ende des 18. Jahrhunderts sind Sachzeugen erhalten.[1] Die aus dem 19. Jahrhundert stammende Vielzahl von Figuren, Theaterzetteln, Textbüchern und Kulissen kann aber keinesfalls ausreichender Beleg dafür sein, daß gerade dieses Jahrhundert als ein Höhepunkt des sächsischen Marionettentheaters angesehen werden muß. Diese Einschätzung leitet sich aus einem komplizierten gesellschaftlichen Beziehungsgefüge ab.

Der Aufschwung des sächsischen Marionettentheaters im 19. Jahrhundert läßt sich aus den Folgen der industriellen Revolution in Sachsen (zwischen 1830 und 1871) für die gesellschaftliche und kulturelle Sphäre dieser Region erklären. Die Industrialisierung »produzierte« die Spieler, aber auch die günstigen Geschäftsbedingungen. Damit in Zusammenhang stehen folgende Fakten:

1. Die Genealogie der Puppenspielerfamilien als solche läßt sich nur in wenigen Einzelfällen bis in das 18. Jahrhundert zurückverfolgen. Der sozialen Herkunft nach war die erste Generation der sich im 19. Jahrhundert bildenden Puppenspielerdynastien meist Woll- oder Leinenweber, Strumpfwirker oder Mechaniker in der Textilindustrie, einige waren Bergleute. Keine der Familien gehörte den bekannten Schauspielerbanden des 17. oder 18. Jahrhunderts an.[2]

2. Die manufakturartige Hausindustrie machte die Einwohner ortsgebunden. Sie konnten nur zu ihnen kommende Kulturträger aufnehmen.

3. Das sich entwickelnde Gaststättenwesen ließ Säle entstehen, die von den Puppenspielern genutzt werden konnten. Die Existenz mehrerer Gasthöfe in einem Ort ermöglichte das Blockieren eines Saales über mehrere Wochen.

4. Die Pflege volkstümlichen Erzählgutes vermittelte gerade im Erzgebirge des 19. Jahrhunderts Dramenstoffe.

5. Das ständig weiter ausgebaute Straßennetz ließ trotz der geographischen Besonderheiten einer Mittelgebirgslandschaft eine Reisetätigkeit zu.

6. Aus dem Erzgebirge wurden viele Waren exportiert. Es gelangten Informationen aus anderen Landesteilen und Ländern dorthin. So wuchs ein Interesse an Weltbildern, dessen Befriedigung sich die Puppenspieler zur Aufgabe machten.

7. Dort, wo Industrie ansässig war, ereignete sich viel, gab es dramatische Schicksale, die von den Marionettenspielern aktuell bearbeitet und auf die Bühne gestellt wurden.

8. Die bergmännische Schnitzkunst schuf das Interesse und die künstlerische Basis für die Theater der unbelebten Materie.

9. Die harte Arbeit und das gleichzeitige soziale Elend weckten Sehnsucht nach Idylle und ließen einen Blick »nach oben ins Schloß« interessant erscheinen. 70 Prozent des durchschnittlich 120 Marionettendramen umfassenden Repertoires waren folglich Bearbeitun-

gen populärer trivialer Schauspielerdramatik und kamen so dem Bedürfnis nach Unterhaltung, Anregung und Entspannung nach.

Bisher konnten 71 sächsische Marionettenspielerfamilien mit unterschiedlichen Namen für das 19. Jahrhundert nachgewiesen werden. Es gab aber beträchtlich mehr Bühnen, denn viele Familien reisten mit mehreren Unternehmen. Wenn Arthur Kollmann 1891 von 100 Theatern spricht, so hat er bei weitem nicht alle erfaßt. Nach jüngsten Berechnungen reisten um 1900 in dem Gebiet Westschlesien — Lausitz — Elbsandsteingebirge — Erzgebirge — Vogtland wenigstens 150 Theater. Das Spielzentrum bildete dabei das Dreieck Zwickau — Chemnitz — Annaberg.

Es stellt sich die Frage nach der künstlerischen Qualität und kulturellen Bedeutung dieser Unternehmen, wenn man sie als Höhepunkt sächsischen Puppenspielerschaffens bezeichnen will. Da alle überlieferten Sachzeugen nur Teile der Aufführungen sind, ist schon viel Spekulation dabei, den künstlerischen Wert einzuschätzen. Geringschätzige Äußerungen wie »Der Puppenspieler X betreibt sein Geschäft nur zum Broterwerb!«, sind immer wieder in den Puppenspielerkorrespondenzen zu lesen. Tatsächlich hatten die Marionettenspieler sich und ihre Familien zu ernähren, waren nicht subventioniert, sondern mußten sich auf die Publikumsinteressen einstellen. Das Publikum war der Seismograph für die Vorstellungen. Der Maßstab für die Qualitätsbeurteilung dieser Theater muß daher aus der damaligen Zeit heraus entwickelt werden. Welche Ansprüche hatten die Zuschauer? Wie wurde der Puppenspieler diesen gerecht?

Das sächsische Marionettentheater des 19. Jahrhunderts ist ein spätes Produkt der Trivialliteratur, wie sie sich seit der zweiten Hälfte des 18. Jahrhunderts als Resultat der Aufklärung und der Empfindsamkeitsliteratur herausgebildet hat. Es gibt kaum ein Stück des Wandermarionettentheaters dieser Zeit, das nicht insgesamt der Trivialdramatik zugeordnet werden muß, bzw. das nicht über bestimmte Strukturelemente dieser Gattung verfügt. Hainer Plaul[3] nennt vier derartige Elemente für die Trivialliteratur (Prosa), die besonders auch für die Marionettendramatik zutreffen:

1. *Versinnlichung des Rationalen* durch die Form der Personalisierung. Konfliktsituationen, ausgedrückt in miteinander konkurrierenden moralischen Prinzipien, werden verschiedenen Figuren zugeordnet. Es dominieren ausgeprägte positive und negative Helden, die miteinander den Grundkonflikt austragen. Ein solches System von Kontrapunkten kommt der bildnerisch-plastischen Symbolik der traditionellen Marionette entgegen.

2. Diese Wirkung spiegelt sich in einer *Typisierung und Kontrastierung* wider. Die Einheit von Eindeutigkeit, Ausgeprägtheit und Unveränderbarkeit der Charaktere, die eine Katastrophe zur Konfliktlösung impliziert, ist ebenfalls Merkmal der Marionettendramatik des 19. Jahrhunderts.

3. Der figurentypische *Zusammenhang von Wesen und Erscheinung* — anders ausgedrückt, die Zeichenhaftigkeit von Gestaltung und Gestik — ist ein wesentliches Moment gefühlsbetonter Dramatik. Dieser Zeichenkatalog wird immer wieder angewendet, um so den Rezipienten auch das Erinnern, Überlegen und Einordnen zu erleichtern. Der Schurke im Spiel B wird den gleichen Figurenkopf aus dem Spiel A erhalten. Liebhaber und Liebhaberin werden sich von Spiel zu Spiel nur im Kostüm unterscheiden. So ist sofort mit dem Auftritt der Figuren die Konfliktkonstellation ablesbar, was aber noch nicht auf eine einfache, voraussehbare Lösung schließen lassen darf. In gleicher Weise trägt auch die Sprachgestaltung zur Einheit von Wesen und Erscheinung bei. Jeder Typ erhält seine Stimmlage:

Szene aus »Dr. Faust — oder — Kaspars Reise durch die Hölle« im Theater von Richard Bonesky; 2. Akt: »Kaspar reitet seinem Herrn auf einem Drachen nach Parma nach«; aufgenommen in Mühltroff/Sachsen, 1895

Die volkstümlichen Figuren erhalten die Umgangssprache des Auftrittsgebietes, und die Adelsfiguren werden mit einer Vornehmheit und einem Wortschatz versehen, wie sie sich der einfache Bürger vorstellte.

4. Als weiteres Merkmal formuliert Plaul das *Hervorbringen von Stimmungen und Empfindungen* in der Handlungsführung. So wird zum Beispiel Mitgefühl erweckt über Schicksalsschläge, Ungerechtigkeiten u.a.; Schaudern wird hervorgerufen durch unheimliche und raffinierte Bühnentricks; Spannung wird erzeugt mit Hilfe von Andeutungen, Verzögerungen und Scheinlösungen.

Neben diesen Merkmalen einer trivialen Marionettendramatik halte ich die ausstattungstechnischen und dramaturgischen Elemente einer barocken Theatervergangenheit des sächsischen Marionettentheaters für wesentlich. Hingewiesen sei auf folgende Merkmale:

— Die Drei-Gassen-Bühne, die durch eine geschickte Perspektive in der Staffelung der Kulissen, Soffitten und des Hintergrundes eine illusionistische Tiefenwirkung erzeugt.

— Ein reich gestaltetes Proszenium, bei dem die Architektur des Barock (Säulen, Voluten, Plastiken u. a.) Pate stand. Ein Hauptvorhang mit allegorischer Figurenmalerei und schlichtere, mit Faltenwürfen versehene Aktvorhänge.

— Eine Theatermaschinerie, die beeindruckende Verwandlungen und optische Effekte ermöglichte und in dieser Form bereits im Jesuitentheater vorgebildet ist.

— Der Einsatz von Nachspielen, allerdings nicht in Form von Hanswurstiaden, aber dennoch oft bedeutungsvoller als die Hauptstücke, weil sie von handwerklicher Meisterschaft geprägt (Fantoch-Theater) oder von aktueller Bedeutung (Theatrum mundi) waren.

— Die Pflege des Hanswurstes, der im Marionettentheater als Kasper seine Rolle gab. Ihm war es als Einzigem gestattet, Extempores zu halten, die so ausgebaut werden konnten, daß sie den Charakter von barockisierenden Zwischenspielen annahmen.
— Ein dem einzelnen Rollenpart entsprechender Sprachduktus und eine festgelegte Skala von Gesten und Bewegungen.
— Detailreiche, aus wertvollen Stoffen bestehende Garderobe für die Figuren, die zu Recht auf den Theaterzetteln als »prachtvoll und sauber« gepriesen wurde.
— Eine überzogene farbliche Gestaltung und Akzentuierung der Figurengesichter durch Schminke.
Ähnlich dem Barockdrama konnte der Schauwert von Bühne und Ausstattung weitaus wesentlicher sein als der Drameninhalt. Das korrespondiert wiederum mit dem Anliegen der Trivialdramatik, die Sinne des Zuschauers anzusprechen.
Das traditionelle Marionettenspiel des 19. Jahrhunderts ist als eine Theaterform zu begreifen, die ernst genommen werden wollte — nicht zuletzt, weil die Bühnen vielerorts die einzigen Theatereindrücke vermittelten. Erst nach dem Ersten Weltkrieg wandelte sich der Charakter der Unternehmen unter dem Einfluß gesellschaftlicher Ereignisse, die den Wirkungsradius und die kulturelle Bedeutung des Wandertheaters alten Stils tangierten. Schon nach dem Ersten Weltkrieg blieb eine Reihe von Geschäften geschlossen. Andere folgten in den Jahren der Weltwirtschaftskrise.[4] Untersuchungen über die Anzahl der Bühnen nach 1945 belegen, daß nur noch 48 Unternehmen einen Reisebetrieb aufrechterhalten konnten (davon 29 mit einer Familientradition, die in das 19. Jahrhundert zurückreicht).

II.
Keiner wird bestreiten wollen, daß sich diese Form des Puppenspiels historisch überlebt hat. Heute spielen in der DDR noch sechs Bühnen: »Sterls Marionettentheater« vor allem auf Volksfesten, Teddy Küchenmeister im Rodera-Bau, »Ritschers künstlerisches Marionettentheater« im Bezirk Dresden und die Dombrowskys. Aus letzterer Familie konnte Uwe Dombrowsky (Jahrgang 1955) die Lizenz 1982 erhalten und seine Schwester Bettina (Jahrgang 1958) gemeinsam mit ihrem Ehemann Johannes Fischer 1985. Erben weiterer Marionettenspieler treten saisonbedingt auf oder helfen bei einigen der obengenannten Theatern aus. Daß sich diese Familienunternehmen im Süden der DDR bis heute erhalten haben, ist das Verdienst einer sozialistischen Erbe- und Traditionspflege, die besonders seit Mitte der sechziger Jahre sehr intensive Diskussionen zum Thema Volkstheater in Vergangenheit und Gegenwart führte. Inhaltlich war die Volkstheaterdiskussion im Puppentheater vor allem an das »Faust-Spiel« gebunden.[5] Obwohl schon einmal 1963 im Puppentheater Karl-Marx-Stadt inszeniert, später auch erfolgreich vom Kunstfiguren- und Caspertheater *Larifari* (Handpuppen) gespielt, erzielten erst die Schröderschen Inszenierungen Mitte der siebziger Jahre den Durchbruch für eine praktische Auseinandersetzung mit dem Puppenspielerbe.
Die genannten Bühnen reisen heute noch — mit Ausnahme von Roland Ritscher — mit Wohn- und Packwagen durch Sachsen und seit kurzem auch durch Thüringen. Durchschnittlich verweilen sie drei bis vier Wochen an einem Ort, wo sie das Theater wie seit alter Zeit auf dem Gasthofsaal aufgebaut haben. Mittwochs, samstags und sonntags sind am Nachmittag und Abend Vorstellungen. Darüber hinaus werden regelmäßig Abstecher z. B. in Betriebe, Schulen und Ferienlager terminiert. Roland Ritscher mußte nach dem

Während einer Vorstellung des Marionettentheaters von Hugo Adolf Winter im Saal eines Dorfgasthauses, Sachsen, um 1930

Tod seiner Mutter im Oktober 1986 seinen Wagenzug stillegen. Zur Zeit spielt er ein Varieté-Programm auf Abstecher per Pkw. Zu den heute noch erfolgreichen Stücken, deren Quellen in das 19. Jahrhundert führen, gehören: Genoveva; Leberecht, der Musikant; Krach im Hinterhaus; Herzen im Hochland; Das Trompeterschlößchen zu Dresden; Karl Stülpner; Der sächsische Prinzenraub; Der Rehbock; Die tapfere Müllerin zu Berbersdorf; Gräfin Cosel sowie die Märchen Rotkäppchen, Froschkönig, Schneewittchen, Die Birkenfee, Der gestiefelte Kater, Das tapfere Schneiderlein, Rumpelstilzchen. Weitere Dramen wie Verlorene Mädchen, Die Mühle im Schwarzwald, Alpenrausch und Edelweiß und die Operette Im weißen Rößl entstanden nach dem Ersten Weltkrieg.

Die Publikumsreaktionen sind heute anders als vor 150 oder auch vor 60 Jahren. Worüber heute gelacht wird, darüber flossen damals Tränen. Wo es heute originelle, vorlaute Zwischenrufe gibt, war einstmals Stille und Betroffenheit. Das Bewußtsein, die Formen der dargestellten Konflikte längst überwunden zu haben, ausgedrückt in einem Gefühl der Überlegenheit, läßt uns mit Abstand an den gesellschaftlichen Problemen der bürgerlichen Vergangenheit teilhaben. Die tradierten Moralauffassungen dieser Gesellschaft sind für uns heute allgemein überwunden, d. h. die Wege zur Lösung solcher Konfliktstoffe sind nicht mehr zeitgemäß und wirken daher erheiternd (Sprache, Pathos und Umgangsformen sind äußere Zeichen dafür).

In den sechziger Jahren, als jene Generation noch lebte, die die dargestellten Sujets aus eigenem Erleben kannte, war es noch anders. Schnell kam es zu Urteilen, die das traditionelle

Fassade des Marionettentheaters von Eugen Singldinger auf dem »Reiterfest« in Zerbst/DDR, um 1950

Marionettenspiel als »altmodisch« abtaten. Der Besucherrückgang war jedoch ein relativer. Die Mehrzahl der heutigen Zuschauer ist nach 1945 geboren und in sozialistischen Verhältnissen aufgewachsen, kennt also die dargestellten Alltagskonflikte nicht aus eigenem Erleben. Daher werden die Aufführungen zu etwas »Exotischem« oder besser zu einer Parodie der bürgerlichen und kleinbürgerlichen Moral, über die man befreiend lachen kann. Der gesellschaftliche Abstand bildet die Grundlage dafür, daß ein Interesse für diese Form des Marionettenspiels entstehen konnte. Überlegungen für die Gründe des wachsenden Zuschauerzuspruchs stellen nachfolgende Punkte dar:

1. In den letzten Jahren ist das Interesse am Umgang mit dem Erbe, an der Erschließung kultureller Traditionen, die zur Lösung heutiger Fragen beitragen und einen Blick in die Zukunft ermöglichen, allgemein gestiegen. Diese Tatsache bezieht sich sowohl auf Kunst- und Kulturschaffende wie auch auf das Publikum.

2. Die differenzierteren Unterhaltungsbedürfnisse schließen auch das Interesse an »leichter Kost« ein. Dieses Interesse widerspiegelt sich vor allem in der Annahme der Film- und Fernsehangebote sowie populärer Musik, aber eben auch im steigenden Zuspruch der volkstümlichen Marionettentheater. Ihre Aufführungen sind vergnügliche Unterhaltung durch die sich gerade nicht einstellenden Emotionen. Das Bewußtsein von der historischen Distanz wird zum eigentlichen Erlebnis des Zuschauers.

3. Die Medien Film und Fernsehen sind unbestritten die dominierenden Kulturträger. Sie haben ihre unterhaltende und kommunikative Funktion und leisten Beachtliches. Dennoch scheint ihre Wirksamkeit eine obere Grenze erreicht zu haben, ohne sich rückläufig zu entwickeln. Gleichzeitig machen sich aber Interessen besonders unter Jugendlichen gel-

tend, indem verstärkt wieder unmittelbar an der Produktion dramatischer Kunst teilgenommen wird. Der besondere Theaterreiz einer künstlerischen und inhaltlich wertvollen Aufführung wird der »Konserven-Kultur« mit ihrer Wiederholbarkeit vorgezogen. Das ist eine wesentliche Ursache, weshalb das traditionelle Puppentheater im wachsenden Maß von Erwachsenen wieder angenommen und gefordert wird.

4. Die bisher genannten Überlegungen lassen sich insbesondere auch in den Spielgebieten des Erzgebirges und des Vogtlandes belegen. Die Wandermarionettentheater haben den gesellschaftlichen Auftrag übernommen, in Kleinstädten und Gemeinden Theater zu spielen. Dabei kommt ihnen die Tradition zugute, denn oftmals gehört es noch zur Familientradition, das gastierende Puppentheater zu besuchen. Viele wünschen, das alte Dramengut, die Sagen und Volksstücke wiederzusehen.

5. Dem gewachsenen Bedürfnis nach Kommunikation, nach einem Kunsterlebnis aus der Alltagsatmosphäre heraus, entspricht ebenfalls das Wandermarionettentheater mit seinen Extempores, dem Spiel auf dem Gasthofsaal und der nachfolgenden Einkehr in die Gaststube. So werden kollektive Erlebnisse über das eigentliche Spiel hinaus vermittelt.

Sicherlich, das sind nur erste Gedanken, um das Phänomen »Puppenspiel des 19. Jahrhunderts für heute« zu erklären. Sie sind auch immer in der richtigen Relation zu sehen, denn die sechs Theater sind nur ein Bruchteil des kulturellen Gesamtangebotes. Aber sie sind ein fester Bestandteil der sozialistischen Kulturpolitik, ja selbst im Puppentheater der DDR bilden sie nur einen, wenn auch kräftigen Farbtupfer.

## III.

Wenn dieses traditionelle Marionettenspiel einen solchen Platz einnimmt, dann muß es selbst auch Impulse für die Inszenierungsarbeit an den staatlichen Theatern und bei freischaffenden Puppenspielern geben.

Es ist die Marionette selbst, die sich bei einer solchen Fragestellung sofort als Antwort aufdrängt: Nachdem das Ensemblespiel in der DDR in mehr als zwei Jahrzehnten weitestgehend durch die Stabpuppe geprägt wurde, wird seit Mitte der siebziger Jahre das Marionettenspiel gepflegt. Dies wurde unterstützt von der handwerklich breit angelegten Puppenspielerausbildung an der Hochschule für Schauspielkunst Berlin und den Maßstäbe setzenden Gastspielen des tschechischen Puppentheaters *Drak* aus Hradec Králové.

Eine erste künstlerisch bedeutende Marionetteninszenierung war der »Prinz von Portugal« von J. Knauth (Regie: Kollektiv unter Leitung von Matêj Kopecký/CSSR) am Puppentheater Berlin. Ihr folgten weitere vor allem an den staatlichen Theatern in Neubrandenburg und Zwickau.[6] In jüngster Zeit nimmt das Interesse am Spiel mit Varieté-Marionetten zu. Es wird begünstigt von der wachsenden Zahl örtlicher Volksfeste, die fast ausnahmslos mit der Forderung nach einem volksverbundenen Puppenspiel einhergehen. Gegenwärtig dominiert das Marionettentheater derart, daß nunmehr die Stabfigur eine untergeordnete Stellung einnimmt.

Die Anerkennung des Puppentheaters als dramatische Kunst im Ensemble der Künste und das künstlerische Selbstbewußtsein der jungen Puppenspielabsolventen weckte das Bedürfnis, für Erwachsene zu spielen. Diesem Bedürfnis kam u. a. die Repertoiretradition des Wandermarionettentheaters entgegen. Es waren die Stücke nach Volksbüchern des Mittelalters, die das Interesse der Ensembles fanden. Das »Puppenspiel vom Doktor Faust« in Karl-Marx-Stadt und Bautzen 1976, in Magdeburg 1977 sowie der Hans-Sachs-Abend »Bier und Puppen« 1977 in Magdeburg sind Beispiele dafür. Sie finden ihre Ergänzung durch das Wirken einiger Handpuppenspieler, allen voran Frieder Simon mit seinem Kunstfiguren- und Caspertheater *Larifari*. Es ist unmittelbar Simons, aber auch Carl Schröders Verdienst, daß von den alten Stücken die Patina genommen wurde und »Genoveva«, »Don Juan«, »Doktor Faust«, »Der Krämerkorb« und viele andere Stücke wieder ins Blickfeld von Fach- und Publikumsinteressen rücken.[7]

Ein wesentliches Element der Erbeaneignung besteht in der Wiederentdeckung spezieller Formen der Theaterorganisation. Der weit entwickelten Arbeitsteilung im Inszenierungsprozeß der staatlichen Theater wird eine weitere Arbeitsmethode hinzugefügt: der kollektive Schöpfungsprozeß von der Idee bis zur Aufführung, getragen von einer kleinen Puppenspielergruppe, die alle Arbeitsschritte und -aufgaben kollektiv realisiert. Noch ist diese Art von kreativem Wirken nicht in jedem Falle mit dem Bewußtsein verbunden, etwas zu tun, was für die Marionettentheater des 19. Jahrhunderts typisch war. Noch entsteht diese Arbeitsweise aus einer gewissen Unzufriedenheit mit dem Regietheater. Aber der Effekt, der bereits für die Komödianten vor mehr als 100 Jahren galt — hier arbeitete eine selbstbewußte, künstlerisch produktive Theaterfamilie mit einem hohen Berufsethos —, ist zu verzeichnen.

Diese Fakten verdeutlichen mit Nachdruck, wie sich theoretische Erbepositionen auch in der Praxis des Puppentheaterschaffens niederschlagen. Das Interesse am nationalen Puppenspielerbe ist in den achtziger Jahren beträchtlich gewachsen. Dennoch sehe ich weitere Ansatzpunkte, um das Schaffen der sächsischen Marionettenspieler noch umfassender auszuwerten und schöpferisch weiterzuentwickeln.

Das Repertoire des 19. Jahrhunderts ist z. B. nur zu einem geringen Teil den Puppenspielern bekannt. In den Räuberdramen mit ihrem antifeudalen volkstümlichen Charakter, in der Vielzahl von Sagendramatisierungen und in den historischen Kriminalfällen liegen aber durchaus Dramen verborgen, deren Entdeckung lohnt. Selbst die Trivialdramatik kann Ansatzpunkt für ein Theater mit parodistischen Akzenten sein.

Spricht man von den Dramen volkstümlicher Marionettentheater, breitet sich immer noch ein Lächeln bei vielen Puppentheaterschaffenden aus. Inhaltlich gesehen, sind viele Stücke für uns heute nicht lohnend.[8] Aber ihre Dramenstruktur, vor allem der Umgang mit den Konflikten, ist einer Untersuchung wert. Hier lösen sich Spannung und Entspannung geschickt ab, da gibt es scheinbare Lösungen, die dann aber die Dramatik weiter steigern. Nebenhandlungen verbinden sich überraschend mit der Hauptgeschichte und treiben das Geschehen einem Höhepunkt zu. Die Lösungen der Konflikte differenzieren sich entsprechend dem sozialen Stand der Figuren. Untersucht man die Fabeln einmal näher, so ist man überrascht, mit welchem Theaterspürsinn sie gebaut sind. Es sind auch die einfachen Bühnentricks im Bereich der Technik, die es zu bergen gilt. Wo heute langwierige, schwere Umbauten stattfinden, arbeitete man einstmals mit Klappkulissen! Es gab licht- und pyrotechnische Effekte, die im Grunde genommen auch von den heutigen komplizierten Elektrovarianten nicht überboten werden. Von den Metamorphosen, den schnellen und verblüffenden Verwandlungen einer Figur in eine andere auf offener Bühne, ganz zu schweigen.

IV.

Allerspätestens an dieser Stelle muß aber nun auf die Aufgaben der Puppentheatersammlung Dresden eingegangen werden, denn wer, wenn nicht sie, kann und muß die wissenschaftliche Vorleistung erbringen. Diese Einrichtung ist seit 1968 Teil der Staatlichen Kunstsammlungen Dresden, was selbst schon Ausdruck des Wertes ist, den die DDR dem Puppentheater und seiner Geschichte beimißt. Seit ihrer Gründung 1952 hat sie sich dem Sammeln, der Pflege, Erforschung und Popularisierung des Puppentheaterschaffens auf dem Gebiet der DDR in Vergangenheit und Gegenwart verschrieben.[9]

Es sind vor allem die wissenschaftlich fundierten, thematisch eingegrenzten Sonderausstellungen in der Form, wie sie seit 1972 regelmäßig durchgeführt werden, die das bloße Zur-Schau-Stellen ästhetisch schöner Figuren auf eine neue Qualität hoben. Im Zuge der genannten Erbediskussionen meldete sich auch die Puppentheatersammlung zu Wort. Genannt werden müssen: Die umfangreiche Beteiligung an der Ausstellung »300 Jahre Dresdner Theater« 1967, die Sonderausstellung »Das Puppenspiel vom Doktor Faust« 1972 — sie ging der »Faust-Renaissance« im DDR-Puppenspiel unmittelbar voraus — oder »Märchen im Dresdner Puppenspiel« 1974. 1977 wurde anläßlich des 25jährigen Bestehens der Puppentheatersammlung die Ausstellung »Puppentheater — gestern und heute« im Dresdner Albertinum gezeigt. Heute, mit dem Abstand von zehn Jahren, muß man feststellen, daß diese Exposition in vielerlei Hinsicht eine neue Arbeitsphase der Sammlung einleitete. Die wertvollen Exponate aus zwei Jahrhunderten, genrespezifisch im Klinger-Saal dargeboten, überzeugten von der Bedeutung dieser Theater und ihres hohen Anteils an der bildenden Kunst.

Die Vorbereitung des XIV. UNIMA-Kongresses 1984 unterstrich noch einmal die Themenstellung »Die Begegnung des Puppentheaters mit anderen Künsten und seine Wirkung in unserer Zeit.« Dazu fanden zehn Sonderausstellungen statt, und in elf weiteren Dresdner Museen wurden kleinere Expositionen eingerichtet, die das Thema aus der Sicht der jeweiligen Gattungen veranschaulichten. Aber auch in diesem breitgefächerten Ausstellungsprogramm widerspiegelte sich der wissenschaftliche Schwerpunkt der achtziger Jahre: die systematische Erforschung des sächsischen Marionettenspiels. Die Forschungsergebnisse ziehen sich durch solche Ausstellungen wie zum Beispiel »350 Jahre Puppenspiel in Dresden«, »Theatrum mundi — mechanische Szenen in Puppenspiel und Volkskunst«, »Schaustellerattraktionen der ersten Hälfte des 19. Jahrhunderts«, »Verkehrstechnische Errungenschaften und ihre Widerspiegelung im Puppentheater«, »Der Freischütz« oder »Militaria im sächsischen Marionettentheater«. Sie setzten sich fort in der Ausstellung zur Geschichte des Puppenspiels in der Stadt Leipzig zwischen 1672 und 1985 und zu den traditionellen Puppenspielerfamilien Apel-Böttger (bereits 1978). Bis 1990 wird der Zyklus abgeschlossen sein. Dann soll auch das Schaffen der Familien Kressig-Dombrowsky, Bille, Bonesky und der Saathainer Richters in einer Dokumentation seinen Niederschlag gefunden haben. Es erwies sich als günstig, diese Ausstellungen in den ehemaligen Hauptspielgebieten der Familien zu gestalten. So konnten alte Kontakte zu den Erben erneuert oder neue Kontakte und Sachzeugen aus der Bevölkerung ermittelt werden.[10]

So leicht ein Museum durch Sonderveranstaltungen in der Öffentlichkeit von sich Reden machen kann, so schwer ist es, die ständige Ausstellung erstens auf dem neuesten wissenschaftlichen Erkenntnisstand zu halten und zweitens das Fachgebiet für jedermann verständlich und attraktiv zu präsentieren. Für Theatermuseen bereitet letzteres eine besondere Schwierigkeit, denn das Theater lebt in erster Linie vom Spiel. Die Aufführung ist vergänglich und nie adäquat wiederholbar. Was bleibt für ein Museum? Im Falle des Puppen-

Szene aus »Johannes Doktor Faust«, Inszenierung des Ostböhmischen Puppentheaters DRAK/CSSR, 1971; nach einem Textbuch des tschechischen Marionettenspielers Matej Kopecký (1775—1847). Regie: Matej Kopecký; Ausstattung: Frantisek Vitek

theaters — die Figur. Das ist aber viel mehr als bei den anderen dramatischen Künsten! Dennoch, die Puppe in der Vitrine ist eine Plastik. Starr und unbeweglich läßt sie kaum den Schwung einer guten Inszenierung ahnen. Und der Betrachter wird oftmals von ihr irregeführt, wertet zu schnell von der Erscheinung auf die künstlerische Qualität der Aufführung.

Dieser Problematik muß sich jeder Museumsverantwortliche bewußt sein. Meines Erachtens gibt es zwei hauptsächliche Schritte für die Ausstellungsgestaltung, die den heutigen Besucherinteressen entspricht:

1. Es erfolgt eine Konzentration auf die Darstellung der Organisation des Theaterspiels, auf die Akteure sowie auf das gesellschaftliche Umfeld, in dem das Theaterereignis stattfand. Zur Ausstellung gelangen chrakteristische Dokumente und dreidimensionale Objekte, die den Schaffensprozeß »Theater« von der Idee bis zur Aufführung belegen, letztere aber als geschlossenes Ereignis unberücksichtigt lassen.

2. Zur Ausstellung gehört die Animation der Figuren. Das Museum wird teilweise selbst zum Theater. Aber auch unter den günstigsten materiellen, finanziellen und personellen Voraussetzungen wird die Schere zwischen dem vergangenen Kunstwerk »Aufführung« und der dargestellten Erinnerung an sie bestehen bleiben.

Hinsichtlich beider Schritte ist die Puppentheatersammlung Dresden auf der Suche nach optimalen Wegen. Noch ist die Konzeption der ständigen Ausstellung zu sehr an der Theaterpuppe orientiert. Schrittweise, parallel zu einer Vergrößerung der Ausstellungsfläche, müssen Möglichkeiten gefunden werden, den Schaffensprozeß der Puppenspieler in ihrem sozialen Umfeld umfassender darzustellen. Erste Erfolge, bezogen auf den zweiten Schritt, stellten sich ein mit der Konzeption, schrittweise die alten Spieltechniken zu demonstrieren. Unter Leitung des Autors geschah dies bisher mit Varieté-Marionetten und einer Opernaufführung im Papiertheater. Ein Jahrmarktkasperspiel wird vorbereitet und Ausschnitte aus traditionellen Marionettenspielen werden folgen. »Theater im Museum« heißt das Konzept, das sich langsam und nicht unwidersprochen durchzusetzen beginnt. Gastspiele — zumeist Geschenke der Puppenspieler an die Sammlung — werden so zu Bestandteilen der Ausstellungskonzeption. Die noch junge Praxis zeigt: Dieser Weg entspricht auch den Erwartungshaltungen der Besucher, besonders der Erwachsenen.

Die Puppentheatersammlung Dresden versteht sich heute:

— als Archiv und Dokumentationszentrum für die Geschichte des deutschen Puppenspiels auf dem Gebiet der DDR von frühesten Belegen bis zur Gegenwart;

— als Stätte der Pflege und sicheren Bewahrung von Puppenspiel-Theatralia für kommende Generationen;

— als Forschungseinrichtung, die ihre wissenschaftliche Aufgabenstellung aus ihrem Sammlungsgegenstand ableitet; also ihre Bestände interpretiert, popularisiert und so einen spezifischen Beitrag zur Erforschung des Weltpuppentheaters leistet;

— als Konsultationspartner für Puppentheaterschaffende, die sich aktiv mit dem Puppenspielerbe auseinandersetzen;

— als Museum, das mit seiner ständigen Exposition und den thematischen Sonderausstellungen über die Geschichte seines Gegenstandes eine interessierte Öffentlichkeit informiert;

— und nicht zuletzt als eine Institution, die im Sinne der UNIMA—Satzung für die Entwicklung des Puppenspiels im Geiste der Völkerverständigung eintritt. Sie unterhält freundschaftliche Beziehungen in anderen Ländern und zu einer Vielzahl von Puppenspielern in allen Teilen der Welt.

Sie steht damit als Mittler zwischen Geschichte und Gegenwart des Puppentheaterschaffens in der DDR. Die über Jahrzehnte bestehenden festen Kontakte des Museums zu den Puppenspielern sind von beiderseitigem Nutzen. Sie sind auch die Voraussetzung dafür, daß das sächsische Wandermarionettentheater weiterhin bewahrt und als geschlossenes Kunstwerk und origineller Eckpunkt des nationalen Puppentheaterschaffens in das 21. Jahrhundert geführt wird.

»Obwohl nicht kasperlemäßig
im Sinne des niederdeutschen Kasperlespiels«.
Der Anteil von Carlo Böcklin und Beate Bonus
an der Entwicklung des künstlerischen Handpuppenspiels in Deutschland.

Gina Weinkauff

»Die Renaissance des deutschen Handpuppenspiels läutete zu Anfang des Jahrhunderts in Berlin Carlo Böcklin ein.«[1] — Daß es nicht in Berlin läutete, sondern in dem Städtchen Fiesole bei Florenz, wo der Sohn des berühmten Malers Arnold Böcklin lebte, diesen Irrtum wird man dem verstorbenen Altmeister der Puppenspiel-Historiographie, Hans-Richard Purschke, gerne verzeihen. Der gelernte Architekt Carlo Böcklin[2] — er ging um 1894 zur Malerei über — ist in der deutschsprachigen Literatur vor allem als Kopist der Werke seines Vaters bekannt. Auch seine eigenen Bilder galten als wenig originell. In Italien schätzte man ihn dagegen als Maler toskanischer Landschaften und Architektur, dessen Hauptaugenmerk den eher verborgenen Reizen dieser vielgerühmten italienischen Provinz galt.
Das Handpuppentheater war zunächst nicht für die Öffentlichkeit bestimmt, Carlo Böcklin spielte immer »nur« zum Vergnügen seiner Kinder und zu dem seiner kleinen und großen Gäste. Er bediente sich in seinen selbsterdachten Spielen vom deutschen Kasper der italienischen Sprache; die Puppen waren nach italienischer Gepflogenheit nach unten offen, sie hatten keine Beine, konnten also nicht auf der Spielleiste »reiten«, wie es auf den Jahrmärkten Brauch war. Als Antipoden des Kaspers treten der Tod, der Teufel, das Krokodil und der Räuber auf. Dem Kasper zur Seite steht die Großmutter — oder vielleicht sollte ich besser sagen »unter seinem Schutz«, denn es handelt sich um eine ängstliche, allzu gutmütige alte Frau, der die diversen Bösewichter übel mitspielen würden, hätte sie nicht ihren wackeren Enkel.
Carlo Böcklin dürfte einer der ersten gewesen sein, der mit dieser Figur gearbeitet hat, jedenfalls hat er ihr zu sehr sinnfälligen, überzeugenden Konturen verholfen und sie in Situationen gestellt, die als Motive des Kaspertheaters für Kinder in wachsendem Maße tradiert wurden. Die Figur der Großmutter, die bei aller Hilfsbedürftigkeit ruhig ein wenig resolut sein darf, ist aus dem modernen »kindertümlichen« Kaspertheater schon lange nicht mehr wegzudenken. Es ist die gleiche alte Dame, der Otfried Preußler in seinem auflagenstarken »Räuber Hotzenplotz« ein kinderliterarisches Denkmal setzte. Man kann davon ausgehen, daß die Großmutter Kasperls Frau im Laufe der ersten 20 Jahre dieses Jahrhunderts aus dem Figurenensemble der Spielzeugpuppen verdrängt hat: »Die beliebtesten Figuren sind Kasper, Frau Kasper, der Teufel, der Tod, der Schutzmann und neuerdings Krokodile und Drachen zum Verschlingen der genannten Figuren«, schreibt Paul Hildebrandt 1904 in seinem sehr informativen Werk über »Das Spielzeug im Leben des Kindes«.[3] In der einschlägigen Aufzählung des Benno v. Polenz (1920) kommt die Großmutter bereits vor, neben einer »jüngeren Frau«, deren Beziehung zum Kasper aber unklar bleibt.[4] Zur Profilierung einer entsexualisierten, moralisch domestizierten Kasperfigur trägt die Großmutter Entscheidendes bei. Als Enkel der Großmutter ist Kasper unversehens zum Kind geworden, ein ungebärdiger Lausbub zwar, der seiner Oma hin und wieder Sorgen bereitet, aber in wirklichen Gefahrensituationen doch alles zum Guten wendet. Es handelt sich also um ein

Großmutter und Kasper aus dem Heimpuppentheater von Carlo Böcklin, um 1908

im Vergleich zur klassischen Eltern-Kind-Familie eher unkonventionelles Erziehungsverhältnis, das der lustigen Figur durchaus den aktiveren Part läßt, die Immoralität des »erwachsenen« Kaspers der Jahrmärkte aber ausschließt. Man denke nur an dessen ewige erotische und alkoholische Eskapaden, die immer wieder zu handgreiflichen Ehezwistigkeiten führen und schlimmstenfalls im Kindes- und Gattenmord gipfeln![5]

Die »kindertümliche« Reform des Handpuppentheaters vollzieht sich auch über eine Veränderung des dramaturgischen Konzeptes. Der Anschaulichkeit halber soll hier ein Augenzeuge Böcklinschen Spiels zu Wort kommen, der darüber im Dezember 1908 in der Zeitschrift »Der Kunstwart« berichtet hat:

»Etwa geht der Kasper spazieren. Er lobt den Mondschein und die laue Nacht und ruft zum Fenster hinauf der Großmutter zu, sie solle herunterkommen. (Das Haus ist ein schräggestelltes Brett mit eingesägten Öffnungen und mit Läden aus Pappe.) Einer der Läden geht auf, und die Großmutter schiebt den Kopf durch die enge Öffnung, zittert und nickt. Danach klappt der Laden wieder zu, und weiter unten kommt die Alte heraus und zittert und wackelt fort auf den Spaziergang. Danach tritt der Räuber auf: Der Kasper und die Alte sind weg, jetzt wird er das Haus ausrauben. Er geht hinein; aber der Kasper kommt wieder: ‚Weshalb ist da im Haus die Türe offen? Den wollen wir fangen!' Er schlägt die Türe zu und macht den Riegel davor. Der Räuber ist inzwischen fertig und rüttelt an der Türe von innen. Man hört ihn, sich schimpfend entfernen. Nach einer Weile sieht man ihn oben zum Fenster hinausspähen: ‚Ihr da unten, was habt Ihr da unten zu tun?' ‚Und Ihr da oben, was habt Ihr da oben zu tun?' ‚Ach Kaspar, bist du's? Ich habe mich verirrt, ich Armer! Ich dachte, es wäre mein Haus, nun ist es deins! Bitte, Kaspar, mach mir auf!' ‚Bleibe nur, bleibe, Du bist in der Falle, und ich werde dich aufs Gericht tragen, Dich und die ganze Falle!' Und wirklich! er faßt das Haus von unten an und trägt es, das ganze Haus, vorbei und weg zum Richter, während oben aus dem Fenster der Räuber stottert und winselt und mit Kopf und Händen Einspruch erhebt.«[6]

Auf der Bühne wird eine böse Tat geplant, die zuschauenden Kinder haben alles mitangehört, während der Kasper nichtsahnend seinen Vergnügungen nachgeht. Was für eine Aufregung, bis der Kasper endlich verstanden hat, welche Gefahr droht, und durch sein Eingreifen die Untat im letzten Moment vereitelt — mit gewohnter Leichtigkeit, ohne Furcht und Eifer, versteht sich! Diese einfache, aber mitreißende Dramaturgie hat ganze Generationen von Kindern in ihren Bann gezogen. Sie unterscheidet sich völlig von der Spielweise der Jahrmarkt-Handpuppenspieler, die, unter weitgehendem Verzicht auf dramatische Zuspitzungen, komische Situationen aneinanderreihten, die traditionsgemäß auf der Übertretung moralischer Normen und Tabus basierten.[7]

Carlo Böcklin wurde von den verschiedenen Kasper-Enthusiasten kunsterzieherischer oder jugendbewegter Provenienz hoch geschätzt — sein Spiel war stilistisch »sauber« und durchdacht, vermied alles moralisch anstößige und war ganz auf die psychische Disposition von Kindern zugeschnitten. Die Bestrebungen dieser Leute waren mehr globaler, »nationalerzieherischer« Natur, entsprechend tradierten kulturkritischen Mustern auf »Jugend und Volk« in einem bezogen. Spezielle Konzepte für ein kindgemäßes Puppenspiel gab es jedenfalls noch nicht. Max Jacob debütierte mit seinen »Hartensteinern« um 1920, für Kinder spielte er ohnehin erst später, und Carl Iwowski begann 1919 mit Böcklinschen Figuren — kurzum, es ist sicher nicht übertrieben, Carlo Böcklin als einen Pionier des »künstlerischen Handpuppenspiels« zu bezeichnen (das Attribut steht weniger als Qualitätssiegel denn für die Markierung eines Anspruchs und für die Abgrenzung vom traditionellen »volkstümlichen« Handpuppentheater). Die Anerkennung, die Carlo Böcklin als Maler weithin versagt blieb, erhielt er in Deutschland nun für sein Kaspertheater, wobei der Umstand entscheidend sein dürfte, daß es auf sehr moderne Weise, in einer Art »Medienverbund«, verbreitet wurde. Obwohl Böcklin mit seinen Figuren nie öffentlich aufgetreten ist, kann er doch schon relativ früh ein gewisses publizistisches Echo verzeichnen — der Kunstwart berichtet ausführlich und mit Fotos.[8] 1911 erscheinen im Verlag Gebauer und Schwetschke vier »Kasperl-Bilder-Bücher — nach Böcklin-Stücken und von ihm illustriert. Die Texte stammen von der Schriftstellerin Beate Bonus-Jeep. Zugleich bietet der Verlag Handpuppensätze nach Böcklin-Vorlagen an. Beide Produkte erfahren um 1920 eine zweite, möglicherweise sogar noch eine dritte Auflage.[9]

Handpuppen wurden in Deutschland schon sehr früh als Spielwaren gehandelt. Die erste mir bekannte Erwähnung stammt aus einem Spielzeug-Katalog von 1803.[10] Schon in der zweiten Hälfte des 19. Jahrhunderts wurden sie vielfach industriell gefertigt. Diese Art von Industriepuppen müssen in sehr großer Zahl hergestellt und auf den Markt geworfen worden sein; immer wieder klagen Autoren von Kaspertheater-Spielanleitungen über die normierte Häßlichkeit dieser Figuren. Gr. Goehlers Ablehnung etwa trifft die papiernen Industriepuppen schlechthin:

> »Eine Schwierigkeit ist die Beschaffung guter Figuren. Die im Handel befindlichen aus Papp-maché und demgemäß puppenhaft verschwommen und ausdruckslos ausgeführten Köpfe unterstützen das Spiel gar zu wenig, halten auch die im Kasperlspiel ganz unvermeidlichen kräftigen Hiebe nicht aus. Alte gute in Holz geschnitzte sollen mancherorts beim Trödler noch zu haben sein. Am besten — wer's kann! — man schnitzt sie selbst.«[11]

Dazu sollen die im Kunstwart abgebildeten Böcklin-Figuren anregen — an Verkauf und Serienfertigung wurde zu diesem Zeitpunkt (1908) also nicht gedacht. Auch Dr. Paul aus

Handpuppen aus industrieller Fertigung, Deutschland, Anfang 20. Jahrhundert

Dresden fand bis 1910 »zum allergrößten Teil wertloses Zeug aus Papiermasse, ausdruckslos fabrikmäßig hergestellt, billig und schlecht«[12] in den Spielzeugläden, später auch anspruchsvollere holzgeschnitzte Puppenköpfe, die aber, da in Handarbeit hergestellt, sehr teuer sind. Als – auch geschäftlich lohnende – Alternative schlägt er die industriemäßige Fertigung von Papiermasse-Puppen vor, aber nach guten charakteristischen Vorlagen. Benno v. Polenz schreibt von verschiedenen Holzfigurensätzen, die in Dresden Ende 1920, abhängig von ihrer Größe (30 und 46 cm hoch), zwischen 8,90 RM und 22 RM kosten und die nach seiner Ansicht eine Art handwerkliches Mittelmaß halten. In Anbetracht des Umstandes, daß er »höhere Anforderungen an künstlerische Ausstattung des Kopfes (...) bei diesem Preise« für unangemessen hält, möchte er sie gerade »nicht als schlecht (...) bezeichnen«.[13]

Sicher war der Markt für Holzpuppen aufgrund der handwerksmäßigen Herstellung und mehrerer nebeneinander existierender Vertriebsformen wesentlich unübersichtlicher als der für die industriell hergestellten Pappfiguren. So ergeben sich Qualitätsunterschiede, aber auch stilistische und solche, die aus der Verschiedenartigkeit der verwendeten Materialien und Werkzeuge resultieren, je nachdem, ob die Figuren von erzgebirgischen Heimarbeitern, berufsmäßigen Drechslern, in Nürnberger Manufakturen oder von Puppenspielern im Nebenerwerb hergestellt worden sind. Eine ganz eigenartige Spezies vertritt die Figur, die Max Jacob als »Rohstoff« für seinen ersten Kasper verwendete. Der Holzkopf war mit einem dicken Farbanstrich überzogen, einer Art Gipsmasse, die Jacob erst abklopfte, bevor er die Figur neu bearbeitete.[14]

Die erste Serie der Böcklin-Puppen war in Steinpappe ausgeführt, ein preiswertes Herstellungsverfahren, das es ermöglichte, die Figuren zu dem durchaus konkurrenzfähigen Preis von 1,50 RM pro Stück anzubieten. Sie kamen 1911 in den Handel, kurz nach Erscheinen der Bilderbücher, und waren laut Dr. Paul nach wenigen Jahren vergriffen.[15] Um 1920 wurde eine zweite Serie über den Dürerbund vertrieben. Diese Figuren waren aus Holz und kosteten zwischen 90 und 100 RM, also ungefähr fünfmal soviel, wie man zur gleichen Zeit im Spielwarenladen für eine Handpuppe mit Holzkopf hinlegen mußte und immer noch erheblich teurer als die künstlerisch anspruchsvollen Handpuppen des Verlags Arwed Strauch.[16] Schon 1922 tauchen die Figuren im Programm des Verlages nicht mehr auf, auch in der Fachpresse und in den einschlägigen »Ratgebern« und »Leitfäden« zum Spielen und Basteln finden sie im weiteren Verlauf der 1920er Jahre kaum mehr Resonanz. Leo Weismantel (Werkbuch der Puppenspiele, 1929) setzt ganz aufs Selberbasteln, während Dr. Hugo Schmidt im Vorwort zu seiner gleichzeitig erschienenen »Bibliographie des Handpuppentheaters« entschieden davon abrät. Die Energien sollen ganz aufs Spielen konzentriert werden. Die Böcklin-Figuren werden in seiner Aufzählung empfehlenswerter Handpuppen-Sets gar nicht mehr erwähnt. Als Bezugsquelle werden stattdessen die Sonneberger Spielzeugfabrik (Holzköpfe), der Verlag Arwed Strauch (Holz- oder Stoffpuppen, die nicht nur gekauft, sondern auch ausgeliehen werden können) und an allererster Stelle der »Hohnsteiner« Schnitzer Theo Eggink (»Eggi-Puppen«, »besonders preiswert und künstlerisch«) angegeben.[17]

Verglichen mit dem nun einsetzenden beispiellosen Siegeszug des Hohnsteiner Medienverbundes nimmt sich der auf wenige Jahre beschränkte Markterfolg der Böcklinschen Produkte recht bescheiden aus. Die naheliegendste Erklärung liegt sicher in dem Verzicht Carlo Böcklins auf öffentliche Auftritte in Deutschland, während Max Jacob vor allem innerhalb der Jugendbewegung ein wachsendes Publikum interessierter Laien um sich scharte. Die aus diesen Kreisen hervorgehenden Spielaktivitäten haben — allen ideologischen, ästhetischen und personellen Gemeinsamkeiten zum Trotz — mit Böcklins Konzept nichts mehr zu tun. Wahrscheinlich ist aber auch, daß des Kaspers »deutsches Wesen«[18] dem Lebensgefühl der Jugendbewegung, auch wo sie nicht explizit »die nationale Mission des Puppentheaters«[19] zu erfüllen suchte, eher entsprochen haben dürfte als der Kosmopolitismus seines Pendants von jenseits der Alpen.

Wie ein Brighella oder Pulcinella der Commedia dell'arte trägt der Böcklinsche Kasper ein weißes Gewand, auch die »Kasper-Insignien« Pritsche und Zipfelmütze sind weiß. Bei der Großmutter kontrastiert ein dunkles Schultertuch mit dem Weiß von Kleid und Haube. Durch ihre helle Kleidung und die halbgeschlossenen Augen unterscheiden sich die beiden positiven Zentralfiguren von fast allen anderen Puppen des Ensembles. Auch diese zweite Eigentümlichkeit erinnert an die Commedia dell'arte: an die Larven nämlich, die die Hälfte des Gesichts bedecken und für die Augen nur schlitzartige Öffnungen freilassen. Die anderen Figuren haben fast alle weit aufgerissene Augen und tragen durchweg farbige Gewänder, die im übrigen von schlichter Machart und wirkungsvoll mit charakteristischen Accessoires ausgestattet sind. Der Räuber — glutäugig, mit martialisch schwarzem Schnurrbart, Federhut und überdimensionaler Pistole — wirkt wie ein romantisch stilisierter Brigant aus der Maremma, was der deutschen Kundschaft aber nicht weiter aufgefallen

Erster Kasper der »Hartensteiner Puppenspiele« (später »Hohnsteiner«) von Max Jacob, Hartenstein 1921, und Industriefigur, Deutschland, Anfang des 20. Jahrhunderts. Durch das Entfernen der Gipsschicht gelangte Jacob zum hölzernen Kern und damit zur Gestalt seiner Kasperfigur.

sein wird, da man es hierzulande ohnehin gewohnt war, sich den Räuber als einen etwas südländischen Typ vorzustellen.[20] Die Hände der Figuren sind durch flache Holz-Fäustlinge angedeutet, einzig der Teufel mit seinen Krallenhänden bildet dabei eine Ausnahme. Mit 8 cm bis 10 cm Höhe sind die Figuren für Kinderhände und für Vorführungen im kleinen Kreis gut geeignet, verglichen mit den »Industriepuppen« war diese Größe durchaus handelsüblich.

Bei seinen Bilderbuch-Illustrationen bedient sich Carlo Böcklin einer Technik der harten, holzschnittartigen Linienführung, die nicht nur die kantigen Physiognomien seiner Kasperfiguren gut wiedergibt, sondern überhaupt die ganze körperlich dynamische Befindlichkeit von Handpuppen überzeugend stilisiert. Von den Handpuppen übernimmt der Illustrator auch die flachen, überproportional großen Fäustlinge sowie charakteristische Details der Kostümierung. Die Bilder sind flächig koloriert, dabei überwiegen Erd- und Pa-

Illustration aus: Böcklin/Bonus, Kasperl-Bilder-Bücher, Band I, »Der hohle Zahn«, Halle 1911

stelltöne mit einzelnen leuchtend roten oder gelben Farbtupfern. Obwohl die Farben nicht immer übereinstimmen, ist auch die Kolorierung der Vorlage angemessen durch den Verzicht auf malerische Effekte. Die Illustrationen sind aber alles andere als bloße Bühnenskizzen: anstelle der Beschränkung auf die Guckkastenoptik des Handpuppentheaters stehen viel bewegtere, dynamischere Szenen, die bestimmte Elemente des Comicstrip vorwegnehmen und an filmische Kameraeinstellungen erinnern.
Es gibt in den Büchern keine »Vollbilder«, die Illustrationen sind, auch typographisch, in den Text integriert. Dabei findet ein Wechsel der Perspektiven statt, von der »Totale« im dicken Rahmen, der die Szenerie scheinbar willkürlich begrenzt, bis zur »Nahaufnahme« — ein für die Handlung wichtiges, vitales Detail wird groß, ohne Bildhintergrund, gezeigt, wobei die Wahl der Blickrichtung (von oben oder unten) und der Proportionen als zusätzliche Stilmittel fungieren. Beim ersten Bilderbuch der Reihe mit dem Titel »Der hohle Zahn« werden die filmischen Gestaltungsmittel sogar insofern perfektioniert, als die Kopf-Illustration auf der ersten Seite und das Schlußbild (cul-de-lampe) jeweils Totalen zeigen, und zwar mit einem harmonisch in sich geschlossenen Bildaufbau, während die Illustrationen des laufenden Textes durch Perspektivenwechsel und Ausschnitthaftigkeit Dynamik vermitteln. Dramatische Situationen, die der Puppenspieler durch Heben der Stimme bewältigt, werden im Bilderbuch durch Veränderung der Schriftgröße angezeigt. Eine solche dreifache Steigerung erfährt in der oben angesprochenen Szene der Ausruf des Teufels: Kasper! KASPER! K A S P E R ! . Im übrigen sind die Texte in Fraktur gesetzt, in kräftigen fetten Typen in der Art der Alten Schwabacher Schrift, während die Titelei auf dem Umschlag in einer kunstvoll-klobigen Antiqua-Variante erscheint.
Wegen ihrer abwechslungsreichen Typographie und den effektvoll eingesetzten Illustrationen nehmen diese Bilderbücher zweier kinderliterarischer Außenseiter ohne Zweifel eine

Illustration aus: Böcklin/Bonus, Kasperl-Bilder-Bücher, Band II, »Freund Hein«, Halle 1911

Art Sonderstellung auf dem einschlägigen Markt ein. Kompetente zeitgenössische Kritiker wußten das wohl zu schätzen. Charakteristisch für die deutsche Carlo-Böcklin-Rezeption ist, daß die Kritik den Puppenspieler und Bilderbuch-Illustrator dem Maler bei weitem vorzieht: »Was die Bilder betrifft, hier kommt nichts von dem in Frage, was man als Schwächen Carlo Böcklinscher Kunst wohl getadelt hat.«[21] Dabei gleichen sich die Motive durchaus: die Großmutter bewohnt eine toskanische Villa, der Tod grinst einen aus einer antiken Ruine heraus an, und Kasper hält seine Knödel-Vesper vor der weit geöffneten Haustür ab — nach mediterranem Brauch wird das Haus nur durch einen Vorhang vom Außenbereich abgetrennt.

Der übermächtige Einfluß des berühmten Vaters, der ihn auf dem Gebiet der Malerei allzu oft zu dessen Epigonen werden ließ, wurde Carlo Böcklin offenbar hier nicht zum Problem — symbolistische oder pathetische Inanspruchnahmen hätten sich mit dem derben Humor des Kaspertheaters wahrlich nicht vertragen.

Die Texte der Kasper-Bilderbücher stammen von Beate Bonus-Jeep, die mit ihrem Mann, dem Religionsphilosophen Arthur Bonus, und ihren Kindern eine Villa in Fiesole in der Nähe der Böcklinschen Behausung bewohnte (von 1906 — 1914) und dort Bekanntschaft mit dem Heimpuppentheater ihres malenden Nachbarn schloß. Wie dieser hatte sie eine starke Bindung an Italien, sie wuchs als Tochter des deutschen Botschaftspredigers auf dem Kapitol in Rom auf und stand den bildenden Künsten nahe. Eine lebenslange Freundschaft mit Käthe Kollwitz geht auf die gemeinsam begonnene Ausbildung in Malerei und Zeichnen in München und Berlin zurück.[22] Unter dem Einfluß ihres Mannes verlegte sich Beate Bonus schon bald aufs Schreiben, sie veröffentlichte Anekdotisches aus ihrer Malerinnenzeit, volkstümliche Erzählungen aus der Mark Brandenburg, wo sie fast 10 Jahre ihres Lebens als Pfarrfrau verbrachte und zwei Bände einer Romantrilogie, die in der Zeit der

Christianisierung der skandinavischen Länder angesiedelt ist und somit ein Hauptarbeitsgebiet von Arthur Bonus streift.[23] Auf die Veröffentlichung des dritten Bandes verzichtete Beate Bonus bewußt, weil sie sich nicht als Mythen-Lieferantin der Nazis mißbrauchen lassen wollte.

Es ist ganz ähnlich wie bei Carlo Böcklin, die Kasperl-Bücher stehen für den populärsten, publikumswirksamsten Teil des Schaffens auch von Beate Bonus. In diesem Sinn versteht sich die Begeisterung von Käthe Kollwitz beim Erscheinen der vier Bände:

»Nun aber vor allem das Kaspertheater. — Das ist ganz famos! Die Bilder von Carlo Böcklin sind famos und Dein Text auch, lustig, handgreiflich, sinnfällig, wie Kaspertheater sein muß. Da habt ihr etwas Feines zusammen gemacht! Und außerdem werden sie sich wahrscheinlich sehr gut verkaufen. Hast Du einen ordentlichen Batzen für Deinen Teil bekommen?«[24]

Wegen des extrem niedrigen Preises der Bücher wird das Honorar bei zwei Auflagen nicht so üppig gewesen sein, wenn auch das Erscheinen der ersten Auflage allenthalben positive Reaktionen auslöste. In seiner ausführlichen Besprechung würdigt etwa Ferdinand Avenarius das besondere Geschick der Autorin bei der Übertragung des gesprochenen Italienisch der Handpuppenspiele in deutsche Schriftsprache:

»(...) da Carlo Böcklin bei Florenz lebt, hat er natürlich seine Vorbilder aus italienischen Menschensorten gesammelt. Ich glaube aber, Kinder sehen das nicht einmal und am wenigsten im Eifer des Spiels, zudem sie ja doch die Geschichte durch die Texte von Beate Bonus sehen. Die sind in allen Teilen deutsch. Echte, kleine Dichtungen sind sie mit den Feinheiten eines erwachsenen Geistes, und doch wieder: Dichtungen aus dem Zusammenerleben mit Kindern geboren.«[25]

Tatsächlich ist die Handlungsführung der Bilderbücher zum Teil noch straffer, dramatischer als es, geht man von Goehlers eingangs zitiertem Aufführungsbericht aus, die Puppenspiele selbst waren. Die Fabel wird zügig auf die unvermeidliche Konfrontation von Kasper und dem jeweiligen Übeltäter hin entwickelt. Schon bevor Kasper die bedrohliche Situation wahrnimmt, lernt der Leser den Übeltäter kennen und erfährt etwas über seine schlimmen Absichten. In Band I ist es der Räuber, der die Gutmütigkeit der Großmutter ausnutzen, sie überlisten und ausrauben will. In Band II (Freund Hein) will gar der Tod die Großmutter holen, in Band III (Der Schatz) haben sich Räuber und Teufel in der Absicht verschworen, Kasper einer Mutprobe zu unterziehen und ihn dann in die Hölle zu holen. Band IV (Der Höllenkasten) zeigt, wie Kasper seinerseits in die Offensive geht: Er fährt nach Afrika, macht dem Krokodil und einem »Mohrenfürsten« den Garaus, bringt sich in den Besitz seines Schatzes und tritt schließlich frohgemut die Rückreise an, um der sehnsüchtig wartenden Großmutter die Beute zu bringen. Nur nebenbei: Es ist schon ein sehr deutlicher Ausdruck von Rassismus, daß die einzige Spielkonstellation, die den Kasper in einer aggressiven Rolle vorführt, ausgerechnet einen Schwarzen als Opfer vorsieht.

Beate Bonus verzichtet in ihren Texten nicht nur auf derbkomische, erotische oder fäkale Ausdrücke — derartiges dürfte auch Carlo Böcklin mit ziemlicher Sicherheit nicht über die Lippen gegangen sein —, sondern auch auf die Verwendung von Dialekt und sprachlichen Verballhornungen jeder Art. Was an die Stelle dieser traditionellen Sprachkomik des Kaspertheaters tritt, wirkt oft gestelzt, manieriert, wie die gereimten Spielanleitungen im Heftumschlag (»Wer will vorm Kasper sitzen und schaun, / der muß ihm ein Theater baun, ...«). Ein Aufeinanderprallen verschiedener Sprachebenen ist in diesen Stücken, deren Figuren sich alle einer gepflegten Ausdrucksweise bedienen, kaum möglich. Trotzdem verwendet Beate Bonus durchaus sprachliche Mittel zur Charakterisierung von Figuren,

Carl August Reinhardt, Kasperl-Theater, sechstes und letztes Stück: »Kasperl und der Tod«; Illustration aus dem Münchener Bilderbogen Nr. 106, München 1852

wenn sie z. B. den Tod als einzige Figur im Stück »Freund Hein« ausschließlich in Reimen sprechen läßt. Laut Regieanweisung mit »hohler« Stimme vorzutragen, unterstützen diese nun wirklich formelhaften Dialogbeiträge die erstrebte schauerliche Wirkung seiner Auftritte und geben zugleich hervorragende Angriffsflächen für den Kasper ab. Der nimmt dem Unfaßbaren seinen Schrecken durch sinnliche Konkretion und durch das Wörtlichnehmen von Metaphern:

>»Du tust gut, nach einer rechtschaffenen Frau zu rufen, die von der Küche was versteht. Mir scheint, Du könntest es brauchen, und ein bißchen Fett um die Knochen gewickelt, stünde Dir gut an.«[26]

Gerade diese Situationen besitzen, indem sie Anhaltspunkte für kindliche Omnipotenzphantasien bereitstellen, am ehesten so etwas wie emanzipatorische Brisanz und veranlassen den Rezensenten Avenarius zu der besorgten Frage, ob dergleichen denn wirklich allen Kindern zugemutet werden könne:

>»Möglich, daß dies oder jenes Stück nicht für alle Kinder paßt: Wo der Tod und sonstige Ernstheiten und Gruseligkeiten dabei sind, gilt das immer, denn wo des einen Phantasie noch kaum ins Bewegen kommt, tollt ja die andere schon jenseits des Ziels herum. Individualisiert werden muß eben immer.«[27]

Um einen Eindruck zu vermitteln, was den Kindern, die das zweifelhafte Glück hatten, im »Jahrhundert des Kindes« geboren zu werden, schon verloren gegangen war, sei mir ein Hinweis gestattet auf ein anderes Kasper-Bilderbuch, das sich ein halbes Jahrhundert vor

Böcklin/Bonus großer Beliebtheit und vieler Druckauflagen erfreute. Gemeint ist »Das wahrhaftige Kasperl-Theater in 6 Stücken« von Carl August Reinhardt. Dieses reich und farbenprächtig illustrierte Büchlein erschien in Form von sechs Münchner Bilderbogen und erfuhr nach 1924, schon anachronistisch geworden, eine 17. Auflage[28].

Die Charaktereigenschaften seines gar nicht tapferen Kasperls sind ihm schon auf den Leib geschrieben: Um die etwas aufgeworfenen Lippen spielt stets ein gelinde frivoler Zug, nicht ohne Grund ist seine gewaltige Nase in einem kräftigen Rot gehalten, und das Narrenkostüm spannt auch schon ein wenig an der Stelle, wo bei Leuten mit etwas asketischer Lebensführung die Taille sitzt. Die Stücke sind ganz im traditionellen Jahrmarktstil abgefaßt, sie enden mit Mord und Totschlag, zurück bleibt ein feist lachender, zufriedener Kasper, der sich zuvor mit einem türkischen Rekrutenwerber, als Diener bei Don Juan, mit seiner Ehefrau und notabene mit Tod, Teufel und einem krokodilartigen Untier in allerlei Händel eingelassen hat. Die Abbildungen zeigen den unverwüstlichen Helden der Komödie, hin- und hergerissen von den handfesten Reizen der Köchin Karline und dem Respekt vor den nicht gerade zärtlichen Handgreiflichkeiten seiner streitbaren Frau.

»Denn nun ist die Geschichte aus, / der tapfere Kaspar geht nach Haus« lautet stereotyp die Schlußformel bei Böcklin/Bonus. Anders bei Carl August Reinhardt. Dort geht Kasperl nach überstandenen Abenteuern nicht nach Haus, sondern ins Wirtshaus und empfiehlt sich dem verehrten (Leser-) Publikum wie folgt:

> »Wann ihnen aber mei Sach gefallen hat, so nehmen's Ihnen a gut's Beispiel an mir und fürchten's nix in der Welt. Lassen's mich auch ferner bestens recommandirt sein und sein's so gut un thun mir a Trinkgeld in mei Sparbüchs, ich hol's hernach schon wieder 'raus.«[29]

Um es noch einmal zu betonen: Carl August Reinhardt galt durchaus als Autor und Illustrator von Kinderbüchern, und die Münchner Bilderbogen waren gerade als Jugendlektüre besonders beliebt. Jenseits von nationalerzieherischem Sendungsbewußtsein ist die Gleichsetzung von »Jugend und Volk« also ohne weiteres auch als Freiraum für ungezügelten Humor denkbar.

Carlo Böcklin und Beate Bonus haben, wenn man so will, Markierungssteine gesetzt auf Kaspers Weg in die behütete bürgerliche Kinderstube. Solide und originell gearbeitete Steine auf einem Weg, der sich, von allzu eifrigen Erziehungs-Ingenieuren geebnet, begradigt und zubetoniert, grau und endlos dahinschleppt bis zum heutigen Tag.

# Neues in und aus Knollendorf
## Das Kölner Hänneschen-Theater zwischen Tradition und Erneuerung

### Gérard Schmidt

Viele der jüngeren Figurenspieler von heute haben sich in ihren Anfängen mit traditionellem Puppenspiel, insbesondere natürlich mit dem Kasper, auseinandergesetzt. Dabei haben sie ihren ganz eigenen Weg zum künstlerischen Ausdruck und zu zeitgemäßen Themen gefunden und dabei die direkte Fortsetzung einer Tradition abgelehnt. Die Regel war, daß der Übergang vom »Puppenspiel«, das eher von einem handwerklichen Selbstverständnis geprägt ist, zum »Figurentheater«, das sich wesensmäßig durch den reflektierten Einsatz ästhetischer Mittel definiert, als Bruch vollzog.

Auch wenn in Köln die inhaltlichen Voraussetzungen sehr verschieden sind, so gilt die grundsätzliche Problematik doch auch für das »Hänneschen«. Und das nicht erst neuerdings. Spätestens seit dem Ende des 19. Jahrhunderts forderten Künstler, Brauchtumsvertreter und Pädagogen bei aller Sympathie für das traditionelle Spiel immer wieder eine künstlerische und thematische Erneuerung. Möglichkeiten dazu hat es öfter gegeben, so die Überführung des Theaters aus der Familientradition in die Struktur einer städtischen Bühne im Jahr 1926 oder der Neubeginn nach dem Zweiten Weltkrieg. Doch dabei erlag man der Täuschung, technische Vervollkommnung für künstlerische Reform zu halten. Obwohl herrliche Momente meisterlichen Puppenspiels und hinreißender Komik nach wie vor Begeisterung auslösen, so drängte doch bis vor wenigen Jahren ein Kanon alter Stücke viele Liebhaber und besonders die jüngere Generation in die Reserve, weil im Hänneschen-Theater zumeist die Vergangenheit glorifiziert, autoritäre Erziehungsmodelle propagiert, kleinbürgerliche Weltvorstellungen bestätigt, Wirklichkeit pseudo-romantisch vernebelt oder vordergründiger Klamauk abgespult wurde.

Bei der ungebrochenen Gunst, der sich das »Hänneschen« damals wie heute bei Publikum, Presse, Politik und Verwaltung Kölns erfreut, konnte und kann die Erneuerung durch einen »Bruch« mit anschließendem Neubeginn überhaupt nicht zur Rede stehen. Der aussichtsreichste Weg führt über die Dialektik der Tradition: Man kann sie nicht fortführen, ohne sie zu verändern. Aufbau und Zerstörung gehen Hand in Hand. Wer diesen Zusammenhang mißachtet oder bestreitet, ist weniger an einem lebendigen künstlerischen Medium interessiert, sondern bestenfalls an erstarrter Folklore. Eine Erneuerung kann indessen nicht von außen aufgedrängt werden. Sie führt durch die Sache hindurch, und das wiederum schreibt dem Spielleiter die entscheidenden Schritte vor.[1] Sein subjektives Ausdrucksstreben muß das ästhetische Medium durchdringen. Dabei darf er sich weder das Medium herrisch unterordnen, noch darf er sich den traditionellen Ansprüchen bis zur Selbstaufgabe beugen. Diese Gratwanderung verspricht jedoch nur dann überzeugende Ergebnisse, wenn das Ausdrucksstreben einerseits fest genug in der Gegenwart verwurzelt ist und wenn andererseits die Gesetzmäßigkeiten des Mediums genau beachtet werden. In diesem Zusammenhang vollzieht sich in Köln der Übergang vom »Puppenspiel« zum »Figurentheater«.

Die Gesetzmäßigkeiten sind hier durch die fast 190jährige Entwicklung des »Hänneschen« deutlich vorgegeben. Die historischen Wurzeln wurden zwar noch nicht ausreichend erforscht, aber durch die Arbeiten von Carl Niessen [2] und Max-Leo Schwering[3] überschaubar gemacht und gesichert: 1802 begann ein armer Anstreicher namens Christoph Winters mit Einwilligung der zunächst französischen, dann preußischen Behörden seinen Lebensunterhalt mit Puppenspiel zu verdienen. Dazu entwarf er ein aus der stadt-kölnischen Menschentypologie gegriffenes Figurenarsenal, das seitdem gleichgeblieben ist und mehr oder weniger in allen Stücken eingesetzt wird. So entstand ein Volkstheater, das zwar auch für Kinder spielt, aber seine schönsten Blüten vor Erwachsenen entfaltet.

Bis nach dem Ersten Weltkrieg wurde das Spiel in verschiedenen Familienunternehmen gepflegt. Eine dieser Familien kann sich übrigens noch heute als eine der vitalsten Komödiantensippen Europas ausweisen: die Millowitschs. Bis 1894 spielten sie mit Puppen das »Kölsch Hänneschen«, stiegen dann aber, die Zeichen der Zeit auch mit kaufmännischem Gespür richtig deutend, auf das Menschentheater um. Sie arbeiteten noch lange mit den Typen des »Hänneschen« weiter und machten so besonders die Figuren »Tünnes und Schäl« populär. Die Spieltradition der Winters'schen Sippe erlosch zwar vorübergehend nach dem Ersten Weltkrieg mit dem Tod der letzten aktiven Spielerin, der Witwe Klotz, doch wurde ihr typisches Kölner Stockpuppenspiel dadurch »gerettet«, daß die Stadt Köln 1926 dafür eine städtische Bühne gründete, an der die Spieler der Witwe Klotz ein neues Zuhause fanden. Die Bühne entwickelte sich bis heute zu einem der größten Puppentheaterhäuser Westeuropas.

Soweit die äußeren Bedingungen; nun zur inneren Bestimmung: Von außen kommende Puppenspieler und andere aufmerksame Beobachter sind immer wieder überrascht von dem direkten Austausch, den die Figuren während des Spiels mit den Zuschauern pflegen. Hier liegt wohl der Wesenskern des Hänneschen-Spiels. Es ist nicht, wie so oft angenommen wird, dem Krippenspiel, sondern der commedia dell'arte entsprungen, jenem in Italien entstandenen Stegreifspiel mit feststehenden Typen, das vom 16. bis zum 18. Jahrhundert Europas Bühnen dominierte und das noch auf den 1770 geborenen Winters stark gewirkt haben muß. Sein Hänneschen ist weniger ein Halbbruder des Hanswurst, sondern mehr des Harlekin. Beiden Gestalten ist gemeinsam, daß sie nicht vereinzelt existieren, sondern in Gemeinschaften eingebettet sind. Dies ist in Köln schon seit den frühen Anfängen die »Knollendorfer Sippschaft«. Ihr gehören neben dem Hänneschen an: Bärbelchen, die Ewig-Verlobte des Hänneschen, die Großeltern Marizebell und Nikela, die Nachbarn Tünnes, Schäl und Manes, der Dorfwirt Peter Mählwurm und der Polizist Schnäuzerkowski. Der Vergleich zur commedia dell'arte ist indes nur der Schlüssel zur Herkunft. Für die weitere Entwicklung (nach 1802) entscheidender sind die Unterschiede zum Vorbild: Während der Harlekin als Dienerfigur in eine bürgerlich-adlig-hierarchische Sozialstruktur gehört, muß man sich für das Hänneschen ein dörflich-bäuerlich-anarchisches Umfeld vorstellen. Anders als bei der commedia dell'arte ist eine feste, immer wiederkehrende Ortsbezeichnung vorgegeben: Knollendorf, das als parodistische Verballhornung Kölns begriffen werden muß.

Die durchgehend feste Ortsbezeichnung nimmt den comic strip vorweg. Knollendorf, — das ist wie das »Entenhausen« des Donald Duck oder das »Kleinbonum« des Asterix. Alle Geschichten müssen hier beginnen und enden, und alle Bewohner sind mehr oder weniger in die Handlung verwoben. Das hat grundsätzliche Konsequenzen für Dramaturgie und

Schäl (2. v. l.) im Café Chaos; Szenenfoto aus der »Knolli Horror Schäl Schau« des Kölner Hänneschen-Theaters, 1984

Figurenprogramm. Nicht die einzelnen Stücke, wovon heute etwa sechs pro Jahr inszeniert werden, sind entscheidend, sondern die Art, wie sich in den Stücken das Theater als Ganzes verwirklicht, d. h.: wie der Spielort Knollendorf, die Sozialstruktur seiner Bewohner, die Charakteristik seiner Typen, die malerischen Dorfansichten und der Puppenfundus zum Tragen kommen.

Im »Hänneschen« geht es um die Bewältigung der säkulären Alltagskonflikte der Durchschnittsmenschen. Die Komik beruht darauf, daß erlebte Widersprüche des Alltags zu vorübergehenden Weltordnungen hochstilisiert werden, wodurch die Stücke und Handlungen in den besten Momenten ins Absurde überkippen. Obwohl beim »Hänneschen« diese Substanz in den alten Stücken und den künstlichen Reformansätzen des 20. Jahrhunderts nicht immer voll ausgeprägt ist, so führen die soeben aufgezeigten Entwicklungslinien doch wesensprägend durch sein Spiel hindurch. Es ist eines der wenigen noch erlebbaren theatergeschichtlichen Bindeglieder zwischen der commedia dell'arte des 18. und dem comic des 20. Jahrhunderts. Aus dieser Stellung bezieht es sein künstlerisches Material und sein schöpferisches Potential. Beides besteht in Köln eben nicht nur aus der Figur als solcher, die immer neu entworfen wird, oder aus einem Stoff, der von außen an es herangetragen wird, sondern aus dem ganzen überkommenen kleinen Kosmos dieses Theaters selbst und seiner Art, mit dem Publikum umzugehen. Es drängte sich also auf, Knollendorf so zu sehen und zu nehmen, wie es war und geworden ist, es völlig in seiner »Rückständigkeit« zu belassen und diese Struktur mit Erscheinungen der aktuellen Wirklichkeit zu konfrontieren. Denn Knollendorf — und das war der Fehler der alten Stücke — ist nicht das Sprungbrett in die Illusion, sondern ein Fenster zur Wirklichkeit.

Wie aus der Berührung der beiden Sphären, altes Knollendorf und neue Wirklichkeit, wieder Funken sprühen können und wie das Publikum auf solche Versuche reagiert, dafür steht stellvertretend die verblüffend erfolgreiche Adaptation der »Rocky Horror Picture Show« der Jahre 1984/85. Hier zeigte sich, wie schlagfertig und komisch sich die Knollendorfer Sippschaft mit den exotischen und für das Figurentheater unvergleichlich ausdrucksstarken Punker-Typen unserer Zeit auseinandersetzen konnte. Wäre das Hänneschen da nicht in seiner eher biedermeierlichen Aufmachung, sondern aus einem falschen Reformgedanken heraus in Jeans auf der Bühne erschienen, wäre die Wirkung vollständig verpufft. So aber konnte es eine sozusagen repräsentative Ebene der künstlerischen Darstellung erreichen: Denn gegenüber dem, was immer das Neueste und Aktuellste einer rasant sich entwickelnden Welt und Gesellschaft ist — ob nun Punker, Computer oder Medien —, so ist die Mehrheit der Durchschnittsmenschen (die Zuschauer des heutigen Volkstheaters) immer ein wenig »rückständig«. Wer ist schon »auf der Höhe der Zeit«? Die meisten Menschen müssen zu neuen Lebenserscheinungen erst eine Beziehung entwickeln. Daß dies möglich ist und daß dabei Botschaften des Verständnisses und der Bewältigung übermittelt werden können, läßt sich künstlerisch im Volkstheater des Kölner Stockpuppenspiels auf heitere Weise erreichen. Hier liegt sein kreatives Potential gegenüber dem musealen Charakter der Folklore.

# Die Kunst der Automaten
## Zum Verhältnis ästhetischer und technologischer Vorstellungen in der Geschichte des Maschinenmenschen vom 18. ins 20. Jahrhundert

Peter Gendolla

Die Erfindung von Werkzeugen und Maschinen erfüllt mindestens zwei Funktionen in der Entwicklung der menschlichen Gattung: Entlastung und Selbsterkenntnis. Die eine ist unmittelbar einsichtig, mit ihr ist vom Faustkeil bis zum Mikroprozessor das Wesen der Maschine — von griechisch mechané: Hilfsmittel, Werkzeug, Kriegsmaschine — definiert worden. Die mechanischen Hervorbringungen erleichtern direkte körperliche Arbeit, verstärken die Tätigkeit von Händen, Füßen, Augen oder Ohren, entlasten die körperlichen Bewegungen von physischen Widerständen. Dabei gibt es historisch eine Entwicklung von außen nach innen. Nachdem Funktionen der äußeren Organe adaptiert, in diversen Mechanismen nachgeahmt und perfektioniert wurden — die Tätigkeit der Hände durch Handwerkzeuge; die Fortbewegung durch Roll-, Schwimm-, Flugapparate; das Sehen durch Mikroskope und Fernrohre; das Hören durch Mikrophone und das Sprechen durch Lautsprecher — gibt es in der neueren Technikgeschichte immer mehr Ersetzungen der inneren Organe.

Schon lange wurden Knochen und Gelenke durch Stangen mit Löchern und Stiften imitiert. Mitte des 16. Jahrhunderts erfand der italienische Arzt Geronimo Cardano die nach ihm benannte kardanische Aufhängung, die zusammen mit dem ebenfalls um diese Zeit entwickelten Schneckengetriebe für Federmotoren erst die Konstruktion der vielen faszinierenden Uhren und Automaten ermöglichte und den Ruhm der Schweizer Uhrenbauer oder Nürnberger und Augsburger Automatenkonstrukteure begründete.[1] Aber das waren nur erste Schritte, gewissermaßen die Erstellung des Skeletts für den künstlichen Menschen, der nach eingehender Analyse des natürlichen Vorbilds immer genauer reproduziert wird. Inzwischen gibt es künstliche Nieren, Blasen, Herzen, Plastikadern und synthetische Körperflüssigkeiten. Biochemie und Genchirurgie arbeiten an der Umkonstruktion des Zellkerns. Den letzten Schritt — von Pascal und Leibniz im 17. Jahrhundert mit ihren Rechenmaschinen eingeleitet — bildet die Entlastung des Denkens, die Simulation der Funktionen des Gehirns in zusehends komplexeren Datenverarbeitungsmaschinen.

Hier nun spätestens wird die zweite der angesprochenen Funktionen der mechanischen Hilfsmittel evident: Sie erleichtern nicht einfach die Arbeit, sie ermöglichen denjenigen, die sie bauen und anwenden zugleich, sich selbst zu verstehen. D. h. indem der Konstrukteur Tätigkeiten seiner Organe aus sich heraus in einen Mechanismus projiziert, werden diese von der unmittelbaren Körpererfahrung isoliert und so die Funktion eines Organs distanziert, reflektiert, überhaupt erst erkannt oder besser: definiert. Denn immer reproduziert das Werkzeug oder der Mechanismus nur ganz bestimmte Funktionen des jeweiligen Organs oder Organzusammenhangs, deren Möglichkeiten sind an sich offen und werden erst in der Arbeit mit dem Mechanismus festgelegt. So begleitet die Entwicklung der Technik beständig die Frage nach der Eigenart, den Möglichkeiten, dem Selbst dessen, der seine Fähigkeiten da aus sich heraus in der materiellen Welt manifestiert, sich multipliziert, in immer neuen Konstruktionen spiegelt. Nirgends deutlicher wird dieser Impuls, den eigenen, inneren Zusammenhang durch äußere Mechanismen zu erforschen, als im Automaten, dem »Sich-selbst, aus eigenem Antrieb Bewegenden« (griechisch autó-matos). Tatsächlich werden außer den nützlichen Apparaten immer auch unnütze gebaut, von den wasser- oder sandgetriebenen Automaten der alten Chinesen, Inder, Griechen über die mechanischen Theater an den Fürstenhöfen des 16./17. Jahrhunderts bis zu den Robotern und Videospielen unserer Tage. Die neu entdeckten Kräfte und die Mittel ihrer Umsetzung wurden immer auch gleich in sich verschlossen, statt als Hebel Lasten zu heben, als Rad Getreide zu zermahlen, als Federwerk die Zeit anzuzeigen, wurden sie in ein Gehäuse gesteckt, das dem Menschen, einem Tier, der »Natur« gemäß gebildet war, und sich dann wie diese von selbst bewegte. Der Mensch als Synopsis der vier Elemente, der Mensch als Uhr, als Maschine, schließlich als System von Schaltkreisen; die jeweils avancierteste Technik hat nicht nur die jeweilige Arbeit revolutioniert, sie hat zugleich, spielerisch, unnütz, wie nebenbei, immer auch ein neues Eben- oder Selbstbild der Individuen oder des Sozius einer Epoche produziert. Die verschiedenen Formen, Modelle, Gestalten dieser Automatenmenschengeschichte sind weitgehend beschrieben und sollen nicht wiederholt werden.[2] Etwa mit Vaucanson in der ersten Hälfte des 18. Jahrhunderts gilt das Augenmerk der Automatenbauer der Steuerung ihrer Mechanismen, die als besonderes, individuell einzustellendes Regelwerk ihrer Figuren konstruiert wird. Hier erstmals gerät der Vergleich von Mensch und Maschine in eine Irritation, ist die Maschine keine stolz bewunderte natura naturata, inventione di stupore, sondern wird zum Konkurrent des Menschen, der ihn einzuholen und abzuschaffen droht, indem auch die Seele oder der Geist aus ihrer metaphysischen Höhe auf ein »denkendes Prinzip«, wie es La Mettrie im Angesicht der Vaucansonschen Automaten nennt,[3] heruntergeschraubt werden, in der Anordnung exzentrischer Scheiben oder Löcher auf einer Pappkarte materialisiert. Deutlicher als an der äußeren Gestalt der Kunstwesen verflechten sich hier soziale Ideen oder Selbstentwürfe von Gesellschaften mit technischen Konstruktionen, definieren, reduzieren oder erweitern sich mechanische und metaphysische Kausalität wechselweise. Dies geschieht im Spiel, das einen ästhetischen Kommentar zu den ernsten Dingen des Lebens bildet. So nimmt es nicht wunder, daß eben dieser Kommentar die größte Aufmerksamkeit in Kunst und Literatur findet, den eigentlichen Domänen einer ästhetischen Differenz zu Technik und Gesellschaft, die hier ebenfalls auf eine besondere Weise irritiert werden. Gegenüber der ersten Realität des Sozialen und im Unterschied zu ihrem eigenen, wahren Schein, entdecken sie in den Puppen, Automaten, Maschinenmenschen einen ganz ungreifbaren, »falschen« Schein, die Auflösung der fundamentalen Opposition von Sein und Schein. Während nun diese Anmaßungen einer doch Gott vorbehaltenen Schöpfertätigkeit, diese Kränkungen der Seinshierarchie in den Erzählungen von Jean Paul, E. T. A. Hoffmann, Eichendorf, Villiers de l'Isle Adam bis hin zu Lawrence Durrell in unserem Jahrhundert der Kritik, der Ablehnung und Auslöschung verfallen,[4] gibt es einen Autor, der die Marionette dem widerspruchsvollen, in sich zerrissenem Menschenwesen als utopisches Modell entgegenstellt: Heinrich v. Kleist.

*Zwischenwesen*
Der vom 12. bis 15. Dezember 1810 in den »Berliner Abendblättern« erschienene kleine Text »Über das Marionettentheater« wertet von vornherein die Verhältnisse von Körper und Geist anders als die auf eine sich selbst durchsichtige, den Körper beherrschende Ratio

Mechanische Figur aus dem Kunstfiguren-Theater von Christian Tschuggmall (1785—1845), Tirol, um 1830

verpflichteten Autoren.[5] Zentral in dem ganzen Entwurf stehen weder Geist noch Körper, sondern der Ort ihrer Vermittlung, seit Jahrhunderten und auch von Kleist weiterhin »Seele« genannt, nur neu definiert. Bildete die Seele, zumindest in der christlichen Tradition von Augustinus bis Thomas v. Aquin, eine Art Fenster, durch das der niedere Leib aus sich heraus auf das göttliche Wesen und seinen Willen blicken konnte, ein Abgesandter oder Botschafter der Vorsehung, für eine kurze Zeit in der Materie gefangen, so wird bei Kleist dieses ganz abhängige, abgeleitete Element auf bestimmte Weise selbständig, d. h. es soll selbständig werden, die Seele zum U-topos der Souveränität. Zunächst wird sie von Kleist — wie sechzig Jahre vorher im materialistischen Grundtext von La Mettrie — reduziert. Aus einem metaphysischen wird ein physisches Prinzip, letztlich nichts als ein Durchschnitt von Vektoren, das Mittel sich kreuzender Kräfte.

> »Jede Bewegung, sagte er, hätte einen Schwerpunkt; es wäre genug, diesen in dem Inneren der Figur zu regieren; die Glieder, welche nichts als Pendel wären, folgten ohne irgendein Zutun auf eine mechanische Weise von selbst.«[6]

Genau diesen Punkt des Querschnitts der Kräfte, in dem sie zu einer einzigen Bewegung zusammengezwungen werden, nennt Kleist die Seele. Nun scheint es zunächst, als sei gerade diese Idee nicht endgültig materialisiert. Das Modell bildet die Marionette, sie hängt an den Fäden des Puppenspielers, und eben dessen Seele mischt sich auf eine »geheimnisvolle« Weise in die Bewegungen ein.

> »Er erwiderte, daß, wenn ein Geschäft von seiner mechanischen Seite leicht sei, daraus noch nicht folge, daß es ganz ohne Empfindung betrieben werden könne. Die Linie, die der Schwerpunkt zu beschreiben hat, wäre zwar sehr einfach, und wie er glaube, in den meisten Fällen grad (...) Dagegen wäre diese Linie wieder von einer anderen Seite etwas sehr Geheimnisvolles. Denn sie wäre nichts anderes als der Weg der Seele des Tänzers.«

Aber schon mit dem Nachsatz wird die unerklärbare Subjektivität wieder verlassen, die ontologische Differenz aufgegeben oder zumindest in den Mechanismus hinübergespielt.

> »(...) und er zweifle, daß sie anders gefunden werden könne als dadurch, daß sich der Maschinist in den Schwerpunkt der Marionette versetzt, d. h. mit anderen Worten, tanzt.«

Um eine harmonische Bewegung vollziehen zu können, um gar »anmutig« oder »graziös«, wie die zentralen Vokabeln lauten, tanzen zu können, muß der Tanzmeister den menschlichen Standpunkt aufgeben, einen mechanischen einnehmen. Die Marionette, die von ihrer Definition her *zwischen* dem menschlichen Willen und der toten Materie angesiedelt war, wie Engel oder Dämonen im Verhältnis zum göttlichen Willen eine bloß ausführende Funktion des menschlichen Willens zur »Regierung« inne hatten[7], verliert den abhängigen Charakter, gewinnt einen »menschlichen«, eben indem sie ihn absorbiert, das Subjekt zu sich herüberzieht. Sollte noch jemand zweifeln, daß damit die Subjektivierung des Maschinellen gemeint ist, etwa unter Hinweis darauf, daß immer noch zwei Figuren bleiben, Puppe und Spieler, und dieser dann zumindest eine gespaltene Existenz führe, so wird auch dieser letzte Einwand beseitigt.

> »Inzwischen glaube er, daß dieser letzte Bruch von Geist, von dem er gesprochen, aus den Marionetten entfernt werden, daß ihr Tanz gänzlich ins Reich mechanischer Kräfte hinübergespielt und vermittels einer Kurbel, so wie ich es mir gedacht, hervorgebracht werden könne.«

Das Ideal bildet nicht mehr der menschliche Tänzer, dessen Geist immer im Bruch, in Disharmonie oder nur unvollkommener Anpassung an seinen Körper lebt, sondern die aus eigenem Antrieb bewegte Puppe, der Automat. In ihr sind alle Bewegungen »verzeichnet«, die geraden wie die gekrümmten, was den Maschinisten »keine große Kunst kosten« dürfe, da ihr Gesetz »wenigstens von der ersten oder höchstens zweiten Ordnung« sei.

Seilakrobat aus dem Mechanischen-Kunst-Theater der Familie Tendler, Eisenerz/Steiermark, um 1830, Photo um 1880

Der weitere Verlauf des Arguments und seine metaphysischen Vetracktheiten bis hin zur utopischen Idee am Schluß — daß der Mensch die Unschuld nur wiedergewinnen könne, wenn er die Grazie des bewußtlosen Gliedermannes und das unendliche Bewußtsein Gottes in sich vereine — soll hier nicht weiter verfolgt werden. Kleists Idee einer vollkommenen Einheit geistiger Vorstellungen und körperlicher Bewegungen in einem mechanischen Prinzip, das als Vorschrift oder »Verzeichnung« in die Marionette gelegt werden soll, beschreibt allerdings die tatsächlichen Konstruktionen von Automaten spätestens mit Vaucanson. Die Kleistsche »Seele« wird als zunehmend raffinierteres Regelwerk oder Steuerungsprogramm in Maschinenmenschen und Spielzeugen realisiert, und viele davon tanzen so anmutig, wie »Herr C.« sich das vorgestellt haben mag.

*Wunder der Mechanik*
So betitelt Johann Heinrich Moritz Poppe 1824 seine »Beschreibung und Erklärung der berühmten Tendlerschen Figuren, der Vaucansonschen, Kempeleschen, Drozschen, Maillardetschen und anderer merkwürdiger Automaten und ähnlicher bewunderungswürdiger und mechanischer Kunstwerke«.[8] Vor allem bei der Beschreibung der Automaten von Vater und Sohn Tendler liegt das Augenmerk Poppes auf der Kunst, den Schwerpunkt so in den Maschinen zu plazieren, daß »bewunderungswürdige Bewegungen« entstehen, »der Natur so getreu, wie man es von künstlichen Figuren nur erwarten kann«. Seinen höchsten Beifall erringen drei Seiltänzer, die auch Kleist zum Vorbild gedient haben könnten.

> »Ehe die Figuren auf's Seil kommen, sind sie so schlaff, wie alle Puppen; Arme und Beine schlottern wie Lumpen, und nicht die mindeste Spur von Kraft zeigt sich in ihnen. So wie man sie auf's Seil setzt, scheinen sie Leben zu bekommen; sie schwingen sich kräftig damit hin und her; halten sich bald mit zwei Händen, bald mit einer Hand, schleudern sich um dasselbe herum«.

In seiner Erklärung des Mechanismus der Figuren kommt Poppe auf durchaus den Kleistschen Gedanken vergleichbare Kategorien, mit dem kleinen Unterschied, daß er von der »Sicherheit« statt von der »Anmut« oder »Grazie« der Bewegung spricht.

> »Die Sicherheit in der Stellung der Figuren und in ihrer Bewegung erreichte der Künstler vermutlich durch genaue Abwägung der Figuren und Hinlegung ihres Schwerpunkts an eine gewisse bestimmte Stelle.«

Der Unterschied ist entscheidend, markiert er doch die genaue Differenz von technischer Konstruktion und ihrer ästhetischen Reflexion. Schönheit und Anmut, die Harmonie des Ausdrucks durch Technik zu erreichen, ist das Ideal Kleists, ist eine Anmaßung etwa für E. T. A. Hoffmann, der die Äußerungen der Automaten als Karikatur der wirklichen Musik, der wirklichen Sprache kennzeichnet. Das Ideal der Automatenbauer bildet allerdings eben diese »Natürlichkeit«, in ihren Maschinen imitieren sie Körperbewegungen oder körperliche Vorgänge bis hin zur »Verdauung« jener bis heute meist zitierten Ente Jacques de Vaucansons, die Körner fraß, und »nach einiger Zeit eine dem Entenauswurf ähnliche Materie hinten fallen« ließ, wie Poppe bewundernd vermerkt.[9] Das komplexe Ineinander von Schnüren, Drähten, Hebeln, Rollen und Scheiben, womit »man eine Bewegung nach verschiedenen Richtungen hin fortpflanzen« kann, d.h. ein Heben der Arme, Nicken des Kopfes, Drehen des ganzen Körpers bewirken, geht im Laufe des 18. Jahrhunderts einen Schritt weiter, und zwar mit der Verselbständigung der Steuerelemente, der Konstruktion besonderer Teile, in denen die Bewegungsabläufe programmiert und vorgeschrieben werden können. War das Programm bis dahin im Gesamtsystem der Automaten, von der Feder über die Zahnräder, Schnüre bis zu den Fingerspitzen etwa, fixiert, so wird es nun in einem Teilsystem, einer Reihe exzentrischer Scheiben oder Räder, auf Stiftwalzen etc. konzentriert. 1760 führt Friedrich v. Knaus seine »Alleschreibende Wundermaschine« vor.

> »Auf einem horizontal angebrachten Zylinder wird der gewünschte Text mit kleinen Stiften eingegeben. Diese Stifte schlagen Tasten an, die über einen Hebel die Kurvenscheiben des gewünschten Buchstabens in Bewegung bringen.«[10]

Zur Vollkommenheit wird diese Technik in den Androiden von Pierre und Henri-Louis Jaquet-Droz und Jean-Frédéric Lechot entwickelt, die 1774 erstmals vorgeführt wurden. Der »Zeichner« fertigt durchaus identifizierbare Portraits hochgestellter Personen, die »Musikerin« spielt aufs anmutigste eigens für sie komponierte Stücke, der »Schriftsteller« kann vierzig Buchstaben oder Zeichen so kombinieren, daß tatsächlich jeder gewünschte Text entsteht, natürlich in lateinischem Alphabet. Diese Beliebigkeit des Textes oder Bildes, der Abfolge der Noten, die erreichte freie Programmierung der Automaten läßt nun umso deutlicher die kulturellen Orientierungen oder sozialen Leitbilder der jeweiligen historischen Phase erkennen. Spielerisch wird hier in die Automaten eingeschrieben, was die Menschen sollen, oder was von ihnen erwartet wird. Schreibt der »Schriftsteller« bei seiner Vorführung in Nürnberg um 1800 noch »Es lebe die Stadt Albrecht Dürers« und portraitiert der »Zeichner« Louis XV., so begrüßt der »Schriftsteller« neuerlich nur die Touristen, die ihn im Historischen Museum von Neuchâtel fotografieren. Die Repräsentation der feudalen Macht oder das Lob des Großmeisters der Kunstgeschichte ist einem werbewirksamen Willkommensgruß gewichen. Finden die Automatenuhren der frühen Neuzeit ihre Vorbilder in der mythischen Götter- oder der christlichen Heilsgeschichte,[11] repräsentieren sie im 18. Jahrhundert die Machtfülle des Souveräns, aber dabei mehr und mehr die universale Kunst-Fertigkeit des Bürgers, so werden sie im 20. Jahrhundert zu Spekulations- oder Sammlerobjekten, Museumsstücken, mit denen sich Geld machen läßt. Diese Transformation der Menschmaschinen in belebte Waren vollzieht sich bereits durch das ganze 19. Jahrhundert hindurch.

*Von den Automaten zum industriell gefertigten Spielzeug*

> »Die Androiden des Vaucanson und der Jaquet-Droz, die ein Scheinleben vorführten, sind die Vorläufer der automatischen Puppen des 19. Jahrhunderts, die für Erwachsene gemacht, aber immer mehr auch als Kinderspielzeug entdeckt werden.«[12]

Was Annette Bayer hier konstatiert — den Übergang von der Einzelarbeit der Automatenbauer des 18. zur Massenproduktion von Puppen und Spielzeug des 19. Jahrhunderts — hat vor allem soziale und ökonomische Gründe. Wenn aus den Individuen »Flötenspieler«, »Schriftsteller« oder »Musiker« die tausendfach verkauften »Latest Novelties in Mechanical Toys«[13] werden, so bedeutet das nicht den Untergang der mechanischen Kunstfertigkeiten, sondern ihre Differenzierung in verschiedene soziale Felder, getrennte Funktionsbereiche. Waren die Vaucanson, Kaufmann, Jaquet-Droz oder Kempelen noch Künstler, Handwerker, Ingenieure und Erfinder in einer Person, die ihren Automaten eben auch die passende Musik komponierten, so schreitet die Arbeitsteilung im 19. Jahrhundert immer weiter fort. Es entstehen Fabriken, die ausschließlich Federantriebe produzieren, andere die Rümpfe, Arme, Beine, andere die Köpfe, und eine letzte Fabrik setzt die Laufpuppen dann daraus zusammen.

Für diese Routineproduktion hatten jene Universalgelehrten allerdings die Voraussetzungen geschaffen. In ihren Automaten selbst proben sie in allen Varianten die Zerlegungen und maschinellen Verläufe, das geregelte Ineinandergreifen von Arbeit, Spiel und Kunst, das die Verhältnisse von Industrie, Unterhaltung und ästhetischer Reflexion im 19. und 20. Jahrhundert kennzeichnen soll. Die von Poppe beschriebenen Tendlerschen Figuren etwa ahmen »auf das Genaueste und Täuschendste« Bauern, Wirte, Soldaten, Akrobaten oder »den Hanswurst auf einer Draisine« nach, d. h. das Spektrum gesellschaftlicher Tätigkeiten, aber mechanisch reproduziert, als »spielerisch« automatisierte Arbeit. Schon bei Vaucanson in der Mitte des 18. Jahrhunderts konnte diese Modellfunktion der Automaten bemerkt werden. Nach seinem Flötenspieler, der Ente und der Viper entwarf er 1845 einen automatisch gesteuerten Webstuhl und wurde aufgrund solcher ökonomisch verwertbarer Fähigkeiten zum Direktor der bedeutenden Lyoner Seidenfabriken ernannt. Die mechanische Arbeit wird serienreif gemacht. Jacquard, der Erfinder des mit Lochkarten gesteuerten Musterwebstuhls von 1805, hatte anschauliche Vorbilder in den Excenterscheiben- und Stiftwalzen-Steuerungen der Spielmaschinen. So gibt es mindestens drei Richtungen, drei Aktivitäten, in die sich die synthetische Tätigkeit der Automatenbauer des 18. im 19. Jahrhundert differenziert: einmal in die Industrie, die Massenproduktion, das automatische System der Fabrik, die alles, auch natürlich das Automatenspielzeug, ob in einfacher oder höchst kostbarer Ausstattung und Mechanik, nach den Gesetzen von Angebot und Nachfrage auf den Markt wirft. Zweitens in die Entdeckung oder Erfindung immer neuer technischer Systeme zur Reproduktion, Verstärkung, Simulation von Wahrnehmungs- oder

Artikulationsprozessen. Vom Telegraph und Telefon bis zur Daguerreotypie und Filmkamera werden technische Geräte geschaffen, die körperliche Äußerungen unabhängig von der körperlichen Präsenz eines Menschen zu transportieren gestatten, nichts als die Verselbständigung von Regelungssystemen, wie es die Maschinenmenschen vorexerziert hatten. Drittens schließlich gibt es seit etwa 1800 einen unaufhörlichen Kommentar zur industriellen Produktion wie zu den Ideen und Erfindungen der Naturwissenschaft aus dem ästhetischen Bereich. Die Reflexion der diversen Automatisierungen in der Kunst und der sogenannten schönen Literatur, anhebend bei Goethe, Jean Paul und Hoffmann, noch keineswegs beendet im Dadaismus oder Surrealismus, ist bis heute nicht zum Schweigen gekommen, sondern mit der rasanten Ausbreitung der Informationstechnologie eher vervielfacht worden. Im Grunde ist es das Kleistsche Ideal einer selbstgewissen Einheit von Geist und Körper, des »denkenden« mit dem »ausgedehnten« Prinzip Descartes', das die Künstler und Literaten an den Maschinenwesen vermuten, einklagen oder negieren, das sie irritiert. Der Kleistsche Bruch von Reflexion und körperlicher Bewegung, der im Unterschied zum in sich widerstreitenden, offenen »menschlichen« Wesen in den Automaten mehr und mehr geschlossen wird, diese Entwicklung »von dem tollen Nachäffen des Menschlichen«[14] bei Hoffmann, zum Ideal des ewig glücklichen »Bioadapters«[15] bei Oswald Wiener soll zum Abschluß skizziert werden.

*Phantom, »du dunkle Göttin«*
> »Beeinflußt durch Kempelens Schrift ‚Über den Mechanismus der menschlichen Sprache', baute Faber unter großen Entbehrungen die Sprachmaschine ‚Euphonia', die, besser als alle vor ihr gemachten, die menschliche Sprache nachahmte.«[17]

Diese tatsächlich wohl komplexeste Sprachmaschine Joseph Fabers aus der ersten Hälfte des 19. Jahrhunderts setzt sich fort in den technisch einfacheren, äußerlich infantilisierten Lauf- und Sprechpuppen der Spielzeugfabriken Decamps, Vichys, Steiners etc., die mit reizvollem Augenaufschlag Mama und Papa sagen oder, wie die Phonographenpuppe Jumeaus »Le rêve de l'enfant«, singen. Beide, die seriöse Sprechmaschine wie die Spielzeugpuppen, bilden wohl die Vorbilder für die vielfältigen Automatenfrauen oder dienstbaren Roboter, wie sie in Literatur und Kunst von der Romantik bis zur Science Fiction unserer Tage auftauchen. Die »Euphonia« könnte dabei sogar das Paradigma eines ihrer Schicksale abgegeben haben, den bösen Pol bei der ästhetischen Reflexion der Automaten. Denn Fabers künstliche Frau brachte ihm keineswegs den Ruhm, das Glück oder den Reichtum, wie noch etwa der »Schachspieler« Kempelens dem Johann Nepomuk Maelzel, der gegen Napoleon gespielt haben soll. Zu Fabers Zeiten entwickelt sich bereits mit großen Schritten die Spielzeugproduktion und die ökonomisch und sozial erfolgreichen Sprechmaschinen werden mit den elektromagnetischen Apparaten von Philipp Reis (1861) und Graham Bell (1876) gebaut, die das »Sprechen« technisch transportieren, ohne einen ganzen Puppenkörper dafür zu benötigen. Faber zerstört schließlich seine Maschine und brachte anschließend sich selber um, ein Schicksal, das in dem des Studenten Nathanael und der Automate »Olimpia« aus Hoffmanns Erzählung »Der Sandmann« präformiert war, das sich mit der »Hadaly« des Lord Ewald aus Villiers »L'Eve future« (1886) wiederholt, und auch mit der »Jolanthe« aus Lawrence Durrels »Nunquam« von 1970. Das sind nicht die einzigen Beispiele. In einer Version der Literatur wird den Automaten offensichtlich die Le-

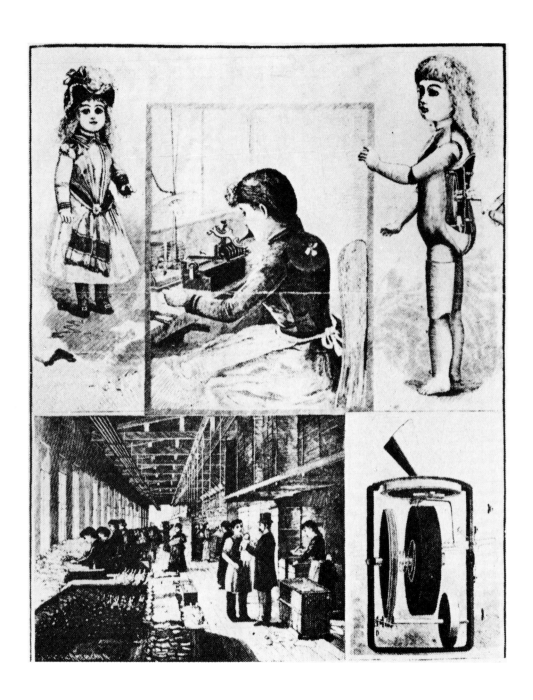

Werbeannonce für die »Edison Talking Doll« im Scientific American, New York, 1890. Die Erfindung des Phonographen durch Thomas Edison (1877) schlägt sich industriell auch in der Produktion von »sprechenden«, d. h. mit einem Tonträger versehenen Spielzeugpuppen nieder. Die Annonce zeigt die Massenfertigung der Puppenkörper, das Besingen des Tonträgers, das System der elektro-magnetischen Fixierung auf dem Tonträger, den Aufziehmechanismus für das Abspielen des Gesanges und die verkaufsfertige Puppe.

»Euphonia«, Sprachmaschine von Joseph Faber, erstmals 1840 in Wien öffentlich vorgestellt

bensfähigkeit bestritten, d. h. sie werden zerstört, weil sie sprechen, täuschend oder sogar ununterscheidbar menschenähnlich sprechen.

»Ach! selbst sterben zu können ist mir ja versagt!« sagt die »Eva der Zukunft« bei Villiers, und endlich von ihrer alle einfache Menschlichkeit übersteigenden Wahrheit, ihrer ästhetischen Vollkommenheit überzeugt, antwortet Lord Ewald: »Ich will mit dir, du dunkle Göttin, die Welt der Lebenden meiden, denn ich muß einsehen, daß von euch beiden in Wahrheit die Lebende es ist, die Phantom genannt werden muß.«[17] Das Vorbild des Automaten, die wirkliche Frau Alicia, wird als »Phantom« denunziert, »seelenloses Automat«, wie Hoffmann seinen Studenten zur Freundin Clara sagen läßt. Eben diese mit sich vollkommen übereinstimmende Seele, die ihren Körper ohne Bruch, in glücklicher Harmonie ausfüllt, scheint von Kleist, Hoffmann, Büchner über Villiers bis zu Durrell die tiefste Irritation über die selbstgesteuerten Maschinen auszulösen, jene un-menschliche Sprache, die nur sich spricht, sich selbst genußvoll wiederholt. So wird sie von Villiers präzis als *Projek-*

*tion* des Mannes definiert: »Ihre eigene Liebe werden Sie in ihr widerspiegeln können, ohne diesmal eine Enttäuschung zu erleben!«[18], d. h. als Fetisch, perverse Entäußerung narzistischer Wünsche. Das wirkliche, dialogische, kommunikative Sprechen soll mit dem Automat nicht möglich sein.

An keiner Vorstellung der Literatur wie an dieser Technikmetapher, ihrer durch und durch ambivalenten Darstellung — von der emphatischen Beschreibung der Schönheit der Menschenmaschinen bis zu ihrer brutalen Zerstörung — kann wohl das Verhältnis des ästhetischen zum technologischen Denken deutlicher werden. Die an den armen männlichen Opfern der Frauenmaschine diagnostizierte Projektion ist nämlich selbst eine Literaturprojektion, Versetzung der Situation des Schriftstellers in die seines Helden. Wer spricht deutlicher mit sich als der einsam über den Spiegel des Papiers gebeugte Dichter von Romanen? Daß die Maschine einmal antworten könnte, in einen offenen Dialog mit dem Schriftsteller treten, diese Idee bildet tatsächlich eine zwingende Versuchung des isolierten Erzeugers von Texten.

1902 erschien Jarrys »Le Surmâle«, ein Maschinenmann mit übernatürlichen Eigenschaften in jeder Hinsicht, Gelehrter mit dem Wissen von Jahrtausenden, schneller laufend als die schnellste Eisenbahn, unerschöpflich in der körperlichen Liebe.[19] Der Text beschreibt keine einfache Affirmation an die Technologie, so wenig wie er sie satirisch kritisiert, beide Erklärungsmuster greifen wohl bei ihm wie bei den meisten Produktionen dieser ersten drei Jahrzehnte des 20. Jahrhunderts, die technische Gestalten oder Formalismen in die ästhetische Erscheinung integrieren, zu kurz. Vielmehr werden pataphysische Überschreitungen der traditionell kontroversen Bereiche ausprobiert, der exakten Kalküle des technischen wie der metaphorisch-idealen Rede des ästhetischen Bereichs. Als »machines célibataires«, Junggesellenmaschinen, sind sie mit einem Begriff von Michel Carrouges wohl am ehesten zu begreifen, der damit die eigenartigen Wort- und Schriftmaschinen von Raimond Roussel, Kafka, Breton u. a. bezeichnet hat.[20] Diese wechselweise Destruktion oder auch Integration von Kunst und Technik ist nicht auf Texte beschränkt, sie wird quer durch die Medien praktiziert, bildet dem Anspruch nach Bewegungen, die den Alltag, die Lebenswelt selbst umstülpen sollen, wie dies an den diversen Manifesten des Futurismus, Dadaismus und Surrealismus abzulesen ist.

Jean Arp schreibt 1920 an Max Ernst in Köln:

> »Lieber Max / Roll nicht von deiner Spule / Sonst bricht dein Backsteinzopf / Sonst picken dir die Winde / Die Flammen aus dem Kopf / Sonst fließt aus deinen Röhren / Der schwarze Sternenfisch / Und reißt mit seinen Krallen / Die Erstgeburt vom Tisch«[21]

und bildet damit den Anlaß zur Gründung der dadaistischen Zentrale W/3, die sofort ein Zentralorgan herausgibt, »die schammade«. Eine sehr weitreichende Zerlegung oder Auflösung sozialer, technischer, anthropologischer Zuordnungen und Hierarchien wird hier betrieben, Person, Sozius, Maschine und Natur in einer heillosen Montage vereint. Die tatsächliche, blutige Verschmelzung von Menschen und Maschinen durch die Destruktionssysteme des Ersten Weltkriegs wird hier weiter und auf die Spitze getrieben, von den ästhetischen Verfahren, den halbmechanischen Frottagen und Collagen Ernsts, bis zu den Aktionen der Dadaisten oder Surrealisten, die etwa das Unbewußte, die »Seele« des Menschen als mechanische Kausalität offenlegten, und dafür auch oft genug ganz »automatischen« Aggressionsakten seitens des Publikums ausgesetzt waren. Für dieses, zumindest für jene unter ihnen, die ihre Identität in einem jenseits des Mechanischen, einem Mehr der Vernunft gegenüber bloßem Verstand, einer meta-physischen Qualität absichern müssen, bilden solche unnatürlichen Mischungen, wie sie die Kunst vorstellt, bis heute eine Provokation, eine letztlich unerträgliche Irritation. Die Lust an solchen Provokationen des Publikums mag wiederum ein erster Grund für die Schriftsteller, Künstler, Filmemacher des 20. Jahrhunderts sein, den Mensch als maschinelles System darzustellen, seine heilige Einheit von Leib und Seele zu zerlegen und wieder zusammenzusetzen. Tiefer sitzt aber die Irritation in der Kunst selbst, die ihr Nachahmungsprivileg, die von ihr gebildete Gestalt des Menschen durch immer neue, aber eben technisch präzise Konstruktionen in Frage gestellt sieht. So reflektieren und integrieren Malerei und Grafik die Fotografie und den Film. Die Literatur wird ganz unvermeidbar mit den Inventionen der mittels Informationstheorie und Kybernetik sich ausbreitenden Denkmaschinen konfrontiert. Die Seele als in den Elektronenfluß von Schaltkreisen umgesetzter Algorithmus, purer, sich nur in diversen Materien realisierender Formalismus, liefert die gegenwärtig offenbar stärkste Provokation. Oswald Wiener, der sich in den Sechzigern intensiv mit der Kybernetik befaßte, selbst Programme für Datenverarbeitungsmaschinen entwickelte, schrieb zwischen 1962 und 1967 seinen Roman »Die Verbesserung von Mitteleuropa«, mit dem Prospekt eines sogenannnten »bio-adapters« als Anhang.

> »der bio-adapter kontrolliert nun die leiblichen und seelischen zustände seines inhalts bis ins letzte, d.h. er hat den platz des staates eingenommen. er kann nunmehr zur erweiterung (verbesserung) des bewußtseins des bio-modulus schreiten.
> der erste wichtige hier interessierende vorgang ist die heraus-präparierung des nervensystems verbunden mit der herstellung eines direkteren informationsflusses zwischen adapter und biomodul. der abbau beginnt bei den gliedmaßen, und schreitet zu den zentraleren körperteilen langsam fort. der bio-adapter wird mit einem minimum an anästhesierungen auskommen, da er vor den operationen alle afferenten bahnen an eigene reizwandler anschließen kann: während z. b. gerade ein bein des bio-moduls amputiert wird, genießt derselbe vielleicht einen erfrischenden fußmarsch durch reizvolle ungarische landschaften (...) das bewußtsein, dieses kuckucksei der natur, verdrängt also schließlich die natur selbst. waren früher die gestalten der sinnlichen wahrnehmung bloße produkte bedingter reflexe einer überlegenen versuchsanordnung, gespenster der menschlichen zufallssinne (stammesgeschichtlich stammt beispielsweise das gehör aus der kieferkonstruktion), spitzenerzeugnisse des sozialen prozesses, ausgeburten der sprache, so ruht das bewußtsein, unsterblich, in sich selber und schafft sich vorübergehende gegenstände aus seinen eigenen tiefen.«[22]

Mit dieser Phantasie des Menschen als Informationssystem möchte ich schließen. In noch nicht endgültig zu definierender Weise setzt sie Kleists Vorstellung der Harmonie von Seele und Körper fort, entwirft sie doch nichts als die vollkommene Durchlässigkeit von Materie und Geist, die Transformation oder Um-Schrift von Bewegung in Vorstellung, von Physik in Bewußtsein.

# EXKURS

»Der Tod hat seine eigene Kiste.«
Beobachtungen über eine zur Unzeit gemäße Existenz

Petra Walter Moll

»Der Tod hat seine eigene Kiste« — aber das sei ein Zufall, sagt Roland Ritscher. Sein Vater habe die fertige Marionette vom Schnitzer nun mal in dieser Kiste geschickt bekommen, seitdem liege sie darin.
Alle anderen Puppen reisen zu acht, unbequem, kleiderlos, meist mit verhüllten Köpfen, sicher verpackt gegen Stoß- und Druckbelastung. Ich fotografierte die Puppen in ihren Kisten, beobachtete, wie sie hineingelegt und fortgetragen wurden an ihren Platz im Packwagen. Ich erlebte, wie sie ihre Kleider bekamen, wie sie sich bewegten und zu leben begannen, lange bevor sich der Vorhang öffnete.
Ich will mich nicht damit abfinden, den Tod in seiner eigenen Kiste als Zufall zu betrachten, sondern sehe eine für das Leben fahrender Marionettenspieler innere Gesetzmäßigkeit, die ich erst während meiner fotografischen Arbeit über »Ritschers Künstlerisches Marionettentheater« zu entdecken begann.
Die Exotik der etwa achtzig Zentimeter großen Puppen, die scheinbare Romantik des Lebens auf den Achsen eines Wohnwagens und die Nostalgie holzwurmzerfressener Bretter, die die Welt bedeuten, lockten mich. Ich hatte den Gesichtskreis eines Außenstehenden, der mir erst während meiner Arbeit bewußt wurde, den Blickwinkel eines Zuschauers, der neugierig und hastig hinter die Kulissen schaut, aber nicht versteht, was er dort sieht.
Zunächst fotografierte ich begeistert um mich herum. Erst beim Auswerten der Negative im Labor bemerkte ich, daß wertvolle Aufnahmen nur darin bestehen konnten, das Leben von Martha und Roland Ritscher — Mutter und Sohn, fahrende Puppenspieler mit einer über zwei Jahrhunderte zurückverfolgbaren Tradition — distanziert und realistisch zu beobachten, um ihre Theaterarbeit im weitesten Sinne zu erfassen.
Wenn Ritschers morgens aufstanden, taten sie den ersten Schritt an ihrem Arbeitsplatz: Sie fuhren in ihrer Wohnung mit ihrer Arbeit durchs Land. Arbeit und Wohnung, Arbeitszeit und »Frei«-zeit waren so miteinander verwoben, wie ich es nie vorher gekannt hatte. Aber ohne diese Arbeit wird die Lebensform hinfällig, ohne diese Lebensform wäre die Arbeit nicht möglich.

Martha Ritscher begann an den Spieltagen mit dem Fegen, im Winter auch mit dem Heizen des Saals, in dem gespielt wurde. Vor dem Mittagessen zog sie noch die weiblichen Puppen aus, nach der Nachmittagsvorstellung wurden die Marionetten für die Abendvorstellung angekleidet. Sie sorgte per Fahrrad für das Austragen und Kleben der Spielplanzettel und für den Einkauf. Sie war zuständig für die Zubereitung der Mahlzeiten, für die Wäsche, für die Sauberkeit und Gemütlichkeit im Wohnwagen. Im Theater sprach und spielte sie alle weiblichen Rollen, von der Goldmarie bis zur Gräfin Cosel, und war zu Hälfte für den Abbau der Bühne und das Verstauen aller Utensilien im Packwagen verantwortlich.

Roland Ritscher, der Prinzipal, schloß Verträge, besorgte die Zugmaschine zum Umsetzen der Wagen in den nächsten Spielort, kassierte Eintritt und gab den Part aller männlichen

Rollen im Marionettentheater. Auch er hatte seine Puppen an- und wieder auszukleiden und erledigte zwischen den Vorstellungen die Behördengänge per »Trabant«.

Roland und Martha Ritscher ließen sich von mir nicht stören; sie waren auch nicht sonderlich interessiert an meiner Tätigkeit. Ich saß hin und wieder auf dem Kanapee im Wohnwagen und hörte Familiengeschichten an. Oder ich erfuhr, welcher Schnitzer welchen Kopf gefertigt hatte, während Roland Ritscher Schnüre ordnete. Immer verabschiedete ich mich mit dem Versprechen auf baldiges Wiedersehen und mußte doch jedem Termin hinterherlaufen.

Jeder Besuch bedeutete ein erneutes Eintauchen in eine Lebensform voll strengster Arbeitsteilung, Traditionsbewußtsein und Künstlerwürde, die in ihrer eigentümlichen Konventionalität die Angleichung oder Anpassung an den modernen Kultur- und Kunstbetrieb weder wünschenswert noch vorstellbar erscheinen ließ. Ich suchte die heutigen Lebensäußerungen einer Daseinsweise und fand den Gestus einer, der Jahrzehnte und Jahrhunderte alten Tradition folgenden Theaterauffassung vor, die den Spielern und damit vielleicht auch unserer Wirklichkeit noch zugehört.

In der Suche nach fotografischen Einblicken wollte ich Erkundungen über einen Lebensraum anstellen, der durch die Spieler hindurch in unsere Gegenwart führt. Ich mag nicht beurteilen, wer bei einem solchen Unterfangen als erster an seine Grenzen stößt — der Akteur oder der Fotograf — und ob der Beobachter, als wäre er nicht längst schon auch von seiner Wirklichkeit überholt, dem gefälligen »Es war einmal ...« trauen kann.

Einige Bilder habe ich gefunden, viele nicht. Nur vor meine Augen, nicht vor meine Kamera bekam ich Roland Ritscher, wie er sich verwandelte. Eben noch saß er im Wohnwagen, rauchend, murrend, ein wenig müde. Minuten später durchschritt er würdevoll das schon wartende Kinderpublikum. Er trat auf die Bühne und verneigte sich tief. — Nein, das nicht, er setzte sich an den Eingang und kassierte von jedem Kind fünfzig Pfennige. Erst den Puppen und mit ihnen Martha und Roland Ritscher gelang es, sich vor dem Publikum zu verneigen und Goldmaries Glück, Gräfin Cosels Schicksal oder des Todes Macht überzeugend darzustellen.

Im Oktober 1986 starb Martha Ritscher im Alter von achtzig Jahren. Ich mußte meine fotografische Arbeit einstellen, da auch der Spielbetrieb des Marionettentheaters seitdem ruht. Roland Ritscher arbeitet jetzt mit Varietépuppen als Solospieler.

# III.

## FALLSTUDIEN 2
Figur und Grund

# Kinematographie und Theater
Spuren des sozialen Wandels
im Wandermarionettentheater des 20. Jahrhunderts

## Gerd Taube

Der auslösende Fakt für die vorliegende Studie ist die Tatsache, daß das sächsische Wandermarionettentheater — eine Theaterform mit weitreichenden Traditionen und festgefügten, historisch gewordenen Organisationsstrukturen — im 20. Jahrhundert mit einem Umbruch der gesellschaftlichen, sozialökonomischen und kulturellen Voraussetzungen seiner Existenz in den traditionellen Spielgebieten konfrontiert wurde. Diese Veränderungen in der Stellung des Marionettentheaters in der und zur Umwelt veranlaßte die Marionettenspieler, die spezifischen Formen der Theaterpraxis, bzw. die dem Spiel zugrunde liegende Theaterauffassung zu modifizieren und die Darbietungen im eng gesteckten Rahmen der eigenen Theaterkonventionen den neu entstehenden Unterhaltungsbedürfnissen des Publikums technisch und organisatorisch anzupassen.

Diese Anpassungsbestrebungen resultierten aus der tendenziellen Abnahme sozialer Funktionen, in deren Ausübung die Wandermarionettentheater im 20. Jahrhundert ihr Publikum erreichen und für sich erhalten wollten. Da diese Funktionen eingeschränkt und vom Publikum nur noch in Teilen bestätigt und angenommen wurden, wurde auch die Notwendigkeit des Bestehens derartiger Theater in Frage gestellt und damit zutiefst existentielle Probleme für die fahrenden Marionettenspieler aufgeworfen. Diese existentiellen Zwänge waren dann auch zumeist Auslöser für das anpassende Verhalten der Theater. Bemerkenswert ist jedoch, daß ein grundlegendes Reservoir an spezifischen Form- und Inhaltselementen in der theatralischen Ausdrucksweise und gewisse Organisationsstrukturen erhalten und von den Anpassungsaktivitäten kaum tangiert wurden. Der dem Wandermarionettentheater von außen aufgezwungene Versuch, sich den Herausforderungen der technischen Kommunikationsmedien um den Preis des eigenen Untergangs zu stellen, war niemals eine bewußte Auseinandersetzung der Spieler mit den künstlerischen Mitteln und den organisatorischen Notwendigkeiten eines modernen Theaterbetriebes. Er zielte vielmehr auf die Erhaltung der Existenz des Unternehmens — im Bannkreis, aber auch zu Lasten der vorgegebenen traditionellen Ausdrucksweisen und Präsentationsformen des Theaters.

Die Theaterkonvention, verstanden als die Gesamtheit der historisch entstandenen ungeschriebenen Gesetze und Regeln, nach denen sächsisches Wandermarionettentheater organisiert, produziert und rezipiert wurde, erweist sich in der Untersuchung als scheinbare Invariante im Beziehungsgeflecht, in dem sich die Entwicklung der Theater vollzog. Es soll gezeigt werden, durch welche Einflüsse und auf welche Weise die Theaterkonvention überformt wurde, während die Spielkonvention, die sich als spezifische theatralische Ausdrucksweise des sächsischen Wandermarionettentheaters darstellt, relativ unangetastet erhalten blieb.

I. Ein junger Mann und eine alte Tradition — Von den Mühen eines Anfangs
Als der gerade fünfundzwanzigjährige Max Kressig im Jahre 1900 mit einigen wenigen Marionetten aus dem Puppentheater seines Vaters und einer mehr schlecht als recht zusam-

mengezimmerten Bühne begann, seinen Lebensunterhalt zu verdienen, war sein Theater eines unter vielen. Um so mehr muß sein Entschluß verwundern, nicht im heimatlichen Preußen zu reisen, sondern nach Sachsen zu gehen, die Hochburg des Marionettentheaters zu jener Zeit. Dort stand er einer Tradition gegenüber, die schon über ein Jahrhundert alt war und ihm in ihren Wurzeln ziemlich fremd gewesen sein muß.

In Sachsen mögen es an die einhundertfünfzig Theater gewesen sei, die durch das Land zogen und auf mehr oder weniger repräsentative Weise jene Tradition verkörperten, deren Anfänge bis ins 18. Jahrhundert zurückreichen. Dort liegen auch die Wurzeln für die ganz spezifische theatralische Ausdrucksweise dieser Theater, die vor allem dadurch gekennzeichnet ist, daß der Versuch der absoluten Nachahmung des Schauspielertheaters, speziell des barocken Hoftheaters, unternommen wurde. Diese barockisierende theatralische Ausdrucksweise wurde durch die sächsischen Wandermarionettentheater regelrecht konventionalisiert und entwickelte sich mit der zunehmenden Etablierung dieser Theater im kulturellen Gefüge Sachsens mehr und mehr zu ihrem »Markenzeichen«. Ende des 19. Jahrhunderts war das sächsische Wandermarionettentheater auf dem Höhepunkt seiner Entwicklung. Eine Anzahl von gut florierenden Geschäften war Vorbild und Anreiz für so manchen, damit auf scheinbar leichte Weise zu Geld zu kommen. Dieses Motiv war für Max Kressig auf keinen Fall der einzige Auslöser für seinen folgenreichen Entschluß, sich auf einen Beruf einzulassen, der so sehr mit Traditionen beladen und von Konventionen bestimmt war.

Max Kressig entstammte einer schweizerischen Artistenfamilie, die am Anfang des 19. Jahrhunderts nach Deutschland gekommen war und mit einer Arenaschau reiste. Das waren artistische und zirzensische Vorstellungen im Stile eines Wanderzirkus, jedoch fuhren diese Unternehmen ohne eigenes Zelt und führten ihre Vorstellungen unter freiem Himmel durch. Solche Wanderzirkusse waren zumeist Familienunternehmen. Die Familie Kressig reiste im Sommer mit der Arenaschau durch die Lande und Max Kressig jun. arbeitete als Trampolinspringer. Im Winter spielten die Kressigs Marionettentheater.

Eines Tages verletzte sich Max Kressig jun. beim Trampolinspringen seinen rechten Unterarm dermaßen, daß eine Amputation erforderlich wurde. Dieser Unfall bedeutete das Ende seiner Artistenlaufbahn. Wäre er im Unternehmen seines Vaters geblieben, hätte er bestenfalls noch Hilfsarbeiten leisten können und wäre der Familie finanziell zur Last gefallen. Das wollte er aber auf keinen Fall. Er brauchte einen neuen Beruf, um sich eine eigene Existenz aufzubauen. Und er wählte den Beruf eines Marionettenspielers, wobei ihm diese Wahl bestimmt nicht schwer gefallen ist, denn dieses Metier war ihm nicht gänzlich unbekannt. Dennoch, mit den wenigen Puppen und Ausstattungsteilen, die er von seinem Vater erhielt und der geringen Anzahl von Stücken, die er kannte und spielen konnte, war es gewiß sehr schwer, neben den anderen und etablierten Marionettentheatern zu bestehen, zumal er zunächst allein spielte. Kann man sich so etwas überhaupt vorstellen — ein einarmiger Analphabet, der allein Marionettentheater spielt und das in einer Gegend, wo das Publikum durch die besten sächsischen Marionettentheater verwöhnt war? Max Kressig jedenfalls hat auf diese Art und Weise einige Jahre lang seinen Lebensunterhalt bestritten, bis er die Weißnäherin Elisabeth Sterl in Burkhardswalde bei Pirna kennenlernte. Diese Frau, die er am 22. September 1908 in Bärenstein heiratete, brachte ihr Geschick und die Kenntnisse des Lesens und Schreibens mit in das Geschäft ein. Unter ihren Händen entstanden neue und akttraktive Kostüme für die Marionetten, womit sie die optische Aus-

strahlungskraft des Unternehmens wesentlich erhöhte. Dies war seit jeher ein Kriterium, an dem die Qualität eines Marionettentheaters gemessen wurde. Elisabeth Kressig vervollständigte zunächst einmal das »Ensemble« auf dem Laufbrett des Kressigschen Theaters. Nun war es erstmals möglich, entsprechend der Tradition, als Familienbetrieb und in den tradierten Formen der Arbeitsteilung zu spielen.
Bedeutete das schon den vollkommenen Einstieg in die fremde Tradition und die Anerkennung durch die alteingesessenen Bühnen? Bestimmt nicht, jedoch die Voraussetzungen für das Hineinwachsen in die Tradition waren gegeben, und die Zuschauer akzeptierten das Theater. Aber das »Marionettentheater Max Kressig« konnte nicht rentabel genug arbeiten. Da Kressig nicht lange genug auf einem Ort stehen bleiben konnte, sondern durch sein schmales Repertoire gezwungen war, die Standplätze zu wechseln, gab es kein vorteilhaftes Verhältnis von Aufwand und Nutzen. Die Leute in den Dörfern wollten oftmals mehr Stücke sehen als Max Kressig im Repertoire hatte. Deshalb mußte seine Frau eines Tages einen Brief an seinen Cousin Curt Kressig schreiben, in dem dieser aufgefordert wurde, nach Sachsen zu kommen.
Curt Kressig reiste seit Anfang des 20. Jahrhunderts in Preußen mit dem Pabstdorfschen Marionettentheater, in welches er eingeheiratet hatte. Curt sollte im Marionettentheater von Max Kressig ab und zu aushelfen, um damit Teile seines Repertoires Schritt für Schritt in dieses Theater einzubringen. Die Antwort von Curt Kressig war zunächst abschlägig: Er könne nicht nach Sachsen kommen, da sein Theater ausstattungsmäßig nicht so bestellt sei, daß er der zu erwartenden Konkurrenz gewachsen sei. Die preußischen Marionettentheater legten im allgemeinen nicht so viel Wert auf die Attraktivität ihres Geschäftes, wovon auch die landläufige Bezeichnung »preußisches Bindfadentheater« zeugt.[1] Max Kressig versprach seinem Cousin daraufhin, daß dieser von ihm Puppen, Kostüme und Prospekte erhalten würde, um sein Theater konkurrenzfähig zu machen. Dieser »Tauschhandel« wurde über einige Jahre hinweg vollzogen, bis sich beide Theater tatsächlich als Konkurrenzunternehmen gegenüberstanden. Max Kressig lernte in jener Zeit eine Vielzahl neuer Rollen und Stücke und konnte somit auch vom Repertoire her ein publikumswirksames Theater betreiben. Doch der Cousin war nicht seine einzige Quelle für neue Stoffe und Texte. Max Kressig hatte ein überaus gutes Gedächtnis. Man erzählt sich in Marionettenspielerkreisen noch heute davon, daß er ein Stück zwei- bis dreimal gesehen haben mußte, um es anschließend aus der Erinnerung reproduzieren zu können. Deshalb war er ein eifriger Besucher der Stadttheater Sachsens, wo er sich zum einen neue Stücke und Stoffe aneignete, zum anderen die Gestaltung von Kostümen und Bühnenbildern studierte, um sich Anregungen für sein Theater zu holen. Bei seinen Marionettenspielerkollegen war er in den Vorstellungen neuer Stücke gar nicht so gern gesehen, und es soll vorgekommen sein, daß Prinzipale kurzfristig ihre Premieren absetzten, weil Max Kressig im Zuschauerraum saß, um ein neues Stück für sein Theater zu »erwerben«. Wenn man bedenkt, daß mit solch einer kurzfristigen Spielplanänderung eine Menge Arbeit, z. B. das Umziehen der Puppen und das Hängen anderer Prospekte, Kulissen und Soffitten gehört, kann man erst ermessen, welcher Respekt der Gedächtnisleistung Kressigs entgegengebracht wurde, aber auch wie eifrig man die neuen Stücke vor den anderen Prinzipalen hütete. Max Kressig war ein guter Geschäftsmann, der den größten Teil seiner Einnahmen in den weiteren Ausbau und die Erhöhung der Attraktivität und damit der Konkurrenzfähigkeit seines Theaters investierte. Doch nur auf diese Art und Weise hat er es geschafft, als

Der Wohnwagen von Max Kressig am 21. Juli 1931 in Lichtenwalde/Sachsen. In der Tür des Wagens: Max Kressig und seine Frau Elisabeth Kressig. Vor dem Wagen: (v.l.n.r.) Heinrich Vogt, Marionettenspieler aus Chemnitz; der Gehilfe Max Buckenauer und Günther Link, Sohn des Begründers der Puppentheatersammlung Dresden, Otto Link. Foto: Otto Link

Nichtsachse in einer Tradition Fuß zu fassen, die so stark durch die Geschichte der Region, in der sie entstand, und der Menschen, die dort lebten, bestimmt war.

II. Ein neues Jahrhundert und dennoch eine unangetastete Tradition —
   Die Jahre 1900 bis 1918

Zu Beginn dieses Jahrhunderts dominierten in Sachsen kapitalistische Klein- und Mittelbetriebe der Verarbeitungsindustrie. Im Reisegebiet des Marionettentheaters Max Kressig, dem mittleren und westlichen Erzgebirge und dem Vogtland, welches hier vorrangig betrachtet werden soll, waren vorwiegend die Textil- und Bekleidungsindustrie, Nahrungs-, Genußmittel-, Leder- und Papierindustrie sowie holzverarbeitende Betriebe ansässig. In der Landwirtschaft und der Hausindustrie (vorrangig textil- und holzverarbeitende Industrie) dominierte nach wie vor die Produktionsfamilie als wirtschaftliche Organisationsform. Neben den Handwerkern gab es in den Kleinstädten und Dörfern, welche zumeist Industriedörfer waren (und es heute noch sind), auch noch einen zunehmenden Anteil von Lohnarbeitern, die in den Klein- und Mittelbetrieben beschäftigt waren.

Eine somit knapp skizzierte Zusammensetzung der Bevölkerung kann als die Publikumsstruktur der Marionettentheater gelten, da diese keine besonders prädestinierte Schicht der ländlichen und kleinstädtischen Bevölkerung ansprachen, sondern Volkstheater in des Wortes ureigenster Bedeutung waren. Ausgehend von der Art der Beschäftigung und den Organisationsformen der Produktion, die die Produktionsfamilie, den selbständigen Handwerker, Lohnarbeiter, Angestellten und den Beamten hervorbrachte, kann davon ausgegangen werden, daß die übergroße Mehrzahl der Werktätigen noch nicht in vollem Umfang über einen Zeitraum frei verfügen konnte, der zur Reproduktion der Arbeitskraft diente, wie dies zur gleichen Zeit bei dem sich entwickelnden Industrieproletariat der Großstädte konstatierbar ist. Zeiträume für die Vergnügung und damit die Reproduktion der Arbeitskraft waren wie eh und je der Feierabend und der Feiertag.[2]

Die Möglichkeiten der kulturellen Kommunikation in den Kleinstädten und Dörfern waren begrenzt. Sie reichten von der privat organisierten Geselligkeit, die aus Gründen des notwendigen Nebenverdienstes mit eigener kunsthandwerklich-künstlerischer Betätigung wie Schnitzen und Klöppeln verbunden war, über die Geselligkeit im Gasthaus, im Verein und bei Tanzvergnügungen bis hin zu Vorstellungen von Laientheatern und fahrenden Puppentheatern. Dabei waren die Wandermarionettentheater bis zu Beginn des 20. Jahrhunderts die einzigen Kulturboten in den ländlichen Gebieten und Kleinstädten Sachsens, die kulturelle Aktivitäten von außerhalb in die Städte und Gemeinden hineintrugen.

Mit ihrem Spielbetrieb verbanden sich Funktionen und Zielstellungen[3] der sächsischen Wandermarionettentheatertradition, die von den Marionettenspielern selbst und nur bedingt reflektiert wurden, die sich aber historisch entwickelt haben und nicht im Sinne der Erfüllung eines Auftrags verstanden werden dürfen. Die für die Spieler selbst wichtigste Zielstellung, die sie mit dem Betrieb ihres Geschäftes verbanden, war die Sicherung ihres Lebensunterhalts. Neben diesem rein materiell orientierten Ziel lassen sich noch weitere wichtige Funktionen feststellen, die von den Marionettenspielern teils bewußt, teils unbewußt mit ihren Theatern erfüllt wurden. Es handelt sich dabei um historisch entstandene, in der Tradition begründete Spezifika der kulturellen Bedeutung des sächsischen Wandermarionettentheaters. So vermittelten die Theater mit ihren Stücken, die Produkte der Trivialliteratur waren, durch die emotionale Beanspruchung der Zuschauer den herr-

Postkarte »Gruß aus dem Gasthof zum Roten Gut, Geyersdorf (Erzgeb.)«. Vor dem Gasthof der Standplatz des Wohnwagens der Marionettenspielerfamilie von Max Curt Bille während eines mehrwöchigen Gastspiels im Dorfgasthaus, um 1920

schenden bürgerlichen Moralkodex und trugen zu dessen Verinnerlichung bei. Die intellektuelle Begrenztheit dieser Zielstellung resultierte vor allem aus dem Bildungsniveau der Marionettenspieler, das dem ihrer potentiellen Zuschauer entsprach. Sie konnten sich aber auf ihre anderen und umfassenderen Alltagserfahrungen und ihr größeres Allgemeinwissen stützen, über das sie infolge ihrer Reisetätigkeit verfügten. Dies befähigte sie auch zur Vermittlung bürgerlicher Bildungsgüter, wie z. B. Kenntnisse über historische Ereignisse. Das geschah aber zumeist in wenig authentischer, fast schon legendenhafter Form. Außerdem reagierten sie relativ schnell auf sich ereignende Naturkatastrophen, Skandale und Sensationen und brachten diese Stoffe im Theatrum mundi oder in speziellen Stücken auf ihre Bühne. Dabei bauten sie vor allem auf den Neuigkeits- und Sensationswert dieser Ereignisse.[4] Die Notwendigkeit dazu lag vor allem im ständigen Kampf um die Konkurrenzfähigkeit begründet. Auch das territorial bezogene Repertoire mit seinen mannigfachen Sagendramatisierungen und Bezugnahmen auf lokale, allen bekannte Ereignisse, muß besonders unter dem kommerziellen Aspekt betrachtet werden. Gleichzeitig trugen die Wandermarionettentheater aber auch zur Ausbildung und Vertiefung der Heimatliebe und der Bodenständigkeit der Gebirgsbewohner bei. Letztendlich wurden mit dieser Heimatbezogenheit und diesem Patriotismus nationalistische Gefühle und Haltungen verinnerlicht und gefestigt.

Das objektiv vorhandene Bedürfnis der Bevölkerung nach kollektiv genossener Unterhaltung, welches in den ländlichen Gebieten Sachsens vor allem durch die dezentralisierte Produktionsweise der Heimindustrie besonders evident war, wurde durch die Marionettentheater befriedigt. Die besondere Struktur der Produktionsfamilie und die spezifischen

Verhältnisse in den Dörfern und Kleinstädten trugen wesentlich zur Ausprägung dieses Bedürfnisses bei. Dabei spielte auch die besondere Kommunikationssituation des Aufführungsortes eine wesentliche Rolle. Die sächsischen Wandermarionettentheater gastierten hauptsächlich in den Sälen der Gasthöfe, und nicht selten schloß sich an die Vorstellung noch eine gesellige Gesprächsrunde in der Gaststube an. Die Puppenspieler waren infolge ihrer Reisetätigkeit prädestinierte »Nachrichtenübermittler«. Das Gespräch mit den Zuschauern war aber auch für den Marionettenspieler wichtig, da er so immer genau Bescheid wußte über die Interessen und Bedürfnisse seiner Besucher, auf die er auch reagierte, soweit es im Rahmen seiner Möglichkeiten lag. Man könnte dieses Verhältnis als eine Art sozialer Symbiose auf Zeit von Seßhaften und Fahrenden auf der Grundlage einer homogenen Kultur- und Erfahrungssphäre bezeichnen, in der jeder das seine gab.

Diese beinahe idealen Voraussetzungen änderten sich zu Beginn des 20. Jahrhunderts. Das Publikum des Wandermarionettentheaters war zunehmend nicht mehr ausschließlich auf die Marionettentheater als »Kulturbringer« und Nachrichtenübermittler angewiesen. Denn um 1905 kam der Kinematograph des Jahrmarkts in die Kleinstädte und ländlichen Gebiete und mit ihm die Möglichkeit einer ganz anderen und neuartigen Rezeption von darstellender Kunst. Zunächst jedoch mußte das neue Medium den Kinderschuhen entwachsen, um Fuß fassen zu können. Mit der Verbreitung des Kinos war ein höheres Informationsangebot potentiell vorhanden, das nunmehr auch die Möglichkeit der Auswahl von Informationen bot. Dabei war der Neuigkeits- und Sensationswert der Informationen ein entscheidendes Auswahlkriterium für den Rezipienten. Diesen Umstand machte sich auch Max Kressig zunutze, als er vom 27. Februar 1910 bis zum 26. Dezember 1915 einen Kinematographen zum Einsatz brachte.[5] Fast durchgängig ist es so gewesen, daß er mit der jeweils ersten Kinovorstellung in einem Ort eine höhere Einnahme erzielte als mit seinen Repertoirestücken des Marionettentheaters. Er konnte hierbei offensichtlich vom spektakulären Reiz des Films profitieren.

Der Film auf dem Marionettentheater kann zunächst nicht als Bruch mit der Konvention des sächsischen Wandermarionettentheaters angesehen werden, da die Prinzipale schon immer darum bemüht waren, das Neueste in ihrem Theater zu haben und deshalb dem technischen Fortschritt sehr aufgeschlossen gegenüberstanden. Es sollten ja »modernste Theater« sein, mit denen sie reisten, und diese Theater konnten immer auf eine gute Publikumsresonanz hoffen. Zu bedenken ist aber, daß erstmals eine technische Neuerung nicht nur zu Ergänzung der üblichen Marionettentheatervorstellungen im Nachspiel gezeigt wurde, sondern in einigen Orten ausschließlich der Kinematograph zum Einsatz kam. Es ergibt sich daraus die eigenartige Konstellation, daß Kressig mithalf, ein Medium zu etablieren, das ihm bald schärfster Konkurrent werden solle.

Das Marionettentheater wurde damit zu einem Forum, dessen sich der Film zur Verbreitung seiner Produktionsästhetik bediente, indem sich die subjektive Zielsetzung des Prinzipals, den Film für das Unternehmen als Attraktion und Kassenmagnet zu nutzen, geltend machte. Die Kinematographie als ein technisches Medium vermittelte autonome Bilder, die nicht in die Aufführungsweise des sächsischen Wandermarionettentheaters zu integrieren waren. Sie behaupteten sich in ihrer Eigenständigkeit gegenüber den Funktionszusammenhängen des Wandertheaters. Im Gegensatz zu der bereits vollzogenen Integration des elektrischen Lichtes und des Grammophons in die Vorstellungen, korrelierte der Film technisch und zunächst auch künstlerisch nicht mit der Ästhetik und den Darstellungsfor-

men des Marionettentheaters und mußte demzufolge einen eigenen Programmanteil beanspruchen. Somit zerfiel die Aufführungspraxis des »modernsten Theaters« in zwei unabhängige Darstellungsformen mit höchst unterschiedlichen Darstellungsmitteln: zum einen die Marionettentheatervorstellung, in der nach wie vor die Theaterkonvention als unantastbare Konstante Bestand hatte, aber in der Konfrontation mit dem Film zu einem besonderen Gegenstand des Marionettentheaters wurde, und zum anderen die Filmvorstellung, die dem Theater als besonderer technischer und bald auch künstlerischer Gegenpol gegenüberstand.
Zum ersten Mal präsentierte das Marionettentheater Vorstellungen, deren Produktion und Rezeption naturgemäß getrennt waren. Das heißt, es kam nicht allein die technische Errungenschaft Film in die Praxis des Marionettentheaters hinein, sondern ein diesem verbundenes, spezifisches gesellschaftliches Verhältnis, das dem Film immanent ist: Das Marionettentheater wurde zur »Institution« für die Phase der Darbietung von Filmen und damit zeitweilig zum integralen Bestandteil des Gesamtproduktionsprozesses der entstehenden Filmindustrie. Die spezifische Produktionsstruktur des technischen Mediums bildete sich dabei auf den homogenen traditionellen Organisationsstrukturen des Wandermarionettentheaters ab. Die Theaterdarbietung, welche auf der Theaterkonvention beruhte, und die Organisationsweise, welche sich als Unternehmen bezeichnen ließe, fielen auseinander und wurden zunehmend nur noch durch wirtschaftliche Interessen vermittelt. Das Kino verschwand wieder aus dem Marionettentheater, nicht aber dessen Wirkung auf die Sehgewohnheiten der Zuschauer. Die Konvention des Marionettentheaters blieb erhalten — es wurde weiterhin nach traditionellem Vorbild produziert. Die Rezeptionsweise der Zuschauer aber war durch die Herausbildung neuer Darstellungsformen nachhaltig verändert. Kressigs Versuche, sein Theater optisch attraktiver zu machen, gehen unter Umständen auch auf die Erfahrungen erhöhter visueller Ansprüche und Anregungen durch den Kinematographen zurück. Den veränderten Sehgewohnheiten der Zuschauer, die nun zum Tragen kamen, konnte nicht durch die Imitation filmisch-dynamischer Mittel, sondern nur durch eine qualitative Betonung statischer Elemente, die der Theaterauffassung des Wandermarionettentheaters verwandt waren, vor allem auf dem Wege einer Perfektionierung der Bühnenmalerei, Rechnung getragen werden.
Max Kressig, der als Nichtsachse Zugang zur Spieltradition einer spezifischen Region gefunden hatte, konnte sich etablieren, so daß sein Theater um 1917 zu den zwanzig bedeutendsten in Sachsen gehörte.[6] Dem waren wesentliche Investitionen vorausgegangen. Kressig beschäftigte zeitweilig einen Theatermaler und einen verarmten Kunststudenten, die für ihn neue Prospekte und ein neues Proszenium anfertigten. Dieses Bemühen um optische Attraktivität ist aber auch nicht zuletzt auf eine insgesamt feststellbare quantitative Zunahme visueller Nachrichtenübermittlung zurückzuführen, z. B. durch die Illustrierten, die ab 1904 in Massenauflagen erschienen, ebenso durch die Reklame, die vor allem Bildreklame war, und durch die Bildberichterstattung in den Tageszeitungen, die als Nachricht vom Kriegsschauplatz während des Ersten Weltkriegs erstmalig auftauchte.
Die von Max Kressig angestellten Maler nutzten als Vorlage für die Gestaltung von Prospekten und dem Proszenium verschiedene Bühnenbild- und Ausstattungskataloge des Danner-Theaterverlages, aber auch Ausstattungsbogen aus der seit der Mitte des 19. Jahrhunderts in Hochkonjunktur befindlichen Papiertheaterproduktion. Somit kamen Bühnenbilder, die ursprünglich der Nachahmung von Inszenierungen der Stadttheater galten

Schmuckvorhang aus dem Marionettentheater von Koppe, gemalt um 1895. Der Vorhang wurde nach dem Hauptvorhang im Dresdener Königlichen Opernhaus (Semperoper) gemalt.

und dem Gebrauch im Heimtheater dienten, auf die Bühne des Wandertheaters. Die optische Attraktivität der Marionettentheater erhöhte sich durch diese Bühnenbilder und durch das neue riesige Proszenium mit dem Schmuckvorhang enorm. Durch die zumeist zentralperspektivisch gemalten Prospekte und die dazugehörigen Kulissen und Soffitten wurde die nahezu perfekte Raumillusion möglich. Auf dem Hintergrund der vorgetäuschten Größenverhältnisse auf der Bühne wirkten die fast ein Meter hohen Marionetten wie normale Menschen. Zur Illusion der räumlichen Weite durch die Perspektivmalerei kam die Illusion über die Größe der Puppen. Letztendlich näherten sich die Marionettentheater immer mehr ihrem Ideal der perfekten Vorspiegelung und Nachahmung ihres Vorbildes, des »Menschentheaters«.

Die vorgenommenen Investitionen in die Gestaltung der Attraktivität des Theaters müssen unter dem Aspekt einer zum Überlebenskriterium gewordenen Orientierung an sozialen Prozessen gesehen werden, die in ihrer technischen Gestalt nicht adaptiert werden konnten. Daß man bei dem Versuch der Nachahmung filmischer Darstellungsmöglichkeiten auf Druckmedien wie z. B. Bilderbogen und Theaterkataloge zurückgriff, charakterisiert die Reflexions- und Stilebene der Theaterprinzipale und steht in der stilistischen Tradition und Imitationstendenz des sächsischen Wandermarionettentheaters. Es zeigt gleichzeitig die Unmöglichkeit, eine tatsächliche Umsetzung filmischer Mittel auf dem Marionettentheater überhaupt erfolgreich in Betracht zu ziehen. Dennoch erscheint der Film, unter Berücksichtigung des Realitätsschocks, den der Zuwachs bildlicher Darstellungen auf Massenbasis hervorrufen mußte, als Schrittmacher für die Radikalisierung der stilistischen Mittel des Marionettentheaters, die dazu eingesetzt wurden, das »Menschentheater«

Beispiel für ein Intérieur in zentralperspektivischer Malweise. Das Bild zeigt den Prospekt »Blauer Saal«, gemalt von R. Hartmann, mit den dazugehörigen Kulissen und Soffitten auf dem Theater von Max Kressig, um 1925

so perfekt wie nur irgend möglich zu imitieren. Dieses Ziel wurde in einem besonderen historischen Augenblick erreicht; da es aber erreicht wurde, traten nun auch die Grenzen dieser Darstellungskunst deutlich hervor. Denn die perfektionierte Illusionswirkung rieb sich mit der Wirkung des Films, authentische Erfahrungen und Bilder zu vermitteln. Während der Film die innere Struktur der Theater angriff, blieben Wettbewerbsvorteile im Konkurrenzkampf der Marionettentheater untereinander, die die Theaterkonvention stützten und den Bruch innerhalb des Theaters verdeckten, existenzrelevant. Den Theatern blieb der Publikumserfolg und auch die soziale Verankerung in der sächsischen Region erhalten. Eine wichtige Ursache dieses Umstandes ist die Tatsache, daß bis 1918 allein die Konservativen regierten, die der Aufrechterhaltung traditioneller Normen politisch Vorschub leisteten. An diesem Punkt zeigt sich mit aller Deutlichkeit, wie abhängig die Unternehmen von der Befindlichkeit der Region waren, in der sie spielten, und wie wenig eine Veränderung des in der Bevölkerung verankerten Theaters opportun und wahrscheinlich auch nicht vorstellbar war, wollten die Marionettenspieler ihre Existenz nicht aufs Spiel setzen.

Die Funktion der aktuellen Bezugnahme auf Skandale und Sensationen von lokaler Bedeutung und deren kurzfristige Verarbeitung auf dem Marionettentheater bot den Prinzipalen in ihrem Spielgebiet Standortvorteile und eine gute Aussicht auf wirtschaftlichen Gewinn, da derartige Vorgänge noch nicht in vollem Maße von anderen Medien aufgegriffen und dem Bildungsniveau der Durchschnittsbevölkerung angemessen verbreitet werden konnten. Am 23. Juli 1908 wurde in Freiberg die Bürgermeistertochter Grete Beier hingerichtet, weil sie ihren Bräutigam ermordet hatte. Am 28. Juli 1908 kam im Marionettentheater von Heinrich Apel sen. das Stück »Grete Beier« zur Aufführung, mit einem Schlußakt, der die Hinrichtung zeigte. Bei dieser Vorstellung nahm Apel, der zu dieser Zeit eine Durchschnittseinnahme von 15 Mark pro Vorstellung hatte, 78 Mark ein. Nach dem Textbuch von Apel im Puppentheatermuseum München war die Story schon vor dem 23. Juli 1908 über die Bretter gegangen, nur daß in dieser Version die Verurteilung und die Hinrichtung fehlten. Dieser Prozeß war wohl eines der letzten Ereignisse dieser Art, die ihre umgehende Darstellung auf der Bühne eines Marionettentheaters fanden. Das Stück von Grete Beiers Mordtat aber wurde in der Folgezeit von einer ganzen Reihe von Marionettentheatern gespielt. Bei Max Kressig stand es am 8. Februar 1910 in Hartmannsdorf am achten Spieltag erstmalig auf dem Programm und erzielte mit 36 Mark (das entspricht etwa 180 Zuschauern) die höchste Einnahme in diesem Ort. Das belegt nicht nur die langanhaltende Wirkung einer solchen Sensation in der Bevölkerung, sondern auch den offensichtlichen Mangel an Informationen darüber.[7]

Die regelrechte ideologische Wirkung des Marionettentheaters, die wohl eher unbewußt als gewollt zustande kam, erhielt vor und während des ersten Weltkriegs noch einmal entscheidende Bedeutung. So tauchte das Stück »Die Schlacht bei Sedan« nach vierjähriger Pause am 19. Oktober 1914 (zweieinhalb Monate nach der Mobilmachung zum Weltkrieg) erstmals wieder im Spielplan des Marionettentheaters Max Kressig auf. Mit diesem Verweis auf die Ereignisse und Erfolge des Krieges von 1870/71 zielte er und gewiß auch viele seiner Kollegen auf die patriotischen Gefühle der Bevölkerung ab. Einerseits spekulierte der absolut kaisertreue Marionettenspieler Kressig gewiß auf die Zugkraft eines solchen patriotischen Stückes in Kriegszeiten, andererseits trug er damit natürlich gerade dazu bei, die Erinnerung an den Sieg von 1870 wachzurufen und damit an die nationalistischen Gefühle der Sachsen zu appellieren. Das funktionierte in der Anfangsphase noch recht gut. Als aber in späteren Kriegsjahren die sozialen Mißstände, Hunger und Not immer krasser wurden, nutzten die Appelle an den Nationalstolz nichts mehr. In einem Bericht aus dem Erzgebirge heißt es 1918: »Wenn noch ein Jahr Krieg ist, wird die Bevölkerung hier zugrunde gerichtet sein.«[8] In dieser Zeit war bei den Massen der Bevölkerung das Bedürfnis nach Ablenkung und eine kurzzeitige Illusion von Harmonie, Schönheit und heiler Welt stärker als der Gedanke an das Vaterland.

Die innere Verfassung des Königreichs Sachsen stützte das sächsische Wandermarionettentheater und bewahrte es vor direkten Auswirkungen äußerer Faktoren, die in ihrer Bedeutung erst nach 1918 wirksam wurden. Diese Faktoren trafen nach dem Ersten Weltkrieg auf eine Theaterform, deren Modernisierungsmöglichkeiten bereits durch die Erfahrung des Films vorangetrieben, aber schon im Vorfeld der historischen Entwicklung nach 1918 erschöpft und an den Grenzen der Theaterform angelangt waren. Nachdem vorrangig der Film einen Prozeß in Gang gesetzt hatte, dem das Marionettentheater mit seinen Mitteln und innerhalb seiner Tradition zu entsprechen versuchte, setzte nun ein Prozeß der Überformung der Theaterkonvention auf der geschaffenen Voraussetzung einer Trennung von Theater und Unternehmen ein.

III. Die Tradition muß behauptet werden —
Die Jahre 1918—1933

Die Publikumsstruktur in den ländlichen Gebieten und Kleinstädten hatte sich in Sachsen nach 1918 nur unwesentlich verändert. Durch den hohen Anteil der in Industrie und Handwerk beschäftigten Bevölkerung wird deren Freizeitverhalten mehr und mehr bestimmend geworden sein. Im Zuge dieser Entwicklung entstand eine wachsende Anzahl von kommerziellen Kultur- und Vergnügungsbetrieben, die verstärkt kulturelle Angebote und individuelle Auswahlmöglichkeiten zur Geltung brachten. Inwieweit sich diese Veränderungen im Verhältnis zur Kultur und den noch weiterhin existierenden Formen der traditionellen Geselligkeit auch auf die Besucher der Marionettentheater ausgewirkt haben, läßt sich heute nur schwer feststellen. Anhand der Einnahmebücher von Max Kressig ist jedenfalls nicht nachzuweisen, daß sein Theater über einen längeren Zeitraum an Publikumsmangel gelitten hätte.

Die Zunahme alternativer Kulturangebote für Erwachsene und die realen Abnahmeziffern der Bewohner aus ländlichen Regionen lassen aber darauf schließen, daß die Aufrechterhaltung der Besucherzahlen auf eine Verschiebung innerhalb der sozialen und altersspezifischen Schichtung des Publikums zurückzuführen ist. In diesem Zusammenhang fällt die fast inflationär anmutende Verwendung des Wortes »volkstümlich« auf den Theaterzetteln dieser Zeit auf. Anscheinend mußte nun immer und immer wieder von den Marionettenspielern auf die ursprüngliche Verbundenheit ihrer Theater und Aufführungen mit den Interessen des Publikums hingewiesen werden. Das hatten sie im 19. Jahrhundert nicht nötig gehabt. Die realen Prozesse einer sozialen Bewegung innerhalb der Bevölkerung nach dem Ersten Weltkrieg können über eine von politischen und soziokulturellen Faktoren hervorgerufene Abnahme der Bedeutungsgröße dieser Theater nicht hinwegtäuschen. Volkstümlichkeit, einstmals ein innerer Produktionsfaktor des sächsischen Marionettentheaters, ließ sich faktisch nur noch als konserviertes Qualitätssiegel eines Produktes proklamieren. Diese Trennung ging buchstäblich mitten durch die Person des Prinzipals, der unreflektiert die schon längst auf ihre Grenzen ausgetestete Theaterkonvention durch seine kommerziellen Entscheidungen zu überformen begann. Dies führte bis zur partiellen Aufgabe der Eigenständigkeit der Theaterform.

Am Verhältnis von Marionettentheater und Film sei dieser Vorgang zunächst näher ausgeführt, da mit dem seit 1917 existierenden Landfilm der Deutschen Lichtbildgesellschaft (DeuLiG) die massive Präsenz dieses sich zum Massenmedium aufschwingenden Konkurrenten auch in den ländlichen Gebieten und Kleinstädten zu einer echten Konfrontation mit den Marionettentheatern führen mußte. Der Film besetzte wesentliche Strukturelemente des Wandermarionettentheaters und des zeitgenössischen Theaters überhaupt. Besonders evident ist die filmtechnisch bedingte Nachahmung der dem Marionettentheater immanenten Guckkastenrezeption. Der Film machte sich damit eine tradierte Sehgewohnheit zu eigen, um gleichzeitig das illusionistische Prinzip der Rezeption mit der entwickelten Kameratechnik und Bildsprache des Mediums zu vervollkommnen, indem die räumliche Enge des Bühnenraumes aufgesprengt wurde.

Der Versuch der Kompensation dieser Entwicklung durch die Marionettentheater ist bereits beschrieben worden; durch die Perfektionierung der Bühnenmalerei sollte die Illusion über die vermeintliche Tiefe des Raumes verstärkt werden. Dennoch, es war eine Illusion, mit der nur eine künstliche Welt dargeboten werden konnte. Der Film aber zeigte authentische Abbilder von der wirklichen Welt. Der scheinbaren Lebendigkeit der Puppe stand die ebenfalls scheinbare Lebendigkeit der Filmbilder gegenüber. Diese aber verfügten über den Vorteil, weitaus realistischer zu wirken und zu sein als Theater. Außerdem waren die stilistischen Möglichkeiten der Marionettentheaterprinzipale begrenzt. Die Dynamik der Filmbilder konnte durch die statischen Prinzipien, nach denen die neue Bühnenmalerei in die traditionelle Spielweise eingeführt worden war, weder nachgeahmt noch in ihrer Wirkung kompensiert werden. Ein weiterer Faktor in dieser Auseinandersetzung bildete die zunehmende Publikumswirksamkeit der Filmstoffe, wobei das Phänomen zu beobachten ist, daß der Film partiell auch das traditionelle Repertoire des Marionettentheaters okkupierte. So genehmigte die Polizeizensur in Berlin 1918 den Film »Der Trompeter von Säckingen« der Deutschen Lichtbildgesellschaft. Bei der literarischen Vorlage handelt es sich u.a. auch um einen traditionellen Marionettentheaterstoff.[9]

Bis 1928 war der mit all den genannten Erscheinungen verbundene Attraktivitätsverlust der Marionettentheater noch nicht in dem Maße evident, wie er mit dem Aufkommen des Tonfilms offensichtlich wurde. Diese Entwicklung begünstigte die qualitative Erhöhung der Publikumswirksamkeit und die ideologische Wirkung des Films, der nun auch die Funktionen der Moralvermittlung, der breitenwirksamen Bildung und Information aus erster Hand voll ausbauen konnte. Die zu beobachtende Abwehrreaktion der Prinzipale, den Vermerk »Es handelt sich bei dieser Vorstellung nicht um Kino!« auf die Theaterzettel und Ankündigungen ihrer Vorstellungen zu drucken, bezeugt die Hilflosigkeit aber auch das Bewußtsein über die Konkurrenzsituation. Dennoch blieb es nur bei dieser verbalen Abgrenzung vom Kino, formal und inhaltlich versuchten sie nicht, sich und ihr Theater vom Film abzuheben. Im Gegenteil, die Marionettentheater gingen daran, ihre Theaterform dem neuen Vorbild anzunähern. Dabei bauten sie vor allem auf ihr großes Plus der optischen und vor allem farbigen Attraktivität der Puppenkleider sowie der Prospekte und Proszenien. Immer öfter griffen die Marionettenspieler nach den Vorlagen und Filmszenarien, wobei sie kritiklos die Eigenständigkeit ihrer Marionettentheaterdramaturgie aufga-

Ankündigungszettel für eine Aufführung im Marionettentheater von Curt Kressig, um 1925 ben. Indem sie direkt die Handlungsmotive der Filmerzählung übernahmen, gelangte nicht mehr eine literarische Vorlage, die durch Dramatisierung und Bearbeitung in ein Medium der darstellenden Kunst transformiert wurde, auf die Bühne.[10]

Im Zeitraum von 1918 bis 1920 gab es in Deutschland keine Filmzensur. Infolgedessen setzte eine Schwemme von sogenannten Aufklärungs- und Sittenfilmen ein, deren Produzenten unter dem Deckmantel der sexuellen Aufklärung und Warnung die Pornographie als gewinnbringendes Genre des Kinos entdeckten und nutzten. Auch diese Chance zur Erhöhung der Publikumswirksamkeit ließen sich die Marionettenspieler nicht entgehen. Titel wie »Vom Elternhaus ins Freudenhaus — genannt die ‚Rote Laterne'«, »Verlorene Töchter — Lebens- und Sittenbild in 4 Akten zur Aufklärung und Belehrung sowie Warnung für alle deutschen Frauen und Mädchen und Mütter«[11] oder »Die Löwenbändigerin von Paris oder das Blumenmädchen auf dem Boulevard« dienten den Prinzipalen als Köder für möglichst viele Zuschauer. In Wirklichkeit verbargen sich hinter diesen gewaltigen Sittendramen nur harmlose Detektivgeschichten. Die Prinzipale nutzten die Titel ihrer Vorlagen, obwohl sie den Inhalt mit ihren Mitteln objektiv nicht darstellen konnten, und begaben sich damit einen Schritt weiter in die Abhängigkeit von stets neuen Effekten. Zwar hatten die Theater schon immer auf die Publikumswirksamkeit ihrer Ankündigungen gesetzt, aber nie auf die Lüsternheit und sexuelle Sensationsgier ihrer Zuschauer spekuliert. Durch die filmischen Vorbilder angeregt, gaben sie Moralvorstellungen preis, die sie noch zu Anfang des 20. Jahrhunderts in ihren Stücken propagiert hatten und wohl zum Teil auch noch propagieren wollten.

Schon sehr früh hatte es in den Kinematographentheatern Vorstellungen mit belehrendem und wissensvermittelndem Charakter gegeben. So waren 10 Prozent der rund 150 Filme, die 1913 auf den internationalen Markt kamen, Naturaufnahmen, historische und wissenschaftliche Filme sowie Produktionen, die einen Einblick in die industrielle Fertigung und Arbeitswelt vermittelten. Damit wurden die mechanischen Darstellungen von geschichtlichen Ereignissen, Naturkatastrophen oder fernen Ländern im Theatrum mundi mehr und mehr überflüssig, denn sie konnten natürlich nicht an die Qualität und das weitgespannte Spektrum der Bildungsfunktion des Films (die verstärkt nach 1918 auch durch Vetreter der »Volksbildung« und Kinoreformbewegung vorangetrieben wurde) heranreichen. Gegen Ende der 20er Jahre verschwanden diese Nachspiele aus dem Programm der Marionettentheater.

Die nachlassende Relevanz aktueller und bühnengerechter Inszenierungen von Neuigkeiten, Skandalen, Katastrophen und Sensationen machte sich in Repertoirelücken bemerkbar. Einige Versuche mit Stücken wie »Kasper als Artillerist an der Westfront«[12] oder Darstellungen im Theatrum mundi wie »Die neuesten Schlachten von 1914 bis 1916«[13] und der »Kampf um die Freiheit des Meeres — die Heldentaten U9 und U21« hat es noch gegeben. Doch im Verlaufe des Ersten Weltkrieges, in dem sich auch die Frontberichterstattung der Wochenschauen entwickelte, hatte sich ein Filmverleihnetz herausgebildet, welches, ergänzt durch den Landfilm der DeuLiG, die aktuelle Berichterstattung mit den Mitteln des Marionettentheaters unnötig und auch zu ungenau werden ließ für das damit einhergehende erhöhte Anspruchsniveau der Rezipienten. Hier waren Schnelligkeit und Realitätsnähe mehr gefragt als eine beschauliche legendenhafte Interpretation des Weltgeschehens aus dem Krähenwinkel.

Außenansicht des Theaterzeltbaus von Max Kressig, um 1925

Die Rolle der akustischen Information in der zur Beschleunigung der Nachrichtenübermittlung führenden Kommunikationstechnik, die Information und Unterhaltung »frei Haus«, ließ die Marionettenspieler mit dem Aufkommen des Rundfunks 1923 und den rasch einsetzenden Aktivitäten zum Bau von einfacheren Detektorgeräten erneut um ihr Publikum bangen. Ihre Reaktion darauf war ähnlich wie die Reaktion auf die Filmentwicklung. Es wurden Stücke angekündigt, deren Titel Tagesschlagern und volkstümlichen Liedern entlehnt waren. Für das »Marionettentheater Curt Kressig« lassen sich z. B. die Stücke »Du kannst nicht treu sein«, »Grün ist die Heide«, »Grüß mir die Lore noch einmal« und »Wenn am Sonntagabend die Dorfmusik spielt« nachweisen. Mit letzterem Stück wagte das Marionettentheater sogar einen Angriff auf den Jazz. Man hoffte auf die konservativen Sachsen, denen die Dorfmusik näher und lieber war als die neuen Klänge.
In den Jahren 1924/25, so vermerkt Georg Sterl, der Stiefsohn Max Kressigs, in seinem Tagebuch, wurde ein Theaterzelt gebaut. Es handelte sich um eine Bretterbude mit einem Ausmaß von 18 x 9 Metern, dessen Spitzdach aus Zeltwand bestand. Im Inneren dieses Zeltbaus befand sich an einer der Stirnseiten die Bühne mit dem riesigen Poszenium, das von einer Seitenwand zur anderen über die ganze Breite des Raumes reichte. Vor dieser Bühne waren die Sitzreihen aus lehnenlosen Holzbänken aufgebaut. Für den Transport mußte noch ein spezieller Packwagen angeschafft werden. Diese Investitionen tätigte Max Kressig, um sich einen Publikumskreis zu erschließen, den er ohne die Unabhängigkeit von den Gasthaussälen nicht erreicht hätte. Es handelte sich dabei vorrangig um die Bewohner der Vorstädte und Randgebiete der Industriestadt Chemnitz, wo es nicht so viele Gasthäuser gab wie im übrigen Gebirge. Infolge der latenten und hohen Arbeitslosigkeit, die in Sachsen herrschte, gab es einen Bevölkerungsanteil, der über jede Abwechslung im

täglichen Einerlei der Arbeitssuche dankbar und für den der Besuch des Marionettentheaters dennoch erschwinglich war — die Arbeitslosen. Der Andrang in den Vorstädten und Randgebieten muß recht groß gewesen sein, denn es fällt auf, daß teilweise bis zu fünf Tage in der Woche gespielt wurde und zwar mit durchschnittlich gutem Erfolg. Bislang waren drei Spieltage in der Woche die Regel gewesen. Aber auch in den anderen Städten und Dörfern des Spielgebietes muß diese Neuerung gut angekommen sein.

Dieses Unabhängigmachen von den Gasthaussälen ist eine Entscheidung gegen die Tradition gewesen — um sie und das Unternehmen zu erhalten. Das Marionettentheater spielte nun in einem Zelt, das an fast jedem beliebigen Ort aufgebaut werden konnte, dem aber die Kommunikationsmöglichkeiten über das Ereignis Aufführung hinaus fehlten. Kressigs Theater wurde so zu einer kommerziellen Vergnügungsstätte, wie es schon viele gab. Das ständige Bemühen um Konkurrenzfähigkeit mit den anderen Marionettentheatern (deren Anzahl in der ersten Hälfte des 20. Jahrhunderts laut O. Bernstengel[14] zurückging) und gegenüber den entstehenden vielfältigen Formen kommerzieller Vergnügungen prägte die Existenz der Prinzipale und ihre Entscheidungen. Eine Reihe der Funktionen und Wirkungen des Marionettentheaters war von anderen Medien teilweise oder vollständig besetzt. Dem Wandertheater blieb im wesentlichen nur noch die Unterhaltungsfunktion,[15] die es auf eigene unverwechselbare Art und Weise erfüllte. Zwar wurden nach wie vor die alten traditionellen Repertoirestücke gespielt (neben den neu entstehenden), aber was einst der Belehrung und Moralvermittlung unterstellt war, diente jetzt nur noch zur Unterhaltung.

Die Konventionalität der sächsischen Wandermarionettentheater war entscheidend beeinflußt und erschüttert. Während die Spielkonvention als Basis der gesamten Theaterkonvention unbeschädigt erhalten blieb, wurde die Theaterkonvention insgesamt überformt. Die Entscheidungen gegen die Tradition, die von den Prinzipalen nicht bewußt als solche erkannt wurden, konnten durch das ständige Heraufbeschwören des »volkstümlichen« Charakters der Unternehmen den Ausverkauf des »Aushängeschildes« nicht aufhalten. So waren es genau betrachtet nur noch die alten Formen, in die neue Inhalte gegossen wurden. Und selbst die Formen waren teilweise modifiziert und angepaßt. Die existenzerhaltende Funktion wurde zum organisierenden Prinzip des Wandermarionettentheaters. Die materiellen Interessen, die zunächst nur vermittelnd innerhalb des Theaters gewirkt hatten, bestimmten nunmehr vollkommen den Theaterbetrieb als Unternehmen. Mit dem sich auch in Sachsen entwickelnden Imperialismus stand das Wandermarionettentheater als ein »künstlerischer Handwerksbetrieb«, damit im übertragenden Sinne als kleiner Warenproduzent, einer kapitalistisch organisierten Kulturindustrie gegenüber, die auch in die Sphären eindrang, die zu den ureigensten Domänen der Marionettenspieler und ihrer Theater zählten.

## »Aber seine Schemen machen ihm nur Freude«
Notizen zum Exotismus im deutschen Figurentheater

Rainald Simon

>»Wie lächerlich sind jene, die nie
>ihre Provinz verlassen haben«
>(Victor Segalen)

Exotismus ist ein ebenso schillernder wie neuerdings oft verwendeter Begriff. Abgesehen von dem oberflächlichen Gebrauch des Terminus für alle Äußerungen der Kunst und des Kunsthandwerks, die Elemente außereuropäischer Kulturen entweder nachahmen oder sich anverwandelnd aufnehmen, wird er in jüngster Zeit meist kulturkritisch verstanden. Exotismus ist — so vor allem Wolfgang Reif — eine Kompensationserscheinung, hervorgerufen durch die in der hochzivilisierten Industriekultur notwendig eintretende Entfremdung des Individuums. Exotistische Sehnsüchte liefern »die verlorengegangene Heimeligkeit im geheimnisvollen Dunkel der Fremde«.[1]
Diese Gleichsetzung von Exotismus mit eskapistischen, ja regressiven Regungen erweitert zwar die psychologische Argumentation von Sigmund Freud, die »Das Unbehagen in der Kultur« auf die Kultur erst schaffenden, enormen Triebverzichte zurückführt und eskapistische Tendenzen aus einem Rest an nicht domestizierter »Natur« erwachsen sieht, hat aber das viel allgemeinere und eben nicht an das Exotische gebundene Verständnis des Begriffes bei Victor Segalen noch nicht einbeziehen können. Segalen versteht unter dem Begriff

>»alles, was bisher als fremdartig, ungewöhnlich, unerwartet, überraschend, geheimnisvoll, verliebt, übermenschlich, heroisch, ja selbst als göttlich bezeichnet wurde, kurz all das, was anders ist; das bedeutet, in jedem dieser Worte den Anteil des wesentlich Diversen hervorzuheben, den es in sich birgt«.

Und an anderer Stelle heißt es: »Um es ganz deutlich zu sagen, ich verstehe unter Exotismus nur das Eine, wenn auch unendlich Große: Unser Gefühl des Diversen«.[2] Wenn ich Segalen recht verstehe, so ist seine exotistische Haltung von einem tiefen Respekt vor der Würde des Andersgearteten geprägt. In diesem Sinne ist Exotismus ein positiv gewendeter Begriff, und es ist sicherlich nicht falsch, bei Max Bührmann und seinem Anreger Georg Jacob diese humanistische Grundauffassung ihres Schaffens zu suchen.
Im folgenden geht es um die Anfänge der Laienspielgruppe »San-Mei-Hua-Pan« (»Drei-Pflaumenblütengesellschaft«), die unter der Leitung des Theaterwissenschaftlers Max Bührmann (1904—1976) mit einigem Erfolg bis in die frühen 70er Jahre versucht hat, chinesisches Schattentheater in Deutschland zu kultivieren. Dabei steht die Anfangsphase der Gruppe 1932—1935 im Mittelpunkt der Darstellung, in der sowohl das Repertoire wie auch die Technik und »Theorie« festgelegt wurden.[3] Es soll nachgezeichnet werden, wie die Orientalistik (in der Person von Professor Georg Jacob) ein Laienspiel auf sehr hohem Niveau anregt, das trotz seiner exotischen Faszination insofern zwiespältig bleibt, als es ein irreales Bild der Ferne bestätigt und als ein »Zauber der zarten Schatten« (Bührmann) keinerlei Aussage zu zeitgenössischen gesellschaftlichen Umständen beabsichtigt.

I. Die deutsche Tradition
*Der Hintergrund*
Über das Schattentheater des 16. und 17. Jahrhunderts läßt sich, was die Form und die Inhalte der Darbietungen angeht, nur wenig sagen. Es handelt sich, wie Georg Jacob schreibt, um eine Volksbelustigung. Oft fällt es bei frühen Bemerkungen in der Literatur nicht leicht zu entscheiden, was nun als Vorgeschichte der Laterna magica, was als wirkliches Schattentheater, also als Spiel mit Schattenfiguren, zu verstehen ist. »Es scheint, daß ‚Schattenspiele an der Wand' eine stehende Bezeichnung für diese (die Zauberlaterne, R. S.) war«.[4]

Schattenerscheinungen, wie auch immer hervorgerufen, sind private oder öffentliche Sensationen. Das Spektakuläre überwiegt. So begegnet uns auch in Europa das Hades-Motiv in dem Wunsch, abgeschiedene Seelen wiedererscheinen zu lassen. Man wird sich gleich an jene oft zitierte[5] Ursprungslegende aus dem China der Han-Zeit (2. Jahrhundert v. Chr.) erinnern. Ein Magier ließ auf geheimnisvolle Weise das Abbild einer verstorbenen Konkubine des Kaisers erscheinen. Nebenbei sei bemerkt, daß Joseph Needham[6] erwägt, ob nicht schon sehr früh (in der Tang-Zeit 618—907) in China optische Linsen beim »Schattentheater« Anwendung fanden. Eine wahrscheinlichere und einfachere Erklärung läßt sich aus folgender Bemerkung des Agrippa von Nettesheim erschließen:

»Es gibt gewisse Spiegel, durch die man in der Luft, auch ziemlich weit entfernt von den Spiegeln, beliebige Bilder hervorbringen kann, welche von unerfahrenen Leuten für Geister oder die Schatten Verstorbener gehalten werden, während sie doch nichts anderes sind als leere, von Menschen hervorgebrachte, alles Lebens entbehrende Spiegelbilder.«[7]

Und Athanasius Kirchner schreibt über Lichtprojektionen: »Es ist aber diese Vorstellung der Bilder und Schatten in finstern Gemächern viel förchterlicher als die so durch die Sonne gemacht wird«.[8] Ich möchte mit diesen beiden Zitaten belegen, daß es auch in Europa um einen geheimnisvollen, unerklärlichen Reiz ging. Daß das Schattentheater in Asien immer eine im gesellschaftlichen Zusammenhang unvergleichlich wichtigere Rolle spielte, darauf sei schon an dieser Stelle hingewiesen. In China entstand die profane dramatische Kleinkunst vermutlich aus den Illustrationstafeln buddhistischer Wanderprediger.[9] Damit war eine gewisse Nähe zur Religion gegeben, die bis in das 20. Jahrhundert wirksam blieb. Eine Wayang-purwa-Aufführung ist bekanntlich eine Kulthandlung und der Dalang erfüllt priesterliche Funktionen. Bedeutsamer vielleicht noch, daß die beiden Stoffe des Schattentheaters in Südasien, das »Ramayana« und das »Mahabharata« kulturelle Identität stiftende und tradierende Mythen sind. Wie eng sich auch das indische Schattentheater an Religionsausübung anschließt, zeigen die neueren Arbeiten von Friedrich Seltmann.[10]

*Die Geburtstagsüberraschung im Salon: Ein Zauberfest*
Auch im 18. Jahrhundert wurde das Schattentheater im deutschen Sprachraum nicht zu einer gewichtigen dramatischen Kunstform. Es ist zwar richtig, wenn Jacob schreibt: »Von der Gasse wanderte das Schattentheater in die Kinderstube, in die Familie, in den Salon«,[11] es wird aber nur zu einer privatistischen Beschäftigung, zu einem Gesellschaftsspiel der gehobenen Stände. Ein hervorragendes Beispiel ist jene oft besprochene Aufführung zweier Stücke zu Ehren Johann Wolfgang Goethes in Weimar 1781. Es handelt sich um ein von kostümierten Menschen hinter einer Leinwand aufgeführtes Spiel.[12] Goethe jedenfalls hat sich nicht länger damit aufgehalten — er fand es ganz »drollig«, mehr nicht.

Darstellung einer Laterna-magica Vorstellung, Kupferstich von Bolt, Berlin 1797

Schattentheater als Geburtstagsüberraschung — wie in Weimar — ist kein Einzelfall. Es scheint vor allem bei Intellektuellen in der Romantik beliebt gewesen zu sein, Schattenspiele mit Figuren aufzuführen. Ein schönes Beispiel findet sich in dem Briefwechsel Bettine von Arnims mit ihrem Bruder Clemens von Brentano.[13] Ende Februar 1803 schlägt Bettine ihrem Bruder in Marburg vor, ein Schattenspiel für die langjährige Haushälterin der Familie, »den Clausner«, zu verfassen, das man ihr zum Geburtstag aufführen wolle:

»Was können wir machen, Clemens, besinne Dich, in der Übereilung fällt mir gar nichts ein: vielleicht ein Schattenspiel in der Tür vom Saal angebracht, das gibt ein Familienpläsier wenn wir am Abend alle beisammen sind und die Dekorationen malen und die Figuren dazu, und mach fort, schüttel's aus dem Ärmel!«

Der Bruder antwortet:

»Liebe Bettine!
Ich erhalte Deinen kleinen Brief wieder zu spät, um viel zu schreiben, grad noch fünf Minuten. Kannst Du's mir genauer noch beschreiben, das Geburtstagsfest betreffend? Illumination? — Ölgetränkt? — Wohin! — wie groß? So will ich Euch viele Ideen angeben, wenn Du mir umgehend bestimmter schreibst und Ihr noch nichts angefangen habt; — so kann ich Euch bis zum 19. noch ein kleines Lustspiel dichten für die Schattenpersonagen. Braucht Ihr etwa auch Verse? Schreibe bestimmt darüber.«

Er macht dann Vorschläge, Claudia (den Clausner) als Vestalin in einem antikisierenden Szenario auftreten zu lassen, Bettine und andere aus dem Frankfurter Haushalt haben aber einen anderen Plan, den Clemens dann zu einem Stück ausarbeitet:

»Ich sende Euch hier das Schattenspiel, ich habe es in einem Tag geschrieben, das ist alles, was ich zu seiner Entschuldigung sagen kann. Die kleinen Cochonerien, die es enthält, habe ich genau nach dem übersendeten Plan verfaßt und mir darin keine Freiheit erlaubt! — (...) die Posse hab ich geschrieben, das Edle will ich dichten! — «.

Umgehend beginnt die Arbeit:

»An Clemens
Unser Teetisch hat sich in eine Pappfabrik verwandelt, George führt den englischen Phaeton aus mit Jockey und Pferden. Franz macht die Dekorationen, ich wollte die Schauspieler machen, es mißlang, ich wurde abgesetzt und darf nur immer noch das zweite Bein machen, den zweiten Arm, und die Zimmer darf ich möblieren! (...) Die Proben vom Schattenspiel werden gemacht; da ich keine Rolle dabei habe, so konnt ich gestern mit Marianne in die Oper gehen! (...) Heute Abend wird eine Hauptprobe des Zauberfestes vorgenommen. Ich mußte alle Rollen abschreiben, hin und wieder laufen, alles herbeiholen!«

Das Geburtstagsfest war immer wieder ein beliebter Anlaß für Schattentheater. So ließ sich Ludwig Uhland 1809 zu seinem 22. Geburtstag ein Stück seines Freundes Justinus Kerner, »König Eginhard. Ein chinesisches Schauspiel«, aufführen, und in Eduard Mörikes Roman »Maler Nolten« werden bunte Schatten als Abendunterhaltung während einer solchen Gelegenheit beschrieben. Wenn es sich dabei auch um eine Laterna-magica-Aufführung handelte, so ist der Anlaß doch immer der gleiche.[14]

*Das Schattentheater in Schwabing: Eine verspätete Blüte ohne Zukunft*
In den »Schwabinger Schattenspielen« des Alexander von Bernus (1880-1965) erlebt das Schattentheater, getragen von einer neoromantischen Woge, zum ersten Mal im deutschen Sprachraum den Schritt vom privaten Zauberfest in ein festes Theater.[15] Man grenzt sich vom »Marionettenhaften«, das heißt vom Element des Komischen in den Aufführungen der Pariser Schattenbühne »Chat Noir« ab, ohne allerdings dessen technische Perfektion zu übersehen. Absicht des Unternehmens war es, »die entmaterialisierte Welt der wachen

Träume« zu spiegeln. Die Dialoge wurden im rhapsodischen Stil des George-Kreises aufgeführt, die Stückvorlagen stammten von den Romantikern (Kerner, Mörike, Achim von Arnim), von Goethe, von Alexander von Bernus und anderen. Die erhaltenen, sehr fein geschnittenen Figuren erwecken einen märchenhaften, entrückten, ja rückwärtsgewandten Eindruck. Mit den gesellschaftlichen Verwerfungen nach der ersten industriellen Revolution, mit dem Problem eines auf sein Ende hinsteuernden gesellschaftlichen Systems hat dies alles wenig zu tun. Eher schon mit dem »falschen Ornament« des Historismus, der vor dem Ersten Weltkrieg seine Blüte hatte. Georg Jacob, der als Fachmann zu der ersten Aufführung der Schwabinger geladen war, stellt noch 1925 fest: »In dem maschinenmäßigen Getriebe der modernen Welt ermöglicht uns nur noch die Flucht aus der Wirklichkeit in die Traumwelt das Schauen der Schönheit.«[16]

Auch das Schwabinger Experiment hat mit seiner beschaulich-märchenhaften Poesie im Grunde den Charakter intimer Privataufführungen nicht überwunden. Es bediente sich, trotz allen technischen Raffinements in der Durchführung, eines zu spät gekommenen Mediums, das den Anforderungen nach audiovisueller Unterhaltung eines neuen massenhaften Publikums nicht entsprechen konnte. Folgerichtig muß Georg Jacob — und man spürt sein Unbehagen — feststellen: »Zunächst haben nun freilich die lebenden Photographien, welche der 1896 von Lumière in Lyon konstruierte Kinematograph projiziert, sich die Herzen der Massen im Sturm erobert.«[17]

II. Technischer Fortschritt als »Figurenlieferant«

Paradoxerweise verdankte Max Bührmann dem neuen Medium, dem Film, die Möglichkeit, mit den großen (um 70 cm hohen) Schattenfiguren des klassischen Weststiles Chinas (Sichuan) zu spielen. Bührmann gab seine Vorstellungen mit Figuren aus der Sammlung Eger, deren größter Teil heute im Puppentheatermuseum der Stadt München aufbewahrt wird. Zu der Sammlung gehört ein umfangreiches Konvolut, das den die Sammlung betreffenden Briefwechsel Gustav Egers enthält. In einem Brief vom 9. Juli 1947 schreibt er:

»In den Jahren 1930 und 1931 erwarb ein Verwandter von mir, Karl Eger, der in Chengtu, Provinz Szetschuan Westchina (...) tätig war, von der dortigen Schauspielergesellschaft gegen Aussetzung einer Leibrente das gesamte Material an Schattenspielfiguren, das für diese Leute wertlos geworden war, nachdem auch dort die Chinesen dem Kino verfallen waren und die alten Schauspieler brotlos geworden waren. (...) Im Jahre 1934 trat ich mit dem Völkerkunde-Museum in Berlin in Verbindung, das damals eine Ausstellung solcher Figuren veranstaltete und mich um Leihgaben für diese Ausstellung bat. Zugleich fanden die ersten Aufführungen chinesischer Schattenspiele durch eine Kieler Spielertruppe unter Dr. Bührmann statt, d. h. sollten stattfinden, aber die von Berlin zur Verfügung gestellten Figuren waren hierfür zu klein und daher ungeeignet. Geheimrat Jacob vom Theatermuseum Kiel bat mich, für diese Vorführung meine großen schönen Figuren zur Verfügung zu stellen, was ich auch gerne tat. Herr Professor Lessing vom Völkerkunde-Museum in Berlin trat an mich heran, die Figuren zur wissenschaftlichen Bearbeitung nach Berlin zu senden. Die Verhandlungen hierüber hatten das Resultat, daß ich im Jahre 1934 das ganze Material nach Berlin gab, wo Prof. Lessing mit der Bearbeitung begann. Nach seiner Berufung als Austauschprofessor an eine kanadische Universität übernahm seine Tochter, ebenfalls Sinologin und anerkannte Kennerin des chinesischen Theaters — sie hatte ihre Jugendjahre in China verbracht — die Fortführung dieser Arbeit.«

An diesem Zitat wird das Zusammenwirken von (institutionalisierter) Wissenschaft (Jacob, Lessing, Bührmann) und privatem Leihgeber (Eger, der auch auf den Theaterzetteln erscheint) deutlich. Einmalig ist wohl, daß Jacob nicht nur »bearbeiten«, sondern auch jene »Traumwelt« erschaffen wollte.

III. Zärtliche Arabesken eines taghellen Traumes — oder —
Wie nahmen Europäer das chinesische Schattentheater wahr?

Bei der Wahrnehmung fremder Kulturen besteht immer die Gefahr der Verzerrung. Michel Leiris hat das Problem schlüssig wie folgt formuliert:

»Seine (des Durchschnittseuropäers, R. S.) europäische Kultur setzt ihm entstellende Prismen in den Kopf, er kann von seinen Spleens und rein lokalen Angewohnheiten nicht abstrahieren, und alles, was von Menschen anderer Regionen und Rassen stammt, nimmt er durch seine weiße Mentalität gefiltert wahr, das heißt, ohne daß er sich dessen bewußt wird, auf eine vollkommen phantasmagorische Weise.«[18]

Der Gefahr der verzerrten Wahrnehmungsfähigkeit entgeht nur der Beobachter, der sich so eng als möglich auf das gesehene Fremde einläßt *und* von einer grundsätzlichen Wertschätzung und Achtung des anderen ausgeht. Das berühmte Werk des französischen Jesuiten du Halde scheint mir eine solche Voraussetzung zu erfüllen. Dort heißt es in einer Beschreibung des chinesischen Schattentheaters aus dem Jahr 1736:

»Ein andermal lassen sie Schatten erscheinen, die Prinzen, Prinzessinnen, Soldaten, Narren und andere Personen darstellen, deren Gesten so mit den Worten derer, die sie bewegen, übereinstimmen, daß man glauben könnte, sie verstünden sich tatsächlich aufs Sprechen.«[19]

Einen guten Eindruck hinterließ eine Aufführung der »Weißen Schlange«, deren Eingangsszene Bührmann später spielen sollte, bei dem Prinzen Rupprecht von Bayern in der deutschen Gesandtschaft zu Peking, wie er in seinen 1906 publizierten Reiseerinnerungen ausführt.[20] Etwa um die gleiche Zeit entstellt das »europäische Prisma« im Kopf des bedeutenden Geographen Ferdinand von Richthofen das chinesische Schattentheater zu einer Art »Kasperle-Theater in Transparent«. Allein diese Assoziation wird der Kleinkunst keinesfalls gerecht, ist sie doch in der Spätzeit (19. Jh.) eine Miniaturform der chinesischen Oper, die vor allem nach ihren Klangqualitäten (Gesang und Orchester) bewertet wird. Richthofens Oberflächlichkeit wird deutlich, wenn er auf die Inhalte zu sprechen kommt: »Schlägereien sind an der Tagesordnung. Eigentliche Liebesszenen habe ich nicht gesehen, doch dreht sich das Thema gewöhnlich ums Heiraten«.[21] Sehr knapp, aber nicht verzerrend, äußert sich Richard Wilhelm in seinen »Pekinger Abenden« 1923 — übrigens wie du Halde in einer Beschreibung des chinesischen Neujahrsfestes:

»In einem anderen Stand sind Schattenbilder ausgestellt, allerhand Figuren, die aus farbiger, durchscheinender Eselshaut geschnitten sind, und die an den Drähten vor einer hinten errichteten Papierwand wie Marionetten bewegt werden. Mit diesen bunten Schattenbildern werden ganze Dramen aufgeführt, eine Spezialität der Pekinger Gegend.«[22]

Ganz anders nun klingt die Beschreibung Carl Hagemanns,[23] die Bührmann gekannt haben dürfte, zumal Hagemann zu Recht von Georg Jacob zahlreicher Unrichtigkeiten und schiefer Urteile geziehen wird.[24] Hagemann schreibt mit unglaublicher Arroganz in seinem Afrika-Kapitel: »Der Neger hat nie eine Kultur gehabt und wird nie eine haben.« Auch die Chinesen kommen bei Hagemann nicht besser weg:

»Den heutigen Chinesen fehlt für das innerlich bedingte und geregelte Abstimmen der Ausdrucksmittel im einzelnen und ganzen der nötige Sinn. Die nur auf Kleines und Nächstes gerichtete Tendenz ihres künstlerischen Gefühls läßt die Schöpfung von einigermaßen reinen und ästhetisch einwandfreien Werten großen Stils nur selten zu.«[25]

Hagemann kann sich der starken visuellen Wirkung des Gesehenen allerdings nicht entziehen, und so entsteht eine merkwürdig uneinheitliche, hin und her schwankende, um nicht zu sagen labile Schilderung:

»Was hier auf die Leinwand geworfen wird, sind keine dunklen Silhouetten mit einer mehr oder weniger differenzierten Konturenwirkung, sondern artistisch-koloristische Impressionen. Keine mystisch-temperierten Gebilde einer kontrastreichen Schwarz-Weiß-Kunst, sondern lichtvoll-farbige Mosaiken als Resultat der in ihrer höchsten Verfeinerung wirksamen Geschmackskultur des alten Orients, wie es heute gezeigt wird, allerdings nur als schaler Rest (...) «[26]

Die Beschreibungen zweier anderer Europäer, des Schweizers Otto Fischer und des Amerikaners (?) B. S. Allen aus den 30er Jahren zeugen von begeisterter Aufnahme. Otto Fischer erlebt auch als »Kunstreisender« chinesisches Schattentheater. Unter den 4. Juni 1926 schreibt er in Peking:

»Ein andermal hatte Herbert Müller eine kleine Gesellschaft zu einem Schattenspiel eingeladen. Die Puppenspieler hatten mit einem Vorhang eine Marionettenbühne improvisiert, die von rückwärts beleuchtet war, nun tauchten die grotesken, farbigen Schatten der dünnen Pergamentfiguren auf, an ihren Fäden mit unglaublicher Geschicklichkeit bewegt und mit lebendigstem Ausdruck erfüllt, und es zog in einer Reihe von heiteren Stücken ein Schattenspiel des Lebens an uns vorüber, dessen Texte bald gesprochen, bald gesungen wurden. Die Figuren sind überaus mannigfaltig, ja unerschöpflich, es soll tausende geben, die Spieler verfügen über ein riesiges Repertoire von Stücken, jede Figur ist die äußerst gelungene Karikatur eines meist aus dem Leben gegriffenen Menschentyps, und die Stücke selbst wechseln vom Götter- und Feenmythos zur Tragödie und zum heitersten und derbsten Schwank mit allen Purzelbäumen des Kasperlespiels. Auch dieses Spiel in der Nacht war ein reiner, entzückender Genuß, den man nicht müde wurde zu schlürfen.«[27]

Wenn sich auch Otto Fischer an das Kasperle-Theater erinnert fühlte, so bezeugt seine Beschreibung doch eine offene und unvoreingenommene Haltung.

IV. Der Geheimrat auf dem Rotangstuhl — oder — Die Rolle der Orientalistik

1901 erwirbt der deutsch-amerikanische Sinologe Bertold Laufer »eine handschriftlich aufgezeichnete Sammlung chinesischer Schattenspieltexte (19 Hefte) (...) von einer Schattenspieltruppe in Peking«, um auch das »Freizeitverhalten« der Mandschuren dokumentieren zu können.[28] Der Auftrag, die Texte zu übersetzen, geht 1914 an den Berliner Sinoethnologen Wilhelm Grube, der sich mit seinem Werk »Zur Pekinger Volkskunde« als ein nüchtern und sehr präzise beschreibender Ethnologe ausgewiesen hatte. Ihm war jene, in der deutschen Völkerkunde vorherrschende, eurozentrische Haltung fremd. Grube hat allerdings die Texte nur in eine lesbare Fassung bringen, aber nur wenig davon übersetzen können, bevor er 1908 starb. Die Arbeit wurde von Emil Krebs weitergeführt und stellt bis heute ein solitäres Ergebnis der deutschen Sinologie dar. In der Einleitung wird ausdrücklich auf die Arbeiten Georg Jacobs verwiesen.[29]

Georg Jacob beschäftigte sich vor allem mit dem Persischen und Türkischen. War schon diese Ausrichtung zu seiner Zeit ungewöhnlich, so setzte sich sein starkes Interesse für die materielle Kultur und das Volkstümliche von jener eurozentrischen Haltung in der Nachbardisziplin Völkerkunde wohltuend ab. Er tritt entschieden für das Recht der islamischen und anderer außereuropäischer Kulturen gegen die Verabsolutierung der klassischen Antike ein. In einem Vortrag aus dem Jahre 1931 wird Jacobs Abneigung gegen die spekulative Philosophie des Abendlandes und seine Wertschätzung der praktischen Vernunft des Ostens und ihrer folgenreichen Leistungen deutlich:

»Seinen klassischen Ausdruck fand der griechische Geist in Platons Ideenlehre, die das natürliche Verhältnis von Wirklichkeit und Abstraktion auf den Kopf stellte, indem sie die sekundären Begriffe auf Kosten der realen Welt, die sie vernebelte, materialisierte. Wie fern selbst einem Aristoteles das Experiment lag, zeigt die Tatsache, daß er glaubte, man könne Meerwasser durch ein Wachsgefäß entsalzen.«[30]

Jacob zählt die Errungenschaften der materiellen Kultur Asiens (Papier, Druck, Lack, Schießpulver etc.) auf, und der Leser glaubt, seine (unausgesprochene) These von der kulturellen Überlegenheit des Ostens über das Abendland zu vernehmen. Der Gelehrte ist sich durchaus bewußt, wie sehr einstmals exotische Importe aus dem Osten ihren festen Bestandteil im westlichen Alltag gefunden haben:

> »Als ich diesen Vortrag niederschrieb, saß ich auf einem Stuhl, dessen Geflecht die Rotangpalme geliefert hatte, ein stacheliges Schlinggewächs des tropischen Urwalds, das einen malaiischen Namen führt. Vor mir lag eine süße Orange, eine Frucht, welche die Portugiesen am Anfang des 16. Jahrhunderts aus Südchina einführten; auf ihre Heimat deutet noch der zweite Bestandteil ihres Namens Apfelsine, d. h. Apfel aus China. Daneben stand eine Tasse Tee, der seinen chinesischen Namen völlig gewahrt hat. Dies zartduftende Getränk, von dessen eigentümlichem Aroma die bei uns im Handel vorkommenden Sorten nur eine schwache Vorstellung geben, hat für Kultur, Geselligkeit, Wirtschaft und Geschichte des Ostens und Westens eine nicht geringe Bedeutung gehabt.«[31]

Diese wissenschaftlich fundierte Hochschätzung des Ostens bei dem Philologen Jacob traf mit einer verbreiteten Sinophilie zusammen, die noch stärker gewesen sein muß, als die in unseren Tagen grassierende Chinamode. Die Hinwendung nach China begann vor dem Ersten Weltkrieg und überdauerte ihn. Neben zahlreichen Übersetzungen chinesischer Literatur erschienen auch Reisebeschreibungen und Bildbände. Den falschen Exotismus auf der Bühne lehnte Georg Jacob entschieden ab:

> »Vor einigen Jahren ging eine Parodie auf das chinesische Theater ,Die gelbe Jacke' über unsere Bühnen, die ihren Spott an der Inzenierung der chinesischen Dramen ausließ (...). Dann folgte der ,Kreidekreis', ein älteres, in China wenig beachtetes Stück in einer Verarbeitung von Klabund, mit (...) europäischen Zutaten angesäuert. Es war geradezu beschämend, wie man in Berlin und an seinen Nachahmerbühnen ohne jegliches Verständnis für die alten Kulturwerte durch eine empörend barbarische Inszenierung das chinesische Milieu wiedergegeben zu haben glaubte.«[32]

Kennt man Klabunds Nachdichtungen chinesischer Lyrik, ist diesem Urteil nur zuzustimmen. Diese kritische Haltung Jacobs zeigt sich auch in seinem Bericht über die wenige Jahre nach jener Äußerung angeregte Belebung des chinesischen Schattentheaters in Kiel:

> »Nun reifte der Plan, die Figuren des Theatermuseums, welche durch eine Stiftung von Herrn Chen aus seiner Heimat Szetschuan einen erfreulichen Zusatz erhielten, zur Aufführung von Schattendramen zu verwerten. Ich zweifelte anfangs an der Möglichkeit einer der alten Kultur Chinas gerechtwerdenden Ausführung. Da fand sich glücklicherweise in der Person des Assistenten am Kieler Theatermuseum, Herrn Dr. Bührmann, eine tüchtige, für Schauspielregie außerordentlich befähigte Kraft von hervorragenden, vielseitigen Talenten, welche, diesem Ideal nachstrebend, in jahrelanger Arbeit Leistungen erzielte, die sich zunächst in Kiel sehen lassen konnten. Als Berater für das chinesische Milieu stand ihm der kenntnisreiche Dr. Chen zur Seite.«[33]

Mit der Übersetzung mehrerer Karagöz-Komödien 1899 begann Jacobs Beschäftigung mit dem Schattentheater, die er nie mehr aufgeben sollte. Sein Hauptwerk ist sicher die »Geschichte des Schattentheaters« sowie die Herausgabe des dreibändigen Werkes »Das orientalische Schattentheater« zusammen mit Paul Kahle (Jacob hat den dritten Band »Das chinesische Schattentheater« verfaßt). »Er hat«, schreibt C. H. Becker, »die orientalische Volksseele im Schattenspiel belauscht.«[34] Daß er »das Temperament eines Künstlers« (Becker) gehabt habe, läßt sich vor allem damit belegen, daß seine Bibliographie auch meh-

Chinesischer Schattenspielprinzipal und Ensemble, Sichuan, um 1920

rere lyrische Versuche verzeichnet, darunter ein Gedicht »An Flensburg« aus dem Jahre 1921, und ein dem Prorektor der Universität Kiel, dem Freiherrn von Lagerfelt, gewidmetes Opus aus dem Jahre 1924. Jacob, der auf Pünktlichkeit bedachte Ordinarius, verbarg — so scheint es — unter dem Mantel detailbesessener Wissenschaftlichkeit einen Hang zum Träumen, zum Märchen und zur ureigenen dichterischen Produktion. Sicher nicht von ungefähr ist eine seiner größeren Arbeiten »Märchen und Traum« betitelt, für die er auch die Arbeiten Sigmund Freuds heranzieht. Seine unkonventionelle Haltung scheint mir auch aus einer Fußnote letztgenannter Arbeit hervorzugehen. Jacob hat offenbar in einem »Selbstversuch« die Wirkung des Haschisch erproben wollen:

> »Hanfsamen, den ich von Haschischrauchern zu Tanga in Marokko geschenkt erhielt, wurde im Botanischen Garten zu Greifswald ausgesät; doch zeigte bereits die erste Ernte keine Wirkung mehr.«[35]

Jacob ist vor allem der Historiker des Schattentheaters, der große Wurf der Übersetzung türkischer, mündlich tradierter Karagöz-Stücke blieb Hellmut Ritter vorbehalten. Ritters Lebenswerk besteht aus der Übertragung der ihm von dem letzten Hofschattenspieler Nazif Bey 1918 in Istanbul (z. T. mündlich) mitgeteilten Stücken. In drei Folgen (1924, 1941 und 1953) legte er die monumentale Arbeit vor. Es ist zu vermuten, daß 1932 in Kiel am Theatermuseum keine (oder zu wenige) türkische Figuren vorhanden waren, denn die sonstigen Voraussetzungen dafür, das Karagöz-Spiel zu beginnen, waren ebenso gut wie die Bedingungen, die chinesische Variante zu wählen.

V. Wieder eine Geburtstagsfeier

Der am 20.2.1904 in Lüdenscheid geborene Max Bührmann hatte nach dem Besuch des Realgymnasiums in seinem Geburtsort und nach einer zweijährigen kaufmännischen Lehre 1925 ein Studium der Germanistik und Theaterwissenschaft aufgenommen. Er schloß es 1934, nach Zwischenstationen in München und Wien, an der Universität Kiel mit einer Dissertation über Johann Nepomuk Nestroys Parodien ab. Schon als Schüler engagierte er sich in schulischen Theateraufführungen und als Student besuchte er eine Schule für Theatertanz, widmete sich also von Anfang an der künstlerischen Praxis. Noch in seiner Kieler Zeit trat er als Tänzer auf. 1932 wurde Bührmann Assistent von Professor Liepe am Institut für Literatur und Theaterwissenschaft der Universität Kiel. Er hatte auch das dem Institut angeschlossene Theatermuseum zu betreuen, dem wiederum Georg Jacob verbunden war. Um das Institut scharte sich ein lebendiger Kreis junger Leute, aus dem zahlreiche Studentenaufführungen hervorgingen. Der Institutsbetrieb wurde durch Lichtbild- und Schallplattenvorführungen sowie Ausstellungen bereichert. So war »die erste Aufführung eines chinesischen Schattenspiels (...) nur ein Versuch unter vielen.«[36] Anlaß war der siebzigste Geburtstag von Georg Jacob am 26. Mai 1932. Bührmann führte Regie. Man spielte »Die weiße Schlange« nach der wörtlichen Übersetzung Grubes, die nach der Premiere in eine »poetische Fassung« gebracht wurde. Ohne allzu großen Zwang läßt sich diese Veranstaltung in Beziehung setzen zu der dargestellten Tradition des 18. und 19. Jahrhunderts: Intellektuelle spielen aus Anlaß eines Geburtstagsfestes Schattentheater. Neu hingegen war, daß man vorhandenes (ethnologisches) Material »belebte«. Bührmann versuchte, »museumsgebannten« Objekten Leben einzuhauchen. Er überwand die Schwellenangst, den theatralischen Raum einer fremden Kultur zu betreten. Daß es sich dabei um mehr als um eine Chinoiserie handelte, beweist die Treue, mit der versucht wurde, eine Kleinkunst zu

Während der ersten Spielversuche im Theatermuseum Kiel, 1932. Rechts vorn Geheimrat Prof. Dr. Georg Jacob, der einen Spieltext vorträgt; dahinter Max Bührmann

rekonstruieren, von deren aktueller Gestalt im Herkunftsland man nur ungenaue Vorstellungen hatte. Bührmann hatte großen Respekt vor der fremden Kulturleistung. Noch bevor er die Gelegenheit hatte, in China Aufführungen zu sehen, formulierte er:

> »Vornehmlich bemühte ich mich um das chinesische Schattenspiel, da ich sah, daß es künstlerisch in Gehalt und Gestalt auf beachtlicher Höhe stand und steht und durch seine streng durchdachte Form und klug entwickelte Technik sehr viele Anregungen und Impulse für ein künstlerisches Schatten-und Schemenspiel vermitteln kann.«[37]

Man arbeitete sozusagen unter den Augen der Wissenschaft (in der Person G. Jacobs) und bemühte sich um möglichst große Authentizität. Sie wurde nicht zuletzt durch den chinesischen Studenten Chuan Chen (später Germanistikprofessor in Nanking) gefördert, der die Bambusflöte spielte. Der Versuch der Rekonstruktion scheiterte allerdings an der Komplexität des chinesischen Originals: Chinesisches Schattentheater ist — und Georg Jacob war sich dessen sehr wohl bewußt — eine Art miniaturisierter Oper. Die Dialoge werden zum größten Teil gesungen und zwar oft — wie in der großen Oper — von für die einzelnen Rollenfächer ausgebildeten Sängern.

> »Wesentlicher, aber auch schwieriger zu verwirklichen scheint mir die Wiedergabe der musikalischen Werte. Die Texte geben jedesmal genau an, welche Sätze zu sprechen und welche zu singen sind. Der Charakter des Ganzen wird verfälscht, wenn die zu singenden Partien einfach gesprochen werden.«[38]

Diesen Anspruch auf die Vorstellungen der San Mei Hua Pan zu übertragen, war unmöglich und wurde auch nicht versucht. Bührmann setzte sich über Jacobs Bedenken hinweg.

Chinesisches Schattentheater orientiert sich im Repertoire, in der Kostümgestaltung und in der Musik an der Oper. Es ist somit eine populäre Form des Musikdramas. Im europäischen Kulturraum ist es aber als eine Form des Figurentheaters aufgefaßt worden, so daß gerade das wesentlich »Diverse«, die musikalische Komponente, trotz aller Bemühungen ausgespart wurde.

## VI. Deutsches Schattentheater in chinesischem Habitus

Der eigentliche Initiator, Georg Jacob, stellte 1935 fest: »Wir wollen nicht eine exotische Kunst ins Abendland verpflanzen, sondern an eine heimische Tradition anknüpfen, die im 18. Jahrhundert bei uns auf Jahrmärkten und in Salons blühte.«[39] Das ist — und Jacob weiß es genau — zumindest unpräzise. Es gibt keinen weiteren Bezug zur deutschen Tradition als den, daß es sich bei dem Bührmann-Ensemble um ein Liebhabertheater handelte. Jacob wollte einfach der theoretischen Beschäftigung mit dem Schattentheater die Tat folgen lassen. Es reizte ihn zu spielen, und so sprach er in dem Stück »Die Züchtigung der Prinzessin« den Kaiser. Auch ein weiteres Motiv, nämlich »die leblos in den Museen aufgestapelten Figuren zu neuem Leben zu erwecken«, ist nicht überzeugend. Welche Objekte ethnologischer Sammlungen erleiden nicht das gleiche Schicksal? Es war wohl nichts anderes als der Wunsch Jacobs zum lebendigen Spiel, der ihn veranlaßte, das Bührmann-Ensemble zu unterstützen.

Betrachtet man das Schattentheater als eine Form des Theaters, die eine Aussage über China macht, dann ist es notwendig zu wissen, was auf der großen Bühne in dieser Hinsicht vor dem Zweiten Weltkrieg stattfand. Läßt man die nichtssagenden Chinoiserien fort, so bleiben die beiden Theaterstücke »Brülle China« von Tretjakov (1924) und »Tai Yang erwacht« (1931) übrig. Beide Stücke dürften dem Theaterwissenschaftler Bührmann nicht unbekannt gewesen sein. Wichtig an ihnen ist, daß sie sich mit dem zeitgenössischen China auseinandersetzten, denn immerhin fand dort eine revolutionäre Umwälzung statt.

> »Zum ersten Mal wurde hier (in ‚Brülle China', R. S.) das China der Gegenwart dargestellt — ohne Poesie, ohne alte Philosophie, ohne traditionelle Kultur: das China der unterdrückten Volksmassen, die sich gegen die Kolonialmächte zur Wehr setzten.«[40]

1929 wurde dieses Stück anläßlich der Herbsttagung des China-Institutes in Frankfurt gegeben. Die Kritik wandte sich gegen die begeisterte Aufnahme, da, wie Ingrid Schuster darlegt, »die meisten Deutschen an dem Chinabild festhalten (wollten), das ihnen gewohnt und lieb war: alte Kultur, schöne klassische Literatur, quietistische Philosophie.«[41] Daß Bührmann dieses anachronistische Chinabild bediente, zeigt die Rezeption, wie sie aus den Besprechungen der Presse zu ersehen ist:[42]

> »Diese Spiele erlauben einen überaus köstlichen, genüßlichen Einblick in die chinesische Volksseele«. (Essener Anzeiger, 5. Dezember 1934)
> »Ganz leise erklingt eine Bambusflöte. Eine weiche, sehnsüchtige Melodie, wie wir sie unseren Instrumenten niemals entlocken können. Man träumt bei dieser Musik. In dieser Traumstimmung erleben wir die chinesischen Schattenspiele. (...) Sie sind nicht mehr irdisch, sie sind überirdisch.« (Deutsches Wollen, 19. Oktober 1934)
> »Es ist uns, als ob wir in dem Spiel etwas von unserer eigenen schicksalhaften Gebundenheit, Unzulänglichkeit und Tragik wiedererkennen müßten.« (Völkischer Beobachter, Württembergische Expreßausgabe, 7. Dezember 1934)

Die Aufführungen werden liebenswürdig, stimmungsvoll, köstlich, als von erstaunlichem Reiz, fesselnd, zauberisch usw. genannt. Sie rufen keinen Widerspruch, sondern lebhaftes

Lob und starken Beifall hervor. Sicher zu Recht, denn die hohe technische Qualität des Spiels bezeugen die erhaltenen Aufnahmen und Filme.

»Helles Erstaunen und immer wieder ausbrechende Begeisterung erweckte das künstlerisch hochstehende Spiel der Schauspieler. So mancher alte ‚Ostasiate', der das alte chinesische Theater und Schattenspiel von Reiping und anderen Städten her kennt, glaubte sich wieder nach China zurückversetzt, denn es gelang den Schauspielern, (...) den Stil und die Form chinesischer Schauspielkunst in vollkommen naturgetreuer Weise nachzuahmen.« (Ostasiatische Rundschau, 16. Oktober 1934)

Es ist nicht zu übersehen, daß die Kritik von nostalgischer Erinnerung an eine vergangene Kultur geprägt ist. Der Sinologe Ferdinand Lessing schreibt im Jahre 1932 über das Schattentheater Chinas: »Heute ist es wohl überall im Verfall. (...) Der Freund echter Volkskunst sieht mit Wehmut den Verfall auch dieser Übung.«[43]

Die von Bührmann gespielten Stücke[44] spiegeln eher das vorrepublikanische China, als die aktuellen und zeitgenössischen Verhältnisse wieder. Von der für die chinesische Kulturgeschichte wichtigen »Geschichte der weißen Schlange« spielte Bührmann mit »Der geliehene Schirm« nur die Eingangssequenz, die die Exposition des Dramas, aber kaum die im Grunde gegen die verknöcherte buddhistische Orthodoxie gerichtete Kritik vorträgt. Die beiden anderen Stücke »Der Überfall in den Bergen« und »Die Züchtigung der kaiserlichen Prinzessin« weisen Frauengestalten in den Hauptrollen auf. Zeigt die »Züchtigung« die eher untergeordnete Position der Frau (selbst der Frau höchsten gesellschaftlichen Ranges) im chinesischen Kaiserreich, so bringt der »Überfall« die Utopie der freien, selbst entscheidenden Frau, die sich auch von dem Zwang einer fremdbestimmten Partnerwahl befreit. Zu vermuten ist, daß die Stücke vom Publikum kaum in ihren sozialkritischen Bezügen, sondern nur kulinarisch aufgenommen wurden. Georg Jacob sieht jedenfalls in der »Weißen Schlange« Spuren »der (...) Urzeit der Menschheit (...), als noch der Totemismus lebendig war«, und im »Überfall« entdeckt er »eine Burleske von köstlichem Humor«, die zeige, »daß Alt-Chinas Humor, der reichen Beifall zu ernten pflegte, auch heute noch wirksam ist«. Die »Züchtigung« bedeutet ihm eine »lebensvolle Schilderung eines Ehezwistes«. Das Stück kann »mit geringen Modifikationen auch in unserer Gegenwart spielen.«[45]

Das Schattentheater war in der Form, wie es von Bührmann vorgestellt wurde, zu dieser Zeit nicht mehr vorhanden. Es hatte sich als fähig erwiesen, auf die Wandlungen der Gesellschaft mit der Aufnahme neuer Typen und Kulissen sowie mit der Veränderung seiner Thematik zu antworten. Es finden sich nicht nur europäische Hüte und Kostüme, sondern Benjamin March[46] bildet auch Fahrräder ab, um nur ein äußerliches Indiz für die Neuerungen anzuführen. Erst während seiner Chinareise 1957 hat Bührmann solche modernisierten Figuren kennengelernt. Wichtiger vielleicht ist das Bemühen eines chinesischen Kollegen des Theaterwissenschaftlers Bührmann, Tang Jiheng. Er veröffentlichte im Organ der französisch-chinesischen Universität in Peking einen Artikel[47], der eine Reihe Reformen vorschlug: Das Repertoire sollte durchgesehen, die Technik verbessert werden, die Bühnensprache gutes, dialektfreies Umgangschinesisch sein und das Spiel mit zeitgenössischer Thematik modernisiert werden. Von diesen Bestrebungen hatten Jacob und Bührmann keine Kenntnis. Sie zitierten aus einem fremden Kulturkontext; wenn sie dabei auch mit dem Ziel der größtmöglichen Authentizität vorgingen,[48] so veränderte das Zitat dennoch seinen Charakter: Der Bestandteil einer quirligen und dem Basar ähnlichen Straßenzeile, volkstümlich-kritisch und in seinen burlesken Formen nicht ohne Biß, wurde zu einer harmlosen Darbietung, die durch den Reiz der Fremde anzog.

Moderne Figuren des Peking/Oststadt-Stiles, Peking, um 1935. Umzeichnung: J. Göpfrich

Georg Jacob und Max Bührmann standen dem Fremden, dem »Diversen« im Sinne Segalens, offen gegenüber. Deshalb mußte ihnen die Eliminierung eines humanistischen, kosmopolitischen Verständnisses von Kultur, das die Vielfalt prinzipiell gleichberechtigter künstlerischer Äußerungen aller Kulturformen umfaßt, fremd sein. Dennoch haben sie anscheinend den Charakter des neuen Regimes und die Schatten der Zeit nicht deutlich genug erkannt.

Das »Liebhabertheater« — so verstand Georg Jacob ihre Bemühungen — wurde noch bis 1935 weitergeführt. Nach zwei Aufführungen in Berlin im Jahre 1934 — im Hörsaal des Archäologischen Institutes des Deutschen Reiches in der Wilhelmstraße an der Prinz-Albrecht-Straße und im Völkerkundemuseum — unternahm man eine Tournee.[49] Der Erfolg war groß. Sehr befremdlich wirkt aber nicht nur, daß Max Bührmann nur einen heiter-launigen Bericht[50] darüber verfaßte, ohne mit einem einzigen Wort auf die Zeitumstände einzugehen, sondern auch, daß Jacob noch 1935 Besprechungen der NS-Presse für zitierwürdig hielt, obwohl er zu einem Gastspiel am 9. März 1935 in Zürich keine Ausreisegenehmigung erhielt, weil er Jude war.[51] Es soll auch nicht unerwähnt bleiben, daß das Ensemble am 28. März 1935 in der chinesischen Gesandtschaft zu Berlin auftrat, zu welcher Gelegenheit auch die Reichsregierung eingeladen war.

Rückblickend mag der Schluß gezogen werden, daß es in einem unmenschlichen politischen System keineswegs ausreicht, das Publikum »in eine andere Welt, die (...) zunächst fremd anmutet« zu versetzen (Jacob 1934). Der »Zauber der Ferne«, wie ihn Jacob und Bührmann herbeizitieren wollten, wirkte nicht mehr. Beiden kann sicher nicht der Vorwurf der Chinoiserie gemacht werden. Dennoch scheint das Produkt ihres Chinabildes etwas sehr Artifizielles gewesen zu sein, das mit den realen Verhältnissen in China nur sehr wenig gemein hatte. So wurde das Zitat im Prozeß der Realisation und Rezeption zu einem neuen »Kunstprodukt«: zu deutschem Schattentheater in chinesischem Habitus.

# Vom Wandervogel zu einem Kindertheater in der Weimarer Republik
## Die Iwowski-Puppenspiele, Berlin

Manfred Wegner

I.

Zu Beginn des Jahres 1916 fährt der 21-jährige gelernte Kaufmann Carl Iwowski von Hamburg nach Berlin.[1] Seine Mitreisenden mögen ihn für einen Schüler der Kunsthochschule oder für einen Kandidaten im theologischen Examen halten — auffällig allein sind die schulterlangen blonden Haare, die er mit einem Seitenscheitel aus der Stirn gekämmt trägt. Seine Übersiedelung nach Berlin gilt einer kriegswichtigen Industriebranche, in der er als Sachverständiger für Gerbstoffe tätig sein wird. Die von ihm seit 1911 erworbenen Sach- und Sprachkenntnisse im Handel mit einheimischen und überseeischen Lederwaren und Häuten haben seine Einberufung in die Zentrale der staatlichen Kriegsleder AG in der Budapester Straße bewirkt. Zweifellos ist dies eine Aufgabe von nationaler Bedeutung.
Dem jungen Mann aus dem Hamburger Kaufmannsmilieu bleibt der Kriegseinsatz an der Front erspart, weil er an einer angeborenen Hüftgelenkausrenkung mit chronischem Gelenkverschleiß leidet. Eine für die Dauer eines Jahres angeordnete Therapie, mit der das Kind im Gipsbett physisch stillgelegt seinem körperlichen Defekt entwachsen sollte, hat sein Gespür für die explosiven Folgen einer sozialen Ausgrenzung und latenten Einschränkung des körperlichen und geistigen Austausches mit der Umwelt geschärft. Als objektiv bedeutenderen Faktor seiner Existenz registriert er aber auch die in seiner Umwelt sichtbar werdende Zwiespältigkeit der Wertvorstellungen, die ihn äußerlich lenken und seinem zivilen Dasein in Kriegszeiten erst einen Sinn verleihen. Noch vor dem ausstehenden endgültigen Debakel des wilhelminischen Reiches kündigt sich jene außermilitärische Niederlage der politischen Repräsentanten des alten Systems an, das sich in der — allerdings von bürgerlichen Schichten — herausgegebenen Verheißung »Am deutschen Wesen soll die Welt genesen« zum letzten Mal der einhelligen Gefolgschaft seiner Untertanen und der zeitweiligen Aussetzung der gesellschaftlichen Konflikte um die politische Macht im Staat versichern kann. Diesem aus der Mitte der patriotisch-euphorischen Begeisterung für den Krieg wieder ausbrechenden Prozeß einer rein nationalen und sozialen Umwälzungsbewegung sieht er mit diffusen Aufbruchserwartungen entgegen, die sich politisch noch am imperialistischen Hegemonialanspruch des deutschen Reiches orientieren, jedoch ideell am »Tatidealismus« der um 1900 begonnenen Kulturreform des gebildeten Bürgertums anzuknüpfen versuchen.
Für Carl Iwowski sind nach seiner Ankunft allerdings zunächst einmal die naheliegenden Wege zu beschreiten, die der neue Lebensabschnitt ihm vorgibt. Er bezieht ein Zimmer als Untermieter im Westen der Stadt, nimmt seine Angestelltentätigkeit in der KriegslederAG auf, die ihn sechs Tage in der Woche in Anspruch nimmt und sieht sich in der verbleibenden Zeit nach Anregungen um, die seinen privaten Interessen für Literatur, Theater und Musik entsprechen. Er lebt sich ein und berichtet nach Hause.

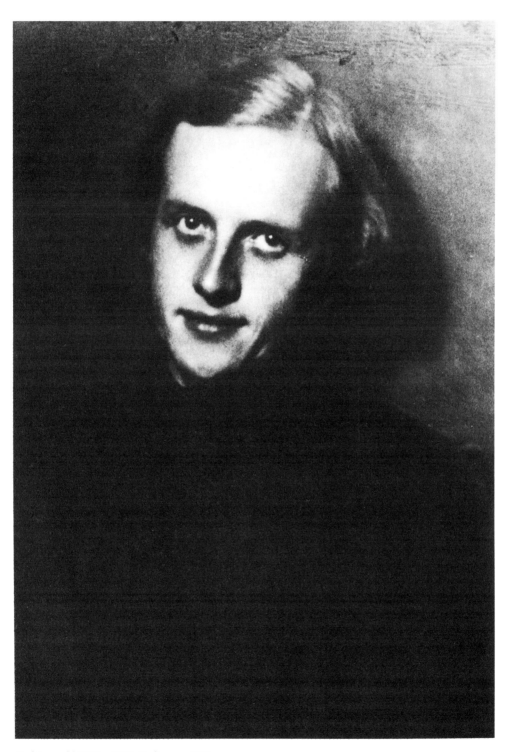

Carl Iwowski (1894—1970), Berlin, um 1917

II.

Im November 1919 steht Carl Iwowski auf der Bühne des Großen Schauspielhauses in der Berliner Karlstraße. Als Statist im Chor der »Orestie«-Inszenierung von Max Reinhardt erlebt er die Eröffnungsveranstaltung des »Theaters der 5000« (Zuschauer), ein Ereignis, das vom Publikum und der Presse mit Spannung erwartet wird. Das im Vorfeld der Eröffnung vom Eigner des Hauses, der Aktiengesellschaft »Deutsches Nationaltheater«, konzipierte Projekt »Volkstheater«, das »vor allem die Schöpfungen der klassischen Meister sowie auch Neuschöpfungen den werktätigen Volkskreisen Berlins, sowie den Kreisen der minderbemittelten Gebildeten, vornehmlich auch der heranwachsenden Jugend«[2] zugänglich machen will, präsentiert sich in der Gestalt eines Reformtheaterbaus, dessen umfangreiche technische Ausstattung allein dem zur räumlichen Begegnung von Darstellern und Zuschauern transzendierenden Aufführungsereignis dient, jenseits der Distanz schaffenden Rahmenbühne des Bildungstheaters.

>»Das Prinzip Volkstheater hat sich hier in einem ranglosen, von der Arena vorbestimmten, U-förmig ausgezogenen Halbrund des Zuschauerraumes und mit der den Guckkasten überwindenden gestaffelten Bühne durchgesetzt. (...) Die völlige konstruktive Einheit des Raumes ohne Zwischenvorhang und Rampe verhindert die Polizei.«[3]

Die Interpretation der klassischen Arenabühne als Forum des neuzeitlichen Festspielgedankens bei Max Reinhardt beeindruckt die Kritik durch die Perfektion und Ökonomie der künstlerischen Mittel, mit denen die diskontinuierliche Erfahrung des Lebens in eine Wirklichkeit und Illusion entgrenzende Vision aufgehoben und das Theater-und Raumensemble zu einem, Individuum und Gemeinschaft in Raum und Zeit umspannenden, sinnstiftenden Weltentwurf totalisiert wird. Der soziale Hintergrund dieses Experimentes läßt die widersprüchlichen Antriebsmomente einer Volkstheateridee und ihre mögliche Wirkung auf das Verhältnis von Kunst und Öffentlichkeit, sozialer Utopie und aktueller gesellschaftlicher Realität erkennen. Es ist fraglich, ob einem durch Kriegs- und Krisenerfahrung geprägten Publikum nach 1918 das Theatermodell eines demokratischen Gemeinwesens zum Abbild der sich konstituierenden und umkämpften Republik werden konnte, sofern dies nicht allein der ästhetischen Wahrnehmung überantwortet werden sollte. Andererseits produzierte das Raumkonzept des Großen Schauspielhauses geradezu ein Problem der Distanz zwischen Darstellern und Zuschauern durch die überdimensionale Raumweite des Spielortes, so daß die Aufführung zu einer Gradwanderung zwischen den ästhetischen Wirkungsabsichten des Massentheaters und eines Massenspektakels geriet. In dieser Phase der Arbeit Reinhardts machte sich eine zwiespältige Botschaft der Inszenierung geltend, die als Dichotomie zwischen Staat und Gesellschaft der Weimarer Republik die Geschichte und die entscheidenden Richtungskämpfe um die demokratische Staatsform geprägt hat:

>»Das neue Theater ist errichtet. Es will eine Gemeinde um sich sammeln, die Gemeinde derer, die es erwartet haben, vielleicht ohne daß sie es wußten. Es will die Kunst der Volksgemeinschaft, aus der sie ihre besten Kräfte saugt, wieder nahebringen. Es will auf sich einwirken lassen und will wirken. Es will den Blutkreislauf der Kunst wieder an den großen Blutkreislauf des Lebens anschließen. Es will helfen, beide zu verschwistern.«[4]

Dieser Aufruf findet sich im Vorwort des offiziell zur Eröffnung herausgegebenen Heftes »Das Große Schauspielhaus«. Auch in den anderen Beiträgen, etwa von Arnold Zweig, Kurt Pinthus und Walter Hasenclever, findet sich das Pathos der »Zweieinigkeit« von Volk und Kunst für eine neue Welt als expressionistische Chiffre für »das Mysterium vom Menschen, der, einsam im Chaos, in der Unendlichkeit seiner Mitwesen, sucht und versucht, Möglichkeit und Sinn seines Daseins zu bejahen, zu rechtfertigen, zu behaupten.«[5]

Kurzfristig stellt sich die expressionistische literarische Intelligenz an die Seite einer ästhetischen und politischen Revolte. Ihre Sprache ist nicht die einer einschichtigen Agitation, dennoch ist sie in ihrem Anliegen offen und verständlich, interpretations- und aneignungsfähig, auch im Sinne des »minderbemittelten Gebildeten«, dem die Frage nach dem Verhältnis von Kunst und Leben nicht im subjektiven Spiegelbild der abstrakten Menschlichkeit erscheint, sondern als praktisches Problem einer Vermittlung von Genußfähigkeit und Bildung im Alltag bewußt geworden ist. Der Statist Carl Iwowski verläßt das Große Schauspielhaus, fasziniert und in seinen eigenen Zielen bestätigt und geht in den Fischerkietz des Berliner Nordens. Dort, in dem Proletarierviertel nahe dem Märkischen Museum, liegt seit einiger Zeit seine Wohnung: Berlin-Mitte 2, Fischerstraße 32, Hinterhaus, zweiter Stock, rechts.

III.

Die Anfänge der Iwowski-Puppenspiele haben eine Vorgeschichte, deren Schilderung dem Drehbuch einer expressionistisch gefärbten Sozialreportage entnommen sein könnte:

»Grauer, dunkler Tag des trostlosen Winters 1919. Im ärmlichen Alt-Berlin an der Ecke der Fischerstraße, wartet ein Haufen elender in Lumpen gekleideter Kinder vor der Tür des im Volksmund ‚Köllnische Oper' genannten Kinos auf den Beginn der Kindervorstellung. Die weitaufgerissenen Augen der Kinder starren auf die grellbunten Plakate, die für heute einen ganz besonderen Genuß versprechen, nämlich: ‚Die Scheidung der Gräfin Lilly'. — Kurz vor Beginn der Vorstellung zieht eine Schar jugendfrischer Wandervögel mit wehenden Wimpeln vor das Kino und — stürmt es? Nein! Geheimnisvoll wird ein großes freudigbuntes Etwas, das wie ein großer Kasten anzusehen ist, auf die Straße gesetzt, und im Nu haben die Kinder den Eingang des Kinos verlassen und sich um den Kasten geschart, aus dessen Innern ein mächtiges Klingeln erschallt, das garnicht aufhören will. Ein Vorhang geht auf und heraus hüpft und hopft ein springlebendiges Kerlchen, dem der Schalk aus den blanken Äuglein blitzt, und dessen lange, ach, so komisch lange Nase vor lauter Lachen ihm lustig von einem Ohr zum andern schlenkert. Das wirkt so heiter, so lieb und so lustig, daß man mitlachen muß. Vergessen ist der graue, kalte Tag. Die armen kleinen Gesichtlein der Kinder leuchten, und auch über die versorgten, vergilbten Gesichter der Alten stiehlt sich verhohlen ein kleiner Huscher Sonnenschein. Da hat das kleine lustige Kerlchen, der Kasperle, gewonnen; und wie er nun mit sprudelndem Humor und schnarrender Stimme alles auffordert mitzukommen zur ‚grrrroßen, grrrroßen Galafestvorstellung', da predigt er nicht tauben Ohren. Vergessen ist die ‚Köllnische Oper'. Vergessen ist die ‚Scheidung der Gräfin Lilly'. Wie dem Rattenfänger von Hameln, so folgt ein langer Zug von Jung und Alt dem Kasperle in sein Heim. Ganz zuletzt humpeln zwei alte Mütterchen; um nicht zu spät zu kommen, müssen ihre alten Beinchen trippeln, daß die Nasen das Schnaufen kriegen. Aber die alten Äuglein leuchten. Sie haben noch einmal Kinderland geschaut. — Um die Ecke der ‚Köllnischen Oper' weht böser Wind. Das Plakat von der armen Lilly reißt er in Fetzen. Der dicke Kinobudiker ruft dem im Triumph davongetragenen Kasperle keine Schmeichelworte nach.«[6]

Die angekündigte Vorstellung findet in der Wohnung von Carl Iwowski statt, die mit den 50 Kindern, die der Aufforderung folgten, bei weitem räumlich überfordert ist. Der Plan, »an Sonntagnachmittagen Kaspertheater zu spielen, um die Kinder von den Nachmittagsvorstellungen der Kinos fortzuziehen«, ist erfolgreich und zieht sofort weitere Aktivitäten der »Wandervogel-Arbeitsgemeinschaft für Volkskunst« nach sich. Das Spiel soll am »kommenden Sonntag« im Dezember 1919 im großen Ladenlokal des »Wandervogel v. B.« (völkischer Bund) in der Fischerstraße 32 erneut stattfinden. Hierfür bestellt Iwowski beim Kiez-Tischler eine Rahmenbühne, die zwei bis drei Spielern unter der Spielleiste Platz bietet. Aber das »Künstlerpersonal ist sehr dürftig. Ich habe im ganzen nur elf ver-

schiedene Puppen auftreiben können, von denen nur acht geschnitzte Holzköpfe haben und drei aus Pappmaché sind. Diese drei Köpfe sind ganz unbrauchbar und nun nach wenigen Vorstellungen bereits zerstört.« Schon jetzt macht sich Iwowski Gedanken über eine Verbesserung des Figurenbestandes und will das Theater langfristig für ein wachsendes Publikum und für immer öfter sich bietende Aufführungsgelegenheiten — notwendige »Kampfhandlungen gegen Kinoschmutz« — ausstatten.
Bereits einige Wochen vor Beginn dieser freiwilligen Jugendpflegearbeit hatte eine »Große Kampfversammlung gegen die Schund- und Schandfilme« in den Kammersälen in der Teltower Straße stattgefunden, zu der von der Zeitschrift »Der neue Wille«[7] (Redaktion: G. Baensch, R. Schapke, C. Iwowski) aufgerufen wurde. Themen der Veranstaltung waren »Das Kinogift und die Jugend« und »Unser Abwehrkampf gegen die Kinopest«. Das Arsenal der Schmähworte gegen die kommerziellen Filmtheater scheint unbegrenzt und so heißt es in dem Aufruf, bei der auch die vorangegangene Kinoerstürmung der Leipziger »Kämpfenden Jugend« unter dem Warnruf »Die heutige Gesellschaft verfault an Leib und Seele«[8] zur Sprache kommen sollte:

> »Jugend Berlins! Empört Euch gegen den seelenmörderischen Geschäftsgeist, der mit zynischer Gewissenlosigkeit die Volksvergiftung betreibt. Zeigt, daß ihr diesen Zuständen nicht länger gedankenlos zuschauen wollt, beweist, daß Ihr Eure Verantwortung klar erkannt habt. An alle, die noch jugendfrisch und stark den Kampf um ihre Ideale führen wollen, ergeht unser Ruf. Keiner darf fehlen. Zur Deckung der Unkosten und zur Schaffung eines Kampfschatzes wird ein Einlaßgeld von 50 Pf erhoben. Karten sind bei Carl Iwowski, Berlin, (...).«

Diese Annonce, die überregional im »Zwiespruch. Zeitung für Wanderbünde, amtliches Nachrichtenblatt des Bundes der alten Wandervögel, Anzeigenblatt unseres wirtschaftlichen Lebens«[9] verbreitet wurde, zeigt die Verankerung der Aktivitäten Iwowskis in der »Freideutschen Jugend« von 1913 und der sich nach Kriegsende durchsetzenden Umstrukturierung des gesellschaftlichen Selbstbildes des alten Wandervogels in der bündischen Phase der Jugendbewegung der Weimarer Republik. Iwowskis Zugehörigkeit zum Wandervogel v. B., der 1911 in Berlin von Willy Cichon als »vaterländischer Bund« gegründet wurde und mit circa 60 Untergruppen nach dem Krieg als »völkischer Bund« dem extrem rechten Flügel der Freideutschen Jugend zuzuordnen ist und dem national-sozial politischen Lager nahesteht, präzisiert die Motive seines sozialen Engagements. Gleichzeitig zeugt sie aber auch von der ideologischen Durchlässigkeit der organisatorischen Verknüpfungen innerhalb der politischen Orientierungskämpfe der Jugendbewegung nach 1918.
Mit dem politisch neutralen Einigungsbund aller Wandervogelbünde, dem »Wandervogel e. V. Bund für deutsches Jugendwandern«, verbindet ihn die gemeinsame Arbeit mit Richard Schapke, der den sich um 1919/20 abzeichnenden Zerfall des Einigungsbundes aufgrund der weltanschaulich miteinander konkurrierenden revolutionären Sozialisten, der liberal gemäßigten und konservativen Linken und der national-sozialen und neukonservativen Rechten im Vorstand nicht aufhalten kann. Mit ihm bereitet er die Protestveranstaltung gegen die sogenannten »Aufklärungsfilms« und das Geschäft der Kinobesitzer vor. Diese Veranstaltung kann sich auf einen breiten Widerhall in den verschiedensten Bünden der Jugendbewegung stützen. Hier ist ein Angriffspunkt für eine sozialreformerische Sammlungsbewegung von politisch rechts und links gerichteten Bünden gegeben, aus der sich 1920 die »Jugendringe« entwickeln, die dem propagierten Kulturkonsum das Primat der zu erneuernden reinen Volkskultur entgegensetzen und ein Potential der beginnenden Laienspielbewegung darstellen.[10]

Ebenfalls mit Schapke gibt er die Zeitschrift »Der neue Wille« heraus, die sich als lokales Organ des »Jungdeutschen Bundes«[11] profiliert. Dieser 1918 von Frank Glatzel wieder begründete Bund ist im Vorstand des Wandervogel e. V. vertreten und trägt als potentielles Sammelbecken von Teilen der nicht linksgerichteten Freideutschen Jugend zur Spaltung und letztendlichen Auflösung des Vereins erheblich bei. Über den Obmann des Jungdeutschen Bundes, Hans Wolf, der zusammen mit Schapke im Vorstand der Berliner Initiative sitzt im »Kampf gegen Kitsch und Schund« im Kino, auf dem Buchmarkt und in der Presse, besteht eine weitere persönlich vermittelte Beziehung der Volkskunst-Arbeitsgemeinschaft Iwowskis zum Bund und dessen Programm. Sie überschneidet sich mit der Eingliederung der jugendbewegten Wanderorganisation »Fahrende Gesellen« im »Deutschnationalen Handlungsgehilfenverband« in den Wandervogel v. B. im Jahr 1920.[12] Frank Glatzel ist zu dieser Zeit vollamtlich für den Handlungsgehilfenverband tätig. Von hier aus verlaufen Stränge des Jungdeutschen Bundes zur »Fichte-Gesellschaft von 1914«, einer auf dem Gebiet der Volksbildung und insbesondere der Volkshochschulbewegung tätigen Vereinigung, die »die Erziehung des Deutschen zum Volk, das heißt zur kulturellen, wirtschaftlichen und politischen Einheit erstrebt.«[13]

Die weitreichenden theoretischen und organisatorischen Verbindungslinien des Jungdeutschen Bundes dürfen nicht gleichgesetzt werden mit dem Umfeld, in dem sich Iwowskis Leben und Denken abspielt. Sie erreichen ihn in vermittelter Form durch Zeitschriften, Bücher und Rundbriefe, durch ein Netz von Kontakten zwischen den einzelnen Gruppen und Bünden und nicht zuletzt im Ladenlokal des Wandervogel v. B. an seinem Wohnort, der Teil des sich in der Jugendbewegung bildenden Binnenmarktes wirtschaftlicher Selbstversorgung und Selbstgestaltung des kulturellen Lebens ist. Hier liegt sein eigentliches Zentrum, aus dem heraus er agiert und Anregungen erhält. Die ihm nahestehenden Personen und das weite Einzugsgebiet möglicher Mitarbeiter bedürfen daher keiner eingehenden weltanschaulichen Übereinstimmung, um die Idee der Volkskunst-Arbeitsgemeinschaft voranzutreiben.

> »Wir müssen einen neuen Volksbegriff schaffen, eine Gemeinschaft, in der es keine ‚Klassen' gibt, eine Gemeinschaft, die jeder als seine Sache ansieht, an der jeder beteiligt ist, eine Gemeinschaft, ein Gemeinwesen, das nicht dem Einzelnen als ein fremdes Etwas gegenübersteht, sondern das ihn in sich einschließt als die Zusammenfassung aller Kräfte, eine Gemeinschaft als die übergeordnete Einheit, in die die Seele jedes Einzelnen hineinfließt.— Das Wesentliche dieses Volkstums ist sein Menschentum mit allen seinen seelischen und geistigen Anlagen und Besitztümern, ist seine Kultur. Diese Grundlage ist es zunächst, auf der wir uns sammeln müssen.«[14]

Die an die Öffentlichkeit drängenden Theateransätze der Arbeitsgemeinschaft vermitteln ein Stück dieses organisatorischen Entwicklungsmodells als Bildungstätigkeit nach außen und Formgebung des Gemeinschaftsgedankens nach innen:

> »Wieder einmal zeigt sich, daß es der Jugendbewegung vorbehalten war, den geraden Weg zu gehen — unsere Arbeitsgemeinschaft hat nun die Aufgabe, dem Ganzen die Wege zu weisen. Ihr Ziel ist klar: die deutsche Volksgemeinschaft. Die Wege hat sie zu finden. Auf dem Gebiet der Kultur hat sie die Grundlage der Einheit zu entwickeln und zu durchdenken und das Volksgut zu verwalten. Sie hat auch die Volkserziehung zu leisten. Ihre Mittel sind Schrifttum, Bühne, Schule und Wirken von Mensch zu Mensch.«[15]

Der Griff Iwowskis nach dem Kaspertheater, die Veranstaltung von Wohltätigkeitsfesten mit Gesang, Schattenspiel und Tanz unter seiner künstlerischen Leitung wie auch seine Darbietungen von Lichtbildvorträgen, »die in z. T. farbigen, meisterhaft aufgenommen

Aufführung des Kaspertheaters der »Wandervogel-Arbeitsgemeinschaft für Volkskunst« unter Leitung von Carl Iwowski, Berlin 1920

Lichtbildern, die Schönheit unserer Heimat und unser Leben und Treiben ‚Auf großer Fahrt durchs deutsche Land' zeigen«, und auf den abendlichen Straßen im Fischerkiez zu Großveranstaltungen mit zum Teil über 1500 Anwohnern anwachsen, beweisen die praktisch deutbare und innovative Relevanz dieser Denkansätze. Sie haben nichts mehr gemein mit der elitären, der Öffentlichkeit abgewandten Phase der bürgerlichen Jugendbewegung vor 1914, dessen schwärmerisches Oppositionspotential gegen das der Jugend im wilhelminischen Deutschland aufoktroyierte Kultur- und Bildungsverständnis aufgebraucht und gegenstandslos geworden ist. An die Stelle der »Mission ohne Ziel« (Frank Trommler) und dem begrifflichen Voluntarismus der auf dem Meißner-Fest der Freideutschen Jugend 1913 beschlossenen Kompromißformel: »Die Freideutsche Jugend will aus eigener Bestimmung, vor eigener Verantwortung, mit innerer Wahrhaftigkeit ihr Leben gestalten. Für diese innere Freiheit tritt sie unter allen Umständen geschlossen ein«, tritt nun der offene Bund der Einzelnen in der Tatgemeinschaft.[16]

Der im Triumpf in sein Heim davongetragene Kasper am »Nachmittag des trostlosen Winters 1919« ist daher nicht mehr nur eine Projektion aus dem Jugendreich des Wandervogels. In ihm verbirgt sich das Modell einer sozialen Phantasie, die im Kind das Volk und im Volk das organische Wachstum des Kindes erblickt.

IV.
Die Kasperbühne Iwowskis entwickelt sich rasch aus den improvisierten »Feuerwehreinsätzen« vor den Kinos zu einem Ereignis, dem man in den kommenden Jahren sowohl auf öffentlichen Spielplätzen im Fischerkiez, in Gemeindehäusern und Jugendheimen der Bezirke, bei Festveranstaltungen von Vereinen, aber auch in Schulen und Erwachsenenbildungseinrichtungen, Büchereien, Lesehallen und im Lessingmuseum begegnet. Sie ist eingebunden in die Programmabfolge von Liedern zur Laute, Fastnachtspielen nach Hans Sachs, Lichtbildvorträgen und Volkstänzen der Arbeitsgemeinschaft. Iwowski ist daher ständig auf der Suche nach neuen Mitarbeitern, die, wie er auch, ihre Freizeit für diese sozialpflegerische Arbeit opfern wollen:
> »Wer von Euch Zeit und Lust hat, der komme diesen Sonntag 7 1/2 Uhr ins Gemeindehaus St. Petri, Neue Grünstr. 19a, Jugendheim, 3. Aufg. Dort könnt Ihr die Vorführung meiner Puppenkomödie ‚Die Reise nach Ostindien' sehen. — Es handelt sich um eine Veranstaltung, die die Gemeinde zur Einführung ihrer Neu-Konfirmanden macht. Man hat mich um Mitwirkung gebeten. Selbstverständlich folgen wir jedem dieser Rufe. Je schwärzer der Wirkungskreis, desto freudiger für uns die Arbeit, Licht unseres Sinnes zu bringen.«

Die Botschaft dieser Tätigkeit ist die heilende Kraft naiver Komik und Unterhaltung, die »die Seelen der Jugend wieder reinbadet vom Staub und Schmutz der Großstadt«. Als Mittler fungieren die Puppen, denen sich im Spiel die Sympathien und überspringenden Lüste der Zuschauer mitteilen können. Sie erhalten provozierende Impulse durch die Zuspitzung einfacher Konfliktsituationen, die zunächst gelöst — aus der Befangenheit und Enge des sozialen Umfeldes der zu einem Publikum zusammengefaßten Kinder »erlöst« — werden müssen duch das Beispiel des draufgängerischen Kaspers. Der sozialisationsdramatische Effekt dieses Spiels liegt in der durch die direkte Ansprache des Publikums erzielten Entlastung von Alltagserfahrungen und in der Äußerungsmöglichkeit spontaner Affekte. Iwowski löst mit einer denkbar einfachen Dramaturgie genau die Reaktionen bei den Zuschauern aus, die er durch die Vorgabe der Konfliktkonstellationen »mein — dein, gut — böse, ja — nein« von der Bühne in das Publikum hineingibt. Im Sinne dieses dramaturgischen Vorverständnisses zu diesem frühen Zeitpunkt, bestätigt sich die soziale Sinngebung seiner Arbeit von selbst. Die vitale Energie des Kasperspiels vermittelt die Verheißung eines »wirklichen« Erlebens, das den Zuschauer über die Enge des Alltags erhebt und für die Gemeinschaft aufschließt im Fest.

Iwowskis Begeisterung für die gefundene Aufgabe spiegelt sich in seinem unermüdlichen Einsatz für die Organisation der Spiele. So erhält er einen Auftrag von der »Provinzialabteilung Brandenburg des deutschen Vereins für ländliche Wohlfahrts- und Heimatpflege« in Berlin zur Bildung einer Schar, »die sämtliche 38 Kreise Brandenburgs ständig bereisen soll, um in den Landgemeinden die Feste auf offenem Dorfplatz wieder zu neuem Leben zu erwecken.« Eine Probefahrt soll über die Osterfeiertage des Jahres 1921 stattfinden. Die Kreisausschüsse der Gemeinden Gleissen, Ahrensdorf und Költscher organisieren den Ablauf der Veranstaltungen und tragen die Reise- und Verpflegungskosten für die 12-köpfige Gruppe. Im Bericht über die Spielfahrt notiert Iwowski: »Wir führten großes Gepäck mit: Puppenbühne, 28 Puppen und Zubehör, Kulissen, elektrische Lichtlampe, Vorhänge, eine Kiste mit guten Büchern, ein Gestell 4 x 4 mtr. für die Projektionsleinwand und die vielen Musikinstrumente; so waren wir mühsam beladen.« Am Abend wird ein Osterfeuer entfacht, für das jeder Bewohner ein Bündel Reisig beisteuern soll:
> »Als dann die Flamme zum Himmel emporprasselte, erklang das Lied ‚Flamme empor' in die Nacht. Schöne alte Volkslieder wurden gesungen und Märchen erzählt. Und dann erzählten

wir von dem Sehnen des Städters nach Wald und Feld, von dem Suchen im Volke, den alten Geist der Volksgemeinschaft wiederzufinden, daß das ganze Land im alten Vertrauen sich wieder einen müsse, um dann durch Einheit und Gemeinschaft wieder zu erstarken.«

Am Ostersonntag beginnt die Vorstellung mit dem Kaspertheater:

»Lustig balgte sich Kasperle mit Tod und Teufeln und Gaunern herum. Und als dann zuletzt bei dem Hauptstück ‚Die Reise nach Ostindien', die schwarzen Menschenfresser, Krokodile, Negerhütten mit Totenschädeln, Schiffe auf hoher See erschienen, — die Krokodile, nachdem sie alle anderen Mitspieler aufgefressen hatten, sich an Kasperle heranwagten, da ging die Keilerei erst richtig los und der Jubel der Zuschauer ward riesengroß. Gewaltige Hämmer, eine große Pritsche, eine lange Forke, alles das verlor Kasperle beim Kampf mit den Ungeheuern. Doch als fast alles verloren war und die Not aufs höchste gestiegen war, da machte der tapfere Kasperle den Ungetümen mit einem gewaltigen Knall aus einer richtiggehenden Pistole ein schreckliches Ende. Und Kasperle hatte zur großen Erleichterung und Zufriedenheit der Zuschauer wieder einmal gesiegt.«

Das Gastspiel verläuft planmäß. Nur in Költscher herrscht ein Mißverständnis unter den Bauern vor, die erwartet hatten, daß man mit ihnen »die neuen Tänze, Foxtrott usw.«, einstudiert. Iwowski empfiehlt sich dem Verein für Wohlfahrts- und Heimatpflege für weitere durchgreifende Maßnahmen in Költscher und den umliegenden Dörfern, denn nicht zuletzt ist die Sehnsucht der anreisenden Städter nach Wald und Feld der Gegenpol zur wirtschaftlich bedingten Abwanderung ländlicher Bevölkerungskreise in die Industriemetropolen. So existiert

»in den Landesgemeinden und Städten der Provinz nicht nur ein weites Feld, sondern geradezu ein Bedürfnis für unsere Puppenvorstellungen. In den Dörfern Gleissen und Ahrensdorf war den Kindern das Puppentheater völlig fremd. Man hatte nie etwas derartiges gesehen, und so war es für mich eine Lust, die aufmunternde Begeisterung und gespannte Aufmerksamkeit zu verspüren, mit welcher die Jugend nicht nur den Vorgängen auf der Bühne folgte, sondern, mitgerissen durch die Begeisterung, auch handelnd in das Spiel eingriff. Und das ist der größte Triumph, den ein Puppenspieler erzielen kann.«

V.

Carl Iwowski verfolgt den Plan, die wachsenden Anforderungen an seine bisher unentgeldliche Spieltätigkeit durch die Unterstützung finanzkräftiger Partner abzusichern. Durch die Gründung der »Volkskunstbühne« kann er mit Hilfe bezahlter und unbezahlter Kräfte seine Kündigung als Fremdsprachenkorrespondent im Häutehaus Terjung planen. Das Berliner Adressbuch verzeichnet ihn 1921 bereits als Kaufmann und Leiter einer kunstgewerblichen Werkstatt in der Fischerstraße. Er richtet sich darauf ein, seine junge Familie als Selbständiger zu ernähren. Seinen Zielen kommt vor allem das Interesse der nach dem Krieg errichteten städtischen Jugendämter und der regional tätigen Verbände der freien Wohlfahrtspflege entgegen, die seit 1919 im »Ausschuß der deutschen Jugendverbände« zusammengeschlossen sind.[17] Im Mai 1921 schließt er einen Vertrag ab über die Durchführung von Puppenspielen für die Abteilung »Jugendbühne« des Deutschen Jugendwerks. Von diesem Zeitpunkt an spielt er hauptsächlich für diese Einrichtung der Jugendringe in Stadtteilen und in den Außenbezirken Berlins.

Die Einflußnahme der im Ausschluß der deutschen Jugendverbände vertretenen Bünde der Jugendbewegung auf die Beratung des Reichsjugendwohlfahrtsgesetzes vom 14. Juni 1922, und damit auf die grundlegende Trennung und eigenständige Profilierung des Begriffs Jugendpflege gegenüber der herkömmlichen Praxis der staatlichen Jugendfürsorge, trägt entscheidend zur Ausgestaltung des pädagogischen Klimas in den Bildungseinrichtungen bei. Arbeitsschwerpunkt dieses nicht staatlichen Dachverbandes ist die Betreuung und

Organisierung der Jugend bis 25 Jahre. Obwohl der prozentuale Anteil der Jugendbünde gegenüber den sozialen Einrichtungen der Kirchen, der Jugendabteilungen der Parteien, Gewerkschaften und Berufsorganisationen gering ist,[18] vertreten sie im Dachverband das theoretische und praktische Potential der freien Bildungsarbeit und der pädagogischen Reform. Von außen nehmen die Formen der überbündischen Singe- und Musikbewegung, der Arbeitskreise für Volks- und Laienspiel und die Pflege des Volkstanzes Einzug in die Jugendarbeit und werden zum Allgemeingut der pädagogischen Praxis.[19] Das bedeutet jedoch nicht, daß sie sich immer mit den ambitionierten Ansätzen der Kunsterzieherbewegung, der Schulreform und der Demokratisierung des Bildungssektors insgesamt verbinden. Die spezifische Organisationsform und weltanschauliche Ausrichtung der voneinander unabhängigen Verbände, wie auch die überwiegend an Privatpersonen gebundene, ehrenamtliche Übernahme von Jugendpflegeaufgaben für die Jugendämter, beeinflussen den Wirkungsgrad und bestimmen den »Kampf um die Jugend«. So ist Jugendpflegearbeit auch immer eine Werbetätigkeit um ein zu gewinnendes Klientel.
Seit November 1920 kann sich Iwowski auf eine Berichterstattung über seine Bühne stützen. In den Illustrierten »Die Gartenlaube«, »Das Echo«, »Der Türmer« und in den Zeitschriften »Jungdeutsche Stimmen« und »Das deutsche Volkstum« erscheinen Artikel, die seine Beschäftigung mit dem Handpuppentheater beispielhaft hervorheben. Diese Presse scheint ihm den Weg zu den Schuldirektoren, zu Jugendpflegeämtern, zur Fichte-Gesellschaft von 1914 und zum Kultusministerium zu öffnen. Damit verläßt er den engeren Wirkungskreis seiner persönlichen Bekanntschaften innerhalb der Jugendbewegung und gründet zu Beginn des Jahres 1922 die »Iwowski-Puppenspiele«.
Mit dem seit 1919 erarbeiteten Repertoire ist es möglich, die oft mehrtätigen Spielverpflichtungen seiner Bühne an einem Ort zu erfüllen. Mit Max Radestock, der bei Iwowski das Handpuppenspiel erlernt und später eine eigene Bühne gründet, eröffnet er die erste Spielzeit durch ein 8-tägiges Gastspiel in der städtischen Jugendbühne in Berlin-Lichtenberg mit den Stücken »Der Schatzgräber«, »Der Teufel in Nöten«, »Die Hexe Waltraude — oder Kasperl unter den Räubern« und »Das Plagehemd«. Die für diese Stücke früher zum Teil verwendeten Industriefiguren (u. a. die vom Dürerbund, eine dem »Kunstwart. Zeitschrift für Ausdruckskultur« angegliederte Verkaufsagentur, vertriebenen Böcklin-Puppen)[20] kommen aber wegen ihrer geringen Größe jetzt nicht mehr zum Einsatz. Iwowski hat nach seinen Entwürfen massive Holzköpfe schnitzen lassen, die ca. 20—25 cm hoch sind und mit dem Kostüm Figuren von insgesamt 60 cm Höhe ergeben. Er begründet diesen Entschluß mit der wachsenden Publikumszahl in seinen Vorstellungen, die höhere Ansprüche an die »Fernwirkung« der Puppen im Bühnenausschnitt stellt. Diese zunächst aus praktischen Gründen einleuchtende Entscheidung gibt einen Hinweis auf die Spielauffassung Iwowskis. Er wünscht sich klar identifizierbare Typen, die in ihrem bildnerischen Ausdruck dem Rollenpart der Figur unverwechselbar entsprechen und durch ihre Erscheinung, in welchem Stück auch immer, ihre Funktion im Spiel dem Publikum signalisieren. Die Erkennbarkeit einer Puppe bemißt sich an den optischen Wiedererkennungswerten, die sie vom Ensemble der auftretenden Typen sozial abgrenzt und ihr als Rollenrepertoire ins Gesicht geschrieben wird. Hinzu kommen spezifische Attribute: Eine angeschnitze Krone weist einen alten Mann als König, ein Mädchen als Prinzessin aus. Der Zauberer hat eine hohe spitze Mütze, dem Teufelskopf entspringt ein gebogenes Horn und der Diensthut des Polizisten ist ebenso groß wie sein aufgedunsenes Gesicht, das zudem in

Handpuppenköpfe zum Kaspertheater der Iwowski-Puppenspiele; links außen der Kasper; Berlin, um 1922

einem Kinngurt ausläuft, der den gesamten Kopf umklammert. Die Würde, aber auch die Bürde des Amtes wird dadurch auf die weit vorspringende Nasenspitze getrieben, während sich die diensttuenden Augen vor den bukolischen Albernheiten des Kaspers am liebsten für immer schließen würden.

Im Ensemble betrachtet, sind diese Köpfe von einer grotesken Ausstrahlungskraft, der aber eine innere Ordnung zugrunde liegt. Die Kasperfigur umschließt charakteristisch das Ausdrucksrepertoire aller auftretenden Typen und dirigiert so das Spiel. Seine exponierte Stellung im Geschehen erlangt er vorab durch seine Position auf der Spielleiste, die er mit einem Bein zum Publikum hin überschreitet und somit den dramatischen Zuspitzungen der Handlung um eine Wirklichkeitsdimension voraus ist. Daher kann er sich vor dem König verbeugen, ohne seine natürliche, sitzende Haltung aufzugeben. Das vorgezogene Kinn der Hexe kann leicht zu Zusammenstößen mit seinem ebenfalls nicht unbescheidenen Unterkiefer führen und ist daher ein vorzüglicher Angriffspunkt seiner Pritsche. Der Teufel, der so schaurig seinen Mund verzieht und eher ein verbogenes Gitter denn ein Gebiß zeigt, weiß nicht, ob er sich vor seinem eigenen Anblick fürchten soll und kann dem Kasper nicht in die Augen schauen. Das erweist sich schnell als gravierender Nachteil, denn der blinzelt andauernd in die Luft und hält nach dem zweiten Horn Ausschau. Da er es aber nicht finden kann, korrigiert er die läßliche Erscheinung mit einem Schlag. Mit dem Zauberer verbindet Kasper der Drang nach höheren Einsichten, die der eine unter dem Hut, der andere aus dem Hut hervorzaubert. Im Umgang mit dem Polizisten führt dieses Spiel aber nicht weit, da er nicht weiß, ob er seine Kopfbedeckung ohne Gesichtsverlust überhaupt abnehmen kann.

Das Prinzip »Fernwirkung« dient vornehmlich der Erhöhung spielerischer Möglichkeiten und der Differenzierung realistischer Verhaltensweisen und Motivationen, die den Typen für das Zusammenspiel bildnerisch mitgegeben werden und sich in grotesker Weise im Spiel steigern können. Mit dieser Auffassung bewegt sich Iwowski auf einer Stufe der Entwicklung, die zwischen dem traditionellen Kaspertheater des Jahrmarktes und dem künstlerischen Handpuppentheater liegt, an dessen Entwicklung er in den folgenden Jahren arbeitet.

Die Figurengestaltung, hier vor allem noch die Gestaltung des Puppenkopfes auf der Suche nach dem eigenen Stil, entwickelt sich unter dem Aspekt zeichenhaft vermittelter Beziehungen, die um die Figur des Kaspers kreisen und konkrete Spielanweisungen und Regeln in sich tragen. Durch sie ist die Kontaktaufnahme und Interaktion der Figuren von Anfang an festgelegt. Unterschiedliche Bewegungstempi, Sprachmodulation und Gestik dienen ausschließlich der Kennzeichnung zweier miteinander konkurrierender Typen, deren Konflikt zwar körperlich bedingt, aber psychologisch motiviert ist. Der Kasper siegt, indem er Teile seines eigenen Handlungsspektrums auf die körperliche Präsenz einer anderen Puppe projiziert und in ihr bannt. Damit wird die Ursache der Spannung zwischen den Figuren, die sich über die Mobilität des Kaspers im Wechsel seines Rollenverhaltens gegenüber dem begrenzten Ausdrucksspektrum der anderen Figur aufbaut, zum Makel des Gegenspielers vereinseitigt. Der notwendige Befreiungsschlag gegen die inszenierte Bedrohung folgt und beweist die Überlegenheit des Kaspers. Seine scheinbare Schwäche und die plötzlich erwiesene Geschicklichkeit in der Gefahr empfehlen ihn als Identifikationsfigur für das kindliche Publikum. Im Urteil der Pädagogen heißt es darüber:

> »Herr Carl Iwowski bemüht sich u. a., das alte Kasperlespiel der Jugend in anregender und neuer Weise darzubieten. In der Aufführung, der ich beiwohnte, wußte sich Kasperle sogleich in lebhafte Wechselwirkung und Verbindung mit den jungen Zuschauern zu setzen und fröhliches und gesundes Lachen zu erwecken.« (Louisen-Gymnasium, Berlin)
>
> »Die dramatische Gestaltung der Handlung, die flotte Vorführung und die gute sprachliche Darstellung hatten zur Folge, daß die Kinder dem Spiel nicht nur großen Beifall zollten, sondern ihm mit unvermindertem Interesse, daß geradezu ein Miterleben beobachten ließ, bis zum Schluß folgten. Der Besuch des Theaters kann daher empfohlen werden.« (3. Gemeindeschule, Berlin)

Die gute Beurteilung und die Bescheinigung des pädagogischen Wertes »primitiver, aber ethischer Volkskunst« zeigen die Wirkung des Spiels bei den Kindern, die im Rahmen des Unterrichtes ein seltenes Vergnügen auskosten und, zum Erstaunen der Pädagogen, die mühsamen Hürden der schulischen Lehrziele unter Kaspers Anleitung spielend nehmen. Bemerkenswert ist auch die Toleranz, mit der man seinen Abenteuern freien Lauf läßt:

> »Er ist so wie sie (die Kinder, M. W.) abenteuerlustig. Je unbekannter ihm etwas ist, mit desto heißerem Verlangen will er erkunden, wie sichs mit der Sache verhält. Wie sie unternimmt er mit Unbedenklichkeit und ohne großes Zögern den Schritt ins Unbekannte, denn er möchte ,sehen'. Sein Mut ist frisch, sein Tun unverzagt auch dann, wenn das Unternehmen etwas brenzlig wird. (...) Mit dem Leichtmut des Kindes nimmt er es mit dem heimtückischen Zauberer auf; an Gefahr denkt er nicht; und daß auch etwas Böses, etwas sehr Böses, oder gar Grausames im Gefolge seines Erlösungswillens mitspielen kann, das nimmt er federleicht.« (Pressekritik, Teplitz/Schönau, Böhmen)

Die Bewahrpädagogik alten Stils macht ihre Referenz vor dem Leben wie es ist und wie es auch sein soll:

> »Und die Kleinen! So etwas war ihnen in Haida noch nicht geboten worden. (...) Der Darsteller wußte aber auch sehr geschickt, die Verbindung zwischen Kasperle und den Kindern herzustellen. Er frug die Kinder um Rat und ihre Meinung und es war köstlich anzuhören, wie die Kinder Partei nahmen für Kasperle, den Vertreter des Guten, und Stellung gegen den Teufel, den Vertreter des Bösen. Ein Beweis dafür, daß die Puppenspiele auch erzieherisch wirken.« (Pressekritik, Haida, Böhmen)

VI.

Der Aufschwung der Bühnentätigkeit schlägt sich in ausgedehnten Gastspielreisen ins Saarland und in die Pfalz (Oktober–Dezember 1922), in die Tschechoslowakei

(Januar—Mai 1923) und nach Österreich (November—Dezember 1923 und Januar—Juni 1924) nieder. Dort gibt Iwowski Vorstellungen auf Einladung der »Selbstverwaltungskörper des Volksbildungswesens« für die deutschsprachige Bevölkerung und für die Urania-Gesellschaft. Die Vermittlung der Reisen wird gefördert durch die Fichte-Gesellschaft in Berlin, die vermutlich auch die schwierigen Reiseformalitäten durch eine Intervention beim Kultusministerium regeln hilft. Bedeutsame Hilfestellung gewährt sie ebenfalls im Bereich der Kosten für Bahnkarten und Gepäcktransporte, die durch eine Anerkennung der Gemeinnützigkeit der Puppenbühne ermäßigt werden. Dies wirkt sich auch auf die Erlassung der Vergnügungssteuer für die Aufführungen aus.

Die Spielzeit 1925/26 bringt eine hektisch anmutende Serie aufeinander folgender Kurzreisen, die von Iwowskis neuem Domizil in Röntgental/b. Berlin ausgehen und nach Westfalen, Pommern, Ostpreußen, in den Freistaat Danzig und durch die Mark Brandenburg führen. Diese Spielfahrten gelten den Theatergemeinden des »Bühnenvolksbundes« (BVB), für den die Bühne z. T. auf eigenes Risiko Tourneeaufträge ausführt. In Verbindung mit dieser Organisation, die neben dem »Volksbühnenverband« zu den bedeutenden Theaterbesucherorganisationen der Weimarer Republik zählt, firmiert das Theater als »Iwowski-Puppenspiele. Puppenspieler des Bühnenvolksbundes« ab Beginn der Spielzeit 1924/25. Die Westfalenreisen bieten erstmalig die Gelegenheit, in Stadttheatern zu gastieren und Matinéen für Kinder durchzuführen. Um einen Eindruck von den unter schwierigsten Bedingungen durchzuführenden Auftritten zu geben, soll im Folgenden aus den täglichen Spielberichten einer Reise durch die Bezirke Labes/Pommern und Guben/Mark Brandenburg zitiert werden. Die Spielberichte sind Teil der vertraglichen Abmachung mit dem BVB und dienen offensichtlich dem Zweck, die Expeditionen der Partner Carl Iwowski und Hermann Rulff[21] in die tiefste Provinz für die Klärung der örtlichen Verhältnisse zu nutzen, um sich ein Urteil über die Möglichkeit weiterer Gemeindegründungen bilden zu können:

»*Runow, 13. September 1925:* Ein Puppenspielertag:
Nach dem Spiel und dem Abbau bei Frau von Perzin in Dorow kamen wir gegen 1/2 1 Uhr zur Ruhe (Das ist nichts außergewöhnliches, sonder die übliche Stunde unseres zu Bett gehens). 1/2 6—6 Stunden verbringen wir ruhend und schlafend bis zum unbarmherzigen Schrillen des Weckers. Ab 7 Uhr zwei Stunden Wagenfahrt durch strömenden Regen zum Bahnhof. Das Kleinbähnchen bringt uns mit einer Geschwindigkeit von 16 km/h nach Masow, wo wir fröstlnd 1 1/2 Stunden in der Wellblechhalle auf Weiterbeförderung nach Labes warten. Um 1/2 2 Uhr sind wir glücklich in Runow, bauen auf, spielen von 3 Uhr bis 3/4 5 Uhr, packen ein, um 6 1/2 —7 Uhr Wagenfahrt nach Krätzig. Als Spiellokal ist der Kornboden des Gutes vorgesehen. Da allerdings nur 2,10 m hoch, ist der Bühnenaufbau unmöglich. Wir halten Umschau nach einem anderen Raum. Der Kuhstall. Das Gepäck wird hineinbefördert. Die Kühe gebärden sich unruhig, glotzen uns Eindringlinge an und fangen schließlich an zu Brüllen. Wir müssen weichen. Zuflucht bietet ein Düngeschuppen, in den es zwar durchregnet, der aber hoch genug ist, die Bühne unterzubringen, und der groß genug ist, um die etwa 100 Zuschauer, die sich inzwischen angesammelt haben, unterzubringen. Jedoch ist kein Licht da. Mit einer Taschenlampe ausgerüstet, turne ich eine Stunde im Gebälk, um den Kurzschluß zu suchen. Das Pulikum schaut mit Interesse zu. (...) Herr Iwowski sitzt indessen vor den Dorfbewohnern auf den Puppenkoffern, frierend in sein Schicksal ergeben, und hält einen Vortrag über christlich-

nationale Kunst auf dem Lande. In Hinterpommern. Es wird Neuland vorbereitet. 1/2 9 Uhr, der Veranstalter sagt ab. Grund: technische Schwierigkeiten. In der Schloßküche bekommen wir unser erstes Essen an diesem Tag. Die Mamsell bestellt die Entschuldigung der Herrschaft, daß sie nicht wußten, mit wem sie es zu tun haben. Morgen sind wir bei Herrn von Bismarck.

*Wiesemann, 8. Dezember 1925*: Der Lehrer Wegener schien sich gewissenhaft seiner Pflicht entledigt zu haben, doch ohne die geringste Liebe zur Sache. Die Bevölkerung, die in der Gaststube zahlreich vertreten war, stand uns fast feindlich gegenüber und war schadenfroh über den geringen Besuch. Dementsprechend war auch die Aufnahme des Spiels. Vernehmliche Stimme eines Jugendlichen, die Beifall fand: ‚So'n Scheiß seh ich mir noch mal an.' Wenn wir Herrn Wegener auch den mangelhaften Abendbesuch nicht vorwerfen können — wegen der eigenartigen Zusammensetzung der Bevölkerung und der politischen Verhältnisse — so hätte aber nachmittags der Saal gedrängt voll sein können. Wiesemann hat ca. 1500 Einwohner.

*Ziltendorf, 9. Dezember 1925:* Veranstalter war Lehrer Haubitz. Vorbereitung und Erfolg beider Vorstellungen sehr gut. Das Spiel wurde gut aufgenommen, das Publikum war dankbar und von mehreren Seiten wurde der Wunsch geäußert, die Sache möglichst bald wiederzusehen. Unterbringung und Verpflegung im Dorfgasthaus. Bei der Erinnerung packt mich der Ekel. Beim Essen waren wir äußerst bescheiden. In der Nacht warteten wir angetan mit unseren Mänteln und bedeckt mit dem Bühnenvorhang auf den Morgen. Die Betten, ein Fremdenbuch mehrerer geschlechtsstarker Generationen, hatten wir vorsichtig in der einzig freien Ecke des Zimmers aufgehäuft.

*Fürstenberg, 10. Dezember 1925:* Als Veranstalter für eine Abendveranstaltung ist es ratsam, den zuständigen interessierten Verein zu gewinnen: Kunst-, Literatur- oder Theaterverein oder dergleichen. In solch kleinen Städten wie Fürstenberg (6—8000 Einwohner) ist es schwer, das einmal vorhandene Urteil, Puppenspiele seien etwas für Kinder, zu überwinden. Noch dazu, wenn die Veranstaltung von der Schule ausgeht.

*Germersdorf, 11. Dezember 1925:* Werden wir trotz des mangelhaften Besuchs in guter Erinnerung behalten durch die freundliche Aufnahme bei Frau Ziegeleibesitzer Klempe. Außerdem waren wir durch das Vorsprechen im Wohlfahrtsamt und die Einladung des Herrn Landrat, von nun an bei ihm zu wohnen, falls in den Orten die Unterbringung nicht garantiert gut sei, von der Gewißheit erfüllt, daß unser Wirken und unsere Anwesenheit doch von einigen uns wohlgesinnten Menschen mit Interesse begleitet wurde und fühlten uns damit nicht so fremd im Kreis.

*Genzelle, 12. Dezember 1925:* Vorbereitung sehr mangelhaft. In dem ganzen Ort, d. h. von der Bahn bis zum Seminar, sahen wir nur ein Plakat. Von den drei Veranstaltern, evangelischer Pfarrer, Ortsvorsteher und katholischer Rektor, fühlte sich niemand sonderlich verantwortlich. Sie hatten sich einer auf den anderen verlassen.

*Wollnitz, 13. Dezember 1925:* Ein Sonntag. Organisation gut. Die Bauern setzten dem veranstaltenden Lehrer einen sinnlosen Widerstand entgegen. Die Kinder waren durch das geschickte Vorgehen des Lehrers restlos erschienen. Aber abends, nicht ein einziger Bauer, nur ca. 30 Knechte usw. Die Bauern saßen und freuten sich ihrer wohlgelungenen Hintertreibung.

*Stazedjell, 14. Dezember 1925:* Der Glanzpunkt der Fahrt. Bei Herrn Pfarrer Kremzig und dessen tatkräftiger Gemahlin war die Sache in richtigen Händen. Nachmittags und abends

war der Saal voll und die Kinder waren begeistert, wie immer. Abends lauschten die Zuhörer andächtig und der Pfarrer verglich mit seiner Kirchengemeinde ergriffen und dankbar. Etwas mitnehmend, gingen die Leute heim.
*Strega, 18. Dezember 1925:* Ein kläglicher Abschluß in einem großen, schlecht heizbaren Saal des Brauereigasthauses. Sitzen nachmittags etliche Kinderchen eng zusammen gerückt und frieren. Dahinter sitzen der Herr Pfarrer, der Herr Lehrer. Abends sitzen um einen Ofen im entferntesten Winkel des Saales einige Bauernburschen und in der Mitte des Saales kichern fröstelnd einige Mädchen. Wir haben gespielt, als lauschten still und andächtig Hunderte.«

Unverkennbar äußern die Spieler ihren geprüften Unmut über die Fährnisse der Basisarbeit in Sachen Volkskunst. Verglichen mit den bewundernden Reaktionen des städtischen Publikums während der Gastspielreisen in die Tschechoslowakei und nach Österreich, scheint die Konfrontation des Theaters mit dem Phänomen »Volk« auf einem grundlegenden Mißverständnis zu beruhen. Der geschlossene Bund mit den Honoratioren der Dörfer und Gemeinden, die als Veranstalter auftreten, kann eine Opposition gegen die Bühne mobilisieren, die eine Ventilfunktion hat für die herrschenden örtlichen Verhältnisse unter den Bewohnern. In dem System »örtlicher Wohlfahrtszwecke« und zentral ausgehender »gemeinnütziger Bestrebungen«, zerfallen die Adressaten des Konzeptes »Volksbildung« in ein teils naiv interessiertes oder geheimbündlerisch-genießendes Publikum und in einen Kreis von Zuschauern, die das Theater vor dem Theater inszenieren. Dieser als Beeinträchtigung seiner künstlerischen Arbeit empfundene Eingriff begegnet Iwowski in einem Prozeß, den er auch gegen die Maßstäbe und das Qualitätsbewußtsein für Volksunterhaltung bei den Partnerorganisationen BVB und Fichte-Gesellschaft behaupten muß. Er will die »Darstellungskunst mit Puppen« entwickeln und in seinem Theater vorantreiben.

## VII.

In den erwähnten Abendveranstaltungen gibt Iwowski seine Version des »Dr. Faust«, ein Spiel mit äußerst expressiv gearbeiteten, maskenhaften Figuren, die er bereits im Sommer 1919 aus Baumwurzeln und gespaltenen Holzklötzen geschnitzt hat. Als ausschließlich für ein erwachsenes Publikum gedachte Inszenierung, kommt dieses Stück erst auf den Tourneen richtig zur Geltung. Im Urteil der Presse findet es einen besonderen Widerhall, da man mit Erstaunen das differenzierte Ausdrucksspektrum des Handpuppentheaters feststellt. Daß der »Dr. Faust« in unveränderter Gestalt und Ausstattung und in einem gewissen Gegensatz zum bildnerischen und dramaturgischen Kalkül der Kasperpuppen ab 1923 regelmäßig auf dem Spielplan steht zeigt die Tendenz, neben der Kasperkomödie auch das Puppenschauspiel zu etablieren.

Diese Repertoireerweiterung geschieht auf dem Wege der Dramatisierung von Märchen und Sagen — ein Genre, das bis zu diesem Zeitpunkt der Marionettenbühne vorbehalten war — und zieht Reflexionen über die räumlichen Wirkungsmöglichkeiten der Puppe auf der Bühne nach sich. Mit der Inszenierung »Rumpelstilzchen« erreichen die Iwowski-Puppenspiele 1926 einen Höhepunkt der Entwicklung des künstlerischen Puppentheaters, der zugleich als vorläufiger Endpunkt einer Geschichte der Qualifizierung des Puppenspiels zu einer Form des Kindertheaters angesehen werden kann. Im Handpuppentheater bildet sich zu dieser Zeit ein Stilbewußtsein heraus, das in den kommenden Jahrzehnten formal und inhaltlich nicht mehr weiterentwickelt und als Erfolgsrezept von den folgen-

Zwei Hofbeamte und der Koch aus der »Rumpelstilzchen«-Inszenierung der Iwowski-Puppenspiele; Figuren von Paul Pilowski, Berlin 1926

den Generationen in einer unreflektierten Mischung von Kasperkomödie und moralisierender Märchenadaption zerspielt wird.

Prägendes Kennzeichen für die neue Dramaturgie Iwowskis ist die Intention, Kindern einen Märchenstoff authentisch darzubieten. Seine Bühnenversion zielt auf die Verinnerlichung einer durchaus als bekannt vorauszusetzenden Geschichte, die er nicht interpretiert, sondern durch das Spiel der Puppen belebt. Er setzt dabei auf den Erlebnisgehalt illustrativer Bilder, die Bekanntes fremd und neuartig erscheinen lassen. Von dem Ausstattungswahn der jährlichen Weihnachtsmärchen im Kinderschauspiel setzt er sich aber strikt ab durch die Verwendung stilisierter Bühnenbilder, die den Ort der Handlung nur andeuten. Der Bühnenraum gliedert sich in eine Vorder- und Hinterbühne durch eine vorgezogene Spielleiste und abgestuft hintereinander angebrachte Vorhänge, die den Mittel- und Hintergrund als simultane Spielfläche erschließen. Hiermit wird der Begegnung phantastischer und realistischer Wesen im Märchen ein szenischer Ausdruck verliehen. Gleichzeitig signalisiert diese Struktur verschiedene Kommunikationsebenen zwischen Bühne und Publikum.

Im »Rumpelstilzchen« tritt der Kasper in einer, für die Entfaltung des Konfliktes um die angeblich Stroh zu Gold spinnende Müllerstochter untergeordneten Position auf. Als Knecht des Müllers wird er künstlich in die Handlung eingeflochten. Zu Beginn des Stückes begrüßt er das Publikum vor geschlossenem Vorhang — also an oder auf der Spielleiste — und erkundigt sich nach dem Titel des aufzuführenden Stückes. Während er Auskunft gibt über den soeben in der Mühle angenommenen Dienst, öffnet sich der Vorhang. Damit das Spiel beginnen kann, will er schnell seine Arbeit beenden und bittet, ihn mit dem Lied »Es klappert die Mühle am rauschenden Bach« zu unterstützen. Mit Hilfe der aus Kindergarten und Schule bekannten rhythmischen Begleitung durch Händeklatschen, dessen Einsatz von Kaspers Holzhänden eindringlich vorgegeben wird, entwickelt sich der gemeinsame Gesang und das Mühlrad im Hintergrund beginnt sich im Takt zu drehen. Die folgende Szene setzt noch während des Gesanges ein, indem der Müller hinter den Kulissen nach dem Kasper ruft und damit die Aufmerksamkeit auf seinen Auftritt lenkt. Der sich entspinnende Dialog über den gerechten Lohn fleißiger Arbeit findet im Mittelgrund der Bühne statt und entzieht sich der Ebene, auf der Kasper mit dem Publikum spricht. Damit reklamiert die Handlung eine autonome Bühnenwirklichkeit, die sich von einer direkten Stellungnahme der Zuschauer zum Geschehen ablöst.

Die soziale Dimension der handelnden Figuren ist gegenüber der Vorlage um die Rolle des Knechtes erweitert. Die Anmaßung des Müllers gegenüber dem wie von ungefähr auftretenden König, seine Tochter könne Stroh zu Gold spinnen, wird von Kaspers provokanter Idee, er könne durchaus als Knecht die Müllerstochter heiraten, kontrastiert. Allerdings stellt er nicht den Anspruch, sondern will den hochmütigen Mann nur warnen. Nachdem die Prüfung der Müllerlene vom König angeordnet wurde, verschließt ein Zwischenvorhang den Blick auf die Mühle. Nun reklamiert der Kobold Rumpelstilzchen die Szene und verbreitet, unterstützt von Lichteffekten und bengalischem Feuer, seine diabolische Freude. Aus der Begegnung des Müllers mit dem König will er seinen Vorteil ziehen.

Der Umbau zum nächsten und zu allen folgenden Aufzügen und Bildern wird mit bekannten Melodien, etwa »Wenn der Topp nun aber ein Loch hat« oder »O Täler weit, o Höhen« überbrückt und gibt den Kindern Gelegenheit zum Mitsingen. Die Musik verklingt, wenn das Gespräch der Hofbeamten über die merkwürdigen Vorgänge um die Müllerstochter einsetzt. Die Handlung überspringt das erste und zweite Treffen des Mädchens mit Rumpelstilzchen in der Kammer. Erst im dritten Bild wird der Vorgang des Goldspinnens mit beeindruckenden Lichteffekten und einem glitzernden Vorhang, der sich vor die Strohmatten zieht, vorgeführt. Die Rolle Rumpelstilzchens als Helfer aber auch arglistiger Eindringling, der die Bühne beherrscht und das Ende der Aufzüge herbeiführt, steigert sich im ersten Bild des dritten Aufzuges, indem das unheimliche Wirken der Figur zu Beginn der Szene durch einen Vorhang aus Goldbrokat bildlich symbolisiert wird. Hat sich Rumpelstilzchen im ersten Akt die Vorderbühne und im Auftritt des zweiten Aktes die Mittelbühne erobert, so bestimmt er nun den gesamten Raum, ohne selbst anwesend zu sein. Nach Ankündigung der Geburt des Königssohnes durch einen Herold teilt sich der Vorhang und man sieht den Thronsaal. Die nahe Ankunft Rumpelstilzchens kündigt sich durch die Lichtregie an (zunehmende Dämmerung). Sein Erscheinen versetzt den ausbrechenden Tumult in ein Halbdunkel, aus dem der Springteufel grün angestrahlt hervorsticht und seine Forderungen stellt. Der Spannungsbogen erreicht seinen Höhepunkt und bricht mit dem Verschwinden Rumpelstilzchens, und damit dem Ende des dritten Aktes, jäh ab. Der vierte Akt bringt den Kasper wieder ins Spiel ein, den der Staatsnotstand nicht ruhen läßt und auf der Suche nach dem »unbekannten« Wesen in den Wald treibt. Szenisch wird die Vorderbühne durch einen durchsichtigen Zwischenvorhang begrenzt, hinter dem der Wald und ein Kessel zu sehen ist. Das Spielprinzip des zeichenhaft anwesenden Rum-

Carl Iwowski mit seinem dritten Kasper (1925); Foto um 1934.

pelstilzchens modifiziert die dem Publikum zugewandte Rolle Kaspers. Er kann den beschwörenden Gesang des Koboldes belauschen, ohne daß die Kinder ihm vorauskommen und den Namen nennen. Die Durchdringung einer phantastischen und einer realistischen Ebene im Spiel, die sich in der räumlichen Aufteilung der Bühne spiegelt, ermöglicht es dem Kasper als mittelbar mit der Handlung verknüpftem Beobachter, ein Bündnis mit dem Publikum zu schließen, das auf der die Handlung vorantreibenden Spielkonvention der Stilbühne beruht.

Ein Gespräch mit den Kindern auf der Vorderbühne nach dem Abtritt Rumpelstilzchens bricht die Macht der phantastischen Figur, indem der Name zum Gegenstand eines Liedes wird, das den Kasper im gemeinsamen Gesang mit dem Publikum zum Schloß begleiten soll. Der Knecht/Kasper dringt unbesehen bei Hofe ein und präsentiert die Lösung. Unter Glockengeläut und Fanfarenmusik wird dem Bühnenzauber des Koboldes der Garaus gemacht. Die letzte Szene zeigt wieder das Bild vom Anfang. Der Müller schenkt dem Kasper aus Dankbarkeit die Mühle und fordert ihn auf, sich nun eine Frau zu suchen. Kasper der Held und seine Helfer empfangen den Lohn der guten Tat.

Von heute aus betrachtet mag man mit der Konstruktion des Modells »sozialer Aufstieg« contra »bestrafte Habgier« unzufrieden sein. Das Experiment »Darstellungskunst mit Puppen«, wie es sich in ähnlicher Weise auch bei anderen Bühnen des beschriebenen Zeitraums aus naheliegenden sozialhistorischen Gründen vollzogen hat, bezeichnet aber auch die Frage nach der »Puppe als Darsteller« und steht damit am Beginn einer selektierenden und konstruktiven Auseinandersetzung mit dem Puppentheater als Kaspertheater, aus dem die dramaturgischen Modelle abgeleitet werden auf der Suche nach den Möglichkeiten des Mediums, das als solches noch nicht in vollem Umfang erkannt wurde.

»Der Kasper ist kein Clown«
Zur Organisation eines Unterhaltungsmediums im Nationalsozialismus

Gerd Bohlmeier

I. Puppentheaterverbände vor 1933
Bevor sich im Jahre 1927 Freunde des Puppenspiels, Laien- und einige Berufsspieler zu einem Verband zusammenschließen, existierte bereits seit 1921 eine »Abteilung Puppentheater« des Theaterkulturverbandes.[1] Nachdem der Theaterkulturverband im August 1926 seine Aktivitäten als »Beratungsstelle für Theaterkultur« einstellen muß, bildet sich aus der »Abteilung Puppentheater« am 1. Juni 1927 der eigenständige »Kulturverband zur Förderung des Puppentheaters« mit Sitz in Leipzig. Dessen Mitglieder kommen anläßlich der Magdeburger Theaterausstellung im September 1927 zu einer Tagung in Xaver Schichtls Marionettentheater erstmalig zusammen.[2] Ein zweites Treffen wird im September 1928 unter französischer und tschechoslowakischer Beteiligung in Baden-Baden durchgeführt. Bereits hier werden Vorbereitungen für einen internationalen Zusammenschluß der Puppenspieler getroffen, der im Mai 1929 durch die Gründung der »Union Internationale de la Marionette« (UNIMA) in Prag in die Tat umgesetzt werden kann.[3]
Aus der Umstrukturierung des seit 1927 bestehenden »Kulturverbandes zur Förderung des Puppentheaters«, geht als Neugründung der »Deutsche Bund für Puppenspiele« hervor. Der Bund weist bei seiner Neugründung auf der Vorstandssitzung am 29. Mai 1930 in Frankfurt a. M., bei der die Vorstandsmitglieder Wilhelm Löwenhaupt, Georg Deininger, Xaver Schichtl, Fritz Wortelmann und Otto Wasmann zugegen sind, eine Mitgliederzahl von 149 auf. Vorsitzender des »Deutschen Bundes für Puppenspiele« wird W. Löwenhaupt, die Geschäftsleitung wird O. Wasmann übertragen, der zusammen mit G. Deininger die Erarbeitung eines Entwurfes der allgemeinen Statuten des Bundes übernimmt.[4] Als wichtiger Beschluß der Vorstandssitzung ist die Etablierung eines eigenen Zusammenschlusses der Berufsspieler innerhalb des Bundes zur sogenannten Berufsgruppe zu werten. Während bereits 1928 auf der Tagung des »Kulturverbandes« in Baden-Baden eine Kommission für die Berufsspieler aufgestellt wurde, wird diesen nun eine weitgehende Interessenautonomie innerhalb des Bundes zugestanden. Deininger übernimmt die Leitung der Berufsgruppe, die Ende 1930 dreizehn Bühnen umfaßt.[5] Ferner wird auf der Frankfurter Tagung die Herausgabe eines eigenen Verbandsorganes beschlossen, das als »Der Puppenspieler« ab September 1930 vorerst monatlich erscheint. Die Schriftleitung übernimmt Fritz Wortelmann.[6] Im Aprilheft 1931 des neuen Organs der Puppenspieler wird den Mitgliedern der 17 Paragraphen umfassende Satzungsentwurf des neuen Bundes vorgelegt, der in Abänderungen auf der Eisenacher Tagung (4./5. Juli 1931) genehmigt wird.[7]
In einem auf der Schlußversammlung dieser Tagung am 5. Juli von Friedrich Löwenhaupt gehaltenen Vortrag zum Problemkreis »Puppenspiel und Schule« wird ein zentrales Thema des professionellen Puppentheaters dieser Jahre beleuchtet. Aufgrund der wirtschaftlichen Rezession und der Notverordnungen war die Möglichkeit von Aufführungen in Schulen zu einer Überlebensfrage für viele Spieler und Bühnen geworden. Auch ein im April und Mai 1931 im »Puppenspieler« veröffentlichter Aufruf zur Teilnahme an einem

Teilnehmer der Baden-Badener Tagung des »Kulturverbandes zur Förderung des Puppentheaters«, 1928

Preisausschreiben zu diesem Thema dient vornehmlich der weiteren Erschließung der Schulen als Zuschauerpotential.[8]
Im Rahmen der Eisenacher Bundestagung findet ebenfalls eine Sitzung der inzwischen 26 Mitglieder umfassenden Berufsgruppe statt, von denen jedoch nur sieben anwesend sind. Xaver Schichtl leitet die Sitzung in Vertretung seines Kollegen Deininger. Als weitere Vertreter der Berufsgruppe werden (neben den Bühnenvorständen Schichtl, Deininger und Max Jacob) die Puppenspieler Fritz Gerhards und Liesl Simon in den Vorstand gewählt. Wird die Tagung auch als Erfolg auf dem Wege zur Selbstorganisation des Berufsstandes gewertet, so lassen sich doch heftige Kontroversen nicht übersehen. Besonders in Fragen der Bundeszeitschrift drückt sich ein Konflikt zwischen Bund und Berufsgruppe aus, die sich in den Artikeln des »Puppenspielers« thematisch nicht genügend beachtet fühlt und die Wiedergabe von Beiträgen aus den eigenen Reihen vermißt. Die Auseinandersetzungen zwischen Schriftleiter Wortelmann und dem Leiter der Berufsgruppe, Deininger, verschärfen sich zunehmend. Sie führen am 24. August 1932 zu Deiningers Übergabe der Berufsgruppenleitung an Xaver Schichtl.[9]

II. Puppenspiel und Gleichschaltung — Das Jahr 1933
Während die politischen Ereignisse zu Beginn des Jahres 1933 zunächst keine Erwähnung in den nun von Xaver Schichtl herausgegebenen Rundbriefen für die Mitglieder der Berufsgruppe finden, steht die durch einen im Rundschreiben vom 28. Januar 1933 veröffentlich-

ten Brief von Harro Siegel erneut angeregte Diskussion zum Thema »Puppenspiel und Schule« im Mittelpunkt des Interesses der Berufskollegen. Der Beitrag von Siegel, welcher als Leiter der Klasse für Marionettenspiel an der Staatlichen Kunsthochschule Berlin (Lehrerausbildung) für das aktive Schulspiel und für öffentliche Schülervorführungen gegen Entgeld eintritt, löst eine ungewohnt rege Beteiligung unter den Berufsspielern aus, die eine qualitativ schlechtere, aber auch billige Konkurrenz durch solche Laienvorführungen befürchten. In diese Diskussion hinein verkündet Georg Deininger, der sich als langjähriges Parteimitglied der NSDAP (er ist Träger des goldenen Parteiabzeichens) nach der Machtübernahme als geradezu prädestiniert dafür hält, die Belange der Puppenspieler gegenüber den neuen Machthabern zu vertreten, die erneute Übernahme der Berufsgruppe durch ihn. Weiterhin setzt er im Alleingang seine Kollegen am 29. März 1933 per Rundschreiben von der Auflösung der noch bestehenden Berufsgruppe in Kenntnis und kündigt am 5. April 1933 eine Neuformierung unter seiner Regie an. Xaver Schichtl, der unter Berufung auf die Statuten gegen Deiningers Deklaration protestiert, hofft auf eine Klärung anläßlich einer für den 13. April 1933 geplanten Tagung. Diese findet jedoch aufgrund von nur zwei Zusagen für eine Teilnahme nicht statt. Neben Angriffen auf Schichtl und von neuem auch auf Wortelmann, der am Fortbestand des »alten Bundes« und der von ihm herausgegebenen Zeitschrift »Der Puppenspieler« interessiert ist, versucht Deininger, durch die Androhung, sich ausschließlich für die hinter ihm stehenden Puppenspieler bei den neuen Machthabern einzusetzen, die Kollegen auf seine Seite zu ziehen. Vom 24. bis 26. April 1933 verhandelt er in München mit Vertretern der Reichsleitung der NSDAP (Ebner), des »Kampfbundes für deutsche Kultur« (Urban) und der Reichsleitung des »Kampfbundes« im Kultusministerium (Dr. Walter Stang; Strobl) über die »Frage des Puppenspiels in Deutschland«.[10]

Die Anwesenheit von Dr. Stang und Gotthard Urban betont die Bedeutung dieser Verhandlungen. Dr. Stang, der sich bereits vor 1933 durch seine Beteiligung an zahlreichen Aktionen als »vorbildlicher Nationalsozialist« profiliert hatte (u. a. war er beteiligt an den Aktionen des »Freikorps Oberland« und am »Marsch auf die Feldherrnhalle«), wird 1930 von Rosenberg mit dem Amt eines Referenten für Theaterfragen innerhalb des »Kampfbundes für Deutsche Kultur« betraut. Stang, der nach seiner Promotion (1926) seit 1929 als Dramaturg der politisch unabhängigen »Münchner Theatergemeinde« praktische Theatererfahrungen hatte sammeln können, versucht, das »Weltanschauungstheater ‚völkischer' Prägung« durchzusetzen, und forciert die Förderung von Spielplänen mit vorrangiger Berücksichtigung nationalsozialistischer Tendenzstücke. Er zählt ab 1930 — mit Ausnahme einer finanziellen und machtpolitischen Krisenphase des »Kampfbundes« im Winter 1932/33, in der er als Kritiker beim »Völkischen Beobachter« tätig ist — zu einem der engsten Mitarbeiter Rosenbergs. Nach der Übernahme der Leitung des Reichsverbandes der Theaterbesucherorganisation »Deutsche Bühne« in der Phase der Gleichschaltung, arriviert Stang 1934 zum Leiter der »NS-Kulturgemeinde« (NSKG)[11] und wird von Rosenberg mit der Führung des »Hauptamtes Kunstpflege« betraut. Stang gründet das »Theaterpolitische Archiv«, das als Abteilung des »Kulturpolitischen Archivs« die Beurteilung von Kulturschaffenden vornimmt und in enger Beziehung zur Gestapo-Zentrale in Berlin steht.[12] Auch Gotthard Urban gehört zu den engsten Mitarbeitern Rosenbergs. 1934 übernimmt er die Stelle des Stabsleiters des »Amtes Rosenberg«, die er bis zu seinem Tod im Jahr 1941 einnimmt. Die Haltung Urbans, der ein Schulkamerad des späteren Reichsdramaturgen

Dr. Rainer Schlösser ist, wie auch von Martin Bormann und des mit ihm auch noch später freundschaftlich verbundenen Reichsjugendführers Baldur von Schirach, zeichnet sich durch seine absolute Loyalität gegenüber Rosenberg aus.

Am 26. April 1933 wird Deininger von Dr. Walter Stang beauftragt, »die Gleichschaltungsmaßnahmen im Deutschen Bund für Puppenspiele und in der Berufsgruppe durchzuführen«![13] Zwei Tage später verkündet Deininger seinen Kollegen den Anschluß der neuen Gruppierung als »einzig maßgebende Körperschaft der beruflichen Puppenspiele Deutschlands«[14] an den »Kampfbund für deutsche Kultur«, der nach einer Mitteilung des Führerstellvertreters Rudolf Heß vom 26. Mai 1933 als *die* von der NSDAP zu fördernde Kulturorganisation anerkannt wird.

In Deiningers Bestreben, Verhandlungen mit dem »Kampfbund für deutsche Kultur« zu führen, spiegeln sich seine Hoffnungen wider, für die ihm angeschlossenen Berufspuppenspieler und sich Vorteile aus der wachsenden Popularität des »Kampfbundes« — nach der Machtergreifung Anstieg der Mitgliederzahlen von 6000 im Januar 1933 auf 38000 im Oktober 1933 — und des daraus vermeintlich resultierenden Einflusses zu ziehen. Auch Deininger schätzt zu diesem Zeitpunkt die Bedeutung der gegenüber Rosenbergs »Kampfbund« erstarkenden Konkurrenzorganisationen falsch ein: Joseph Goebbels' »Reichskulturkammer«, Robert Leys »Deutsche Arbeitsfront« und der darin am 27. November 1933 gegründeten NS-Gemeinschaft »Kraft durch Freude« (NSG »KdF«) sowie des Reichsbundes »Volkstum und Heimat«, der bereits im Dezember 1933 als das auch für die Puppenspieler relevante Amt »Volkstum und Heimat« in die »Deutsche Arbeitsfront« integriert wird.

Trotz einer Mitteilung von Verlag und Schriftleitung des »Puppenspielers« zum Ende April 1933, daß der »alte Bund« weiterbestehe und die auf Deiningers Initiative erfolgte Beschlagnahmung des Verlagsmaterials nur vorübergehend gewesen sei, erscheint mit der April/Juni-Ausgabe 1933 die vorerst letzte Ausgabe dieser Zeitschrift. Der »alte Bund« wird zum 30. Juni 1933 aufgelöst und geht ab dem 1. Juli 1933 in den »Deutschen Bund der Puppenspieler im Kampfbund für deutsche Kultur« unter Leitung Deiningers über. Ein noch Anfang des Jahres für Juni geplanter UNIMA-Kongreß in Köln wird von den Veranstaltern nach Laibach verlegt (4./5. Juli 1933), bei dem jedoch keine offizielle deutsche Beteiligung mehr möglich ist.

Die Situation der Puppenspieler um die Jahreswende 1933/34 kann als exemplarisch für das Organisations- und Kompetenzchaos des sich konstituierenden NS-Staates angesehen werden. Hatte Deininger durch seine engagierte Angliederung der Berufspuppenspieler an Rosenbergs »Kampfbund für deutsche Kultur« auf den schwächsten Partner im kulturpolitischen Kräftedreieck Ley — Goebbels — Rosenberg gesetzt, kann sich Goebbels in der weiteren Entwicklung sowohl gegen Rosenberg als auch zunächst gegen Ley behaupten. Durch sein Reichskulturkammergesetz vom 22. September 1933 erlangt er eine Vormachtstellung in der Beherrschung des Kultursektors. Für die Berufsspieler resultiert hieraus zum Jahreswechsel 1933/34 zunächst die Verfügung ihrer Mitgliedschaft in der »Reichstheaterkammer«, die den Anspruch einer Staatsgewerkschaft für Künstler und Schriftsteller erhebt. Die Kompetenzüberschneidung zur allgemeinen Einheitsgewerkschaft »Deutsche Arbeitsfront« führt in den folgenden Jahren zu erneuten institutionellen Zuweisungen und Parallelitäten in der Organisation der Puppenspieler.

III. Die »Reichsfachschaft für das deutsche Puppenspiel«
Anfang 1934 wird Heinz Ohlendorf[15] vom Geschäftsführer der Reichstheaterkammer mit dem Aufbau der »Reichsfachschaft für das deutsche Puppenspiel« in der Reichstheaterkammer beauftragt. Ohlendorf, in Alpenberge bei Berlin ansässiger Handpuppen- und Schattenspieler, war bereits im Sommer 1933 als Obmann von den Mitgliedern des »Deutschen Bundes der Puppenspieler im Kampfbund für deutsche Kultur« vorgeschlagen worden. Bereits im Heft 6 der von Deininger herausgegebenen Zeitschrift »Die Puppen-Bühne« vom 1. Februar 1934 informiert Ohlendorf die Kollegen über die laut Reichskulturkammergesetz vom 22. September 1933 bestehende Zwangsmitgliedschaft in der sich neu etablierenden Reichsfachschaft.[16] Einschränkend weist er jedoch darauf hin, daß eine Anmeldung in der Fachschaft von Mitgliedern des »Deutschen Bundes für Puppenspieler« nicht durchgeführt werden muß, da diese automatisch der Reichsfachschaft angegliedert würden. Hieraus wird der Versuch deutlich, über die Mitgliederliste des quasi noch als freiwillige Interessenvertretung fungierenden Bundes in kurzer Zeit möglichst viele Puppenspieler zu erfassen und in die neue staatliche Zwangsorganisation zu überführen, um so — insofern nicht schon seit Juli 1933 bei der Integration des »Deutschen Bundes für Puppenspiele« in den »Kampfbund für deutsche Kultur« durch Deininger geschehen — eine Gleichschaltung herbeizuführen. Mit den für die Reichstheaterkammer erstellten Listen regeln wenig später zwei Kulturorganisationen den zentral gesteuerten Einsatz der Puppenspieler:
a) Das seit 1933 in die NS-Gemeinschaft »Kraft durch Freude« der Deutschen Arbeitsfront eingegliederte »Amt Volkstum und Heimat« (in Zusammenarbeit mit dem zeitweise in der NS-Gemeinschaft «Kraft durch Freude« nur inoffiziell existierenden »Kulturamt«, aus dem am 22. Februar 1936 das »Amt Feierabend« hervorgeht).
b) Die NS-Kulturgemeinde Alfred Rosenbergs, die zwischen Juni 1934 und Januar 1935 der NS-Gemeinschaft »Kraft durch Freude« körperschaftlich angegliedert ist.[17]
Die Bildung einer eigenen »Reichsfachschaft« für Puppenspieler innerhalb der Reichstheaterkammer wird von vielen Puppenspielern nach den besonders 1933 währenden Verbandsquerelen begrüßt und mit Optimismus aufgefaßt. So schreibt Xaver Schichtl am 5. Februar 1934 per Postkarte an einen in Ostwestfalen beheimateten Puppenspielerkollegen: »Die Reichstheaterkammer hat jetzt die Fachschaft für Puppenspieler gebildet. Anmeldungen sind bis zum 15. Febr. an Puppenspieler Heinz Ohlendorf Alpenberge bei Berlin-Buch Tirolerstr. 20 zu richten. Jetzt hoffe ich, daß es mit uns vorwärts geht.«[18]
Im ersten Rundbrief der Reichsfachschaft vom 12. März 1934 drücken sich Ohlendorfs Hoffnungen aus, die er in die sich etablierenden neuen Strukturen setzt: »Damit ist die Sehnsucht wohl aller Puppenspieler erfüllt, das Puppenspiel ist vom Staat anerkannt.«[19]
In diesem ersten Rundbrief vom März 1934, der an alle erfaßten deutschen Puppenspieler — also auch an die Jahrmarkt- und Volksfestspieler — verschickt wird, kündigt Ohlendorf bereits Pläne an, die zunächst nur auf Widerruf erworbene Mitgliedschaft von Puppenspielern in der »Reichsfachschaft« gemäß dem Reichskulturkammergesetz erst durch eine erfolgreich absolvierte Leistungsprüfung in eine endgültige umzuwandeln. Nichtaufnahme oder Ausschluß aus der Reichskulturkammer bedeuteten ein faktisches Berufsverbot.[20] Die Konkretisierung von Prüfungsplänen und deren Umsetzung erfolgt jedoch erst später. Die von Ohlendorf erwähnte und von Teilen der Berufskollegen erwartete Zuordnung zur Fachschaft »Bühne« der Reichstheaterkammer und die damit verbundene kulturpolitische Gleichstellung mit der in der »Genossenschaft der deutschen Bühnenangehörigen« vertre-

tenen Berufsgruppen einzelner Theatersparten, wird jedoch nicht realisiert. Der Wunsch nach Aufwertung des Puppenspielberufes zu einem den Staatsschauspielern vergleichbaren Berufsstand, wird in der weiteren Entwicklung der Organisation zum Gegenstand enttäuschender Verhandlungen, die erst 1939 einen partiellen Erfolg zeitigen.

IV. Die »Fachgruppe Puppenspiel im Reichsverband der deutschen Artistik e. V., Fachverband Schausteller«

Im Juni 1934 wird die von einem Teil der Puppenspieler als skandalös empfundene Eingliederung der »Reichsfachschaft Puppen- und Marionettenspiel« in den »Reichsverband der deutschen Artistik e. V., Fachverband Schausteller« vollzogen. Gerade die größeren, sich als künstlerisch begreifenden Handpuppen- und Marionettenbühnen sehen in der Zuordnung ihrer — wenn auch zwangsweisen — Interessenvertretung zum Zirkus- und Jahrmarktmilieu eine Ignorierung ihrer künstlerischen Intentionen. Sie befürchten, sich neben einem existenzbedrohenden Imageverlust auch in Organisationsfragen dem Diktat einer nur auf einfache Unterhaltung bedachten Branche beugen zu müssen. Als Begründung für diese Umgliederung teilt der zunächst als Fachverbandsleiter i. V. für den »Fachverband Schausteller« unterzeichnende Schießbudenbesitzer Paul Damm[21] den Puppenspielern lediglich mit, daß der Präsident des »Reichsverbandes der Deutschen Artistik« (R. D. A.) Obersturmführer Otto Wilhelm Lange, den Auftrag vom Präsidenten der Reichstheaterkammer, Intendant Otto Laubinger, erhalten habe, »den artistischen Berufsstand und alle Fachverbände im nationalsozialistischen Sinne zusammenzuschließen.«[22] Die zahlenmäßige Überlegenheit der Jahrmarktpuppenspieler gegenüber dem ihrem Selbstverständnis nach künstlerischen Puppenbühnen, die ständig wechselnden Spielorte nahezu aller Unternehmen, sowie die bei zahlreichen Puppentheatern im Repertoire vorhandenen und als artistisch verstandenen Solo- und Varieténummern, bedingen die Zuordnung zum »Fachverband Schausteller« im »Reichsverband Artistik«. Schon bevor in der Folge der Nürnberger Gesetze vom 15. September 1935 derAriernachweis ab dem 26. Mai 1936 von jedem Mitglied der Reichskulturkammer gefordert wird (im November 1936 verkündet Goebbels, daß die Reichskulturkammer »judenrein« sei), ist bereits 1934 in den Beitrittserklärungen zum »Reichsverband der Deutschen Artistik« die Bestätigung der nicht »jüdischen oder fremdrassigen Abstammung« des Antragstellers oder seiner Eltern als Voraussetzung für die Aufnahme enthalten.

Wurde den Berufspuppenspielern durch ihre Eingliederung in die Reichstheaterkammer im Rahmen einer eigenen »Reichsfachschaft« noch die Anerkennung des Puppenspiels als emanzipierte Kunstform suggeriert, so wird durch die organisatorische Zuordnung der Puppenspieler zu den »Artisten« auch ein Hinweis auf die Funktionalisierung des Puppenspiels als Unterhaltungsmedium gegeben, wie es ab 1934 von »Kraft durch Freude« in der Umsetzung eines »panem et circenses«-Prinzips nationalsozialistischer Prägung systemstabilisierend eingesetzt wird. Heinz Ohlendorf, auch mit der Leitung der neuen »Fachgruppe Puppenspiel« betraut, spielt in seinem Rundschreiben Nr. 2 auf die Sorge der Puppenspieler bezüglich der neuen Situation an: »Viele der Kollegen haben einen anderen Entscheid gewünscht und erwartet.«[23] Er versichert jedoch im Namen des Präsidenten des zuständigen Reichsverbandes, Lange, daß den berechtigten Wünschen nach *kultureller* Anerkennung des Puppenspiels auch bei der Fachschaft »Artistik« Rechnung getragen werde. Neben dieser Zusicherung wird den Puppenspielern jedoch auch eine weiträumige

(v.l.n.r.) Der Präsident der Reichstheaterkammer, Otto Laubinger, Heinz Ohlendorf, Puppenspieler und Leiter der »Reichsfachschaft für das deutsche Puppenspiel« in der Reichstheaterkammer und der Präsident des »Reichsverbandes der Deutschen Artistik«, Obersturmführer Otto Wilhelm Lange, bei den Reichsfestspielen Heidelberg, (15. Juni bis 15. August) 1934. Die Veranstaltung stand unter der Schirmherrschaft von Reichsminister Josef Goebbels.

»Säuberungs- und Hilfsaktion« in Aussicht gestellt, die im ganzen Reich durchgeführt werden soll. Der Grund dieser Maßnahme liegt — neben einer Anknüpfung an u. a. schon 1931 auf der Eisenacher Tagung erhobene Forderungen nach Maßnahmen gegen »Kitsch und Schund« im Puppenspiel — in dem Verlangen nach einer qualitativen Differenzierung und deutlichen Trennung der künstlerischen Puppenbühnen von den Jahrmarktunternehmen. Zur Wahrung der Interessen der in die Fachgruppe hineingezwängten unterschiedlichen Puppenspielgattungen, soll nach dem Willen des »Reichsverbandes der Deutschen Artistik« ein Fachgruppenrat mit je einem Handpuppen-, einem Marionetten- und einem Schattenspieler gebildet werden. Realiter setzt sich dieser im August 1934 eingesetzte sogenannte »Führerrat« aus Paul Damm, dem Leiter des »Fachverbandes Schausteller« im R. D. A., aus Heinz Ohlendorf, dem Leiter der »Fachgruppe Puppenspiel« und aus Xaver Schichtl zusammen. Diese Bestimmung (und nicht Wahl!) des in Puppenspielfragen sachkompetenten und erfahrenen ehemaligen Leiters der »Berufsgruppe« im »Deutschen Bund für Puppenspiele«, X. Schichtl, der nach Einschätzung von W. Kipsch[24] geeignet war, die drei Kategorien des professionellen Puppenspiels zu vertreten — die Publikspieler (auf Märkten, Jahrmärkten etc.), die Puppenspielartisten (in Varietés) und die künstlerischen Puppenbühnen (nur in geschlossenen Räumen auftretend) — führt primär nach Ohlendorfs Rücktritt im Herbst 1934 zur Übernahme der Fachgruppenleitung durch Xaver Schichtl.

Die Arbeit der »Fachgruppe Puppenspiel« besteht in den Monaten bis Mitte September 1934 vorwiegend aus Aktivitäten bezüglich des Aufbaus der Fachgruppe und ihrer Selbstverwaltung. Probleme bereiten u. a. die Erhebung noch nicht gelisteter Puppenspieler sowie die Rückführung der von den erfaßten Mitgliedern auszufüllenden Beitrittserklärungen und Fragebogen, die in den einzelnen Rundschreiben der Fachgruppe, ebenso wie die Beitragszahlungen, mit zunehmend schärfer werdenden Drohungen angemahnt werden:

> »Die Fachgruppe Puppenspiel ist laut der Durchführungsverordnung des Reichskulturkammergesetzes Zwangsorganisation. Sie haben sich sicher noch nicht klar gemacht, daß die Möglichkeit besteht, Ihnen durch Zwangsmaßnahmen die Weiterausübung des Berufes zu unterbinden, wenn Sie nicht Mitglied der Fachgruppe sind! Wir fordern Sie deshalb noch einmal auf, (...) Ihre Anmeldung umgehend zu erledigen.«[25]

Trotz derartiger Aufforderungen gelingt eine restlose Erfassung der Puppenspieler erst im Jahr 1936.

Am 8. August 1934 wird in einer Besprechung mit dem Präsidenten der »Reichsfachschaft der Deutschen Artistik« der vorläufige Arbeitsplan der »Fachgruppe Puppenspiel« festgelegt, der u. a. die Vorbereitung von im Winter 1934/35 durchzuführenden Schulungskursen für Puppenspieler vorsieht. Daneben wird die Fachgruppe von einigen Puppenspielern in der von ihr propagierten Funktion als Interessenvertretung auch in Anspruch genommen und mit Anfragen und Beschwerden bedacht. So beklagt sich ein Bühnenleiter mit Spielgebiet im hannoverschen Raum in einem Schreiben vom 23. August 1934 darüber, daß die ausschließliche zentrale Vermittlung durch die NS-Kulturgemeinde von nur einigen anerkannten Vertragsbühnen, die dazu noch »das ganze Reich so ziemlich unter sich aufgeteilt« hätten, ihm Abschlüsse unmöglich machen und ihm seine Existenzgrundlage entziehen würden.[26] Die Fachgruppe reagiert prompt, bemüht sich um eine Relativierung der Beschwerde und empfiehlt die Bühne der Reichsamtsleitung der NS-Kulturgemeinde, die nach einer Begutachtung der Bühne Auftritte vermittelt, wenngleich auch nur zu den von der Kulturgemeinde diktierten Konditionen. Derartige feste Engagements, die bereits vor der Entstehung der NS-Kulturgemeinde durch den Zusammenschluß von Rosenbergs »Kampfbund für deutsche Kultur« mit der »Deutschen Bühne« im Juni 1934 durch diese Theaterbesucherorganisation ermöglicht wurden, sicherten Gastspiele für ausgesuchte und ausschließlich vermittelte Bühnen.[27] Die meisten dieser Unternehmen gehören später zu den fest für »Kraft durch Freude« arbeitenden Bühnen, die in Betrieben, Reichsautobahnlagern, bei Veranstaltungen der »Hitler-Jugend«, auf Reichskulturtagungen und auch im Grenzlandpuppenspiel zum Einsatz kommen.

V. Die »Reichsfachschaft Schausteller, Fachgruppe Puppenspiel«
im Reichsverband ambulanter Gewerbetreibender Deutschlands«
Waren die Puppenspieler seit Januar 1934 über die »Reichsfachschaft« und seit Juni 1934 über den »Reichsverband der Deutschen Artistik e. V., Fachverband Schausteller« in allen fachlichen und wirtschaftlichen Fragen bei der Reichstheaterkammer zwangsweise organisiert, wird zum 1. Oktober 1934 durch Eingliederung der »Fachgruppe Puppenspiel« als Fachuntergruppe in den »Reichsverband ambulanter Gewerbetreibender Deutschlands« die verpflichtende Mitgliedschaft zu diesem Verband angeordnet. Dieser Reichsverband (Leiter: Hans Heck) ist als Unterorganisation der Hauptgruppe IX — Handel der deutschen Wirtschaft, eine Abteilung der staatlichen Zwangsgewerkschaft Deutsche Arbeitsfront, deren Mitgliedschaft die Puppenspieler bis dahin nur indirekt durch ihre Zugehörigkeit zur Reichstheaterkammer besaßen.
Mit der Anordnung über die Anerkennung der Wirtschaftsgruppe »Ambulantes Gewerbe« vom 18. September 1934 verfügte der Reichswirtschaftsminister eine Meldepflicht. Diese räumt den von den Organisationsbestrebungen des sich konstituierenden NS-Staates gepeinigten Puppenspielern eine dreimonatige Frist ein, deren Nichteinhaltung mit einer Ordnungsstrafe bis zu RM 1000,- geahndet werden kann. Die so verfügte Mitgliedschaft der Puppenspieler im »Reichsverband ambulanter Gewerbetreibender Deutschlands« begründet sich durch die zahlenmäßige Überlegenheit der sogenannten Marktbezieher[28] gegenüber den Künstlerpuppenspielern sowie durch die ständig wechselnden Spielorte und ist zunächst als rein organisatorische Maßnahme zu verstehen. Die wirtschaftliche Betreuung geht an das ambulante Gewerbe und somit an die DAF über. Der Reichsverband wird damit zu einer reinen Verwaltungsstelle, an die die Beitragszahlung erfolgt.[29] Die fachliche Vertretung der Puppenspieler bleibt in den Händen der Fachgruppe bei der Reichstheaterkammer. Für die Puppenspieler mit einem künstlerischen Selbstverständnis stellt die wirtschaftliche Zuordnung zu den Jahrmarktspielern und die Eingliederung in die Organisation der Straßenhändler und Hausierer einen erneuten Affront gegen ihr Berufsbild dar.
Während der Verfügung dieser Umgliederung ist die »Fachgruppe Puppenspiel« de facto ohne Leitung. Am 22. September 1934 hatte Ohlendorf sein Amt in der Fachgruppe niedergelegt. Der in Puppenspielfragen selbst unbewanderte Fachverbandsleiter Paul Damm überträgt Xaver Schichtl die Leitung. Jedoch kann Schichtl, der seit August 1934 Mitglied des »Führerrates« der Fachgruppe ist, seine Arbeit erst am 20. Oktober 1934 aufnehmen. In einem auf diesen Tag datierten Rundschreiben geht er auf den Unmut eines Teiles der Kollegen ein:

»Es ist mir bekannt, daß eine Anzahl von Kollegen aus Opposition gegen die Eingliederung nicht in die Fachgruppe eingetreten sind — ja, Gerüchte erzählen: Es waren Bestrebungen im Gange, einen Bund ‚Künstlerpuppenspieler' zusammenzubringen.«[30]

In diesem Zusammenhang verweist Schichtl auf ein Gespräch mit dem inzwischen zum Geschäftsführer der Reichstheaterkammer aufgestiegenen Dr. Lange vom 20. Oktober 1934, in dem er die Unzufriedenheit eines Teiles der Puppenspieler zum Ausdruck gebracht habe. Die seitens der Reichstheaterkammerführung aufgeworfene Frage nach dem organisatorischen Wohin mit einer separaten Gruppe Künstlerpuppenspieler und ihrer finanziellen Anbindung — die Bühnengenossenschaft, die keine selbständigen Unternehmer aufnehmen kann, ist ebensowenig zuständig wie der Theaterdirektorenverband — erfüllt lediglich den Zweck einer vorgeschobenen Argumentationshilfe, um den Wunsch der Künstlerpuppenspieler nach eigenständiger Repräsentation in der Reichstheaterkammer abzuschmettern. Auch die hierzu alternativ geforderte Zugehörigkeit zur »Fachschaft Theater« wird abgelehnt. Kategorisch erklärt Dr. Lange, daß eine Zersplitterung der Fachschaft durch eine Einteilung der Puppenspieler auf keinen Fall geduldet werden könne.[31] Ende Oktober 1934 wird der zukünftige Kurs der Fachgruppe festgelegt. Die als inhomogen wahrgenommene Zusammensetzung bedingt »Säuberungspläne im Puppenspielerstand«. Entsprechend des jeweiligen Profils der Bühnen, soll eine Dreiteilung unter den Spielern herbeigeführt werden, deren qualitative Absicherung durch jeweils unterschiedliche Prüfungen gewährleistet werden soll:
— volkstümliche Puppenspieler (Puppenspiel als »gesunde Volksunterhaltung«)
— pädagogische oder Schulpuppenspieler (Puppenspiel als »ethisches Erziehungsmittel)
— künstlerische Puppenspieler (Puppenspiel als »Kunstwerk«).[32]

In den Vorarbeiten zu einer Prüfung, welche den Mitgliedern am 11. Januar 1935 von der Fachgruppe zugeschickt wurde, sind folgende Bewertungskriterien enthalten und erläutert:
»1. Sauberkeit der Bühne / 2. Inhalt der Spiele (keine Zoten oder Zweideutigkeiten) / 3. Handfertigkeit des Spielers / 4. Sprache (klare, deutliche Aussprache) / 5. Theoretische Kenntnisse des Puppenspielers.« Darüber hinaus müssen »Schulpuppenspieler« neben diesen Anforderungen einer sogenannten »Gaufachprüfung«, folgenden Ansprüchen einer Sonderprüfung genügen: »6. Inhalt (muß wertvoll sein und dem deutschen Wesen entsprechen / 7. Die deutsche Sprache muß beherrscht werden (Dialekt ist erlaubt) / 8. Gute Bühnenausstattung und Figuren / 9. Kenntnisse des Puppenspielers über psychologische Wirkung des Puppenspiels / 10. Teilkenntnisse über die Gesetze eines Dramas / 11. Teilkenntnisse über Geschichte, Arten und Formen des Puppenspiels.« Für Künstlerpuppenspieler wird der zusätzliche Nachweis einer besonderen künstlerischen Befähigung vorgesehen. Eigentümlicherweise lautet jedoch die Präambel zu diesem Kriterienkatalog: »Die Prüfungskommissionen sind an keine Richtlinien gebunden, dieselben dienen nur zur evtl. Unterrichtung.[33] Dennoch sollen diese Richtlinien (neben anderen Aspekten) in einer »Standesordnung« zusammengefaßt werden, die unter anderem die Grundlage für eine Differenzierung und etwaige Aussonderung ungeeigneter Puppenspieler bieten soll.[34] Während in den Monatsberichten der Fachgruppe vom 12. November 1934 bis zum 29. Juli 1935 die Vorlage der Standesordnung jedes Mal für den folgenden Monat in Aussicht gestellt wird, kann jedoch eine endgültig sowohl von der Reichstheaterkammer als auch vom Reichsministerium für Volksaufklärung und Propaganda genehmigte Fassung nicht vorgelegt werden. Am 31. August 1935 heißt es dann abschließend zu diesem Thema: »Über den Stand unserer Arbeiten betr. Standesordnung werden wir erst wieder berichten, wenn ein endgültiges Resultat vorliegt.«[35]

Werbeblatt der NS-Kulturgemeinde für Gastspiele der Hohnsteiner Handpuppenspiele (Bühne Max Jacob) und Gerhards Marionettentheater, Berlin 1934/35; Holzschnitt von Rolf Trexler

Hierdurch, wie auch durch den Widerstand der Puppenspieler gegenüber dem Prüfungsgedanken (diese mußten sich ohnehin schon vor ihrer Vermittlung durch »Kraft durch Freude« bzw. NS-Kulturgemeinde nachhaltig begutachten lassen), kann die »Auslese« seitens der Fachgruppe zunächst nicht realisiert werden. Erst ab etwa 1936 muß eine Praktizierung von Überprüfungen und Kontrollen zumindest auch unter Beteiligung der Fachgruppe angenommen werden. Einer Anordnung des »Sächsischen Ministeriums für Volksbildung« vom 1. November 1937 zufolge wurden die Puppenspieler, die im Gau Sachsen für Vorstellungen in Schulen zugelassen werden wollten, von einem Prüfungsausschuß mit je einem Vertreter des Ministeriums für Volksbildung, des »Gauamtes für Erziehung«, der NS-Kulturgemeinde, der Hitlerjugend, des Reichspropagandaamtes Sachsen und der Reichstheaterkammer (Fachschaft Schausteller, Landesleitung Gau Sachsen) begutachtete.[36] Neben fachlichen Kriterien wurde hier auch die politische Unbedenklichkeit überprüft.

Die Umwandlung der bis dahin nur als vorläufig deklarierten Mitgliedschaft der »Fachschaft Schausteller, Fachgruppe Puppenspieler« in der Reichstheaterkammer bringt durch die endgültige Verfügung der Zugehörigkeit Ende 1936 noch einmal eine Veränderung. Neben dem Umtausch des Mitgliedausweises bedeutet dies den erneut zu erbringenden Nachweis der »rein arischen Abstammung«. Den Hintergrund für diese Umorganisierung der Puppenspieler stellt die zum Abschluß kommende Gliederung der gesamten Reichstheaterkammer durch Goebbels 1936 dar, in der sich ein gewisser Schlußpunkt der Konsolidierungsphase des NS-Staates aus pragmatischen Motiven (Vierjahresplan und Kriegsvorbereitung) widerspiegelt. Für die Puppenspieler bringt dieser Vorgang mit sich, daß ihre Mitgliedschaft in der Fachgruppe »Puppenspieler« der Reichstheaterkammer nun zur Voraussetzung für ihren Einsatz durch die NSG »Kraft durch Freude« gemacht wird und somit eine existentielle Bedeutung bekommt.[37] Die von den künstlerischen Puppenspielern langersehnte Differenzierung ihrer Organisation innerhalb der Reichstheaterkammer wird im Herbst 1939 — kurz vor Kriegsbeginn — durch den Präsidenten der Reichstheaterkammer verfügt:
- Zusammenschluß der Puppentheater mit bühnenmäßigen Aufführungen in der Fachschaft »Bühne«,
- der Puppenspieler mit Arbeitsfeld in vornehmlich artistischen Betriebsstätten in der Fachschaft »Artistik« und
- der auf Volksfesten und Jahrmärkten tätigen Puppenbühnen in der Fachschaft »Schausteller«.

VI. Der organisierte Puppenspieleinsatz — Die Bedeutung der NS-Kulturgemeinde und der NSG »Kraft durch Freude« für die Puppenbühnen
Sind die Puppenspieler einerseits in berufsständischer Hinsicht mit der Problematik ihrer fachlichen und wirtschaftlichen Zugehörigkeit konfrontiert, so ist andererseits für sie — unter pragmatisch-existentiellen Gesichtspunkten — die Frage ihres Einsatzes durch NS-Stellen relevant. Hier erlangt zum einen die finanzstarke Freizeitorganisation der Deutschen Arbeitsfront, die NS-Gemeinschaft »Kraft durch Freude« Bedeutung. Doch neben dem bei »Kraft durch Freude« ab Februar 1936 zuständigen »Amt Feierabend« und dessen Vorläufer (KDF-Kulturamt und KDF-Amt »Volkstum und Heimat«), erweist sich die im Juni 1934 auf Initiative Rosenbergs als Fusion aus seinem »Kampfbund für deutsche Kul-

tur« und der NS-Theaterbesucherorganisation »Deutsche Bühne« gebildete NS-Kulturgemeinde als wichtig. Bis 1937 existiert die NS-Kulturgemeinde im Hinblick auf das Puppenspiel in einer Art »Neben- und Gegenorganisation«[38] zum »Amt Feierabend«. Von der NS-Kulturgemeinde werden in Zusammenarbeit mit ihren Ortsverbänden und Besucherringen Gastspiele vermittelt, wenn notwendig Ausfallhonorare gezahlt und — wie aus Korrespondenzen der NS-Kulturgemeinde mit Puppenspielern hervorgeht — Zuschüsse für Veranstaltungen vor kleinem Publikum (z. B. in ländlichen Regionen und im Grenzland) gewährt.

Hier in der NS-Kulturgemeinde, Abt. »Die Jugendgruppe« (ab 1936 umbenannt in »Kulturgemeinde der Jugend«), »Fachabteilung Puppenspiel« sowie in deren »Veranstaltungsdienst«, sind besonders ein Dr. Tietze, Adolf Holzapfel und vor allem Gottfried Anacker mit dem Puppenspiel befaßt, der sich als ausgesprochener Gegner der Berufsorganisation »Fachgruppe Puppenspieler« in der Reichstheaterkammer zeigt. Die ohnehin zwischen diesen beiden Organisationen bestehende kontroverse Situation resultiert aus der Zugehörigkeit der NS-Kulturgemeinde zum Machtbereich des mythisch-völkisch orientierten Chefideologen Alfred Rosenberg, gegen dessen Einfluß auf dem Kultursektor der ideologische Pragmatiker Joseph Goebbels als Reichpropagandaminister seine Reichskulturkammer (angeschlossen die Reichstheaterkammer mit der untergeordneten »Fachgruppe Puppenspieler«) mit Erfolg aufzubauen und zu etablieren weiß. Die unterschwellige Rivalität dieser beiden Machtrepräsentanten des NS-Staates und deren Organisationen bedingen in ihrer Relevanz für das Puppenspiel die nur eingeschränkten Wirkungsmöglichkeiten der in der Reichskulturkammer bestehenden Fachgruppe.

Nach Überführung der NS-Kulturgemeinde in die Deutsche Arbeitsfront im Herbst 1937 sind es die Abteilung IV »Volkstum — Brauchtum« des »Amtes Feierabend« der NSG »Kraft durch Freude« und deren Gaudienststellen, die ausschließlich den organisierten Einsatz der Puppenbühnen regeln.[39]

Während die Fachgruppe in der Reichstheaterkammer in fachlichen und Organisationsfragen für ca. 600 Puppenspielunternehmen zuständig ist, liegen die Aktivitäten des »Amtes Feierabend« in der Einsatzplanung der 1938 auf 40 bezifferten »künstlerischen« Bühnen, der sog. »Fraktion der Vierzig«. Der als Voraussetzung für eine Vermittlung durch das »Amt Feierabend« notwendige Kunstschein — wie auch der für alle anderen Bühnen erforderliche Wandergewerbeschein — wird zwar weiterhin von der Reichstheaterkammer (Fachschaft Schausteller, Fachgruppe Puppenspieler) ausgestellt, jedoch erfolgt die weitgehende Betreuung der »Fraktion der Vierzig« durch die NSG »Kraft durch Freude«. Von hier aus wird auch die erste »Reichsarbeitswoche für Puppenspiel« organisiert.

Mit dem Tagesdatum 29. Juli 1938 versendet die NSG »KDF«, »Kraft durch Freude« die »Einberufung zur Reichsarbeitswoche für Puppenspiel auf der Jugendburg Hohnstein«. Sie wird vom 14. - 21. August 1938 von der NSG »Kraft durch Freude« und in Zusammenarbeit mit dem Kulturamt der Reichsjugendführung durchgeführt.[40] Die Einberufung enthält unter Punkt eins: »Allgemeine Vorschriften für die Teilnehmer«, Hinweise auf Sammelpunkt, Ankunft- und Abfahrzeiten, Mitteilungen über Reiseproviant, kostenlose Verpflegung und Unterbringung sowie Hinweise auf die mitzuführende Kleidung: »Soweit vorhanden, Uniform sonst lange dunkle Hose, kurze Hose oder Stiefelhose und weißes Sporthemd«. Punkt zwei weist auf eine Puppen- und Plakatausstellung hin, die von den Teilnehmern bestückt werden soll. Der dritte Punkt gibt Hinweise auf die inhaltlichen Ziele der Veranstaltung:

> »Die Arbeitswoche soll den Puppenspielern zum Bewußtsein bringen, daß sie mit ihrer Arbeit nicht irgendwo zusammenhanglos auf einsamem Posten stehen, sondern daß vielmehr das Puppenspiel in den großen Zusammenhang der Volkstumsarbeit der NSG »Kraft durch Freude« in der Deutschen Arbeitsfront und der Arbeit der HJ hineingehört. Von da aus werden die Anforderungen klar werden, die an die Puppenbühnen gestellt werden müssen, wenn sie von der NSG »Kraft durch Freude« und der Reichsjugendführung in Betriebsveranstaltungen, Veranstaltungsringen, Dorfgemeinschaftsabenden, in der Grenzlandarbeit usw. eingesetzt werden sollen. Deshalb wird die Woche auch praktische Anregungen zur Spielgestaltung vermitteln«.

Ein Zeitungsbericht gibt Hinweise auf die konzeptionelle Ausrichtung der gehaltenen Vorträge, die den Spielern die weltanschauliche Bedeutung ihrer Tätigkeit im Rahmen der Volkstums- und Brauchtumspflege verdeutlichen sollen:

> »Worüber im einzelnen gesprochen wurde? Das läßt sich hier nur mit wenigen Sätzen grob umreißen. Verbindend stand über all den Einzelgegenständen der Tagung das, was der Leiter der Schulung, Pg. Otto Schmidt von der Reichsdienststelle Feierabend, über den Gesamtbereich der Volkstums- und Brauchtumsarbeit im nationalsozialistischen Deutschland zu sagen hatte. Wie stark die Arbeit des Puppenspielers mit Fragen der inneren Haltung und Weltanschauung verbunden ist, zeigt sich in den Gesprächen über die wesentlichen Figuren der Puppenbühne und über die wichtigsten Stoffe ihres Spiels. So wurde natürlich zu allererst von der Gestalt des Kasper gesprochen. Der deutsche Kasper ist weder ein Clown, ein oberflächlicher Spaßmacher um jeden Preis, noch ein geistreichelnder Conférencier; weder eine Spottgestalt des dummen Bauern, noch eine Verkörperung der Faulheit und der Tölpelei. Alle diese Spielarten haben sich ja in der Zeit der Verwilderung dieser Volkskunst aus der ursprünglichen, viel tiefer und reiner angelegten Kaspergestalt entwickeln können. Unser Kasper soll eine Verkörperung der deutschen Seele sein. Sein derber Humor, sein tiefer und weiser Ernst und vor allem die unbedingte Reinheit, Ehrlichkeit und Rechtschaffenheit seines Redens und Handelns fassen den deutschen Menschen nach dem besten Kern seiner Seele. — Ebenso wie der Kasper ist auch eine zweite Hauptgestalt des deutschen Puppenspiels vielfach verzerrt worden: der Tod. Er ist weder der Ingebriff des Grauens und der Angst, noch soll durch seine Erscheinung das beherrschende Gesetz des Lebens veralbert und verniedlicht werden. In der Gestalt des Todes soll die ewige Naturkraft sichtbar werden, die das Leben nach unbeirrbarem Gesetz von allem Schwachen und Überreifen reinigt und Platz für neues Werden schafft.«[41]

Nicht nur die Hohnsteiner Tagung vermittelt den anerkannten Berufspuppenspielern, wie wenig das Puppentheater nach Auffassung der NSG »Kraft durch Freude« mit einer harmlosen Clownerie zu verwechseln ist. Unter Leitung des NS-Ideologen Otto Schmidt steht die »Abt. Volkstum — Brauchtum« des Amtes »Feierabend« im Zeichen von Bestrebungen einer ideologischen Funktionalisierung des Puppenspiels. So bekommen Bühnen der »Fraktion der Vierzig« Schwierigkeiten, insofern sie nicht in ihr traditionelles Spielgut weltanschauliche Aspekte integrieren:

> »Wie Ihnen unser Mitarbeiter Pg. Hirschfeld (...) bereits erklärt hat, ist die Fassung des Puppenspieles vom Doktor Faust, die Sie zu spielen pflegen, weltanschaulich für uns nicht tragbar. Da wir ebenso wie übrigens auch die Reichsjugendführung das Puppenspiel nicht nur nach künstlerischen Gesichtspunkten betrachten, sondern auch seine politisch-weltanschaulichen Aufgaben sehen, müssen wir Wert darauf legen, daß die von uns anerkannten Puppenspielbühnen sich in ihren Aufführungen von einer mittelalterlichen Vorstellungswelt lösen. Es kommt nicht darauf an, das Faustspiel historisch zu bringen, sondern gegenwartsnah, d. h. Faust selbst als den ringenden politischen Menschen hinzustellen, der in seiner Idee durchaus nicht an das Mittelalter gebunden ist. Wir bitten Sie, das Puppenspiel vom Doktor Faust in KdF-Veranstaltungen nicht mehr in der Fassung zu spielen, (...). Wenn Sie sich nicht selbst zu einer entsprechenden Änderung entschließen können, dann wollen Sie das Stück zunächst überhaupt vom Spielplan für KdF-Veranstaltungen absetzen. Das gleiche gilt auch für alle Vorstellungen, an denen Angehörige der HJ usw. teilnehmen.«[42]

Plakat der NSG »Kraft durch Freude« für einen Dorfgemeinschaftsabend in »vorweihnachtlicher Zeit«, 1938

Durch Überprüfung und Denunziationen werden gezielt Berufsverbote gegen Puppenspieler durchgesetzt, wie z. B. gegen den »Heidelberger Studentenkasper« Goetz Scheer, dessen am 31. August 1941 abgelaufene Zulassung als Puppenspieler bei der Reichstheaterkammer auf Initiative der KdF-Abteilung »Volkstum — Brauchtum« nicht verlängert wird.[43] Ebenso veranlaßt die Abt. IV im Juni 1943 die Überprüfung u. a. der »Kölner Puppenspielbühne Joseph Schöngen« und der »Saarländischen Puppenspiele« zwecks »Ausschaltung ungeeigneter Elemente vom Puppenspiel«. Neben derartigen inhaltlichen Reglementierungen erfolgt eine ideologische Inanspruchnahme des Puppenspiels durch dessen Integration in die auf Systemstabilisierung ausgerichtete »Unterhaltungsindustrie« des NS-Staates. Die Erwartungen zahlreicher Puppenspieler auf Zuweisung einer Rolle als »Staatsschauspieler« künstlerischer Prägung erfüllen sich nicht; viele der Berufsspieler werden, um ihren Beruf überhaupt noch weiter ausüben zu können, zu Vollzugsorganen eines politisch-pragmatischen Zielen unterworfenen Kulturapparates. Während die Aktivitäten der Fachgruppe in den Kriegsjahren weiter abflachen, kommt dem »Amt Feierabend« durch den von hier aus gelenkten Kriegseinsatz der Puppenspieler sowohl für die Frontbetreuung als auch für die Arbeit im Inland eine zentrale Bedeutung zu.[44] Bis in das Jahr 1944 hinein gelingt der NSG »Kraft durch Freude« unter Überwindung der kriegsbedingten Hindernisse der Einsatz von Puppenbühnen in ganz Europa und bis in die vordersten Reihen der Front.

# IV.

## KONFIGURATIONEN
### Die Spiele der Puppe

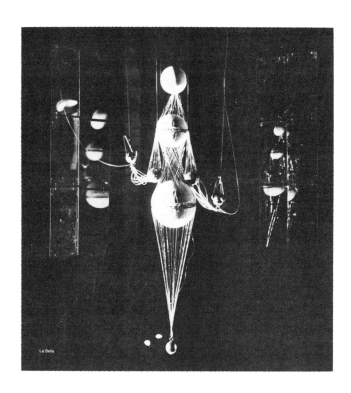

# Eindringlinge, Marionetten, Automaten
## Zur Bedeutung des symbolistischen Dramas für die Freisetzung der »Kunstfigur«[1]

Hans Peter Bayerdörfer

I.

Wie die theatralischen Sendungen zur Literaturgeschichte gehören, so gehört zu ihnen dann und wann auch das Puppentheater. Goethe hat bekanntlich nicht nur in »Dichtung und Wahrheit« über das »von der Großmutter hinterlassene Puppenspiel« berichtet, sondern auch in seinen »Meister«-Romanen: »Kinder müssen Komödien haben und Puppen«.[2] Gemäß dieser Goetheschen Maxime bekommt auch der kleine Hanno Buddenbrook zu Weihnachten ein Kindertheater geschenkt. Der Prospekt der kleinen Bühne ist am Weihnachtsabend offen, man sieht den Schlußakt von Hannos Lieblingsstück, Beethovens »Fidelio«: »Don Pizarro, mit gewaltig gepufften Ärmeln, verharrte irgendwo in fürchterlicher Attitüde«. Hannos kindliche Begeisterung schildert der Erzähler mit den Worten: »Es war wie im Stadttheater und beinahe noch schöner«.[3] Eineinhalb Jahrhunderte Kulturgeschichte des deutschen Bürgertums spiegeln sich in den genannten Szenen, die man sich real im Frankfurter Hirschgraben-Haus und in der Lübecker Beckergrube vorstellen mag. Die Unterschiede sprechen für sich. In der Mitte des 18. Jahrhunderts ist das Puppenspiel nicht nur als Kindertheater, sondern auch noch als Erwachsenentheater vorausgesetzt; es verfügt über eine eigene Technik, einen eigenen Stil und ein eigenes Repertoire. Schließlich: was »Wilhelm Meisters theatralische Sendung« betrifft, so bildet die Puppenbühne eine Anfangsstufe der Theatererfahrung, die von zahlreichen weiteren Theatererlebnissen überlagert wird, bis die Erfahrung mit der Bühne endlich im eigenen Auftritt in Shakespeares »Hamlet« den Höhepunkt erreicht. Ganz anders die Verhältnisse in der großbürgerlichen Familie zu Beginn des letzten Drittels des 19. Jahrhunderts. Schon das zehnjährige Kind findet eine der ganz großen Szenen des Repertoire-Theaters vor, sein Kindertheater ist nichts anderes als die Nachbildung des Stadttheaters, sein Lieblingsstück zugleich ein Lieblingskind zeitgenössischer bürgerlicher Theaterkultur, die große Oper.[4]
Es ist jener Punkt in der Entwicklung des bürgerlichen Theaterverhältnisses erreicht, wo das Illusions- und Ausstattungsprinzip des poetischen Realismus auch auf der Kinderbühne die letzten Reste einer eigenständigen Theatralik zu verdrängen und den alten Holz- und Drahtfiguren das Lebensrecht streitig zu machen sucht. Daß zur selben Zeit eine Figur wie der Hanswurst immerhin noch auf dem Wurstelprater ihre Legende aus der Frühzeit des Wiener Volkstheaters überlebt, daß es in München die Marionettenbühne von Papa Schmid gibt, die mit Original-Kasperliaden für Erwachsene aus der Feder des Grafen Pocci aufwartet, daß auch in Berlin, in Brüssel und in Paris Marionettenbühnen bestehen,[5] all dies sind nur Randerscheinungen, die am Gesamtbild des Theaters der zweiten Hälfte des 19. Jahrhunderts keine ernsthafte Retusche bedeuten.
Um so erstaunlicher ist es, daß wenige Jahre nach dem Erscheinen von Thomas Manns Roman der Berliner Kritiker Paul Legband in einer Rezension des »Literarischen Echo« von einer »Renaissance der Marionette« ausgeht[6] und eine Abrechnung vorlegt, die ein nicht geringes Ressentiment gegen die Holzpuppen erkennen läßt. Er zeigt sich beunruhigt von

der Zunahme von Marionetten-Aufführungen und von marionettenhafter Bühnenregie; weiterhin macht er sich Gedanken über die sich häufenden theater- und kulturgeschichtlichen Darstellungen, die sich mit den Marionetten, den Puppen, den Schattenspielen und mit zahlreichen anderen Theaterformen aus europäischer und außereuropäischer Tradition beschäftigen.[7] Legband betont in seiner Polemik die grundsätzliche Überlegenheit des Menschlichen und Natürlichen auf der Bühne, er fordert die Eingrenzung der Marionette auf den Bereich des Grotesk-Komischen und ist überhaupt der Meinung, daß die Dramaturgie der Puppen lediglich naive Gemüter ansprechen könne, denen die einfache Komik und die Burleske noch leicht zugänglich seien.

Ein Blick in die deutsche Literaturgeschichte — wobei man direkt an Kleist oder Büchner denken mag oder an die wachsende Bedeutung, die den Metaphern vom Marionettendraht und von der Welt als Bühne im 18. und 19. Jahrhundert zukommt, wann immer der Gedanke an die Determination menschlichen Handelns und an die Machtlosigkeit des Willens auftaucht —, ein Blick auf solche Zusammenhänge hätte den Kritiker davon abhalten können, das Marionettenspiel inhaltlich auf den Bereich elementarer Komik einzuschränken und seiner Ästhetik Subtilität und Raffinement abzusprechen. Insofern hätte auch Anlaß bestanden, weitere Überlegungen im Hinblick auf eine mögliche Neuorientierung des Theaters anzustellen. Daß dies indessen nicht geschieht, ist zwar erstaunlich bei einem Kritiker, der immerhin zeitweise an Max Reinhardts Theaterschule unterrichtet hat, entspricht aber insofern zeitgenösssischen Vorstellungen, als — gemessen am traditionellen Verständnis des realistischen Illusionstheaters und seines Bildungsanspruchs — die Figuren der theatralischen Halbwelt, die Marionetten, die Harlekine und Kolumbinen, Eindringlinge darstellen, Störenfriede im wahren Sinne des Wortes, die das sorgsam in sich abgeschlossene System spätwilhelminischer Theaterkultur in Unordnung bringen.

Die Entrüstung über Eindringlinge dieser Art — um ein weiteres Symptom wenigstens zu nennen — bringt noch einige Jahre später einen handfesten Skandal hervor, als sich Gerhart Hauptmann zum Jahrhundertjubiläum der Leipziger Völkerschlacht einfallen läßt, sein »Festspiel in deutschen Reimen« als großangelegte historische Kasperliade aufzuziehen. Am Schluß dieses Stückes erscheint ein mit aller Machtvollkommenheit ausgestatteter Spielleiter — »Ich bin der Erste, ich bin der Letzte, bin der Anfängliche und der Abschließende« —, der den säbelrasselnden Blücher in die Figuren-Kiste verbannt, um dem das ganze Stück hindurch auftretenden Trommler »Mors« das Handwerk zu legen und den Frieden zu erhalten. Dieser Schluß — man schreibt Herbst 1913 — ist inhaltlich ebenso skandalös wie formal-darstellerisch, denn anstatt der heldischen Gloriolen werden die Drähte und die Mechanik von Holzfiguren sichtbar.

Für den Literaturhistoriker erhebt sich die Frage, wie es in dem verhältnismäßig kurzen Zeitraum weniger Jahrzehnte dazu kommen konnte, daß die dramatischen Kunstfiguren, die so sorgfältig aus allen Spielarten des Theaters, vom Hoftheater bis zum Boulevard und zur Vorstadtbühne, verbannt waren, sich auf anscheinend beunruhigende Weise Terrain zurückerobern konnten. Die Frage verschärft sich, wenn man sich klarmacht, daß zwischen dem Weihnachtsabend der Buddenbrooks in den 70er Jahren und dem Jahre 1906 die naturalistische Umwälzung über die Bühne geht, die alles andere, nur nicht die Auferstehung der Marionette oder des Harlekin und eine analoge Bühnenstilisierung betreibt. Der Schlüssel zum Verständnis des Revirement der Marionette liegt nun keineswegs an der zunächst zu vermutenden Stelle, nicht bei den spärlich vorhandenen Marionettenbühnen der

Metropolen. Daß die Kunstfiguren mit ihrer spezifischen Bewegungsform, ihren Ausdrucksmöglichkeiten, ihrer Mechanik, sich in die Welt der großen Menschendarstellung einzuschleichen wagen, erklärt sich aus einem ganz anderen Ursprung. Er liegt im Bereich jenes Versuchs zur Erneuerung der Tragödie, der mit dem Begriff des »Symbolismus« zu kennzeichnen ist.[8] Der erste Eindringling, der die Personenwelt des bürgerlichen Theaters in Verwirrung bringt und der einem Stück — »L'Intruse« — den Titel gegeben hat, stammt von Maurice Maeterlinck, und gemeint ist mit diesem Eindringling nicht Hanswurst oder Harlekin, sondern der Tod. Diese historische Herleitung bedarf freilich der Rechtfertigung und der genaueren Darlegung. Wesentliche historische Voraussetzungen müssen in abgekürzter Form vorweggenannt werden.

1) Die theatralische Sendung des Symbolismus gewinnt — trotz einiger vorhergehender Versuche[9] — erst Theaterboden mit der Lancierung Maeterlincks durch Gustave Mirbeau, indirekt durch Mallarmé, und dies zu einem Zeitpunkt, der nur wenige Jahre nach den Anfängen der naturalistischen Bühnenrevolution liegt. Die Sendung verdankt sich nur zum kleineren Teil der ausdrücklichen Wendung gegen den Naturalismus. Ihre weitere Intention richtet sich auf eine universale Erneuerung des abendländischen Theaters überhaupt. Sie erhebt für das Theater einen metaphysischen Anspruch: die Rettung des Menschen, der sich in seinem Wesen als »capax infiniti« erweist. Dieser Anspruch bildet die Grundlage, auf der sich — in scheinbar paradoxer Weise — die Freisetzung der theatralischen Kunstfigur vollzieht. Die Entwicklung erfolgt, gemessen an den Hauptströmungen auch der modernisierenden Dramatik, im Abseits vereinzelter dramatischer Neukonzeptionen.

2) Das symbolistische Theater ist undenkbar ohne die »Sezession« innerhalb des Theaterbereichs, mit der die Gründung der sogenannten Experimentiertheater ab 1887 einsetzt. Sie basiert zunächst auf der bürgerlichen Institution des Vereinstheaters, löst sich aber sehr rasch davon und gewinnt — sieht man von weiteren Folgen wie etwa der Volksbühne ab — den elitären Status von Werkstattbühnen, die im wesentlichen von Intellektuellen und von Theaterfachleuten selbst getragen werden. Insofern ist die avantgardistische Experimentierbühne der Jahrhundertwende Ausdruck einer innerbürgerlichen Opposition, die dem offiziellen, vom Bürgertum in seiner Gesamtheit mit Beschlag belegten Theaterbetrieb *ästhetisch* gegenübertritt. Diese Sezession hat, soweit sie symbolistischen Intentionen Raum gibt, ihre markanteste Entwicklungslinie im engeren Bereich des Theatralischen selbst in der Weise, daß Schritt für Schritt eine Entfernung des Theaters von der Dramatik einsetzt. Genauer gesagt, die Geburtsstunde dieser neuen experimentellen Theatralik steht im Zeichen einer Selbstbegründung des Theaters gegenüber dem Drama als sprachlichem Text. Letztlich geht es um die Lösung von der Gesamtform des bürgerlichen Theaters, dem realistischen Illusionstheater, seiner Dialogbasis und seiner herkömmlichen Bühnenform.

3) Beide Bewegungen, der Auszug des Symbolismus aus dem Felde der zeitgenössischen Dramatik und der Auszug der Experimentierbühne aus dem Kontext der offiziellen Theaterwelt, stellen internationale Ereignisse dar, die sich von vornherein nicht innerhalb eines wie auch immer national-literarisch zu bestimmenden Rahmens fixieren lassen. Es versteht sich von selbst, daß im Folgenden nur die Ausstrahlungen, die von einem bestimmten Punkt ausgehen, dargestellt werden können, ohne daß sich die weiteren Keimzellen des Umbruchs wie auch die vielfältigen Abhängigkeiten und Überlagerungen nur andeutungsweise umreißen lassen.[10]

II.

Wenn Maurice Maeterlinck seinem Erstling »La Princesse Maleine« (1890) die Anweisung mitgibt »pour un théâtre de fantoches«,[11] oder wenn er später (1892) Stücke mit dem Untertitel »trois petits drames pour marionettes« versieht, so mag man darin zunächst lediglich den Hinweis des Autors vermuten, daß er sich seine Dramen überhaupt nicht auf einer normalen Bühne seiner Zeit aufgeführt vorstellen kann. Zugleich aber ist, zumindest 1892, ein neues Theater anvisiert, Lugné-Poës Pariser Experimentierbühne, d. h. es zeichnet sich die Interdependenz von Dramatik und Theater ab, die für die Geschichte des symbolistischen Dramas bezeichnend ist.

Reduziert auf ihre wesentlichsten Theoreme, stellt sich Maeterlincks Dramentheorie als Versuch dar, die Tragödie dadurch zu erneuern, daß ein metaphysischer Gesamthorizont des Daseins wiederum ausdrücklich aufgezeigt wird. Diese Absicht richtet sich sowohl gegen das herkömmliche Unterhaltungstheater der »pièce bien faite« und gegen herkömmliches Klassikerverständnis, wie auch gegen das naturalistische Drama und seine aus Milieu und Vererbung abgeleiteten tragischen Komplikationen. Die Maeterlincksche Tragik entsteht daraus, daß das menschliche Dasein ständig — und darin liegt die Bedeutung seines Begriffs »le tragique quotidien« — von dem unbegreifbaren Geheimnis des Kosmos überlagert ist. Die primäre Einbruchstelle des Kosmos bildet für das menschliche Bewußtsein das Eingreifen des Todes, der die Gegenmacht par excellence darstellt.[12] Unter dieser Prämisse, die Maeterlinck mit Hilfe einer den Traditionen der abendländischen Mystik verpflichteten Seelenlehre abzusichern versucht, erhebt seine Dramatik von vornherein den Anspruch eines Welttheaters, das die »situation de l'homme dans l'univers« wiedergibt. Bezogen auf dieses Universum geht es um den Menschen als Menschen, nicht um die subjektive Psyche in ihrer aus Umwelt und Vorwelt ableitbaren Eigenart. Psychologische Ausgestaltung und soziale Differenzierung der dramatis personae entfällt daher nicht weniger als eine Gestaltung der Handlung im Sinne von personalem Konflikt und individueller Entwicklung oder der Ausweis von Geschehen im Sinne einer realistischen Mimese.

Als »drame statique« ist Maeterlincks frühes Drama — um von der Theorie zur dramatischen Realisierung überzugehen — ein Stück der Todeserwartung,[13] dessen einziges Geschehen die Ankunft des Todes bildet. Die Situation des Wartens wird dem Zuschauer symbolisch und emotional nahegebracht in der Weise, daß eine ständig sich verdüsternde Atmosphäre zusammen mit einer zunehmenden inneren Erregung der Bühnenfiguren — mystische »correspondances« von Unbewußtem und Kosmischem — auf den Eintritt des Unfaßbaren vorbereitet. Die technischen Mittel liegen einmal in der Gestaltung des Dialogs, der sich — als »dialogue du second degré«, als chorische Litanei und als Monolog an der Grenze des Bewußtseins — von jeder Form eines real motivierten Zwiegesprächs entfernt und letztlich eine aus Andeutungen, doppelsinnigen Verweisen und Pausen sich zusammensetzende Vorahnung zu vermitteln versucht. Hinzu kommen in hohem Maße szenische Mittel außersprachlicher Art: gegenständliche Symbolik, das Bühnenbild insgesamt in der durch Licht und Schatten herbeigeführten Veränderung, schließlich akustische Elemente, rätselhafte Geräusche und undeutbare Hör-Eindrücke. Die Gestaltung von Ort und Zeit wie auch die der Personen ist von vornherein auf transzendierende Aussage, auf Ablösung von Aktion und Geschehen, insgesamt auf Abstraktion angelegt. Der Raum ist ein symbolisch präsentiertes Überall, der Zeithorizont verliert jede konkrete Datierbarkeit und läßt ein übergeschichtliches Jederzeit durchscheinen. Spannung im formalen Sinne entsteht einzig und allein im Hinblick auf das »Ende von Zeit«, d. h. dem Moment des Todes, von dem der Zuschauer lange vor den Dramengestalten weiß. Nicht weniger abstrakt muten die Personen an, denen alles Unmittelbar-Reale, Mimetisch-Direkte abgeht. Sie sind unbeweglich kauernde, uniform gekleidete Schemen, wie die Blinden und Blindgeborenen in »Les Aveugles« oder sprachlose Akteure eines Schattenspiels, das sich in einem — von außen einsehbaren — Haus im Hintergrund abspielt und das durch den epischen Bericht von zwei Vordergrundfiguren illustriert wird wie in »L'Intérieur«. Die Blinden befinden sich auf einer isolierten Insel, die als solche die Verlorenheit des Menschen im Kosmos symbolisiert, die Familie von »L'Interieur« lebt in einem Haus, das nichts anderes als menschliche Behausung in der Weite des Universums generell darstellt. In den späteren Stücken Maeterlincks kommen — wie bereits in »La Princesse Maleine« — märchenhaft oder alptraumhaft stilisierte Schattenriß-Figuren hinzu. Bezogen auf die Gestaltungsweise der Personen enthüllt der Begriff »Marionette« eine bestimmte Bedeutung: Die aller Individualität entkleideten menschlichen Schemen agieren unselbständig, ausschließlich reaktiv im Schatten ihres Schicksals, dessen Gang sie auf keine Weise beeinflussen, dessen Herannahen sie allenfalls ahnen können. Eine positive Sinndeutung unterbleibt, sofern diese nicht durch die Regie in die szenische Symbolik selbst eingebracht wird oder sofern man sie nicht abstrakt in der Sensibilisierung der Personen für das Universell-Umgreifende erkennt. Unter beiden Aspekten nehmen die Figuren in der Tat Marionettencharakter an. Die Zeit, die vom Tod beherrscht wird, und der Raum, der aus dem Nichts ausgespart ist, läßt sie zu Drahtpuppen werden, Chiffren einer Entpersonalisierung, einer restlosen Determination. Es ist nur folgerichtig, daß reale Aufführungen mit Marionetten versucht wurden: Ranson, Sérusier und Denis, alle drei dem Théâtre de L'OEuvre nahestehend, inszenierten in Paris den Einakter »Les Sept Princesses«,[14] in München kam »La Mort de Tintagiles« auf die Bühne des Marionettentheaters.[15] Mit dieser inhaltlichen Festlegung des Marionettencharakters auf einen entpersonalisierenden Determinismus entgleiten aber die Figuren den ursprünglichen Intentionen ihres Autors. Der Versuch, eine das Menschliche und Menschenwürdige kontemplativ veranschaulichende Tragik zu gestalten, führt aufgrund der eingeschlagenen konkreten Wege der dramatischen Gestaltung zum Aufweis der Unmöglichkeit von Tragik. Sie scheitert am Fatalismus, der das im Begriff von Tragik notwendig gesetzte Moment menschlicher Freiheit negiert. Zur Anschauung gelangt das Gegenteil, eine äußerste Entfremdung zwischen Mensch und Schicksal, eine Entfremdung, die uns heute die angebliche Tragödie des Mystikers als Vorboten der nihilistischen oder absurden Dramatik erscheinen läßt, — und in der Tat hat es nicht an Versuchen gefehlt, das Warten der Blinden mit der sinnlosen Erwartung im Drama eines Beckett zu vergleichen. »En Attendant Godot« im Jahre 1890.[16] Dieser Vergleich hinkt aber mindestens an einem Punkt: Wo bei Beckett die Leerstelle des Rätsels bleibt, tritt bei Maeterlinck der Eindringling auf, angekündigt, wie in »L'Intruse«, durch die das ganze Stück über durchgehaltene dubiose Verwendung des weiblichen Personalpronomens »elle«. Das Auftreten von »La Mort« hat die Qualität eines erhabenen Vorgangs, dem eine gewisse erschütternde Wirkung nicht abgesprochen werden kann, wiewohl dieser Tod die Personen des Stücks entpersonalisiert und keine tragische Katharsis, sondern das Gefühl der totalen Ohnmacht hervorruft.

Maeterlincks Welttheater des Todes wirkt heute in seinen gehaltlichen Dimensionen in vieler Hinsicht antiquiert. Erst recht haben die Maeterlinck-Epigonen, mit ihren Märchenstücken und ihren in der Nachfolge von »Monna Vanna« entworfenen historischen Kostümdramen, in denen der dramatische Symbolismus zu »Neuromantik« vereinfacht und nachhaltig entstellt wird, den Eindruck des eigentlich schon zu seiner eigenen Zeit Veralteten erweckt — und dies gilt besonders für das deutsche Theater, wo sich kaum einer der Autoren der kurzlebigen Versuchung zu einem Symbolismus aus zweiter Hand entziehen konnte. Trotzdem: Alles Zeitbedingte und Modisch-Überzogene kann nicht verdecken, daß die ursprüngliche Konzeption des »drame statique« eine Vielfalt formaler Konsequenzen mit sich bringt, die über den ursprünglichen geschichtlichen Horizont hinausführen. Im Folgenden soll es nicht um allgemeine Vergleiche, etwa mit dem surrealistischen oder dem absurden Theater[17] gehen, sondern um spezifische Auswirkungen auf Theater und Drama zwischen Jahrhundertwende und Erstem Weltkrieg. Dabei ist zunächst auf direkte theatergeschichtliche Folgen hinzuweisen, ehe speziell dramengeschichtliche Wirkungen dargestellt werden können.

III.
Den ersten Anhaltspunkt bietet die Aufwertung von Szenerie und Bühnenraum gegenüber dem dramatischen Text, der seine dialogische Konsistenz verliert. Gerade das Gewaltsame von Maeterlincks Vorgehen verlangt regietechnische Mittel und eine Bühnenausstattung, wie sie das Theater der Zeit nicht aufzuweisen hat. Gefordert ist ein hohes Maß an kreativer Selbständigkeit seitens der Regie, die nicht mehr dem Text zu dienen, sondern einen eigenständigen Spiel- und Bedeutungsraum zu schaffen hat; auf diesen ist das Stück angewiesen, wenn es überhaupt eine Sinnaussage vermitteln soll. Diese Tendenz läuft der naturalistischen Dramatik, welche die weitestgehende Funktionalisierung der Bühne auf den Text verlangt, diametral entgegen. Der theatergeschichtliche Einschnitt ist in der Maeterlinck-Forschung verschiedentlich hervorgehoben worden: »Maeterlinck sans metteur en scène, c'est une idée si vague qu'elle se dilue. Maeterlinck propose, le metteur en scène dispose.«[18]
Es folgt zweitens aus der prinzipiellen Aufwertung der Szene, daß die Rolle des Zuschauers im Sinne einer Aktivierung gesehen werden muß. Die symbolischen Zusammenhänge und Bedeutungen, welche die Bühnengestaltung zur Sinnaussage des Stückes beiträgt, hat der Zuschauer zum größten Teil durch eigene geistige Aktivität zu realisieren. Dieses Postulat hebt tendenziell das passive Betrachterverhältnis zwischen Zuschauer und Guckkastenbühne auf und verlangt andere Formen der Bühne und der Bühnenverwendung. Experimente zur Modifikation oder Aufhebung des illusionistischen Guckkastens und dementsprechend zur Überwindung jeder Art von mimetisch-realistischer Personenregie begleiten daher die Inszenierungsgeschichte Maeterlincks über ein Jahrzehnt hinweg — wiederum im Gegensatz zur Inszenierungsgeschichte des Naturalismus, die in dieser Hinsicht auf dem alten Stand stehenbleibt.
Die theatralische Sendung des Symbolismus verleiht — um eine dritte Konsequenz zu nennen — dem Begriff »Experiment« die moderne theatergeschichtliche Bedeutung, die für das neue Jahrhundert bestimmend geworden ist. »Experiment« ist nicht als quasi naturwissenschaftliche Kategorie, wie bei Zola und seinen Anhängern, zu verstehen, sondern als dezidiert »technische« Kategorie im Sinne der »techné«, das heißt der Erprobung von Möglichkeiten der Bühnen- und Regietechnik, der Darstellungs- und Sprachtechnik. Das Ethos des neuen Experimentiertheaters besteht darin, dem Publikum theatralische Innovation im status nascendi vorzuführen und damit neue Selbsterfahrung mit dem Medium der Bühne

im status experimentalis auszulösen. Es gehört zur Dialektik dieser prinzipiellen Innovation, daß sie zugleich eine neue Zuwendung zur Bühnengeschichte mit sich bringt. Die Befreiung der Regie von der auxiliaren Bindung an den Text führt zu einer Selbstbesinnung des Theaters im Hinblick auf seine eigene Geschichte, wobei diese Selbstbesinnung nicht nur die zurückliegenden Jahrzehnte umfaßt, sondern grundsätzlich hinter die Periode des bürgerlichen Illusionstheaters zurückgreift. Gerade in dieser Hinsicht ist die symbolistische Wende für die Entwicklung der modernen Bühne weitaus folgenreicher als der Naturalismus. Dessen bühnen- und regiegeschichtliche Bedeutung erschöpft sich bei Antoine und Brahm bereits in einer — durch den Psychologismus und die Milieutheorie bedingten — konsequenten Radikalisierung der realistischen Ansätze, die in nuce vielfach schon bei den Meiningern vorliegen. Die Folge ist, daß die naturalistische Theater-Revolution um 1900 im wesentlichen als abgeschlossen und bereits historisch betrachtet werden kann. Die weiterverlaufenden Linien der Bühnenerneuerung knüpfen daher weit mehr an den Symbolismus an. Es ist ein Zeichen für die anhaltende Aktualität des symbolistischen Aufbruchs, daß in den Jahren nach 1900, nachdem die inhaltliche Faszination Maeterlincks bereits erlischt, die wichtigsten europäischen Versuchsbühnen mit dem Maeterlinckschen Frühwerk gleichsam formal weiterexperimentieren. Nach der Schrittmacherphase des Théâtre de L'OEuvre in den 1890er Jahren folgen in Deutschland Carl Heine in Leipzig sowie verschiedene Initiativen in Berlin, an denen Max Reinhardt zunächst als Schauspieler und Mit-Initiator beteiligt ist.[19] Nicht weniger aktivierend wirkt Maeterlinck an der um 1900 wohl renommiertesten avantgardistischen Bühne Europas, dem Moskauer Künstlertheater. Stanislavskij, der Altmeister der realistisch-psychologisierenden Nuance, bringt selbst 1904 eine Maeterlincksche Einakter-Trilogie (*L'Intruse, Les Aveugles, L'Intérieur*) auf die Bühne, wenig später ein Programmstück des russischen Symbolismus, Andreevs »Das Leben der Menschen«. Als er 1905 seinen Eleven Meyerhold, der bereits 1903 mit seinem Ensemble »L'Intruse« in Sevastopol aufgeführt hatte, mit der Leitung des neuen Studios des Künstlertheaters in Puskino beauftragt, kommt es zu einem experimentellen Programm mit überwiegend symbolistischen Werken, außer von Maeterlinck (*Les Sept Princesses, La Mort de Tintagiles*) von Verhaeren und Przybyszewski. Die am weitesten gediehenen Entwürfe zu »La Mort de Tintagiles« sahen ein völlig abstraktes Bühnenbild und eine völlig stilisierte, rhythmisierte Sprechweise vor einer musikalischen Klangkulisse vor.[20]
Die genannten Details sind in vieler Hinsicht symptomatisch, nicht nur was die Inszenierungsgeschichte Maeterlincks in engerem Sinne angeht. Entscheidend für die französischen, wie auch für die deutschen und russischen Experimentierbühnen, die sich des symbolistischen Dramas annehmen, ist insgesamt, daß im Umkreis der Maeterlinck-Experimente weitere Versuche mit allen denkbaren Formen aus dem Fundus der Theatergeschichte angestellt werden. Dabei kommt den vor- und außerliterarischen Bühnenformen und ihren Aufführungsmöglichkeiten besonderes Gewicht zu: Man orientiert sich an Pantomime, Tanz und Ballett, man experimentiert mit der antiken Arenabühne, der Schaubühne der Wandertruppen, mit der commedia dell'arte, mit dem Schattentheater, mit Puppen- und Marionettenspielen verschiedenster Art und Herkunft. Diese Experimentierbreite demonstriert, welcher theatralische Sprengstoff in der scheinbar so dünnblütig-esoterischen symbolistischen Dramatik steckt. Dies kommt keineswegs von ungefähr. Alle hier genannten Phänomene lassen sich als Widerhall jener Theaterauffassung verstehen, die bereits den Anfängen der symbolistischen Dramatik, auch dem Werk Maeterlincks, zu-

Plakat von Alfred Jarry zu einer Aufführung des »Ubu Roi« mit Marionetten im Théâtre des Pantins, Paris 1898

grunde liegt.[21] Stéphane Mallarmé konnte bekanntlich seine umwälzenden Vorstellungen vom Theater nicht nur am Beispiel des »Hamlet« entfalten, sondern auch am Maskenspiel des griechischen Amphitheaters, am Ritual der Messe und — nicht zuletzt — an einem Dressurakt einer Pariser Unterhaltungsrevue, bei dem sich ein abgerichteter Bär und ein tanzender Harlekin im Flittergewand gegenüberstehen.[22]

Diese ursprüngliche Brisanz, die im Ansatz der symbolistischen Theaterreform verborgen liegt, macht sich auch in der weiteren Entwicklung der Theatertheorie geltend.[23] Der einflußreichste Theoretiker dieser Epoche der vehementen Neuerungen, Edward Gordon Craig, gibt seine in ganz Europa verbreitete Zeitschrift unter dem bezeichnenden Titel »The Mask« heraus. Seine Theaterkonzeption läßt genau erkennen, in welchem Sinne die symbolistischen Impulse mit der vielberufenen Retheatralisierung des Theaters zusammenhängen, da diese Konzeption als »restatement in many ways of symbolist ideals«[24] verstanden werden muß. In seiner Symbolismus-Glosse definiert Craig allgemein (nach Websters Dictionary) Symbolismus als »a systematic use of symbols« und Symbol als »a visible sign of an idea«; im folgenden sieht er sich veranlaßt, den Symbolismus gegen das Argument, er sei in einem realistischen Zeitalter fehl am Platze, in Schutz zu nehmen: »For not only is Symbolism in the roots of all art; it is at the roots of all life (...) I think there is no one who should quarrel with Symbolism (...) nor fear it.«[25] Der gleichzeitig erschienene Aufsatz »The Ghost in the Tragedies of Shakespeare« läßt den systematischen Zusammenhang mit Maeterlincks Dramaturgie erkennen. Craig beruft sich auf den »dialogue du second degré«, wenn er die Formel »the solemn uninterrupted whisperings of man and his destiny« zitiert, und bezieht sich auf den metaphysischen Grundsatz mit der Maeterlinckschen Wendung »the murmur of Eternity on the horizon«.[26] Die Quintessenz seiner Überlegungen, niedergelegt in seinem berühmtesten Essay »The Actor and the Ueber-Marionette«, besteht in der Forderung nach einer Erneuerung der Schauspielkunst aus symbolistischem Geiste. An die Stelle des alten Schauspielers, der nach der Devise »of impersonation«, »of reproducing nature« agiert, hat die neue Gestalt, »the inanimate figure — the übermarionette« zu treten; ihr ist eine neue Form des Spiels eigen, »consisting for the main part of symbolical gesture«. Keineswegs darf dabei unter Marionette die Gestalt des Jahrmarkts, das verkleinerte, hölzerne Konterfei des Mimen, verstanden werden. Die Marionetten waren ursprünglich Vergrößerungen, Inbegriff oder Symbol des Menschlichen und seiner metaphysischen Substanz: »They are the descandants of a great and noble family of Images, Images which were made in the likeness of God.«[27] Die Wiederkehr dieses Image, dieser Über-Marionette auf das Theater erhofft sich Craig, wie er am Ende seines Essays beteuert; damit auch die Erneuerung eines zeremoniellen Theaters, das Leben und Tod in gleicher Weise rituell feiert. Daß sich Craig in den folgenden Jahrzehnten unausgesetzt mit allen denkbaren historischen Erscheinungsweisen des nicht-mimetischen Theaters befaßt und die Über-Marionette zum Inbegriff des Theatralischen überhaupt wird, ist die logische Konsequenz des Ansatzes. Der einfache und zugleich universale Titel der Craigschen Zeitschrift, die Reinhardt ebenso beeinflußt hat wie Meyerhold, Hofmannsthal, Jouvet und später Barrault, die russischen Futuristen ebenso wie das Bauhaus, bringt die Intentionen auf den Nenner: die Maske »macht aus dem Menschen die Über-Marionette und zwingt den Schauspieler zu einem symbolischen Spiel, da er selbst ein Symbol ist.«[28]

IV.

Nach diesem gerafften theatergeschichtlichen Ausblick ist auf die engere literatur- bzw. dramengeschichtliche These zurückzukommen. Sie besagt, daß das Theater Maeterlincks den in der Theorie erhobenen Anspruch auf eine neue Tragik selbst durch seine Gestaltungsweise widerlegt und gerade dadurch zur Freisetzung der theatralischen Kunstfiguren führt. Anhand der oben genannten dramaturgischen Kriterien der Raum- und Bühnenkonzeption in Analogie zum theatrum mundi und der Zeit- und Personengestaltung sub specie mortis ist die literaturgeschichtliche Wirkung Maeterlincks, die teils offen, teils sehr versteckt verläuft, weiter zu verfolgen.[29] Die Rezeptionsgeschichte ergibt Anhaltspunkte für zwei Hauptstränge. Zur einen Seite gehören Autoren, denen grundsätzlich daran gelegen ist, den genuinen Horizont des Maeterlinckschen Frühwerks beizubehalten, dementsprechend auch die metaphysische Verweisfunktion der dramatis personae sowie des Eindringlings. Die zweite Gruppe bilden dramatische Experimente, in denen der metaphysische Horizont preisgegeben und die Figuren dramaturgisch neu qualifiziert werden. Es handelt sich dabei entweder um ausgesprochene Maeterlinck-Parodien oder um Entwürfe, in denen mit Errungenschaften des »drame statique« im Sinne der technischen Innovation experimentiert wird.

Zur ersten Gruppe gehören Bestrebungen, Maeterlincks Neuansatz mit der Intention einer Restilisierung aufzugreifen. Sieht man von peripheren Werken, etwa Rilkes frühem Einakter »Die weiße Fürstin« ab, so ist der Kronzeuge in Deutschland[30] Hofmannsthal, dessen Frühwerk eindeutig im Zeichen Maeterlincks steht; Hofmannsthal hat selbst »Les Aveugles« übertragen und für eine Wiener Aufführung als Seitenstück zu »L'Intruse« — unter Anteilnahme Schnitzlers und Mitwirkung Bahrs als Conférencier — vorbereitet (1892). Restilisierung ist dabei ein zwiespältiges Phänomen. Sie weicht der Problematik der Maeterlinckschen Dialogauflösung aus, indem sie das poetische Paradigma wechselt und eine sprachliche Lyrisierung erstrebt, die inhaltlich durch ein modifiziertes, unter dem Eindruck des »Dionysischen« stehendes Verständnis von Leben und Tod motiviert ist. Die Problematik dieser Lyrisierung muß in diesem Zusammenhang übergangen werden, hingegen sind die theatergeschichtlichen Aspekte genauer zu untersuchen.[31] In diesem Sinne bedeutet Restilisierung, daß die ursprüngliche Konzeption vom Welttheater des Todes mit literarischen Vorbildern aus der frühneuzeitlichen Phase des europäischen Theaters vermittelt wird. In dem frühen Einakter »Der Tor und der Tod« und später im »Jedermann« wird das Maeterlincksche Grundgerüst in die Form der »danse macabre« und der alten »morality plays« überführt. Der Eindringling tritt nun figürlich auf und nimmt die alte literarische Gestalt des Sensenmannes mit der Geige an; in seinem Gefolge erscheinen auch die alten allegorischen Gestalten des 16. und 17. Jahrhunderts. Die bei Maeterlinck ebenfalls nur szenisch-symbolisch angedeutete Dimension des theatrum mundi wird in historisierender Weise zum Spielort, eine Entwicklung, deren Konsequenz die Wiederbelebung des barocken Welttheaters von Calderon ist.[32] Relevant in unserem Zusammenhang ist dabei, daß gerade die Historisierung den modernen Impuls der Maeterlinckschen Dramatik, der die illusionistische Guckkastenbühne in Frage stellt, erhält und theatralisch umsetzt. Hofmannsthals Welttheater drängt, unterstützt von Max Reinhardt,[33] aus dem Theater hinaus auf den Domplatz als Simultan-Spielort.[34]

Mit dem zweiten Strang der Maeterlinck-Rezeption ist jener Punkt erreicht, an dem das Thema »Eindringlinge, Marionetten, Automaten« in vollem Umfang sinnfällig wird und der Begriff »Marionette« seine handfeste Bedeutung gewinnt. Den im folgenden zu nennenden Werken ist gemeinsam, daß sie zwar den trans-empirischen Rahmen des Maeterlinckschen »drame statique« beibehalten, aber die metaphysischen Voraussetzungen streichen, weil die vermeintliche Tragik als Fatalismus durchschaut und nicht mehr hingenommen wird. Was gemeint ist, möge zunächst ein Randphänomen der deutschen Theaterentwicklung illustrieren, das literarische Kabarett, die »Überbrettl« und »Bunten Theater«, die in den Jahren nach 1900 »überall aus dem Boden schossen«.[35] Max Reinhardts Berliner Kabarett »Schall und Rauch« wartet gleich mit zwei Maeterlinck-Parodien auf und ironisiert zusätzlich die »Conférence«, wie sie bei Studioaufführungen von Maeterlincks Dramen üblich geworden war.[36] Die Parodie der Conférence vollzieht sich im Stile einer »pompes funèbres«-Feier, der Autor »Ysidore Mysterlinck« wird lächerlich gemacht, vor allem wegen seiner Beteuerung, er wolle nicht für die Bühne schreiben, was ihn aber nicht davon abhält, um Tantiemen zu feilschen. Die mehrteilige Stilparodie »Don Carlos an der Jahrhundertwende« enthält einen Teil »Carleas und Elisande«, die Schwundstufe eines »drame statique« in dem Tiefsinn in Unsinn umschlägt. Besonders subtil ist die »L'Intérieuer«-Parodie, da sie nicht nur die Szenerie und den Personenbestand beibehält, sondern auch lange Textpassagen des Originals, obwohl das Interieuer von Anfang an den Kassenraum eines neugegründeten, von der Pleite bedrohten »Intimen Theaters« darstellt, in dem das ganze Personal vergeblich auf den ersten zahlenden Zuschauer wartet.

Nicht weniger schonungslos gehen die »Elf Scharfrichter« mit Maeterlinck um. Wedekind hat, nach Ausweis eines Programmzettels von 1902, selbst eine Szene »Die Symbolisten« vorgetragen; desgleichen ist der Titel »Monna Nirvana oder das verschleierte Bild zu Pisa« nachweisbar. Unter den erhaltenen Texten findet sich ein »Mystodrama« mit dem Titel »Der Veterinärarzt« von Hans von Gumppenberg, in dem der Tod in Gestalt eines »Herrn in Grau« auftritt, die resignative Erwartung Maeterlinckscher Figuren verulkt und einmal mehr der Dialog zweiten Grades zum Kauderwelsch verballhornt wird. Ebenfalls von Gumppenberg stammt das »Monodrama in einem Satz, ‚Der Nachbar'«, welches der einzig redenden Figur, dem »ungebetenen Gast«, einer weiteren Variante des Eindringlings, die Gruppe der »schweigenden Menschen« nach Art der Personen von »L'Intérieuer« gegenüberstellt.[37]

Für das dritte literarische Kabarett von größerem Renomee, Ernst von Wolzogens »Überbrettl«, ist ein Stück von Arthur Schnitzler geschrieben: die im Untertitel als Burleske bezeichnete Parodie »Zum großen Wurstl«, die später als Schlußstück einer Einaktertrilogie mit dem Titel »Marionetten« eingefügt wird.[38] Das Stück parodiert das herkömmliche Konversationsdrama und das ihm zugeordnete Unterhaltungstheater; beides wird auf den Wiener Wurstlprater verlegt, der als Marionettenbühne auf der Bühne in Szene gesetzt wird. Damit wird aber zugleich ein Welttheater-Szenar konstitutiv, denn zum Personal der Wurstlbühne gehört — und hier zeigt sich der Maeterlinckische Schatten — der Tod, der sich als ultima ratio des Geschehens ausgibt und im übrigen natürlich mit allen Attributen ausgestattet ist, die dem Tod auf dem Kasperltheater zukommen. Im entscheidenden Moment der Verwicklung tritt dieser Tod in traditioneller Rolle auf, macht aber, ohne seine genuine Funktion ausgeübt zu haben, eine überraschende Wandlung durch: Er wirft Maske und Mantel ab und steht plötzlich als Hanswurst vor den Zuschauern. Gemäß dieser Verwandlung endet das Stück. Die Handlung wird abgebrochen, die Theaterfiguren proben den Aufstand gegen Dichter und Spielleiter, die nicht weniger am Draht zu hängen

»Die feine Familie. Ein tiefes europäisches Drama in drei Aufzügen und einem Prologo« von Willy Rath, aufgeführt im Spiellokal der »Elf Scharfrichter«, München 1901; Figuren von Waldemar Hecker; Graphik von Ernst Stern

scheinen als sie selbst; in einem gewaltigen Tohuwabohu gehen Stück und Bühne unter. Das Problem des Determinismus bleibt ungelöst; die jenseits von Dichter, Theaterleiter, Figuren, Tod, Hans Wurst und Publikum stehende Figur des Unbekannten, die in der Lage ist, alle Marionettendrähte zu lösen und neu zu knüpfen, gibt ihre Identität nicht preis. Das theatralische Spiel mündet am Schluß wieder in den Anfang, in den Kreislauf. Die Absicht ist deutlich: Das Welttheater, welches nicht weniger als das herkömmliche Salonstück im Zeichen des Determinismus sinnlos geworden ist, geht in die Brüche; seine letzte metaphysische Instanz, der Tod, wird desavouiert. An seine Stelle tritt die Theaterwelt als solche, kein Drahtzieher ist mehr vorhanden außer dem, der das Theater als Theater arrangiert.

Eine bezeichnende, insgesamt bedeutendere Parallele zu den Stücken des »Überbrettls« findet sich auf der avantgardistischen Bühne Meyerholds. Zusammen mit Aleksandr Blok entwirft er in den Jahren 1905/06 das Stück »Die Schaubude«,[39] dessen Titel bereits einen Affront gegen das Theater der Zeit bildet. Dennoch ist die Jahrmarktbude alles andere als das, was man erwartet, denn das Stück setzt als anspielungsreiche Maeterlinck-Parodie ein. Gezeigt wird eine Gruppe von Mystikern — von vornherein als Schießbudenfiguren drapiert —, die in weihevoller Sitzung die Stunde der Offenbarung, den weiblichen Eindringling, erwartet. Madame La Mort tritt tatsächlich auch auf, enthüllt sich aber — nach einem frappanten Beleuchtungswechsel — als handfeste Columbina, die zum Entsetzen der Mystiker gleichzeitig mit einem Harlekin und einem Pierrot anbandelt. Die Botschaft ist auch hier deutlich: Die metaphysische Qualität des Todes wird durch das Banale negiert, an seine Stelle tritt die Masken- und Spielwelt der commedia dell'arte, die allen realistischen Illusionsanspruch aufgibt, dafür aber uneingeschränkte Spielkompetenz verlangt. Die neue Transzendenz ist das neue Theater selbst: Harlekin fällt gegen ein Fenster, die Pappe reißt, er landet nicht in einem suggerierten Nichts oder Jenseits, sondern neben der Kulisse auf der Bühne. Auch der Literat, der Dramatiker, verfällt dem Theater. Der angebliche Autor des Stückes, der sich vor dem Publikum entschuldigt, weil ihm das Stück aus der Hand gelitten ist, wird von einer überdimensionalen Hand am Kragen gepackt und hinter den Vorhang gezerrt, worauf das burleske Spiel der Kunstfiguren auf der Bühne weitergeht. Aus der Negation des tragischen Anspruchs, der als Fatalismus durchschaut wird, und des literarischen Anspruchs, der vor der Bühne nicht standhält, geht das entfesselte Theater hervor. Mit der »Schaubude« vollzieht sich im weiteren Bannkreis der Maeterlinckschen Dramatik derselbe Umschlag zur Groteske, der sich im Bereich des ersten symbolistischen Experimentiertheaters, des Théâtre de L'OEuvre, fast ein Jahrzehnt vorher ergeben hat. Auch hier bietet der Symbolismus aufgrund seiner radikalen Neuerungen von Szene und Regie die Basis.

Gemeint ist die Uraufführung von Alfred Jarrys »Ubu Roi« durch Lugné-Poë im Dezember 1896, die bekanntlich von Mallarmé als epochales Ereignis eingeschätzt wurde. Nun ist es zwar für den heutigen Betrachter erstaunlich, daß es dasselbe Theater gewesen ist, in dem die verhauchenden Monologe einer Mélisande in gedecktem Halblicht zum ersten Male gesprochen wurden und in dem wenig später die unflätigen Ergüsse eines Ubu von einer kahlen, grell ausgeleuchteten Bühne ins Publikum geschleudert wurden. Dennoch bestehen unabweisbare Gemeinsamkeiten, die um so stärker sichtbar werden, je mehr man den normalen zeitgenössischen Theaterbetrieb als Gegenbild vor Augen hat. Auch in »Ubu Roi« ist nichts, was dargestellt wird, in irgendeinem Sinne real und direkt zu bezie-

hen, das Land Polen ist das Land »nulle part«, d. h. das Land »Überall«,[40] der gesamte Bühnenraum ist von realistischen Ingredienzien befreit, die Bühne ist nicht mehr auf das Illusionsprinzip des Guckkastens festgelegt. Hier wie dort handelt es sich um »un théâtre abstrait«, eine Wendung, die Jarry ausdrücklich auf Maeterlincks Drama und dessen Tragik bezieht. Daß dieses abstrakte Theater bereits die Bühne zu revolutionieren beginnt, gibt Jarry die Sicherheit, »d'assister à une naissance du théâtre«, und zwar in dem Sinne, daß er zu der neuen Tragödie nun die neue »comédie« entwirft.[41] Auch die besondere Ausstattung, die Jarry für die Uraufführung von Lugné verlangte, die Maske, die marionettenhafte Bewegung, den einfarbigen Hintergrund, die Zwischentexte, die Reduktion der Komparserie[42] — alle diese Momente verdanken sich der theatralischen Sendung des Symbolismus. Eine Äußerung Jarrys in der »Revue Blanche« von 1897, mit der sich der Verfasser gegen das Mißverständnis der Aufführung als einfacher Farce zur Wehr setzt, stellt die Verbindung her: »Vraiment, il n'y a pas de quoi attendre une pièce drôle, et les masques expliquent que le comique doit en être tout au plus le comique macabre d'une clown anglais ou d'une danse des morts.«[43] Der Hinweis auf das Modell des Totentanzes zeigt erneut, in welchem Maße sich der Autor des Zusammenhangs der Marionettengroteske mit dem symbolistischen Theater bewußt ist. Tatsächlich ist in der Kasperliade der Tod durchweg präsent, aber alle Weihe ist ihm genommen. Übrig bleibt auf der Kulissenwand der Uraufführung eine Karikatur des Knochenmannes,[44] im Stück selbst die Hinrichtungsmaschinerie und eine Hauptfigur, welche die Funktionen des Clowns und des Todes vereint und aus gigantischer, aber unausgewiesener Machtvollkommenheit Leben und Sterben verhängt, freilich nach Maßgabe des Banalen, des Bösartigen, des Sadistischen. Die bizarre Umwertung spiegelt sich im mechanischen Spiel der Über-Marionette Ubu,[45] wobei Jarry bei der Uraufführung bedauerte, daß es ihm nicht gelungen sei, die Darsteller an Drähten aufzuhängen.[46] Das Prinzip der Deformation wird dennoch realisiert und im Bühnenbild, in der Kostümierung, in der Bewegungs- und Sprechregie zur Geltung gebracht. Jarry hat das Prinzip selbst angedeutet; die Bühne sollte nach dem Hochziehen des Vorhangs so vor Augen liegen, »comme ce miroir des contes de Mme. Leprince de Beaumont, où le vicieux se voit avec cornes de taureau et un corps de dragon, selon l'exagération des ses vices.«[47] Die symbolisierende Gestaltung der Szene schlägt im Falle der neuen comédie um in die symbolische Deformation nach dem Prinzip des Zerrspiegels, was eine dialektische Entwicklung, keineswegs die Auslöschung der symbolistischen Ansätze bedeutet. Das Grotesk-Theater ist das ungeplante, aber legitime Kind des dramatischen Symbolismus.
Als weiteres Beispiel für den Umschlag vom Symbolismus der übermenschlichen Statur zur artistischen Groteske ist das dramatische Werk von Oskar Kokoschka zu nennen, dem die wichtigste Vermittlerrolle — abgesehen von Strindberg — zwischen den Theaterexperimenten der Jahrhundertwende und dem Beginn des Expressionismus zukommt.[48] Verwandtschaft mit dem Symbolismus bekundet nicht erst das spätere »Orpheus«-Drama, in dem die thematische Anknüpfung nicht weniger naheliegt als in Cocteaus »Orphée«; auch die frühen Entwürfe atmen in vielem symbolistischen Geist. Kokoschka entwirft im Jahre 1907 zwei Dramen, die als Schlüsselwerke für das folgende Jahrzehnt zu betrachten sind. Das eine, »Mörder Hoffnung der Frauen«, scheint unter dem Eindruck Strindbergs, vor allem seines »Totentanz«, und Wedekinds entstanden zu sein; es stellt inhaltlich einen extrem komprimierten Geschlechterkampf dar. Formal betrachtet, weist es starke, genuin symbolistische Züge auf; der Eigenwert des Szenischen, vor allem greifbar in der dominan-

ten Lichtregie, aber auch in der Stilisierung von Bewegung, Sprechweise und Maske ist so stark, daß der Text als Basis des Geschehens zurücktritt und ein großes Maß an Diskontinuität aufweist.[49] Dieses nachsymbolistische Symboldrama steht an der Schwelle des expressionistischen Jahrzehnts, denn es fand im Jahrgang 1910/11 des »Sturm« weite Verbreitung, womit zugleich gesagt ist, daß es auch im weiteren Rahmen des internationalen Futurismus Bedeutung erlangt.

Gleichzeitig mit »Mörder Hoffnung der Frauen« entwirft Kokoschka ein Gegenstück, ein »Spiel für Automaten« bzw. ein »Curiosum«, unter dem Titel »Sphinx und Strohmann«. Darin ist der Nachhall Maeterlincks und der Umschlag ins Groteske mit Händen zu greifen. Noch einmal tritt der Eindringling persönlich auf, allerdings in der Verkleidung als »lebender normaler Mensch« — die einzige normale Gestalt des Stücks. Alle anderen Figuren sind Automaten, mechanische, im äußeren Erscheinungsbild stark deformierte Marionetten: Anima, die Inkarnation des ‚Ewig-Weiblichen', Firdusi, später Herr Strohmann, eine hohle Strohkopfmaske, Herr Kautschukmann, eine Gummipuppe.[50] In die Welt dieser Figuren wird der Tod ein letztes Mal im Zusammenhang einer Maeterlinck-Parodie eingeführt. Sein Auftreten unter Blitz und Donner ruft den Kommentar »entreprise des pompes funèbres« hervor; als er dann den Strohmann verfolgt, um ihm das Lebenslicht auszublasen, läßt sich dessen Geliebte Anima im Nebenzimmer — auf der halbtransparenten Wand zeigen sich »küssende Schatten« — von Kautschukmann verführen und antwortet auf die telefonische Frage, was sie treibe: »Spiritistische Experimente, Geisterbeschwörung. Ich lasse mich erlösen.«[51] Maeterlincks weihevolle Todesstunde ist in Trivialitäten aufgelöst. Von einem Tod, der — trotz seines Vorauswissens — auf menschliches Kleinformat reduziert ist, nimmt niemand Kenntnis; die Stunde des seelischen Erwachens ist die Stunde der Verführung, die mit Maeterlinckschem Spiritismus lediglich kaschiert wird. Im Zeichen dieser »Normalität« werden die dramatis personae »anormal«, d. h. zu grotesken Kunstfiguren. Sie behalten die Oberhand, der Tod wird in die banale Liebhabercharge abgedrängt: »Tod geht mit Anima weg, die er mit gutem Erfolg zu trösten sucht.«[52] Auf dem Theater Kokoschkas haben die automatenhaften Marionetten die menschlichen Gestalten definitiv abgelöst.

Ein letztes Paradigma für die Dialektik in der Wirkungsgeschichte des Symbolismus führt unmittelbar in die zwanziger Jahre, obwohl der Anschluß an Maeterlincks Frühwerk in direktem Rückgriff erfolgt. Études nach Maeterlinck stehen am Anfang des Schaffens von Michel de Ghelderode. »Les Vieillards« stellt die in ein reales Altersheim verlegte Metamorphose von »Les Aveugles« dar; auch die »L'Intruse«-Variation »Le Cavalier bizarre« spielt in einem Alten-Hospital, das mit zahlreichen realistischen Details dargestellt wird. Doch wird von Anfang an in eine andere Stil-Lage hinübergespielt, von den Greisen wird im Personenverzeichnis gesagt: »cette humanité qui se dislouqe mais reste forte de couleur et riche d'odeur, eut tenté le pinceau du Breughel des mendiants ou le burin de Jacques Callot.«[53] Dementsprechend gestaltet sich die Ankunft des Todes. In einer visionären Teichoskopie wird er als apokalyptischer Reiter geschildert; sein Nahen verraten Geräusche nach Art von »L'Intruse«, die jedoch durch ein süßlich-banales Akkordeon — Ersatz der alten Geige — ergänzt werden. Die Greise verstehen diese Töne als Zeichen, daß der Eindringling das Haus betreten hat, sie erstarren aber nicht in feierlicher Erschütterung, sondern verstecken sich geräuschvoll in ihren Betten. Als der cavalier bizarre sich dann wieder entfernt, ein neugeborenes Kind im Arm — einmal mehr steht der kleine Tintagiles Pate —, feiern die Alten das Überleben. Die letzte Regieanweisung lautet: »Mais l'accordéon résonne. Le vacarme éclate: Cris. Danse spasmodique des vieillards la bouche ouverte, les poings fermés comme de raides marionettes.«[54] Auch bei Ghelderode bringt die vorausgesetzte Maeterlinckske Grenzsituation, deren metaphysischer Horizont entfällt, eine neue theatralische Dimension hervor. Mit der Symbolik der Apokalypse, der Malerei Höllen-Brueghels oder Callots, die als Stiltypus der Deformation für die menschlichen Marionetten dient, ist die neue Stil-Lage genau bezeichnet. Das groteske Theater Ghelderodes gewinnt seine Modernität aus dem bewußten Rückgriff auf die stilgeschichtliche Tradition des Grotesken, des Manierismus. Ihrer Grundstruktur nach sind Ghelderodes Dramen Totentänze für Marionetten, stets im Zwielicht von makabrer Komik und bizarrem Entsetzen, zwischen Farce und Horrorszene angesiedelt, letztlich lauter Balladen »vom großen Makabren«. Der groteske Marionettenreigen setzt die Tradition des symbolistischen Welttheaterspiels fort. Nach wie vor spielen die Stücke »überall«, mit Ghelderodes Worten: »dans la principauté de Breughellande«, und »jederzeit«: »l'an tantième de la création du monde«.[55] Der alte universale Anspruch hat sich im »theatralisierten« Theater des Grotesken voll durchgesetzt.

V.
Nach der Skizze der Schlüsselwerke, die den Umbruch vom Symbolismus der metaphysischen Überhöhung zum Symbolismus der grotesken Deformation illustrieren, bleibt anzudeuten, in welchem Sinne diese Umbrüche Schule gemacht haben.
Die Marionettenversuche des Jahres 1906 werden später an Meyerholds Studio in Form einer systematischen Theaterschulung weitergeführt, in der Kurse über die commedia dell'arte und über asiatische Theaterformen zu den Pflichtveranstaltungen gehören. Die theoretischen Erträge dieser Zeit legt Meyerhold in einem großen Aufsatz über »Die Schaubude«[56] und in laufenden theatergeschichtlichen Erörterungen in der Studiozeitschrift mit dem auf Gozzis Theater anspielenden Titel »Die Liebe zu den drei Orangen« nieder.[57] Die weitere Entwicklung führt zur bruchlosen Integration futuristischer Theatertheorie.[58] Marionettenregie erweitert sich zur abstrakten Bewegungssprache der »Biomechanik«.[59] Als dann Meyerhold zusammen mit Majakowski 1918 im Auftrag von Lunatscharski zum Jahrestag der Oktoberrevolution ein Stück auf die Bretter bringt, ist es alles andere als die realistische Rekapitulation der Ereignisse des Vorjahres. Auf einer abstrakten Aktionsbühne spielt sich noch einmal ein nachsymbolistisches Welttheaterstück ab, das Himmel, Hölle und Erde zum Schauplatz hat und dessen Titel »Mysterium Buffo« auf die beiden Hauptsstränge des symbolistischen Theaters zurückweist.[60] Bei Meyerhold stellt die Synthese von Symbolismus und Futurismus[61] bis zum Jahre 1917 ein ganzes Arsenal radikal neuer Spielformen bereit; es gestattet nach der historischen Wende fast augenblicklich die Errichtung eines Theaters, das in jeder Hinsicht umwälzend ist, so provokativ umwälzend, daß es später dem Kulturdiktat der Stalin-Ära zum Opfer fällt.
Was die Wirkungsgeschichte von Jarrys »Ubu« betrifft, so sind die Zusammenhänge mit dem Surrealismus und Artauds »théâtre de la cruauté« bekannt.[62] Im Übrigen beginnt die breitere Bühnengeschichte in europäischem Maßstab, sowohl was »Ubu« als auch was die Dramatik Ghelderodes betrifft, erst nach dem Zweiten Weltkrieg. Darüber hinaus zeigt die Notwendigkeit wie auch die provokative Wirkung der verschiedenen »Ubu«-Renaissancen dieses Jahrhunderts,[63] daß der avantgardistische Impuls von 1896 weder von

einem »Arturo Ui« (1941) noch von einem Dürrenmattschen »König Johann« oder einem Ionescoschen »Macbett« eingeholt werden konnte. In den Schwellenjahren des symbolistischen Theaters entsteht bereits der typus praeformans, der der ganzen Entfaltung des modernen grotesken Theaters Richtung und Norm gibt.[64]

Im Falle von Kokoschkas frühen Entwürfen erschöpft sich die avantgardistische Bedeutung nicht in den unmittelbar folgenden Jahren. Eine direkte Linie verläuft über den »Sturm«-Kreis zu August Stramm. Er findet etwa gleichzeitig mit der Rezeption der futuristischen Programmatik bezeichnenderweise über eine Kokoschka-Strindberg-Imitation »Die Haidebraut«,[65] und über eine Maeterlinck-Étude »Sancta Susanna« den Weg zu jener dramatischen Abstraktion, die ihn zum radikalsten Experimentator im Bereich des Expressionismus überhaupt macht. Auch hier ist es die Synthese von Symbolismus und Futurismus, die in das nächste Jahrzehnt vorausdeutet. Die direkte Rezeption von Kokoschkas Automatenkomödie verweist weiterhin auf die Anfänge der Dadaisten, die im Rahmen der zweiten »Sturm-Soirée« in der Dada-Galerie in Zürich 1917 eine skandalisierende Aufführung des Stückes »Sphinx und Strohmann« veranstalten. Die Skandalgeschichte der Kokoschkaschen Entwürfe verzeichnet weitere Höhepunkte an der Experimentierbühne des Albert-Theaters in Dresden (1917) und an Max Reinhardts neuem Berliner Experimentiertheater »Das junge Deutschland« (1918/19), Aufführungen, die unter anderem Ivan Goll zu seiner Komödie »Methusalem« inspirierten. Golls Figuren stellen bereits den Grenzfall automatisierter Marionetten dar, technische Monstren — man vergleiche dazu die Figurinen von George Grosz[66] —, die statt des Kopfes Kurzwellensender, statt der Ohren Telephonhörer haben und die dramaturgisch belegen, was der Autor, zwei Jahre vor seinem und vor Bretons Manifest, im Vorwort programmatisch fordert: »Überrealismus«, d. h. »surréalisme«, wie er in Anlehnung an Appolinaire — nicht ohne Grund wiederholt sich das Craigsche Verfahren der innovativen Wortprägung[67] — formuliert.

Aber auch mit dieser Entwicklungslinie sind die unmittelbaren Folgen der Dramen von Kokoschaka und Stramm noch nicht erschöpft.[68] Zu Beginn der zwanziger Jahre bilden sie die Grundlage für die Theaterexperimente an Lothar Schreyers Berliner »Sturm«-Bühne. Die Maeterlinck-Doublette »Sancta Susanna« kommt als Werk einer totalen Regie auf die Bretter, mit konsequenter Marionetten-Stilisierung der Personen, wobei die optischen und akustischen Konfigurationen insgesamt das Übergewicht haben und primären theatralischen Eigenwert beanspruchen. Schreyer selbst sah diese Inszenierung als Inbegriff und zugleich als Überbietung und Überwindung aller Intentionen des dramatischen und theatralischen Expressionismus.[69] Seine innovativen Ansätze kamen wenig später auf der Bühne des Bauhauses, das ein Theater der reinen Klang-, Farb- und Bewegungskonfigurationen erstrebte und die theatralische Kunstfigur als Element einer stereometrischen Raumkonzeption begreift, zum Tragen. Der programmatische Essay von Oskar Schlemmer, der selbst 1921 Kokoschkas »Mörder« in der Vertonung Hindemiths inszeniert hat, trägt den Titel »Mensch und Kunstfigur« (1924).[70] Damit hat die vom Symbolismus inaugurierte Theatralisierung des Theaters, in deren Verlauf die natürliche menschliche Gestalt immer mehr aus dem Zentrum der Bühne hinausrückt und der zwischenmenschliche Dialog immer radikaler atomisiert wird, bis sich beides auflöst, ihren äußersten Punkt erreicht. Die dramatis persona, sowohl als Gestalt wie als sprechende Stimme, existiert nur noch als ein artifi-

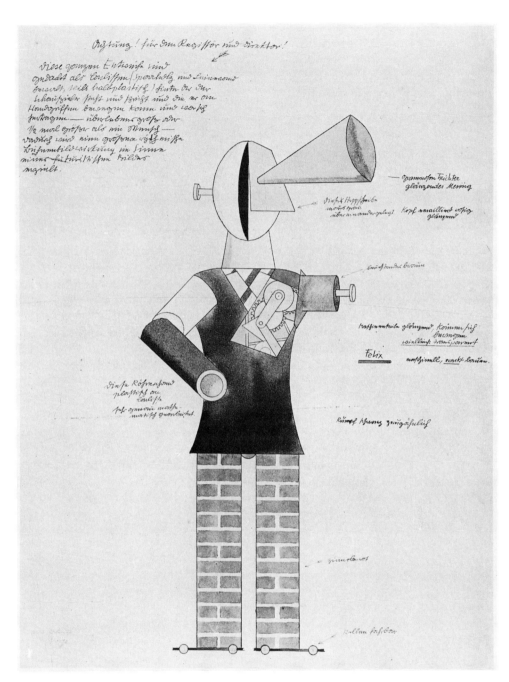

Felix, Sohn des Methusalem; Entwurf von George Grosz (1922) zur Inszenierung von Ivan Golls Drama »Methusalem oder der ewige Bürger«. Das Blatt trägt die Anweisung an Werkstätte und Regie: »Achtung! für den Regisseur und Direktor! Diese ganzen Entwürfe sind gedacht als Coulissen (Sperrholz und Leinwand bemalt, teils halbplastisch) hinter der der Schauspieler steht und spricht und die er an Handgriffen bewegen kann und vor sich hertragen — überlebensgroß oder 1/2 mal größer als ein Mensch — dadurch wird eine größere rhythmische Bühnenbildwirkung im Sinne eines futuristischen Bildes erzielt.« Der Entwurf wurde nicht realisiert.

zielles Moment unter zahllosen anderen, deren Organisation zum Bühnenkunstwerk im Sinne räumlich-farblicher, bewegungsmäßiger und akustischer Konfigurationen sich das autonom gewordene, vom Drama abgelöste Theater zur Aufgabe macht. Von diesem Punkt aus ist keine lineare Weiterentwicklung, keine einfache Steigerung mehr denkbar. Die denkbaren Grenzwerte sind erreicht.[71]

# Die Metamorphosen der Maske

Rolf Dieter Hepp

> »Vom ,Komiker' läßt sich noch sagen, die Maske bedeute die Kunst, und hinter ihr verberge sich der Mensch. Die Linien der Maske sind Wege zur Analyse des Kunstwerkes.«
> (Paul Klee)

## I. Mythen, Masken und die Zeichen des Körpers

Indem Menschen Gestalten der Maske einnehmen, treten sie in ein konstruktives Verhältnis zur Außenwelt. Die Gewinnung eines neuen Realitätsstatus durch die Verwandlung und in der Gestalt eines räumlich und zeitlich vom Individuum geschiedenen Wesens, scheint der eigentliche Gehalt der Maske zu sein. Ihre mimetische Bedeutung läßt sich nicht allein aus ihrer materiell-sinnlichen Form dechiffrieren. Erst der Kontext des Mythos, aus dem sie hervorgeht und der ihr Dasein prägt, weist der Maske ihren Platz zu.

> »Semantisch gesehen, gewinnt ein Mythos erst dann einen Sinn, wenn man ihn in eine Gruppe von Transformationen eingebettet hat; ebenso entspricht ein Maskentypus, rein plastisch gesehen, anderen Typen, deren Form und Farben er transformiert, um zu seiner Individualität zu gelangen. Damit diese Individualität derjenigen einer anderen Maske entgegensteht, ist es erforderlich und ausreichend, daß zwischen der Botschaft, welche die erste Maske übermitteln oder konnotieren soll, und der Botschaft, welche die andere Maske in derselben oder einer benachbarten Kultur zu befördern hat, dieselbe Beziehung vorherrscht.«[1]

Die den Maskentypen zugrunde liegende Beziehungsstruktur — eine sich in ihnen materialisierende Transformation mythischer Gehalte in immer neuen Formen der mimetischen Verwandlung und Aneignung von Natur — hat die Moderne im Projekt der Aufklärung gebrochen. Sie sprengt den Mythos durch dessen Säkularisierung und produziert eine Ausweitung des Diskurses der Maske im Sinne einer Stillegung ihres mimetischen Gehaltes in den ordnenden und organisierenden Mechanismen einer rationalen Einbindung und Sinnzuweisung ihrer Individualität.

> »Wie die Mythen schon Aufklärung vollziehen, so verstrickt Aufklärung mit jedem ihrer Schritte tiefer sich in Mythologie. Allen Stoff empfängt sie von den Mythen um sie zu zerstören und als Richtende gerät sie in den mythischen Bann. Sie will dem Prozeß von Schicksal und Vergeltung sich entziehen, indem sie an ihm selbst Vergeltung übt.«[2]

Die Aufklärung negiert so aber nur scheinbar die Transformationsprozesse sinnlich-mythischer Gestalten. In Wahrheit unterwirft sie den Mythos nur einem Richtungswechsel durch das Hervorbringen von Klassifikationsmerkmalen. Die Vergeltung am »Prozeß von Schicksal und Vergeltung« des mythischen Denkens — die »Entzauberung der Welt« (Max Weber) — simuliert die Zerstörung des Mythos im Aufbau eines qualitativ anderen Zeichensystems, in einer Struktur der Klassifikation, der Ordnung und der Technik. Die auf das aufgeklärte Subjekt zentrierten Merkmale der Klassifikation inszenieren einen Mythos der Richtungslosigkeit, der sich gegenüber dem sinnlichen Begehren totalisiert. Selbst an den Orten, an denen sich sinnliches Begehren thematisiert, entfaltet sich ein Spiel der Zeichen, eine aufgeklärte Semantik des Körpers, die die Differenz zwischen Maskierung und Demaskierung durch die Verobjektivierung der Zeichen gegenüber dem Träger der Maske einebnet.

> »Der Striptease ist ein Tanz: vielleicht der einzige und originellste der heutigen westlichen Welt. Sein Geheimnis liegt darin, daß eine Frau ihren eigenen Körper in einem autoerotischen Ritual zelebriert und er dadurch begehrenswert wird. Ohne diese narzistische Täuschung, die die Substanz aller ihrer Gesten ist, ohne diese angedeuteten Liebkosungen, die den Körper einhüllen und ihn als phallisches Objekt emblematisieren, gäbe es keine erotische Ausstrahlung.«[3]

Der Striptease impliziert als Entkleidungsakt eine Form öffentlicher Demaskierung. Indem die Tänzerin die Entkleidung in der Art einer mimetischen Abriegelung durchführt, die durch den spezifischen Sinn ihrer Bewegungstechnik hervorgerufen wird, verdoppelt sich der Akt ihrer Darstellung. Auf der einen Seite findet eine Trennung vom Publikum statt, da sich die Tänzerin narzistisch auf sich selbst bezieht. Auf der anderen Seite thematisiert der Striptease die Besetzung des weiblichen Körpers durch den männlichen Blick, dem sie sich allerdings im Akt des Tanzes wieder entzieht.

> »Der aus rituellen, tausendmal gesehenen Bewegungen entstehende Tanz wirkt wie eine Maske aus Gesten, sie verbirgt die Nacktheit, versteckt das Spiel unter einer Hülle nutzloser und doch wichtiger Bewegungen, denn das Entkleiden wird hier in den Bereich parasitärer Operationen relegiert. Man sieht die Professionals des Strip-Tease sich in eine wunderbare Gewandtheit einhüllen, die sie unausgesetzt bekleidet, sie entrückt und ihnen die eisige Gleichgültigkeit geschickter Praktikerinnen verleiht, die sich hochmütig in die Sicherheit ihrer Technik zurückziehen. Ihre Technik umgibt sie wie ein Gewand.«[4]

Der Reiz des Striptease resultiert aus den routinierten Bewegungen und wird aus den Rastern der Entmythologisierung — durch die Technik des Tanzes — gewonnen. Selbst an den Orten, an denen das bürgerliche Subjekt vermeintlich Natur produziert, ist es nicht in der Lage, sie zu ertragen. Die Demaskierung simuliert eine Renaturalisierung des Körpers, indem sie die erotische Ausstrahlung qua Professionalisierung in Arbeit umdefiniert und das sexuelle Dispositiv ausgrenzt. Im Akt des Striptease als Demaskierung wird eine neue Qualität der Maskierung produziert. Die Tänzerin ist Trägerin von Ornamenten und Schminkmasken aus Puder und Goldlamé, die den ganzen Körper bedecken. Der Tanz, wie ihn Roland Barthes anhand der Pariser Revuetheatertradition beschreibt, läßt keine Bezugnahme auf die »natürliche Nacktheit« mehr zu. Die Erinnerung an eine Ursprünglichkeit des Begehrens wird durch die Qualität der Zeichen, die der Striptease hervorbringt, ausgestrichen. Er negiert die Sexualität in der Ausrichtung des körperlichen Verlangens und vergräbt das Begehren unter den Strukturen der Zeichen.

> »Und endlich einmal hat der Mythos der Werbung uneingeschränkt recht: es gibt keine andere Nacktheit als die, die sich in den Zeichen verdoppelt, die sich in ihrer signifikanten Wahrheit selbst verdoppelt und die, wie ein Spiegel, das fundamentale Gesetz des Körpers auf dem Gebiet der Erotik wiedergibt: um phallisch bewundert zu werden, muß die Nacktheit zur transparenten, glatten, enthaarten Substanz eines wunderbaren und asexuellen Körpers werden.«[5]

## II. Maske und Marionette im Werk von Paul Klee —
## Zur Ordnung der Katastrophe

> »Das Neue als Kryptogramm ist das Bild des Untergangs; nur in dessen absoluter Negativität spricht Kunst das Unaussprechliche aus, die Utopie.«
> (Theodor W. Adorno)

In der Verschiebung des inneren Diskurses der Maske, den die Moderne produziert, reflektiert sich die Erfahrung, daß sie in der Funktion des Verbergens (und Entbergens) und der

Verwandlung des menschlichen Körpers nicht mehr auf das Subjekt zentriert ist. In ihrer gesellschaftlichen Totalisierung hat sie den Ort des Diskurses gewechselt. Indem sie den Rahmen des Subjektes sprengt, bezieht sie sich auf eine Kritik der Dinge in ihrem Verhältnis zum Menschen als ursprünglichem Referenten und Träger der Maske.

In den Bildern zum Thema Maske und Marionette von Paul Klee reflektiert sich der gesellschaftliche Säkularisierungsprozeß von Maskierung und Demaskierung des historischen Subjekts. Im »bildnerischen Denken« (Klee) scheint eine Realitätserfahrung auf in den Momenten eines bildnerischen Ordnungsgefüges, in dem sich gesellschaftliche Konventionen und abstrakte Sinnlichkeit mimetisch ineinander verketten. Insofern sind Klees Bilder als Steinbruch einer Kritik gelähmter Erfahrung zu begreifen.

Klees Malerei entfaltet in den bildnerischen Konfigurationen des Masken- und Figurenthemas das Modell der Simulation als Teil des künstlerischen Prinzips der Darstellung gesellschaftlicher Realität in den Prozessen abstrakter Bildfindung und Formgestaltung. Die konzeptionelle visuelle Umsetzung des Themas vollzieht sich in dem komplexen Zusammenwirken von Bewegung, Licht und Linearität auf der Bildoberfläche. Dabei nimmt Klee den traditionellen Begriff der Maske auf und läßt ihn eine Eigenrationalität entfalten, in der sich das Potential gesellschaftlicher Abstraktion repräsentiert.

In dem historischen Zitat als Verhör der Maske wird das Maskierte als geronnene geschichtliche Erfahrung in seiner Unwahrheit entlarvt.

>»Der Held mit dem Flügel, ein tragikomischer Held, vielleicht ein antiker Don Quijote. (...) Dieser Mensch, im Gegensatz zu göttlichen Wesen mit nur einem Engelsflügel geboren, macht unentwegte Flugversuche. Dabei bricht er Arm und Bein, hält aber trotzdem unter dem Banner seiner Idee aus. Der Kontrast seiner monumental-feierlichen Haltung zu seinem bereits ruinösen Zustand war besonders festzuhalten, als Sinnbild der Tragikomik.«[6]

In dieser Tagebucheintragung aus dem Jahr 1905 kommentiert der junge Klee die Vision des bedrohlichen ‚Absturzes' freier künstlerischer Subjektivität. Sie begründet sich nicht zuletzt in seiner Erfahrung mit der Kultur der Wilhelminischen Epoche, mit »dem Schlamm der Erscheinungswelt«, dem er eine Folge von 22 Radierungen gegenüberstellt.

>»Mit Schärfe und Ironie voll steinernem Ernst schildert er die armselige Verlogenheit der gesellschaftlichen Rituale, die unbefriedigten sexuellen Wunschträume und Frustrationen, er seziert die menschlichen Illusionen und die Masken ebenso wie die spröden, häßlich verzerrten oder verstümmelten Gliedmaßen.«[7]

Klee stellt die Lüge der heldischen Figur als falschen Schein ihrer Existenz heraus, indem er die Verkrüppelung als die Wahrheit ihres ideologischen Diskurses demaskiert. Die Lust an der Zerstörung und die kühle Berechtigung, an der Apotheose des Helden teilzunehmen und sie somit zu beschleunigen, verbindet sich auch hier wieder mit der Utopie des freien Fluges:

>»Mir träumte, ich erschlug einen jungen Mann und hieß den Sterbenden einen Affen. Der Mann war empört, er liege doch in den letzten Zügen. Desto schlimmer für ihn, antwortete ich, dann kann er sich nicht mehr hinaufentwickeln. Oh über das wohlgemästete Bürgertum.«[8]

Die Unmittelbarkeit der Erscheinung findet ihre Begrenzung in der Demaskierung der Unwahrheit ihres Seins. Das Modell des heldischen Mannes, der sich in der Pose des Siegers gebärdet, worauf der Flügel als Merkmal der Überwindung von Zeit und Raum hindeutet, beinhaltet in der Verkrüppelung des Flugapparates und dessen unzulänglicher Flugeigenschaft seine Negation. Um sich noch als Held zu erkennen geben zu können, muß er sich physisch und psychisch verunstalten. Im Modell des Fliegers ist das Modell des ewigen

Verlierers verborgen, der an die Erde gebunden ist, die ihn potentiell zerschmettert. Der »Mann mit dem Flügel« trägt bereits die Zertrümmerung als Ausdruck der Selbstzerstörung in sich. Nur in der Maske der Macht, sei sie auch noch so häßlich, kann sie ihren Geltungsanspruch aufrechterhalten. Ausschließlich in der ideologischen Verselbständigung, die die Maske des Helden als falscher Schein in sich trägt und von ihrem realen Erfahrungshorizont ablöst, läßt sich die Geste der Macht und die Unterwerfung der Natur aufrechterhalten und heroisieren. Demgegenüber reflektiert Klee die Erfahrung der Geschichte als eine Erscheinung des Zerfalls.

In der Reflexion auf das Trümmerfeld der Geschichte erscheint die Gefahr der Trauer als gesellschaftliches Schicksal, das sich von der unmittelbaren Realität der Erfahrung des Individuums losgelöst hat und nur noch in spektakulären Einbrüchen in das Bewußtsein wahrgenommen wird: als Enteignung des Lebens.

> »Das gesamte Leben der Gesellschaften, in denen die modernen Produktionsbedingungen herrschen, erscheint als eine ungeheure Ansammlung von Spektakeln. Alles, was unmittelbar erlebt wurde, hat sich in einer Repräsentation entfernt.«[9]

Nicht nur die Blockade der Sinne erzeugt den Schock der Erfahrung geschichtlicher Ereignisse, sondern die an den Mechanismus der spektakulären gesellschaftlichen Sinnproduktion gekoppelte sinnliche Wahrnehmung, die diese Erfahrung nicht mehr mit sich selbst zur Deckung bringen kann. Die Negation individueller Strategien setzt sich hinter dem Rücken der subjektiven Intentionen der Akteure als Schreckensbild der Geschichte und gesellschaftliches Schicksal des Individuums durch. Diese Gefahr beschreibt Walter Benjamin anhand des Bildes »Angelus Novus« von Paul Klee:

> »Es gibt ein Bild von Klee, das Angelus Novus heißt. Ein Engel ist darauf dargestellt, der aussieht, als wäre er im Begriff, sich von etwas zu entfernen, worauf er starrt. Seine Augen sind aufgerissen, sein Mund steht offen und seine Flügel sind ausgespannt. Der Engel der Geschichte muß so aussehen. Er hat das Antlitz der Vergangenheit zugewendet. Wo eine Kette von Begebenheiten vor uns erscheint, da sieht er eine einzige Katastrophe, die unablässig Trümmer auf Trümmer häuft und sie ihm vor die Füße schleudert. Er möchte wohl verweilen, die Toten wecken und das Zerschlagene zusammenfügen. Aber ein Sturm weht vom Paradies her, der sich in seinen Flügeln verfangen hat und so stark ist, daß der Engel sie nicht mehr schließen kann. Dieser Sturm treibt ihn unaufhaltsam in die Zukunft, der er den Rücken kehrt, während der Trümmerhaufen vor ihm zum Himmel wächst. Das, was wir den Fortschritt nennen, ist dieser Sturm.«[10]

In Benjamins Interpretation des »Angelus Novus« kristallisiert sich eine theoretische Position heraus, in der die Momente der Aufklärung und der Rationalisierung im historischen Prozeß als Verfallsformen begriffen werden. Während Klee seine subjektive Erfahrung des Ersten Weltkrieges in diesem Bild aufarbeitete und gleichzeitig das Prinzip der begrifflichen Abstraktion in die Formdifferenzierung und Bildfindung seiner Malerei einführte, sah Benjamin in dem Werk eine Kritik des Fortschrittsbegriffes manifestiert, den die Moderne als eine Maske des gesellschaftlichen Verhängnisses produziert.

Die Strukturelemente gesellschaftlicher Erfahrung werden bei Klee scheinbar aus der Ursprungsgeschichte der Menschheit gewonnen.

> »Traum. Ich flog nach Haus, wo der Anfang ist. Mit Brüten und mit Fingerkauen begann es. Dann roch ich was oder schmeckte was. Die Witterung löste mich auf. Ganz gelöst war ich mit einem Mal und ging über, wie der Zucker ins Wasser. (...) Käme jetzt eine Abordnung zu mir und neigte sich feierlich vor dem Künstler, dankbar auf seine Werke weisend, mich wunderte das nur wenig. Denn ich war ja dort, wo der Anfang ist. Bei meiner angebeteten Madame Urzelle war ich, das heißt so viel wie fruchtbar sein.«[11]

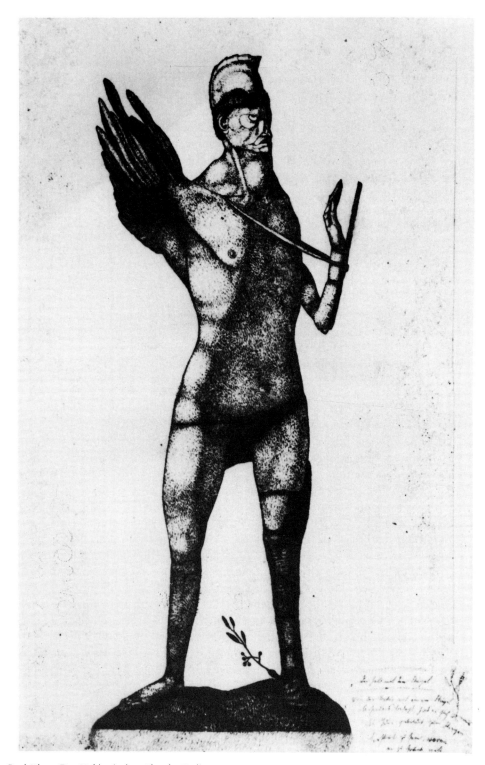

Paul Klee, »Der Held mit dem Flügel«, Radierung, 1914

Aus den Momenten des Ursprungs als verlorener individueller Bildungsgeschichte des künstlerischen Impulses, der im Werk des ausgebildeten Künstlers nur noch durch die Anstrengung der Reflexion der Erfahrung (des Traumes) fruchtbar gemacht werden kann, entwickelt Klee eine Position, die als Theorie einer abstrakten Bildsprache den spontanen Impuls des »kindlichen Schematismus« figürlicher Zeichnungen aufgreift und in die Gestalten abstrakter Erfahrungsräume überführt. In der Ikonographie des Bildes liegt ein Diskurs verborgen, der sich zu einer symbolischen Ordnung der Katastrophe verdichtet. Die Linienschrift ohne Umrißfunktion, die Klee aus dem Schematismus kindlicher Gestaltung der Realität herausliest, wird zum signifikanten Spiel der Zeichen eines Bildkörpers, der zum Gerüst gesellschaflich vermittelter Erfahrungsräume transzendiert.

»Wie der Mensch, so hat auch das Bild Skelett, Muskeln und Haut. Man kann von einer besonderen Anatomie des Bildes sprechen. Ein Bild mit dem Gegenstand: Nackter Mensch ist nicht menschen-anatomisch, sondern bild-anatomisch zu gestalten. Man konstruiert fürs erste ein Gerüst der zu bauenden Malerei. Wie weit man über dieses Gerüst hinausgeht, ist frei, es kann vom Gerüst schon eine Kunstwirkung ausgehen, eine tiefere als von der Oberfläche allein.«[12]

Die Anatomie des menschlichen Körpers — die Linienschrift seiner Figurationen — wird in die Anatomie des Bildes eingeordnet, indem sie sich in den Zwischenraum von Bildoberfläche und Bildgrund einfügt. Es entstehen frei fließende Übergänge zwischen Innen- und Außenwelt, da die einzelnen Elemente sich von den Objekten, mit denen sie ein elementares Ganzes bilden, ablösen lassen.

Die Individualität ist nichts Elementares, sondern eher ein Organismus. Elementare Dinge unterschiedlicher Art wohnen da unmittelbar zusammen. Wenn man teilen wollte, stürben die Teile ab. Mein Ich ist beispielsweise ein ganzes dramatisches Ensemble.«[13]

In ihren Beziehungen untereinander gehen die Elemente in ein neues System der Ordnung über, das ihnen gleichsam neue Werte als Signifikate einschreibt. Der Körper tritt als ein Medium des Raumes und seiner geometrischen Ordnung im Spiel der manifesten und latenten Ereignisse in Erscheinung. Im dramatischen Ensemble der Kräfte, die sich Geltung verschaffen, verschmelzen die individuellen Elemente des Organismus zu den symbolischen Konfigurationen geometrischer Linien des Bildkörpers.

In dem Bild »Akrobaten« manifestiert sich der abwesende Raum in der Konstruktion der Gestalt der Akrobatenkörper. In den Figuren spiegelt sich die geometrische Achse als Konstruktionsprinzip des Bildes wieder. In sich setzt sie das ewige Funktionieren des Perpetuum mobile voraus, ohne welches der Verfall unaufhaltsam ist. Klee reflektiert hier ein ideologisches Gebilde, das empirisch nicht existent sein kann, da es seinen Konstruktionsvoraussetzungen gemäß den Trägheitsbegriff subversiv unterläuft. Die scheinbare Überwindung der Trägheit als Indikator physikalischer Arbeit im Konstrukt des Perpetuum mobile — dessen ständige Bewegung in einem ungebremsten Absturz der Akrobaten — wird durch das Gebilde diagonaler und sich überkreuzender Linien als unendlich vorausgesetzt. Die Anatomie des Bildes realisiert sich im dramatischen Ensemble der dynamisch beschleunigten Bildelemente. Ihre Bewegung ist ohne Ursprung und Ziel und vollzieht sich unter Verleugnung der den Antrieb hervorbringenden Transmission. Theoretisch betrachtet liegt Klees abstrakter Vision einer unendlichen Bewegung die Anatomie maschineller Produktion zugrunde, allerdings unter Abwesenheit der als Gradmesser auf sie bezogenen menschlich-physikalischen Arbeit.

»In vielen authentischen Gebilden der Moderne ist die industrielle Stoffschicht, aus Mißtrauen gegen Maschinenkunst als Pseudomorphose, thematisch strikt vermieden, macht aber, negiert

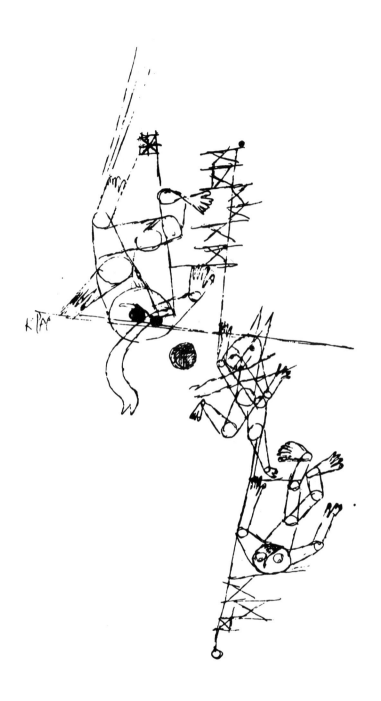

Paul Klee, »Akrobaten«, Tuschzeichnung, 1914

durch Reduktion des Geduldeten und geschärfte Konstruktion, erst recht sich geltend; so bei Klee.«[14]

Die Linien als Konfigurationen der Bildanatomie entwerfen ein Gerüst, an das die Akrobaten in ihrem Sturz angeschlossen sind. Sie präformieren diesen Sturz und negieren die Geschicklichkeit der Akrobaten. Diese elementare Geschicklichkeit, von der ihre Kunst abhängt, wird ihnen genommen, indem sie auf das technische Konstrukt des Gerüstes übertragen wird. Dieses Schicksal trifft aber auch das Gerüst selbst, da es keine fixe Position im Raum einzunehmen vermag, sondern den Raum gemäß abstrakter geometrischer Ordnungsprinzipien erst konstruiert. Damit wird der Raum als »reiner Raum« konzipiert, der zur Überwindung seiner Leere der Linie bedarf. In ihr entfalten sich der Ursprung und die Metamorphosen des Geschehens als Momente der Bewegung einander widerstrebender Elemente, die ein Gleichgewicht der Kräfte simulieren. Durch diesen Akt der Simulation des Gleichgewichtes gerät die sinnliche Erfahrung physischer Balance in den Sog des Schicksals gelähmter und auf sich selbst zurückgeworfener sinnlich-physischer Expressivität. Eine trügerische Sicherheit scheint allein die geometrische Ordnung zu vermitteln, die jedoch keine Ausdrucksform des Begehrens mehr kennt, da das Begehren außerhalb der geometrischen Bildebene keinen sozialen Ort mehr besitzt. Hierin sieht Benjamin das Modell der Katastrophe als Schicksal der Moderne. In ihrer mimetischen Verriegelung wird sie bei Klee offenbar.

In den geometrischen Formen entfaltet sich die physische Konstitution der Figuren. Menschen werden zu Marionetten — Marionetten werden zu Repräsentanten des Raumes. Doppeldeutigkeit als grundlegendes Motiv besetzt die Merkmale der Moderne in ihrer figurativen Umsetzung. Die Figuren werden zum Signifikat der abwesenden Referenzpunkte des Körpers im Raum. In ihrer gebannten psycho-physischen Existenz, in der das mechanische Prinzip der Marionette als Spiegel der geometrischen Funktion von ihr abgezogen und auf die Raumstruktur übertragen wird, reflektiert sich »eine besondere Art der dreidimensionalen Darstellung auf der Fläche. (...) Ein fliegender Mensch. Hereinrenke die dritte Dimension in die Fläche.«[15]

Die Utopie des fliegenden Menschen und die Reflexion auf den ambivalenten Ursprung seiner Bewegung in einer verräumlichten dreidimensionalen Matrix, fließen in den abstrakten, kristallinen Konfigurationen der Metamorphose des Ursprungs als Ursprung der Metamorphose zusammen. Es kann kein historischer Referenzpunkt angegeben werden, der als Maßstab einer Beurteilung des Bildgeschehens dient. »Man verläßt die diesseitige Gegend und baut dafür hinüber in eine jenseitige, die ganz ja sein darf. Abstraktion. Die kühle Romantik dieses Stils ohne Pathos ist unerhört.«[16] Ursprung gilt als ursprüngliche Bewegung, als ein unendlicher Prozeß der Formdifferenzierung, als »chorus mysticus«, erfunden, um »von einigen hundert Kinderstimmen vorgetragen«[17] zu werden. Die Suche nach dem Ursprung der Kunst entfaltet sich bei Klee in der Differenz zwischen Rationalität und Naturgeschichte.

> »Heute ist der gestrige-heutige Übergang. In der großen Formgrube liegen Trümmer, an denen man noch teilweise hängt. Sie liefern den Stoff zur Abstraktion. Ein Bruchfeld von unechten Elementen, zur Bildung unreiner Kristalle. So ist es heute. Aber dann: Einst blutete die Druse. Ich meinte zu sterben, Krieg und Tod. Kann ich denn sterben, ich Kristall? Ich Kristall.«[18]

Die Kunst steht im Fluß der entwickelten künstlerischen und visuellen Mittel, die als Steinbruch einer unendlichen Formdifferenzierung in der Komplexität der Bildfindungsprozesse verfügbar gemacht werden.

Paul Klee, »Uhr mit römischen Zahlen«, Bleistiftzeichnung, 1884

»Reduktion. Man will mehr sagen als die Natur und macht den unmöglichen Fehler, es mit mehr Mitteln sagen zu wollen als sie, anstatt mit weniger Mitteln. Das Licht und die rationellen Formen liegen im Kampf, das Licht bringt sie in Bewegung, biegt gerade, ovalisiert parallele, dreht Kreise in die Zwischenräume, macht den Zwischenraum aktiv. Daher die unerschöpfliche Mannigfaltigkeit.«[19]

Das Prinzip der Reduktion benennt selbst die Substitution der Naturgeschichte durch den historischen Prozeß. Die künstlerische Produktion schneidet den Diskurs zwischen Natur und Gesellschaft ab und treibt die Ersetzung der »ursprünglichen Naivität« durch die Abstraktion voran.

»Wollte ich den Menschen geben, so ‚wie er ist', dann brauchte ich zu dieser Gestaltung ein so verwirrendes Liniendurcheinander, daß von einer elementaren Darstellung nicht die Rede sein könnte, sondern eine Trübung bis zur Unkenntlichkeit einträte.«[20]

Die Elemente floraler, animalischer und menschlicher Natur werden in den Gestalten eines präformierten Ordnungsschemas im Prozeß der unendlichen abstrakten Formfindung reflektiert, in der sich allerdings die Sphäre des Begehrens als treibender Wunsch, als Utopie, im Bewußtsein des Scheiterns, subversiv thematisiert. Ursprung als unendliche Bewegung kann daher nur im Verhältnis von Bewegung und akausaler Ursache der Bewegung thematisiert werden. Zur Ursache der Bewegung gehört das lineare Spannungsverhältnis der Balance, zwischen deren Polen das Bildgeschehen angesiedelt wird.

Der Raum, simulierter Ort einer geometrischen Konstruktion des Bildgeschehens, wird zum Bildkörper der bedrohten Balance und zum visuellen Fluchtpunkt der Katastrophe, die sich im Prozeß der Rationalisierung und Geometrisierung abstrakter Erfahrungsräume zeichenhaft verdoppelt. Die von der Marionette auf den Raum übertragene Bewegung gerät in der zeichenhaften Verdoppelung der ursprünglichen Bewegung (Antrieb) und der unendlichen Metamorphose der Bewegung (Transmission) zum Labyrinth geometrischer Ordnung, aus dem es keinen Ausweg mehr gibt. Es droht das Todesurteil, der Tod, das Ende der Marionette.

Der Diskurs des Begehrens kann einerseits nicht mehr dem Modell der Ordnung entgehen. Andererseits maskiert sich das Begehren in den Mustern der Ordnung als Form seiner Einschließung, der es sich zu entziehen sucht. Durch sein gebrochenes Dasein kann sich diese Widerständigkeit nur in den Formen der Ordnung transparent machen. Diese Differenz zwischen Vereinnahmung und Resistenz wird in der Maske evident. Das in einen unendlichen Regreß eingebundene Begehren erfüllt seine Transmissionsfunktion im Rahmen seiner gesellschaftlichen Ausweitung, die sich gegenüber dem Begehren totalisiert. Dieser Diskurs ohne sozialen Ort erscheint in den Metamorphosen der unendlichen Bewegung in der Maske der Zeit. Die Marionette im Kräftefeld des reinen geometrischen Raumes und der reinen, erfahrungslosen Zeit, vergeht nicht. Sie erstarrt in der Ordnung der Zeichen.

Im Chronometer »Uhr« verbirgt sich dieses Modell der gesellschaftlichen Erfahrung einer katastrophalen Herrschaft der Zeichen. In der Gleichförmigkeit der Zeigerbewegungen, die den Raum des Uhrgehäuses durchschreiten, reproduzieren sich qualitativ unterschiedliche Zeitmomente in einem identischen Ablauf der Zeiger auf dem Ziffernblatt. Die Uhr wird damit zu einem Steuerungsmodell substanzloser Erfahrung von identischen Bewegungen im Raum und in der Zeit. Die Identität der Zeichen, die der Mechanismus des Uhrwerkes hervorbringt, ebnet die qualitative Differenz unterschiedlicher Zeitmomente und deren Erfahrung ein und strukturiert sie nach den Mustern einer geometrischen Kreisbewegung, in der sich die Zeit zu materialisieren scheint.

In einer Kinderzeichnung von Klee, »Uhr mit römischen Zahlen«, die er später selbst in den Werkkatalog aufnahm, entlarvt sich die Ordnung der Katastrophe des »Immer-Gleichen«. Das in der Abstraktion von Raum und Zeit maskierte Begehren sprengt die Gleichförmigkeit der in der Identität mit sich selbst gebannten sinnlichen Erfahrung.

Klees Zeichnung, die sich nicht in der Wiederholung des »Immer-Gleichen« einer historischen Zeiterfahrung verliert, sondern die Differenz zwischen verschiedenen Zeitmomenten — den Zeitsprung als qualitatives Modell der Geschichte — hervorbringt und damit eine Distanz zur Reproduktion des Verhängnisses schafft, kann ein Modell der Sprengung der »Katastrophe (sein), die unablässig Trümmer auf Trümmer häuft«.[21]

Figurentheater — Totales Theater

Peter Klaus Steinmann

Das Figurentheater, seiner Konzeption nach eine Theaterform der bewegten Materie, entfaltet seine Wirkung nur dann, wenn Projektionen aus dem Erfahrungsspektrum des Zuschauers von der optischen Erscheinung der Figur ausgelöst werden. Dabei erfüllt das Objekt als Auslöser mehrschichtiger Erfahrungswerte im Zuschauer seine Funktion unabhängig von der Vorgabe konkreter körperlich-plastischer Formen:
Eine Vorstellung im »Théâtre Manarf«: Es erscheinen kleine knetbare Figuren, die eine liebevolle Zuwendung erfahren, jedoch später auf den Boden geworfen werden. Wieder liebevoll hergerichtet und erneut mit Zuwendung belegt, schleudert man sie in eine Kanne mit Wasser, um sie dann, aufgespießt auf einer Schere, wieder hervorzuholen.[1] Im Zuschauer laufen während dieser Szene ganze Welten nachvollziehender und nachvollziehbarer Gedanken und Gefühle, Erfahrungen oder Lüste ab, hin- und hergerissen zwischen Zuwendung, Erschrecken und dem Gespür für das sonst nicht auszulebende sadistische Tun. Hier tritt der sichtbare Mensch nicht so sehr als Rollenträger in der erzählten Geschichte hinzu, sondern als Vermittler zwischen dem in diesem Fall polymorphen Objekt und den Zuschauern.
Wegen seiner Konzeption und Möglichkeiten ist Figurentheater für mich das denkbar Totale Theater. Ob ein Totales Theater ein anzustrebendes Theater ist, soll jetzt nicht diskutiert werden. Hier sei nur das vorläufig Mögliche gedacht. Daher werden alle Beispiele immer von jenem Zipfel der Einlösung sprechen, die die jeweilige Inszenierung erreichte. Deshalb wird die Rede sein von den dem Medium Figurentheater innewohnenden Möglichkeiten, nicht von der in jeglicher aktuellen Inszenierung vorgefundenen Realität.

I. Die Wirkungsweise
Der »Tod des Tintagiles« von Maurice Maeterlinck mit Figuren gespielt.[2] Die Figuren sind amorphe Gebilde, an Plastiken von Henry Moore gemahnend, nicht aber an ein leicht realisierbares Abbild des Menschen. Sie sind Zeichen, Chiffren für einen Menschen. Eines dieser Gebilde hat sich im Laufe der Handlung als schützende Schwester dargestellt. Das Kind, ihr Bruder, nur einmal als kleines helles Bündel über die Bühne getragen, ist bedroht. Dies ist das Thema. In einem Raum von 70 x 140 cm spielt sich nun ein Drama ab, dargestellt mit diesen Chiffren, die für den Menschen stehen. Ist ein solcher Vorgang eigentlich die Aufmerksamkeit wert, die Spieler und Zuschauer der Szene gönnen?
Die Grundlage einer auf Zeichen beruhenden theatralischen Handlung ist die Imagination des spielenden und die des betrachtenden Menschen, des Animateurs und des Zuschauers. Die Voraussetzung dieser Rezeption ist ein Teil unseres Ichs, dessen sichtbarer Ausdruck das Spiel der Kinder bildet. Kinder erleben mit leblosen Gegenständen ganze Lebensräume und sind dabei Vortragende und Rezipienten. Es ist gleichgültig, ob wir an das Spiel mit den Bleisoldaten früherer Jahre denken, bei denen mit einer Handbewegung eine Kompanie umgeworfen wurde, oder ob ein Soldat mit kräftigem Fingerdruck langsam vorwärtshoppelnd verröchelte, oder ob es später die Indianer waren, die sich mit den Weißen duellierten, oder ob heute Monster den Krieg der Sterne proben. Immer sind mehr Handelnde

im Spiel als bewegt werden können, und doch leben für das Kind alle Figuren. Die Handelnden müssen nicht einmal Nachbildungen vorhandener oder erträumter Gestalten sein. Es reichen beliebige Materialien, Bauklötze, Halma-Steine und anderes, um noch weit intensiver und realitätsnäher »Realität« zu werden. Diese Realitätsnähe bezieht sich aus der Notwendigkeit, den Gegenstand selbst zu dem zu machen, was man in ihm sieht, ohne die Hilfe einer vorgeformten Erinnerungsstütze. Die Imagination, gebildet aus den eigenen sowie den angelesenen oder den übernommenen Erfahrungen, ist das Erlebnispotential dieser Spiele; ich bin geneigt zu sagen: dieser Aufführungen. Diese Möglichkeit, das Leben zu bewältigen, verlieren die Menschen ihr ganzes Leben lang nicht. Diese Fähigkeit wird vernachlässigt oder kultiviert, letzteres z. B. bei Künstlern. Ohne sie ist der Mensch unfähig zum Leben. Außerdem besteht die Fähigkeit, die Überfülle der Lebenseindrücke, -freuden und -ängste zu bewältigen, ohne den Willen und die Erlaubnis des Menschen in seinen Träumen fort. Im Figurentheater trifft der Rezipient auf Vorgaben, die ihn in eine bestimmte Richtung leiten:

*Die Figur*
Die Figur kann als äußerstes Extrem am Ausgangspunkt keine sein. Am Beispiel der knetbaren Masse, die erst auf der Bühne Figur und Person wird, zeigt sich eigentlich das gesamte Spektrum. Jede Stilrichtung ist in der Figurengestaltung anwendbar. Nur Figuren, die sich vor allem bemühen, den realen Menschen oder das Tier möglichst naturgetreu nachzuahmen, sind unbrauchbar. Theater ist immer die Darstellung, die Verdichtung, die Verdeutlichung des realen Lebens. Das geschieht im allgemeinen durch das Weglassen jener Eigenschaften und Merkmale, die für den darzustellenden Zusammenhang unwichtig sind. Durch diese Reduktion gewinnt man für die gewollten Eigenschaften stärkere Wirkungen und Konturen.

*Die Imagination des Animateurs*
Dem Figurenspieler hilft nicht die Selbstverständlichkeit des pulsierenden Lebens aus Fleisch und Blut, die auch der schlechteste Schauspieler mit auf die Bühne bringt. Wird die Figur, im Prinzip ein Gegenstand, nur einfach auf die Bühne gestellt, kann sie ein kurzes Leben durch die Gedanken und Assoziationen des Betrachters erfahren. Dann verliert sich das Interesse des Zuschauers, der sich jedoch bei einer ersten Bewegung des Objektes diesem erneut zuwenden wird. Diese Bewegung kann gezielt oder auch nur zufällig sein. Wieder wird sie assoziativ vom Betrachter belegt, aber auch dieses Interesse bleibt von kurzer Dauer. Erst wenn der Animateur eine eigene Imagination auf die Figur projiziert und sie aus dieser Imagination heraus bewegt, wird der Betrachter seine eigenen Gefühle und Handlungen wiedererkennen. Das setzt beim Animateur eine Beherrschung des Werkzeugs (Figur), gewonnen aus Lebens- und Probenerfahrung, voraus. Ohne dieses Freiwerden von den technischen Problemen kann die Imagination, das innere Bild, erzeugt über das Spiel der Figur, nicht fließen und also nicht beim Partner im Parkett wirksam werden. Ohne eine Imagination des Animateurs nützt aber die Form und die Werkzeugbeherrschung auch nichts. Es kann nur jener Animateur Bilder vermitteln, der selbst Bilder hat.

*Die Stimme*
Die »Stimme« der Figur kann ein Geräusch, eine Melodie oder die menschliche Sprache sein. Alle diese Möglichkeiten lenken beim Betrachten die Richtung des Fühlens und be-

»Dürstende«, Szene aus »La Ramé« (Tankred Dorst); Kleines Spiel, München 1957

dingen auch die des Denkens. Kann sich ein Zuschauer der Figur, der Figur und dem Geräusch, der Figur und der Melodie, noch verweigern, so fällt das bei der Kombination Figur/Sprache schwer. Hier ist die tägliche Notwendigkeit, auf Ansprache zu reagieren, so groß, daß sich kaum einer dem entziehen kann. Ist aber erst einmal eine Hinwendung zur Figur erreicht, kann sich der Betrachter seiner Assoziation und der Imagination kaum erwehren. Ein Kommunikationsmittel wie die Sprache, mit der man am Telefon, ohne sich zu sehen, Bilder übermitteln kann, mit der man in der Filmsynchronisation den Bildern sogar andere Inhalte geben kann, ist auch in Verbindung mit der Figur eine große Kraft für die Erzeugung imaginärer Bilder.

*Die Bewegung und ihr Inhalt*
Beginnt man, Material, eine Figur, zu bewegen, begnügt sich der Macher wie der Betrachter nicht mit dem Fakt der Bewegung. Er wird sofort assoziieren, ordnen, vergleichen. Es tritt also eine, zur Lebenserhaltung benötigte Mechanik in Gang, die Mechanik des Einordnens, Vergleichens und Wertens zur Steuerung des eigenen Verhaltens. Dazu wird er auch schon allein von seinen Gefühlen gezwungen, denn Wahrnehmung ohne Reaktion ist undenkbar. Assoziieren zwingt aber zum Zusammenfügen und Ordnen der neuen Erfahrung mit gespeicherten Erlebnissen und Erfahrungen. Da diese Erfahrungen sich immer auf das Leben beziehen, und hier konkret auf das menschliche Leben, und damit die menschlichen Betrachtungsweisen der Umwelt bestimmend sind, werden selbst die abstraktesten Formen mit konkreten Erfahrungen belegt und also konkret.

Szene aus »Ubu Roi« (Alfred Jarry); Marionettentheater Stockholm, Stockholm 1964

Man stelle sich nun folgendes vor: Eine Musik ertönt. Auf der Bühne ein Rechteck, ein Dreieck, ein Kreis; sie bewegen sich auf schwarzem Grund. Der Kreis stößt an das Rechteck, das Dreieck berührt mit der Spitze den Kreis. Das Rechteck folgt dem Kreis.[3] Unvermeidlich wird die Berührung des Kreises, je nach Reaktion des Rechtecks, als Kontaktaufnahme (Erdulden der Bewegung) oder als Aggression (Abstand nehmen) gewertet. Die Spitze des Dreiecks berührt den Kreis und erinnert an Piken oder Stechen, also an Schmerz, und das Rechteck, den Kreis verfolgend, wird, je nach der Bewegungslänge und Distanzverschiebung, als interessierte Zuwendung oder als verfolgende Bedrohung verstanden. Würden wir solche scheinbar abstrakten Bilder nicht mit Erfahrungen aus unserem Leben besetzen, blieben wir kühl distanziert, wäre das gleichbedeutend mit absolutem Desinteresse, und Theater fände nicht statt.

*Die Dramaturgie*
Wollte man im Theater nur kleine einzelne Lebenssituationen zum Wiedererkennen zeigen, wäre eine Dramaturgie unnötig.[4] Sowie aber eine Geschichte, ein Lebenszusammen-

hang, eine Erfahrung mitgeteilt werden soll, bedarf es der Gliederung, der Setzung von Zeit, Raum und Ablauf. Ohne diese Voraussetzung entsteht Langeweile und somit Ausstieg des Miterlebenden aus seiner Assoziation und Imagination. Nachgestelltes Leben brächte nichts, nicht einmal ein Interesse. Leben ist kein theatralisches Moment, es ist einfach da, entwickelt sich aus Handlungen und Zwängen, die sich im Moment ergeben, aus der Vergangenheit und dem Wollen (Zukunft) und dem Zusammentreffen der Beteiligten und ihrer Temperamente. Das sind nur bedingt steuerbare Abläufe. Darstellung ist aber immer Gestaltungswille, die Hervorhebung von Details, also letztlich eine didaktische Ordnung zur Übermittlung einer Nachricht. Dies gilt für jede Theaterform.

Die Wirkung der Figur entsteht also nur über das reflektierende Miterleben des Rezipienten, das aus der eigenen Erfahrung gespeist wird. Der Animateur löst diese Mitarbeit seines Partners durch verschiedene Voraussetzungen aus (Figur, Imagination, Stimme, Bewegung, Dramaturgie). Wenn dieser Punkt erreicht ist, entsteht eine Echofunktion, bei der die Bühne mit der Ausstrahlung von Wiedererkennungswerten den Impuls gibt, der Rezipient sendet nun seinerseits seine Erfahrungen, und die Figur reflektiert das Echo und sendet es gemeinsam mit der Imagination des Spielers als neues Erlebnis zurück. Theater kommt ohne die Mitarbeit des Zuschauers nicht aus. Das Figurentheater ist auf diese Mitarbeit absolut angewiesen. Oder anders gesagt: Hatten die Zuschauer im Figurentheater ein Erlebnis, dann haben sie mitgearbeitet, waren sie imaginativ beteiligt. Ohne Mitarbeit bleiben die Figuren Material und werden nicht Rolle und Person.

II. Die Mittel

Kaum ein anderes Medium ist in so hohem Maße in der Lage, die Form an sich und die Bewegung an sich in theatralisches Erleben umzusetzen. Jedes Ausgangsmaterial, mit dem man etwas darstellen möchte, hat seine Beschränkung in sich. Das gilt auch für den Menschen auf der Bühne. Er ist, wie er ist, und alle Veränderungen an ihm und durch ihn haben ihre Grenzen in ihm. Im Ballett zum Beispiel erreichen die Menschen durch härtestes Training eine kaum zu begreifende Leichtigkeit, die uns aber nur bewußt wird, weil wir unsere eigene Schwere kennen. Hätten wir dies Bewußtsein nicht, wäre diese Leichtigkeit selbstverständlich; ein Schmetterling tanzt doch auch selbstverständlich in der Luft.

Eine Figur kann diese schmetterlingsgleiche Leichtigkeit haben. Da die Figur begrenzt ist, steht ein Mittel zur Verfügung, um diese Begrenzungen aufzuheben: Der Austausch von Personen bzw. Figuren, die für die Darstellung eines Teilaspektes einer Rolle eingesetzt werden. Im Austausch der Figuren kann eine Person fliegen, rennen, sich total verwandeln, sehr wahrhaftig sterben und im selben Moment geboren werden. So kann die Beschränkung durch den Zustand der Rolle in einer Form aufgehoben werden, und es ergeben sich verschiedene Möglichkeiten zur Gestaltung einer Aussage. In der konsequenten Anwendung der stilistischen Eigenschaften einer Figurenart, wie auch im bewußten Einsatz verschiedener Führungstechniken innerhalb einer Szene/einer Inszenierung, liegen große Möglichkeiten der Interpretation wie auch der Demonstration.

Es sei gestattet, im Vergleich zu allgemein Bekanntem, hier dem Schauspieler, die Gegebenheiten der Figur zu erläutern. Anders als beim Menschen, der, um eine Reduktion darstellenden Spiels zu erreichen, seine Bewegungsvielfalt unterdrücken muß, ist die Beschränkung des Bewegungskanons die Stärke der Theaterfigur. Sie ist genau auf die von der Rolle geforderten Notwendigkeiten hin gebaut. Ist jemand ein weicher, sich stets anleh-

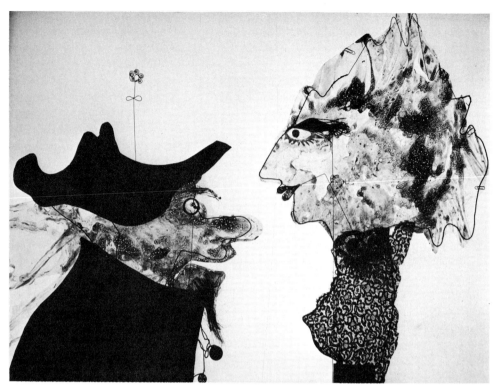

»Gesprächspartner«, Szene aus einem Schattenspiel der Werkstatt »Spiel und Bühne« (Klasse Hertha Schönewolf, HdK Berlin), Berlin, um 1968

nender Typ, oder ist er trotz kraftstrotzender Attitüde ein labiler Mensch, so besteht die Möglichkeit, dieses in entsprechend labilen Materialien oder Techniken sinnfällig zu gestalten. Eine Zeigehand z. B. kann extrem groß gestaltet sein. Eine solche Hand könnte auch ein Schauspieler überziehen, nur wird dann seine körperliche Erscheinung nicht homogen sein. Die Hand an ihm ist so sichtbar aus anderem Material als er selbst, ein Fremdkörper, und deshalb wird sie ihn beim Spiel mehr behindern, als es der Effekt erfordert. Er könnte auch extra eine Hand an einem Stab mit sich führen. Das wäre dann so etwas wie ein Zeremonienstab, aber auch nicht ein Teil seiner selbst. Nur wenn die Hand als Anhängsel, als Last definiert wäre, hätte der Schauspieler eine Ergänzung seiner darstellerischen Mittel hinzugewonnen. Bei einer Figur, die in sich immer ein Abstraktum ist, bleibt eine solche überdimensionale Hand ein folgerichtiger und integrierter Bestandteil der Rolle und der Gestaltung. Ein steifer Rücken, von einem Schauspieler den Anforderungen seiner Rolle entsprechend dargestellt, bleibt eben ein steif gehaltener Rücken. Er ist nicht wirklich von jahrzehntelanger Devotheit verformt. Eine Figur ist aber nicht der Ausdruck eines Bemühens um Steifheit. Sie hat in einem solchen Fall einen durchgehenden Stab im Körper und ist daher so selbstverständlich steif wie der Deformierte, der dargestellt wird. Der Spieler der Figur muß sich nur steif fühlen, nicht aber die körperliche Befindlichkeit mimen.

Ein Beispiel: »Der Besuch der alten Dame« von Dürrenmatt.[5] Die Gemeinde beschließt, Ill muß sterben. Die Puppenführer stehen mit ihren Flachfiguren offen auf der Bühne. Sie bil-

Szene aus »A Dead Man Rises«, Bread and Puppet Theatre, New York 1973

den einen Kreis um Ill, der als plastische Figur von den Flachfiguren (der Gemeinde) heruntergedrückt wird. Der Spieler legt Ill auf den Fußboden, zieht ihn von der Hand, läßt die Figur liegen und geht. Hier hat die Seele sichtbar den bisher belebten Körper verlassen. Dies ist kein Theatertod, bei dem man weiß: Der Schauspieler steht wieder auf. Dieser »Tod« ist absolute Darstellung aufgrund der anfangs geschilderten Wirkungsbeziehungen. Wenn dann noch die Spielerin der Klaire Zachanassian ihr Gesicht abnimmt und es auf Ill legt, beide aufhebt und mit ihnen abgeht, dann liegt hier metaphorisch die ganze Beziehung zwischen Ill und Klaire, die das Stück beschreibt, nochmals im Schluß. Die Theaterfigur hat keine andere Chance, als Darstellung zu sein. Ihre Existenz bezieht sich ausschließlich auf ihre Aufgabe.

III. Die Metapher

Das metaphorische Element des Figurentheaters ist eine weitere Stärke dieser Theaterform im Sinne Totalen Theaters: Die Umsetzung von inneren Bezügen der Handelnden in deutende Bilder. Es ist z. B. denkbar, das Verhältnis eines Vorarbeiters zu seinem Chef und zu seinen Arbeitern in längeren Sequenzen zu klären, um dann darauf die Handlung zu bauen. Die Klärung solcher Voraussetzungen im optischen Bereich durch Bedeutungsgrößen ist sinnfälliger und gestattet es, der Handlung sofort Wirkung zu verschaffen. Zum Beispiel: Das Gespräch zwischen dem Vorarbeiter und seinem Chef ist in seiner Bezüglichkeit

sofort geklärt, wenn der Chef übermächtig groß und der Vorarbeiter erheblich kleiner ist. Trifft der Vorarbeiter auf seinen ihm untergebenen Arbeiter, ist er groß und der Arbeiter klein. Ist hingegen auch der Arbeiter größer als der Vorarbeiter, z. B. weil er streikt, dann ist der Vorarbeiter schon optisch zwischen die Fronten gestellt.
Bedeutungsgrößen kannte man schon im vorigen Jahrhundert. Die Anwendung der Bedeutungsgrößen bei den Sizilianischen Marionetten war eine Selbstverständlichkeit. So wie man einst den Namen GOTT nur in Versalien schrieb, war es selbstverständlich, die Herren groß und schön darzustellen und das Fußvolk klein, unansehnlich und in reduzierter Bewegung. Volk, oder der gemeine Kriegshaufen, wurden sogar spieltechnisch gekoppelt, nur zu gleicher und gleichzeitiger Bewegung fähig. Diese Bedeutungsgrößen sind Verdeutlichungen von Bezugsverhältnissen. Diese Mittel wurden über Jahrzehnte vergessen.
In »Der Mann, der seine Nase verlor«[6] stellt sich ein Mann und sein Problem vor, dargestellt von einem Flachfigurenkopf von etwa 120 cm Durchmesser, bestückt mit einer plastischen Nase. Seine Erlebnisse und Ängste werden von kleineren Figuren dargestellt. Am Schluß des Stückes ist er wieder als großer Kopf zu sehen, um seine Schlußbefindlichkeit klarzulegen. Hier wird eindeutig klar, es geht um diesen Mann, der riesig sichtbar wird, dessen Geschichte mit Nöten und Freuden, aber sehr filigran und detailliert, mit den Mitteln der Metaphorik und Optik, aus Fläche und Plastik, erzählt wird.
Eine abstraktere Form fordert eine stärkere Assoziation heraus, läßt aber dem Betrachter breiteren Spielraum in der Deutung. Das ist für einzelne Szenen, für bestimmte dramaturgische Strukturen anwendbar. In der Führung einer Handlung kann aber eine genauere Steuerung der Bilder durch konkretere Formen notwendig sein. Die optische Form kann auch die inneren Spannungen sichtbar machen. Ein Mann (Flachfigur), von seiner Frau bedrängt, nimmt einen »Anlauf« zu momentaner Größe (der Körper wird, sich vergrößernd, von hinten jeweils hinzugeklappt, was natürlich den Kopf kleiner erscheinen läßt). Er sagt seine Sätze, zu denen er sich gegenüber seiner Frau aufgeschwungen hat und schrumpft wieder zu normaler Statur.[7] Im Stück von Peter Hacks, »Der Schuhu und die Fliegende Prinzessin« sind Personen unzertrennbar mit der zur Balance notwendigen Unruhe eines Einrads verbunden, und Gerüste mit ausschwenkbaren Kanonen wirken wie handelnde Personen.[8] Das Metaphorische, die Bedeutung im Bezug zum Inhalt, findet seine Nahrung in der Unbeschränktheit der Figur in Bezug auf die Form, die Größe und Kleinheit und in der Beschränkung durch die Materie. Diese Voraussetzungen verhindern ein Nachstellen des Lebens und fördern, was Theater einzig sein kann: die Darstellung des Lebens.

IV. Der Einsatz
Selbst Figurentheater, die weder des intellektuellen Einsatzes der Metaphorik, noch der Einsicht in die Bedeutungsgröße fähig sind, profitieren im Sinne obiger Ausführungen von der Absolutheit, die ein rein aus Materie erzeugter »Schauspieler« hat. So stehen Opernaufführungen, in denen Musik vom Band gespielt wird und die Marionetten dazu Bewegungen nachempfinden, die den Operngesängen abgelauscht sind, auch heute noch hoch in der Gunst des Publikums.[9] Schon dort, wo die menschliche Bewegung Leitschnur und nicht Muster ist, auch wenn die Größenverhältnisse untereinander üblichen Normen entsprechen, beginnt die Abstraktion. Reine Handpuppenspiele sind hierfür Beispiele, da diese Figurenart das Leben aus der direkten Verbindung mit der Hand des Menschen bezieht, aber durch diese Verbindung eine abstrahierte Körperlichkeit besitzt.

Szene aus »Die Jäger des verlorenen Verstandes«; König, Prinzessin, Kasper; Puppentheater Zinnober, Berlin/DDR 1980

Eine weitere Komponente kann der Mensch als Partner der Figur sein. Das Spannungsverhältnis von lebenden Menschen und dem Leben aus der Projektion der Figur ist von besonderem Reiz. Dies ist ein tradiertes Theatermittel. Wir kennen es von den Bauchrednern, die so mit ihrer Bauchrednerpuppe, also mit sich selbst dialogisieren. Aber auch der Mensch kann zum Bestandteil einer Puppe werden. Es gab die Kakauzkis, bei denen ein Menschenkopf scheinbar auf einem kleinen Figurenkörper saß, — Möglichkeiten, die in den 1970er Jahren wiederentdeckt wurden.[10] Sie reichen nun von einem reinen Schauspiel, in dem *eine Figur* agiert,[11] bis zu *einem Menschen* in Maske, der mit Figuren interagiert.[12] In einer Szene, in der die Figur des Dagobert Duck auf den Schultern des Menschen reitet, der ihn spielt, kommt es zwischen beiden zu einem Disput. Im Verlauf des Streites reißt Dagobert mit seiner Hand den Kopf des Spielers an den Haaren hoch. Hilflos nach oben blickend, wird dieser von ihm angeschrien. Eine beklemmende Szene, einem Albtraum gleich. Diese Beklemmung kann entstehen, obwohl der Spieler sich quasi selbst anschreit, da er ja die Figur zugleich spielt.[13] Der Mensch kann auch in einer Körpermaske, die seine Körperform absolut verändert und ihn zu anderen Bewegungen zwingt, als gleicher unter gleichen mit plastischen und flachen Figuren gemeinsam auftreten.[14] Auf diese Art ist der Mensch in das Imaginationsfeld der Materie mit einzubeziehen. Die offenen Spielweisen, bei denen der Spieler hinter der Figur auf der Bühne zu sehen ist und doch nicht wahrgenommen wird,[15] ist durch die Trennung von Darstellung und der lebendig machenden Kraft eine Gradwanderung in der Imaginationserzeugung, aber sie gestattet die Übertragung von durchgehender Imagination auch auf Figuren, die innerhalb der Handlung auf Wartepositionen sind. Ein Beispiel: Eine Figur versteckt sich sichtbar für die Zuschauer. Der Spieler nimmt eine andere Figur, sucht mit ihr die erste, findet sie nicht, geht ab und kehrt zur versteckten Figur zurück und spielt mit dieser weiter. Die versteckte Figur wird »lebendig« an der Handlung teilnehmen, ohne herauszufallen, da die Hauptaufmerksamkeit ohnehin der suchenden Figur gilt.[16]

Die in den 1980er Jahren aufkommenden Objekttheater leben von dem Wechselspiel zwischen Materie und dem die Emotion vermittelnden Spieler. Der Spieler tritt nicht zurück, sondern er ist integraler Bestandteil des Spiels. Der Gefühlsbezug des Spielers zu seinen Gegenständen, die zu handelnden Figuren werden, erzeugen nun im Betrachter die Bilder. Der Spieler kehrt so scheinbar sein Innerstes nach außen. Seine Gefühle sind der Anlaß des Spiels. Ist er unbewegt und desinteressiert am Schicksal seiner Geschöpfe, erzählt er damit vor allem etwas über sich. Hat er eine große Zuwendung, läßt er auch uns freundlich gestimmt lächeln, erzählt er auch etwas über sich. Selbstverständlich ist der Spieler dann auch Rollenträger. Indem über seine Bezüge zu den Figuren das Rollenbild des Spielers klar wird, deckt er für uns Betrachter einen Teil einer Gesellschaft, seiner Gesellschaft, in der er lebt, auf. Hierin liegt wohl der eigentliche Effekt. Eine weitere Variante stellt der Spieler dar, der Erzähler ist, aber im Moment des Spiels hinter seiner Figur zurücktritt. Wenn aber seine Figur in eine Situation kommt, die ihren Materialcharakter aufdeckt, dann hilft er zu und es entsteht ein inniges Verhältnis zwischen Spieler und Figuren-Persönlichkeit. So tritt in der Inszenierung »Hermann — eine deutsche Biografie« ein alter Mann auf, der ein echtes Spiegelei auf dem Spirituskocher brät. Alles gelingt der Figur Hermann: das Streichholz aus der Schachtel zu nehmen, es anzuzünden, den Spiritus im Ofen zu entzünden. Nur, was wird dann aus dem brennenden Streichholz in seiner Hand? Der Spieler bläst es aus. Ebenso ergeht es dem fertigen Spiegelei. Die Figur kann es nicht essen. Der Spieler hilft der Figur und ißt es stellvertretend auf.[17]

In der Inszenierung »Der Löwe« ist ein Solospieler stets offen auf der Bühne präsent. Im Wechselspiel der Rollen interagiert er mit sich selbst sowie mit seinen Objekten und Figuren. Er spielt den Chauffeur und ist zugleich der Animateur einer Barbie-Puppe, die die Mutter darstellt. Er animiert ebenfalls ihren Sohn, ein Baby, das viel größer ist als die Mutter und das in sich wiederum einen General, einen Lüstling und weitere Rollen als »Der Löwe« vereinigt.[18] Man könnte vermuten, die Mischung der Techniken, Bedeutungsgrößen, Menschen und Figuren ergebe ein Durcheinander. Im Gegenteil, es entsteht hierdurch eine hohe Form interpretatorischen Theaters.

V. Entwicklung

Die Möglichkeiten des Figurenspiels liegen in der Entwicklung, die das Medium angenommen hat.

Hatte das Puppenspiel einst auch für Erwachsene, ähnlich der Commedia dell'arte, Episodencharakter, so erzählte es mit Marionetten Geschichten, traurige und erbauliche Geschichten. Zum Beispiel von der unschuldig beschuldigten Genoveva, vom vermessenen Faust, der ob seines Paktes mit dem Teufel zur Hölle fährt, oder von den Räubern und Wilddieben, dem »Bayrischen Hisl« oder dem »Stülpner Carl«, die als gerechte Umverteiler dargestellt wurden, weil sie dem Volk gaben, was sie den Reichen stahlen. In den 1920er Jahren kamen dann noch Dienstmädchen-Geschichten im Stile Hedwig Courths-Mahlers

Szene aus »Hermann — eine Deutsche Biografie«, Theater im Wind, Braunschweig 1985

»Sandmänner«; Ein weiser Mann in der Schlange, ... (Foto: Horst Huber)

... eine Schlange im weisen Mann; Sand-Glass Theatre, New York 1985. (Foto: Horst Huber)

dazu. Auf der Marionettenbühne wurde die Figur nicht als Interpretationsmittel verstanden, sondern als Schauspieler-Ersatz. Wenige Figurenkörper wurden mittels vieler unterschiedlicher Köpfe vor der Vorstellung umgerüstet, aus dem Kostümfundus eingekleidet und die Köpfe eventuell noch regelrecht geschminkt. Die Körper waren also standardisiert. Es gab keine Gedanken darüber, daß die Körperform entsprechend dem Leben und Leiden einer Person ganz individuell ist, daß sie Seinszustände verdeutlichen könnte.
Handpuppenspieler der 1930er Jahre verstanden sich als »künstlerisch« und wechselten von den Episoden der Vorgänger, die auf Märkten und Messen spielten, zu parodistischen Adaptionen von Märchen und Sagen. Die Entwicklung auf dem Sektor des Kinderspiels lief parallel zur Entwicklung der Stellung des Kindes in der Gesellschaft überhaupt. Erst wurden die von Erwachsenen nicht mehr beachteten Jahrmarktsstoffe an die Kinder herangetragen. Mit zunehmender Spieltätigkeit der Bühnen in den Schulen zogen pädagogische Ideen in die Spiele des Repertoires ein. So wie frühere Theatermacher mit der Nacherzählung von Räubergeschichten ihre Wirklichkeit auf die Bühne brachten, allerdings an der Realität orientiert, so orientierten sich Handpuppenspieler am Menschen-Theater und es bevölkerten Typen der Boulevardkomödien die Bühne. Der Kasper hatte die Buffo-Rolle, und es gab viele Typen, die heute noch in den Filmen jener Zeit zu sehen sind. Dies war ein Ansatz, der sich noch nicht der imaginativen Stärke der Figur bewußt war, auch

Szene aus dem Film »Die Stadt« von Harry Kramer und Wolfgang Ramsbott. Rosa Kinderwagen, Frau, Monotoný-Man; Figuren aus dem Mechanischen Theater von Harry Kramer, Paris 1956

nicht bewußt sein konnte, da das zu jener Zeit viel weiter entwickelte Menschentheater erst seine ersten gravierenden Schritte in Richtung auf ein Absolutes Theater tat. Hier könnte man Inszenierungen von Piscator, Überlegungen von Gordon Craig sowie Alexander Tairow anführen, wie auch die Tanzexperimente des Dessauer Bauhauses, den Grotesktanz der Valeska Gert, die Tanz-Studien der Mary Wigman und andere.

Mit zunehmender Bereitschaft, abstrakter zu denken, auch gefördert durch die Technisierung der Umwelt, fanden sich Figurenspieler, die selbst abstrakter dachten. Dies waren Voraussetzungen für die Entwicklung, die in den 1960er Jahren begann. 1957 waren Spiele wie »La Ramée« von Tankred Dorst im Studentenfigurentheater »Kleines Spiel« aus München und Harry Cramers »Mechanisches Theater« erste Signale. Um 1960 begannen dann im Puppenspiel die ersten metaphorischen Neuentdeckungen. Jeweils zwei Tropfenformen, an ihrer Spitze elastisch verbunden, zu konkreter Musik bewegt, waren zur Assoziation freigegeben. Sie schwatzten und tänzelten.[19] Man sah das Geschwätz zweier Freundinnen oder Klatschweiber. In der gleichen Vorstellung mechanische Figuren auf Rädern, deren Bewegungen durch Zahnräder und sonstige Transmission auf den Figurenkopf umgesetzt wurden. Geknotete Tücher, jeweils an einem Faden befestigt, zeigten »Volk«. Sie erzeugten in gemeinsamer Bewegung, und doch jede Figur jeweils in sich tänzelnd, ein Gerücht.[20] Figuren, leicht, filigran, aus Papier und Farbe, Gebilde aus Metall, Licht und Musik schufen eine abstrakte Welt mit der Ausstrahlung eines Märchens[21] mit Elementen, die der Handlung Halt, Kontrapunkt und theatralische Wirkung gaben.

VI. These

Das Figurentheater, in seiner eigenständigen Form (ohne den Schauspieler), ist ein Theater, das den Zuschauer grundsätzlich zur Imagination, zum indirekten Mitspiel zwingt. Es muß nicht die Verfremdung herstellen, es ist die erläuternde Verfremdung. Die Mittel des Figurentheaters mit der Selbstverständlichkeit von Bedeutungsgröße und metaphorischer Klarstellung, von Bezügen und Inhalten, ermöglichen eine sehr totale Interpretation. Das Figurentheater hat die Möglichkeit und die Voraussetzung, durch seine abstrakte Überschaubarkeit der einzelnen Fakten, Lebensverhältnisse greifbar zu deuten und durchdringbar zu machen. Um die Totalität dieses Theaters einzulösen, bedarf es aber der Vorlagen, die diese Totalität einfordern. In einigem Umfang sind Stoffe in der vorhandenen Literatur zu finden. Eigene, gezielt erarbeitete Stoffe für dieses Medium werden in absehbarer Zeit nur aus dem Kreis der Macher kommen können, denn die Vielfalt der Möglichkeiten und Wirkungsweisen bedingen für die Stückentwicklung einen Kenner der Materie. Mit zunehmender Erkenntnis der artifiziellen Ausdrucksmöglichkeiten des Figurentheaters und ihrer ersten Einlösung durch die Macher bleibt die Hoffnung, daß sich auch eine breite Literatur von Texten und Theorien entwickelt. Ein totaleres Theater als das Figurentheater kann es nur geben, wenn Pantomime, Tanz, Musik-, Menschen- und Figurentheater zu einer theatralischen Einheit verschmelzen. Das bedürfte aber eines Inszenators, der in allen Bereichen große Erfahrungen besitzt. Dieser Supermensch des Theaters wird bei der Vielfalt jeder der genannten Sparten eine Utopie bleiben.

## Das Puppenspiel als synergetische Kunstform
Thesen über das Zusammenspiel und die Wechselwirkungen von Bildgestalt und Darstellungsweise im kommunikativen Gestaltungsprozeß des Puppenspielers

Konstanza Kavrakova-Lorenz

I. Einführung in die Problemstellung
Die folgenden theoretischen Überlegungen untersuchen ein dialektisches Beziehungsgefüge im Spiel des Puppenspielers, das aus der steten (sich in jeder Phase vollziehenden) Kommunikation zwischen Bildwerk Puppe und darstellender Kunst des Menschen entspringt und im Gestaltungsvorgang einer Inszenierung zur Anschauung gelangt. Der Begriff »Inszenierung« meint nicht nur Puppentheateraufführungen, sondern auch die vielfältigen Vermittlungsformen und -techniken wie Film, Fernsehen, Video usw., in denen Puppenspiel als Hauptelement der Darstellung auftritt und sich behauptet. Daraus wird ersichtlich, daß zwischen Puppentheater und Puppenspiel ein qualitativer Unterschied gemacht werden muß. Erst diese Unterscheidung ermöglicht es, die gattungsspezifische Eigenart des Puppenspiels als Darstellungsform und die Spezifik des Puppentheaters als eine der strukturellen Realisationsweisen des Puppenspiels zu ergründen. In diesem Sinne stellt die qualitative Unterscheidung beider Begriffe den Ansatzpunkt dar für die Entstehung einer neuen Methodologie auf der Suche nach der Spezifik des Puppentheaters und des Puppenspiels in jeder konkreten Produktion und für die Einordnung des Puppenspiels und -theaters in das System der Künste.[1]
Kennzeichnend für die erste Hälfte der 1980er Jahre ist die Ausformung eines neuen Problembewußtseins in der Puppentheaterforschung der DDR. Dessen Konturen heben sich deutlich auf dem Hintergrund des Ereignisses ab, dem die Arbeit der Puppentheaterschaffenden in der DDR seit Beginn des Jahrzehnts zusteuerte — der XIV. UNIMA-Kongreß und das traditionsgemäß parallel stattfindende internationale Festival (18. bis 24. August 1984) in Dresden. Diese Großveranstaltung, die Vergleiche von Spitzenleistungen auf praktisch-künstlerischen und theoretischen Gebieten ermöglichte, trug den Charakter einer Bilanz über das Erreichte und die sich abzeichnenden Entwicklungstendenzen. Das Thema des Kongresses und des Festivals — »Die Begegnung des Puppentheaters mit anderen Künsten und seine Wirkung in unserer Zeit« — steckte den Rahmen wie auch die Hauptrichtungen aller Analysen und Reflexionen der Theoretiker und der Praktiker ab. Die Problemstellung verlangte eine akzentuierte Bestimmung der Stellung des Puppentheaters:
a) innerhalb der Wechselwirkungsprozesse und -mechanismen zwischen Kunst (als Ensemblebegriff) und Gesellschaft, also die genaue und differenzierte Bestimmung seiner kommunikativen Funktion und
b) im System der Künste als spezifische Art künstlerisch-ästhetischer Aneignungsform, in der die Darstellungskunst des Menschen eine besondere Verwirklichung erfährt.
Erst der große gesellschaftliche Zusammenhang und die Kommunikationsweisen darstellender Künste untereinander ermöglichten die genaue Unterscheidung zwischen dem Puppentheater als Institution und als Vermittlungsform und dem Puppenspiel als die Darstellungsart, die das sinnliche Hauptelement der kommunikativen Struktur Puppentheater bil-

det. Als Institution organisiert das Puppentheater die Produktionsweise mehrerer künstlerischer und künstlerisch-technischer Berufszweige. Als Modus der Aufführung verknüpft es mehrere, durch ihre Begegnung synergetisch wandelbare Künste. Das Puppenspiel, als sinnliche Spezies der darstellenden Tätigkeit, organisiert und verknüpft alle anderen Ausdrucksformen bzw. Künste zu einer ganzheitlichen kommunikativen Gestalt mit synergetischer Beschaffenheit und ästhetischer Funktion. Somit ist das Puppenspiel — in der Gesamtheit seiner grundsätzlichen Dualität — das Erkennungszeichen, die spezifische Invarianz einer Darstellungsart. In andere künstlerische Kommunikations- und Darstellungsstrukturen eingeführt, bewirkt diese Invarianz entweder die Entstehung von neuen Unterarten dieser Künste, oder sie beeinflußt den Grad und die Art der Verfremdung von Elementen solcher Kunststrukturen. So präzisiert, bildet diese Auffassung eine eigenständige methodologische Konzeption für die Erschließung der Spezifik des Puppenspiels als synergetische Kunstform, analysiert unter gattungsspezifischen und zeichentheoretischen Aspekten.

Die Weiterführung und die Modifizierung von Erkenntnissen und Methoden der »Theorie der darstellenden Künste«[2] führen zum Bewußtsein nicht nur der Gemeinsamkeiten aller Arten der Darstellungskunst des Menschen, die in der Bestimmung ihres grundsätzlich gemeinsamen sinnlichen Materials/Hauptelements — die darstellende menschliche Tätigkeit — gründen, sondern leiten zu der Ausarbeitung der Unterschiede, die das Puppenspiel von den anderen Arten ausweisen. Als Sammelpunkt und Prisma für eine systematisierende Klärung und Einordnung dieser Unterschiede wirkt die Erkenntnis von der konstitutiven Funktion der Kommunikation für die Verknüpfung der Puppe — ein Ding, ein lebloses Objekt — mit der lebendigen, subjektiv bedingten Darstellungsaktion des Puppenspielers. Als Ergebnis dieser Verknüpfung entsteht eine erlebbare subjektbezogene Figur, die weder mit der Puppe, noch mit dem Darsteller identisch, sondern ein Anderes ist, das in der Phantasie des Zuschauers seine einmalige Vollendung und Verwirklichung erfährt, denn dort, durch seine Subjektivität bereichert, wirkt es. Das bedeutet, daß die Kommunikation nicht nur in der Begegnung Werk — Rezipient realisiert wird, sondern, daß sie eine ästhetisch bewertbare Funktion für den künstlerischen Gestaltungsprozeß erfüllt. Der kommunikative Charakter des Puppenspiels als künstlerischer Gestaltungsprozeß verlangt nach genauer Spezifizierung der kommunikativen Aktion darstellender Tätigkeit, die sich besonderer Mittel, optischer und akustischer Zeichen und Bilder, bedient. Der Zeichencharakter dieses Prozesses erfordert eine spezifische, dem Gegenstand gemäße Anwendung der analytischen Methoden der Semiotik.

II. Zwei Grundarten der darstellenden Tätigkeit: Puppenspiel und Schauspiel

Die Bestimmung des Puppenspiels als Darstellungsart verlangt eine nähere Untersuchung seines Verhältnisses zum konstitutiven Hauptelement aller darstellenden Künste — dem darstellenden Menschen. In den verschiedenen Medienstrukturen, in Zusammen- und Wechselwirkung mit deren technischen Bedingungen und mit all den anderen Ausdrucksformen und Künsten, verwandelt sich die Kunst des Darstellers in Bezug auf sein konkretsinnliches Material. Diese Verwandlung vollzieht sich in *zwei* Hauptrichtungen — als Schauspiel und als Puppenspiel — um somit zwei Grundarten der Darstellungskunst des Menschen zu spezifizieren. Die Begriffe »Schauspiel« und »Puppenspiel« werden also als Kategorien angesprochen:

— Mit dem Begriff »Schauspiel« wird die Art Darstellungskunst bezeichnet, bei der der menschliche Darsteller als Material der Versinnlichung des Objektbereichs der darstellenden Kunst in seiner Totalität oder durch die Medientechnik verfremdet bzw. »zerlegt«, jedoch wiedererkennbar auftritt.

— Mit dem Begriff »Puppenspiel« bezeichne ich die Art Darstellungskunst, die als Material stoffliche, materiale Dinge, welche einem Prozeß der »Verlebendigung« im Vorfeld der Sinngebung unterzogen werden, gebraucht.

Bei dem Vergleich zwischen Schauspiel und Puppenspiel als Grundarten fallen, innerhalb der grundsätzlichen Gemeinsamkeiten, solche steten Modifikationen und Spezifikationen auf, die letztlich als mutative Veränderungen des Darstellungsprozesses begriffen werden. Diese Veränderungen und Wandlungen eröffnen neue Dimensionen und rufen neue Qualitäten der darstellenden Tätigkeit des Menschen ab und begründen somit die Bestimmung des Puppenspiels als eine eigenständige Art der Darstellungskunst. Folglich umfaßt der Begriff »Schauspiel« als Artbezeichnung solche spezifisch transformierten Unterarten von darstellender Tätigkeit wie die des Tänzers, des Pantomimen, Sängers, und des Schauspielers im »Sprechtheater« usw. Der Begriff »Puppenspiel« als Artbezeichnung hingegen umschließt solche Unterarten wie Handpuppenspiel, Stabpuppenspiel, Marionettenspiel, Schattenspiel, Trickanimation usw. Ein gemeinsames Kriterium für eine solche Unterteilung bildet das jeweils spezifische Ausdrucksmaterial für die Versinnlichung der Figuren und ihrer subjektbezogenen Beziehungen im Darstellungsprozeß.

Ausgehend von der generellen Gemeinsamkeit des konstitutiven sinnlichen Materials aller darstellenden Künste, nämlich die »praktische menschlich-sinnliche Tätigkeit« (Marx) des Darstellers, welche sich als ein »spezifischer Gebrauch« von »mimetischen Eigenschaften« (E. Schumacher) und »mimetischem Auffassungsvermögen« (W. Benjamin) vollzieht, wird der gemeinsame Zweck dieses tätigen Gebrauchs in der Erschaffung von subjektbezogenen Gestalten/Figuren bestimmt. Sie agieren, indem sie in sinnlich konkrete Beziehungen zu anderen Figuren treten, somit zur Wirkung kommen, d. h. sie werden dadurch wahrnehmbar und kommunikativ. Sie sind jedoch nicht als das Endziel des Kunstprozesses, sondern als Medium einer übergeordneten künstlerischen Idee, eines Anliegens, einer Vision zu begreifen. Der Gegenstand, auf den sich die kommunikative Wirksamkeit dieser Schöpfungen bezieht, ist in letzter Instanz der Mensch in seinen individuellen, sozialen und historischen Aktualitäten.

Zusammenfassend kann festgehalten werden, daß die darstellende Kunst auf der Darstellung von etwas beruht, welches auf den Menschen verweist, durch etwas, das dieses Verhältnis bezeichnet. So kann man unter »Darsteller« den Menschen verstehen, der für seine Tätigkeit seine psycho-physischen Eigenschaften wie auch Dinge/Objekte auf besondere Weise benutzt, um somit in einem Prozeß des Kommunizierens mit dem Rezipienten ästhetische Zustände zu erzeugen. Mit dem Begriff »Darsteller« wird also eine übergeordnete Kategorie bezeichnet, die sich durch zwei Grundprinzipien versinnlichen kann: durch Schauspiel und Puppenspiel. Diese Prinzipien der Realisation konkretisieren sich ihrerseits durch den unterschiedlichen Gebrauch von mimetischem Material für die Entstehung der Figuren, die als Ausgang und Endziel einer darstellerischen Darbietung, in welchem Medium auch immer, sich präsentieren.

Bestimmend für die Unterscheidung von Schauspiel und Puppenspiel (als Artbezeichnungen) aus morphologischer Sicht ist das Verhältnis zwischen dem Darsteller und der von

ihm und durch ihn dargestellten Figur: Im Schauspiel ist dieses Verhältnis generell durch körperliche Identität gekennzeichnet, im Puppenspiel dagegen wird diese Identität durch die Einführung der Dinge/Puppen als Darstellungsmaterial aufgehoben. Statt des Menschen tritt im sichtbaren Feld der Wahrnehmung ein bildlich geformtes Ding (Puppe) auf, das als Medium der Darstellung funktioniert. Die scheinbar herausgekehrte Trennung von Darsteller und Figur bewirkt wesentliche, mutative Veränderungen sowohl im Aufbau und Ablauf des Darstellungsvorganges auf der Produktionsseite, als auch in der Wirkung und Interpretation auf der Rezeptionsseite:
— Die Künstlichkeit, Kunsthaftigkeit und die Intentionalität der Figur als Aufgabe und Ergebnis der Darstellung werden akzentuiert.
— Die mimetischen Fähigkeiten des Darstellers erfahren spezifische Selektionen: diejenigen, die an seine Körperlichkeit unmittelbar gebunden sind, werden zum Repertoire, aus dem er für seinen Gestaltungsprozeß schöpft; bedeutsamer für ihn wird sein mimetisches Auffassungsvermögen, mit dem er sich die Eigenschaften der Dinge seinem Zweck gemäß aneignet.
— Daraus folgt, daß im Puppenspiel die Fähigkeit des Darstellers, die Dinge und ihre Eigenschaften seinen Vorstellungen entsprechend umzuwandeln — die »Umwandlungsfähigkeit« als Pendant zu der »Verwandlungsfähigkeit« des Schauspielers — eine vorrangige Bedeutung gewinnt.
— Die Selektion der mimetischen Fähigkeiten des Puppenspielers bewirkt die Spezifikation ihres Gebrauchs für die Gestaltenerzeugung. Das Ziel des Gebrauchs, die »Subjektwerdung« der Puppe, determiniert auch den Gehalt dieses Aktes als »Verlebendigung« des Leblosen. Denn erst das scheinbar lebendig gewordene Ding kann sich verhalten, kann agierend seine Beziehungen zu den anderen Dingen ausdrücken, kann sich als Subjekt seiner Handlungsweisen behaupten.
— Der »Umweg« über die Puppe setzt ein besonderes Verhältnis zum Gegenstand, zum »Bild des Menschen« (E. Schumacher), voraus. Es erscheint doppelt verschlüsselt: erstens in der darzustellenden Figur (meistens textlich vorgestaltet) und zweitens in der Puppe, die sich repräsentativ sowohl zur Figur als auch zum Gegenstand »Mensch« verhält.
— Die doppelte Verschlüsselung kompliziert die Wahrnehmung in der Rezeption, potenziert deshalb die Forderung nach kommunikativer Kompetenz der Abbildungen und schafft ein spezifisches Spannungsfeld zwischen Konventionalisierung und Innovation der Gestaltungen im Puppenspiel. Gleichzeitig aktiviert sie aber die Rezeption, indem sie die Bereitschaft des Zuschauers, auf Spielvereinbarungen einzugehen fordert und von ihm Phantasieleistungen abverlangt.
— Die Ansicht, daß dadurch das Puppenspiel für die Darstellung von phantastischen, »überhöhten« Wesen besonders geeignet ist, belegt nur die äußeren Konsequenzen seiner potenzierten Kunsthaftigkeit und Verallgemeinerungsfähigkeit.
Die substantielle, dem Puppenspiel innewohnende Potenz der künstlerischen Widerspiegelung der Wirklichkeit, kann als ein spezifisches Aneignungsprinzip abstrahiert werden. Dieses Prinzip kommt als ein bewußtes Bestreben, die Dingwelt zu anthropomorphisieren, zum Ausdruck, um ihr dadurch Formungswillen zuzubilligen, sie auf sich einwirken zu lassen, um sie dergestalt als von der Umwelt (in dem ganzen Reichtum ihrer Dimensionen) abhängig, aber auch änderbar, »machbar« anzuschauen. Folgerichtig ist der besondere Gegenstand des Puppenspiels in solcher Art zwischenmenschlicher Beziehungen zu su-

chen, die eine Umkehrung der Subjekt-Objekt-Beziehungen im darstellenden Spiel der Figuren ermöglichen. Die Permutation, als Darstellungsprinzip angewendet, kann die verborgenen Fähigkeiten und Mechanismen realer Lebensverhältnisse auf eine sinnfällige, direkte Weise offenlegen. Die spezifische Abbildungspotenz des Puppenspiels quillt also aus einer grundsätzlichen Dualität, die die Nichtidentität von Darsteller und Figur unmittelbar hervorhebt und aus deren Beziehung ein gesonderter Gegenstand extrahiert werden kann.

III. Die Invarianz des Puppenspiels — Konstitution und Spezifika
Auf dem Hintergrund der Gemeinsamkeiten zwischen Schauspiel und Puppenspiel, die den Vergleich als Methode einführten, heben sich solche »Abweichungen« deutlich hervor, die die Beschaffenheit des Puppenspiels veranschaulichen. Abstrahieren wir aus der Vielfalt der Erscheinungsformen von Puppenspiel einen gemeinsamen Kern, so bleibt eine Dualität von Material und Tätigkeit übrig, die zwar in sich geschlossen, doch wandelbar auftritt. Dieses duale Phänomen bildet das konstitutive invariable Hauptelement (im folgenden Invarianz genannt) der Art. So gesehen sind die Puppe und das Spiel Grundelemente einer Ganzheit, die durch ihre Zusammen- und Wechselwirkungen zu einer artbestimmenden synergetischen Invarianz verdichtet werden. Die latente Dominanz in der Verknüpfung beider Elemente behält die Tätigkeit, das Spiel; nach Außen wird sie intentional bestimmt durch die künstlerische Konzeption.

Die Kommunikation erfährt in der darstellenden Kunst eine spezifische Modifikation: Sie bildet nicht nur die genuine Form des zwischenmenschlichen Verkehrs, durch die Erfahrungen und Erkenntnisse der Individuen ihre sozialen Dimensionen gewinnen und zum historisch determinierten gesellschaftlichen Reichtum werden, sondern sie wird selbst als menschliche Lebensbedingung zum Mittel und Gegenstand der Wirklichkeitsaneignung. Dergestalt erfährt sie dreifache Abwandlungen:
1. Als Entstehungsweise der Kunstform.
2. Sie impliziert den Gegenstand, also den Menschen in seiner Lebenstätigkeit.
3. Sie bildet das eigentliche Material der Darstellungen, das durch das miteinander Kommunizieren von Figuren zum darstellenden Spiel artifiziert wird.

Im Puppenspiel erhält die Kommunikation eine zusätzliche, für die Art wesentliche Funktion als Realisationsprinzip der Invarianzbildung. Sie gründet in seinem dualen Charakter, der durch die Heterogenität der Grundelemente — die Puppe und das Spiel — gekennzeichnet ist. Die Verknüpfung beider zu einer Ganzheit, die die Heterogenität ihres Grundwesens zeitweilig aufhebt, um eine einheitliche Gestalt hervorzubringen, verläuft als Kommunikationsprozeß nach Innen und nach Außen. Nach Innen wird diese Verknüpfung als kreative Kommunikation des Subjekts Puppenspieler mit dem Objekt Puppe realisiert. Ihr Ergebnis ist ein synergetisches Phänomen, in dem die Elemente, aufeinander wirkend, ihre Grundeigenschaften — Subjektsein und Objektsein — verfremden und somit ihre Funktionen in der Darstellung permutieren. Nach Außen, auf die Perzeption gerichtet und auf sie angewiesen, schafft die »tatsächliche«, in der Zeit ablaufende Kommunikation die Verknüpfung der Elemente ebenfalls als Synergie. Denn erst durch die permanenten Wechselwirkungen von objektiviertem und subjektivem (psychophysischem) mimetischem Material wird, sichtbar und hörbar, das erzeugt, was als subjektbezogene Figur in den Darstellungen funktioniert. Dieses ist in letzter Instanz ein Produkt der Perzeption, denn dort erhält es seine scheinbare Ganzheit und wirkt bedeutsam. Dieser kommunikative Vorgang findet statt sowohl in der Produktionsweise des Puppenspiels als einem grundsätzlich kollektiven Schöpfungsakt, wie auch während der Aufführung zwischen Produzenten und Rezipienten.

Unter Synergie verstehen wir ein dynamisches Prinzip der Entstehung und Entwicklung von Strukturen, das sich als Wechsel von Einwirkungen und Wirkungen empfangen realisiert. Als Synergie wird immer ein Komplex von Prozessen gedacht, die Auswahl, Umformungen, Veränderungen von beteiligten Elementen und ihren Funktionen miteinschließen. Diese Prozesse entstehen auf der Basis von Kooperation und Konkurrenz. Ihr Resultat, das synergetische Gebilde, bedeutet immer nur eine Zäsur im Gesamtprozeß. Innerhalb dieser als Zeitspanne auftretenden Zäsur werden Strukturen erzeugt, in deren Innerem die Elemente ihre (ihnen eigene) Wirkungskraft zu behaupten bestrebt sind. In der Gesamtwirkung einer synergetischen Gestalt wird letztlich (präsent oder latent) die organisierende Kraft eines führenden Elements (oder einer Gruppe von Elementen), das sich als konstitutiv durchsetzt, erleb- und bewertbar. Als Synergie von bildnerischen und darstellenden Formen, die sowohl die Puppe als auch das darstellende Spiel spezifizieren, wirkt das Puppenspiel durch das Spannungsverhältnis zwischen den ursprünglichen Beschaffenheiten der Elemente und ihren Funktionen. Die Lösung dieses andauernden Widerspruchs wird in der äußeren Dynamisierung des Dinglichen angestrebt, die eine permanente Verfremdung beider Grundelemente nach sich zieht. Die Dynamisierung durch Bewegungen, Gesten und Posen (Haltungen) führt den Prozeß der »Belebung« des Dinglichen ein, der unabdingbar die Verfremdung, die »Verdinglichung« des darstellenden Menschen abverlangt.

Beide Prozesse, die Belebung und die Verdinglichung, bestimmen den spezifischen Gehalt des Puppenspiels als Darstellungsart: Sie substantiieren die Art und Weise des spezifischen Gebrauchs von mimetischen Fähigkeiten des Puppenspielers und fordern bestimmte charakteristische Merkmale für die Beschaffenheit der Puppe und die psycho-physischen Prädispositionen des Darstellers ab, die ihnen ermöglichen, die wechselseitige Verfremdung als sinnfälliges Moment des Spiels zu vollziehen. Das bedeutet, daß die Spezifik der synergetischen Verknüpfungen der Invarianz vorrangig durch die wechselseitige Verfremdung, als ständige Aufhebung und Umkehrung ihrer Grundeigenschaften und Funktionen, subjektbezogen substantiiert wird. So verstanden, wirkt die Verfremdung im Puppenspiel permanent und haftet ihm als ästhetische Eigenschaft seines künstlerischen Aneignungsprinzips an. Wesentlich ist dabei, daß die Bestrebungen um die Aufhebung der Grundeigenschaften des Subjekts und Objekts im Darstellungsprozeß nur zeichenhaft realisierbar werden, denn von der Umwandlung der Funktionen erfaßt, wirken sie nach wie vor als Kontext der Permutation weiter und bereichern sie mit zusätzlichen Interpretationen. Eine solche Verfremdung wirkt unabhängig davon, ob sie die Produzenten bewußt oder intuitiv voraussetzen. Sie ist nicht als Absicht von außen, sondern als bedeutungskoppelnde Kraft der Invarianz und als Prinzip der Wirklichkeitsaneignung an das Puppenspiel ursächlich gebunden. Sie baut auf die Funktionspermutationen des Bildnerischen und des Darstellerischen in der Beschaffenheit beider Grundelemente der Invarianz auf, sowohl der Puppe als auch des darstellenden Spiels.

Den Unterschied zwischen der Verfremdung als Darstellungsmethode und -technik im Schauspiel und der hier gemeinten permanenten Verfremdung des Puppenspiels ist von fundamentaler Art: Schauspiel ohne Verfremdungstechnik ist denkbar, Puppenspiel dagegen ist ohne die ihm innewohnende Verfremdung, als bindende Spannung seiner sonst zerlegbaren Dualität, undenkbar.

## IV. Die Puppe als Medium

Der Zusammenhang zwischen Aneignungsleistung und Gestaltungsprinzip, der durch ein spezifisches Kommunikationssystem hergestellt wird, erlaubt es, eine neue Sicht auf die einzelnen Elemente des Systems zu entwickeln. Sie heben sich als Produkte bestimmter, historisch und lokal bedingter Entwicklungsprozesse heraus. Ihre Genesis leiten sie von den Wandlungen der Funktionen besonderer prädisponierter Strukturen ab. Das Bindeglied für generative Ableitungen dieser Art bildet die Analogie mit Erscheinungen und Formen der Aneignung der Wirklichkeit durch das schöpferische Subjekt. Im Blickfeld dieses Zusammenhangs steht die Puppe als Werkzeug/Instrument menschlicher Tätigkeit, die die Funktion, Medium für einen übergeordneten Darstellungs- und Aneignungsprozeß zu sein, innehat. Sie ist das Primat der Erscheinungsweise der Art und weist die darstellende Tätigkeit des Puppenspielers als spezifischer Gebrauch der Art aus.

Der Zweck des Gebrauchs, einer erdachten Figur rezipierbare Gestalt zu verleihen, bestimmt die Funktion des Instruments, Medium im kommunikativen gestalterzeugenden Kunstprozeß zu sein. Die Zweckbestimmung des Mediums erfordert die Überschreitung der Instrumentalfunktion der Puppe; sie muß selbst gestaltet sein, um als »Ausdruck« (semantisch subjektbezogen angereichert) die Kommunikation im Sinne der Produzenten zu lenken. Und weil sie einen Ausdruck realisieren muß, um Medium des Spiels zu werden, so ist sie immer bildlich geformt und in ihren heutigen Erscheinungen als Produkt der Bildkunst geschaffen.

Der Begriff »Puppe« trägt die Bedeutung eines Stammbegriffs für die Darstellungsart: Seine Konkretionen sind die verschiedenen Puppenarten, denen modifizierte Darstellungsweisen entsprechen. Unter Puppe verstehen wir also ein spezifisch materiales, meist gegenständliches Medium, das, Instrument und Ausdruck zugleich, die darstellende Tätigkeit des Menschen zum Puppenspiel determiniert. Diese Definition erlaubt die Anwendung des Begriffes sowohl für Theaterpuppen wie für Trickfiguren und Animationsobjekte des Films, als auch für Zeichen-Schatten und Lichtgestalten anderer technischer Medien, die eine scheinbare Abwesenheit des darstellenden Menschen in ihren Darstellungen simulieren. Mit seinem »Arbeitsmittel« (Instrument und Medium zugleich) wendet sich der Puppenspieler der Gemeinschaft der Zuschauer zu, erfährt (kurz- oder langfristig) die Rückwirkung, die er in sein Tätigsein als Subjekt aufnimmt, um somit, sein eigenes gesellschaftliches Dasein mittelbar kennenlernend, wiederum zu produzieren. Ist die Puppe für den bzw. die Produzenten zunächst ein spezifisches »Werkzeug«, so ist sie für die Rezipienten vorrangig ein Vermittler, ein Medium, dessen Gestalt als Ausdruck auf Bedeutsamkeit hinweist.

Das Verständnis der Puppe als Medium subjektbezogener Darstellungen (im weitesten Sinne dieser Begriffe) erlaubt ihre Einbeziehung in die Familie solcher Dinge/Instrumente, die im historischen Vorfeld der Kunstentwicklung eine doppelte Funktion — Instrument und Medium mit Zeichencharakter zu sein — übernehmen. Zwei Entwicklungsstränge als Erbmasse münden in die heutige mediale Funktion der Puppe: ihr Ursprung als Medium einer rituellen Handlung, in der sie »magische« Funktion erfüllt, und ihre Wandlung als figuratives Spielzeug, d. h. als Medium für das kindliche Rollenspiel. Sowohl in ihrem historischen, als auch in ihrem individuell-psychologischen Entwicklungsweg fließen beide Funktionen ineinander, wirken aufeinander und erfahren Rückwirkungen; sie sind als Funktionswandlungsprozesse schwer voneinander zu trennen. Belege dafür gibt es sowohl im Rollenspiel des Kindes mit der Puppe, als auch in den kultisch-religiösen Riten der Völker, die noch heute praktiziert werden. Ein wesentliches gemeinsames Merkmal beider Urfunktionen der Puppe bildet ihr medialer Charakter, der sie als Dinge befähigt, zeichenhaft auf Objekte, die sie nicht sind, zu verweisen und diese in der kommunikativen Aktion — des Rituals und/oder des Rollenspiels — durch ihre Gestalt wie auch durch ihre Gebrauchsweise zu repräsentieren.

Die Prädisposition der Puppe als Medium, durch ihre »Verlebendigung« imaginierend, suggerierend und faszinierend zu wirken, ist als geschichtlich bedingte Mutation ihrer ursprünglichen magischen Funktion aufzufassen. Sie bildet eine Vorordnung ihres Zeichenrepertoires auf der Ebene der Produktion und auch auf der Ebene der Rezeption und Perzeption. Die entwicklungsmäßig bedingte Transformation der Gebrauchsweise der Puppe — zum einen im Rollenspiel des Kindes und zum anderen im Rollenspiel des Erwachsenen, im Puppenspiel — wurzelt in der Analogie zwischen beiden praktisch-sinnlichen Tätigkeiten als modellbildende Tätigkeiten. Für ihre Realisationen gebrauchen sie ein Objekt/Puppe auf besondere Weise, nämlich indem sie es »thetisch« mit spezifischen Funktionen für die »Quasi-Realität« ihrer Spiele ausstatten. Das Gemeinsame zwischen der Spielzeugpuppe und der Puppe des Puppenspiels also ist ihr Gebrauchtwerden für Vorgänge und Beziehungen, die ihr Objekt-Sein durch die »thetische Haltung« zum Subjekt-Werden umwandelt. Der homonyme Begriff »Puppe« verrät auch die »thetische« Haltung der historisch gewachsenen Sprachgemeinschaft, die die Funktionswandlung der Spielzeugpuppe durch ihre Gebrauchsweise mit gesellschaftlich kommunikativem Kunstsinn involviert.

V. Die Manipulation verwirklicht die Synergie

Die Wirkung der Puppe des Puppenspiels unterliegt im Gestaltungs- und dem damit verbundenen Rezeptionsprozeß den objektiven (latenten) Einflüssen ihrer Genesis. Dies ist in ihrem Zeichencharakter begründet, der die Interpretationsfähigkeit der rezipierenden Subjekte aktiviert, und zwar unmittelbar mit dem Empfang ihrer Wirkung im Spiel. Ihre Wirkung teilt sich in Gestalt von energetischen (Farbe, Form, Proportion, Rhythmus, Klang usw.) Reizen mit, denen a priori eine symptomatische Bedeutung zugestanden (unterstellt) wird. In dem folgenden (auch emotionalen) Dekodierungsprozeß wird der gesamte (bewußte oder unbewußte) Erfahrungsschatz der Rezipienten mobilisiert. Er funktioniert als begrenztes Repertoire der Zeicheninterpretationen. Durch die Perzeption wird dieses Repertoire auf die Ebene des Bewußtseins gehoben. Dort wird es duch die geistigen Fähigkeiten der Subjekte selektiert, zum Bedeutungssystem organisiert und bewertet. Jede Phase der kommunikativen Gestaltung von Puppenspiel kann als Ergebnis einer solchen Perzeption angesehen werden. In den folgenden Phasen erscheint dann ein solches Ergebnis als materialisierte Perzeption, die, Gestalt geworden, subjektive und objektive Anteile (Elemente) impliziert, um wieder neue Selektionen und Interpretationen anzuregen. Als eine solche materialisierte Perzeption des Puppengestalters ist auch die Puppe als Kunstobjekt aufzufassen.

Als Bild-Werk — Gestalt und Instrument — bezieht sie sich auf ein Objekt: die imaginäre Figur der (meist textlichen) Vorgestaltung. Ihre Bild-Wirkung ist als permanenter Verweis auf dieses (subjektbezogene) Objekt zu verstehen und somit auch auf die zeitliche Begrenzung ihres momentanen Zustandes der Statik, Passivität und Indolenz, die ihrerseits auf Manipulierbarkeit hindeuten. Die Manipulierbarkeit aber, wird sie in der Gestaltung und in der Konstruktion ästhetisch thematisiert, erweist sich als der dominante Faktor der Erscheinung Puppe, indem sie zum »Grundmotiv der Darstellung und (zum) eigentlich anschaulichen Inhalt« (Richard Hamann) des Bild-Objektes wird. Gleichzeitig konstituiert die Manipulierbarkeit als Mittel die Zeichenstruktur, weil sie als »Code« vom Puppengestalter thetisch gesetzt wird, um die Erwartung der Aufhebung des momentanen Objekt-Zustandes zu evozieren. Diese Art der Verschlüsselung, mit der sich der Puppengestalter als gesellschaftliches Individuum und Künstler auf das Objekt der Abbildung, den »gestischen Gehalt« der Figur, bezieht, verdeutlicht die Puppe als Stellungnahme mittels »Zitat«. Das »Zitierte« ist die vorgegebene Figur der Vorgestaltung mit ihrer abbildhaften Quasi-Existenz. Die »Stellungnahme« wird im Bildobjekt Puppe als kommunikative Gestalt mit Abbildbeziehungen realisiert. In der »Stellungnahme« vergegenwärtigen sich die Beziehungen zwischen Abzubildendem und seiner subjektiven Relevanz für die Aktualität des (bzw. der) Produzenten.

Die Relation zwischen der Quasi-Realität der Figur, der aktuellen Realität des Produzenten und der Relevanz ihrer Beziehung, bildet die ideelle Bedeutung der Gestalt und des Instrumentes Puppe, die sie als Medium in die Darstellung einbringt. Und weil sich die mediale Funktion durch die Einheit von Gestalt und Instrument kommunikativ realisiert, trägt jede Puppenart durch die verschieden gelösten materialen und körperlichen Verhältnisse zwischen dem Darsteller und seinem Medium auch unterschiedliche darstellende Bedeutungspotenzen. Diese konstituieren und bedingen ihrerseits verschiedene Darstellungsweisen, die arteigene kommunikative Funktionen einführen.

VI. Die Puppe als Implikation von permutierenden Subjekt-Objekt-Beziehungen
Im Darstellungsprozeß steigt die Puppe zunächst als Gegebenheit = Objekt ein. In der folgenden Interpretationssituation — als Spielmedium — wird sie als Produkt und Ergebnis eines schöpferischen Urteils (des Puppengestalters) begriffen und repräsentiert somit auch den eigenen Autor. Das bedeutet, daß die Puppe, als »Repräsentament« (Ch. Peirce) die Textfigur generell ikonisch bezeichnend, ihren Schöpfer gleichsam indiziert, ihn somit in die Kommunikation einführt, vertritt, weiterträgt, also »objektiviert«. Sie übernimmt als Gestalt eine besondere »Sender«-Funktion für den Puppenspieler, die er in Zusammenwirkung mit seinen mimetischen Fähigkeiten als Darsteller benutzt. Die Potenzen der Puppe, als Medium Funktionen zu implizieren, ermöglichen die Mutation der Handhabung des Instruments (Puppe) zu einem spezifischen »Umgang« mit ihr wie mit einer lebendigen Wesenheit. Sie wird zur Grundvoraussetzung der permutierenden Subjekt-Objekt-Beziehungen in dem Gestaltungsprozeß Puppenspiel, die die »Belebung« der Puppe und die damit einhergehende »Verdinglichung« des Darstellers erzeugen und somit die »Subjektwerdung« der Kunstfigur ermöglichen. Zusammenfassend kann die Puppe als eine Implikation von permutierenden Subjekt-Objekt-Beziehungen erfaßt werden, die die darstellende Tätigkeit des Puppenspielers als kommunikative Aktion der »Verlebendigung« der Puppe bestimmen.

Die Mensch-Puppe-Beziehung beruht auf einem Spielverhalten, das wiederum nach außen, dem Rezipienten vorgeführt, die kommunikative Gestaltung aufbaut. Sie, als Realisation des Ausdrucks, ist vor allem im Wechselverhältnis zu anderen Ausdrucksformen/Künsten unter bestimmten technischen Voraussetzungen der konkreten Vermittlungsform erfahrbar. Das heißt, daß die Bildung der Invarianz Puppenspiel als Bestandteil eines übergeordneten Kommunikationssystems und seiner »Botschaften« zu erfassen ist. Dieses ist theoretisch als unendlich zu begreifen. Jedes in den kommunikativen Gestaltungsprozeß eingebrachte Element (Textfigur, Puppengestalter, Puppe, Figur und Rezipient) ist mit einer Vergangenheit, einer Geschichte, belastet, die es als Repertoire seines zeichenbildenden und interpretierenden Verhaltens weiterträgt. Die Repertoirebereiche der kommunizierenden Elemente implizieren, ähnlich wie oben bei der Puppe ausgeführt, Subjekt-Objekt-Beziehungen in Form von Zeichenmaterial. In Aktion eingetreten, heben sich diese Elemente von dem Hintergrund ihrer Repertoires ab, indem sie sie selektieren und zu neuen Zeichenbildungen mit mediativer Funktion umwandeln. Der prozeßhafte Charakter der Darstellung bewirkt, daß eine »kommunikative Gestalt« ausschließlich zeitlich zäsuriert und wirkungsmäßig partikularisiert mitteilbar wird. Die ästhetische Funktion dieses Vorgangs verlagert sich zunächst auf den Prozeß der Vermittlung selbst, dem die Qualität des Kommunizierens, d. h. des individuell-angesprochen-werdens, zukommt. Die zerlegte Gestaltung, die von Phase zu Phase auf sinnvolle Einzelgänge aufbaut, und die generelle Rezipientenbezogenheit dieser Phasen, bestimmen die Invarianzbildung grundsätzlich als Interpretationsleistung der kommunizierenden Subjekte; eine komplexe emotionale, energetische und logische Interpretation, die, subjekt- und objektabhängig, verschiedene konkrete Dominanzverhältnisse vorweist.

VII. Die Konstitution der Aktanten und die Bildung der Invarianz Puppenspiel
Die synergetische Konstitution der Invarianz wird charakterisiert durch:
1. Eine sie generierende und nicht vollständig handhabbare/planbare Dynamik, die sie als einen »unendlichen« Entwicklungsprozeß kennzeichnet;
2. Die ordnende Funktion von Zufallsverknüpfungen in der Strukturierung der Wechselwirkungen der Elemente, die die hedonistische Qualität[3] der Produkte konditioniert, aber auch die intendierte Interpretationsweise vollständig aufheben kann.
Die aktive Funktion der kommunizierenden Elemente (seien sie ursprünglich Subjekte oder Objekte) bestimmt sie als Aktanten der raumzeitlichen Gestaltung, die auf einem globalen (internen und externen) Austausch beruht.
Unter Aktant wird jenes aktive Element eines kommunikativen gestalterzeugenden Prozesses (wie die Darstellung) verstanden, das seine Potenzen als Medium von Abbildbeziehungen mit ihren objektiven und subjektiven Bedingtheiten miteinschließt. Indem es in diesen Prozeß aktiv eingreift, beeinflußt der Aktant sowohl dessen Strukturierung als auch Interpretation. Grundsätzlich ist ein Jemand oder ein Etwas als Aktant nur im Zusammenhang mit dem übergeordneten Kommunikationssystem eines Gestaltungsvorganges zu definieren. Seinem Charakter nach ist jeder Aktant unter den o. a. Umständen eine kommunikative Gestalt, die komplexe Subjekt-Objekt-Beziehungen und Determinationen involviert. Kraft der sinnlichen Qualität einer Gestalt, die mit den Kategorien der Substanz, der Form und der Intensität erfaßbar ist, teilt sich der Aktant in Signalfolgen mit und evoziert eine energetische Interpretation. Der Aktant nimmt in seinem Umfeld die Einwirkungen

von weiteren Elementen auf und wirkt auf sie zurück und zwar so, daß er sie, seiner Beschaffenheit gemäß, verändert. In diesem Sinne funktioniert jeder Aktant in der gestaltenden Kommunikation des Puppenspiels doppel: Nehmen wir als Beispiel die Puppe als Aktanten, so wirkt sie auf den Puppenspieler dergestalt, daß sie ihn zu einem bestimmten Umgang mit ihr zwingt und somit seine Verdinglichung (ihrer Beschaffenheit gemäß) herbeiführt; mit ihr spielend aber verändert der Puppenspieler — als Aktant — ihr »Verhalten« dergestalt, daß er sie verlebendigt; die Ein- und Auswirkungen beider empfangend, verknüpft sie der Zuschauer zu einer Figur, die dann sein subjektives Bewußtsein beeinflußt. Das bedeutet, daß jeder Aktant als Auslöser von Wechselwirkungen funktioniert und gleichzeitig selbst ein Substrat von Wechselwirkungen ist. Als solcher bleibt er gegenüber Einflüssen stabil.

Jeder Aktant verfügt über ein bestimmtes Repertoire von materialen und semantemen (interpretationsrelevanten) Mitteln, die in der kreativen Kommunikation als Zeichenmaterial eingesetzt werden können. Fassen wir den Gestaltungsprozeß als kodierten Vorgang auf, so wird sein Zeichenmaterial in bildhaften Konfigurationen geordnet, die, ikonisch beschaffen, bis zu Symbolen im Interpretationsbereich graduiert werden können. Diese Konfigurationen sind letztlich komplizierte »Zeichensituationen« (M. Franz) mit singulärer ästhetischer Wirkung; die letztere ist eine Potenz ihres synergetischen Aufbaus.

Die Repertoirebereiche der Aktanten umfassen mehrere einzelne Repertoirebereiche, in denen synergetische Prozesse von wechselseitig sich bedingenden Selektionen, Transformationen, Mutationen und Permutationen ihrer Elemente ablaufen. Diese Prozesse werden als Bewußtseinsoperationen von den jeweiligen Autorensubjekten vergegenwärtigt; ihre Ergebnisse, als spezifische innovative Ordnungen, werden von ihnen praktisch tätig realisiert. Hierbei werden unter Bewußtseinsoperationen sowohl die intellektuellen wie auch die emotionalen, psychischen Tätigkeiten als Widerspiegelungsverhalten des Subjekts angesprochen.

Der Aktant ist mit Zeichen schlechthin nicht identisch; sein Wirken überschreitet die Funktion des Zeichens, obwohl sie ihm anhaftet. Seine aktive Rolle quillt aus der inneren Dynamik seiner Struktur, die die Potenz, Medium von Abbildbeziehungen zu sein, begründet. Die Dynamik des Aktanten wirkt durch das dialektische Widerspruchsverhältnis innerhalb seiner Mehrschichtigkeit und Ambivalenz. Schließlich wird sie von dem Kampf zwischen der Objektdetermination und der Subjektdetermination seiner Beziehungen nach innen und außen getragen und geprägt. Seine nach außen drängende Dynamik, die eine Lösung der antagonistischen Beziehungen der Konstituenten Objekt und Subjekt sucht, bewirkt Veränderungen vor allem in der Interpretation, die die pragmatischen Beziehungen aller mit ihm in Berührung gekommenen Elemente der Gestaltung umwandelt.

Die Bildung der Invarianz Puppenspiel kann nur als stete dynamische Konstitution der Aktanten im kreativen und tatsächlichen Kommunikationswerdegang erschlossen werden. Die Konstitution der Aktanten ihrerseits kann nur in der Wechselwirkung mit den jeweiligen Setzungen von neuen, graduierten Objektbezügen des Kommunizierens verstanden werden. Sowohl die Objekte wie auch die Subjekte und ihre Interpretationen werden ausschließlich funktional als Konstituenten definiert. Demnach ist das Puppenspiel als Darstellungsprozeß in der Mutation der Subjekt-Objekt-Beziehungen der künstlerischen Aneignung der Wirklichkeit und ihrer funktionalen Permutationen realisierbar. Das schöpferische Subjekt Mensch »objektiviert« sich, indem es sich als Summe von Mitteln mit mimetischer Wirkung funktional begreift und sich auf diese Weise als Träger von bestimmten Abbildbeziehungen in der Kommunikation mit anderen Subjekten präsentiert. Das künstliche Objekt Puppe wird »subjektiviert«, indem ihm individuelle Wirkungsaktivität — auch in Form eigenständiger Kodierungen — zugesprochen und aus ihrer Bild-Gestalt »abgelesen« wird. Die funktionale Permutation wird »Belebungsprozeß« genannt. Somit wird die Rolle der sinnlichen Qualität, der Gestalthaftigkeit aller Zeichenprozesse, die die Invarianz hervorbringen, sinnbildlich betont.

Die spezifische Annäherung des Subjekts an das Objekt der Gestaltung des Puppenspiels drückt den eigentlichen Gehalt der ästhetischen Wirkung dieser Gattung als Kunstform aus.

# Anmerkungen

*Enno Podehl*
*Verdecktes Spiel. Konfliktgeschichten um das Wandermarionettentheater in der ersten Hälfte des 18. Jahrhunderts*

1. Alle den folgenden Fall betreffende Angaben und Zitate beziehen sich auf die Akte 37 Alt 170 im Niedersächsischen Staatsarchiv Wolfenbüttel.
2. Förster rechnet zu den bekanntesten Theaterprinzipalen der 20er Jahre des 18. Jahrhunderts und ist in fast allen lokalen Theatergeschichten des nord- und nordwestdeutschen Raumes nachgewiesen.
3. Helmstedt besaß bis zur Napoleonischen Besetzung eine Universität.
4. Wir können im Rahmen dieser Untersuchung nicht ausführlich über die einzelnen Spieler berichten. Es sei nur darauf hingewiesen, daß J. Fr. Beck eine der schillernsten Persönlichkeiten dieses Gewerbes war, mit einem enorm weitgespannten Aktionsradius, großsprecherischen Selbstdarstellungen und einer bewegten Biographie. Wir werden ihm im Verlauf der Darstellung noch einmal begegnen. J. Fr. Schweiger nimmt sich dagegen sehr bescheiden aus. Er scheint sowohl dem Marionettentheater wie dem Norddeutschen Raum immer treu geblieben zu sein.
5. Siehe Meyer, Günther, Hallesches Theater im 18. Jahrhundert, Emsdetten (Westf.) 1950, S. 12f.
6. Siehe Meysenburg-Detmold, Otto Frhr. von, Marionettenspiele in Lippe, in: Mitteilungen aus der Lippischen Geschichte und Landeskunde, Bd. VII, 1912, S. 201ff.
7. Zu diesem Vorgang, siehe Stadtarchiv Braunschweig, C VII C10, III, 110—114. Die Auseinandersetzungen ziehen sich vom 17. August bis zum 24. Oktober 1742 hin.
8. Die Schreiben des Bürgermeisters liegen nicht vor. Ihr Inhalt läßt sich aber recht gut aus den Briefen des Herzogs entnehmen.
9. Endlich wissen wir, wer der »Markt-Schreyer« ist. Franz Fuchs hinterläßt hier seine ersten bekannten archivalischen Spuren. Vieles deutet darauf hin, daß er auch hier schon sein Marionettentheater zusammen mit der Praxis des Operateures J. H. Vehling betreibt, wie 1748 in Köln; siehe dazu, Jacob, M., Kölner Theater im 18. Jahrhundert bis zum Ende der reichsstädtischen Zeit (1700—1794), Emsdetten (Westf.) 1938, S. 35. Jahre später kommt er mit seinem Marionettentheater noch einmal nach Braunschweig zurück.
10. Der Landgraf setzt sich 1737 beim Rat dafür ein, den Spieler doch im großen Gerichtssaal des Rathauses spielen zu lassen; siehe Purschke, H. R., Puppenspiel und verwandte Künste in der Freien Reichs-Stadt Frankfurt am Main, Frankfurt/M. 1980, S. 88.
11. Die folgende Episode stützt sich auf eine Akte des Geheimen Preußischen Staatsarchivs Berlin (West): XX E. M., 110 c/10, ab Bl. 101.
12. So die Antwort des Königs vom 7. Dezember 1721 auf eine Anfrage der Königsberger Räte zu einem Gesuch des Komödianten J. H. Mann; siehe Faber, Karl, Verbot der Schauspiele unter Friedrich Wilhelm I., in: Beiträge zur Kunde Preußens, Bd. 3, Königsberg 1820, S. 75.
13. Siehe Bolte, J., Neues vom starken Mann J. C. von Eckenberg, in: Zeitschrift des Vereins für die Geschichte Berlins, 51. Jhg., Berlin 1934, S. 34. Auch Muskelhelden wie William Durham und J. Siegfried Scolary decken zu jener Zeit unter ihrem Privileg jenen o.a. Komödianten J. H. Mann; siehe Bolte, J., Das Danziger Theater im 16. und 17. Jahrhundert, Hamburg/Leipzig 1895, S. 161 sowie Rudolf, Moritz, Rigaer Theater- und Tonkünstlerlexikon nebst Geschichte des Rigaer Theaters und der Musikalischen Gesellschaft, 1. T., Riga 1890, S. 279.
14. Die Privilegienwirtschaft zeigt in jener Zeit noch eine ganze Reihe anderer außerplanmäßiger Erscheinungen, die größtenteils jedoch für das unterprivilegierte Marionettentheater kaum Bedeutung besitzen. So werden diese wertvollen Belege gehandelt, verpfändet, vererbt, verkauft und bei Truppentrennungen doppelt weiterbenutzt.
15. Zu diesem Vorgang siehe Tardel, H., Zur Bremischen Theatergeschichte 1563—1763, in: Bremisches Jahrbuch, Bd. 30, Bremen 1926, S. 287f. Der Name der Truppe ist unbekannt.
16. Siehe Meyer, Günther, a.a.O., S. 25f.
17. Siehe Schütze, J. F., Hamburger Theatergeschichte, Hamburg 1794, S. 55.
18. Vgl. Naumann, H., Grundzüge der deutschen Volkskunde, Leipzig 1922 (S. 107—118 zu Volksbuch und Puppenspiel).

*Alexander Weigel*
*»Denen sämtlichen concessionirten Puppenspielern hierselbst«*
*Das Marionettentheater und die Theaterpolizei in Berlin 1810*

1. Vgl. Weil, Rudolf, Das Berliner Theaterpublikum unter A. W. Ifflands Direktion (1796—1814). Ein Beitrag zur Methodologie der Theaterwissenschaft, Berlin 1932 (Schriften der Gesellschaft für Theatergeschichte Bd. 44), S. 52—55.

2  Aktenmaterial dazu im Staatsarchiv Potsdam, Pr. Br. Rep. 30 Berlin C Tit. 74 Polizei-Directorium Nr. 442 (Privattheater Urania); Nr. 443 (Privattheater Minerva); Nr. 445 (Privattheater der Ressource zur Concordia); Nr. 445/1 (Privattheater des Gastwirts Gentz); Nr. 446 (Gesellschaftstheater in der Jakobstraße Nr. 56).
3  Staatsarchiv Potsdam, Pr. Br. Rep. 30 Berlin A, Nr. 446, Bl. 1, 2, 3; Rep. 30 Berlin B, Nr. 501/1, Bl. 2; Rep. 30 Berlin A, Nr. 90, Bl. 15.
4  Staatsarchiv Potsdam, Pr. Br. Rep. 30 Berlin A, Nr. 445/1 Bl. 21. Der Text des Denunziationsbriefes sei hier der Kuriosität halber wiedergegeben: »An ein Hohes Politzei Derextorium. Bitte dahero der geselschaft von der lieb haber komödiege aufzu heben, worunter sich mein man befindet, die Tabagie sind erstens, in der Lindenstraße der Gastwirth Christgani wo gespielt wird, Dienstag und Sonnabends 2tens in der Zimmerstraße bei den Gastwirth Gentz des Freitags 3tens in der Mittelstraße bei den Gastwirth Mögel, mittwochs 4tens bei den Gastwirth Geist auf den Silber Sall, Montag und Donnerstag bitte dahero daß mein gesucht Stadt finden mag der Jude Blocx in der Cronengaße No. 22 giebt die galderobe an sämtliche Spieler. Die verehelichte Carnatzen wohnhaft an der rosen Quer und Krautgaßenecke, bei der Wittwen Dentschen.« An drei der genannten Stellen haben nachweislich auch Marionettenspieler gespielt (bei Christiany, Gentz und auf dem »Silbersaal«).
5  Staatsarchiv Potsdam, Pr. Br. Rep. 30 Berlin A, Nr. 445/1, Bl. 28.
6  Die Überlieferung in den Akten des Berliner Polizeipräsidiums ist auf den Umstand zurückzuführen, daß das Marionettentheater (wie auch die Theater, Tabagien und andere öffentliche Orte) der Aufsicht des Polizeidirektoriums unterstellt war. Aus zwei Gründen: Einmal gehörte es zu den »öffentlichen Anstalten zur Bequemlichkeit und zum Vergnügen«, die der obersten Aufsicht der Allgemeinen Polizeiverwaltung im Innenministerium unterstanden. Zweitens war es als »herumziehendes Gewerbe« auf die Erteilung einer Konzession angewiesen. Und überhaupt durften »die Marionettenspieler wegen ihres unmittelbaren Einflusses auf die niedrigen Volksklassen nicht ohne polizeiliche Aufsicht sein« (vgl. Anmerkung 67).
7  Weil, a. a. O., S. 53.
8  Die folgenden Feststellungen nach Anzeigen der Tabagisten bzw. Gastwirte in den beiden privilegierten Berliner Zeitungen, der »Vossischen« und der »Haude-Spenerschen«. Nachgewiesene Spielorte der Berliner Marionettenspieler waren danach bei den Gastwirten Bölcke, Dresdener Straße 52; Christiany, Lindenstraße 61; Gentz, Zimmerstraße 78; Greim, Stallschreibergasse 30; Groer, Französische Straße 60; Kuhert, Louisenkirchgasse 20; Schülecke, Alte Jakobstraße 20; Wiedeck, Contrescarpe 12 (Silbersaal); Wiese, Prenzlauer Allee 41; Wisotzky, Stallschreibergasse 43. Schuchart spielte auch in der Oranienburger Straße 9, Lange in der Alten Jakobsstraße 17, Richter in der Judengasse 12. Zweifellos gab es noch eine Unzahl anderer Auftrittsorte, die nicht in der Zeitung annonciert wurden.
9  Staatsarchiv Potsdam, Pr. Br. Rep. 30 Berlin C. Tit. 74, Nr. 239: »Die Aufsicht über concessionirte und nichtconcessionirte Marionettenspieler in Berlin«, Bl. 7, 9 (in Folge nur noch als Akte Nr. 239 zitiert). Gegenüber Weil sind also Lange und Loose als konzessionierte Marionettenspieler nachzutragen, während (Joachim Friedrich) Wolff, jedenfalls 1810, nicht mehr spielte, sondern seine Konzession dem C. F. Loose überlassen hatte. Vgl.: Staatsarchiv Merseburg Rep. 84 Nr. 3 »Acta wegen der (...) mit Kunststücken, fremden Thieren und dergleichen Dinge in dem Lande herumziehenden Leute 1794–1803, Bl. 35–38. Nachweisung von allen concessionirten gymnastischen und Marionetten auch sonstigen Kunstspielern in der Kurmark«. In diesem Schriftstück wird auch mitgeteilt, daß Lange und Wolff ihre Konzession 1787 erhielten. Zu der erwähnten Übergabe der Konzession heißt es hier: »Der Wolff hat seine 1787 erhaltene Concession zum Marionettenspiel, weil er keinen Gebrauch weiter davon machen kann, einem gewißen Loose übertragen, der sich als ein Krüppel auf keine andere Art ernähren kann, dieser ist ein Colonisten Sohn, der schon über zwanzig Jahre bei Marionettenspielern gedient, die Concession hat er demselben unentgeltlich cediert auch keinen Theil an dem Verdienst mehr, wogegen der Loose die Accise Gefälle erlegt. Der Loose bittet ihm die Concession zu conferiren, kann aber wegen gänzlicher Armuth sich nicht ansäßig machen.«
1811 und 1812 wird wieder ein Wolff als Marionettenspieler erwähnt. Entweder hatte er da seine Konzession zurückgenommen oder es handelte sich um seinen Sohn oder einen anderen (siehe Anm. 10). Looses Unterschrift auf dem Reskript des Polizeipräsidiums vom 31. August 1810 sind drei Kreuze, die von einem Polizeikommissar bestätigt wurden (Akte Nr. 239, Bl. 7).
9a  Für den Zeitraum der vorliegenden Studie ist der in der Literatur bekannte Marionettenspieler Johann Ludwig Wilhelm Linde (Vater des in Berlin nach 1848 legendär gewordenen Marionettentheaterbesitzers Alexander Wilhelm Julius Linde, geboren 23. Dezember 1813 in Berlin) nicht belegt. Aufgrund des vorliegenden Aktenmaterials 1810 ist zu vermuten, daß J. L. W. Linde sein Theater nicht vor 1811 betrieben hat bzw. nicht zum Kreis der konzessionierten Spieler gehörte.
10  Akte Nr. 239, Bl. 10. Die Denunziation Langes in einem Brief an den Polizeipräsidenten vom 3. August 1811, ebenda, Bl. 26, 27. Darin heißt es unter anderem: »Seit kurzer Zeit finden sich in Berlin mehrere Mario-

nettenspieler, welche angeblich die Erlaubniß zu ihrem Spiele durch ihre Revier Commissarien erlangt haben wollen. 1. ist ein gewisser Wolff, welcher ein rantionirter Soldat ist und in der Kanonir-Straße wohnt und 2. ein Arbeitsmann, Nahmens Saam, ebendaselbst wohnhaft. Dieser Umstand ist auch bei mir eingetreten. Ich hatte nämlich einen Gehülfen mit Nahmen Habèr, Lindenstraße wohnhaft, auch ein rantionirter Soldat. Dieser Mensch, durch die oben erwehnten aufgemuntert auch sein eigener Herr zu sein, geht zu seinem Revier Commissarius den Herrn Rexroth und bittet denselben, ihm bis dahin, wo er einen Erwerbsschein erhalten wird, einen Erlaubnisschein zu ertheilen, damit er frei und ungehindert aller Orten spielen könne. Dies hat der Herr Polizei-Commissarius Rexroth ohne aller Bedenken sogleich ausgefertigt, und mit seinem Polizei-Stempel versehen. Hierauf ist also der vorerwehnte Habèr nach meinen sämtlichen Spielorten hingegangen, seine Dienste dort anzutragen, und seine Gerechtsame durch das Attest des Polizei-Commissarius Rexroth geltend gemacht. Daher erdreiste ich mich Ew. Hochwohlgeboren ganz unterthänigst zu bitten: Diese, vielleicht für die Zukunft so schädlichen Mißbräuche nach Dero höhern Ermessen untersuchen lassen zu wollen. Wenn dergleichen Subjecte fernerhin sogleich auf das Geheiß ihrer Revier-Commissarien Marionettenspiel machen können, wo soll dann der Invalide Soldat, der dies zu seiner graden Versorgung hat, künftig bleiben. In meinem Hause wohnt ein unbescholtener Bürger, wider dessen moralisches Verhalten niemand etwas entgegnen könnte. Derselbe ist vor einiger Zeit bei Ew. Hochwohlgeboren Polzei-Präsidium eingekommen, und um einen Erwerbsschein zum Marionettenspiel gebeten, ist aber dahin beschieden worden: daß künftig dieser Nahrungszweig künftig nicht vermehrt, wohl aber vermindert werden sollte, und doch sehe ich aus den oben angeführten Umständen das Gegenteil.«

Nach einer polizeilichen Notiz auf dem Schreiben Langes hatte der Polizeikommissar Rexroth dienstwidrig gehandelt: »Es ist unrecht wenn zu Gewerben, welche nach § 22 des Edikts vom 2. Nov. v. J. über Einführung einer allg. Gewerbe-Steuer eine besondere Prüfung voraussetzen, von den Herren Polizey-Commissarien Atteste auf Nachsuchen ertheilt werden (...). Hr. Pol. Insp. Dittmann hat die Herren Pol. Kom. darüber nochmals zu belehren, auch zu untersuchen, ob und welche dergleichen Atteste außerdem (...) ertheilt wurden, solche zurück zu nehmen und demnächst Anzeige davon zu machen.«

11 Polizeiinspektor Holthoff an Polizeipräsident Gruner, 27. August 1810, Akte Nr. 239, Bl. 5.
12 Friedrich Daniel Schuchart an Polizeipräsident Gruner, 27. November 1810, Akte Nr. 239, Bl. 14, 15. Unter ihnen werden auch Bearbeitungen der beiden Lustspiele »Pachter Feldkümmel« (als »Hans aus Ullersdorf«) und »Rochus Pumpernickel« (als »Je toller je besser«) genannt, die zur gleichen Zeit im Königlichen Nationaltheater großen Erfolg hatten — wegen ihrer Unbedarftheit von Kleist in den »Berliner Abendblättern« jedoch ironisch abgetan wurden (in dem »Schreiben eines reisenden Berliners, das hiesige Theater betreffend, an einen Freund im Ausland«, 47. Blatt, 23. November 1810).
13 Johann Siegesmund Richter an Polizeipräsident Gruner, 30. November 1810, Akte Nr. 239, Bl. 17, 18. Von Richters Repertoire habe ich folgende Titel ermittelt: Die Nymphe der Donau; Die deutschen Kleinstädter; Herodes von Betlehem; Der neue Mondregent; Die Jubelfeier der Hölle oder Faust der Jüngere; Die Hussiten in Naumburg; Die Versöhnung; Alte Liebe rostet nicht; Trau, schau, wem; Die Geschwister; Der Apfel fällt nicht weit vom Stamm; Wenn die Not am größten, ist die Hilfe am nächsten; Weiberlist geht über alles; Die Schädellehre; Der Kaufmann und der Bettler; Armuth und Tugend; Der alte Leibkutscher Peter des Dritten; Die Unglücklichen; Der Vetter aus Lauenburg; Die barmherzigen Brüder; Cleopatra; Unser Fritz; Die schlaue Witwe; Der Hahnenschlag; Ariadne auf Naxos; Die Sparbüchse oder der arme Candidat; Mädchenfreundschaft oder der türkische Gesandte; Higea. Alle Angaben ab »Alte Liebe rostet nicht« im Brief an Gruner, daher auch moralische Sprüche als Titel; in mehreren Fällen handelte es sich um bereits gedruckte und zensierte Stücke von A. v. Kotzebue. Hier wird Selbstzensur ganz deutlich.
14 Siehe Anmerkung 11.
15 Polizeipräsident Gruner an die Königliche Kurmärkische Regierung zu Potsdam, 6. September 1810, Akte Nr. 239, Bl. 11, 12.
16 Notiz des Polizeikommissars Quittschreiber, Charlottenburg, 23. April 1811, Akte Nr. 239, Bl. 20.
17 Das geht z. B. aus der Königlichen Kabinettsordre (Akte Nr. 239, Bl. 1) und dem Zirkulare der Königlich-Kurmärkischen Regierung (Akte Nr. 239, Bl. 4), aber auch aus dem Schreiben des Predigers Dapp aus Kleinschönebeck hervor (diese Dokumente werden weiter unten ausführlich dargestellt).
18 Siehe den Vorgang Lange. Die soziale Herkunft einiger Berliner Marionettenspieler aus Handwerksberufen liegt nahe. Aus der Taufurkunde des Sigismund Leopold Richter (geboren 23. August 1808) geht hervor, daß sein Vater Johann Sigismund Richter um 1810 Marionettenspieler, »sonst Mousselinweber« war. Der Beruf des Großvaters wird hier noch mit »Garnwebermeister in Sommerfeld« angegeben; vgl. Curt Meyer, Aujust, zieh' die Strippe. Texte Berliner Puppenspieler aus dem 19. Jahrhundert, in: Jahrbuch für brandenburgische Landesgeschichte, Bd. 21, Berlin 1970, S. 130f.
19 Siehe später den Brief Schucharts an den Polizeipräsidenten (Abschnitt VII des vorliegenden Beitrages) und den Brief Richters (siehe auch Anmerkung 12 und 13). Einige Titel: Die schöne Orsena; Röschens Sterbestun-

de (Schuchart); Galora von Venedig; Zita oder der Zauberwald (Lange); Der Talisman (Andrian); Hamlet, Prinz von Dänemark; Karl der Findling oder Todesfall aus Liebe (Wolff); Aballino der große Bandit; Die Braut in Ketten; Die Insel der Unholde; Die Rettung aus Liebe; Der taumelnde Hausmeister; Die Heirat wider Willen; Karl und Sophie; Der Dorfbarbier; Weiberlist über alles ist (anonym).

20 Ein Begriff aus Kleists »Über das Marionettentheater«, in dem er die Ziererei der Tänzer (d.h. auch der Schauspieler), also die manierierte Bewegung, auf das dem Menschen eigene Bewußtsein, auf die »Reflexion« (bzw. Selbstreflexion) zurückführt. Den Tänzern (Schauspielern) stellt er die Marionetten gegenüber, die in ihrer bewußtlosen Materialität Anmut und Grazie haben, da der Marionettenspieler (der »Maschinist«) sich in den Schwerpunkt (die »Seele«) der Marionette versetzen muß. Seinen Manipulationen folgen die Glieder der Puppe nach mechanischen Gesetzen, so daß, im Gegensatz zu den »gezierten Bewegungen« bei Tänzern oder Schauspielern (hier meint Kleist vor allem den Intendanten des Königlichen Nationaltheaters August Wilhelm Iffland), diese Bewegung der Glieder der Marionette ein unmittelbarer und wahrer Ausdruck der inneren (»seelischen«) Bewegung ist, d.h. Anmut im kleistschen Sinne hat (deren wichtigstes Kriterium die Identität von innerer, geistig-seelischer und äußerer Bewegung ist). In dieser Hinsicht stellt Kleists Marionettentheater ein Gegenbild des Königlichen Nationaltheaters und seines Darstellungsstils dar.

21 Bericht des Polzeikommissars Thieme an Polizeipräsident Gruner, Akte 239, Bl. 10.

21a Ebenda.

22 Polizeiinspektor Holthoff an Polizeipräsident Gruner, 27. August 1810, Akte Nr. 239, Bl. 5.

23 Fr. v. d. Hagen, Das alte und neue Spiel vom Dr. Faust, in: Germania, Bd. 4, 1841, S. 212ff.; Franz Horn, Faust. Ein Gemälde nach dem Altdeutschen, in: ders., Freundliche Schriften für freundliche Leser, Teil II, Nürnberg 1820; Henriette Herz, Ihr Leben und ihre Erinnerungen, S. 309, zit. nach: Fritz Johannesson, Berliner Puppenspiele, in: Mitteilungen des Vereins für die Geschichte Berlins, Jg. 44, Berlin 1927, S. 112; H. R. Purschke, Die Entwicklung des Puppenspiels in den klassischen Ursprungsländern Europas, Frankfurt/M. 1984, S. 101ff.

Für das Gastspiel von Schütz in Berlin im Jahre 1807/08 ließen sich folgende Titel des Repertoires aus Anzeigen in der »Vossischen« Zeitung von November 1807 bis Mai 1808 ermitteln: Doktor Faust; Doktor Wagener gewesener Famulus bei dem Doktor Faust; Don Juan; Judith und Holofernes; Haman und Esther; Medea und Jason; Trojanus und Domitianus; Die Enthauptung der Antonia; Alcesta oder Die belohnte Tugend; Die aethiopische Mordnacht; Mariana oder Der weibliche Straßenräuber; Der Burggeist; Der großmütige Sultan; Der gute Vater und der undankbare Sohn; Die schöne Müllerin; Heinrich oder Das Landmädchen; Carl und Clara; Der Zauberring; Der Müllerin Pauline; Kasper der lustige Koch; Genoveva Pfalzgräfin von Trier; Milady Milford; Die Belagerung von Bethulia; Der bestrafte Hochmut; Fanni und Durmann; Das schwarze Schloß; Der Raubritter oder das Landmädchen; Sultan Achmed; Herodes von Bethlehem; Trojanus und Romigus. Schütz gab dieses Gastpiel allein. Sein Kompagnon Dreher starb bereits 1806.

24 Ludwig Tieck, Briefe über Shakespeare, in: ders., Kritische Schriften, Bd. 1, Leipzig 1848, S. 161.

25 Der Beobachter an der Spree, X. Jg., 13. Mai 1811, S. 315. Während seines Gastspiels in Berlin von November 1811 bis Februar 1812 gab Geisselbrecht folgende Vorstellungen: Doktor Faust; Der Held auf der Flucht oder Der Teufel im Kochtopf; Die verwandelten Weiber; Die Prinzessin mit dem Schweinerüssel (Falk); Das blaue Ungeheuer; Die gute Frau im Walde oder Die Bärenhöhle; Jupiter und die beiden Hanswürste oder Das philosophische Ich und Nicht Ich das sich selbst durchprügelt (Falk); Frau Mariandel oder Die natürliche Zauberei; Schinderhannes oder Der große Räuber am Rhein; Casper von der Front; Der Pillen-Doktor; Herodes von Bethlehem; Simon Lämmchen oder Hanswurst und seine Familie (Mahlmann); Harlekin der Eheflicker (Mahlmann); Die Belagerung von Bethulia; Die goldene Urne im Zauberthale; Der Höllenstürmer; Der Schulze und sein Knecht; Die Schmarotzer (Haffner); Der Prinz als Zeisig (Mahlmann); Joseph in Egypten; Don Juan (Cremery); Die goldene Tiene; Die Belagerung von Hanau; Der Pantoffel; Das grüne Vögelchen (Gozzi); Hensel und Gretel; Die Matrone von Ephesus (Voß); Der Jude in der Tonne (Voß); Die Verwirrung aller Verwirrung; vgl. Titel nach Anzeigen in der »Vossischen« Zeitung.

26 Der Beobachter an der Spree, X. Jg., 16. Dezember 1811, S. 810f.

27 Achim von Arnim an J. W. Goethe, Februar 1806, in: Goethe und die Romantik. Briefe mit Erläuterungen. 2. Theil, Hg. von Carl Schüddekopf und Oskar Walzel, Weimar 1899, S. 92f.

28 Achim von Arnim an J. W. Goethe, Karsdorf und Rostock, 28. Mai 1806, ebenda S. 116.

28a Ebenda.

29 Achim von Arnim an J. W. Goethe, 6. Januar 1811, in: Heinz Härtl, Ein Brief Arnims an Goethe 1811, Goethe-Jahrbuch, Bd. 96, Weimar 1979, S. 196–198.

30 Heinrich von Kleists Lebensspuren. Dokumente und Berichte der Zeitgenossen. (Hg.) Helmut Sembdner, München 1969.

31 Das Marionettentheater des Guiseppe Fiando wird, mit den zitierten Zeugnissen, beschrieben in: Roberto Leydi e Renata Mezzanotte Leydi, Marionette e Burattini. Testi da repertorio classico italiano de Teatro delle marionette e dei burattini, Milano 1958, S. 246ff. und Anm. S. 281ff.

32 Ebenda.
32a Ebenda.
33 Kleist, Über das Marionettentheater, verschiedene Ausgaben.
34 Doktor Faustus. Tragödie von Christopher Marlowe. Aus dem Engl. übers. von Wilhelm Müller. Mit einer Vorrede von L. Achim von Arnim, Berlin 1818, S. XV.
35 Das waren die Ziele Kleists auch bei der Herausgabe der »Berliner Abendblätter«, mitgeteilt in einer darin abgedruckten »Erklärung«, 19. Blatt, 22. Oktober 1810.
36 Zirkulare der Kurmärkischen Regierung mit der gewichtigen Vorbemerkung: »Im Betracht des nachtheiligen Einflusses, welchen die üppigen und oft unsittlichen Vorstellungen der Puppenspieler und Gaukler auf die Moralität haben.« Akte Nr. 239, Bl. 4.
37 Ebenda.
38 Staatsarchiv Potsdam, Rep. 2 A II Gen. Nr. 260/61.
39 Ebenda, Bl. 30.
40 Ebenda, Bl. 38.
41 Ebenda, Bl. 47.
42 Ebenda, Bl. 48.
43 Staatsarchiv Potsdam, Pr. Br. Rep. 30 Berlin C, Nr. 19585, Bl. 49, Verfügung des Königlichen Polizei-Directoriums vom 20. Januar 1809.
44 Staatsarchiv Potsdam, Pr. Br. Rep. 30 Berlin A, Nr. 90, Bl. 11, 12, Dekret des Polizeipräsidenten Gruner vom 2. April 1810.
45 Staatsarchiv Potsdam, Pr. Br. Rep. 30, Berlin B, Nr. 501/1, Bl. 2; Rep. 30 A, Nr. 90, Bl. 15.
46 Akte Nr. 239, Bl. 1.
47 Ebenda, Bl. 3
48 Staatsarchiv Potsdam, Pr. Br. Rep. 30 Berlin A, Nr. 441, Bl. 25.
49 Akte Nr. 239, Bl. 4.
50 Ebenda, Bl. 3.
51 Polizeiinspektor Holthoff an Polizeipräsident Gruner, 27. August 1810, ebenda, Bl. 5.
52 Ebenda; Möglicherweise hatte Holthoff auch C. W. Chemnitz' Schrift »Über den nachtheiligen Einfluß der jetzt gewöhnlichen Marionettenspiele auf den religiösen und sittlichen Zustand der unteren Volksklassen« (Zerbst 1805) gelesen, in der am Ende (S. 85) praktisch der gleiche Vorschlag gemacht worden war.
53 Ebenda, Bl. 6, 8. Nach den beiden »Dekreten« mußten die Kommissare von 24 Revieren der berlinischen und der cöllnischen Seite feststellen und mitteilen, ob in ihrem Bezirk Marionettenspieler wohnten.
54 Akte Nr. 239, Bl. 7, 9.
55 Ebenda, Bl. 11, 12.
56 Ebenda, Bl. 7.
57 Ebenda, Bl. 13.
58 Ebenda.
59 Johann Daniel Schuchart an Polizeipräsident Gruner, 27. November 1810, ebenda, Bl. 14, 15.
60 Johann Siegesmund Richter an Polizeipräsident Gruner, 30. November 1810, ebenda, Bl. 17, 18.
61 Es war auch verboten, Plakate ohne Imprimatur des Präsidiums anzuschlagen (Akte Nr. 239, Bl. 24); Die Akte enthält drei eingezogene, auf eine Art Packpapier handgeschriebene »Plakate« von J. S. Richter, der dafür verwarnt wurde. Er »kommt aber noch einmal ohne Strafe davon« (Akte Nr. 239, Bl. 36—40).
62 Es handelt sich hier um den aus der Kleist-Literatur bekannten Skandal um die Aufführung des Singspiels »Die Schweizerfamilie« von Weigl. A. W. Iffland hatte der als eine Art patriotisches Denkmal gefeierten Sängerin Auguste Schmalz, einer Berlinerin, die in Italien erfolgreich gewesen war, die Hauptrolle verweigert und sie einer Demoiselle Herbst gegeben. Es kam daraufhin bereits im Vorfeld der Premiere zu mißfälligen Äußerungen in der Presse, vor allem in Kleists »Berliner Abendblättern«. Als Iffland bei seiner Entscheidung blieb, kam es am Abend der ersten Aufführung (21. November 1810) zu einem »Lärmen«, das von einigen Jungpatrioten veranstaltet wurde und zu einem ziemlich rigorosen Polizeieinsatz führte. Der Polizeiinspektor Holthoff war auch hier der Verantwortliche. Daraufhin kam es bei der nächsten Vorstellung am 26. November geradezu zu einer Demonstration gegen die Polizei und ihre Theateraufsicht. (Aktenmaterial dazu im Staatsarchiv Merseburg, Rep. 74 J XI Nr. 1, Acta betr. den am 26ten November 1810 im Schauspielhaus zu Berlin vorgefallenen Unfug).
63 Achim von Arnim an A. W. Iffland, LS 437 a.
64 Die Kritik Kleists am Repertoire des Königlichen Nationaltheaters in dem Aufsatz »Theater. Unmaßgebliche Bemerkung« in den »Berliner Abendblättern«, 15. Blatt, 17. Oktober 1810. In: H. v. K., Werke und Briefe in vier Bänden. Hrsg. v. Siegfried Streller, Berlin 1978, Bd. 3, S. 491.

65 Staatsarchiv Merseburg, Rep. 74 J XI Nr. 1, Bl. 7, 8.
66 Staatsarchiv Merseburg, Rep. 77 I Nr. 7, Bl. 6, 7; Polizeipräsident Gruner an den Geheimen Staatsrat Sack, 27. November 1809
67 Grundlage der Behandlung der Marionettenspieler wurde, wie für alle anderen Gewerbetreibenden, das »Gesetz über die polizeilichen Verhältnisse der Gewerbe« vom 7. September 1811 (§§ 135ff). Bereits vorher waren (nach einem Zirkulare der Kurmärkischen Regierung vom 31. März 1810, Staatsarchiv Potsdam, Pr. Br. Rep. 30 A Berlin Nr. 240, Bl. 11) »der Bestätigung der Provinzial-Regierungen« unterworfen, »Concessionen für Gewerbe, die sich auf sittliche und wissenschaftliche Cultur beziehen (...) ingleichen Concessionen für Gewerbe, deren Betrieb eine umherziehende Lebensart voraussetzt«. Auch das Gewerbegesetz bestimmte nun, »daß auch den Marionettenspielern der Gewerbeschein nur gegen Vorlegung einer Genehmigung der Regierung ertheilt werden soll«. In einem Brief des Polizeipräsidenten Le Coq, dem Nachfolger Gruners, an das Polizeiministerium vom 12. Dezember 1814 (Staatsarchiv Merseburg, Min. d. Inn. II. Abt.-Rep. 77 Tit. 306a Gen. Bl. 67) wurde im Falle des Handhabung des Gesetzes gegen die Berliner Marionettenspieler so gesehen, daß sie zwar »als Herumziehende Gewerbetreibende, von denen das Gesetz in den §§ von 135 bis 150 spricht und welche Eigenschaft des herumziehens in mehreren Stellen dieser Paragraphen noch besonders ausgedrückt wird, betrachtet werden«. Es wurde aber eingeräumt: »In der Regel beschränken sich (...) hiesige Marionettenspieler nur auf Berlin, und für diese ist, da der gesetzliche Grund dazu nicht stattfindet, die Genehmigung der Kurmärkischen Regierung behufs des zu lösenden Gewerbescheins (...) nicht erforderlich.« Aber »da die Marionettenspieler indessen wegen ihres unmittelbaren Einflusses besonders auf die niedrigen Volksklassen, nicht ohne polizeiliche Aufsicht sein dürfen, die Polizei auch überhaupt ein wesentliches Interesse bei ihrem Gewerbe hat, so werden sie denjenigen Gewerbetreibenden, welche nach § 191 des obgedachten Gesetzes eines polizeilichen Attestes zur Anstellung und Fortsetzung ihres Gewerbes bedürfen, völlig gleich zu behandeln sein. Was die Marionettenspieler, welche herumziehend ihr Gewerbe treiben betrifft, so werden dieselben aus gleichen Gründen wie die Hausierer nach Bestimmung der Verfügung vom 21ten December v. J. ihres Gewerbes hierselbst auszuschließen sein, wenn sie nicht neben jener Genehmigung auch die ausdrückliche Erlaubniß des hiesigen Polizeipräsidiums hierzu erhalten«.
Der Staats- und Polizeiminister bestätigte Le Coq unter dem 22. März 1815 (Akte Nr. 239, Bl. 45), »daß Marionettenspieler, welche ihr Gewerbe bloß in Berlin betreiben wollen, statt der Genehmigung der Kurmärkischen Regierung behufs der Erlangung des Gewerbescheins nach § 139 des Edikts über die polizeilichen Verhältnisse der Gewerbe vom 7. September 1811 lediglich ein, von Ihnen zu ertheilendes und jährlich zu erneuerndes Attest, sowie herumziehende, für die Kurmark mit Gewerbeschein versehene Marionettenspieler, im Fall sie ihr Gewerbe in Berlin treiben wollen, dennoch der besonderen Genehmigung des Polizei-Präs. bedürfen«. Das »lediglich« täuscht: Das nahe Polizeipräsidium war natürlich viel restriktiver als die ferne Regierung. Das war also der gesetzliche Rahmen; in der Praxis waren die Einschränkungen aber schärfer. Einmal durch das gleichzeitig entstehende »Reglement, die Feier unter dem öffentlichen Gottesdienst gewidmeten Sonn- und Festtage (...) betreffend«. Darüber hinaus war der Polizeipräsident in Berlin der Auffassung, »daß 1. aus dem Umstande, daß die Erlaubniß zu solchem Marionettenspiel (...) von keiner Ortsbehörde, sondern nur von der Provincial-Regierung u. resp. dem Allg. Polizey Depart. erteilt werden darf zu entnehmen sei, daß im Allgemeinen das Marionettenspiel und was ihm ähnlich ist, ungeachtet der sonst bestehenden Gewerbefreiheit erschweret, und nur aus erheblichen Gründen gestattet werden solle, 2. daß für solche Gründe nur zu halten sei, wenn sich ein Impetrant dadurch, daß er die Sache in etwas größerem und höherem Styl behandelt, und mehr für ein großes und großstädtisches Publikum arbeitet, oder durch Umstände, die so etwas vermuthen lassen, z. B. vorzügliche Bildung, Wohlhabenheit und dergl. auszeichnet, da im Gegentheil gerade diejenigen, welche sich auf dem platten Lande und in den kleineren Städten herumtreiben fast durchgängig schmutzige Gaukler sind, und nicht füglich etwas anderes sein können und gerade auf diesem Tummelplatz ihrer Taten am wenigsten zulänglich kontrolliert werden können«.
Hier wird deutlich, daß es um eine Zerstörung dieses Theaters der »niedrigen Volksklassen« ging. »Vorzügliche Bildung, Wohlhabenheit« und dergleichen zeichnete natürlich auch die Mehrzahl der Berliner Marionettenspieler nicht aus — am wenigsten sicher die nicht konzessionierten, also illegalen, die es gewiß hier und da gab und deren Namen und Taten uns ganz unbekannt geblieben sind.

*Lars Rebehn*
*Vom hamburgischen Marionettenspiel. Zur Geschichte einer volkstümlichen Unterhaltungsform des 19. Jahrhunderts.*
1 Die Vorstadt Hamburgerberg, zwischen der freien Reichsstadt Hamburg und dem dänischen Altona gelegen, bildete seit dem Ende des achtzehnten Jahrhunderts den Hauptschauplatz für die Vergnügungsindustrie bei-

der Städte. Bewohner der Vorstadt, die 1833 den Namen St. Pauli erhielt, waren hauptsächlich Arbeiter, Handwerker und Seeleute. Erst Ende des Jahres 1860 wurde die Torsperre, die St. Pauli jeden Abend von der Stadt getrennt hatte, aufgehoben. Die Vorstadt wurde 1876 Hamburger Stadtteil.

2  Der Autor arbeitet seit mehreren Jahren an einer Geschichte des Puppenspiels in Hamburg. Dieser Beitrag enthält eine zusammenfassende Darstellung des hamburgischen Marionettenspiels, andere Aspekte wurden außer acht gelassen. Als Quellen dienten hauptsächlich Akten des Staatsarchivs Hamburg (Bestände: Patronat St. Pauli, Patronat St. Georg, Meldewesen, Gewerbepolizei). Bei den benutzten Zeitungen handelt es sich fast ausschließlich um die Hamburger Nachrichten. Personendaten wurden den Kirchenbüchern und Bürgerprotokollen im Staatsarchiv entnommen. Die Informationen über Schleswig-Holstein entstammen dem Landesarchiv Schleswig-Holstein auf Schloß Gottorf. Für freundliche Hinweise dankt der Autor den Herren Olaf Bernstengel (Dresden) und Johannes Richter (Magdeburg).

3  Seine Frau, Johanna Margaretha Reinländer schenkte ihm bald darauf eine Tochter: Johanna Wilhelmine wurde am 30. Dezember 1790 in Tönning geboren. Bei den Reinländers handelt es sich um eine Musikantenfamilie: Ihr Vater, Johann Christian Reinländer, ein Spielmann aus dem Hildesheimischen, zog ohne festen Wohnsitz durch die Lande. Ihre ältere Schwester Anna Elisabeth hatte den reisenden Musikanten Johann Joachim Hinrich Prigge aus Hamburg geheiratet. Deren ältester Sohn, Wilhelm Rudolph (1787—1845), spielte über zwanzig Jahre mit Handpuppen auf St. Pauli.

4  Günzel, Klaus, Alte deutsche Puppenspiele, Berlin/DDR 1970, S. 402—404;

5  Preußen reorganisierte seine Verwaltung nach den Kriegswirren straff. Ausländische Puppenspieler sollten überhaupt keine Spielgenehmigung mehr erhalten. Die ländliche Geistlichkeit sollte alle verbliebenen konzessionierten und patentierten Spieler streng überwachen und Verstöße gegen die Sittlichkeit unverzüglich melden. Zu Mattlers Anfängen ist mir noch nichts Näheres bekannt.

6  Zum Hamburger Münzwesen: 3 MK entsprachen etwa dem Reichstaler, 16 Schilling (ß) = 1 MK, 12 Pfennig (Pf) = 1 ß.

7  Die Familie Storm soll sehr wohlhabend gewesen sein. Auch Mattler war nicht unvermögend, bereits vor seiner Heirat mit Johanna Wilhelmine Storm (die Ehe wurde später wieder gelöst) war er »mit eignem wohlbespannten und unterhaltenen Fuhrwerck, auf welchem er seine Maschinerien fortbringt,« versehen.

8  In St. Pauli waren Theaterkonzessionen einfacher zu erhalten. Nach dem Neubau der Buden mußte man den Besitzern aufgrund ihrer nun höheren Kosten die Spielerlaubnis auch für Personentheater gewähren. Neue Genehmigungen wurden jedoch nicht mehr erteilt, da die Häuser zweckgebundene Kämmereiverträge erhielten, welche die Nutzung der Gebäude festgelegten.

9  Einige Künstler nutzten die unfreiwillige Pause zur Produktion neuer Schauobjekte. Anfang Juni wurden in St. Pauli bereits in drei verschiedenen Lokalen Panoramen (darunter auch ein echtes Rundgemälde) vom Hamburger Brand gezeigt. In nur eineinhalb Monaten verfertigte der mecklenburgische Pyrotechniker Friedrich Müller, welcher seit dem 1. Mai mit seinem Welt- und Metamorphosentheater in St. Pauli gastierte, ein Theatrum mundi vom Brand. Dieses darf wohl als das erste und authentische Welttheater gelten, das diesen noch in späteren Jahren sehr beliebten Stoff darstellte.

10 Dieses Sujet war so beliebt, daß er insgesamt vier verschiedene Schiffe, die »Adler«, »Emma«, »Iduna« und die »Schanunga«, in den Grund segelte. Bei den Namen handelt es sich keineswegs um Phantasieprodukte. Detgen hatte sie wahrscheinlich den Zeitungen entnommen, die solche Unglücksfälle immer genauestens behandelten.

11 Zwei Komponisten, der Wiener Josef Gungl und der Hamburger Chantal, hatten ein Tongemälde gleichen Titels komponiert. Beide Stücke waren in Konzertveranstaltungen sehr beliebt. Der Erfolg in den verschiedenen Wirtschaften war so groß, daß sich bald ein Ableger fand. Der Improvisator und Zauberer »Professor« Christian Hansen spielte auf seinem angeblich selbstverfertigten Theater in der »Alterwall-Halle« fast die gleichen Stücke wie Detgen, welcher daraufhin verkündete, von nun an ausschließlich im »Neuen Polka-Keller« aufzutreten. Dieser scheinbare Streit wurde nach Meinung des Autors aber nur inszeniert, um das Interesse des Publikums zu steigern, was schließlich auch gelang. Das zweite Theater wurde, ebenso wie ein drittes der »Künstlerin Sophia Teschner aus Dresden«, wahrscheinlich von Louis Detgen selbst hergestellt. Nur ein einziges Mal, am 22. November 1846, traten alle drei Bühnen gleichzeitig an verschiedenen Orten auf.

12 Friederike Dorothea Rosalie Teschner, alias Detgen, geb. am 2. März 1822 in Rakwitz/Posen, Schauspielerin, trat zuerst bei ihrem Vater in Altona auf; nach 1840 Engagements u. a. in Brünn, Luzern und Zürich. Am 14. Juli 1859 in St. Pauli an Schwindsucht gestorben.

13 Wahrscheinlich hatte Detgen zu diesem Zeitpunkt seine Marionetten durch die guten Einnahmen bereits zurückerwerben können. Allerdings waren ihm auch die verschiedenen Patrone der Vorstadt immer sehr wohlgesonnen. Im Winter 1847/48 spielte er wieder mit seinem Schattentheater in verschiedenen Lokalen.

14 Glücklicherweise hat Joh. E. Rabe 1855 das Stück »Kasper und der Berliner« während einer Aufführung Detgens auf dem Spielbudenplatz mitgeschrieben und später in zwei verschiedenen Versionen veröffentlicht (Ra-

be, Vivat Putschenelle!, Hamburg 1916, S. 34ff und Rabe, Kasper Putschenelle, Hamburg 1924, S. 195f). »Kasper und der Berliner« ist neben der Schattenspielszene »Die nächtliche Heerschau« der einzige Text, welcher sich von Detgens Bühne erhalten hat. Rabe kritisierte allerdings, daß sich die auf dem Puppentivoli gespielten Stücke eigentlich nur für Handpuppen eignen würden.

15 Das Hamburger Landgebiet, größtenteils nördlich und östlich der Stadt gelegen, bestand aus einer Stadt, zwei Ämtern, einigen Flecken und vielen Dörfern. Am bedeutendsten waren die Vier- und Marschlande. Erst durch das Groß-Hamburg-Gesetz (1937) kam es zu entscheidenden territorialen Veränderungen.

16 Da es sich bei den Lorgies um eine bekannte Puppenspielerfamilie handelt, sollen hier die einzelnen Familienmitglieder beschrieben werden:
Der Lippstädter Bürger Johann Lorgie, geboren im Jahr 1804 in Gebesee, und sein älterer Bruder Friedrich, aus Erfurt gebürtig, reisten in den zwanziger und dreißiger Jahre in ganz Deutschland umher. Sie betrieben ihr Marionetten- und Welttheater mit Erfolg unter dem Firmennamen »Gebrüder Lorgie«. Nach 1838 haben die beiden sich dann getrennt. Friedrich gab noch in den fünfziger und sechziger Jahren im süddeutschen Raum Vorstellungen. Ihr wahrscheinlich ältester Bruder, August Heinrich, der 1798 in Herford geboren wurde, spielte hauptsächlich im nordwestdeutschen Raum, er gab auch Vorstellungen mit lebenden Personen. Carl Lorgie, ihr Vater, starb in den 1830er Jahren, bis zum Schluß betrieb er noch ein eigenes Figurentheater.

17 Flutiaux brachte jedes Jahr ein vollständig neues Programm heraus. Bei seinen Aufführungen legte er immer besonderen Wert auf Aktualität, so zeigte er z. B. die Schlachten des Krimkrieges und die bewegten Zeiten im revolutionären Frankreich auf seiner Bühne. Die meisten voll- oder halbplastischen Figuren wurden von den besten Pariser Künstlern und Handwerkern aus Blech und Eisen gefertigt.
Der »Mécanicien de Paris« erzielte durch die Kombination von mehreren Theatrum mundi-Szenen mit einem Cyclorama (Längenpanorama, bei dem ein schmaler Bildstreifen von einer Rolle abgewickelt wird, auch Wandeldekoration) völlig neue Darstellungsmöglichkeiten. Dem Theater wurde bei der Vorführung von Reisen und Umzügen eine vollkommen neue Dimension gegeben. Flutiauxs Vorstellungen schlossen mit Nebelbildern (dissolving views, eine Vorform des Dia-Überblendungsverfahrens) und Chromatropen (Farbspiele) ab.

18 Holtei, Karl von (1798—1880), Schriftsteller und Schauspieler; Angely, Jean Jacques Louis (1787—1835), Schriftsteller und Schauspieler französischer Herkunft in Berlin.

19 Allerdings spielten die Lorgies auch »Unser Verkehr«, ein Stück wegen dessen antisemitischen Inhalts der Mechanikus Geisselbrecht im Winter 1816/17 in Hardersleben erhebliche Schwierigkeiten bekam.

20 Der Hamburger Schriftsteller Albert Peter Johann Krüger (17. November 1810—15. September 1883), ein ehemaliger Schauspieler, wurde als Verfasser der kleinen Dramen für das Kinder-Puppen-Tivoli ausgewählt. J. Krüger hatte sich durch viele erfolgreiche Lustspiele bereits einen guten Namen erworben. Seine Puppenkomödien sind leider nicht erhalten geblieben, es finden sich aber mehrere preisgekrönte Stücke für Kinder von ihm im zweiten Jahrgang der »Norddeutschen Jugendzeitung« von Dr. Fabricius. Die Mehrakter, für die Kinder und Jugendliche als Schauspieler vorgesehen sind, zeichnen sich durch platten Naturalismus und eine starke Moral aus, die dem Stil des damaligen Puppentheaters völlig zuwider sind. Krügers Puppenspiele scheinen aber von einer ganz anderen Art gewesen zu sein. Die burlesken Szenen »Der hamburger Matrose und der berliner Bummler« und »Das Spree-Athene, oder Mamsell Putt als Pepita«, welche Linde im März 1855 im Apollo-Saal aufführte, stammen sicherlich aus seiner Feder.

21 Wiederabgedruckt in Johs. Rabe, Kasper Putschenelle, 1. Aufl., Hamburg 1911. Zwei von Schachts Söhnen wurden später Handpuppenspieler. Der Älteste, Theodor Martin Wilhelm, geboren 1840, widmete sich bereits seit 1860 dem Polichinelltheater, er spielte aber hauptsächlich auf den Jahrmärkten in Schleswig-Holstein und im hannoverschen Raum. Der siebzehn Jahre jüngere Carl erlernte ursprünglich den Beruf des Bildhauers, trat aber seit dem Sommer 1885 auch mit Handpuppen auf. Bis zu seinem Tode im August 1907 spielte er unter der Konzession der Witwe von Alwörden auf dem Spielbudenplatz.

22 Die Gebrüder Dennebecq aus Paris hatten sich bereits um 1820 mehrmals in der Hansestadt aufgehalten, sie reisten später hauptsächlich in den Niederlanden.

23 Lorgie war ein Zauberer der alten Schule, mit zunehmendem Alter sank auch seine Bereitschaft zu Veränderungen. Hatte er in jungen Jahren noch jede Mode und Neuheit mitgemacht, trat jetzt ein Stillstand in seine Unternehmungen ein. So heißt es in einem Nachruf in der Schaustellerzeitung »Komet«:
»Lorgie zählte früher zu den ersten Künstlern in seinem Fache. Wenn er es nicht so weit in pekuniärer Beziehung brachte wie sehr viele seiner Kollegen, so könnte man sagen, er hatte kein Glück. Doch Glück ist inseperabel mit Unternehmung, wo die letztere nicht ist, kann man das erstere nicht haben. Kollege Lorgie war eine joviale Persönlichkeit und ging ohne viel Aufhebens seinen geraden Weg. Diese Eigenschaften waren wohl die Ursache, daß er sich nie in den Vordergrund drängte und in letzter Zeit selten in Kollegenkreisen gesehen wurde.«

24 Zugstück von Göldner und Pechtel war »Der Freischütz«, für die Wolfsschluchtszene wurden eigens mehrere Jungens von der Straße engagiert, die das wilde Heer, bestehend aus bemalter Pappe, dirigierten. Auch an pyrotechnischen Zugaben wurde nicht gespart, weshalb es zu einer Denunziation durch andere Schaubudenbesitzer, welche einen Brand befürchteten, kam. Ein Fachmann der Baupolizei stellte aber die Ungefährlichkeit des sogenannten Salonfeuerwerks fest, nur bengalisches Licht und Sprühfeuerwerk waren zur Verwendung gekommen. Nach Bereitstellung größerer Wassereimer mit Schöpfkelle wurden die Vorstellungen in der alten Art gestattet.

25 Im Museum für Puppentheater in Lübeck (Sammlung Fey) befindet sich aber ein Figurentheater der Familie Belli, die in Hamburg ansässig war. Die Bellis waren eine Künstlersippe, die um 1800 aus Norditalien (Parma, Venedig) nach Hamburg gekommen war. Sie führten wilde Tiere und mechanische Kunstwerke mit sich, einige produzierten auch ihre equilibristischen und akrobatischen Künste vor dem staunenden Publikum. Die Familie assimilierte sich sehr schnell in den nordischen Breiten, einige ihrer Mitglieder wurden Hamburger Bürger.

26 Joh. E. Rabe, Kasper Putschenelle, 2. Aufl. Hamburg 1924. Mitte des vorigen Jahrhunderts notierte sich Rabe als Lehrling vor der Kasperlebude verschiedene Stücke. Später ergänzte er mit Hilfe noch lebender Spieler fragmentarische Texte.

Seit dem 18. Jahrhundert finden wir in Hamburg Handpuppenspieler. Im Sommer traten sie in den Straßen der Stadt und auf dem Spielbudenplatz auf, die Saison dauerte von März bis Oktober. Auch auf dem Straßendom fanden sich einige trotz der schlechten Witterung regelmäßig ein. Die meisten traten aber seit etwa 1855 auf den Weihnachtsbasaren auf: Prigge (geb. 1787, gest. 1845), um 1810 Musikus, um 1824 Polichinellspieler; Reimers (geb. 1807, gest. nach 1858), zwischen 1835—1852 als Polichinellspieler öfters in Hamburg; Wenninger (geb. 1819, gest. 1853) kaufte Reimers Bude 1852; Harder (geb. 1808, gest. 1864), seit 1830 Musikus, seit den 40er Jahren Polichinellspieler; Juncke (geb. 1828, gest. 1862), seit ca. 1854 Polichinellspieler; Küper (geb. 1826, gest. 1873), ursprünglich Musikus, seit 1854 Polichinellspieler; Wenck (geb. 1830, gest. 1871), seit 1855 Polichinellspieler.

*Manfred Nöbel*
*Franz Pocci — ein Klassiker und sein Theater*

1 Eingabe Joseph Leonhard Schmids vom 10. September 1858: »An die hohe Schulkommission der Stadt München«; zit. nach Riedelsheimer, Anton, Die Geschichte des J. Schmid'schen Marionetten-Theaters in München von der Gründung 1858 bis zum heutigen Tage, München 1906, S. 21.
2 Schmid, in: Riedelsheimer, ebenda.
3 Ebenda.
4 Ebenda, S. 20.
5 Vierlinger, Emil, München — Stadt der Puppenspiele, München 1943, S. 82.
6 Schreiben J. L. Schmids vom 11. November 1858 an das Kgl. Staatsministerium des Innern; zit. nach Riedelsheimer, S. 23.
7 Vgl. Brief Poccis an Schmid, in: Lustiges Komödienbüchlein von Franz Pocci. Hg. Franz Pocci (Enkel), München 1921, S. 21.
8 Pocci, Prolog (zur Eröffnung des Marionettentheaters); zit. nach: Lustiges Komödienbüchlein. Sechstes Bändchen, München 1877, S. XI [im Folg.: LK.].
9 Pocci, Dieß ist das Büchlein A bis Z, München 1857, S. III — Die Stelle lautet insgesamt: »Übrigens ist das sogenannte ‚Volk', zu welchem ich auch die ‚Kleinen' zähle, nicht so ‚schwerbegriffig' wie man oft meinen möchte.«
10 Der Versuch des 1862 eröffneten Victoria-Theaters in Berlin, mit Görners Erfolgsstücken das ganze Jahr über auch für Kinder zu spielen, mußte bald wieder aufgegeben werden.
11 Görner, Die Geschichte vom Rosen-Julerl, das gern Königin sein wollte. Eine Komödie für Kinder in 3 Bildern; zit. in Schedler, Melchior, Kindertheater. Geschichte, Modelle, Projekte, Frankfurt/M. 1972, S. 49.
12 Über C. A. Görner und seinen Beitrag zur Entwicklung des Kinderstücks in Deutschland vgl., Schedler, Melchior, a. a. O.; Jahnke, Manfred, Von der Komödie für Kinder zum Weihnachtsmärchen, Meisenheim am Glan 1977. Schedler dokumentiert auch »die bisher letzte Inszenierung« von Görners »Schneewittchen« 1968 an einem Theater der BRD (S. 57).
13 Nach Franz Pocci (Enkel), in: Das Werk des Künstlers Franz Pocci, München 1926, S. 65.
14 Pocci, Dieß ist das Büchlein A bis Z, München 1857, S. 106.
15 Pocci, Bauern ABC, München 1856, S. 76f.
16 Ebenda, S. 40.
17 Ebenda, S. 76.

18 Pocci, Gedanken und Betrachtungen, veröffentlicht von Ludwig Krafft, in: Kasperl- und Gedankensprünge, München 1970, S. 153.
19 Pocci, Herbstblätter, München 1877, S. 102f.
20 Pocci, Neues Kasperl-Theater, Stuttgart 1855, S. III.
21 Doeberl, Michael, Entwicklungsgeschichte Bayerns, Bd. 3, München 1931, S. 121f.
22 Hinck, Walter, Epigonendichtung und Nationalidee, in: Von Heine zu Brecht, Frankfurt/M. 1978, S. 71.
23 In: Justinus Kerners Briefwechsel mit seinen Freunden. Bd. 2, Stuttgart/Leipzig 1897, S. 438 (Brief vom 15. Februar 1855).
24 Brief vom 19. August 1862, in: Die Meister, 7. Jg. Nr. 5, München 1926, S. 137.
25 Brief Poccis an Schmid vom 17. August 1858, in: Riedelsheimer, S. 20.
26 Pocci, Über den Verfall der Kunst in München, in: Kasperl- und Gedankensprünge, S. 149.
27 v. Bodenstedt, Friedrich, Das Vorbild rechter Frauenart; zit. nach: Wie einst im Mai. Schmachtfetzen aus der Plüsch- und Troddelzeit. Hg. Fritz Nötzold, München 1966, S. 117.
28 Pocci, Dornröslein, Die Zaubergeige und andere Märchenkomödien. (Hg.) Nöbel, Manfred, Berlin/DDR 1977, S. 100 [im Folg.: ZG].
29 Heyse, Paul, Jugenderinnerungen und Bekenntnisse, Stuttgart 1912, S. 245.
30 Raabe, Wilhelm, Die Chronik der Sperlingsgasse. Leipzig 1978, S. 7.
31 Pocci, Prolog; LK 6, S. XII.
32 Zit. in Dietrich Leubes Nachwort zu: Viola Tricolor in Bildern und Versen von Franz Graf Pocci, Frankfurt/M. 1977, S. 48.
33 Schloß, Karl, Einleitung zu: Die Puppenspiele des Grafen Franz Pocci, München 1909, S. 4.
34 Leube, a. a. O., S. 48.
35 Brief Poccis an Schmid, in: Riedelsheimer, a. a. O., S. 20.
36 Brief Schmids an Pocci, ebenda, S. 19.
37 Sengle, Friedrich, Biedermeierzeit. Bd. 2, Stuttgart 1972, S. 342.
38 Pocci, Ankündigung, in: Riedelsheimer, a. a. O., S. 24.
39 Pocci, in: Allgemeine Zeitung (München) vom 26. November 1858; zit. in Pape, Walter, Das literarische Kinderbuch, Berlin/New York 1981, S. 281.
40 Riedelsheimer, a. a. O., S. 29.
41 Pocci, Das Marionettentheater in München (1873), in: Schott, Georg, Die Puppenspiele des Grafen Pocci. Ihre Quellen und ihr Stil. Diss. phil. Frankfurt/M. 1911, S. 93.
42 Plenarsitzung des Magistrats vom 29. Dezember 1899, zit. in: Riedelsheimer, a. a. O., S. 29.
43 Es waren vor allem bildende Künstler, die das Erbe des traditionellen Puppenspiels antraten und »künstlerische Puppentheater« eröffneten: z. B. Hermann Scherrer in St. Gallen (1903), Paul Brann in München (1906), Ivo Puhonný in Baden-Baden (1911), Richard Teschner in Wien (1912/13), Anton Aicher in Salzburg (1913). Pocci-Stücke bildeten oft den Grundstock ihres reichen Repertoires.
44 Pocci, Das goldene Ei, in: ZG, S. 14.
45 Ebenda.
46 Pocci, Dornröslein, in: ZG, S. 101.
47 Pocci, Das goldene Ei, ebenda.
48 Riha, Karl, Kaspers Wiederkehr: Vom Grafen Pocci zu H. C. Artmann, in: Kasperletheater für Erwachsene. Hg. Norbert Miller und Karl Riha, Frankfurt/M. 1978, S. 428.
49 Pocci, Dramatische Spiele für Kinder, München 1850, o. pag.
50 Schott, Georg, Die Puppenspiele des Grafen Pocci, a. a. O., S. 7.
51 Pocci, Kasperls Heldentaten; in: Kasperls Heldentaten. (Hg.) Nöbel, Manfred, Berlin/DDR 1981, S. 100 [im Folg.: KH].
52 Ebenda, S. 443.
53 Pocci, Das Marionettentheater in München, a. a. O., S. 93.
54 Pocci, Dornröslein, in: ZG, S. 100.
55 Pocci, Crokodilus und Persea, in: KH, S. 309.
56 Pocci, Kasperl wird reich, in: KH, S. 304.
57 Bereits Schott wies zahlreiche »stilistische Abweichungen der Manuskripte« (S. 38—44) nach. Pocci (Enkel) druckte in seiner Deutsch-Meister-Ausgabe (1921) für »Dornröslein« und »Schimpanse, der Darwinaffe« veränderte und erweiterte Textfassungen nach den Handschriften ab. Eine Stückausgabe nach den ursprünglichen Handschriften existiert nicht.
58 Pocci, Der artesische Brunnen, in: LK 5, S. 75.
59 Pocci, Herbed, der vertriebene Prinz, in: LK 2, S. 246f.
60 Pocci, Das Marionettentheater in München, a. a. O., S. 93.

*Olaf Bernstengel*
*Das sächsische Wandermarionettentheater des 19. Jahrhunderts – ein museales Objekt?*

1   Die ältesten Marionetten in der Puppentheatersammlung Dresden stammen aus der Bühne von Franz Fincenz Lorgie (1765–1853). Sie wurden im Fundus der Bühne von Albert Apel Böttger mit übernommen. Inwiefern ihre heutige Gestalt (Bemalung und Bekleidung) der ursprünglichen entspricht, ist nicht nachzuweisen.

2   Die heute als erste Generation nachweisbaren Vertreter der Familie Wünsch, Richter, Gassmann und Kressig werden »Schauspieler« oder »Artisten« genannt. Sie lassen sich als solche im letzten Jahrzehnt des 18. Jahrhunderts nachweisen. Frühere Zeugnisse für eine Spieltätigkeit finden sich für die Familien Listner und Bille. Erstere ist um 1750 nachweisbar (Chr. Heinrich Listner, Geburtsdatum unbekannt, gestorben 1830, Wollweber und Marionettenspieler). Letztere erscheint erstmalig in den Leipziger Meßrechnungen von 1737 (nicht 1637, wie irrtümlich immer wieder geschrieben wird; die Eintragung wurde 1985 vom Autor im Stadtarchiv Leipzig überprüft).
    Von den bekannten Komödientruppen des 17. und 18. Jahrhunderts, die sich ab und an auch mit Puppentheater beschäftigten, sind im 19. Jahrhundert keine für Sachsen nachweisbar.

3   Plaul, Hainer, Illustrierte Geschichte der Trivialliteratur, Leipzig 1983, S. 113ff.

4   Nach dem Ersten Weltkrieg blieben u.a. die Theater der Familien Regel, Ruttloff, Kapphahn, Koppe und Dietze geschlossen und wurden an andere Marionettenspieler verkauft.

5   1972 fand die Ausstellung »Das Puppenspiel vom Dr. Faust« (Konzeption und Durchführung: Dr. Rolf Mäser) statt. 1977 veranstaltete zum gleichen Thema der Verband der Theaterschaffenden der DDR ein Kolloqium in Magdeburg.

6   Beispiele für Inszenierungen der letzten Jahre sind:
    1980 — »Furcht und Elend des Dritten Reiches« (Brecht) im Staatlichen Puppentheater Neubrandenburg.
    1982 — »Picknick im Felde«/»Guernica« (Arrabal) im Staatlichen Puppentheater Neubrandenburg.
    1985 — »Die Umsiedlerin« (Heiner Müller) im Staatlichen Puppentheater Neubrandenburg.
    1985 — »Die Jüdin von Toledo« (Dieter Müller) im Staatlichen Puppentheater Dresden.
    1986 — »Die Schlacht« (Heiner Müller), Bühnen der Stadt Zwickau, Puppentheater.
    1986 — »Auf hoher See«/»Striptease« (Mrozek), Städtisches Puppentheater Karl-Marx-Stadt.
    Bereits 1979 hatte »Casparett«, eine Collage von und mit Peter Waschinsky, Premiere.

7   Neue Impulse für die Wiederentdeckung des alten Marionettenrepertoires gab auch Hans-Dieter Stäcker als Direktor und Regisseur des Zwickauer Puppentheaters. »Michael Kohlhaas« in einer Bearbeitung von Dieter Müller nach einer Spielvorlage der Familie Pandel; »Undine« von Pocci und der »Kunz von Kauffungen« nach alten Quellen von Piens/Stäcker bearbeitet, wurden mit Marionetten inszeniert.

8   Das Repertoire der sächsischen Marionettenspieler umfaßte 100 bis 150 Stücke. Davon waren nur ein Fünftel Kinderstücke (ab 1890). Die Puppentheatersammlung Dresden besitzt rund 2700 Handschriften dieser Dramen, geschrieben zwischen 1835 und 1955. Nur ein Bruchteil davon wurde bisher ernsthaft auf seinen Inhalt und seine Strukturen untersucht.

9   Es ist das Verdienst der damaligen Landesregierung Sachsens und seines Referenten für Volkskunst, dem heutigen Generaldirektor der Staatlichen Kunstsammlungen, Prof. Manfred Bachmann, die Privatsammlung Otto Links (1888–1959) übernommen zu haben und Otto Link als deren Leiter auf Lebenszeit einzusetzen. Damit war vom ersten Tag ihres Bestehens an eine enge Praxisverbundenheit gewährleistet. Otto Link genoß das Vertrauen der sächsischen Puppenspieler. Liebevoll wurde er von ihnen »Papa Link« genannt. Er war in ihrem Wohnwagen ein gern gesehener Gast. Stets setzte sich Otto Link für die Belange der Marionettenspieler ein. Er versuchte, ihnen Wege zu zeigen, um ihr künstlerisches Niveau mit den gesellschaftlichen Anforderungen in Einklang zu bringen. Seinem umfangreichen Fachwissen, seinem Fingerspitzengefühl und seinem beispielhaften Engagement ist es zu verdanken, daß das sächsische Marionettenspiel in den revolutionären Umwälzungen zwischen 1945 und 1960 existent blieb und vieles von seiner Ursprünglichkeit bewahren konnte. In diesem komplizierten Prozeß erkannte zwar auch Otto Link diese Tradition noch nicht in jenem Umfang, wie wir es heute tun. Aber für ihn war das sächsische Marionettenspiel ein Teil des humanistischen deutschen Kulturerbes, das es wert auch galt, im Museum zu bewahren. Dazu trugen seine großen Dresdener Puppentheaterausstellungen 1951, 1953 und 1957 bei. Nach dem Tode Otto Links übernahm Dr. Rolf Mäser die Leitung. Er setzte einerseits das Sammeln und Dokumentieren und andererseits die Förderung bewahrenswerten Puppenspielerbes fort.
    Wenn die Puppentheatersammlung Dresden heute 35 Jahre besteht, dann aber nie allein als Museum, das nur Bestände erwirbt, pflegt und ausstellt, sondern auch als ein Institut, das einen wissenschaftlichen Beitrag zur Aufarbeitung der Puppentheatergeschichte leistet und als Konsulent den Praktikern ständig zur Verfügung steht. Beispiele dafür sind die Herausgabe der »Mitteilungen« seit 1958 und die Unterstützung vieler wissenschaftlicher Arbeiten.

10  Mit 111 000 Besuchern in 12 Wochen übertraf sie alle Erwartungen. In diesem Resultat widerspiegelt sich
    a) das gewachsene Interesse an der Auseinandersetzung mit dem nationalen Kulturerbe;
    b) eine Anerkennung der Lebendigkeit dieser Theatergattung »Puppenspiel« in der breiten Öffentlichkeit;
    c) die Aufmerksamkeit, die auch die Künste dem Puppentheater zollen.
11  Die Sonderausstellungen stellen den Abschluß und die öffentliche Popularisierung von wissenschaftlichen Teilergebnissen — einschließlich der Restaurierung — dar. Sicherlich wird es die Aufgabe der beginnenden neunziger Jahre sein, das sächsische Wandermarionettentheater in seiner Gesamtheit als Teil des Volkskunsterbes zu würdigen. Aussagen zur Spielweise, den Spielformen und dem Repertoire, zum Verhältnis von Marionetten- und Schauspieltheater wären ebenso Gegenstand der Schau wie die Lebensweise der Marionettenspieler oder die praktische Pflege und Weiterentwicklung dieser Kunst im zeitgenössischen DDR-Puppentheater.

*Gina Weinkauff*
»Obwohl nicht kasperlemäßig im Sinne des niederdeutschen Kasperlespiels«. Der Anteil von Carlo Böcklin und Beate Bonus an der Entwicklung des künstlerischen Handpuppenspiels in Deutschland

1  Purschke, Hans Richard, Die Entwicklung des Puppenspiels in den klassischen Ursprungsländern Europas, Frankfurt/M. 1984, S. 167.
2  Carlo Böcklin, 1870—1937. Literatur: Caprin, Giulio, Un Interprete tedesco del Paesaggio toscano (Carlo Boecklin), in: Emporium, Jg. 1910, S. 112ff.; Vollmer, Hans (Hg.), Allgemeines Lexikon der bildenden Künstler des XX. Jahrhunderts, Leipzig (Seemann) 1953, S. 245.
3  Hildebrandt, Paul, Das Spielzeug im Leben des Kindes, Berlin 1904, S. 61.
4  Vgl. von Polenz, Benno, Spielt Handpuppentheater!, München 1920, S. 22. Es handelt sich um eine Aufzählung der verbreitetsten Typen bei den käuflichen Spielfigurensätzen, auch bei den gedruckten Kaspertheatertexten dieser Zeit, soweit sie der Verfasserin vorlagen. Sie bestätigen den Eindruck, daß die Figur der Großmutter sich erst im zweiten Jahrzehnt dieses Jahrhunderts auf der Handpuppenbühne etabliert.
5  Vgl. u.a. die »althamburgischen Kasperspiele« bei Johannes Rabe, Kasper Putschenelle, Hamburg (Quickborn) 1924 (2. Aufl.).
6  Gr. G. (d. i. Goehler), Vom Kasperletheater, in: Der Kunstwart, München 1908, 22. Jg., H. 12, S. 362.
7  Bei ihren Auftritten auf Märkten und offenen Plätzen hatten die Handpuppenspieler ein Laufpublikum zu interessieren. Komplexe dramatische Strukturen waren dafür denkbar ungeeignet, die Gags basierten auf der Skrupellosigkeit und Omnipotenz der lustigen Figur. Zu Recht unterscheidet H. R. Purschke den traditionellen Handpuppenkasper vom Marionettenkasper durch seine Rolle als »Hauptfigur kurzer, lustiger Prügelszenen« (Purschke, H. R., Die Ahnherren Kasperls, in: ders., Über das Puppenspiel und seine Geschichte, Frankfurt/M. 1983, S. 117).
8  Schon im Jahr 1908 berichtet der »Kunstwart« über das Kaspertheater im Hause Böcklin (vgl. Anm. 6); im Märzheft 1910 folgt ein Hinweis auf die vier von Carlo Böcklin und Beate Bonus geplanten Kasperl-Bilderbücher und nach deren Erscheinen findet sich eine ausführliche Rezension des »Kunstwart«-Herausgebers Ferdinand Avenarius im Februarheft 1911. Positive Resonanz findet Böcklin auch in der Fachzeitschrift »Das Puppentheater«. In Heft 6 des 1. Bandes 1923/24 werden die Bilderbücher mit Attributen wie »wundervoll«, »originell« und »vorbildlich« gepriesen (in einer Kurzrezension unter der Rubrik »Neue Literatur« auf S. 91). In Heft 9 des gleichen Jahrgangs äußert sich Dr. Paul aus Dresden in ähnlicher Weise über Böcklins Figuren («Einiges über Handpuppen«, S. 135—139). Auch in Philipp Leibrechts Aufsatz »Über Puppenspiele und ihre Pflege«, erschienen 1920 als Schrift des Bühnenvolksbundes, werden die Bilderbücher lobend erwähnt. Benno v. Polenz schließlich, Spezialist für Kaspertheater beim »Unterausschuß für Kino-Ersatz des sächsischen Landesausschusses für Jugendpflege«, weiß, allen nationalen Vorbehalten zum Trotz, die Vorteile der Böcklinschen Spiele zu schätzen: »Obwohl nicht kasperlemäßig im Sinne des niederdeutschen Kasperlespiels, eignen die Stücke sich doch recht gut zur Vorführung, und zwar vor kleineren Kindern.« (Polenz, Benno v., Spielt Handpuppentheater!, München 1920, S. 35).
9  Böcklin/Bonus, Kasperl-Bilder-Bücher, Verlag Gebauer und Schwetschke, hrsg. von Friedrich Michael Schiele, Halle an der Saale 1911 (1. Aufl.); Band I — Der hohle Zahn; Band II — Freund Hein; Band III — Der Schatz; Band IV — Der Höllenkasten. In der Bibliographie von Hugo Schmidt (Allerlei Kasparstücke, Leipzig 1929) ist eine weitere Auflage von Bänden im Verlag Flemming und Wiskott, Berlin, angegeben. »Laut Mitteilung des Verlages«, so heißt es aber bereits 1924 in der schon erwähnten Kurzbesprechung der Zeitschrift »Das Puppentheater«, seien die Bände I, III und IV vergriffen. Im Gesamtverzeichnis deutschsprachigen Schrifttums wird — wenig überzeugend — eine ebenfalls 1911 erschienene Ausgabe eines Verlags Bürenstein angegeben. Schließlich weist Hermann Bousset, der Leiter des Verlags »Die Jugendlese«, auf die Möglichkeit hin, »wunderschöne Textbücher mit bunten Bildern, die Böcklin gemalt hat«, über seinen Verlag zu

beziehen (Hermann Bousset, Spiel und Hantierung in der neudeutschen Jugendbewegung, in: Das Echo, Beilage Erziehung und Unterricht, 11. November 1920.
10 Bestelmeier, Georg Hieronimus, Magazin von verschiedenen Kunst- und anderen nützlichen Sachen, zur lehrreichen und angenehmen Unterhaltung der Jugend, als auch für Liebhaber der Künste und Wissenschaften, welche Stücke meistens vorräthig zu finden bei G. H. Bestelmeier in Nürnberg; Reprint der Ausgabe von 1803, Zürich (Olms) 1979, Nr. 322.
11 Gr. G., a. a. O., S. 363.
12 Dr. Paul, Einiges über Handpuppen, a. a. O., S. 138.
13 Polenz, Benno v., a. a. O., S. 21.
14 Vgl. Jakob, Max, Mein Kasper und Ich. Lebenserinnerungen eines Handpuppenspielers, Stuttgart 1981 (2. Aufl.), S. 73.
15 Vgl. Dr. Paul, a. a. O., S .138; laut Purschke (Zur Entwicklung des Puppenspiels..., a. a. O., S. 400) sind im historischen Museum Basel folgende 13 Böcklin-Handpuppen erhalten: Kasper, Großmutter Kunigunde, Räuber Balthasar, Räubergehilfe, Mohrenfürst, Teufel, Tod, Krokodil, Gespenst mit beweglicher Zunge, Gespenst, Pferd, Fisch, Hase sowie die Requisiten Pritsche, Sack und Lanze.
16 Bei Arwed Strauch kosteten die Puppen 75 RM mit Holzkopf und 125 RM, wenn der Kopf aus Stoff gefertigt war. Es gab auch die Möglichkeit, einen 6—7 Figuren umfassenden Satz für 30 bzw. 40 RM Gebühr auszuleihen (vgl. Benno v. Polenz, a. a. O., S. 21).
17 »Man hege das stärkste Mißtrauen gegen alle Anleitungen und Bücher, die vorschreiben und verlangen, man solle sich die Köpfe selbst herstellen, aber wie? Etwa aus Holz schnitzen? Der arme Bursche, der das versucht, ist für die Kasparkunst verloren, denn Schnitzen ist eine Kunst, und nur ein großer Künstler vermag nach langer Schulung und fleißigem Studium einen brauchbaren Kasparpuppenkopf zu schnitzen. Daher rate ich allen Jugendlichen, die Lust und Neigung zur Kasperei verspüren: die Köpfe zu kaufen.« Hugo Schmidt, a. a. O., S. 1.
18 »Es ist nicht von ungefähr, daß der Hohnsteiner Kasper und der deutsche Michel sich recht ähnlich sehen. Der deutsche Michel ist ja ebensowenig wie die französische Marianne und der englische John Bull die Erfindung hämischer Nachbarn, sondern ein Typ, vom Volk selbst geschaffen oder zumindest von ihm auf den Schild gehoben, in dem es sich selbst verkörpert findet. So ist der Hohnsteiner Kasper in der Art, wie er sich in den Jahrzehnten Ihres Wirkens herausgebildet hat, über eine persönliche künstlerische Leistung hinausgewachsen; er ist ein Typ, der seine Kraft und damit auch seine Popularität aus den besten Seiten deutschen Wesens zieht.« Aus: Hg. Just, Herbert, Puppen-Spieler. Mensch — Narr — Weiser, Kassel, 1958, Vorwort S. 2.
19 Vgl. Schulenburg, Werner von der, Von der nationalen Mission des Puppentheaters, in: Das literarische Echo 1916/17, S. 1112ff.
20 Trugen die Räubergestalten der mündlich tradierten Volksliteratur wie der bayrische Hiasl, der Schinderhannes oder Klaus Störtebeker noch stark regionale Züge, so erhielten die »literarischen« Räubergeschichten seit Zschokkes »Aballino, der große Bandit« (1794) vielfach italienisches oder jedenfalls südländisches Kolorit, eine Tendenz, die im Laufe des 19. Jahrhunderts mit Vulpius' »Rinaldo Rinaldini« und seinen zahlreichen Epigonen dominierend wurde.
21 A. (d. i. Ferdinand Avenarius), Kasperle soll aufleben, in: Der Kunstwart. 2. Februarheft 1911, 24. Jg., S. 271ff.
22 Vgl. Bonus-Jeep, Beate, 60 Jahre Freundschaft mit Käthe Kollwitz, Boppard (Rauch) 1948, 2. Auflage Bremen (Schünemann) 1963.
23 Malergeschichten, Leipzig (Grunow) 1901; 7 Geschichten vom Sande, München (Callwey) 1912; Das Olaf-Buch, hrsg. v. Arthur Bonus, Stuttgart (Thienemanns) 1925; (weitere Auflagen 1936 und 1943, letztere als »Frontbuchausgabe«, der zweite Band »Der Sohn des Heiligen« erschien 1934 im Sanssouci-Verlag Potsdam).
24 Hier zitiert Beate Bonus aus einem Brief der Kollwitz, in Auszügen abgedruckt in: Bonus, Beate, 60 Jahre ..., a. a. O. 2. Auflage, S. 77.
25 Avenarius, Ferdinand, a. a. O., S. 272.
26 Böcklin/Bonus, Freund Hein, a. a. O., S. 7.
27 Avenarius, Ferdinand, a. a. O., S. 272.
28 Reinhardt, Carl August, Das wahrhaftige Kasperletheater in 6 Stücken, München (Braun und Schneider) 1852; 2.—10. Auflage im gleichen Verlag 1877—88; 17. Auflage (Braun und Schneider) 1924; spätestens ab der 12. Auflage erschienen die Texte in gebundener Form.
29 Aus Kasperls Epilog nach dem 6. und letzten Stück, a. a. O.

*Gérard Schmidt*
*Neues in und aus Knollendorf. Das Kölner »Hänneschen«-Theater zwischen Tradition und Erneuerung*

1 Der Autor war von 1983—1988 Leiter der »Puppenspiele der Stadt Köln«.
2 Niessen, Carl, Das rheinische Puppenspiel, Bonn 1928.
3 Schwering, Max, Das Kölner »Hänneschen«-Theater, Köln 1982.

*Peter Gendolla*
*Die Kunst der Automaten. Zum Verhältnis ästhetischer und technologischer Vorstellungen in der Geschichte des Maschinenmenschen vom 18. ins 20. Jahrhundert*

Der vorliegende Text beruht auf einem Vortrag von P. Gendolla am Institut für Fernstudien (IfF), Klagenfurt 1988.

1 Maurice, Klaus, Von Uhren und Automaten. Das Messen der Zeit. München 1968. Maurice, Klaus/Mayer, Otto (Hrsg.), Die Welt als Uhr. München/Berlin 1980.
2 Chapuis, Alfred/Gélis, Edouard, Le monde des automates. Etudes historiques et techniques. Paris 1928. Simmen, René, Der mechanische Mensch. Zürich 1967. Swoboda, Helmut, Der künstliche Mensch. München 1967. Völker, Klaus (Hrsg.), Künstliche Menschen. Dichtungen und Dokumente über Golems, Homunkuli, Androiden und liebende Statuen. München 1971. Heckmann, Herbert, Die andere Schöpfung. Frankfurt/M. 1982. Beyer, Annette, Faszinierende Welt der Automaten. Uhren, Puppen, Spielereien. München 1983.
3 Offray de La Mettrie, Julien, L'homme machine. Leiden 1748. Zu besagter Irritation s. a.: Hans Dieter Bahr, Das künstliche Subjekt oder die Nachtigall und der Automat. In: Ders., Sätze ins Nichts. Versuch über den Schrecken. Tübingen 1985, S. 249—264.
4 Bei Jean Paul in den Satiren, in »Titan« und »Komet«, bei Hoffmann in »Die Automate« und »Der Sandmann«, bei Eichendorf in »Marmorbild«, in Villiers »L'Eve future« und Durrells »Nunquam«. Die vollständige Literatur und ihre Diskussion findet sich bei: Schmidt-Biggemann, Wilhelm, Maschine und Teufel. Jean Pauls Jugendsatire nach ihrer Modellgeschichte, Freiburg 1975. Sprengel, Peter, Maschinenmenschen, in: Jahrbuch der Jean Paul-Gesellschaft 12/77, S. 61—105. Gendolla, Peter, Die lebenden Maschinen. Zur Geschichte des Maschinenmenschen bei Jean Paul, E.T.A. Hoffmann und Villiers de l'Isle Adam. Marburg 1980. Sauer, Lieselotte, Marionetten, Maschinen, Automaten. Der künstliche Mensch in der deutschen und englischen Romantik. Bonn 1983. Drux, Rudolf, Marionette Mensch. Ein Metaphernkomplex und sein Kontext. München 1986.
5 Zur Geschichte und Interpretation des Textes s. Müller-Seidel, Walter (Hg.), Kleists Aufsatz über das Marionettentheater. Jahresgabe der H. v. Kleist-Gesellschaft. Berlin 1967.
6 H. v. Kleist, Über das Marionettentheater, in: Sämtliche Werke, hrsg. v. Karl Siegen, 4 Bde, Leipzig 1902, Bd. 3, S. 214.
7 Zum Zusammenhang Engel — Automat siehe Schmidt-Biggemann, a. a. O., und neuerdings Coy, Wolfgang, Die Maschinen sind Maschinen der Engel, in: Sprache im technischen Zeitalter, 104/87, S. 339—347.
8 Poppe, J. H. M., Wunder der Mechanik. Tübingen 1824. Dieses, die wichtigsten Automaten vorstellende Büchlein taucht in der einschlägigen Literatur nicht auf, lediglich bei Chapuis/Gélis, Bahr und Heckmann werden andere Texte Poppes zur Technikgeschichte erwähnt.
9 In den Automatenbüchern wird meist die Skizze einer anderen Ente als der Vaucansons abgebildet. Die authentische findet sich in der »Grand Encyclopédie«(Paris 1885), und dann bei Beyer, Annette, a. a. O., S. 87.
10 Beyer, A., a. a. O., S. 57.
11 siehe die Beispiele in Maurice/Mayr (Hg.), a. a. O.
12 Beyer, A. a. a. O., S. 134.
13 Aus dem Katalog des Kaufhauses Hyman Abrahams, London, 1900, Abb. b. Hillier, Mary, Automata & Mechanical Toys. London 1976, S. 156.
14 E.T.A. Hoffmann, Die Automate, in: E.T.A. Hoffmanns Werke, Frankfurt/M. 1967, Bd. 2, S. 355.
15 Wiener, Oswald, Die Verbesserung von Mitteleuropa, Reinbek 1969.
16 Simmen, Rene, a. a. O., S. 101. Diese biographische Anmerkung Simmens, die er selbst Wurzbachs »Biographisches Lexikon«, Wien 1856, entnommen hat, ist später mehr oder weniger wörtlich von Heckmann (a. a. O., S. 257) und Beyer (a. a. O., S. 63) abgekupfert worden. Ich möchte mich hiermit diesem Xerox-Verfahren anschließen, auch, um der künftigen Text-Produktion durch Computer etwas vorzugreifen.
17 Villiers de l'Isle Adam, Jean Marie, Die Eva der Zukunft. Deutsch von Annette Kolb. Frankfurt/M. 1984. S. 245f. Ein solches »Ach!«, gesprochen von Hoffmanns Olimpia im »Sandmann«, hat Kittler zum Ursprung der Spr-ach-e des Dichters um 1800 erklärt, als Selbsterzeugung des Schriftstellers aus seinen (Automaten-)Projektionen des Weiblichen. Siehe Kittler, Friedrich A., Aufschreibesysteme 1800/1900. München 1985.

18 Villiers, a. a. O., S, 164.
19 Jarry, Alfred, Le surmâle. Ed. Revue Blanche, Paris 1902. Siehe auch Gendolla, Peter, Die Hochgeschwindigkeitsliebe. Über Alfred Jarrys »Le surmâle«. In: Folia pataphysica. CMZ-Verlag Rheinbach/Merzbach 1986, S. 17—32.
20 Carrouges, Michel, Les Machines Célibataires. Paris 1954 (Neuaufl. 1975). Siehe auch Szeemann, Harald (Hg.), Les Machines Célibataires. Ausstellungskatalog, Venedig 1975.
21 Zit. b. Fischer, Lothar, Max Ernst. Reinbek 1969, S. 41.
22 Wiener, a. .a. O., S. CLXXXI f.

*Gerd Taube*
*Kinematographie und Theater. Spuren des sozialen Wandels im Wandermarionettentheater des 20. Jahrhunderts*

1 Die Ursachen dafür, daß die Marionettentheater in Preußen mit weniger attraktiv ausgestatteten Theatern ebenso existieren konnten wie die Marionettentheater Sachsens, deren Publikumswirksamkeit von einer besonderen Ausgestaltung jedes zum Theater gehörenden Elements ausging, muß in den kulturellen und historischen Besonderheiten der Spielgebiete gesucht werden.
2 Der Begriff Freizeit wird im Sinne von »freier Zeit«, die allein der Verfügung des Lohnarbeiters unterliegt, verwendet. Er bezeichnet also die freie Zeit des Industrieproletariats, die diesem außerhalb des Arbeitsplatzes und streng getrennt von der Produktionssphäre zur Verfügung stand. Unter »Feierabend« ist die Zeit der in der Hausindustrie und Landwirtschaft Beschäftigten nach vollbrachtem Tagwerk zu verstehen. Der »Feierabend« impliziert durchaus eine Nähe zu produktiver Arbeit, die einem Nebenerwerb oder der Selbstversorgung dient.
3 Ich stütze mich dabei vor allem auf: Bernstengel, Olaf, Das Repertoire volkstümlicher Marionettenspieler in Sachsen zwischen 1850 und 1900, dargestellt am Beispiel von »Apels Fantochen- und Marionettentheater«, Diplomarbeit, Theaterhochschule »Hans Otto«, Leipzig 1985, S. 107—115. Vgl. auch den Beitrag von O. Bernstengel in diesem Band.
4 Vgl. dazu auch: Küper, G., Aktualität im Puppenspiel. Eine stoff- und motivgeschichtliche Untersuchung, Emsdetten, 1966.
5 Laut Einnahmebuch des Marionettentheaters Max Kressig können nach dem 26. Dezember 1915 keine Vorstellungen mehr nachgewiesen werden, in denen ausschließlich der Kinematograph zum Einsatz kam.
6 Ein weiterer Vorteil Max Kressigs, der dazu führte, daß er schon nach knapp zwei Jahrzehnten zu den bedeutendsten Marionettentheaterbesitzern Sachsens gezählt werden mußte, war die Tatsache, daß er aufgrund seiner Armverletzung nicht zum Kriegsdienst einberufen wurde. Damit war sein Theater eines der wenigen, die im Ersten Weltkrieg kontinuierlich weiterspielten, ohne einen Qualitätsverlust durch die fehlende Männerbesetzung hinnehmen zu müssen.
7 Ähnliches ließe sich am Beispiel des Falles des Hauptmanns von Köpenick nachweisen. Dieses Stück wurde im Marionettentheater von Curt Kressig, aber auch von anderen Bühnen gespielt und war ebenfalls für eine gewisse Zeit ein Zugstück.
8 Rüdiger, B., Der Freistaat in der Weimarer Republik, in: Sächsische Heimatblätter, Dresden 1984, S. 138.
9 Dies ist zunächst ein Beispiel für diese These, die sich auf die Arbeit von H. Birett, Verzeichnis in Deutschland gelaufener Filme, Entscheidungen der Filmzensur 1911—1920, Berlin, Hamburg, München, Stuttgart 1980, bezieht. In dem genannten Werk werden alle von der Polizeizensur geprüften Filme zwischen 1911 und 1920 aufgeführt. Es wäre notwendig, anhand dieser Aufstellung einen Vergleich zwischen allen in Deutschland zu dieser Zeit gelaufenen Filmen und dem Gesamtrepertoire sächsischer Wandermarionettentheater anzustellen, wobei bei einer Übereinstimmung der Filmtitel noch nicht auf die Identität des Stoffes oder gar der Story geschlossen werden kann. Aber durch eine weiterführende Untersuchung, bis hin zum Vergleich ausgewählter Filme mit Textbüchern der Marionettentheater, könnte das angesprochene Wechselverhältnis erhellt werden.
10 Dazu zähle ich auch die Sagen, Märchen, Volksüberlieferungen, die Dramatik des Schauspielertheaters u. ä. Bei der Übernahme von Stücken des Schauspielertheaters war der Unterschied der Qualität der Darstellung sowie das Wesen des Mediums nicht in dem Maße entscheidend, da zwischen beiden Theaterarten naturgemäß eine größere Nähe bestand als zwischen Film und Marionettentheater. Dennoch müßte auch das Verhältnis dieser beiden Genres einer gründlichen Untersuchung unterzogen werden; dies ist jedoch im Rahmen dieses Beitrages nicht möglich.
11 1918 und 1919 wurde von der Polizeizensurstelle in Berlin verfügt, daß der Film »Verlorene Töchter« der William-Kahn-Film nur gekürzt vorgeführt werden durfte. Es ist nicht sicher, ob der Film und das Marionettentheaterstück identisch sind oder zumindest stofflich Parallelen aufweisen. Aber die Herkunft des Titels ist wohl eindeutig.

12 Im Repertoire des Marionettentheaters von Curt Kressig nachgewiesen.
13 Im Theatrum mundi des Marionettentheaters von Bruno Wünsch nachgewiesen.
14 Vgl. Bernstengel, a. a. O., S. 134, Anm. 6.
15 Die Funktion des Marionettentheaters, als Kindertheater zu wirken, ist zumindest im Marionettentheater von Max Kressig von untergeordneter Bedeutung gewesen. Es gibt ein durchschnittliches Verhältnis von sieben Abendvorstellungen (für Erwachsene) zu einer Nachmittagsvorstellung (für Kinder). Es gibt einige Orte, in denen gar nicht oder nur einmal für Kinder gespielt wurde. Im Theaterzelt veranstaltete Kressig ausschließlich Erwachsenenvorstellungen. Außerdem ist das eigenartige Phänomen verzeichnet, daß in den Einnahmebüchern jeweils die Stücktitel der Abendvorstellungen aufgeführt wurden, nicht aber bei den Vorstellungen für Kinder. Hier findet sich nur die Bezeichnung »Nachmittag«.

*Rainald Simon*
*»Aber seine Schemen machen ihm nur Freude.« Notizen zum Exotismus im deutschen Figurentheater*

1 Reif, Wolfgang, Zivilisationsflucht und literarische Wunschträume. Der exotische Roman im ersten Viertel des 20. Jahrhunderts, Stuttgart 1975, S. 13.
2 Segalen, Victor, Die Ästhetik des Diversen, Frankfurt/M. 1983; Zitate S. 111 und S. 80.
3 Die zweite Phase nach dem II. Weltkrieg brachte keine grundsätzlichen Veränderungen und ist bereits von Hans Joachim Kemper, einem langjährigen Mitspieler Max Bührmanns, ausführlich dargestellt worden. Vgl. hierzu: Kemper, San Mei Pan. Die Drei Pflaumenblüten-Gesellschaft. Geschichte der Schattenspielgruppe des Dr. Max Bührmann. Sonderausgabe verschiedener, in den Lüdenscheider Nachrichten erschienener Artikel (vom 26./27. Februar; 3. März; 11. März; 19./20. März und 24. März 1966), Lüdenscheid o. J.
4 Jacob, Georg, Geschichte des Schattentheaters, Hannover 1925, S. 169; Zitat S. 172.
Auf die Schwierigkeit der Unterscheidung weist auch Hans Purschke hin: »Die Frage ist nun, ob diese Schattenspiele immer mit Figuren gegeben wurden wie bei den Ombres chinoises, oder ob es die Schatten von Schauspielern hinter einer Leinwand oder gar Laterna magica-Bilder waren«.
Vgl. Purschke, Hans Richard, Die Entwicklung des Puppenspiels in den klassischen Ursprungsländern Europas, Frankfurt/M. 1984, S. 102.
5 Zur Rezeption dieses Textes, siehe meinen Aufsatz »Zum chinesischen Schattentheater«, in: Baessler-Archiv. Beiträge zur Völkerkunde, Bd. XXXI, 1983, S. 357—405, hier S. 358f.
6 Needham, Joseph, et al., Science and Civilisation in China, Vol. 4, Physics and Physical Technology, S. 123.
7 Zit. nach: Hoffmann, Detlev und Junker, Almut, Laterna Magica. Lichtbilder aus Menschenwelt und Götterwelt, Berlin 1982, S. 13.
8 Ebenda, S. 17. Das Zitat folgt der kommentierten deutschen Ausgabe von Kirchners »Ars magna lucis et umbrae«, erschienen unter dem Titel »Magia optica« von Kasper Schott, Würzburg 1671.
9 Völlig unabhängig von dem chinesischen Theaterwissenschaftler Sun Kaidi, der diese These 1952 aufstellte und auf dessen Arbeiten meine Darstellung in »Das chinesische Schattentheater«, Melsungen 1986, S. 17, zurückgeht, hat Georg Jacob in »Zur Geschichte des Bänkelsanges« (Litterae orientales, H. 41, Leipzig 1930) für den Orient und Japan Material geliefert, das die »chinesische These« unterstützt!
10 Seltmann, Friedrich, Schatten- und Marionettenspiel in Sâvantvâdi, Wiesbaden 1985 und, ders., Schattenspiel in Kerala. Sakrales Theater in Süd-Indien, Wiesbaden 1986.
11 Jacob, wie Anm. 4, S. 117.
12 Vgl. Simon, Das Chinesische Schattentheater, Melsungen 1986, S. 11.
13 Der Briefwechsel sei an dieser Stelle angeführt, da er meines Wissens bislang in der Literatur zum deutschen Schattentheater nicht erwähnt wurde. Die zitierten Stellen finden sich in: Bettine von Arnim, Werke und Briefe, Bd. 1, Darmstadt 1959, S. 165ff.
14 Vgl. Straßer, René, Das literarische Schattenspiel, Schatten-, Farben- und Lichtspiel. Ein Beitrag zu einem wenig beachteten Kapitel deutscher Literatur- und Theatergeschichte. Separatdruck aus Rorschacher Neujahrsblatt 1983, 43. Jg., Rorschach 1983, S. 7 (Kerner) und S. 9 (Mörike); vgl. auch Schneider, Ilse, Puppen- und Schattenspiele in der Romantik, Phil. Diss., Wien 1920.
15 Vgl. hierzu: Licht und Schatten. Scherenschnitt und Schattenspiel im zwanzigsten Jahrhundert, München 1984, S. 23ff.
16 Jacob, wie Anm. 4, S. 213.
17 Ebenda, S. 213.
18 Leiris, Michel, Das Auge des Ethnographen, Frankfurt/M. 1978, S. 34.
19 Du Halde, J. B., Déscription géographique, historique, chronologique, politique et physique de l'empire de la Chine et de la Tartarie chinoise, Tome II, La Haye 1736, S. 113. Die Übersetzung stammt von mir. (Deutsche Ausgabe des 2. Teils: Rostock 1748); vgl. auch Boetzkes, Manfred, Chinesisches Figurentheater und China-

mode, in: Kölner Geschichtsjournal 1, Köln 1976, S. 142. Siehe auch: Simon (wie Anm. 12), S. 98 und Anm. 86.
20 Jakob, wie Anm. 4, S. 13.
21 Zit. nach: Menzel, Theodor, Mêddah, Schattenspiel und Orta Ojunu, Prag 1941, S. 10.
22 Wilhelm, Richard, Pekinger Abende 1922—1924, hier 1923, I. S. 2.
23 Hagemann, Carl, Spiele der Völker, Berlin 1919, S. 444—449.
24 Jacob, wie Anm. 4, S.17.
25 Hagemann, a. a. O, S. 14.
26 Ebenda, S. 449.
27 Fischer, Otto, Wanderfahrten eines Kunstfreundes in China und Japan, Stuttgart 1939, S. 331. Fischer interpretiert die bisweilen sichtbaren dünnen Schattenlinien der Führungsstäbe aus Draht und Bambus als Fäden. Zu Allen, B. S., vgl. Simon, wie Anm. 12, S. 23.
28 Grube, Wilhelm, Krebs, Emil, Chinesische Schattenspiele, München 1915, S. V.
29 »In langjähriger und erfolgreicher Arbeit hat er Baustein für Baustein gesammelt und uns die große kulturgeschichtliche Bedeutung des Gegenstandes eindringlich vor Augen geführt.«
In einer späteren Festschrift zu Jakobs 70. Geburtstag heißt es: »Mit dem Schattentheater wird sein Name allzeit verknüpft bleiben.« (C. H. Becker, Georg Jacob als Orientalist, in: Festschrift Georg Jacob zum 70. Geburtstag, 26. Mai 1932. Hg. Theodor Menzel, Kiel 1932, S. 5).
30 Jacob, Ostasiens Kultureinfluß auf das Abendland, Festvortrag beim Westdeutschen Ostasienkurs an der Universität Bonn, 9. April 1931; in: Sinica VI, Heft 4, S. 146ff, (hier S. 155).
31 Ebenda, S. 158.
32 Jacob, wie Anm. 4, S. 169.
33 Jacob, Einführung in die altchinesischen Schattenspiele, Stuttgart 1935, S. 8.
34 Becker, wie Anm. 29, S. 5.
35 Jacob, Märchen und Traum, Hannover 1923 (Reprint Osnabrück 1977), S. 75. Jacob meint, daß zahlreiche Märchen im Rausch entstanden seien.
36 Vriesen, Helmuth, mb oder das Schattenspiel, in: mpb 60, hrsg. von Hans Joachim Kemper, Lüdenscheid 1964, S. 43.
37 Bührmann, Max, Das farbige Schattenspiel, Bern 1955, Einleitung.
38 Jacob, Zusammenstellung eingehender Besprechungen und Voranzeigen der Tournee der San-Mei-Hua Pan im März 1935. Abschrift der unveröffentlichten Schreibmaschinenmanuskripte aus der Sammlung Bührmann; Standort: Puppenspielkundliches Archiv Schnoor, Lüdenscheid, Vorwort.
39 Jacob, wie Anm. 4, S. 197.
40 Schuster, Ingrid, China und Japan in der deutschen Literatur 1890—1925, Bonn und München 1977, S. 115.
41 Ebenda.
42 Die folgenden Zitate nach Jacob, wie Anm. 38.
43 Lessing, Ferdinand, Tanzende Schatten, in: Der Ferne Osten, 1932.
44 Inhaltsangaben der Originalstücke bei Simon, wie Anm. 12, S. 33, 38, 39, sowie die Übersetzungen in Grube.
45 Jacob, wie Anm. 4, S. 15ff.
46 March, Benjamin, Chinese Shadow-figure Play and their Making, Detroit, 1938, S.32. Die abgebildeten Figuren sind leider verschollen.
47 Tang Jiheng, Eine Untersuchung zum chinesischen Regionaltheater. Das Schattentheater der Präfektur Luan (chin.), in: Revue de l'Université Franco-Chinoise, Vol. 8, Nr. 3.
48 Jakob, wie Anm. 4, S. 15: »Unser Bestreben war natürlich in erster Linie auf Stilechtheit gerichtet«.
49 Liste der Aufführungen vor 1945 in Deutschland:
26. Mai 1932 Theatermuseum Kiel
9. Okt. 1934 Hörsaal des Deutschen Archäologischen Institutes, Berlin
10. Okt. 1934 Hörsaal des Museums für Völkerkunde, Berlin
17. Nov. 1934 Kaiserlicher Yachtclub, Kiel
22. Nov. 1934 Dr. Wassily, Kiel
28. Nov. 1934 Musikhalle, Hamburg
29. Nov. 1934 Atlantishaus, Bremen
30. Nov. 1934 Folkwangmuseum, Essen
3. Dez. 1934 Institut für Physiologische Chemie, Tübingen
5. Dez. 1934 Lindenmuseum, Stuttgart
19. März 1935 China-Institut, Frankfurt
28. März 1935 Chinesische Gesellschaft, Berlin

50 In: mpb 60, wie Anm. 36, S. 31—33.
51 Laut einer mündlichen Mitteilung von Hans Joachim Kemper, Lüdenscheid 1987. In diesem Zusammenhang fällt eine Bemerkung Helmuth Vriesens (Vriesen, wie Anm. 36) äußerst unangenehm auf: »Eine offensichtliche Fehlbesetzung aber war der, dazugehörige, absolut unfertige Friedrich Kayßler. m. b. (= Max Bührmann, R. S.) wird mir nicht übelnehmen, daß ich dieses hier öffentlich bekannt gebe. Er hat jedenfalls hinter den Kulissen dafür gesorgt, daß der jüdische Jüngling schleunigst sein Doktorexamen bestand, abreiste und somit ein für allemal aus dem Wege war.« Die Äußerung ist ebenso geschmacklos wie verräterisch, zeugt sie doch von einer Blindheit gegenüber dem, was ab 1933 in Deutschland geschah.

*Manfred Wegner*
*Vom Wandervogel zu einem Kindertheater in der Weimarer Republik*

1 Carl Iwowski, geboren am 9. August 1894 in Hamburg, gestorben am 27. April 1970 in Röntgental/b. Berlin/DDR; Sohn der Eheleute Hermann Iwowski (geboren in Danzig) und Balthasine Iwowski (geborene Rasmußen). Der Vater leitete eine Kneipp'sche Naturheilanstalt in Hamburg.
Alle in diesem Beitrag gemachten Angaben, sofern sie nicht anders gekennzeichnet sind, beruhen auf schriftlichen Dokumenten aus dem Bühnenarchiv, das dem Autor zu Studienzwecken von Frau Ilse Iwowski/Göttingen zur Verfügung gestellt wurde. Frau Iwowski verdanke ich zudem zahlreiche mündlich mitgeteilte Detailinformationen.
2 Berliner Börsen-Courir, Jg. 50, Nr. 312, Berlin, 7. Juli 1917, zit. nach: Huesmann, Heinrich, Welttheater Reinhardt. Bauten-Spielstätten-Inszenierungen, München 1983, S. 30. Zum »Theater der 5000«, vgl. ebenda, S. 27. Zur »Orestie«-Inszenierung im Spiegel der Kritik, vgl.: (Hg.) Fetting, Hugo, Von der Freien Volksbühne zum politischen Theater. Drama und Theater im Spiegel der Kritik, Leipzig 1987, S. 21ff.
3 Huesmann, Heinrich, ebenda, S. 32.
4 H. H., Vorrede, in: Das Große Schauspielhaus. Zur Eröffnung des Hauses herausgegeben vom Deutschen Theater zu Berlin (Die Bücher des Deutschen Theaters I), Berlin 1920 (vordatiert), S. 14.
5 Pinthus, Kurt, Möglichkeiten zukünftigen Volkstheaters, in: Das Große Schauspielhaus, ebenda, S. 47.
6 Faltblatt der Iwowski-Puppenspiele. Puppenspieler des Bühnenvolksbundes, Berlin 1925.
7 Der Neue Wille. Jungdeutsche Blätter, Jg. 1, Hefte 1—5, Berlin 1919 und Jg. 2, Hefte 1—5/6, Berlin 1920. Standort: Preußischer Kulturbesitz Berlin/W., Staatsbibliothek. Jg. 2, Heft 5/6 ist nicht im Bestandskatalog enthalten.
8 Ebenda, Jg. 1, Heft 5, Berlin 1919, S. 85 und Jungdeutsche Stimmen Jg. 2, Heft 7/8, Hamburg 1920, S. 220. Zur »Kämpfenden Jugend«, vgl.: Kneip, Die Jugend der Weimarer Zeit. Handbuch der Jugendbewegung 1919–1938, Frankfurt/M. 1974, S. 167.
9 Der Zwiespruch, Jg. 1, Hartenstein/Sa., 1. November 1919.
10 Zum Wandervogel v. B. und Wandervogel e. V., vgl. Kneip, a. a. O., S. 244 und S.238f; zu den »Jugendringen«, ebenda, S. 167 und S. 226 (Spielscharen).
11 Zum Jungdeutschen Bund, zu dessen Vorgeschichte und Wirkung bis 1924, vgl.: Müller, Jacob, Die Jugendbewegung als deutsche Hauptrichtung neukonservativer Reform, Phil.-Diss., Zürich 1951, S. 249ff und Laqueur, Walter, Die deutsche Jugendbewegung. Eine historische Studie, Köln 1982 (Studienausgabe), S. 120f und S.138.
12 Zu den »Fahrenden Gesellen« und zum Deutschnationalen Handlungsgehilfenverband, vgl.: Ehrenthal, Günther, Die deutschen Jugendbünde. Ein Handbuch ihrer Organe und Bestrebungen, Berlin 1929, S. 140 und Kneip, a. a. O. S. 244.
13 Nachrichten-Dienst des Presseamtes der Fichte-Gesellschaft, P., Nr. 5, Hamburg, September 1921, zit. nach: Müller, Jakob, a. a. O., S. 255. Weiterführende organisatorische Beziehungen in der Verflechtung von Teilen der Jugendbewegung mit den kulturpessimistischen Ideenzentralen der neukonservativen aristokratischen Intelligenz, etwa dem Juni-Club um Arthur Moeller van den Bruck, ergeben sich über die Person des Publizisten und Mitglieds des Juni-Clubs, Wilhelm Stapel, »der zu den eigentlichen Völkischen neigende christliche Jungkonservative, (der) Hauptträger der Fichte-Gesellschaft und Herausgeber des ‚Deutschen Volkstums' war und nach dem Bundestag des Jungdeutschen Bundes von 1920 dem Führerkreis, einer Art Parlament des Bundes, angehörte. Die ‚Jungdeutschen Stimmen' (das Organ des Jungdeutschen Bundes, M. W.) kamen im Auftrage und im Verlag der Fichte-Gesellschaft heraus. Hauptträger des ‚Deutschen Volkstums' wiederum war der Deutschnationale Handlungsgehilfenverband, mit über 400.000 Mitgliedern die größte nichtmarxistische Gewerkschaft Deutschlands.« (Müller, Jacob, a. a. O., S. 255).
14 Glatzel, Frank, 1. Rundbrief an deutsche Führer, o. O., 3. November 1918, zit. nach: Müller, Jacob, a. a. O., S. 250f.
15 Glatzel, Frank, a. a. O., zit. nach: Müller, Jacob, a. a. O., S. 252.

16 Zur Entstehung und zur Entwicklungsgeschichte der Jugendbewegung, vgl. die Analysen in dem Sammelband »Mit uns zieht die neue Zeit«. Der Mythos Jugend, hrsg. von Th. Koebner, R.-P. Janz, F. Trommler, Frankfurt/M. 1985. Die Meißner-Formel, ebenda, S. 195, Anm. 9.
17 Vgl.: (Hg.) Dr. Hertha Siemering, Die deutschen Jugendverbände. Ihre Ziele sowie ihre Entwicklung und Tätigkeit seit 1917, Berlin 1923, S. 200ff.
18 Nach Angaben von Mewes, Bernhard, Die erwerbstätige Jugend, Berlin 1926, betrug der Anteil der Jugendbünde im Dachverband nur 1,2 Prozent der organisierten Jugendverbände.
19 Vgl.: (Hg.) Dr. med. h.c. Hirtensiefer, Heinrich, (Preußischer Minister für Volkswohlfahrt), Jugendpflege in Preußen, Eberswalde 1930, insbesondere Kapitel III, Das Laienspiel in Preußen im Jahrzehnt von 1919—1929, S. 65ff.
20 Zu Böcklin, vgl. den Beitrag von Gina Weinkauff in diesem Band.
21 Auch Hermann Rulff macht sich bei Iwowski mit dem Handpuppenspiel vertraut und ist von März 1925 bis November 1926 Mitarbeiter der Bühne. Anfang 1927 macht er sich selbständig und gründet in Soltau »Rulff's Künstler-Puppenspiele«.

*Gerd Bohlmeier*
*»Der Kasper ist kein Clown«. Zur Organisation eines Unterhaltungsmediums im Nationalsozialismus.*

1 Der Theaterkulturverband (gegründet 1916 in Heidelberg) hatte zu Beginn der 20er Jahre bereits die Bedeutung einer Theaterbesucherorganisation verloren. Unter der Leitung von Dr. Ernst Leopold Stahl (ab 1919) verlagerte sich der Arbeitsschwerpunkt der Organisation ab 1921 auf eine »Beratungsstelle für Theaterkultur« mit dem Ziel der Schaffung und Förderung gemeinnütziger Wanderbühnen.
Die Bildung der »Abteilung Puppentheater« geht auf die Initiative des Kaufmannes und Leiters der »Leipziger Puppenspiele«, Joseph Bück, zurück. Zusammen mit dem Journalisten Alfred Lehmann (als Schriftleiter bis 1928), gab Bück ab 1923 bis Ende 1931 die Zeitschrift »Das Puppentheater« heraus. Dieses Organ diente als »Zeitschrift für die Interessen aller Puppenspieler und für die Geschichte und Technik aller Puppentheater« und stellte eine vergleichsweise lockere Verbindung zwischen den Mitgliedern und dem Verband her.
2 Vgl. hierzu: Das Puppentheater, 2. Band, Heft 12, Leipzig 1926/27 und Wasmann, Otto, Der Bund, Zweck, Ziel und Aufgaben, in: Der Puppenspieler, Jg. 1, Heft 11/12, Bochum 1931, S. 160.
3 Präsident der am 20. Mai 1929 im Prager Puppentheater »Das Reich der Puppen« gegründeten UNIMA wird Professor Dr. Jindrich Veselý.
Eine endgültige Genehmigung der Statuten der UNIMA konnte auf dem Kongreß in Paris (26.—28. Oktober 1929) erreicht werden, dem ein Kongreß im Herbst 1930 in Lüttich folgte. Zur UNIMA-Geschichte, vgl.: Puppentheater International. 50 Jahre Unima. Im Auftrag der Exekutive der UNIMA herausgegeben von der Publikationskommission, Berlin/DDR 1980 und Wortelmann, Fritz, Von Festspielen, in: Das Figurentheater, 8. Jg., H. 2, Bochum 1966, S. 71ff. Zur Baden-Badener Tagung vom 2.—9. September 1928, vgl.: Das Puppentheater, 3. Band, Heft 3 und Heft 5/6, Leipzig 1928 und 1929.
4 Vgl.: Protokoll der Vorstandssitzung des Deutschen Bundes für Puppenspiele vom 29. Mai 1930 (gez. Löwenhaupt, Wasmann). Standort: Archiv des Puppentheatermuseums München.
5 Als Mitglied der »Berufsgruppe« sind im Dezember 1930 eingetragen: Hilmar Binter (München), Georg Deininger (Stuttgart), Ernst Ehlert (Baden-Baden), Fritz Gerhards (Elberfeld), Gottfried Helebrand (Jena), Max Jacob (Hohnstein), Dr. Joseph Niessen (Köln), Werner Perrey (Kiel), Charton Schichtl (Berlin), Julius Schichtl (Bobenheim a. Rhein), Xaver Schichtl (Magdeburg), Harro Siegel (Berlin), R. Spitzel (Bad Tölz).
6 J. Bücks Zeitschrift »Das Puppentheater« konnte ab Herbst 1929 nicht mehr kostenlos als Verbandsblatt abgegeben werden. Dieser Umstand führte u. a. im Dezember 1931 aus finanziellen Gründen zu einer Fusion mit dem neuen Bundesorgan »Der Puppenspieler«.
7 Entwurf der Satzung siehe: Der Puppenspieler, Jg. 1, H. 8, Bochum 1931, S. 117 ff; zur endgültigen Bundessatzung siehe: ebenda, Jg. 1, H. 11/12, Bochum 1931, S. 174ff. Programm der Eisenacher Tagung siehe: ebenda, Jg. 1, H. 10, Juni 1931, S. 143.
8 Ebenda, Jg. 1, H. 8, Bochum 1931, S.109ff und Jg. 1, H. 9, Bochum 1931, S. 133.
9 Zu diesem Zeitpunkt waren Mitglied der Berufsgruppe:
A. Marionettentheater
Aicher, Anton, Salzburg; Binter, Hilmar, München; Charton, Karl, Berlin; Danz, Fritz, Köln; Deininger, Georg, Stuttgart; Ehlert, Ernst, Baden-Baden; Gerhards, Fritz, Wuppertal-Elberfeld; Götze, Familie, Groß-Wusternitz; Helebrandt, Gottfried, Jena; Hecker, Waldemar, Berlin-Dahlem; Kawe, Heinz, Berlin-Charlottenburg; Niessen, Dr. Jos., Köln; Rounsville, Otto, Bremen; Schichtl, Julius, Bobenheim a. Rh.; Schichtl, Xaver, Magdeburg; Schmids Marionettentheater, München; Siegel, Harro, Berlin-Schöneberg; Teubner, Oskar, Berlin; Spitzel, R., Bad Tölz;

B. Handpuppentheater
Brehm, Willy, Duisburg-Ruhrort; Ganzauge, Arthur, Dresden; Jacob, Max, Burg Hohnstein; Kastner, Anton, Dortmund; May, Robert, Darmstadt; Neuheller, Alfred, Karlsruhe; Perrey, Werner, Kiel; Rulff, Hannover; Simon, Lisl, Frankfurt/M.

10  Rundbrief »Bericht über die Verhandlungen in München vom 24.—26. April 1933« von Georg Deininger vom 29. April 1933, S. 1; Standort: Archiv des Puppentheatermuseums München.
11  Die »NS-Kulturgemeinde« (NSKG) entsteht am 6. Juni 1934 als Zusammenschluß aus Rosenbergs »Kampfbund für Deutsche Kultur« (bereits 1928 gegründet) und der als einzige von der NSDAP zugelassenen Theaterbesucherorganisation »Deutsche Bühne« (gegründet am 21. März 1933), die die gleichgeschaltete Nachfolgeorganisation des bereits 1932 allein 290 Vereine mit 350.000 Mitgliedern umfassenden »Verbandes der deutschen Volksbühnenvereine« darstellt. Zu den Zahlenangaben, vgl.: Wulf, Joseph, Theater und Film im Dritten Reich, Gütersloh 1964, S. 62.
12  Vgl.: Drewniak, Boguslaw, Das Theater im NS-Staat. Szenarium deutscher Zeitgeschichte 1933—1945, Düsseldorf 1983, S. 24ff. Zu den biographischen Angaben über Dr. Walter Stang und Gotthard Urban, vgl.: Bollmus, Reinhard, Das Amt Rosenberg und seine Gegner. Studien zum Machtkampf im nationalsozialistischen Herrschaftssystem, Stuttgart 1970, S. 31f.
13  Abschrift zu: »Kampfbund für deutsche Kultur e. V., Abteilung Theater, Reichsleitung (gez. Dr. W. Stang); München, den 26. April 1933: Bestätigung (für Herrn Georg Deininger). Standort: Archiv des Puppentheatermuseums München.
14  Rundbrief vom 28. April 1933 an die Mitglieder der Berufsgruppe (gez. G. Deininger). Standort: Archiv des Puppentheatermuseums München.
15  Heinz Ohlendorf, der bereits in der Mitte der zwanziger Jahre als Bezirksgeschäftsführer des Bühnenvolksbundes in Berlin und ab ca. 1925 in Braunschweig tätig ist — dort u. a. auch als Leiter eines Marionettentheaters des BVB — tritt 1929 mit einer Premiere des »Urfaust« als Schattenspieler in Hannover hervor. 1933 wird er als Sachbearbeiter zum Stab der HJ berufen; 1934 gastiert er bei den Reichsfestspielen in Heidelberg auf Einladung des Präsidenten der Reichstheaterkammer und gleichzeitigen Leiters der Theaterabteilung in Goebbels Propagandaministerium Otto Laubinger. Ein Hauptarbeitsgebiet Ohlendorfs in den 30er Jahren liegt in der Durchführung von Laienspielkursen in der HJ und im BDM. Publizistisch ist Ohlendorf bis Ende 1937 als Schriftleiter der HJ-Zeitschrift »Die Spielschar« tätig. 1935 veröffentlicht er ein Werkbuch für Schattenspiele im Voggenreiter Verlag, Potsdam.
16  Deutscher Bund der Puppenspieler (Hg.), Die Puppen-Bühne, 2. Jg. H. 6, Stuttgart, 1. Februar 1934, S. 46.
17  Durch die Vereinigung der Kulturorganisationen »Kampfbund für deutsche Kultur« und »Deutsche Bühne« zur NS-Kulturgemeinde im Juni 1934 versucht Rosenberg, kurz nachdem er durch eine Absprache mit dem Leiter der Deutschen Arbeitsfront, Ley, per »Führer-Auftrag« mit der Überwachung der gesamten geistigen und weltanschaulichen Schulung und Erziehung der Partei und aller gleichgeschalteten Verbände sowie des Werkes »Kraft durch Freude« betraut worden war, seinen Machtbereich gegen Goebbels und die von ihm aufgebaute Reichskulturkammer auszuweiten. Als Bestandteil des »Amtes Kunstpflege« innerhalb Rosenbergs Überwachungsamt, tritt die NS-Kulturgemeinde im Juni 1934 körperschaftlich der NSG »Kraft durch Freude« bei. Dieser körperschaftliche Eintritt, der quasi als Fusion der NSKG mit der NSG »KdF« Robert Leys anzusehen ist, vollzieht sich als politische Gegenleistung für Leys finanzielle Subventionierung der neuen »Dienststelle Rosenberg« mit zunächst 3,6 Millionen RM aus Mitteln der Deutschen Arbeitsfront. Vgl. hierzu: Bollmus, Reinhard, a. a. O., S. 66f. Durch die Zunahme von Konflikten zwischen Rosenberg und Ley scheidet die NSKG im Januar 1935 wieder aus ihrer körperschaftlichen Mitgliedschaft in der KDF aus. Sie bleibt jedoch bis zu ihrer Auflösung im Jahr 1937 ganz ein Instrument Rosenbergs. Leiter der bereits 1934 1,5 Millionen Mitglieder in ca. 2000 Ortsgruppen zählenden NSKG wird 1935 Dr. Walter Stang (vgl.: Drewniak, Bogustaw, a. a. O.). Bis zu ihrer endgültigen Auflösung durch Eingliederung in Leys Deutsche Arbeitsfront (dort in der NSG »KdF«) im Jahr 1937, besitzt die NSKG quasi das Monopol als Besucherorganisation. Als Pendant hierzu werden ausgesuchte Bühnen vom »Amt Volkstum und Heimat« bzw. vom Kulturamt der »KdF« vermittelt, das quasi als staatliche Zwangsagentur fungiert.
18  Postkarte von Xaver Schichtl, Magdeburg, den 5. Februar 1934. Standort: Archiv des Puppentheatermuseums München.
19  Reichsfachschaft für das deutsche Puppenspiel (Hg.), Rundbrief Nr. 1 vom 12. März 1934. Die Rundbriefe befinden sich im Archiv des Puppentheatermuseums München.
20  Zur Bedeutung der Anerkennung der beruflichen Qualifikation durch die Reichstheaterkammer, vgl.: Merker, Reinhard, Die bildenden Künste im Nationalsozialismus, Köln 1983, S. 127.
21  Wie Walter Kipsch feststellt, ist Paul Damm Schießbudenbesitzer und nicht mit Problemen des Puppenspiels vertraut. Vgl. Kipsch, in: UNIMA-Rundbrief Nr.46, Felsberg 1986, S.18.
22  Reichsverband der deutschen Artistik e. V., Fachverband Schausteller: Rundschreiben vom Juni 1934, S. 1

(gez. Paul Damm). Die Rundschreiben befinden sich im Archiv des Puppentheatermuseums München.
23 Reichsverband der deutschen Artistik e. V., Fachverband Schausteller, Fachgruppe Puppenspiel, Rundschreiben Nr. 2, Juni 1934 (gez. Ohlendorf). Die Rundschreiben befinden sich im Archiv des Puppentheatermuseums München.
24 Kipsch, Walter, 1986, a. a. O., S. 15.
25 Reichsverband der Deutschen Artistik e. V., Fachverband Schausteller, Fachgruppe Puppenspiel: Brief an Hermann Rulff vom September 1934. Standort: Puppentheatermuseum München, Archiv.
26 Brief von Hermann Rulff vom 23. August 1934. Standort: Puppentheatermuseum München, Archiv. In der »NS-Kulturgemeinde« gingen die ehemaligen, für viele Puppenspieler wichtigen Veranstaltungs- und Zuschauerorganisationen wie die Volksbildungsvereine, Vortrags- und Theatergemeinden, Vereine für Kunst und Wissenschaft auf. Die hier von Hermann Rulff angesprochene ausschließliche und zentrale Vermittlung von Bühnen durch die »NS-Kulturgemeinde« steht nicht im Widerspruch zu der in Anmerkung 17 dargestellten Vermittlung von Bühnen durch »Kraft und Freude«. Der Grund liegt in der körperschaftlichen Zugehörigkeit der »NS-Kulturgemeinde« zu »Kraft durch Freude« in den Monaten zwischen Juni 1934 und Januar 1935, was sich u. a. im gemeinsamen Gebrauch des Briefkopfes der NSG »KdF« für beide Organisationen ausdrückt.
27 Vgl. Brief von Hermann Rulff vom 23. August 1934 unter Bezugnahme auf das Januar-/Februarheft 1934 der »Deutschen Bühne«. Standort des Briefes: Puppentheatermuseum München, Archiv. Schon in einem Umschreiben vom 29. August 1933 wird von Georg Deininger die vorläufige und versuchsweise Auswahl von Puppenbühnen für eine Verpflichtung durch die »Deutsche Bühne« im Winter 1933/34 erwähnt. Ein Bericht der »Deutschen Allgemeinen Zeitung«, Berlin, den 25. August 1935, belegt die Fortsetzung dieser Engagements in der Spielzeit 1934/35 und darüber hinaus: »Die Puppenspiele der NS-Kulturgemeinde. Die Veranstaltungen der von der NS-Kulturgemeinde verpflichteten Puppenspielbühnen haben in der Spielzeit 1934/35 überall lebhaften Anklang gefunden. Zunächst hatte man sich von dieser ja erst wieder neu zum Leben erweckten Kunstgattung hier und da noch keine rechte Vorstellung machen können. Um so freudiger war man überrascht durch die starke Wirkung, die das gute Puppenspiel nicht nur auf Kinder, sondern auch auf Erwachsene auszuüben vermag. Die NS-Kulturgemeinde setzt die begonne Arbeit in der neuen Spielzeit fort. Es ist vorgesehen, daß jeder der 2000 Ortsverbände zunächst mindestens einmal im Jahr ein Puppenspiel bietet, wobei die stärkeren Ortsverbände die schwächeren stützen können. Es werden neben solchen Bühnen, die ihrer bisherigen Arbeit und ihrer künstlerischen Leistungen wegen im ganzen Reichsgebiet eingesetzt werden, auch bodenständige Bühnen in den ihnen gemäßen Wirkungskreisen unterstützt. Die vertraglich gebundenen Bühnen sind folgende:
Gerhards deutsches Künstler-Marionettentheater (Wuppertal-Elberfeld); Künstlermarionettentheater Georg Deininger (Stuttgart); Iwowski-Puppenspiele (Röntgental/b. Berlin); Hohnsteiner Handpuppenspiele, Leitung Max Jacob (Hohnstein); Hohnsteiner Handpuppenspiele, Leitung Hans Wickert, (Hohnstein); Darüber hinaus werden u. a. folgende Bühnen gefördert: Würzburger Künstlermarionettentheater Bendel-Flach; Puhonnys Künstlermarionettentheater (Baden-Baden); Handpuppenspiele des Gebietes Mittelland der HJ, Leitung Siegfried Raeck (Halle); Rulffs Künstlerpuppenspiele (Bad Pyrmont); Künstlerische Puppenspiele, Carl Schröder (Radebeul); Ulenspeegel, das Altmärkische Puppenspiel (Siedsau in der Altmark).« Zur Rolle der NS-Kulturgemeinde als Veranstalter vgl. Anmerkung 26.
28 Vgl., Kipsch, Walter, Liste von ca. 270 Spielern, in: UNIMA-Rundbrief Nr. 23, Felsberg 1981, S. 7ff.
29 Vgl., ders. Anmerkungen, in: UNIMA-Rundbrief Nr. 46, Felsberg 1986, S. 18.
30 Reichsverband ambulanter Gewerbetreibender Deutschlands, Reichsfachschaft deutsches Puppenspiel (gez. Xaver Schichtl): Rundbrief vom 20. Oktober 1934, S. 1. Die Rundbriefe befinden sich im Puppentheatermuseum München.
31 Ebenda, S. 1. Die Feststellung von Walter Kipsch über die Möglichkeit von Gesprächen zwischen Fachgruppe und Reichstheaterkammerführung, aber auch die geringen Durchsetzungsmöglichkeiten der Fachgruppe werden hierdurch bestätigt. Vgl., Kipsch, Walter, Anmerkungen, in: UNIMA-Rundbrief Nr. 46, Felsberg 1986, S. 18.
32 Wirtschaftsgruppe Ambulantes Gewerbe: Monatsberichte der Fachgruppe Puppenspiel vom 26. April 1935, S. 2 (Vgl. auch: Wirtschaftsgruppe Ambulantes Gewerbe vom 21. Januar 1935, S. 1). Die Monatsberichte befinden sich im Archiv des Puppentheatermuseums München.
33 Reichsverband ambulanter Gewerbetreibender Deutschlands, Fachgruppe Puppenspiel (gez. Damm/Schichtl): Rundschreiben vom 11. Januar 1935 (Anhang: Vorarbeiten zur Prüfung, S. 1). Die Rundschreiben befinden sich im Puppentheatermuseum München.
34 Den gesetzlichen Hintergrund hierfür bietet die Anordnung Nr. 42 des Präsidenten der Reichstheaterkammer vom 2. April 1935: »Aufgrund des § 25 der ersten Verordnung zur Durchführung des Reichskulturkam-

mergesetzes vom 1. November 1933 ordne ich hierdurch folgendes an: Die öffentliche Ausübung von Puppenspielen ist, unbeschadet der Bestimmungen des § 9 der ersten Durchführungsverordnung zum Reichskulturkammergesetz, abhängig von der Erbringung eines Befähigungsnachweises. Dieser Befähigungsnachweis wird nach Maßgabe einer Standesordnung für die Berufspuppenspieler geführt. Die näheren Bestimmungen erläßt die Berufsgruppe ‚Puppenspieler' nach vorgängiger Genehmigung durch die Reichstheaterkammer. In Vertretung gez. Dr. Schlösser«; zitiert nach: Wirtschaftsgruppe Ambulantes Gewerbe: Monatsbericht der Fachuntergruppe Puppenspiel vom 26. April 1935, S. 1.

35 Ebenda, vom 31. August 1935, S. 2.
36 Reichstheaterkammer, Fachschaft Schausteller, Fachgruppe Puppenspieler (gez. Damm/Schichtl): Monatsbericht Nr. 29 vom 25. April 1938, S. 2f. Die Monatsberichte befinden sich im Archiv des Puppentheatermuseums München.
37 In einem Rundschreiben der deutschen Arbeitsfront, Zentralbüro, NS-Gemeinschaft »Kraft durch Freude« vom 12. November 1937 heißt es dazu: »Voraussetzung für den Einsatz von Puppenspielbühnen durch die NS-Gemeinschaft ‚Kraft durch Freude' ist, daß die betreffenden Puppenspieler Mitglieder der Reichstheaterkammer, Fachschaft Schausteller, sind. Wir machen bei dieser Gelegenheit darauf aufmerksam, daß die Puppenspieler lediglich Mitglieder der Reichstheaterkammer, Fachschaft Schausteller, und nicht mehr Mitglieder der Wirtschaftsgruppe ‚Ambulantes Gewerbe' sind. Die Wirtschaftsgruppe leistet lediglich Verwaltungshilfe. Bei der Ausstellung der neuen Mitgliedsausweise wird dies entsprechend berücksichtigt werden«. Die Rundschreiben befinden sich im Archiv des Puppentheatermuseums München.
38 Vgl.: Kipsch, Walter, Kein Schritt weiter; in: Deutsches Institut für Puppenspiel (Hg.) Figurentheater, 17. Jg., H. 2, 1985, S. 56 (Anm.: W. Kipsch verwechselt hier jedoch die Fachgruppe »Puppenspiel« mit der Fachgruppe »Puppenspieler« in der Reichstheaterkammer. Dieser kleine aber wichtige Unterschied ist der Index für die Differenzierung zwischen der nur vorläufig beim »Reichsverband der deutschen Artistik« in die »Reichstheaterkammer« eingegliederten Fachgruppe »Puppenspiel« [Juni 1934—1. Oktober 1934] und der endgültigen Eingliederung in die Reichskammer ab Jahresende 1936 als Fachgruppe »Puppenspieler«.)
39 Die Überführung von Rosenbergs »NS-Kulturgemeinde« in Robert Leys Deutsche Arbeitsfront 1937 und damit das Aufgehen der für das Puppenspiel relevanten Dienststellen der »NS-Kulturgemeinde« im Amt »Feierabend« muß als Konsequenz einer Gleichschaltung der völkisch orientierten Kräfte im Zuge einer Umsetzung des auf dem Nürnberger Reichsparteitag (8.—14. September 1936) zwecks Kriegsvorbereitung verkündeten Vierjahresplanes angesehen werden (vgl.: Merker, Reinhard: a. a. O., 1983, S. 142f.).
40 Die Deutsche Arbeitsfront, NS-Gemeinschaft »Kraft durch Freude«, Amt Feierabend, Abteilung Volkstum-Brauchtum, Einberufung zur Reichsarbeitswoche für Puppenspieler auf der Jugendburg Hohnstein vom 29. Juli 1938, Standort: Archiv des Puppentheatermuseums München.
41 Ramlow, Rudolf, Der Kaspar ist kein Clown! Tagung der Berufspuppenspieler auf Burg Hohnstein, in: Die Volksbühnenwarte, Nr.9, Berlin 1938, S. 10. Die hier gemachten Angaben über den Inhalt der Rede von Otto Schmidt werden inhaltlich gestützt von Gustav Resatz, der sich in gleichlautender Weise auf Otto Schmidt beruft. Vgl., Resatz, Gustav, Kasperl-Geheimnisse, Wien 1942, S. 22—23, S. 34.
42 Die Deutsche Arbeitsfront, NS-Gemeinschaft »Kraft durch Freude« Zentralbüro Berlin, Brief vom 9. Februar 1939 an den Puppenspieler Hermann Rulff. Betr.: Puppenspiel vom Doktor Faust. Standort: Archiv des Puppentheatermuseums München.
43 NSG »Kraft durch Freude«, Amt Feierabend, Abt. IV Volkstum-Brauchtum (gez. Otto Schmidt/Gottfried Anacker): Rundschreiben vom 10. Dezember 1941, S. 3.
44 Vgl., Bohlmeier, Gerd Puppenspiel 1933—1945. Puppenspiel im Dienste der nationalsozialistischen Ideologie in Deutschland, in: Deutsches Institut für Puppenspiel (Hg.), Puppenspielkundliche Quellen und Forschungen Nr. 9, Bochum 1985, S. 155ff.

*Hans Peter Bayerdörfer*
*Eindringlinge, Marionetten, Automaten. Zur Bedeutung des symbolistischen Dramas für die Freisetzung der »Kunstfigur«*

1 Der vorliegende Beitrag stellt eine gekürzte Fassung des Aufsatzes »Eindringlinge, Marionetten, Automaten. Symbolistische Dramatik und die Anfänge des modernen Theaters« von Hans Peter Bayerdörfer dar. Dieser Aufsatz erschien erstmalig im Jahrbuch der deutschen Schillergesellschaft, 20. Jg., Stuttgart 1976, S. 504–538.
2 Goethe, J. W., Dichtung und Wahrheit I,2/ Wilhelm Meisters theatralische Sendung I,1.
3 Mann, Th., Buddenbrooks. Verfall einer Familie, Teil 8, Kap. 8.
4 Das Verhältnis zwischen Haustheater und Stadt- oder Hoftheater, das sich im Modus der vereinfachenden Reproduktion bewegt, findet während des gesamten so theaterfreudigen 19. Jahrhunderts seinen bezeichnenden Ausdruck im Phänomen des überaus verbreiteten »Papiertheaters«; es gestattet mittels massenhaft aufgelegter Ausschneidebogen, das Personal und die Ausstattung ganzer Stücke im häuslichen kleinformatigen

Karton-Theater nachzustellen. Das kommerzielle Interesse der Firmen wie auch das öffentliche Interesse am Theater und seinen Modeerscheinungen geben dem häuslichen Hobby jahrzehntelang immer neue Impulse.

5 In Paris nimmt das Marionettentheater von Signoret in der Rue Vivienne um die Jahrhundertwende Einfluß auf die theatergeschichtliche Entwicklung; dasselbe gilt von dem Schattentheater von Séraphin im Palais Royal, dessen Tradition ab 1881 teilweise in das Kabarett Chat Noir eingeht.

6 Das literarische Echo, Halbmonatszeitschrift für Literaturfreunde, hrsg. v. Josef Ettlinger, Jg. 9, Heft 4, 15. November 1906, Sp. 247—257. — Anlaß für Legband bilden Marionettenspiele, die Paul Brann in Nürnberg mit Hilfe einer neu entworfenen Drehbühne unter dem Titel »Hans-Sachs-Theater« aufgeführt hat; dieses Theater soll nun auch in Berlin alte Puppenspiele aufführen, weiterhin Kasperliaden von Pocci »und — Werke von Schnitzler, Hofmannsthal, Maeterlinck«. Zu ergänzen wäre, daß um diese Zeit auch in Wien Richard Teschner mit seinen Stab-Puppen Berühmtheit erlangt und daß Alexander von Bernus in München mit der Gründung der »Schwabinger Schattenspiele« Aufsehen erregt.

7 Legband polemisiert vor allem gegen das »Buch der Marionetten« von Siegfried Rehm (Ein Beitrag zur Geschichte des Theaters aller Völker, Berlin o. J. [1906]), verweist aber außerdem auf weitere Werke, deren rasch aufeinanderfolgendes Erscheinen das zunehmende Interesse während der vorausgehenden Jahre dokumentiert.

8 Damit ist nicht gesagt, daß sich außerhalb der symbolistischen Bewegung keine Impulse zur Wiederbelebung der Marionette finden. Vereinzelte Spätformen des Unterhaltungstheaters weisen durchaus eine Affinität zu einem Theater wie dem Grand Guignol auf; Courtelines Farce »Les Boulingrin« endet ganz im Stile des Kasperltheaters mit der Zertrümmerung der Bühnenrequisiten (ein Vorgang, der sich 20 Jahre später in Brechts »Kleinbürgerhochzeit« wiederholt), weist aber auch in der Personengestaltung und Handlungsführung Momente des Puppentheaters auf. — Wohl aber wird behauptet, daß die Impulse, die theatergeschichtlich und dramengeschichtlich für das Revirement zu Buche schlagen, von der symbolistischen Dramatik ausgehen.

9 Zu den Einzelheiten, vgl. Postic, M., Maeterlinck et le Symbolisme, Paris 1970; Robichez, J., Le Symbolisme au théâtre. Lugné-Poë et les débuts de l'OEuvre, Paris 1957.

10 Ohne Berücksichtigung bleiben im folgenden die zahllosen hier einschlägigen Impulse, die von der Erneuerung des Tanzes und des Balletts, im weiteren Sinne von der Dramaturgie des Musiktheaters (vor allem Wagners) ausgehen. Ebensowenig kann dem theater- und dramengeschichtlich hoch zu veranschlagenden Einfluß Nietzsches und der wissenschaftlichen Psychologie der Jahrhundertwende nachgegangen werden. Auch der vornehmlich im deutschsprachigen Raum zentralen Rolle Wedekinds kann nicht gebührend Rechnung getragen werden.

11 Dieselbe Anweisung findet sich bei Charles van Lerberghes Stück »Les Flaireurs« (zuerst erschienen in der Zeitschrift »La Wallonie«, 31. Januar 1889), das in engem Zusammenhang mit »L'Intruse« zu sehen ist.

12 Vgl. dazu die analoge, wenngleich umfassendere und zugleich stärker präzisierende Formulierung von Mallarmé, der als einziges Thema des Dramas »l'antagonisme de rêve chez l'home avec les fatalités à son existence départies par le malheur« angibt (»Hamlet«, in: OEuvres comlètes, hrsg. v. Mondor, H. und Jean-Aubry, G., Paris 1945, S. 300).

13 Als »théâtre de l'attente« bestimmt G. Michaud (Message poétique du symbolisme, Paris 1947, S. 448) das Maeterlincksche Drama.

14 Beleg bei Touchard, P. A., Le Dramaturge, in: Maurice Maeterlinck 1862—1962, hrsg. v. Hanse, J., und Vivier, R., Paris 1962, S. 343.

15 Beide Stücke demonstrieren die Verbindung der Maeterlinckschen Dramaturgie des Todes mit einer — dem Thema äußerlichen — Märchenszenerie, eine Liaison, die für die »neuromantische« Märchendramatik der Jahrhundertwende, zumal in Deutschland, besonders folgenreich war.

16 Esslin, M., Das Theater des Absurden, Reinbek 1965, S. 311, greift zu einer nahezu Maeterlinckschen Formulierung, wenn er angibt, das absurde Theater wolle dem Zuschauer »die prekäre, rätselhafte Situation des Menschen im Universum« vor Augen führen.

17 Zur Bedeutung der Maeterlinckschen Dramaturgie in diesem weiten Horizont, vgl. Kesting, M., Maeterlincks Revolutionierung der Dramaturgie, in: Akzente 10/1963, S.527—544 (ebenfalls in M. K., Die Vermessung des Labyrinths. Studien zur modernen Ästhetik, Frankfurt/M., 1965).

18 Sion, G., Maeterlinck et le Théâre Européen, in: M. Maeterlinck 1862—1962 (s. Anm. 14), S. 417. — Das Angewiesensein auf die Regie wird ex negativo aus einem Bericht Lugnés deutlich, der sich auf die Vorstellung der Pariser Inszenierung von »L'Intruse« bei einem Gastspiel in Brüssel bezieht; die exakte bühnentechnische Koordination der Licht- und Geräuscheffekte mit dem Dialog mißlang, was einen totalen Mißerfolg der Aufführung hervorrief (Beleg bei Touchard, P. A., [s. Anm. 14], S. 337f).

19 Eine Inszenierung von »L'Intérieur« fällt in die Zeit des ersten Sezessionsversuches von der Brahmschen Bühne; Reinhardt war beteiligt, die Leitung hatten Paul Martin und Martin Zickel (Beleg bei: Fiedler, L. M., Max

Reinhardt, Reinbek 1975, S. 29). In der »Pelléas«-Inszenierung des akademisch-literarischen Vereins 1899 spielte Reinhardt die Rolle des Arkel unter Leitung von Zickel; die Conférence hielt Maximilian Harden (Fiedler, a. a. O., S. 31). Später übernimmt er die Regie, zunächst mit der Inszenierung von »Pelléas et Mélisande« (1903), die von einem Reinhardt-Schauspieler für die erste Stunde als der Durchbruch zu Reinhardts Eigenständigkeit als Regisseur bezeichnet wurde (Beleg bei: von Winterstein, Eduard, in: Max Reinhardt, Schriften, hrsg. von H. Fetting, Berlin/DDR 1974, S. 367). Nach »Aglavaine et Sélysette« (1906) entwirft er im Stadium der ersten Festspiel-Experimente zusammen mit Karl Vollmoeller nach Maeterlincks Legendenstück »Soeur Beatrice« ein pantomimisches ‚Totalstück', »Das Mirakel«, das deutlich zeigt, in welchem Maße der Reinhardtsche Festspielgedanke genuin symbolistische Wurzeln hat.

20 Ein Bericht über die Szenenprobe stammt aus der Feder des Symbolisten Valerij Brjusov, zitiert in: Meyerhold on Theatre. Translated and edited with a critical commentary by Edward Braun, London 1969, S.45. — Über Meyerholds Tätigkeit in den genannten Jahren, ebenda, S. 39ff.

21 Wie im Falle der Lyrik, so liegen auch im Bereich der Dramatik die entscheidenden Vorbereitungen der Moderne um Jahrzehnte vor dem offenen Umbruch, wie er sich in den Jahren um 1900 abzeichnet — ein Sachverhalt, der für die Diskussion der Epochenproblematik von entscheidender Bedeutung ist.

22 OEuvres complètes (s. Anm. 12), S. 299ff, 393f — Zur Problematik vgl. Haskell M(ayer) Block, Mallarmé and the Symbolist Drama, Detroit 1963. Steland, D., Dialektische Gedanken in Stéphane Mallarmés »Divagations«, München 1965 (Freiburger Schriften zur romanischen Philologie Bd. 7), bes. S. 29—51.

23 Eine Schlüsselrolle im theoretischen Feld ist auch Meyerhold zuzuerkennen. Schon der Cechov-Essay von 1906 (The Naturalistic Theatre of the Mood) stellt eine Interpretation in Maeterlinschem Geiste dar. Der systematisch weiterführende Aufsatz »The Stylized Theatre« diskutiert dann u. a. Maeterlinck, Verhaeren, Ibsen und Wagner und gelangt zu so weitgehenden Betrachtungen wie über die offene Arenabühne, über die Prinzipien einer vollständigen Stilisierung, die Einbeziehung von Tanz und Musik, schließlich über die Aktivierung des Zuschauers (Meyerhold on Theatre, [s. Anm. 20], S. 23—33 und 58—64).

24 Block, H. M., Strindberg and the Symbolist Drama, in Modern Drama 5/1962 bis 1963, S. 314—322 (Zitat S. 322).

25 »Symbolism«, in: The Mask. A Quarterly Illustrated Journal of the Art of Theatre, Vol III, 1910—11 (New York: Kraus-Reprint 1967), S. 130. Zitate ebenda.

26 Ebenda, S. 61—66, Zitate S.62 (Vgl. das Kapitel »Le Tragique quotidien«, aus: Maeterlinck, Le Trésor des humbles, Paris 1896: Zitate S. 180: ›le dialogue plus solennel et ininterrompu de l'être et de sa destinée‹, und S. 181: ›l'éternité qui gronde à l'horizon‹).

27 The Mask, Vol. I, 1908—09, S. 3—15, Zitate, S. 0, 11, 5, 13.

28 Bablet, D., Edward Gordon Craig, Köln/Berlin 1965, S. 135.

29 Zu den Einzelheiten der Wirkungsgeschichte in Deutschland vgl. Riemenschneider, H., Der Einfluß M. Maeterlincks auf die deutsche Literatur bis zum Expressionismus, Diss. Aachen 1969.

30 Die Restilisierung im Sinne einer Lyrisierung stellt ein europäisches Phänomen dar. Frühwerke von Claudel (»L'Annonce faite à Marie«) und Yeats (»The Land of Heart's Desire«) fallen bereits in die Jahre um 1900, ein später Widerhall findet sich im Frühwerk Lorcas (»Amor de Don Perlimplin con Belisa en su Jardin«).

31 Zur Problematik generell wie auch zum großen Paradigma, Mallarmés »Hérodiade«-Entwürfen, vgl. Szondi, P., Das lyrische Drama des fin de siècle, Frankfurt/M. 1975.

32 Auch unter dem Aspekt der offenen Wendung zum Welttheaterspiel, das eine Konsequenz der symbolischen Dramaturgie darstellt, steht die deutsche Entwicklung in europäischem Zusammenhang, wie Claudels Werke (vor allem »Le Soulier de satin« und «Le Livre de Christophe Colomb«) zeigen.

33 Ausdrücklich bemerkt Arthur Kahane, erster und langjähriger Dramaturg Max Reinhardts, dessen Konzeption vom Theater sei durch »ein Bild der Welttotalität« gekennzeichnet, ein offensichtlich von Symbolismus geprägter Grundgedanke, der freilich durch den Zusatz »Totalität ihrer Menschlichkeit« und »Totalität der Schauspieler« in die erweiterte theatralische Dimension überführt wird (in: 25 Jahre Deutsches Theater, hrsg. v. Rothe, H., München 1930, S. 26).

34 Im Gegensatz zu Hofmannsthals Verfahren ist keinerlei historische Absicherung oder literarische Restilisierung in der Art und Weise, wie August Strindberg Maeterlinckscher Anregungen — unter Wahrung der metaphysischen Grundfrage — aufgreift und weiterführt, zu erkennen. Gerade die Gattung des Strindbergschen Kammerspiels ist in entscheidendem Maße Sachwalter des symbolistischen Erbes (im Sinne einer konsequenten symbolistischen Qualifizierung der Szene, sei es durch räumlich-szenische, gegenständliche oder situative Sinnbildlichkeit, die jeweils über die Szene hinausweist, ohne jedoch ihren Bezugspunkt in einer linear fortschreitenden Handlung oder Entwicklung zu haben) und vermittelt dieses nicht nur an die Generation der Expressionisten, sondern auch an das prä-surrealistische Theater der Polen (Witkiewicz) und später an den französischen Surrealismus und das »théâtre de la cruauté«. Ganz abgesehen davon, was der dramatische und

theatralische Expressionismus in Deutschland an Eigenständigkeit erreicht und wohin er seinerseits über den Symbolismus hinausgeht, ist somit festzustellen, daß das avantgardistische Ferment des Symbolismus vom expressionistischen Jahrzehnt weder aufgesogen noch erschöpft wird, vielmehr an ihm vorbei weiterwirkt und in späteren Phasen der europäischen Theaterentwicklung erneut Folgen zeigt. Zur Rezeption des Symbolismus im Werk von A. Strindberg, vgl. den Erstdruck des vorliegenden Beitrages (s. Anm. 1). Diese Passage entfällt aus Platzgründen in der hier vorliegenden Fassung.

35 Kahane, A., a. a. O., S. 21f.
36 Schall und Rauch, Bd. 1, von Reinhardt, Max, Berlin/Leipzig 1901.
37 Die elf Scharfrichter. Münchener Künstlerbrettl, Bd. I: Dramatisches, Berlin/Leipzig 1901, Zitat S. 119.
38 Der Schnitzlersche Zyklus läßt deutlich die Bedeutungsverschiebung des Begriffs »Marionette« vom deterministischen Symbol zur theatergeschichtlichen Chiffre erkennen. Im ersten Einakter, »Der Puppenspieler«, wird die vermeintliche Souveränität des Spielers als Selbsttäuschung entlarvt, da er, ohne es zu wissen, in einem Spiel agiert, das nicht seines ist. Das zweite Stück, »Der tapfere Cassian«, stellt eine in Commedia dell'arte-Manier gehaltene Parodie des Salondramas dar; Figuren und Handlung tendieren zum mechanischen Duktus des Puppenspiels. Im Schlußstück werden die Marionetten zur Chiffre des freigesetzten theatralischen Spiels selbst. — Zur Analyse, vgl. Verf., Vom Konversationsstück zur Wurstelkomödie. Zu Arthur Schnitzlers Einaktern, in: Jahrb. d. dt. Schillergesellsch. XVI, 1972, S. 516 bis 575.
39 Die Schaubude (Balagancik), in: Block, Alexander, Gesammelte Dichtungen. Dt. von v. Guenther, Johannes, München 1947. — Zum Inszenierungsstil, vgl. Meyerhold on Theatre, (s. Anm. 20), S. 70f.
40 Discours d'Alfred Jarry prononcé à la première représentation d'»Ubu Roi«, in: Jarry, A., OEuvres complètes. Textes établis, présentés et annotés par Michel Arrivé, Paris 1972, S. 401.
41 Réponses à un questionnaire sur l'art dramatique. Thèse 2, a. a. O., S. 410ff. — Orientierung für die neue »comédie« findet Jarry in Grabbes »Scherz, Satire, Ironie und tiefere Bedeutung.«.
42 Vgl. Brief Jarrys an Lugné vom 8. Januar 1896 (a. a. O., S. 1042–1044), aus dem deutlich hervorgeht, daß die karge Bühnenausstattung einem dramaturgischen Konzept entspringt und keineswegs allein auf Jarrys Bestreben, durch bescheidene Vorschläge die Aufführung seines Stückes nicht zu gefährden, zurückzuführen ist.
43 Questions de Théâtre, a. a. O., S. 416.
44 Die Masken und das Bühnenbild, welches das »Überall« und das »Jederzeit« der Handlung optisch versinnbildlichte, entstanden in Zusammenarbeit zwischen Jarry, Bonnard, Toulouse-Lautrec und Vuillard. Eine Beschreibung aus der Feder von Arthur Symons zitiert Esslin, Martin, Das Theater des Absurden (s. Anm. 16), S. 277.
45 Manche Wendungen Jarrys lesen sich wie Vorwegnahmen von Craigschen Formulierungen, etwa wenn er den Sinn der Maske in der objektiven Darstellung des »caractère de personnage« sieht oder ein Beispiel für eine universelle objektive Geste gibt: »la marionette témoigne sa stupeur par un recul avec violence et choc du crâne contre la coulisse« (De l'inutilité du théâtre au théâtre, in: OEuvres complètes [s. Anm. 40] S. 407f.).
46 Gegenüber Lugné, der die Rolle des Ubu anfangs selbst »en tragique« spielen wollte (a. a. O., S. 416), beharrte Jarry darauf, er habe »un guignol« gestalten wollen (a. a. O., S. 1043). Die ersten »Ubu«-Entwürfe hatte Jarry ja selbst mit Marionetten im Haus der Eltern aufgeführt; nach der Uraufführung bei Lugné sind Marionettenaufführungen 1898 am »Théâtre des Pantins« (mit Puppen von Bonnard) belegt, die Umarbeitung »Ubu sur la butte« fand ihre Uraufführung mit Marionetten 1901 am Théâtre Guignol des Geules de Bois.
47 Questions de Théâtre, a. a. O., S. 461.
48 Vgl. Schwerte, H., Anfang des expressionistischen Dramas: Oskar Kokoschka, in: Zeitschr. f. dt. Philol. 83, 1964, S. 171–191. Weitere direkte Einflüsse Maeterlincks auf expressionistische Dramatiker sind für Sorge (die Urfassung des »Bettler«) und Kaiser nachweisbar (Riemenschneider, H. [s. Anm. 29], S. 270ff.), gleichwohl vermittelt durch das Theater: »Nicht die Auseinandersetzung mit Maeterlincks Szenentheater und den Angstvisionen seiner Marionetten, sondern die nach 1900 gelungenen Inszenierungen Reinhardts üben eine Wirkung aus (Riemenschneider, a. a. O., S. 268).
49 An Radikalität wird Kokoschka in diesen Jahren allenfalls von Kandinsky übertroffen, der in seinem Szenar »Der gelbe Klang« synästhetische, aus Farbe, Form und Ton zusammengesetzte szenische »Klänge« entwirft und die sprachlichen Einsprengsel auf untergeordnete Momente reduziert. Ein symbolischer Gesamtsinn ist erkennbar, jedoch verselbständigen sich die formalen Mittel im Sinne von Abstraktion und Konfiguration.
50 Sphinx und Strohmann, in: Kokoschka, O. Das schriftliche Werk, hrsg. v. Spielmann, H., Hamburg 1973, S. 54. — Zur Textgestaltung, vgl. Denkler, H., Die Druckfassungen der Dramen Oskar Kokoschkas. Ein Beitrag zur philologischen Erschließung der expressionistischen Dramatik, in: Dt. Vierteljahrsschr. f. Literaturwiss. und Geistesgesch. 40 (1966), S. 90–108.
51 A. a. O., S. 60f.
52 A. a. O., S. 63.

53  de Ghelderode, M., Théâtre, Bd. II, Paris 1952, S.9.
54  A. a. O., S. 25.
55  La Balade du Grand Macabre, a. a. O., S. 30.
56  Der Titel ist von dem Stück »Die Schaubude« übernommen (a. a. O., S. 119 bis 142).
57  »Ljubov k triom apelsinam«, von Meyerhold unter dem E. T. A. Hoffmann abgelauschten Pseudonym »Dr. Dapertutto« herausgegeben (Petersburg ab 1914).
58  Marinetti, der Wortführer des internationalen Futurismus, stattete dem Studio 1911 einen Besuch ab (Meyerhold on Theatre [s. Anm. 20], S. 146).
59  Vgl. die einschlägigen Essays in :Vsevolod Meyerhold, Theaterarbeit 1917—1930, hrsg. v. Tietze, Rosemarie, München 1967.
60  Misterija-buff. 1. Fassung 1918/ 2. Fassung 1921. — Vladimir Majakowskij, Mysterium buffo und andere Stücke. Deutsche Nachdichtung v. Huppert, H., Frankfurt/M. 1960.
61  Über die Zustimmung der russischen Futuristen zu »Mysterium buffo« vgl. Meyerhold on Theatre (s. Anm. 20), S. 161.
62  Artaud lernte als Schauspielschüler bei Lugné eine Reihe von Maeterlinckschen Werken kennen; später beschäftigte er sich auf Anregung Dullins mit den avantgardistischen Theatertheorien der Zeit, u. a. mit Craig. Die zusammen mit Vitrac unternommene Gründung des »Théâtre Alfred Jarry« weist in den entscheidenden Jahren auf »Ubu« und die Anfänge des »Théâtre de L'OEuvre« zurück.
63  Dieser Rang kommt zunächst der Aufführung von »Ubu enchaîné« durch die surrealistische Gruppe 1937 (Regie von Sylvain Itkine, Bühnenbild von Max Ernst) zu. Nach dem Kriege legt Jean Vilar mit einer Aufführung am »Théâtre National Populaire« die Grundlage für die neue »Ubu«-Rezeption, die in Deutschland erst mit der Erstaufführung an den Münchner Kammerspielen 1959 (Regie von H. D. Schwarze) und der folgenden Buchausgabe von P. Pörtner beginnt.
64  Damit ist nicht behauptet, daß a l l e Formen des modernen grotesken Theaters mehr oder weniger vermittelt auf symbolistische Wurzeln zurückweisen. Über die Anfänge auf dem italienischen Theater: Grimm, R., Masken, Marionetten, Märchen. Das italienische Teatro grottesco. In: Grimm, R. u. a., Sinn oder Unsinn? Das Groteske im modernen Drama, Basel/Stuttgart 1962 (Theater unserer Zeit, Bd. 3, S. 47—94).
65  Direkten Zusammenhang mit Kokoschkas »Mörder« verrät die szenische Symbolisierung, vor allem die Licht-Dunkel-Symbolik, die auf die Personen und ihre verweisende Bedeutung übergreift, sowie die konstruktive Raum- und Natursymbolik. Stramms Entwicklung zum radikalen Sprach-Konstruktivisten verzeichnet noch die Vorphase des von Arno Holz angeregten konsequenten Sekundenstils (»Rudimentär«); der Weg aus dieser Bindung zum Theater der Abstraktion verläuft nicht ohne Grund über den Symbolismus, da nur dieser mit seiner Bühnentechnik dramatisches Geschehen, Bühnengeschehen, bei gleichzeitiger Auflösung der Sprache und des Dialoges als tragender Basis überhaupt noch gestattet.
66  Goll, Iwan, »Methusalem« oder »Der ewige Bürger«. Ein satirisches Drama (mit Figurinen von George Grosz), Potsdam 1922.
67  Goll prägte analog und mit polemischer Spitze gegen die expressionistische Dramatik auch den Begriff »Überdrama«.
68  Alfred Kerr bezeichnet 1919 — auf dem Höhepunkt des expressionistischen Theaters — Stram und Kokoschka als d i e radikalsten und profiliertesten Neuerer von Drama und Theater (Dramen-Expressionismus, in: Die neue Rundschau, Jg. 1919, Bd. 2, S. 1006—1014).
69  Pörtner, P., Expressionismus und Theater, in: Expressionismus als Literatur, hrsg. v. Rothe, W., Bern/München 1969, S. 199.
70  In: Bauhausbücher, hrsg. v. Gropius, W./Moholy-Nagy, L., Bd. 4: Die Bühne im Bauhaus, München 1925.
71  Gegenüber dem Erstdruck des vorliegenden Beitrages (s. Anm. 1), entfällt an dieser Stelle aus Platzgründen die abschließende Gesamteinschätzung der behandelten Thematik.

*Rolf Dieter Hepp*
*Die Metamorphosen der Maske*

1  Levi-Strauss, Claude, Der Weg der Masken, Frankfurt/M. 1977, S. 16.
2  Horkheimer, Max/Adorno, Theodor W., Dialektik der Aufklärung, Frankfurt/M. 1968, S. 22.
3  Baudrillard, Jean, Der symbolische Tausch und der Tod, München 1982, S. 167.
4  Barthes, Roland, Mythen des Alltags, Frankfurt/M. 1964, S, 70.
5  Baudrillard, a. a. O., S. 163.
6  Klee, Paul Tagebücher 1898—1918 Köln, 1957, S. 172, Eintragung 585,1905.
7  Glaesmer, Jürgen, Die Druckgraphik von Paul Klee, in: Ders., Paul Klee: Das druckgraphische und plastische Werk, Katalog Duisburg 1974, S. 19.

8   Paul Klee, a. a. O., S. 204, Eintragung 744/45, 1906.
9   Debord, Guy, Die Gesellschaft des Spektakels, Düsseldorf 1974, S. 5.
10  Benjamin, Walter, Über den Begriff der Geschichte, in: Benjamin, Gesammelte Schriften, Band I,2, Frankfurt 1980, S. 697f.
11  Klee, a. a. O., S. 206, Eintragung 748, 1906.
12  Klee, ebenda, S. 241, Eintragung 840, 1908.
13  Klee, ebenda, S. 187, Eintragung 638, 1905.
14  Adorno, Theodor W., Ästhetik, Frankfurt/M. 1974, S. 57.
15  Klee, a. a. O., S. 134, Eintragung 425, 1902.
16  Klee, ebenda, S. 323, Eintragung 951, 1914.
17  Klee, ebenda, S. 319, Eintragung 933, 1914.
18  Klee, ebenda, S. 323, Eintragung 951, 1914.
19  Klee, ebenda, S. 240, Eintragung 834, 1908.
20  Klee, Paul, Das bildnerische Denken, Basel 1971, S. 95.
21  Benjamin, Walter, a. a. O., S. 697.

*Peter Klaus Steinmann*
*Figurentheater — Totales Theater*

1   Théâtre Manarf mit dem Programm »PARIS bonjour ...« im Juli 1987 beim Festival »Poesie der Puppen« in Hamburg.
2   Eine Inszenierung des literarischen Figurentheaters Steinmann, Berlin 1967.
3   »Miroiden«, Szenen aus »Hände, Puppen und Musik«, Literarisches Figurentheater Steinmann, Berlin 1959.
4   Vor allem der Gefühlsebene sind Kenntnisnahmen zuzuordnen, deren scheinbar abstrakte Bewegungsabläufe geprägt sind von der Regellosigkeit des Zufalls und der steuernden Beschränkung durch den jeweiligen Aufbau der Materie. Das sind Bewegungen von Blättern im Wind, der Wellengang des Wassers und die »Tänze« von Mobiles (z. B. von Calder). Von den gestalteten Medien ordnet sich die Musik wohl am stärksten der reinen Gefühlsebene zu. Isoliert betrachtet, sind alle diese Ereignisse kein Theater.
5   Gemeinschaftsinszenierung zur Woche internationalen Puppenspiels in Braunschweig 1973, Regie: P. K. Steinmann.
6   Eine Inszenierung des Fabula Theaters, Idstedt 1986.
7   »Sganarell« von Molière, Literarisches Figurentheater Steinmann, Berlin 1967.
8   Eine Inszenierung der Bühne »Der Mottenkäfig«, Pforzheim 1986.
9   So z. B. das Salzburger Marionettentheater.
10  Z. B. im Programm »1848« der Theatermanufaktur Berlin.
11  U. a. Städtische Bühnen Hagen »Meister Eder und sein Pumuckl«, 1987.
12  »Die sieben Todsünden«, Neville Tranter, Amsterdam 1986.
13  Brunos Bunte Bühne in einem Szenenprogramm mehrerer Bühnen beim Festival im Revierpark Gelsenkirchen, 1985.
14  »Ubu Roi« in der Inszenierung des Marionettentheaters Stockholm, 1964.
15  Z. B. im hochentwickelten traditionellen Bunraku-Theater Japans.
16  »Die große rote Teekanne«, Literarisches Figurentheater Steinmann, Berlin 1976.
17  Eine Inszenierung der Bühne »Theater im Wind«, Braunschweig 1986.
18  »Der Löwe« von Amon Kenan, eine Inszenierung des Figurentheaters Seiler, Hannover 1987.
19  Harry Cramer, Mechanisches Theater, 1956/1957.
20  »Die Klappe«, Göttingen, ab 1957.
21  »Blau bewegt«, eine Inszenierung der Bühne Optical, Stuttgart 1973.

*Konstanza Kavrakova-Lorenz*
*Das Puppenspiel als synergetische Kunstform. Thesen über das Zusammenspiel und die Wechselwirkungen von Bildgestalt und Darstellungsweise im kommunikativen Gestaltungsprozeß des Puppenspielers*

1   Wie die Entwicklung der Medien Film, Funk und Fernsehen mit ihren immer präziser, raffinierter und vielfältiger werdenden technischen Möglichkeiten ein Problembewußtsein schuf, das Mitte der 70er Jahre zur Entstehung einer allgemeinen Theorie der darstellenden Künste führte, so erzeugte sie gleichzeitig die Notwendigkeit und das Bedürfnis nach Differenzierung der Arten der darstellenden Kunst. Erst dieser Entwicklungsstand, in der DDR auf die Forschungsleistungen der »Theorie der darstellenden Künste« von Professor Ernst Schumacher gründend, ergab einen wissenschaftlich systematisierenden Rahmen für die Einordnung des Puppenspiel und -theaters in das System der Künste.

2  Vgl. hierzu, Schumacher, Ernst, Thesen zu einer Theorie der darstellenden Künste, in: Wissenschaftliche Zeitschrift der Humboldt-Universität zu Berlin, Ges.-Sprachw. Reihe, Jg. 23, H. 3/4, Berlin/DDR 1974.
3  Die prädikative Bezeichnung »hedonisch« statt, wie es üblich ist, hedonistische Funktion, möchte auf den Ursprung des Adjektivs von dem griechischen Wort Hedone — Sinnesgenuß, Lust oder Vergnügen und nicht auf die Ableitung von dem »Hedonismus« als Lebensauffassung hinweisen.

## Zu den Autoren:

*Hans Peter Bayerdörfer,* Prof. Dr., Jg. 1938, Literatur- und Theaterwissenschaftler, Leiter des Instituts für Theaterwissenschaft an der Ludwig Maximilians Universität München; lebt in München.

*Olaf Bernstengel,* Jg. 1952, Diplom-Soziologe, Diplom-Theaterwissenschaftler, stellvertretender Leiter der Puppentheatersammlung Radebeul (Staatliche Kunstsammlungen Dresden); lebt in Dresden.

*Gerd Bohlmeier,* Jg. 1957, Kunstpädagoge, arbeitet zur Zeit an einer Dissertation über das »Reichsinstitut für Puppenspiel«; lebt in Hannover.

*Peter Gendolla,* Prof. Dr., Jg. 1950, Literatur- und Kunstwissenschaftler, Professor für Allgemeine Literaturwissenschaft an der Universität/ Gesamthochschule Siegen; lebt in Netphen bei Siegen.

*Rolf Dieter Hepp,* Dr. phil., Jg. 1952, Soziologe, Dozent am Institut für Soziologie der Freien Universität Berlin; lebt in Berlin/W.

*Konstanza Kavrakova-Lorenz,* Dr. phil., Jg. 1941, Regisseurin und Dramaturgin, Theaterwissenschaftlerin, Dozentin an der Hochschule für Schauspielkunst »Ernst Busch«, Berlin/DDR; Szenografie und Regie an verschiedenen Puppentheatern der DDR; lebt in Berlin/DDR.

*Manfred Nöbel,* Jg. 1932, (Diplom-) Literatur- und Theaterwissenschaftler, freiberuflicher Lektor und Fachautor; lebt in Berlin/DDR.

*Enno Podehl,* Jg. 1944, Akademischer Rat an der Universität Oldenburg, Fachbereich Kommunikation und Ästhetik; seit 1978 Figurentheater »Theater im Wind« (zusammen mit Anne Podehl); lebt in Köchingen bei Braunschweig.

*Lars Rebehn,* Jg. 1968, Volkskundler (stud.), arbeitet zur Zeit an einer Geschichte des Puppentheaters in Hamburg; lebt in Hamburg.

*Gérard Schmidt,* Dr. phil., Jg. 1945, Philosoph, Publizist seit 1988; Präsident des »Deutschen Bundes für Puppenspiel«; lebt in Köln.

*Rainald Simon,* Dr. phil., Jg. 1951, Sinologe, Fachautor und Übersetzer von chinesischen Schattenspieltexten des 20. Jahrhunderts; lebt in Frankfurt/M..

*Peter Klaus Steinmann,* Jg. 1935, Absolvent der Meisterschule für das Kunsthandwerk, Berlin; seit 1959 Literarisches Figurentheater »Die Bühne« (zusammen mit Benita Steinmann), Fachautor; lebt in Berlin/W.

*Gerd Taube,* Jg. 1962, Theaterwissenschaftler (stud.), Praktikant der Puppentheatersammlung Radebeul (Staatliche Kunstsammlungen Dresden), (Gast-) Dramaturg am Städtischen Puppentheater Karl-Marx-Stadt; lebt in Berlin/DDR.

*Petra Walter-Moll,* Jg. 1954, Journalistin und Fotografin, freiberufliche Fotografin seit 1987; lebt in Kleinmachnow bei Potsdam.

*Manfred Wegner,* Jg. 1956, Theaterwissenschaftler M. A., wissenschaftlicher Assistent am Puppentheatermuseum im Münchner Stadtmuseum; lebt in München.

*Alexander Weigel,* Jg. 1935, Diplom-Historiker, Dramaturg am Deutschen Theater Berlin/DDR; lebt in Berlin/DDR.

*Gina Weinkauff,* Jg. 1957, Germanistin M. A., arbeitet zur Zeit an einer Dissertation zum Thema »Ernst Heinrich Bethges Ästhetik der Akklamation. Wandlungen eines Laienspielautors in Kaiserrreich, Republik und Hitlerdeutschland«; lebt in Frankfurt/M.

## Abbildungsnachweis

Sofern nicht anders ausgewiesen, handelt es sich um Abbildungen aus dem Archiv des Puppentheatermuseums im Münchner Stadtmuseum.

Archiv Hans Joachim Kemper, Lüdenscheid: S. 145
Archiv Lars Rebehn, Hamburg: S. 41
Archiv Hansherbert Wirtz: S. 93
Cosmopress, Genf: S. 209, 211, 213
Fotowerkstatt Horst Huber, Stuttgart: S. 226, 227
Staatsarchiv Hamburg: S. 9, 37
Staatsarchiv Potsdam: S. 31
Staatliche Kunstsammlung Dresden, Puppentheatersammlung: S.77, 107, 110—116, 121, 126, 127, 131, 133
Theatermuseum Köln: S. 203

Zwischentitel I, S. 9: »Meganische Künste« — »Ansicht von einer Paiatzobude welche auf den Hamburgerberg unweit der Elbe steht.« Eine Theatergesellschaft lockt auf der Parade das Publikum an. Anonyme Zeichnung, Hamburg, um 1820

Zwischentitel II, S. 67: Teufel und Pferd aus dem Heimpuppentheater von Carlo Böcklin, Italien, um 1908

Zwischentitel III, S. 107: Bühnengepäck und Figuren von Ritschers Marionettentheater in der »Saalstube« eines Gasthauses, DDR 1986

Zwischentitel IV, S. 117: Das Puppentheater von Friedrich Rieck auf Tournee, Berlin um 1930

Zwischentitel V, S. 185: »La Belle«, Marionette zu »La Belle et La Bête«, Theater Spieldose, München 1969

## Drucknachweis

Sofern nicht anders ausgewiesen, handelt es sich um Orginalbeiträge.

Hans Peter Bayerdörfer: Der Beitrag: Eindringlinge, Marionetten, Automaten. Zur Bedeutung des symbolistischen Dramas für die Freisetzung der »Kunstfigur«, erschien unter dem Titel: Eindringlinge, Marionetten, Automaten. Symbolistische Dramatik und die Anfänge des modernen Theaters, im Jahrbuch der deutschen Schillergesellschaft, 20. Jg. Stuttgart 1976, S. 504—538. Bei dem hier vorgelegten Beitrag handelt es sich um eine gekürzte Fassung.

Gerd Taube: Der Beitrag: Kinematographie und Theater. Spuren des sozialen Wandels im Wandermarionettentheater des 20. Jahrhunderts, entstand für diese Buchausgabe und gleichzeitig für die »Mitteilungen« der Staatlichen Kunstsammlung Dresden. Er erschien dort bereits unter dem gleichen Titel im 30. Jg. der »Mitteilungen«, Heft 1 und Heft 2, Dresden 1987. Nachdruck mit freundlicher Genehmigung der Staatlichen Kunstsammlungen Dresden.

Petra Walter-Moll: Abdruck mit freundlicher Genehmigung der Staatlichen Kunstsammlungen Dresden.

Alexander Weigel: Der Beitrag: »Denen sämtlichen concessionierten Puppenspieler hierselbst«. Das Marionettentheater und die Theaterpolizei in Berlin 1810, erschien als Studie unter dem Titel: König, Polizei und Kasperle. Auch ein Kapitel deutscher Theatergeschichte nach bisher unbekannten Akten, in: Impulse. Beiträge zur deutschen Klassik und Romantik, Berlin/Weimar 1982. Der hier vorliegende Beitrag stellt eine Interpretation auf erweiterter Materialgrundlage dar.